LINDA WINTERBERG

Das Haus der verlorenen Kinder

aufbau taschenbuch

Hinter LINDA WINTERBERG verbirgt sich Nicole Steyer, eine erfolgreiche Autorin historischer Romane. Sie lebt mit ihrem Mann und ihren zwei Töchtern im Taunus und begann schon im Kindesalter erste Geschichten zu schreiben. Bei einer Reise nach Norwegen stieß sie auf die historischen Fälle, die diesem Roman zugrunde liegen und die sie nicht mehr losließen.

Norwegen, 1941: In ihrer Heimat herrscht Krieg, und dennoch erleben die junge Lisbet und ihre Freundin Oda ihre erste Liebe. Sie verlieben sich in zwei deutsche Soldaten – und zahlen einen hohen Preis dafür. Ihre Familien verstoßen sie, und als ihre Geliebten an die Ostfront abkommandiert werden, müssen beide Mädchen feststellen, dass sie schwanger sind. Erst scheinen sie ausgerechnet bei den deutschen Besatzern Hilfe zu finden, doch dann drohen sie auch noch das Letzte zu verlieren, was ihnen geblieben ist – ihre Kinder. Erst lange Zeit später, als die junge Deutsche Marie in Wiesbaden einer besonderen alten Dame namens Betty begegnet, findet sich die Spur der verlorenen Kinder wieder.

Linda Winterberg

DAS HAUS DER VERLORENEN KINDER

ROMAN

atb aufbau taschenbuch

MIX
Papier aus verantwortungsvollen Quellen
FSC® C083411

ISBN 978-3-7466-3220-9

Aufbau Taschenbuch ist eine Marke
der Aufbau Verlag GmbH & Co. KG

2. Auflage 2016

Umschlaggestaltung www.buerosued.de, München
unter Verwendung von Motiven von © Trevillion Images/
Elisabeth Ansley; Getty Images/Westend61
Gesetzt in der Sabon durch Greiner & Reichel, Köln
Druck und Binden CPI books GmbH, Leck, Germany
Printed in Germany

www.aufbau-verlag.de

PROLOG

Hurdal Verk, Norwegen, Dezember 1942

Lisbet stand auf dem Dachboden am Fenster und beobachtete die Schneeflocken bei ihrem Spiel mit dem Wind. Nur sein vertrautes Heulen war hier oben zu hören, sonst nichts. An manchen Tagen klang es beinahe klagend – als ob der Wind wüsste, worum zu weinen war. Dann wieder, wenn das Nordlicht über den Himmel tanzte, war er still, und die Welt wirkte erstarrt unter der eisigen Hand des Frostes. Weit hinter dem Park, hinter den Gärten und Wiesen lagen die Berge, die im heutigen Schneetreiben kaum auszumachen waren und die ihr wie eine undurchdringliche Mauer aus Fels und Gestein vorkamen. So anders war es da bei ihr zu Hause in Loshavn, wo nichts den Blick in die Ferne und über den Schärengarten einschränkte. Dort war das Meer mit seiner unendlichen Weite Teil des Lebens, das sie so schmerzlich vermisste. So oft träumte sie sich zurück auf die Veranda ihres Elternhauses. Mal stellte sie sich das Meer in ihrer Heimat wild und aufgepeitscht vor, so dass Draug, der alte Troll, die Fischer mit seinen Stürmen in den sicheren Hafen zurückzwang. Ein anderes Mal zauberte die Sonne funkelnde Perlen auf die Wasseroberfläche. Ganz still hatte sie an solchen Tagen vor Joakims Haus gesessen und die glitzernde Wasserwelt bewundert. Doch sosehr sie es sich auch wünschte: Heute gelang es ihr nicht, das warme Glücksgefühl dieser Stunden heraufzubeschwören. Die Erinnerung daran entglitt ihr genauso wie dieser eine Moment der Unendlichkeit, den sie mit Erich, ihrem Liebsten, gespürt hatte. Sie unterdrückte den aufwallenden Schmerz, zog einen Brief aus ihrer Rocktasche und faltete ihn auseinander. Zärtlich strich sie mit den Fingern über die Worte, mit schwarzer Tinte geschrieben, die von so viel Liebe und Sehnsucht zeugten.

Meine Liebste,
das Feuer wärmt nur wenig, und meine Hände zittern, was das Schreiben erschwert. Doch die Sehnsucht nach Dir lässt mich diesen Brief verfassen, wenigstens in Gedanken will ich bei Dir sein und dieser bis zum Horizont reichenden Eiswüste entfliehen. Die Kälte raubt uns unsere letzte Kraft. Aber was rede ich. Solche Dinge sollst Du nicht lesen müssen. Keinen Kummer sollst Du mit Dir tragen. Ich wünschte, ich könnte jetzt neben Dir am Strand sitzen, den salzigen Geruch des Meeres in der Nase, im warmen Licht der niemals sinkenden Sonne. Wie sehr ich Deine weiche Haut und den Klang Deiner Stimme vermisse. So gern würde ich jetzt mein Haupt an Deine Schulter legen, die Augen schließen und mich dem süßen Nichtstun hingeben, bis uns erneut die Leidenschaft einholt. Du wirst jetzt schon unser Kind in den Armen halten. Ich schließe Euch beide in meine Gebete ein, bete für uns alle, für eine Zukunft und ein Ende unserer Trennung, wie es auch immer aussehen wird. Bald werden wir wieder vereint sein, das wünsche und glaube ich.

Meine Liebste, mein Sonnenschein und Augenstern
Auf ewig Dein Dir treu ergebener
Erich

So oft hatte sie diese Zeilen bereits gelesen und zärtlich berührt. Sogar ihre Nase hatte sie an das Papier gehalten, um ein wenig von seinem Geruch zu erhaschen – was töricht war. Gewiss war der Brief auf seiner weiten Reise durch unendlich viele Hände gegangen. Trotzdem glaubte sie, einen Hauch seines Rasierwassers wahrzunehmen, was das warme Kribbeln in ihrem Bauch zurückbrachte. Für einen Moment vertrieb es den Kummer und die Zweifel, die sie immer wieder rastlos durch die langen Gänge trieben. Nur hier oben, hier war sie allein – mit dem Wind, der Stille, ihren Gedanken und Ängsten. Sie blickte auf das in Leder gebundene Buch neben sich auf dem Tisch. So viele Dinge hatte sie schon hineingeschrieben, so viele Momente und Erlebnisse festgehalten. Sie griff nach dem Buch, schlug es auf und überflog ihre Einträge. An manchen Tagen hatte sie die Texte eilig hingeworfen, an anderen akkurat und sauber geschrieben. Eine Seite fiel besonders ins Auge – das Datum war dreimal unterstrichen, als ob es dadurch mehr Wert bekommen würde. Aber dieser Tag war ja auch anders als all die anderen, denn an diesem Tag war ihre Tochter zur Welt gekommen. Das Kind des Mannes, den sie über alles liebte. Sie hätte damals glücklich sein sollen, doch sie hatte laut zu schluchzen begonnen. Die Zweifel und die Ungewissheit der letzten Wochen hatten sie überwältigt. Wie sollte sie für dieses kleine Wesen sorgen – ihm eine gute Mutter sein –, so allein, wie sie auf der Welt war? Schwester Helene hatte ihr das Kind aus den Armen genommen und die Verantwortung aus dem Raum getragen – wenigstens für ein paar Stunden. Nur Oda war bei ihr geblieben. Ihre geliebte Freundin, die mit ihrer Fröhlichkeit stets allen Kummer fortjagen konnte. Oda und Lisbet, eine Einheit, seit sie denken konnte. Als hätte sie das Schicksal füreinander geschaffen. Sie würden sich so lange aneinander festhalten, bis der Sturm an ihnen vorbeigezogen wäre – das hatten sie jedenfalls gedacht. Doch irgendwann hatten sie einander verloren. Irgendwann zwischen dem unterstrichenen Geburtstag ihres Kindes und dem letzten Eintrag in diesem Buch war die Ohnmacht gekommen, und niemand hatte sie aufhalten können.

Sie blätterte zu diesem Tag. Ein einfaches Datum, nicht unterstrichen. Dieser Text war gestochen scharf geschrieben. An der letzten Zeile blieb sie hängen. Langsam formten ihre Lippen die Worte, die den Schmerz und die Schuldgefühle jenes Augenblicks zurückbrachten und ihr die Tränen in die Augen trieben.

»Und plötzlich war sie still.«

EINS

Wiesbaden, Deutschland, Oktober 2005

Marie schritt am Spielfeldrand des Schachbrettes entlang und fixierte nachdenklich die lebensgroßen Figuren. Sie ahnte, dass sie verloren hatte. Sie holte tief Luft, dann schaute sie zu ihrer Gegnerin, die auf der Parkbank gegenüber saß. »Hat es überhaupt noch Sinn weiterzumachen?«

Betty schüttelte den Kopf. »Du kannst nur noch mit dem Turm ziehen, was dir aber nichts bringen wird, denn mit meinem nächsten Zug bist du schachmatt.«

»Und wenn ich den Bauern dorthin setze?« Marie trat auf das Spielfeld und rückte die Figur voran.

Bettys Blick war Antwort genug.

»Ich gebe auf.« Marie nahm die Hände in die Höhe. »Du hast schon wieder gewonnen.«

Betty erhob sich von der Parkbank, trat aufs Spielfeld, schob ihre Dame zwei Felder nach rechts und rief triumphierend: »Schachmatt!« Ein Grinsen um die Lippen, drehte sie sich zu Marie um. »Muss schließlich alles seine Richtigkeit haben.«

Marie, die nicht gern verlor, zwang sich zu einem Lächeln und seufzte: »Das ist kein freiwilliges soziales Jahr, das ist Folter. Wenn ich gewusst hätte, dass alte Leute so anstrengend sind, ich hätte mir eine andere Beschäftigung gesucht.«

»Alte Leute?« Betty sah um sich. »Wo sind hier alte Leute?«

Marie grinste. Betty war vierundachtzig, was sie nicht daran hinderte, ihre ganz eigene Art der Eitelkeit zu pflegen. Sie hatte sich damit abgefunden, ästhetisch zweifelhafte orthopädische Schuhe tragen zu müssen, doch ihre restliche Kleidung war modern und von ausgesuchter Qualität. Altbackene Strickwesten und formlose Pullover suchte man bei ihr vergebens. Am liebsten trug sie Blusen, enggeschnittene Rollis und schwarze Leggings aus diesem neumodischen Zeugs, das sie Elasthan nannten. Hätte es früher schon geben müssen, hatte sie einmal zu Marie gesagt, dann hätten die Röcke nicht ständig gekniffen. Ihr Haar war silbergrau – Färben wäre ihr nicht in den Sinn gekommen. Dafür umgab sie ein leichter Hauch von Chanel N°5, was Marie wie ein Klischee vorkam. Sie selbst benutzte nur praktisches, nach Vanille duftendes Deo aus der Drogerie. Betty hielt nichts von praktischen Deos, genauso wie sie nichts von orthopädischen Schuhen, dem Altersheim oder ihrem Zimmernachbarn Karl-Theodor hielt.

»Spielen wir noch eine Runde?«, fragte die alte Dame.

Marie blickte auf die Uhr. »Ich fürchte, wir müssen zurück.«

»Nicht doch, jetzt schon?« Betty verzog enttäuscht das Gesicht.

»Bald wird es dunkel, und um sechs gibt es Abendbrot«, sagte Marie. Betty antwortete nicht. Sie setzte sich wieder auf ihre Parkbank, verschränkte die Arme vor der Brust und hielt ihre Nase in die herbstliche Abendsonne. Marie ließ sie gewähren. Sie kannte Bettys Launen. Trotzdem hatte sie die alte Dame ins Herz geschlossen. Sie war anders als die anderen Bewohner des Heimes, die sich die Zeit mit Tratschen, Fernsehen und Brettspielen vertrieben. Ihre gemeinsame Leidenschaft fürs Schachspielen hatten sie nur durch Zufall entdeckt. Marie hatte Else Bauer im Aufenthaltsraum einen Tipp gegeben, durch den die alte Dame ihren Gegner, den alten Heinz-Ulrich, geschlagen hatte. Seitdem hatte sich Betty hartnäckig an ihre Fersen geheftet, denn es gab nur wenige gute Schachspieler im Heim; glaubte sie Bettys Worten, gar keine.

Im Frühjahr hatte Marie ihre Stelle im Haus Sonnenschein angetreten. Kurz davor war sie von Berlin nach Wiesbaden gezogen. Die Idee mit dem freiwilligen sozialen Jahr war ihr eher zufällig gekommen. Das BWL-Studium war nichts für sie gewesen, genauso wenig wie die Ausbildung zur Bankkauffrau. Mit ihrer Launenhaftigkeit bei der Arbeitssuche hatte sie ihren Betreuer beim Jugendamt, Herrn Paul, zur Weißglut getrieben. Einen aalglatten Burschen, der mit seinen braunen Cordanzügen und der schwarzen Hornbrille wie ein Überbleibsel aus einer anderen Zeit wirkte, ebenso wie das rote Backsteingebäude, in dem das Jugendamt untergebracht war. Zuletzt hatte sie dieses Gebäude kurz nach ihrem achtzehnten Geburtstag betreten. Herr Paul hatte ihr an diesem Tag persönliche Dinge ihrer Eltern übergeben, die bisher im Jugendamt aufbewahrt worden waren. Darunter eine alte Tasche ihrer Mutter, die mit allerlei Krimskrams gefüllt war. Erst vor einer Weile hatte sie in dieser Tasche zufällig die Fotografie eines alten Hauses in einer Seitentasche entdeckt, die ihre Aufmerksamkeit auf sich zog. *Haus Sonnenschein, 1945* war auf der Rückseite zu lesen. Sie stellte Nachforschungen im Internet an und fand das Haus. Es stand in Wiesbaden und war ein Altersheim. Weshalb ihre Mutter diese Fotografie aufbewahrt hatte, erschloss sich Marie nicht. Zufällig wurden in dem Heim junge Menschen für ein freiwilliges soziales Jahr gesucht, und sie hatte sich spontan beworben und war angenommen worden. Vielleicht war die Fotografie ein Wink des Schicksals oder einfach nur Zufall, wer wusste das schon. Es hatte sich gut angefühlt, Berlin hinter sich zu lassen, eine Stadt, die ihr stets fremd geblieben war.

In Wiesbaden angekommen, hatte sie sich schnell eingelebt. Die Stadt am Rhein war gemütlich, dabei mondän und überschaubar. Sie bewohnte ein kleines Zimmer in einer WG, die in einem der für diese Gegend typischen Stadthäuser aus dem neunzehnten Jahrhundert lag. Ihre beiden Mitbewohnerinnen waren grundverschieden. Die blonde Julia war eher eine Nachteule – vor neun Uhr morgens nicht ansprechbar, unordentlich und hektisch. Kerstin hingegen war ruhig und besonnen. Mit ihrem kurzgeschnittenen braunen Haar wirkte sie unscheinbar. Sie studierte Germanistik und Philosophie, und in ihrem Zimmer gab es unendlich viele Bücher. In den Tagen nach ihrer Ankunft hatte Kerstin ihr die Stadt gezeigt. Die prachtvolle Wilhelmstraße, den Neroberg mit seiner kleinen Bergbahn, das Biebricher Schloss, das direkt am Rheinufer lag. Ganz besonders beeindruckte

Marie das im Stil der Neorenaissance erbaute Staatstheater, das inmitten altehrwürdiger Villen und Parkanlagen die vergangenen Zeiten Wiesbadens aufleben ließ. Hier hatte sie auch das Freiluftschachspiel entdeckt, im sogenannten Warmen Damm, wie die Wiesbadener den nahe dem Theater liegenden Park nannten.

Betty war ganz verzückt gewesen, als Marie es ihr zum ersten Mal gezeigt hatte, und inzwischen war es zu einer schönen Gewohnheit geworden, dass sie einmal in der Woche hierherkamen.

Marie wusste, dass Betty nicht gern ins Heim zurückging, das sie abfällig als »die Bude« bezeichnete. Viele Freunde hatte die alte, oft eigenwillige Dame dort nicht. Die meiste Zeit verbrachte sie in ihrem Zimmer. Nur Karl-Theodor besuchte sie ab und an. Der alte Herr mit den buschigen grauen Augenbrauen und dem freundlichen Lächeln war eine hartnäckige Frohnatur und ließ sich nicht so schnell vertreiben, was Marie gefiel. Betty konnte durchaus Gesellschaft vertragen, auch wenn sie selbst das anders sah.

Marie räumte die Schachfiguren zurück in die Kisten, setzte sich neben die alte Dame auf die Bank und blickte zu dem großen Weiher in der Mitte des Parks. Die Äste einer Trauerweide trieben im Wasser, auf dem Enten, einige Blesshühner und zwei Schwäne schwammen. Der Herbst hatte die Blätter der Bäume bunt gefärbt, durch die sanfte Sonnenstrahlen ihre Muster auf die Wege zeichneten. Der Duft von trockenem Laub hing in der milden Luft. Auf der nahen Wiese lag eine Gruppe junger Mädchen, die sich kichernd unterhielten. Ein Jogger lief an ihnen vorüber und grüßte knapp. Fahrradfahrer fuhren über die bekiesten Wege. Ein kleines Mädchen, kaum zwei Jahre alt, lief quietschend zum Wasser, verfolgt von seiner Mutter. Kurz vorm Ufer erwischte sie die Kleine, nahm sie lachend in den Arm und wirbelte sie durch die Luft. Marie beobachtete die beiden wehmütig. Als ihre Welt zusammenbrach, war sie nicht viel älter als die Kleine gewesen. Es passierte an einem milden Herbsttag wie heute. Sie hatte auf dem Rücksitz des Wagens gesessen, in dem ihre Eltern den Tod gefunden hatten. Ob ihre Mutter sie jemals so durch die Luft gewirbelt hatte, oder ihr Vater? Sie wusste es nicht. Ihre Gesichter kannte sie nur von Fotos, und ihre Gegenwart war eine vage Erinnerung aus einer unerreichbaren, Geborgenheit versprechenden Welt.

»Wie hieß noch gleich dieses nette Café, in dem wir letztens waren?«, riss Betty sie aus ihren Gedanken. »Da könnten wir noch auf einen Sprung vorbeischauen. Die backen leckere Torten.«

»Maldaner, das Café heißt Maldaner«, erwiderte Marie abwesend. Die Frau und das Mädchen hatten begonnen die Enten zu füttern.

»Richtig, das war der Name. Lass uns dorthin gehen. Das Abendbrot im Heim ist immer derselbe Einheitsbrei – Käse, Wurst, ein wenig Brot, an guten Tagen eine Tomate oder Gurke. Phantasie ist für diese Küche ein Fremdwort.« Die alte Dame stand entschlossen auf.

»Torte ist allerdings auch kein besonders gutes Abendessen«, wandte Marie ein.

»Ja, aber sie macht glücklich. Und ein bisschen Glück ist gut für die Seele.« Betty zwinkerte Marie aufmunternd zu. »Ist nicht immer leicht im Leben. Es hat keinen Sinn, die dunklen Wolken zuzulassen, besonders nicht, wenn die Sonne so schön scheint.«

Marie lächelte. Die alte Dame mochte stur sein, manchmal vielleicht auch wunderlich, doch sie hatte feine Antennen für die Menschen um sie herum. Oftmals kam es Marie so vor, als wüsste Betty alles über sie, obwohl sie ihr nie viel von sich erzählt hatte.

»Also gut. Wenn Torte glücklich macht, ist das natürlich etwas anderes«, lenkte Marie ein.

Die beiden schlenderten Richtung Wilhelmstraße, vorbei an dem altehrwürdigen Nassauer Hof, in dem schon Kaiser Wilhelm II., in späteren Jahren John F. Kennedy oder Audrey Hepburn residiert hatten.

Auch das Café Maldaner, das sie nun betraten, entführte einen mit seinem Charme eines Wiener Caféhauses in alte Zeiten. Eine hölzerne Drehtür, stuckverzierte Decken und Wände, gemütliche Sofas und eine breite, reich gefüllte Kuchentheke sorgten für eine gemütliche Atmosphäre.

Sie suchten sich einen Platz am Fenster und gaben ihre Bestellung auf. Marie entschied sich für ein Stück Obstkuchen und einen koffeinfreien Cappuccino, während sich Betty ein Stück Schwarzwälder Kirschtorte und eine heiße Schokolade gönnte.

»In Berlin sehen Cafés anders aus«, sagte Marie.

»In Norwegen auch«, erwiderte Betty trocken.

»Norwegen?« Marie zog eine Augenbraue in die Höhe.

»Ich hab mal in einem gearbeitet, in Kristiansand – ist eine Ewigkeit her. Fühlt sich an, als wäre es in einem anderen Leben gewesen.« Bettys Stimme klang wehmütig.

»So fühlt sich Berlin für mich auch an«, erwiderte Marie. Die Bedienung brachte die Bestellung. Betty deutete auf Maries Törtchen.

»Dein mickriger Kuchen sieht nicht so aus, als würde er glücklich machen.«

»Das kann schon sein«, bestätigte Marie lachend. »Ich muss auf meine Linie achten.«

»Klar, und morgen kommt der Weihnachtsmann. Von der Statur her sind wir uns sehr ähnlich. Klein, zierlich, aber zäh. Du kannst essen, was du willst, Schätzchen, es bleibt nichts hängen. Das verspreche ich dir.«

Marie lächelte. Sie probierte von ihrem kümmerlichen Törtchen. »Wieso warst du in Norwegen?«

»Ich bin dort geboren«, antwortete Betty und winkte ab. »Ist lange her. In den Fünfzigern bin ich nach Deutschland gekommen, habe geheiratet und bin geblieben. Und was war bei dir in Berlin?« Sie schaute Marie fragend an.

»Ist noch nicht lange her«, gab Marie zurück und nippte an ihrem Cappuccino. »War nicht so berauschend dort.«

Betty trank von ihrer Schokolade und bemerkte trocken: »Du willst nicht darüber reden.«

»Willst du über Norwegen reden?«, konterte Marie.

»Ist wie Schach spielen, sich mit dir zu unterhalten«, gab Betty zurück. »Dem Gegner keine Blöße geben.«

Marie zog eine Grimasse, dann gab sie sich einen Ruck. »Ich war zwei Jahre alt, als meine Eltern bei einem Autounfall ums Leben gekommen sind.« Betty ließ ihre Gabel sinken. »Insgesamt waren es vier Pflegefamilien, drei Heimaufenthalte und immer derselbe miese Betreuer im Jugendamt, den ich Gott sei Dank nun endlich los bin.«

»Immerhin etwas«, bemerkte Betty. Eine Weile schwiegen beide. Marie leerte ihren Cappuccino in einem Zug. Als sie die Tasse auf den Tisch zurückstellte, legte Betty die Hand auf ihren Arm und sagte: »Ich habe den Schmerz in deinen Augen erkannt – diesen Kummer, der einen nie loslässt.«

Marie wusste nicht, was sie erwidern sollte. Bettys Stimme klang auf einmal anders – zerbrechlicher als sonst. In ihren Augen schienen Tränen zu schimmern. Eine Bedienung trat näher und unterbrach die beiden. Betty zog ihre Hand fort.

»Wir schließen gleich, dürfte ich bitte kassieren?«, fragte die junge Frau schüchtern.

»Das geht auf mich«, bestimmte Betty, noch bevor Marie reagieren konnte. Sie ließ sie gewähren, denn Widerworte hätte Betty ohnehin nicht zugelassen, das wusste Marie. Betty gab ein großzügiges Trinkgeld und zwinkerte dem jungen Mädchen lächelnd zu, was diese mit einem höflichen Dankeschön und roten Wangen quittierte.

Kurz darauf verließen sie das Café und liefen zur nahen Bushaltestelle. Die Sonne war bereits untergegangen, doch der Himmel erstrahlte noch in leuchtendem Rot. Betty setzte sich auf den einzigen freien Sitzplatz an der Haltestelle. Sie nahm ihre Tasche auf den Schoß und schaute in den Himmel, wo ein Schwarm Kraniche laut rufend Richtung Süden zog. »Es gab einmal eine Zeit, da konnte ich mir ein

Leben ohne Sicht aufs Meer nicht vorstellen«, murmelte sie. Erneut klang ihre Stimme zerbrechlich. »Oder einen Winter ohne Schnee. Das sind die beiden Dinge, die ich am meisten an Norwegen vermisse, das Meer und den Schnee. Richtigen Schnee, nicht die Matschbrühe, die hier alle drei heilige Zeiten vom Himmel fällt und gleich wieder davonschwimmt. Schnee, der wie Watte aussieht, monatelang liegen bleibt und ganz anders riecht, als das von Streusalz zerfressene Zeug.« Sie seufzte. Der Bus kam, und die beiden stiegen ein.

»Und du bist nie wieder dort gewesen, am Meer, meine ich?«, hakte Marie nach.

»Nein, schon lange nicht mehr. Nur in meinen Träumen sehe ich unser Dorf, die weißen Häuser, den Schärengarten und das Meer.« Bettys Blick wanderte nach draußen, und sie fügte leise hinzu: »Wir durften uns nicht lieben. Nicht wiedersehen, einander nicht finden, in einer Welt, die ganz und gar aus den Fugen geraten war. Und das alles nur, weil sie über den Hügel gekommen sind.«

»Wer ist über welchen Hügel gekommen?«, wollte Marie wissen.

Betty wandte den Kopf zu ihr. Unverständnis lag in ihrem Blick.

»Ich habe dir doch gesagt, du sollst eine anständige Torte essen. Sieh mich an. Ich bin jetzt glücklich.« Die Verletzlichkeit in ihrer Stimme war mit einem Schlag verschwunden. Marie hakte nicht weiter nach. Wenn Betty so weit war, würde sie ihr den Rest der Geschichte erzählen, das spürte sie.

Der Bus hielt, und die beiden stiegen aus. Am Eingang zum Altersheim stand Karl-Theodor und grüßte freundlich:

»Guten Abend, die Damen. Sie wurden beim Abendessen vermisst. Es war heute ausgesprochen köstlich.«

»Das glaube ich aufs Wort«, antwortete Betty mit dem altbekannten trockenen Unterton in ihrer Stimme.

Sie gingen an dem alten Mann vorbei zum Fahrstuhl, der sie in den dritten Stock beförderte, in dem es wie immer muffig roch.

»Immer dieser Gestank«, moserte Betty, als sie auf den Flur traten. »Das liegt daran, dass sie nie das Fenster aufmachen. Irgendwann ersticken wir noch in dem Mief von billigem Essen und Bettpfannen.«

Marie brachte die alte Frau zu ihrem Zimmer.

»Nächste Woche wieder Schach?«, vergewisserte sich Betty. »Aber sicher doch«, erwiderte Marie und zwang sich zu einem Lächeln. »Und diesmal werde ich gewinnen.«

»Das glaubst auch nur du«, konterte die alte Dame augenzwinkernd und verschwand in ihrem Zimmer. Marie blieb noch eine Weile auf dem Flur stehen. Plötzlich kam sie sich ganz verloren vor. Sie verstand selbst nicht genau, warum, aber sie hätte gern noch mehr von Norwegen, den weißen Häusern am Meer und dem so anders aussehenden Schnee gehört. Der Aufzug öffnete sich erneut und spuckte Karl-Theodor aus. Mit hängenden Schultern ging er an Marie vorüber zu seinem Zimmer. Die Fröhlichkeit von eben war aus seinem Gesicht verschwunden.

»Ach, guten Abend, mein Fräulein«, grüßte er höflich. »Sie sind noch hier?«

»Ich gehe jetzt.« Er nickte. Marie deutete auf Bettys Tür. »Ist nicht immer leicht mit ihr.«

»Ist, wie es ist.« Er winkte ab. »Sie hat auch gute Tage. Vielleicht ja morgen wieder.« Seine Stimme klang hoffnungsvoll.

»Bestimmt. Sie spielt gern Schach. Wussten Sie das?« Marie bemühte sich um einen aufmunternden Tonfall.

»Wirklich?«, fragte er verwundert.

Marie nickte.

»Sie ist sogar sehr gut darin.«

»Das glaube ich aufs Wort«, gab er zurück und öffnete seine Tür.

Marie ging zum Aufzug. Sicher würde er morgen erneut sein Glück bei Betty versuchen, vielleicht dieses Mal mit mehr Erfolg, denn wenn es um ein gutes Schachspiel ging, würde Betty kaum nein sagen können.

*

Als Marie kurze Zeit später die Tür zur ihrer WG aufsperrte, vernahm sie fröhliches Gelächter aus der Küche. Sicher hatte Julia wieder ein paar Kommilitonen eingeladen. Marie stellte ihre Tasche neben der Garderobe auf den Boden. Hoffentlich würde der Besuch nicht, wie so oft, bis in die frühen Morgenstunden bleiben. Sie hatte am nächsten Tag Frühschicht und musste zeitig aufstehen.

Nun trat Julia, die wie immer hochhackige Schuhe trug, in den Flur und begrüßte sie überschwänglich.

»Marie, da bist du ja endlich. Wir warten schon auf dich. Komm, du musst unseren neuen Mitbewohner kennenlernen.«

»Unseren neuen Mitbewohner?«

Julia zog sie mit sich in die Küche, wo ein dunkelhaariger junger Mann auf der alten Küchenbank saß und sich mit Kerstin unterhielt.

»Jan«, sagte Marie.

»Ihr kennt euch?«, fragte Julia überrascht.

»Klar doch«, stammelte Marie, die nicht fassen konnte, dass der gutaussehende Typ aus der Küche des Altenheimes in ihre WG einziehen sollte. Er stand auf und hielt ihr die Hand hin, die sie zaghaft ergriff.

»Du bist eine der Pflegerinnen, nicht wahr?« Er sprach mit einem leichten Akzent, Marie tippte auf ein skandinavisches Land.

»Marie«, antwortete sie, gefangen von seinen samtbraunen Augen. »FSJlerin.«

»Dann ist ja alles prima.« Julia klatschte freudig in die Hände, während Marie auf einen der Küchenstühle sank und nickte. Das musste sie erst einmal verdauen. Schweigend hörte sie den anderen zu. Kerstin erzählte von ihrem Auslandssemester in England, das sie nächste Woche antreten sollte. Dann wurde schnell geklärt, wann Jan einziehen würde. Bereits in der nächsten Woche könnte sein Umzug stattfinden.

Nicht lange danach löste sich die kleine Runde auf, und Marie hatte sich von ihrem ersten Schock erholt. Ihre anfängliche Begeisterung über den neuen Mitbewohner war schnell wieder verflogen. Es war offensichtlich, dass Julia es darauf anlegte, mit Jan zu flirten, und sich mehr als einen Mitbewohner erhoffte – was das Zusammenleben kompliziert machen würde. Julia war auch diejenige, die Jan zur Tür brachte, während Marie und Kerstin in ihren Zimmern verschwanden.

Marie knipste ihre Schreibtischlampe an, wobei ihr Blick auf einen großen braunen Umschlag auf ihrem Tisch fiel. Die Adresse darauf war durchgestrichen, ein Nachsendeaufkleber befand sich darüber. Absender war das Jugendamt Berlin. Ihr schwante Übles. Sie öffnete den Umschlag und zog ein in braunes Leder gebundenes Buch heraus. Als sie es aufschlug, fiel ihr eine Fotografie in die Hände. Eine junge Frau mit einem Baby im Arm war darauf abgebildet. Der Text in dem Buch war handgeschrieben, doch sie konnte ihn nicht lesen, denn er war in einer ihr unbekannten Sprache verfasst. Vermutlich war es ein Tagebuch.

Warum zum Teufel war ihr dieses Buch geschickt worden?

Sie drehte das Foto um und erstarrte.

ZWEI

Marie hörte dem montäglichen Vortrag der Pflegedienstleitung nur halbherzig zu. Sie war müde, denn sie war gestern Abend für ihre Kollegin Vicki eingesprungen, die von ihrem neuen Freund teure Konzertkarten geschenkt bekommen hatte. Die wöchentliche Versammlung des Pflegedienstes war für alle Pflicht. Vicki fehlte trotzdem, angeblich war sie heute krank, doch Marie ahnte den Grund für diese plötzliche Erkrankung: eins neunzig groß, brauner Wuschelkopf und hübsche blaue Augen. Der Larsvirus hatte Vicki befallen. Mal sehen, wie lange er anhalten würde. Seitdem Marie ihre Stelle im Haus Sonnenschein angetreten hatte, hatte es schon mehrere Viren gegeben, die Vicki außer Gefecht gesetzt hatten. Andreas, Günter, Torben und jetzt Lars – selbstverständlich sollten alle die Liebe ihres Lebens sein. Am längsten hatte sie es mit Torben ausgehalten, ganze sechs Wochen. Auch Christine Göbel, die Pflegedienstleiterin, ahnte den Grund für Vickis Fernbleiben und schrieb etwas in ihr blaues kleines Notizbuch, vor dem sich jeder Angestellte fürchtete. Auch Marie hatte schnell erkannt, dass mit Christine Göbel nicht gut Kirschen essen war. Wenn es nach der Mittfünfzigerin mit dem aschblonden kurzgeschnittenen Haar gegangen wäre, dann würde sie heute nicht hier sitzen. Wankelmütige junge Dinger habe sie noch nie leiden können, hatte sie ihr an ihrem ersten Arbeitstag unverblümt ins Gesicht gesagt. Jeder Mitarbeiter bekam bei Arbeitsantritt aus irgendeinem Grund eine Standpauke von ihr, hatte Vicki Marie später erklärt.

Christine Göbel erläuterte die Abläufe der neuen Woche. Es gab Probleme mit der Reinigung, die bereits mehrfach private Namensetiketten vertauscht hatte. Reparaturen an der Heizungsanlage müssen vorgenommen werden, was vermutlich am Mittwoch zu Schwierigkeiten mit dem Warmwasser führen könnte. Im Flur des zweiten Stockes waren mehrere Lampen ausgefallen, die heute von Herrn Richter, dem Hausmeister, ersetzt werden sollten. Maries Blick wanderte zum Fenster. Das Wetter hatte übers Wochenende umgeschlagen. Regen fiel in große Pfützen auf dem Innenhof. Im Wetterbericht hatten sie heute Morgen von einer längeren Schlechtwetterperiode gesprochen. Sie sah Bettys unzufriedenen Blick schon vor sich. Gewiss würde die alte Dame ein Spielchen im Aufenthaltsraum ausschlagen.

»Marie?«

Sie zuckte zusammen. Plötzlich waren alle Augen auf sie gerichtet. Abwartend schaute Frau Göbel sie an und zog missbilligend eine Augenbraue in die Höhe. »Ob du mit Gertrud diese Woche deinen Dienst tauschen würdest? Sie hat eine private Angelegenheit zu erledigen, die dringlich wäre.« Marie sah zu Gertrud. Die stämmige Frau mit dem aschblonden Pagenkopf warf ihr einen flehenden Blick zu. Sicher ging es mal wieder um ihren Sohn, der nur Unsinn im Kopf hatte. Was er jetzt schon wieder ausgefressen hatte, wollte Marie gar nicht wissen. Ihren Dienst zu tauschen bedeutete, dass sie bis Donnerstag frei hätte, dafür aber am Wochenende arbeiten musste. Sie überlegte kurz, dann nickte sie. Erleichtert sank Gertrud auf ihrem Stuhl zusammen. Gewiss würde sie ihr später zum Dank wieder Schokolade bringen. Gertrud arbeitete von allen Mitarbeitern am längsten in diesem Haus, nächstes Jahr würde sie ihr vierzigjähriges Dienstjubiläum feiern. Doch zu mehr als einer einfachen Pflegekraft hatte es die schüchterne, immer leicht abgehetzt wirkende Frau mit dem Herz am rechten Fleck und einem gehörigen Appetit nie gebracht. Ellenbogen einsetzen liegt mir nicht, hatte sie während einer Kaffeepause einmal zu Marie gesagt und dabei verlegen den Blick gesenkt.

Die Versammlung löste sich auf. Eilig entflohen alle dem Besprechungsraum, der mit seinen großen, noch aus der Zeit der Jahrhundertwende stammenden Flügeltüren und seiner stuckverzierten Decke einen ganz eigenen Charme hatte. Marie und Gertrud warteten vorm Aufzug, der wie immer behäbig seinen Dienst tat. Auf die Idee, den in die Jahre gekommenen Fahrstuhl gegen einen moderneren zu ersetzten, war bisher niemand gekommen. Die Ausstattung des Hauses war insgesamt veraltet. Dennoch war der Charme des Fin de siècle in den Fluren, Zimmern und in den mondänen Speise- und Aufenthaltsräumen noch spürbar und zeigte seine Wirkung auf die Bewohner, Menschen aus einer anderen Zeit, die hier Vertrautes wiederfanden, das ihnen Geborgenheit vorgaukelte.

Gertrud warf Marie einen Seitenblick zu und fragte: »Ich hoffe, es ist dir recht. Mein Thomas, er hat …«

»Schon gut«, unterbrach sie Marie. »Ich hatte sowieso keine Pläne fürs Wochenende.«

Gertrud deutete ein Nicken an, sichtlich um Fassung bemüht. Marie wusste nicht, was sie sagen sollte. Irgendetwas Tröstendes, etwas Lustiges. Es fiel ihr nichts ein. Sie spürte, dass Gertrud jemanden zum Reden brauchte, doch sie fühlte sich heute nicht in der Lage, der Kollegin zuzuhören. Ihre Hand wanderte in die Tasche ihrer grauen Strickjacke, und sie umklammerte die Fotografie mit der Frau und dem Kind, die sie, seitdem sie sie aus dem Briefumschlag gezogen hatte, ständig bei sich trug. Der Text auf der Rückseite war mit Tinte geschrieben und verblasste bereits. Die Frau auf dem Bild kam ihr so vertraut vor, sah ihr so unendlich ähnlich. Gestern hatte sie das Bild vor den Badezimmerspiegel gehalten und ihr eigenes Antlitz mit dem Gesicht der Frau verglichen. Die Fotografie war schwarzweiß, die Ecken waren bereits vergilbt. Trotzdem ahnte Marie, dass die Frau rotes Haar hatte. Rotes Haar und helle Haut – wie sie selbst, wie ihre Mutter, die sie nur von Bildern kannte.

Der Aufzug kam, und die beiden Frauen stiegen ein. Verwundert registrierte Gertrud, dass Marie nicht nach unten fuhr.

»Hast doch jetzt frei. Was willst du dann im dritten Stock?«, entfuhr es ihr. Marie schaute auf die Zahlenreihe. Wie selbstverständlich hatte sie auf die Nummer drei gedrückt. Gertrud sah sie abwartend an, während sich der Aufzug in Bewegung setzte.

»Ich wollte noch zu Betty. Hab ihr etwas versprochen«, wich Marie ihrer Kollegin aus. Was sollte sie ihr sagen – dass sie der alten Dame nahe sein wollte? Dass sie mit ihr reden wollte, über das Schachspielen, das Wetter – vielleicht sogar über Norwegen? Oder war das alles Unsinn? Betty war nur eine alte Dame, eine der Bewohnerinnen des Altersheimes eben, nicht viel mehr als eine Bekannte. Und trotzdem zog es Marie zu ihr.

Sie erreichten das dritte Stockwerk, und Marie stieg mit einem knappen Abschiedsgruß auf den Lippen aus. Wie immer war der Flur in helles Neonlicht getaucht. Frau Kahl saß in ihrem Rollstuhl in dem extra eingerichteten Raucherzimmer und unterhielt sich angeregt mit Herrn Dietrich, der gewiss über seine alten Zeiten als Bankdirektor plauderte. Eingenebelt vom Zigarettenqualm, lebten sie in ihrer Welt der Vergangenheit. Marie lief den Flur hinunter. Bettys Zimmertür stand offen. Sie war gerade vom Frühstück zurück und lüftete, wie immer zu dieser Stunde. Marie blieb fröstelnd in der Tür stehen und wickelte sich fest in ihre Strickjacke. Betty saß am offenen Fenster, ihr Strickzeug in der Hand – als wäre Sommer und kein kalter Oktobertag. Der Wind trug den Regen in den Raum. Das Fensterbrett war schon ganz nass. Betty blickte auf und sagte trocken: »Dachte schon, du kommst nicht mehr.«

Marie durchquerte den Raum und schloss das Fenster. »Meine tägliche Dosis kaltes Zimmer kann ich mir doch nicht entgehen lassen.« Sie griff nach einem Handtuch und wischte das Fensterbrett trocken.

»Kaltes Zimmer?« Betty schüttelte den Kopf. »Ihr jungen

Dinger wisst doch gar nicht, was Kälte ist.« Sie strickte weiter. Marie schloss die Tür und setzte sich aufs Bett. Schweigend saßen sie sich eine Weile gegenüber. Nur das Klappern der Nadeln erfüllte den Raum. Schlurfende Schritte waren auf dem Flur zu hören, die Stimme von Karl-Theodor, dann war es wieder still. Nur ganz langsam wurde es wärmer im Raum.

»Hast heute keine Arbeit, was?« Betty drehte ihr Strickzeug um.

»Hab unverhofft frei bekommen.«

»Gertrud wird diesem Balg nie beikommen«, erriet Betty den Grund für Maries plötzliche Freizeit. »Sie erzählt es jedem, auch wenn er es nicht hören will. Meine Güte, der Junge ist erwachsen. Irgendwann muss sie ihn ziehen lassen. Ändern wird sie ihn nicht können.«

»Vielleicht hat er wieder einen Gerichtstermin«, mutmaßte Marie, die sich schon gar nicht mehr darüber wunderte, dass die alte Dame sofort begriffen hatte, worum es ging. »Immerhin geht sie hin und lässt ihn nicht allein, auch wenn er ein Kleinkrimineller und ein Versager ist. Für mich ist nie jemand irgendwohin gegangen, egal ob in den Kindergarten oder die Schule. Alles war ihnen egal. Eine meiner Pflegemütter hat mich ständig geschlagen, eigentlich für alles. Sie hat zu viel geraucht, zu viel gesoffen. Die andere war ein Weichei, bei der hat uns ihr Freund verprügelt. Und die eine Familie war zwar ganz nett, gekümmert haben sie sich aber auch nicht. Als der Vater starb, bin ich dort weggekommen – zurück ins Heim.«

»Ist nicht dein Tag heute, oder?« Betty schaute sie kurz an.

»Könnte sein«, erwiderte Marie. Sie überlegte, ob sie Betty von dem Buch und dem Bild erzählen sollte. Ihre Hand wanderte in ihre Tasche, wo sie das Papier berührte. Sie brachte es nicht über sich, es hervorzuholen – es war zu kostbar. Am Ende würde Betty es nicht verstehen, etwas Falsches, gar Verletzendes sagen.

Der Wind peitschte den Regen an die Fensterscheibe und wirbelte Blätter durch die Luft. Missmutig schaute Betty hinaus.

»Ist ein lausiges Wetter heute. Gut, dass du das Fenster zugemacht hast. Sogar der Teppich ist nass geworden.« Sie legte ihr Strickzeug auf den Tisch, füllte Tee in zwei Becher und reichte Marie einen. Marie nahm ihn dankbar entgegen und schloss ihre kalten Finger um das warme Porzellan.

Erneut schwiegen sie, und die Stille fühlte sich gut an. Marie rückte auf dem Bett ein Stück nach hinten und lehnte sich gegen die Wand. Betty hatte ihr Zimmer mit ihren alten Möbeln eingerichtet. Sie saß in einem gemütlichen grünen Sessel mit abgewetztem Stoff, auf dem Nachttisch stand eine beigefarbene Lampe, die den Charme der sechziger Jahre verströmte. Über dem Bett hing ein Ölgemälde, eingefasst von einem kitschigen goldenen Rahmen. Das Meer war darauf zu sehen, Wellen, auf denen Schaumkronen tanzten, schlugen an den Strand. »Das Bild hat ein Mann namens Joakim gemalt«, sagte Betty. »Mein Vater hat es ihm vor vielen Jahren abgekauft. Es ist das Einzige, was mir von zu Hause geblieben ist.« Da war er wieder, der Schmerz in Bettys Stimme. »Er ist jahrelang zu uns nach Loshavn gekommen und hat gemalt. Manchmal habe ich ihn heimlich dabei beobachtet. Meine Güte, ich war sogar neidisch auf ihn, weil er so schön malen konnte und die Geduld dafür aufbrachte, so lange an einem Ort auszuharren, bis das richtige Licht den Himmel erfüllte. Irgendwann tauchte Joakim dann nicht mehr auf – nur das Bild ist geblieben. Es hat in der Stube über dem Esstisch gehangen. Mutter hat es nie gemocht. Sie meinte immer, es zeige die raue Seite des Meeres, vor der sie sich immer gefürchtet habe.« Betty schüttelte den Kopf. »Ein Loshavner Mädchen und fürchtet sich vor dem Meer, das muss man sich mal vorstellen.«

»Was soll daran seltsam sein?«, erwiderte Marie schulterzuckend. »Ich habe so viele Jahre in Berlin gelebt und fürchte mich bis heute vor der U-Bahn. Ich kann nicht einmal genau sagen, was es ist. Aber wenn ich eine U-Bahn kommen höre, krampft sich mein Magen zusammen. Und in dem fahlen Licht der unterirdischen Gänge wirken alle Gesichter grau und eingefallen. Die meisten Menschen blicken grimmig drein. Oftmals kam es mir so vor, als verspürten die Leute um mich herum dieselbe Angst wie ich. Die Angst, für immer in den dunklen Tunneln zu verschwinden.«

»Als würde einen das Meer verschlucken«, pflichtete Betty ihr bei. Marie nippte an ihrem Tee. Betty griff erneut nach ihrem Strickzeug. Wieder waren schlurfende Schritte zu hören, das Klappen einer Tür.

»Das ist bestimmt Karl-Theodor«, bemerkte Marie.

»Und wenn schon.« Betty zuckte mit den Schultern.

»Er hat dich gern.«

Betty warf ihr einen kurzen Blick zu, der alles sagte.

»Gib ihm wenigstens eine Chance. Ich glaube, er ist sehr

nett, und Schach spielen kann er auch. Gesellschaft ist doch nichts Schlechtes.«

»Ich mag sie eben nicht, diese verhärmten Gesichter, diese Pullunder- und Cordjackenträger, die müffeln, gelbe Zähne haben und den ganzen Tag nur jammern oder sich über andere Leute aufregen.«

»Das ist aber nicht sehr nett«, verteidigte Marie Karl-Theodor. »Er müffelt nicht und gibt sich Mühe mit seinem Äußeren. Gut, er trägt Cordjacken, aber darunter Hemden, keine Pullunder. Gib dir einen Ruck, wenn er das nächste Mal kommt. Nur eine Runde Schach. Vielleicht macht es dir ja Spaß.«

Betty atmete tief durch, dann nickte sie. »Von mir aus. Aber er muss fragen. Sonst glaubt er noch, ich würde ihm nachlaufen.«

Marie grinste. Da war sie wieder, die eigenwillige Betty, die tatsächlich anzunehmen schien, Karl-Theodor würde mehr suchen als Gesellschaft, um die Einsamkeit zu vertreiben.

»Meinen Vater hat das Meer verschluckt«, kam Betty wieder auf ihr vorheriges Thema zurück. »Ich war nicht da, lebte damals in Kristiansand. Plötzlich war ein Sturm aufgezogen, und das Boot meines Vaters ist gekentert. Die komplette Besatzung ist ertrunken. Vater, Leiff und Kalle, der etwas dumm im Kopf war, aber anpacken konnte. Nach der Beerdigung hat Mutter das Bild mit den Wellen abgehängt. Sie war richtig wütend darauf und hat es zu Boden geworfen.« Betty deutete auf die rechte Ecke des Rahmens, wo tatsächlich zu erkennen war, dass das Gemälde beschädigt war. »Als sie an dem Tag endlich eingeschlafen ist, habe ich es aufgehoben, in ein braunes Tuch gewickelt und zu meinen Sachen in der Dachkammer gestellt.« Sie macht eine kurze Pause. »Eine Weile habe ich oben am Fenster verweilt und auf mein geliebtes Meer hinausgeblickt, das an diesem Tag ganz still war – als würde es bereuen, was es angestellt hatte. Dabei war ich es, die so vieles zu bereuen hatte.« Bettys Stimme wurde leiser. Marie glaubte, Tränen in ihren Augen zu erkennen. »Ich habe es ihr nie gesagt, habe sie nicht zu Grabe getragen, weil ich zu feige war.«

»Was hast du ihr nicht gesagt?«, hakte Marie vorsichtig nach.

Betty sah irritiert auf, sie blinzelte, und ihr Blick wanderte zum Fenster.

»Wird das Wetter die ganze Woche so bleiben? Bei Regen ist es scheußlich im Park.«

Da war sie wieder, diese Veränderung. Marie verfluchte sich für ihre Neugierde. Hätte sie Betty einfach reden lassen. Gewiss hätte sie ihr noch mehr erzählt. Marie ahnte, dass hinter den Andeutungen eine hörenswerte und aufregende Geschichte steckte. Doch wieder war Betty aus ihrer Vergangenheit aufgetaucht, und Marie wusste, dass es keinen Weg zurück geben würde.

»Ja, es soll so bleiben«, antwortete sie seufzend.

»Versuch erst gar nicht, mich dazu zu überreden, im Aufenthaltsraum zu spielen.« Betty strickte hektisch weiter. »Dort läuft andauernd der Fernseher, das schreckliche Ding. Ständig diese Quizshows, ist kaum auszuhalten.«

»Wir könnten hier spielen«, schlug Marie vor, die mit diesem Ausbruch gerechnet hatte. Betty hielt in der Bewegung inne. Verdutzt schaute sie Marie an.

»Hier, auf dem Zimmer, jetzt gleich?«

»Ich könnte in den Aufenthaltsraum hinuntergehen und das Spiel holen. Zeit hätte ich.«

Skeptisch schaute Betty Marie an, dann nickte sie zögernd.

»Das wäre schon was. Nicht so schön wie der Park, aber immerhin.« Marie stand erleichtert auf. Ihre Hand berührte erneut die Fotografie in ihrer Jackentasche. Bettys Gesellschaft würde ihr guttun. Zu Hause würde sie doch nur ins Grübeln kommen.

Als Marie die Tür öffnete, hielt Betty sie zurück. »Warte, Mädchen.« Die alte Frau legte das Strickzeug zur Seite, stand auf und zog ein Portemonnaie aus ihrer Handtasche. »Sei so lieb und lauf zum Bäcker an der Ecke. Die backen fast so guten Kuchen wie die in dem Café neulich. Wie hieß es noch gleich?«

»Maldaner«, half ihr Marie auf die Sprünge.

»Und diesmal kein windiges Obsttörtchen und Kalorienzählen.« Betty drückte ihr einen Geldschein in die Hand. »Sonst wird es nichts mit dem Glück.«

Marie sah die alte Frau verwundert an. Doch Betty grinste nur.

»Du verbringst deinen freien Tag mit einer alten Schachtel in einem Altersheim. Du musst entweder einen an der Waffel haben oder verdammt unglücklich sein. Das sagen doch die jungen Leute von heute. Einen an der Waffel haben, oder?«

Marie nickte. Wieder einmal hatte Betty sie durchschaut. »Nein, nicht unglücklich, vielleicht ein bisschen einsam«, antwortete sie leise.

Betty legte ihren Finger unter Maries Kinn, hob es an, schaute ihr eine Weile stumm in die Augen und stellte dann fest: »Wusste ich's doch. Also geh schnell zum Bäcker, bevor die Schokosahne ausverkauft ist. Und bring von dem Cappuccino mit. Das scheußliche Zeug, was die hier Kaffee nennen, kann ja kein Mensch trinken.« Sie ließ die Hand sinken. Marie nickte mit Tränen in den Augen. Betty wedelte mit den Armen. »Jetzt geh schon.«

Marie trat zur Tür, wandte sich dann aber noch einmal um und fragte: »Betty?« Die alte Frau, die gerade ihr Strickzeug in einem Korb verstaute, schaute hoch, und ihre Blicke trafen sich. »Ach, es ist nichts«, wiegelte Marie ab, verließ endgültig den Raum und schloss die Tür hinter sich.

*

Im Eingangsbereich empfing sie das bunte Treiben des Alltags. Mehrere kleine Geschäfte hatten hier Platz gefunden. Ein Blumen- und ein Friseurladen, ein Zeitungsladen, und die Filiale eines Sanitätshauses, die Angoraunterwäsche passend zur Jahreszeit im Angebot hatte. Einige der Bewohner des Altenheims saßen in einem kleinen Café, das in einem gläsernen Anbau untergebracht war, drei Damen und zwei Herren. Eine der Frauen strickte, die beiden anderen starrten zum Fenster hinaus. Die Männer diskutierten lautstark, anscheinend über Politik, denn Marie schnappte den Namen eines Politikers auf, als sie an ihnen vorüberging. Die strickende Frau erkannte sie und winkte ihr fröhlich zu. Marie grüßte sie lächelnd zurück. Frau Herbach aus dem dritten Stock war eine unerschütterliche Frohnatur, obwohl sie nach einem Unfall vor einigen Jahren an den Rollstuhl gefesselt war und ihr einziger Sohn, ein Investmentbanker, in New York lebte und sie nie besuchen kam. Er hat dort Frau und Kind, hatte sie Marie erzählt und auf eine Fotografie gezeigt, die eine Bilderbuchfamilie vor einem der typischen amerikanischen Holzhäuser zeigte. Sie war nie dort gewesen, nicht einmal zur Hochzeit. Einmal im Jahr, zu Weihnachten, kam ein Paket, hin und wieder ein Brief, mehr nicht. Das ganze Jahr über strickte sie. Strickjacken und Pullover, Babyschühchen, Strampler und Mützen. Alles ging nach New York; ob es dort jemals getragen wurde, wusste niemand. Neben ihr saß Elke Taler, die gern jammerte. Bis heute hatte sie nicht verwunden, dass sie aus ihrem kleinen Häuschen hatte ausziehen müssen. Doch mit ihrer Gehbehinderung war es immer schwerer mit den vielen Stufen geworden. Ihre Tochter kam zweimal pro Woche, manchmal auch am Wochenende, und dann brachte sie ihre Kinder mit – zwei kleine Jungs, die nur Unsinn im Kopf hatten und laut quietschend die Flure rauf- und runterrannten, was Leben ins Haus brachte, wie Marie fand. Leider war nicht jeder ihrer Meinung, besonders Frau Göbel nicht. Allerdings würde es wohl kaum etwas bringen, die Jungs mit einem Eintrag in das blaue Buch zu strafen.

»Hoppla!« Marie traf ein Rempler an der Schulter. »Pass doch auf«, rief sie. Der Verursacher ihres Zusammenstoßes blieb stehen. Es war Jan. Maries Herz begann höher zu schlagen.

»Entschuldige bitte. Hab ich dir weh getan?«

Marie blickte in seine warmen braunen Augen und schüttelte den Kopf. Ihre Stimme wurde unsicher. »Nein, ich glaube nicht. Ich wollte zum Bäcker, weißt du.« Was redete sie für einen Unsinn. Es war doch vollkommen unwichtig, wohin sie wollte.

Er grinste verschmitzt. »Dann haben wir denselben Weg, der allerdings recht feucht sein wird.« Er deutete nach draußen. Wolkenbruchartiger Regen ging nieder. Wo kam der denn so plötzlich her? Eben hatte es doch nur genieselt. »Soll ich Euch zum Bäcker geleiten, gnädiges Fräulein?«, scherzte er und hielt ihr den Arm hin.

Erst jetzt bemerkte sie den Regenschirm in seiner Hand. Lächelnd nahm sie sein Angebot an, hakte sich bei ihm ein und flötete: »Aber gerne doch, der Herr.« Sie gingen zum Ausgang, und er spannte den Schirm auf. Auf dem Weg zum Bäcker legte er den Arm um sie und zog sie an sich, was sie zuließ. Sein Geruch zog ihr in die Nase, ein Hauch von Aftershave, herb, wie sie es liebte. Das Kribbeln in ihrem Magen verstärkte sich. Sie dachte an den Abend in der Küche, an Julias strahlende Augen. Diesmal, so schien es, hatte sie die Nase vorn. Der Wettkampf schien eröffnet – und plötzlich war es ihr gleichgültig, dass es kompliziert werden könnte.

*

Betty stand am Fenster ihres Zimmers. Ihr Blick folgte den beiden Gestalten auf dem Gehweg, die halb unter einem Regenschirm verborgen innig wirkten. Sie liefen den Weg entlang und verschwanden hinter den Büschen an der Ecke. Ihre Hände verkrampften sich. Der junge Mann. Er war zu ihr gekommen und hatte sie angesehen. Mit ihren Augen. Sie hatte all die Jahre geahnt, dass die Vergangenheit sie einholen würde. Seine braunen Augen, sein dunkler Teint, wie sehr er ihr ähnelte. Durch seinen Anblick war der Schmerz zurückgekommen, doch sie hatte nicht geweint. Er hatte nach Antworten gesucht und trotzdem geschwiegen, wissend, dass sie ihn erkannt hatte. Von neuem spürte sie, wie ihr Herz schneller schlug. So viele Bilder und Begebenheiten waren seitdem vor ihrem inneren Auge aufgetaucht. Gedanken und Worte tanzten durch ihren Kopf, doch kein Wort war über ihre Lippen gekommen. Was hätte sie ihm sagen, ihm erklären sollen? In seinen Augen hatte der Kummer eines verlorenen Lebens gestanden. Das Wissen um die Vergangenheit würde es nicht besser machen. Ihr Blick wanderte nach draußen. Der Weg lag nun verlassen da. Regen prasselte in große Pfützen, in denen bunte Blätter schwammen. Sie wollte nicht, dass er den Arm um Marie legte, obwohl sie das Mädchen kaum kannte und es ihr egal sein könnte. Aus irgendeinem Grund fühlte sie sich mit ihr verbunden. Sie war die alte Frau, die am Ende ihres Lebens einer niemals wiederkehrenden Erinnerung nachspürte, und Marie war das junge Mädchen, das nach seinem Platz im Leben, nach Geborgenheit suchte. Fast erkannte sie sich selbst in Marie. Doch das alte Leben sollte im Verborgenen bleiben.

Es war vorbei. Niemand konnte es ändern oder die Zeit zurückdrehen, auch wenn sie es sich manchmal wünschte. Sie trat vom Fenster weg, setzte sich in ihren alten Lehnstuhl und griff seufzend nach ihrem Strickzeug. Gleich würde Marie zurückkommen und mit ihr die Vergangenheit, ob sie wollte oder nicht. Sie hatte die Tür einen Spaltbreit geöffnet und würde sie nicht mehr schließen. Vielleicht sollte es nun so sein.

*

Später am Tag saßen sich Marie und Betty gegenüber. Längst war der Kuchen aufgegessen, der Cappuccino getrunken. Langsam versank der Raum in der heraufziehenden Dunkelheit. Die beiden bemerkten es nicht. Konzentriert waren ihre Blicke auf das Schachbrett gerichtet. Der Spielstand war ausgeglichen. Zwei Partien hatte Betty gewonnen, zwei Marie. Betty bewegte ihren Turm, und darauf hatte Marie gewartet. Sie schob ihre Dame voran und rief triumphierend: »Schach!« Eigentlich Schachmatt, aber bisher hatte es Betty stets geschafft, die Niederlage abzuwenden. Also war sie vorsichtig geworden. Betty lehnte sich zurück und knipste die Stehlampe in der Ecke an, die ein seltsam summendes Geräusch von sich gab. »Bei dem Licht kann man ja nichts sehen«, sagte sie, den Blick erneut aufs Brett gerichtet. Sie überlegte, deutete einen Zug ihres Königs nach links an, nach rechts, verrückte einen Bauern, den Springer, schob die Figuren wieder zurück und warf Marie einen finsteren Blick zu.

»Matt«, fügte Marie breit grinsend hinzu.

Betty ließ sich im Stuhl zurückfallen. »Hast Glück gehabt.«

»Das ist kein Glück, sondern Können«, gab Marie zurück.

»Können.« Betty spie das Wort regelrecht aus, was Marie zusammenzucken ließ. Das gute Gefühl von eben verschwand, und plötzlich fühlte sich der Sieg falsch an.

Einen Augenblick schwiegen beide. Marie hatte sofort gemerkt, dass sich nach ihrer Rückkehr vom Bäcker etwas verändert hatte. Was genau es war, konnte sie nicht sagen. Betty wirkte reserviert, und ihre Antworten klangen geradezu mürrisch. Selbst der Kuchen hatte kein Lächeln auf ihre Lippen gezaubert, und ihre beiden gewonnenen Partien hatte sie nicht wie sonst kommentiert.

»Bist du müde?«, erkundigte Marie sich vorsichtig. »Soll ich besser gehen?«

Verdutzt schaute Betty sie an und schüttelte den Kopf.

»Nein, es ist schön, wenn du da bist. Es ist nur …« Sie brach ab.

»Was ist nur …?«, wollte Marie wissen.

Betty schloss die Augen. Ihr fehlten der Mut und die Kraft. Oder sollte sie endlich loslassen und die Tür in ihrem Inneren öffnen? Marie würde sie gewiss verstehen. War Kummer nicht leichter zu ertragen, wenn er geteilt wurde? Aber es war ihr Kummer, nicht Maries. Sie würde ihr zuhören, schweigend, das wusste Betty. Marie würde nichts kommentieren, nichts bewerten, ihr keine Vorwürfe machen. Doch sie brachte es nicht über sich. Ihr Blick wanderte zu dem Bild an der Wand und blieb an der beschädigten Ecke hängen. Wie wütend war ihre Mutter damals gewesen, als sie es hingeworfen hatte, wie verzweifelt. Betty hatte erschrocken den Kopf eingezogen und sie ihrem Schmerz überlassen, ohne sie in den Arm zu nehmen, wie sie es hätte tun sollen. Fremd waren Mutter und Tochter einander in diesen Zeiten geworden, hatten Geheimnisse voreinander gehabt, die es zuvor niemals zwischen ihnen gegeben hatte.

Marie folgte ihrem Blick und fragte leise: »Das Bild zeigt dein Heimatdorf, Loshavn heißt es, nicht wahr?«

Verwundert schaute Betty sie an. Loshavn, wie lange hatte sie dieses Wort nicht mehr aus dem Mund eines anderen gehört. Der Schärengarten, die weißen Häuser mit ihren Bewohnern voller Geschichten. Wäre sie nur dort geblieben und niemals fortgegangen, vielleicht wäre dann alles gut geworden. Was war die große weite Welt schon wert gegen ein bisschen Geborgenheit und einen Rückzugsort, tief im Herzen? Sie kannte die Antwort. Es war nicht die Sehnsucht nach der großen weiten Welt gewesen, die sie von zu Hause fortgeführt hatte. Die Erinnerung kam ohne Vorankündigung. Sie senkte den Blick und deutete ein Nicken an. Der ganze Schmerz war wach geworden, als der junge Mann in der Tür gestanden hatte. Er hatte sie mit seinen braunen Augen angesehen, hatte Gesichter, Stimmen, Menschen heraufbeschworen, die sie niemals wieder hatte sehen, hören, spüren wollen.

»Das ist lange her.« Bettys Stimme klang abweisend. »Eine andere Zeit, ein anderes Leben.«

»An das die Erinnerung stark ist«, antwortete Marie leise. Betty warf ihr einen kurzen Blick zu.

»Berlin ist doch auch nicht aus deinem Kopf verschwunden, oder?«

»Das habe ich nie behauptet. Berlin bedeutet für mich kein anderes Leben, das war erst gestern. Aber langsam tritt es in den Hintergrund.«

»Ja, langsam tritt es nach hinten«, bestätigte Betty. »Es macht anderen Dingen Platz. Doch es bleibt ein Teil von dir.«

Marie wurde ungeduldig. All die Andeutungen, das ständige Ausweichen.

»Was ist los, Betty? Sind deine Schatten zurückgekehrt?«

»Vielleicht ein wenig«, antwortete Betty. »Aber wen interessieren schon die Schatten einer alten Frau.«

Marie stand auf, ging vor Betty in die Hocke, griff nach ihrer Hand und antwortete: »Mich.«

Betty lächelte, nur kurz, doch Marie hatte es gesehen. Die alte Frau drückte ihre Hand. »Ist lange her, dass mir ein Mensch wie du begegnet ist.«

»Du weichst mir schon wieder aus«, antwortete Marie und blickte Betty tief in die Augen, in denen sie Tränen zu erkennen glaubte.

»Ich hatte mal ein Kind«, sagte Betty plötzlich. »Ein bezauberndes kleines Mädchen. Doch ich habe es verloren. Wir lebten in einer schrecklichen Zeit damals. Das Glück zweier Menschen bedeutete nichts, und ein Menschenleben war keinen Pfifferling wert. So viele Jahre habe ich nach ihr gesucht, doch sie blieb verschwunden.« Da war sie wieder, diese Verletzlichkeit. Der Blick der alten Dame wanderte zu dem Bild an der Wand.

»So gern hätte ich ihr Loshavn gezeigt. Am Strand hätten wir entlanglaufen können, die nackten Füße im Sand. Ich hätte ihr das Fischen beigebracht, und wir hätten auf dem Steg vor Joakims Haus gesessen. Wir alle drei, wie es hätte sein sollen.« Bettys Stimme brach. Nun liefen ihr die Tränen über die Wangen. Hastig wischte sie sie ab.

Marie griff erneut nach Bettys Hand und drückte sie. Sie verstand die Zusammenhänge nicht, doch das war nicht wichtig. Betty redete sich auf ihre Art den Kummer von der Seele. Wieso nachhaken oder Fragen stellen, ihr Angst machen? Marie wusste, wie sich Verlust anfühlte und was es bedeutete, so einsam zu sein, dass es einen zerriss. Dafür brauchte es keine Erklärung. Betty schien ihr Kind verloren zu haben, wie so viele in der damaligen Zeit – und anscheinend auch den Mann, den sie liebte. Die alte Dame war über achtzig Jahre alt. Es war nicht schwer, sich zusammenzureimen, was ihr geschehen sein mochte. Der Zweite Weltkrieg war ein Teil ihres Lebens und ihrer Jugend gewesen. Auch wenn sie selbst nur die Daten und Fakten aus dem stupiden Geschichtsunterricht kannte, glaubte Marie doch, nachfühlen zu können, was Betty meinte.

»Hast du dich schon mal der Unendlichkeit nahe gefühlt?«, stellte Betty nun eine sonderbare Frage. »So unsagbar glücklich, als wolltest du zerspringen?«

Marie überlegte, dann schüttelte sie den Kopf. Sie war durchaus glücklich gewesen, mit dem Gefühl von Unendlichkeit hatte das nichts zu tun gehabt. Noch nicht einmal richtig verliebt war sie bisher gewesen. Vielleicht verknallt, aber verliebt? Nein, das hatte es noch nicht gegeben.

»Dann weißt du nicht, wie sich die Leere anfühlt, wenn das Gefühl fort ist. Sie ist grausam, unerträglich. Ich dachte, ich hätte es überwunden, doch dieser Verlust bleibt immer spürbar.«

Marie wollte etwas erwidern, doch genau in dem Moment klopfte es an die Tür. Beide blickten erschrocken auf. Sie waren völlig in ihr Gespräch vertieft gewesen. Das Tageslicht war inzwischen vollkommen verschwunden, Dunkelheit lag vorm Fenster. Die Tür öffnete sich einen Spalt, und Karl-Theodors Kopf tauchte auf. Verwundert sah er von Marie zu Betty und erkundigte sich vorsichtig:

»Guten Abend, die Damen. Ich wollte nachfragen, ob Sie, liebe Betty, mich zum Abendessen begleiten würden.«

Seine Frage klang unbeholfen, sein Blick war unsicher. Betty schaute zu Marie, die ein Nicken andeutete.

»Warum nicht?«, nahm Betty die Einladung an. »Obwohl es bestimmt scheußlich schmecken wird.«

Karl-Theodor ließ erleichtert die Schultern sinken. Betty stand auf, Marie ebenfalls. Karl-Theodor trat auf den Flur, Marie folgte ihm. Betty zog die Tür hinter sich zu und schloss ab. Auf dem Weg zum Aufzug fragte sie Karl-Theodor beiläufig: »Ich habe gehört, Sie können Schach spielen, mein Freund?« Karl-Theodors Augen begannen zu leuchten. Freudig nickte er. »Wollen wir dann morgen Nachmittag ein Spielchen wagen?« Betty warf Marie einen Seitenblick zu.

Marie drückte auf den Aufzugknopf und unterdrückte ein

Schmunzeln, während sie Bettys Hand fühlte, die die ihre suchte und fest drückte. Sie lächelte Betty an. Für den Moment schienen die dunklen Schatten zurückgetreten zu sein, obwohl Karl-Theodor eine Cordjacke und sogar einen Pullunder trug.

DREI

Wenig später lief Marie durch das in dichten Nebel gehüllte Nerotal. In der kühlen Luft hing der Geruch von feuchtem Laub und nasser Erde, den sie tief einatmete. Normalerweise nahm sie den Bus in die Innenstadt, doch heute brauchte sie frische Luft. Das Gespräch mit Betty hatte sie verwirrt, gleichzeitig hatte es gutgetan. Kaum jemals zuvor hatte sie mit einem Menschen so offen über Gefühle gesprochen, obwohl sie durchaus Freunde gehabt hatte. Doch in ihr Innerstes war keiner vorgedrungen, auch nicht die Jungs, mit denen sie zusammen gewesen war. Betty gelang dies mit nur wenigen Worten. Doch wollte Marie das? Wollte sie einen Menschen so nah an sich heranlassen? Tief in sich spürte sie den dumpfen Schmerz des Verlustes. Den Schmerz eines Kindes, das zurückgeblieben und verlassen worden war.

Der Stadtbus fuhr an ihr vorüber. Ein junges Mädchen mit Kopfhörern in den Ohren starrte sie aus dem Fenster an. Marie schob die Hände in die Jackentaschen. Es war schon verrückt. Betty war eine oft eigenwillig und unnahbar wirkende alte Dame. Trotzdem wollte Marie die Nähe zu ihr nicht missen. Unweigerlich würde das jedoch passieren, denn in wenigen Monaten würde sie das Heim wieder verlassen, zudem stand Betty am Ende ihres Lebens. Marie hielt inne, die Erkenntnis traf sie wie ein Schlag. Auch Betty wäre irgendwann nur noch eine Erinnerung. Aber war das nicht das Leben? Ein ständiger Kampf, Suchen und Finden. Bestand es nicht aus Liebe und Verlust, aus Leidenschaft und Kummer? Betty hatte ihr Leben gelebt. Sie hatte gekämpft, geliebt und verloren. Was war geblieben von all den Jahren? Ein Stück Unendlichkeit, nach dem sie heute noch suchte?

Ein Fußgänger, einen Hund an der Leine, lief durch den Park, durch den sich der Schwarzbach schlängelte. Er grüßte knapp, als er an Marie vorüberlief. Unheimlich wirkte er, mit seinem tief in die Stirn gezogenen Schlapphut und dem schwarzen Mantel. Plötzlich fröstelte Marie. Vielleicht hätte sie doch den Bus nehmen sollen. Sie beschleunigte ihre Schritte. Das Nerotal war ein eigenwilliger Ort. Luxuriös, fast schon dekadent waren die beschaulichen, zumeist aus dem neunzehnten Jahrhundert stammenden Villen, die den kleinen Park umrandeten. Gleichzeitig wirkte dieser Teil Wiesbadens so heimelig, als könnte man hierher nach Hause kommen, um in luxuriösen Wintergärten und ruhigen Gartenanlagen auszuruhen. Hier konnte man den Alltag hinter sich lassen.

Marie dachte an die Fotografie, die noch immer in der Tasche ihrer Strickjacke war. Sie hatte sie nicht hervorgeholt, hatte das Geheimnis für sich behalten. Ihr war klar, dass das Bild eine Geschichte erzählte – genauso wie das Tagebuch. Gestern Abend hatte sie den Nachsendeaufkleber mit ihrer Anschrift auf dem Umschlag abgekratzt, und darunter war die Adresse ihres Großvaters aufgetaucht. Eines Mannes, den sie niemals kennengelernt hatte, denn Erich Bauer war vor ihrer Geburt an Krebs gestorben. Doch anscheinend folgten auch ihm die Schatten der Vergangenheit – und griffen nun plötzlich nach ihr.

Vielleicht hatte ihr Großvater die Frau auf dem Bild einmal geliebt, wer wusste das schon. Nichts und niemand würde Maries Fragen beantworten, weder die vergilbte Fotografie noch das Tagebuch. Sie hatte die Zeilen überflogen, die Seiten durchgeblättert. Eine Lisbet musste es geschrieben haben oder eine Oda, jedenfalls tauchten diese Namen immer wieder auf. Genauso wie der Name ihres Großvaters. Über ihn wusste Marie fast nichts, nicht einmal eine Fotografie war ihr geblieben, und sie war beim Tod ihrer Eltern zu klein gewesen, um sich an Geschichten über ihn erinnern zu können. Sie besaß nur wenige Gegenstände aus ihrem alten Leben. Eine Halskette mit einem Blumenanhänger daran, die sie in einer kleinen Schatulle aufbewahrte. Die alte Tasche mit dem Krimskrams ihrer Mutter, den sie ab und an hervorholte. Ein Schminkspiegel, Lippenstift, inzwischen eingetrocknet, ein Kugelschreiber und eine Handcreme. Ihre Sonnenbrille, die Marie von Zeit zu Zeit trug. Das Portemonnaie ihrer Mutter mit ihrem Ausweis und zwanzig Mark darin. Oftmals betrachtete sie das Foto ihrer Mutter in dem Ausweis und las wehmütig den mit Maschine geschriebenen Namen: *Lieselotte Wegner, geborene Bauer*. Von ihrem Vater war Marie ein abgegriffenes Taschenbuch geblieben, in dem sein Name stand, ein Krimi, den sie schon hundertmal gelesen hatte. Auf ihrem Schreibtisch stand ein Bild ihrer Eltern. Jedes Grübchen, das Funkeln in den Augen, die Falte in ihrem Kleid, seine Hand in der ihren, Marie kannte jedes Detail. Einmal hatte sie es aus Kummer zu Boden geworfen, um es gleich darauf wieder aufzuheben. Sie sah ihrer Mutter so ähnlich – was seltsam tröstend war.

Die Taunusstraße säumten alte Stadthäuser, die zu einer Zeitreise einluden wie die vielen Antiquitätenläden, die sich hier aneinanderreihten. Vor einem der Schaufenster blieb Marie stehen. Ein kleiner Sekretär hatte ihre Aufmerksamkeit auf sich gezogen. Messinggriffe zierten seine winzigen Schubladen, das Holz war poliert. Er war zierlich und schmal. Nicht als Arbeitsplatz geeignet, aber hübsch anzusehen. Wahrscheinlich hatte er einst einem reichen Mädchen gehört, das hin und wieder Briefe schrieb. In einer Zeit, als die Welt weder Handys noch E-Mails kannte und ein wenig langsamer tickte, was nicht schlechter gewesen sein mochte.

»Ich würde sagen, das Möbelstück passt nicht zu dir.« Erschrocken drehte sich Marie um. Jan stand hinter ihr und deutete auf den Sekretär.

»So verschnörkelt und winzig, kaum Platz für etwas. Mehr Schein als Sein. Das bist nicht du.«

Marie zog eine Augenbraue in die Höhe. »Und du weißt, wer ich bin?«

»Nicht genau«, antwortete er zwinkernd. »Aber ich würde es gern herausfinden.«

Sie lächelte. Ein warmes Kribbeln breitete sich in ihrem Magen aus. Sein Lächeln gefiel ihr.

Sie besah sich erneut den Sekretär im Schaufenster. »Ich finde ihn hübsch. Er würde sich gut an meinem Fenster machen.«

»Für zweitausendfünfhundert Euro«, fügte er hinzu.

Erst jetzt fiel Marie das Preisschild auf. »Ach du meine Güte.«

»Da wäre ein Cocktail günstiger.« Er nickte zur anderen Straßenseite hinüber, wo eine nette Bar war. »Darf ich dich einladen?«

Marie zögerte. Die Bar sah mit ihren Teelichtern auf den Tischen einladend aus. Und dann diese Augen. Abwartend schaute er sie an. Das warme Kribbeln im Bauch wollte nicht weichen. Sein Blick tat gut, und sie stimmte zu. Sie musste es Julia ja nicht gleich auf die Nase binden. Nur ein Cocktail – ein Gespräch – ganz unverfänglich. Sie wusste, dass sie sich selbst belog.

Wie selbstverständlich legte Jan den Arm um sie, und sie überquerten die Straße.

*

Am nächsten Morgen öffnete Marie die Augen, verschwommen nahm sie den alten Dielenboden wahr, auf den die ersten Sonnenstrahlen fielen. Der Raum, ihr Körper, alles um sie herum schien von seinem Geruch und seiner Nähe erfüllt zu sein. Sie schloss die Augen wieder. Wie lange hatten sie geredet? Er hatte von seinem Studium erzählt und dass er aus Skandinavien stammte, deswegen auch der leichte Akzent in seiner Stimme, der so liebenswert war. Irgendwann hatte seine Hand die ihre gesucht und nicht mehr losgelassen. Der Alkohol, das Kerzenlicht, die Stimmen und Geräusche um sie herum, es war wunderbar gewesen. Sie hatte losgelassen, Betty, den Alltag, das Foto in ihrer Jackentasche, alles war egal gewesen. Kichernd waren sie durch die dunklen Straßen heimgelaufen, immer wieder innehaltend, um sich zu küssen. Er schmeckte nach süßen Limetten. Was auch sonst, denn er hatte nur Caipirinha getrunken. Julia war wie immer nicht zu Hause gewesen. Ohne nachzudenken, waren sie übereinander hergefallen und hatten sich dem Moment hingegeben. Marie öffnete erneut die Augen und drehte sich um. Das Bett neben ihr war leer, zerwühlt das Laken, seine Sachen fort. Wann war er gegangen? Vielleicht war es besser so. Sie ließ ihren Kopf auf sein Kissen sinken und atmete den Geruch seines herben Aftershaves ein, der noch daran haftete. Doch der Stoff fühlte sich kalt an. Sie setzte sich auf. Was hatte sie erwartet? Schon gestern hatte sie geahnt, was kommen würde. Ohne Worte hatten sie beide gespürt, dass ihr Zusammenkommen nur für eine Nacht wäre. Ihr Blick fiel auf ihren Schreibtisch. Neben der Tastatur lagen einige Briefe, zwei Bücher und ihre Haarbürste. Ein Aktenordner war geöffnet. Gestern hatte darauf das Tagebuch gelegen, oder nicht? Sie stand auf, schob den Ordner zur Seite und wurde auf der Suche nach dem in braunes Leder gebundenen Buch immer hektischer. Sie fegte die Briefe vom Tisch, das Bild ihrer Eltern fiel um. Sie öffnete sämtliche Aktenordner und Schubladen, durchwühlte sogar den Müll, doch das Tagebuch blieb verschwunden. Marie eilte zum Nachttisch und öffnete die Schublade. Nur ein Notizbuch lag darin. Sie ging zum Fenster und riss den Vorhang zurück, doch auf dem Fensterbrett stand nur ihre Zimmerpflanze mit ihren hängenden Blättern. Marie sank aufs Bett, und ihr Blick fiel auf den Papierkorb. Obenauf lag der braune Umschlag.

Sie griff danach. Las die Adresse, schüttelte ihn, zerriss ihn wütend und schleuderte ihn zu Boden. Das Tagebuch war fort. Und es gab nur einen, der es genommen haben konnte. Gestern Abend war es noch da gewesen. Das wusste sie genau. Oder täuschte sie sich? Sie war betrunken gewesen und hatte voller Leidenschaft alles um sich herum vergessen. Am Ende hatte Julia es vielleicht aus Neugier genommen. Doch wieso sollte sie? Auf dem Flur waren Schritte zu hören. Wie auf Kommando öffnete Julia die Tür. Besorgt musterte sie Marie und fragte: »Ist alles in Ordnung?«

Marie nickte und wurde sich erst jetzt bewusst, dass sie nackt war. Julia schien das nichts auszumachen. Sie hob den zerrissenen Briefumschlag vom Boden auf. Plötzlich rutschte ein kleiner Zettel heraus. Gerade so hielt sie ihn mit dem Daumen fest. »Jan ist vorhin gegangen«, sagte sie beiläufig. »Er hat es verstanden. Wäre sowieso nicht gutgegangen. Besser jetzt als später.« Verwundert blickte Marie sie an. Julia zuckte mit den Schultern. »Wir suchen uns wieder eine nette Mitbewohnerin. Ist besser so.« Sie machte eine kurze Pause und fragte dann: »War es wenigstens gut?«

Vollkommen perplex nickte Marie. »Na, dann ist doch alles bestens.« Julia legte den Umschlag neben Marie aufs Bett und wollte den Raum verlassen, doch Marie hielt sie zurück.

»Warte.« Julia hielt in der Bewegung inne. »Hatte Jan irgendetwas dabei? Ein Buch vielleicht?«

»Jetzt, wo du es sagst. Ja, er hatte ein Buch bei sich. Ich habe mich schon gewundert, was er mit dem alten Ding will. Sag nicht, es gehört dir?« Marie nickte. »Oh, das tut mir leid.« Julias Stimme hatte noch immer diesen beiläufigen Unterton, der zeigte, dass ihr Jans Diebstahl vollkommen gleichgültig war. »Arbeitet er nicht bei dir im Altenheim? Bestimmt kannst du ihn nachher danach fragen. Ich muss jetzt los. Gleich beginnt meine Vorlesung.« Ohne ein weiteres Wort schloss sie die Tür hinter sich.

Marie griff nach dem kleinen Zettel, den sie bisher gar nicht bemerkt hatte. Mit Schreibmaschine war etwas darauf vermerkt, eine Nummer wie bei einer Aktennotiz. Darunter stand ein Datum. Marie konnte es nicht fassen, als sie die wenigen Zeilen las.

Sämtliche Unterlagen, den Fall Lieselotte Bauer betreffend, wurden nach Wiesbaden ins Haus Sonnenschein weitergeleitet.

VIER

Loshavn, Norwegen, Mai 1941

Lisbet saß Kartoffeln schälend auf der sonnigen Veranda ihres Hauses, das direkt am Wasser lag. Nur das sanfte Plätschern der Wellen war zu hören, und der salzige Geruch des Meeres, vermischt mit Blütenduft, hing in der Luft. Für den siebzehnten Mai war es ein warmer Tag, der sich eher wie Sommer und nicht wie Frühling anfühlte. Als ein Fischerboot am Haus vorüberzog, winkte sie dem Skipper Lars Jonassen fröhlich zu, der zum Gruß seine blaue Mütze hob. Er gehörte zu einer der vielen Fischerfamilien, die seit Jahrzehnten im Dorf der Piraten lebten, wie Loshavn, das Dorf der weißen Häuser, auch genannt wurde. Lars war nicht viel älter als sie, hatte jedoch schon im letzten Jahr, kurz vor Kriegsbeginn, geheiratet. Die Besetzung Norwegens durch die Wehrmacht hatte alles geändert, selbst wenn davon in Loshavn bisher noch wenig spürbar war. Doch auch hier waren die Menschen auf der Hut und wussten um die Gefahr, die von den deutschen Soldaten ausging. Der König und die Regierung waren nach England ins Exil geflohen, was so manch einer für feige hielt. Doch Lisbet sah das wie ihr Vater, der davon überzeugt war, dass es besser war, noch einen norwegischen König und eine norwegische Regierung zu haben, auch wenn diese im fernen England saßen und nichts mehr zu sagen hatten. Stundenlang saß Richard vor seinem alten Radio, das die meiste Zeit rauschte, manchmal sogar ganz seinen Dienst verweigerte, was ihn zur Weißglut treiben konnte. Radios waren eigentlich verboten. Aber ihr Vater scherte sich einen Dreck darum. Er musste informiert sein, über die Welt dort draußen und über den großen Krieg, der sicher bald vorbei sein würde – wie sie alle hofften. Nach Loshavn würden die Wehrmachtssoldaten gewiss nicht kommen. Was sollten sie in dem verschlafenen Nest am Meer auch wollen, in dem es nur den Schärengarten und einige Holzhäuser gab? Dennoch waren die Einwohner stolz auf ihr kleines Seeräubernest, von dem aus man seinerzeit den Männern Napoleons getrotzt und die Schiffe der französischen Händler geplündert hatte. Wahre Helden waren die jungen Burschen gewesen, die sich oft tagelang zwischen den vielen Inseln der Schären verborgen gehalten hatten. Allerdings war das über hundert Jahre her, und Seeräuber gab es hier schon lange nicht mehr. Friedliche Fischer waren sie, die keiner Fliege was zuleide tun konnten und ihre Ruhe haben wollten. Zwar waren die deutschen Truppen ganz in der Nähe, trotzdem hielten alle an dem Glauben fest, dass sie niemals über die Hügel kommen würden.

Auch heute war wieder einer dieser Tage, an denen das Radio nicht funktionierte. Inzwischen hatte ihr Vater den alten Kasten sogar aufgeschraubt, um ihn genauer unter die Lupe zu nehmen, hatte bisher jedoch keine Ursache finden können.

»Gerade heute, am Nationalfeiertag, wo es doch so wichtig ist, muss der dumme Kasten streiken«, hörte Lisbet ihn fluchen.

»Irgendwann musste die alte Kiste ja kaputtgehen«, erwiderte Lisbets Mutter, die schon seit den frühen Morgenstunden in der Küche stand und das Festessen vorbereitete. In diesem Jahr fiel es aufgrund der Rationierungen etwas kleiner und ohne Fleisch aus. Forelle in Schmandsoße sollte es geben, dazu Kartoffelpuffer und zum Nachtisch die leckeren Zimtschnecken, für die ihre Mutter weit über die Dorfgrenzen hinaus bekannt war. Wie immer am Nationalfeiertag sollte auch heute Abend in der alten Schule zum Tanz aufgespielt werden, da machte man dieses Jahr keine Ausnahme, wie vor wenigen Wochen bei einer Dorfversammlung entschieden worden war. Traditionen waren Traditionen, auch wenn Krieg herrschte und das Fest dadurch bescheidener ausfallen würde. Ole und Christian Pederssen hatten vor einiger Zeit mit ihren Freunden Jan und Arthur das Zepter bei der Musik übernommen. Sie spielten modernere Lieder als ihre in die Jahre gekommenen Vorgänger, und so stünde einem vergnüglichen Abend nichts im Wege, den sie alle bitter nötig hatten. Einfach lachen und ohne Sorge herumspringen würde ihnen allen guttun.

»Ich schmeiß es aus dem Fenster!« Die Stimme ihres Vaters ließ Lisbet zusammenzucken. Die ersten Einzelteile des Radios flogen auf die Veranda des alten Holzhauses, das überall im Dorf nur das Haus am Odde Berg genannt wurde. Ihr Vater hatte es 1928 von seinem Vater übernommen, nachdem dieser an einem kalten Februartag erfroren vor dem Haus gefunden worden war, die Beine noch halb im

Wasser. Anscheinend hatte der alte Mann aufs Meer hinausfahren wollen – wie er es sein Leben lang getan hatte. Schon länger war er verwirrt gewesen, was es seiner Familie mit ihm nicht leichtgemacht hatte. Lisbet selbst konnte sich nur noch vage an ihren Großvater erinnern. Er hatte selten ein freundliches Wort für sie übrig gehabt, wenn er überhaupt sprach. Meist hatte er schweigend in seinem alten Lehnstuhl gesessen, seine Pfeife im Mund.

Ein weiteres Teil des Radios flog an Lisbet vorbei bis auf die Stufen, die zur Veranda hinaufführten. Vor Wut schnaubend trat Richard nach draußen. Lisbet zog den Kopf ein. »Vermaledeite Technik. Wofür wird so was erfunden, wenn es nicht funktioniert? Da lobe ich mir doch die gute alte Zeitung. Die geht nicht kaputt, und zum Einheizen ist sie auch noch zu gebrauchen.«

Lisbet ahnte, was nun kommen würde. Im ganzen Dorf kaufte kaum einer die Zeitung, die es nur in dem kleinen Buchladen am Hafen von Farsund, dem größeren Nachbarort, gab. Lisbet war nur wenige Male in dem kleinen Buchladen gewesen, was sie bedauerte, denn es war ein wunderbarer Ort. Als Kind hatte sie dort einmal in einem Märchenbuch geblättert und die bunten Bilder angesehen. Lesen konnte sie damals noch nicht, doch die Märchenfigur Espen Aschenbengel, die vielen Trolle, Prinzessinnen und Riesen waren nicht schwer zu erkennen gewesen. Geschichten über die Trolle kannte jedes Kind in Norwegen, wo man die Natur mit anderen Augen sah. So galten etwa Felsen als Trolle, die es vor Sonnenaufgang nicht mehr in ihren Berg zurück geschafft hatten und deswegen zu Stein erstarrt waren.

In Acht nehmen musste man sich vor ihnen besonders in der Dunkelheit – vor Draug, der die Stürme brachte und deswegen bei den Fischern gefürchtet war, oder vor dem Skogtroll, einem bösen Waldtroll, der arglose Wanderer mit Bäumen erschlug. Das Märchenbuch hatte sie damals nicht mitnehmen dürfen, doch Märchen ließen sich auch ohne ein Buch erzählen. Und in ihrer Phantasie hatte Espen Aschenbengel sowieso anders ausgesehen als auf den bunten Bildern.

Hastig warf Lisbet ihr Messer in die Schüssel und wollte hinter dem Rücken ihres Vaters ins Haus schlüpfen. »Wo willst du hin?«, hielt er sie zurück. »Du fährst schnell zu Henrik und holst mir die Zeitung, gewiss hat er sie in Farsund geholt und schon gelesen. Dann höre ich wenigstens etwas davon, was in der Welt passiert. Gerade heute ist das wichtig.«

Lisbet drehte sich innerlich fluchend um. Der alte Henrik lebte in einem kleinen Haus zwischen Loshavn und Farsund. Er war früher einmal Lehrer gewesen, nebenbei Postbote wie sein Vater, dazu Fischer, Bildhauer und Maler – an Talenten hatte es ihm nicht gemangelt. Noch immer fuhr er jeden Tag nach Farsund hinüber, jetzt nicht mehr mit dem Boot, sondern mit einem alten Motorrad; die Post holte er jedoch schon lange nicht mehr. Lisbet hatte den mürrischen Mann mit der dicken Knollennase noch nie gemocht. Mit seinem stechenden Blick sah er wie ein finsterer Troll aus. Dass er jemals Kinder unterrichtet hatte, konnte sie sich nicht vorstellen.

Sie deutete auf die Kartoffeln. »Und wer soll meine Arbeit erledigen?«

»Therese kann das machen.«

Lisbets Mutter trat nach draußen. Sie trug ihr einfaches, aus blauer Baumwolle gefertigtes Arbeitskleid und hatte ihr rotes Haar mit einem beigefarbenen Tuch nach hinten gebunden. Die Frau eines Fischers, die ihr ganzes Leben lang hart gearbeitet hatte. Trotzdem strahlte Therese eine ganz eigene Art von Stärke und Stolz aus, die Lisbet bewunderte. Sie hatte von ihr das rote Haar, die helle Haut und die zierliche Statur geerbt, worüber sie nicht immer glücklich war. Oftmals fehlte ihr die hier draußen notwendige Kraft zum Anpacken. Auch ihr rotes Haar konnte Lisbet nicht leiden. Lieber hätte sie das weizenblonde Haar ihres Vaters gehabt, der hoch aufgeschossen und kräftig war – wie ein Fischer sein sollte.

»Geh ruhig.« Ihre Mutter prüfte den Inhalt der Schüssel. »Es sind genug Kartoffeln, das Reiben bekomme ich allein hin, dann hat die liebe Seele ihre Ruh.«

Richard warf seiner Frau einen finsteren Blick zu, ging jedoch nicht auf ihre Bemerkung ein. Er wandte sich an Lisbet und brummelte: »Und nicht herumtrödeln.«

Lisbet verbiss sich eine patzige Antwort, wischte sich die Hände an ihrem Rock ab, verließ die Veranda und ging zu dem alten Schuppen hinüber, in dem ihr Fahrrad stand. Ein klappriges altes Ding mit rostigem Lenker, aber wenigstens war es stabil. Den Berg würde sie es hinaufschieben müssen, doch auf der anderen Seite konnte sie ins Tal hinabrollen.

»Und nimm dich vor Fremden in Acht«, hörte sie ihre Mutter noch rufen, als sie das Fahrrad auf die Dorfstraße schob und aufstieg. Sie hörte diesen Satz seit ihrer Kindheit von ihrer Mutter, doch jetzt, mit den deutschen Soldaten in der Nähe, hatte er einen faden Beigeschmack. Lisbet schob den Gedanken beiseite und radelte die menschenleere Dorfstraße hinunter, vorbei an den vertrauten Häusern, von denen jedes seine eigene Geschichte hatte. Da war das älteste Gebäude des Ortes, in dem einst eine Frau namens Hendrina lebte. Eines Tages erhielt sie die Nachricht, dass ihr Ehemann, ein Bergmann, bei der Arbeit in der Mine zu Tode gekommen war. Einige Monate danach heiratete sie einen finnischen Seemann. Doch dann tauchte nach Jahren ihr totgeglaubter erster Mann wieder auf, was die zweite Ehe der Frau ins Unglück stürzte. Was für eine Aufregung musste das damals gewesen sein, denn sie hatte ihrem neuen Ehemann bereits vier Kinder geboren. Ein Stück weiter stand das Haus, das einst dem unglücklichen Olaus Olsen gehört hatte. Drei Frauen und die meisten seiner Kinder hatte der arme Mann zu Grabe getragen. Ein Fluch würde über dem Haus liegen, war im Dorf gemunkelt worden, doch es war wohl nur eine grausame Laune des Schicksals. Sein Sohn Martin lebte heute in dem Haus, gemeinsam mit seiner Frau Marie, die vier Kinder großgezogen hatte – keines von ihnen war gestorben.

Die Schicksale dieser Menschen, die Mythen der Gegend, das Meer, die Schären mit ihren Fischerbooten, die weißen Holzhäuser und die salzige Luft waren das, was Loshavn seinen ganz eigenen Charme gab und für Lisbet zum schönsten Ort auf Erden machte. Wie schrecklich musste es sein, in einer Welt ohne Meer, ohne die funkelnde Sonne auf den Wellen oder den eisigen Zauber des Nordlichts zu leben.

Lisbet erreichte das Haus ihrer Freundin Oda, die im Garten arbeitete. Odas Haus war eines derjenigen, die nicht direkt ans Wasser grenzten. Ihr Vater Pedder Gunderson war kein Fischer, sondern betrieb einen winzig kleinen Gemischtwarenladen, in dem es das Notwendigste zum Leben zu kaufen gab. Hauptsächlich Gemüse und Kartoffeln, aber auch Konserven, Reis, Milchprodukte, manchmal sogar Zuckerstangen. Kaffee war meistens ausverkauft, denn die Bewohner Loshavns tranken reichlich davon. Allerdings würde sich das aufgrund der Rationierungen bald ändern.

»Hat er dich mal wieder zum alten Henrik gescheucht?«, erriet Oda sofort, warum ihre Freundin um diese Zeit die Dorfstraße hinaufradelte.

»Jetzt ist das Radio endgültig kaputt«, antwortete Lisbet missmutig.

»Musste das nicht irgendwann mal passieren?«

»Schon, aber ausgerechnet heute, wo doch das große Fest stattfindet. Ich wollte mich noch hübsch machen.«

Oda öffnete das Gartentor und trat auf die Straße.

»Ich begleite dich, dann geht es schneller. Und zum alten Henrik sollte man nicht allein gehen.« Sie zwinkerte Lisbet zu.

»Kannst du denn einfach so weg?«, fragte Lisbet und blickte zum Haus. »Ihr werdet bestimmt bald essen. Du wirst Ärger bekommen, wenn du einfach so verschwindest.«

Genau in diesem Moment öffnete sich die Tür des Hauses. Odas Mutter Elen trat auf die Veranda und kam zu den Mädchen herüber. Sie ahnte sofort, was die beiden vorhatten, und nachdem sie Lisbet begrüßt hatte, sagte sie zu ihrer

Tochter: »Spätestens in zwei Stunden bist du wieder zurück. Dann wollen wir essen.«

Elen war nicht in Loshavn aufgewachsen. Sie stammte ursprünglich aus dem Norden Norwegens aus dem Volk der Samen und hatte Pedder in Oslo kennengelernt. Wie viele junge Leute hatte auch Elen sich dem harten Leben des Nordens nicht gewachsen gefühlt und in der Stadt eine andere Zukunft gesucht. Oda hatte von Elen das schwarze Haar und die braunen Augen geerbt, was sie zu einer Ausnahmeerscheinung im Dorf machte. Die meisten Bewohner Loshavns waren mehr oder weniger blond, einige braun- oder rothaarig wie Lisbet. Auch braune Augen hatten nur Oda und ihre Mutter, genauso wie den leicht bräunlichen Teint, um den Lisbet ihre Freundin beneidete.

»Und lasst euch von Henrik nicht ärgern, dem alten Griesgram.«

»Werden wir nicht«, antwortete Lisbet und winkte zum Abschied. Die beiden Mädchen folgten der Straße Richtung Eikvåg – einem winzigen, aus drei Häusern bestehenden Fleckchen Erde. Oben auf dem Hügel blieben sie stehen und setzten sich auf einen großen Felsen, der ihr Lieblingsplatz war. Von hier oben konnte man das ganze Dorf und den Schärengarten überblicken, der sich im hellen Licht der Mittagssonne von seiner besten Seite zeigte. Das Meer leuchtete tiefblau und lag still zwischen den verschieden großen felsigen Inseln. Einige von ihnen waren noch bewohnt, doch die meisten der kleinen Häuschen waren nur Wochenend- oder Feriendomizile. Manchmal kamen auch Künstler her, die die Einsamkeit suchten. Besonders ein Maler hatte es

Lisbet angetan, ein älterer Herr namens Joakim. Ihr Vater hatte ihn in den letzten Jahren immer zu der kleinen Insel hinausgefahren, auf der er den Sommer in einer rotgestrichenen Holzhütte verbrachte. Manchmal hatte sie die beiden bei der Überfahrt begleitet. Einmal hatte ihr Joakim sogar eines seiner Bilder gezeigt. Er hatte das milde Licht eines Sommerabends über dem Schärengarten faszinierend schön eingefangen. Irgendwann war er dann nicht mehr gekommen, was Lisbet traurig gestimmt hatte. Hatte sein Kommen doch stets den Sommer eingeläutet.

»Von hier oben sieht alles so friedlich aus«, sagte Oda. »So wie immer, als wäre nichts geschehen.«

»Eigentlich ist es ganz gut, dass das Radio kaputtgegangen ist«, sagte Lisbet. »Dann kann keiner die schrecklichen Dinge hören, die sowieso niemals bis Loshavn kommen werden.«

»Wenn die Welt nur so einfach wäre«, erwiderte Oda seufzend. Lisbet verstand, was Oda meinte. Noch häufiger als früher zog sie sich in ihr kleines Zimmer unter dem Dach zurück, um sich dort in ihr Tagebuch zu flüchten. Das in Leder gebundene Buch war ihr Ein und Alles. All ihre Gedanken schrieb sie dort hinein.

»Auf jeden Fall wird es einfach sein, Ole dazu zu bringen, heute Abend mit dir zu tanzen«, änderte Lisbet das Thema und knuffte Oda in die Seite. »Er mag dich.«

»Ich weiß nicht«, wich Oda der Freundin aus, doch ihr Lächeln verriet sie.

»Du magst ihn auch.« Lisbet grinste.

»Vielleicht ein wenig.« Oda zuckte mit den Schultern. »Er

hat sich sehr verändert, seit er aus Kristiansand zurück ist. Beinahe hätte ich ihn nicht wiedererkannt.«

»Er ist erwachsen geworden, wie wir alle. Bestimmt wird er dir bald den Hof machen, so wie er dich ansieht.«

Oda schlug Lisbet auf den Arm. »Erzähl nicht solchen Unsinn. Was soll er schon von der Tochter eines armen Gemischtwarenhändlers wollen, die kaum Mitgift bekommt. Gewiss hat seine Tante schon eine Heirat mit einem reichen Mädchen aus Kristiansand eingefädelt. Die alte Maren konnte Loshavn noch nie leiden. Bestimmt wird sie ihn bald von hier fortholen.«

»Wir werden sehen«, erwiderte Lisbet, die mehr auf seine Blicke gab als auf das Gerede der alten Maren. Sie stand auf. »Lass uns weiterfahren, sonst kommen wir zu spät.«

Lisbet stieg aufs Fahrrad, und Oda setzte sich auf den Gepäckträger. Vor Vergnügen quietschend, rollten die beiden die Straße hinunter und wurden erst ein ganzes Stück weiter, in einem von Heidekraut durchzogenen Kiefernwäldchen, wieder langsamer. Dahinter lag freies Feld. Die ersten wilden Rosen am Wegesrand hatten schon dicke Knospen. Henriks Haus, das von einem hohen Bretterzaun umgeben war, tauchte vor ihnen auf. Lisbet lehnte das Fahrrad an den Zaun. Die beiden jungen Frauen wechselten einen kurzen Blick, bevor Oda vorsichtig das Tor aufschob. Hinter dem Zaun lag eine eigene bunte Welt. Hölzerne Statuen, die wohl irgendwelche Götter darstellten, standen inmitten von Metallschrott. Autoreifen türmten sich neben unterschiedlich großen Holzkisten und Treibholz in die Höhe. Das Haus selbst war rot gestrichen. Unterschiedlich große, aus

Tonscherben gebaute Windspiele hingen über der Veranda. Mehrere Farbeimer stapelten sich auf einem Tisch, neben dem ein Schaukelstuhl stand, auf dem die Zeitung lag. Vorsichtig durchquerten Oda und Lisbet das bunte Sammelsurium. Kurz bevor die beiden die Veranda erreichten, schoss ein großer schwarzer Hund laut bellend um die Hausecke. Erschrocken wichen sie zurück. Der Köter war neu. Eine Bulldogge, die die Zähne fletschend direkt vor ihnen stehen blieb. Die Tür des Hauses öffnete sich. Henrik, wie immer eine Pfeife im Mund, trat heraus und pfiff den Hund zurück: »Ist gut, Odin. Sind nur zwei harmlose Gören, nichts weiter.« Der Hund reagierte nicht auf seine Worte. Er blieb mit gefletschten Zähnen an Ort und Stelle stehen. Sabber lief seine Lefzen hinunter. »Einen netten Hund hast du da, Henrik«, gab sich Lisbet Mühe, ein Gespräch zu beginnen.

»Was wollt ihr?«, fragte er mürrisch, ohne auf ihre Bemerkung einzugehen.

»Mein Vater schickt mich, wegen der …«, weiter kam sie nicht.

»Er kann sie nicht haben«, unterbrach er sie. »Ist meine Zeitung, stehen wichtige Dinge drin. Soll eine Festungsanlage der Deutschen gebaut werden, drüben auf dem Nordberg.« Er winkte ab. »Aber was rede ich. Verschwindet, Mädchen.« Er pfiff nach seinem Hund, der ihm nur widerwillig folgte. Wie vom Donner gerührt, blieben Lisbet und Oda stehen. Eine Festungsanlage auf dem Nordberg. Das war in der Nähe von Loshavn, nicht weit von ihrem Hügel. Die Zeitung lag noch immer auf dem Schaukelstuhl. Lisbet schaute kurz zu Oda, die nickte. Das waren wichtige Informationen für das Dorf. Oder hatte Henrik am Ende nur übertrieben, und es würde gar nichts gebaut werden? Schon häufiger hatte er grundlos Tod und Teufel heraufbeschworen.

Oda stieß Lisbet in die Seite und raunte ihr zu: »Es sind nur wenige Schritte, du greifst sie dir, und wir laufen davon. So schnell kann er gar nicht reagieren, bis wir zum Tor hinaus sind.«

»Und der Hund?«, fragte Lisbet.

»Der auch nicht.«

»Warum läufst du nicht?«

»Weil es dein Vater ist, dessentwegen wir hier sind«, sagte Oda. Lisbet blickte von ihr zu der Zeitung. Ihr Vater würde nicht gerade begeistert darüber sein, wenn sie mit leeren Händen zurückkäme. Am Ende würde er sie zur Strafe heute Abend nicht zum Tanz gehen lassen. Sie gab sich also einen Ruck, spurtete die wenigen Stufen auf die Veranda hinauf, griff sich die Zeitung und eilte gemeinsam mit Oda zum rettenden Gartentor. »Elendes Gör!«, hörten sie hinter sich Henrik fluchen. »Odin, fass!« Laut bellend folgte ihnen der Hund. Hastig schlugen sie das Brettertor hinter sich zu. Lisbet sprang auf das Fahrrad, Oda klammerte sich am Gepäckträger fest. Es ging die staubige Straße zurück über das Feld, bis zum nahen Waldrand, wo sie sich in Sicherheit wähnten. Immer noch hatten beide das laute Kläffen des Hundes im Ohr. Erst als sie die ersten Kiefern erreichten, hielten sie vollkommen außer Puste an und schauten zurück. Weder Henrik noch sein furchteinflößender Hund waren ihnen gefolgt.

»Ich glaube, das war das letzte Mal, dass ich die Zeitung bei ihm geholt habe«, stellte Lisbet nach Atem ringend fest.

»Das glaube ich auch«, stimmte Oda zu und begann zu grinsen. »Es war aber auch zu komisch, oder?«

Lisbet nickte, auch sie prustete jetzt los. »Was für ein schreckliches Ungetüm von Hund das ist.«

Oda äffte das Knurren des Tieres nach. »Da haben sich die richtigen zwei gefunden.«

Lisbet japste nach Luft und hob das Fahrrad auf, das sie achtlos ins Gras geworfen hatte. »Komm, lass uns zurückfahren. Nicht, dass er uns doch noch folgt.«

Im Wald wurde die Straße leicht abschüssig, was Lisbet dazu verleitete, das Fahrrad einfach rollen zu lassen. Sie streckte die Beine aus und fuhr übermütig Schlangenlinien. Die beiden kicherten wie kleine Mädchen und hörten den Wagen, der sich ihnen von hinten näherte, viel zu spät. Lisbet riss erschrocken den Lenker herum. Sie verloren das Gleichgewicht, holpernd und polternd ging es ein kurzes Stück querfeldein, bevor sie mit einem lauten Aufschrei in ein kleines Kiefernwäldchen plumpsten.

»Verdammter Mist«, fluchte Oda und rappelte sich auf. »Lisbet, ist bei dir alles in Ordnung?«

»Ich denke schon«, antwortete Lisbet, die zwischen zwei kleinen Kiefern auf der Seite lag. Oda begutachtete ihre mit kleinen Stacheln übersäten Handflächen.

»Ich glaube, ich bin in einen Rosenbusch gefallen.«

Lisbet setzte sich auf. Ihr Blick fiel auf den verbogenen Vorderreifen ihres Fahrrads.

»Na prima. Die Standpauke höre ich jetzt schon.« Oda wollte etwas erwidern, wurde aber unterbrochen.

»Hallo, geht es Ihnen gut?« Die beiden erstarrten, denn die Frage wurde auf Deutsch gestellt, was nur eines bedeuten konnte. Ein in Uniform gekleideter Mann schob einen Ast beiseite. »Es tut mir leid, ich habe Sie zu spät gesehen. Kann ich Ihnen irgendwie behilflich sein?«

Lisbet und Oda starrten den Mann wie das siebte Weltwunder an. Sie verstanden durchaus, was er von ihnen wollte, hatten sie doch beide Deutschunterricht in der Mittelschule gehabt, was neben Englisch Pflichtfach war. Sprachen waren zwar Lisbets Stärke, nun aber war sie nicht in der Lage zu antworten. Mit aufgerissenen Augen starrte sie den jungen Wehrmachtssoldaten an, der einen erneuten Versuch unternahm, den beiden Mädchen seine Hilfe anzubieten. »Das Fahrrad sieht nicht gut aus. Wenn Sie nach Loshavn wollten, dann könnten wir Sie mitnehmen, das ist nicht mehr weit.«

Lisbet und Oda wechselten einen kurzen Blick.

»Wir kommen schon zurecht«, erwiderte Lisbet, erstaunt darüber, wie fest ihre Stimme klang.

Unsicher schaute der Soldat sie an. Die beiden Frauen sahen ziemlich mitgenommen aus. Doch er verstand, dass sie seine Hilfe ablehnten. Dass die einheimische Bevölkerung nicht besonders erbaut über ihr Eintreffen sein würde, war ihnen klargewesen. »Erich, kommst du?«, war eine weitere Männerstimme zu hören.

»Also keine Hilfe?«, erkundigte er sich noch einmal vorsichtig.

»Was verstehen Sie nicht an ›Wir kommen schon zurecht‹?«, antwortete Oda schnippisch.

»Erich, was ist denn nun? Sind die beiden verletzt?«

Der Mann schaute noch einmal von Oda zu Lisbet, dann ging er zurück zur Straße.

»Nein, ich denke nicht«, hörten sie ihn antworten. Eine Autotür wurde zugeschlagen, kurz danach heulte der Motor des Wagens auf. Erleichtert ließen Lisbet und Oda die Schultern sinken. Lisbets Blick fiel auf die Zeitung, die aufgeschlagen neben ihr lag.

Deutsche Soldaten werden in Farsund und Loshavn einquartiert stand groß gedruckt auf der vordersten Seite. »Vielleicht sollten wir uns doch angewöhnen, die Zeitung zu kaufen«, sagte sie und hielt die Schlagzeile Oda unter die Nase.

»Also kommen sie jetzt auch über unseren Hügel«, stellte Oda fest.

»Aber anscheinend weiß keiner davon«, erwiderte Lisbet. Sie stand auf und sank mit einem Aufschrei zurück auf den Boden. »Mein Knöchel, verdammt!«

»Das nicht auch noch«, sagte Oda.

Lisbet schlug mit der Faust ins Gras und fluchte laut: »So ein Mist!«

Oda wusste nicht, was sie erwidern sollte. Hilflos beobachtete sie, wie ein erneuter Aufstehversuch ihrer Freundin scheiterte.

»Ausgerechnet heute, wo doch der Tanz stattfindet.«

Lisbet schossen Tränen in die Augen. Oda krabbelte zu ihr hinüber.

»Vielleicht ist es ja gar nicht so schlimm«, suchte sie Lisbet zu trösten. »Komm, ich helfe dir. Bestimmt ist der Knöchel nur verstaucht. Heute Abend sieht die Welt bestimmt ganz anders aus.« Sie half Lisbet beim Aufstehen und stützte sie. Mit Odas Hilfe funktionierte es tatsächlich, ein wenig zu laufen, auch wenn der Knöchel bei jedem Schritt höllisch weh tat. Ganz langsam liefen sie den Hügel hinauf, bis zu ihrem Lieblingsplatz. Schwer atmend setzte sich Lisbet auf den vertrauten Felsen. Ihr Knöchel pochte heftig und war dick angeschwollen. Niemals würde sie damit tanzen können. Loshavn lag vor ihnen. Die weißen Häuser wirkten unschuldig im hellen Licht der Nachmittagssonne, eingebettet zwischen Felsen, Hügeln und dem Meer. Doch die Welt hatte sich verändert, denn die Deutschen kamen immer näher und keiner wusste, was jetzt geschehen würde.

*

Als die beiden wenig später Odas Haus erreichten, stand Elen mit ernster Miene im Garten. »Wo um Himmels willen seid ihr gewesen?« Sie verstummte, als sie bemerkte, dass Lisbet humpelte. Sofort eilte sie den Mädchen entgegen. »Was ist passiert?«

»Wir sind von der Straße abgekommen. Lisbets Knöchel ist verstaucht«, beantwortete Oda ihre Frage.

»Das auch noch«, seufzte Elen.

»Wieso ›auch noch‹?«, hakte Oda vorsichtig nach.

Elen ging nicht auf die Frage ein.

»Kommt erst mal ins Haus. Lisbet ist ja ganz blass um die Nase. Möchtest du etwas trinken?«

Zu gern hätte Lisbet das Angebot angenommen, doch sie musste nach Hause. Ihre Eltern machten sich bestimmt schon Sorgen.

»Lieber nicht. Es geht schon. Ich hab es ja nicht mehr weit«, lehnte sie Elens Angebot ab.

»Dann wird dich Oda begleiten. Allein klappst du uns noch auf der Dorfstraße zusammen.« Oda nickte und legte erneut den Arm um Lisbet. »Das letzte Stück schaffen wir jetzt auch noch«, sagte sie aufmunternd.

»Und der Tanz heute Abend steht sowieso auf der Kippe«, versuchte Elen, Lisbet zu trösten. Sie tätschelte ihren Arm und ging zurück zum Haus. Oda und Lisbet wechselten einen kurzen Blick, dann gingen die beiden los. Als sie das Haus am Odde Berg erreichten, blieben sie erschrocken stehen. Das Auto der Deutschen stand davor. Sie starrten es ungläubig an. Natürlich musste der Wagen inzwischen in Loshavn angekommen sein. Aber warum stand er ausgerechnet vor Lisbets Haus? Vorsichtig gingen sie näher heran. Auf der Veranda saß Lisbets Mutter, den Blick aufs Meer gerichtet. Als sie die beiden Mädchen bemerkte, sprang sie auf und lief ihnen entgegen. »Lisbet, endlich. Ich habe mir schon Sorgen gemacht.« Sie schloss ihre Tochter in die Arme. Erst dann bemerkte sie, dass etwas nicht stimmte. »Du bist verletzt.«

»Nur der Knöchel, Mama, nichts Schlimmes.« Oda und Therese schafften Lisbet die wenigen Stufen zur Veranda hinauf, wo sie erleichtert auf die Bank sank. Oda verabschiedete sich von Lisbet mit dem Versprechen, später wiederzukommen. Lisbet nickte, während Therese ihren Schuh auszog, um den Schaden zu begutachten. »Der Fuß ist ordentlich geschwollen«, stellte sie fest.

»Und das Fahrrad ist auch kaputt«, gestand Lisbet. »Der Vorderreifen ist völlig verbogen. Wir haben es im Wald liegen gelassen.«

»Wenn es nur das ist«, erwiderte Therese. »Hauptsache, dir ist nichts Schlimmeres passiert. Das hätten wir jetzt nicht auch noch gebrauchen können.«

Lisbet ahnte, was kommen würde. »Das Auto …« Therese unterbrach ihre Tochter.

»Er heißt Erich Bauer und wird bei uns wohnen.« Lisbet traf der Satz wie ein Schlag ins Gesicht. Genau in diesem Moment öffnete sich die Haustür, und der uniformierte Mann von eben trat nach draußen, gefolgt von ihrem Vater. Erstaunt sah er Lisbet an.

»Aber, das ist doch …« Lisbet senkte den Blick.

»Meine Tochter Lisbet«, stellte Richard seine Tochter vor. »Ihr kennt euch?«, fragte er erstaunt.

»Kennen ist zu viel gesagt«, erwiderte der junge Mann, der Lisbet wie gebannt anstarrte. Sein Blick fiel auf ihren Knöchel. »Ich hätte dir doch geholfen.«

Verwirrt schaute Richard seine Tochter an, die eine Erklärung zu stammeln begann.

»Wir sind von der Straße abgekommen, haben uns erschrocken, wegen des Autos. Und das Fahrrad ist kaputt.«

»Ich habe die beiden zu spät gesehen«, verteidigte sich der junge Soldat. »Unsere Hilfe wollten sie nicht annehmen.«

Ihr Vater legte die Stirn in Falten, dann tätschelte er beruhigend den Arm seiner Tochter.

»Es ist ja noch mal gutgegangen.« Er wandte sich an Erich. »Und das Fahrrad lässt sich bestimmt reparieren. Gleich morgen werde ich es holen.«

»Das werde ich übernehmen«, sagte der Deutsche. »Immerhin trage ich die Schuld an dem Unglück.«

Richard warf ihm einen finsteren Blick zu, nickte aber. »Vielleicht gar keine so schlechte Idee. Sie wissen, wo der Unfall geschehen ist.« Er wandte sich an seine Tochter. »Habt ihr wenigstens die Zeitung bekommen?«

»Die hat Oda noch. Sie bringt sie bestimmt nachher vorbei.«

»Dann geh ich jetzt mal die Arnikasalbe holen und versorge den Knöchel, damit wir endlich essen können«, sagte Therese und stand auf. »Ich hoffe, Sie mögen Forelle, Herr Bauer?« Thereses auf Deutsch gestellte Frage klang förmlich. Er beeilte sich zu nicken. Ohne ein weiteres Wort ging sie ins Haus, gefolgt von Richard. Noch immer konnte er nicht fassen, was geschehen war. Die Deutschen waren über den Hügel gekommen, einfach so waren sie in ihr Dorf, in sein Haus und sein Leben eingedrungen – und er konnte nichts dagegen tun. Auf der Anrichte lag das offizielle Schreiben der Regierung, das die Einquartierung der Männer befahl. Wo in aller Welt das Mitteilungsschreiben gelandet war, das sie schon vor Wochen hätte informieren sollen, wusste er nicht, doch er hatte eine Ahnung. Wäre nicht der erste Postsack gewesen, der aus Versehen vom Boot gefallen war.

Mit bedröppelter Miene blieb Erich vor Lisbet stehen. Langsam tat er ihr sogar ein bisschen leid. Eigentlich hatte er gar nichts für den Unfall gekonnt, Oda und sie waren einfach unachtsam und übermütig gewesen. In einem anderen Leben hätte sie ihn vielleicht sogar nett gefunden, kam es ihr plötzlich in den Sinn.

»Es ist hübsch hier«, sagte er. »Wo ich herkomme, gibt es kein Meer, sondern nur Berge, Wiesen und Wälder.«

Lisbet wusste nicht, ob sie etwas erwidern sollte. Der junge Mann mochte freundlich und attraktiv sein, aber er war der Feind. Und er hatte ihr den Tanz verdorben. Ihre Mutter kam mit der Arnikasalbe und einer Mullbinde in der Hand nach draußen und teilte ihr seufzend mit, dass sie in die Kammer neben der Küche ziehen müsste.

Und er hatte ihr das Zimmer weggenommen, setzte Lisbet in Gedanken hinzu.

FÜNF

Lisbet liebte es, zwischen den Schären hindurchzufahren, besonders in den Morgenstunden, wenn die vielen Inseln in weißen Dunst gehüllt waren und der ein oder andere Fels tatsächlich etwas von einem Troll hatte. Heute war das Meer glatt wie ein Spiegel, und kein Lüftchen regte sich. Die aufgehende Sonne tauchte die weißen Häuser Loshavns in sanftes Licht. Wieder würde es ein freundlicher Tag werden. Wenn schon nicht die Zeiten, so war ihnen wenigstens das Wetter wohlgesonnen, hatte ihr Vater gestern beim Abendbrot gesagt – natürlich auf Norwegisch. Seitdem der Deutsche regelmäßig bei ihnen am Tisch saß, hatte sich viel verändert. Besonders ihre Mutter wirkte wie ausgewechselt. Sie war stiller geworden und summte nicht mehr bei der Arbeit. Veränderungen hatte sie noch nie gemocht, ob gute oder schlechte, und sie brauchte immer eine Weile, um mit einer neuen Situation zurechtzukommen. Lisbet selbst hatte sich mehr schlecht als recht in der Kammer neben der Küche eingerichtet. Unter dem Fenster stand ein Kanapee, uralt, die Polster durchgesessen. Sie hatte eine weiche Daunendecke als Unterlage daraufgelegt, die jedoch kaum Verbesserung brachte. Jeden Morgen tat ihr der Rücken weh. Die restliche Einrichtung bestand aus einem wackeligen Nachttisch und dem Wäscheschrank, in dem ihr Therese ein Fach für ihre Sachen frei geräumt hatte. Doch es waren nicht die Enge und das unbequeme Nachtlager, die Lisbet am meisten störten – sie vermisste die Aussicht aufs Meer. Das Fenster der kleinen Kammer ging zum engen, wenig einladenden Hinterhof hinaus. Es war ihr unmöglich, in der düsteren Kammer Tagebuch zu schreiben und die Gedanken zu ordnen. Dafür brauchte sie den Blick über den Schärengarten. In den Abendstunden saß sie nun also öfter auf der Veranda, wo ihr schließlich auffiel, dass die Lösung ihres Problems direkt vor ihren Augen lag: Joakims Insel mit dem roten Haus darauf. Dort könnte sie wohnen. Das Gebäude, das von hier aus gut zu erreichen war, stand seit Jahren leer. Sie konnte abends hinüber- und morgens zurückfahren. Aufgeregt hatte sie die Idee ihrer Mutter unterbreitet, die skeptisch gewesen war. Ihre Tochter, allein auf einer winzigen Insel, wenn die Deutschen in der Nähe waren? Doch nach einer Weile hatte sie dann zugestimmt, genauso wie ihr Vater.

Begeistert war Lisbet noch am selben Abend zu Oda gelaufen, um ihr die Neuigkeit zu erzählen. Oda war fast ein wenig neidisch gewesen und hatte versprochen, beim Umzug zu helfen.

Jetzt saß sie neben Lisbet im Boot und sagte mit einem sehnsüchtigen Unterton in der Simme: »Am liebsten würde ich mit dir dort einziehen.«

Auch Lisbet hatte anfangs mit dem Gedanken geliebäugelt, gemeinsam mit Oda auf der kleinen Insel zu wohnen. Doch sie hatte den Gedanken wieder verworfen, denn gerade die ruhigen Momente und die Stille, die sie so sehr liebte, würde es mit Oda nicht geben. Dafür war die Freundin zu aufgedreht und anhänglich. Vorn im Boot lagen Lisbets Sachen; ein Bündel Kleider, saubere Bettwäsche, ihre Bücher und Toilettenartikel. Auf der Insel gab es nur kaltes Wasser, doch Lisbet war es gewohnt. Warm gebadet wurde nur einmal in der Woche, wenn die Mutter den Boiler aufheizte und das warme Wasser für die ganze Familie reichen musste. Zuerst wuschen sich die beiden Frauen, dann war der Vater an der Reihe. Den Rest der Woche mussten die Waschschüsseln reichen, eine von ihnen stand in jeder Kammer.

»Deine Mutter hat es aber nicht erlaubt«, antwortete Lisbet, während sie das Boot an dem winzigen Steg festband und ihr Kleiderbündel ans Ufer hievte.

»Nur weil ich im Laden helfen soll«, maulte Oda. »Das kann ich doch auch machen, wenn ich hier schlafe.«

Lisbet verstand Elens Einwände. Oda hasste es, im Laden mitzuhelfen, und suchte ständig nach Ausreden, um sich vor der Arbeit zu drücken. Sicher wäre sie, wenn sie bei Lisbet wohnte, oft unpünktlich gewesen oder gar nicht aufgetaucht, was besonders Pedder Gunderson missfiele. Seine Pläne, das Geschäft an seine Tochter zu übergeben, schienen immer konkreter zu werden, denn seit einem Unfall vor einigen Jahren hatte er Probleme mit dem Rücken. Oda jedoch träumte von ganz anderen Dingen.

Nun kletterte sie ebenfalls aus dem Boot, und sie schafften Lisbets Sachen zu dem kleinen, direkt am Ufer gelegenen Häuschen. Als Lisbet die Tür öffnete, schlug ihnen muffige Luft entgegen. Eine dicke Staubschicht lag auf sämtlichen

Möbeln. Sie öffnete die Fenster. Die Stube war klein und spartanisch eingerichtet. In der Ecke stand ein schmiedeeiserner Ofen, darauf ein Teekessel mit buntem Blumenmuster. Regale an den Wänden, eine hölzerne Eckbank in der Ecke, daneben eine Anrichte, gefüllt mit Gläsern und Porzellan, das die Mutter irgendwann aussortiert hatte. Über eine steile Leiter ging es in die Schlafkammer, die direkt unter dem Dach lag und eigentlich nur aus zwei Matratzen und einer Kommode bestand. Luxus sah anders aus.

»Hätte tatsächlich etwas eng werden können«, bemerkte Oda, die sich das Haus größer vorgestellt hatte.

»Habe ich dir doch gesagt«, erwiderte Lisbet und trat auf die Veranda. Von hier aus hatte man eine gute Sicht auf Loshavn. Wehmütig dachte sie an Joakim und seine Bilder. So oft hatte er genau diesen Blick eingefangen. Was aus ihm geworden war, wusste niemand. Oda trat neben sie und sagte seufzend:

»Hübsch ist es ja. Die weißen Häuser, das Meer und besonders der Strand. Aber auch wenn ich es mag, wünsche ich mich trotzdem fort von hier. Ist immer dasselbe Einerlei. Es muss doch noch mehr im Leben geben. Ich hab mich mit einem der deutschen Soldaten unterhalten. Er heißt Günter und kommt aus Berlin. Das muss eine große Stadt voller Leben sein. Er hat von Lokalen und Bars erzählt, in denen man die ganze Nacht feiert, von Kinos und Theatern, Straßenbahnen und riesengroßen Geschäften, in denen man alles kaufen kann, was man sich nur wünscht.«

»Du hast dich mit einem der Deutschen unterhalten?«

»Warum nicht?« Oda zuckte mit den Schultern. »Er ist

netter als so mancher Kerl aus Loshavn und hat wenigstens Manieren. Und er sieht gut aus – und riecht gut.«

»Du hörst dich ja an, als wärst du in ihn verliebt«, zog Lisbet Oda auf, obwohl sie genau wusste, was die Freundin meinte, denn auch sie hatte sich mit Erich angefreundet. Er stammte zwar nicht aus einer großen Stadt wie Berlin, sondern aus einem kleinen Dorf in der Eifel. Einem Landstrich irgendwo in Westdeutschland, wie er zu erklären versucht hatte. Schillernde Nachtlokale gab es in seiner Heimat nicht, aber Hügel, Wälder und tiefe Maarseen, die von Vulkanausbrüchen stammten. Er hatte von seinen sechs Geschwistern erzählt, vom heimischen Hof, seinen Eltern, die Bauern waren. Er selbst hatte eine Lehre zum Maschinenschlosser gemacht, und immer wenn jetzt etwas repariert werden musste, wurde er gerufen. Sogar ihr Fahrrad hatte er repariert, wofür ihm der Vater dankbar auf die Schulter geklopft hatte. Vielleicht war auch er der Grund dafür, weshalb sie auf Joakims Insel zog. Immer öfter hatten sie gemeinsam auf der Veranda gesessen, besonders in den Abendstunden. Doch er war Deutscher, und es konnte nicht gut sein, sich mit ihm anzufreunden. Tief in ihrem Innern wusste sie, dass ihre Flucht auf Joakims Insel sie nicht davon abhalten würde, Erich gernzuhaben. Wie sie erschrocken bemerkt hatte, war er etwas Besonderes für sie geworden. Genau wie sie liebte er die Poesie, wenngleich von deutschen Dichtern wie Heinrich Heine, Schiller oder Goethe. Ein Gedicht von Heinrich Heine hatte es ihr besonders angetan. Es hatte den hübschen Titel *Abenddämmerung*. Erst gestern hatte sie Erich gebeten, es noch einmal für sie zu wiederholen. Der Dichter beschrieb darin eindrucksvoll das Meer, was ihr gefiel, waren seine Zeilen doch so treffend und berührten tief im Innern. Langsam und bedächtig sprach Erich die Worte des Dichters aus.

»Und die weißen, weiten Wellen,
Von der Flut gedrängt,
Schäumten und rauschten näher und näher –
Ein seltsam Geräusch, ein Flüstern und Pfeifen,
Ein Lachen und Murmeln, Seufzen und Sausen,
Dazwischen ein wiegenliedheimliches Singen –
Mir war, als hört ich verschollne Sagen,
Uralte, liebliche Märchen.«

Unbewusst hatte sie, während er sprach, ihren Kopf an seine Schulter gelehnt, versonnen den Blick auf den rötlich gefärbten Horizont gerichtet, das Geräusch der Wellen im Ohr und ein warmes Kribbeln im Bauch. Wie selbstverständlich hatte er den Arm um sie gelegt. Wie ein Liebespaar, war es Lisbet in den Sinn gekommen, und sie hatte den Gedanken in diesem Augenblick zugelassen. Später am Abend hatte Erich von seiner Familie erzählt. Seine Stimme hatte wehmütig geklungen.

Er wollte nicht in Norwegen sein, wollte keinen Krieg, das hörte sie, auch wenn er es natürlich nicht offen sagte. Er war Wehrmachtssoldat und seinem Land treu ergeben. Niemals würde er einem norwegischen Mädchen eingestehen, dass er den Krieg hasste.

»Verliebt, ich doch nicht«, wiegelte Oda ab. »Obwohl er schon nett ist. Morgen will er mich nach Farsund mitnehmen. In seinem Auto, stell dir vor.«

»Ich weiß nicht.« Lisbets Stimme klang unsicher. »Denkst du nicht, dass es besser ist, sich nicht mit ihnen anzufreunden? Erich ist auch sehr nett, aber er ist deutscher Soldat, unser Feind.«

»Dem meine Mutter bereits Strümpfe strickt«, sagte Oda.

Ungläubig schaute Lisbet Oda an.

»Sie tut was?«

»Sie hat Günters Sachen gewaschen und festgestellt, dass er keine anständigen Wollstrümpfe besitzt, was hier bei uns natürlich gar nicht geht. Jetzt strickt sie ihm welche, dem armen Bub, wie sie sich ausdrückte.«

»Deine Mutter werde ich nie verstehen«, erwiderte Lisbet seufzend. Ihre eigene Mutter würde Erichs Sachen im Leben nicht anrühren, geschweige denn ihm Socken stricken.

»Ich sage dir jetzt was, aber es bleibt unter uns. Versprochen?« Oda senkte ihre Stimme.

Lisbet hob die Hand und erwiderte feierlich: »Ich schwöre.«

»Er hat mich geküsst. Neulich, als wir am Strand waren.« Lisbet sog scharf die Luft ein.

»Verstehst du nicht?«, rechtfertigte sich Oda, obwohl Lisbet noch gar nichts gesagt hatte. »Er ist meine Eintrittskarte in ein neues Leben. Er hat Kontakte nach Kristiansand. Bestimmt wird er nicht lange in Loshavn bleiben. Vielleicht nimmt er mich mit zurück nach Deutschland und besorgt mir dort eine Anstellung. In den großen Städten werden norwegische Frauen mit guten Deutschkenntnissen gesucht.«

Entgeistert schaute Lisbet Oda an. Die Deutschen waren keine vier Wochen im Ort, und schon schmiedete Oda Pläne, alles hinter sich zu lassen, sich mit dem Feind zu verbünden, und sie küsste ihn sogar. Allerdings musste selbst Lisbet sich eingestehen, dass Erich für sie kein Feind mehr war, was es nicht leichter machte.

»Geht das nicht alles ein bisschen schnell? Gestern wolltest du noch in Farsund als Bedienung im Café der alten Eline arbeiten, vorhin bei mir auf der Insel einziehen, und jetzt willst du nach Kristiansand gehen? Weißt du überhaupt, was du willst? Vielleicht solltest du darüber erst mal nachdenken, bevor du eine große Dummheit machst.«

Odas Begeisterung verschwand aus ihren Augen.

»Da ist sie wieder. Die Stimme der Vernunft.« Sie knuffte Lisbet in die Seite.

Lisbet mochte es nicht, wenn Oda sie so nannte. Obwohl es durchaus stimmte, dass sie die Besonnenere von ihnen war. Oda preschte häufig ohne nachzudenken voran. Ihre Impulsivität, ihr stürmischer Ehrgeiz und ihre Lebensfreude hatten ihr oft Ärger beschert, aber gerade deswegen mochte Lisbet sie auch. Sie selbst wog immer alles ab, prüfte und zögerte manchmal zu lange. Die beiden Freundinnen glichen einander aus, schon immer. Trieb die eine ohne nachzudenken etwas unbedacht voran, bremste die andere sie aus. Ihre Freundschaft war auch deshalb etwas ganz Besonderes, wie Lisbet fand.

»Also noch mal nachdenken«, sagte Oda.

Lisbet nickte.

»Wäre gut. Vielleicht auch länger als zwei Stunden.«

Erneut gab Oda Lisbet einen freundlichen Knuff in die Seite. Lachend schafften sie die letzten Sachen ins Haus und begaben sich auf den Rückweg. In Loshavn wartete ihr Tagwerk auf sie. Lisbet machte sich an dem kleinen Außenmotor zu schaffen, der erst nicht anspringen wollte. Als sich das Boot endlich in Bewegung setzte und sie sich immer mehr von der kleinen Insel entfernten, fragte sie plötzlich:

»War der Kuss schön?«

Oda nickte.

»Unfassbar schön.«

Lisbet hatte mit dieser Antwort gerechnet. Sie dachte an Erich, und in ihrem Magen begann es zu kribbeln. Noch einmal blickte sie zurück zu Joakims Haus. Davonlaufen würde trotz aller Zweifel nichts bringen.

*

Am selben Abend zog ein schreckliches Unwetter herauf, und starker Sturm und Regen verwandelten das Meer in ein tosendes Ungetüm, so dass Lisbet nicht zu Joakims Insel übersetzen konnte. Nach dem Abendbrot blieb sie noch eine Weile bei ihrem Vater in der Stube sitzen, atmete den vertrauten Tabakgeruch ein, den seine Pfeife verströmte, und blickte aufs Meer hinaus.

»Draug treibt es heute wieder recht wild«, sagte Richard. »Gott sei gedankt, dass sämtliche Fischer noch vor dem Sturm den Weg in den Hafen gefunden haben. Der gute Pedder mal wieder als Letzter, der alte Fuchs. Als würde er riechen, wann der Troll endgültig lospoltern wird. Hat von allen wieder den besten Fang gemacht.«

Lisbet erwiderte nichts. Unbewusst hielt sie nach Erich

Ausschau, der bereits überfällig war. Normalerweise war er um diese Zeit längst von der Festung zurück. Hoffentlich war er nicht irgendwo dort draußen. Die Deutschen wussten nicht, wie gefährlich der böse Troll werden konnte. Als hätte ihr Vater ihre Gedanken gelesen, sagte er plötzlich:

»Der gute alte Draug. Könnte sich meinetwegen gerne mal nützlich machen und die Boote der Deutschen zerschlagen. Dann macht der Bursche endlich mal etwas richtig.« Er zog an seiner Pfeife. Eine Windböe schleuderte den Regen gegen die Fensterscheibe, und Lisbet zuckte zurück. Die unweit der Häuser festgemachten Boote wirkten auf den hohen Wellen wie Spielzeuge. Eines von ihnen war bereits umgekippt. »So dumm sind die Deutschen nicht«, sagte Therese, die mit ihrem Strickzeug in der Hand auf der Ofenbank saß. »Von einem Troll wie Draug lassen sich diese klugen Burschen gewiss nicht austricksen.« Sie seufzte. Eine Gestalt eilte genau in diesem Moment die Stufen zur Veranda hinauf. Lisbet sprang auf. »Erich ist zurück.«

»Hab ich es nicht gesagt«, sagte Therese, während Lisbet in den Flur eilte, um Erich die Tür zu öffnen. Er war vollkommen durchnässt.

»Meine Güte, was für ein Wetter«, sagte er, nachdem er Lisbet begrüßt hatte. »Gerade so hat es unser letztes Patrouillenboot in den Hafen geschafft. Ich hatte noch gehofft, Loshavn vor dem Regen zu erreichen.«

»Was nicht ganz funktioniert hat«, sagte Lisbet und deutete auf Erichs feuchte Kleidung. Er zog seine Jacke aus und warf einen hoffnungsvollen Blick in die Küche. »Das Abendessen habe ich wohl verpasst.«

»Es ist noch etwas übrig«, sagte Lisbet. »Wir könnten, ich meine ...« Sie wurde unsicher.

»Guten Abend, Herr Bauer«, begrüßte Therese, die unbemerkt hinter Lisbet getreten war, ihren ungeliebten Gast. Sie nahm ihm die nasse Jacke ab, betrat die Küche und hängte das Kleidungsstück über eine Stange, die über dem noch warmen Ofen hing. »Wir haben noch Reste. Wenn es Ihnen recht ist, bringt Ihnen Lisbet etwas davon auf Ihr Zimmer.« Sie musterte den Deutschen von oben bis unten. »Sie sollten aus den nassen Sachen raus. Sonst erkälten Sie sich.« Ihre Stimme klang reserviert wie immer. Therese machte keinen Hehl daraus, dass sie Erich verabscheute. »Das wäre sehr freundlich«, nahm Erich ihr Angebot an und trollte sich die Treppe hinauf. Lisbet folgte ihrer Mutter in die Küche. Therese holte zwei Schüsseln aus der Speisekammer, stellte eine Pfanne auf den Ofen und briet darin die aufbewahrten Kartoffeln noch einmal an. Lisbet holte einen Teller vom Regal und legte die Reste des eingelegten Herings darauf, den es heute zum Abendbrot gegeben hatte. Therese beförderte die Kartoffeln auf den Teller, legte noch eine Scheibe Brot daneben und wandte sich an Lisbet. »Du bringst ihm nur das Essen und gehst wieder. Ich mag es nicht, wenn du so viel Zeit mit ihm verbringst.«

»Als ob ich das täte«, sagte Lisbet und wollte nach dem Teller greifen.

Therese hielt sie zurück.

»Ich bin nicht blind. Du bringst ihm das Essen und kommst sofort zurück. Keine langen Gespräche mehr. Verstanden!« Lisbet fühlte sich ertappt. Sie wollte nach dem Teller greifen.

Therese hielt ihre Hand fest und blickte ihrer Tochter fest in die Augen. »Ich will wissen, ob du das verstanden hast?«

»Selbstverständlich«, sagte Lisbet. »Ich bringe ihm nur das Essen, sonst nichts.«

Therese ließ sie los und seufzte hörbar.

»Was bin ich froh, wenn sie wieder fort sind, wenn das alles irgendwann ein Ende hat. Ich kann seinen Anblick nicht ertragen.«

Sie verließ den Raum. Lisbet griff nach dem Teller, lief die Treppe nach oben und klopfte leise an die nur angelehnte Tür ihres ehemaligen Zimmers.

»Komm ruhig rein«, sagte Erich. Sie öffnete die Tür. Er stand am Fenster, blickte nach draußen und sagte, ohne sich umzudrehen: »Bei uns zu Hause steht besonders meine kleine Schwester Anni in Gewitternächten schreckliche Ängste aus. Sie kriecht dann zu mir ins Bett, was ich sehr liebe. Ich habe ihr immer die Geschichte vom Donnergrummel erzählt, der in den Wolken sitzt und mal wieder ordentlich poltert, weil er wütend ist.« Er drehte sich zu Lisbet um. Sie trat neben ihn und stellte den Teller auf den kleinen Tisch am Fenster.

»Diesmal also der Donnergrummel. Kein Heinrich Heine, der weiterhelfen konnte.«

»Bei Gewittern oder Stürmen ist er nicht so gut geeignet«, erwiderte Erich augenzwinkernd. »Da hilft der Donnergrummel besser.«

»Oder der gute alte Draug«, sagte Lisbet.

»Ein Troll, nehme ich an.« Erich machte einen Schritt auf Lisbet zu. »Erzählst du mir von ihm?«, fragte er.

Er stand jetzt so nah bei ihr, dass sie seinen Geruch wahrnehmen konnte. Ihre Hände begannen zu zittern, und das vertraute Kribbeln breitete sich in ihrem Magen aus. Die Worte ihrer Mutter kamen ihr in den Sinn. »Vielleicht irgendwann.« Ihre Stimme klang unsicher.

»Du musst wieder hinunter«, ahnte er den Grund für ihre Zurückhaltung. Sie nickte.

»Mutter, sie möchte nicht …«

»Ist schon gut«, ließ er sie nicht ausreden. »Ich versteh das. Auch wenn es mir schwerfällt, dich gehen zu lassen.« Er griff nach ihrer Hand und suchte ihren Blick. »Ich habe dich gern um mich, weißt du.« Plötzlich klang seine Stimme unsicher. Lisbet erwiderte seinen Blick. Am liebsten wäre sie jetzt in seine Arme gesunken, um mit ihm gemeinsam die ganze Nacht dem Sturm zu lauschen und Geschichten vom Donnergrummel und den Trollen zu erzählen, doch sie konnte nicht. Er war der Feind, ein deutscher Soldat. Ihre Mutter hatte recht. Vertrautheit durfte es zwischen ihnen nicht geben. Ein dicker Kloß breitete sich in ihrem Hals aus. So gern wäre sie geblieben. Sie ließ seine Hand los, schüttelte den Kopf, trat einen Schritt zurück, wünschte ihm knapp einen schönen Abend, verließ den Raum und lief mit klopfendem Herzen die Treppe hinunter, wissend, dass er in ihren Augen nicht der Feind war, auch wenn es so sein sollte.

*

Wenige Tage später war Lisbet unweit des Dorfes am Strand unterwegs. Sie zog einen kleinen Handkarren hinter sich her und suchte Treibholz, das hier angeschwemmt wurde. Sie mochte es, vor dem Sankt-Hans-Fest allein den Strand abzusuchen und für sich zu sein. Jetzt war die letzte Möglichkeit, noch Holz zu sammeln, denn in wenigen Stunden würde das Johannisfeuer brennen. Auch in diesem Jahr würde an der Spitze die aus Stroh geflochtene Hexe hängen, die von den Frauen des Dorfes gemacht wurde. Die alten Bräuche konnte der Krieg ihnen nicht nehmen, dachte Lisbet und bückte sich nach einem Stück Holz. Auch wenn das Feuer diesmal die bösen Kräfte kaum von ihnen fernhalten könnte. Erneut wanderten ihre Gedanken zu Erich, dem sie seit der Sturmnacht bewusst aus dem Weg zu gehen versuchte. Er war ein Teil der bösen Kräfte, so sollte sie es zumindest empfinden. Trotzdem brachte sie es nicht über sich, ihn als Gefahr zu betrachten. Beschämt hatte sie gestern beim Abendbrot jedes Mal die Lider gesenkt, wenn er in ihre Richtung geblickt hatte. Schnell war sie danach auf ihre Insel geflohen, die ihr wie der sicherste Ort auf Erden vorkam. Dort war alles still, dort konnte sie für sich sein und Tagebuch schreiben. Vater hatte Erich sogar zum Fest eingeladen. Wahrscheinlich war ihm nichts anderes übriggeblieben, mutmaßte ihre Mutter später in der Küche. Die bösen Geister würden also in diesem Jahr mit ihnen ums Feuer sitzen.

Plötzlich hörte Lisbet Schritte hinter sich und drehte sich um. Erich stand vor ihr, ein Bündel Reisig in der Hand. »Grüß dich, Lisbet. Das Holz ist für das Feuer heute Abend, oder?«

Überrascht schaute sie ihn an. Er machte einen Schritt auf

sie zu. Heute trug er nicht seine Uniform, sondern normale Stoffhosen und ein beigefarbenes Hemd. »Was tust du hier?«, fragte sie, ohne zu grüßen.

»Wir haben den Rest des Tages Urlaub bekommen«, er lächelte, »wegen des Mittsommerfests. Es soll überall Feierlichkeiten geben, und wir sollen Gelegenheit haben, daran teilzunehmen.«

»Es heißt nicht Mittsommerfest«, erwiderte Lisbet, schnippischer als sie gewollt hatte. »Es heißt Sankt-Hans-Fest, und es ist ganz allein unsere Sache.«

Erich wich einen Schritt zurück. Ihre abweisenden Worte trafen ihn, das konnte man sehen. Lisbet biss sich auf die Lippen. Sie hatte ihn nicht kränken wollen und lenkte ein.

»Aber vielleicht können wir euch zeigen, worum es dabei geht.«

Sein Gesicht hellte sich auf, und er legte sein Bündel Reisig in den Handkarren.

»Das wäre schön. Wir feiern übrigens in der Eifel ein ähnliches Fest. Bei uns entzünden wir Johannisfeuer, und es gibt Würstchen und Bier.«

»Oh.« Lisbet war überrascht. »Das Feuer wird auch bei uns Johannisfeuer genannt. Das ist ja lustig.«

Er trat näher an sie heran. »So unähnlich sind wir uns also gar nicht.« Seine Stimme klang so freundlich, fast zärtlich. Sie nickte zaghaft.

»Vielleicht.«

Ihr Herz schlug ihr bis zum Hals. Seine blauen Augen, sein wuscheliges dunkelblondes Haar, das in sein braungebranntes Gesicht fiel. Plötzlich wünschte sie sich nichts mehr auf der Welt, als dass er den Arm um sie legte. Doch stattdessen fasste er den Griff ihres Karrens und fragte:

»Wo muss das Holz denn hingebracht werden?«

»Auf die andere Seite Loshavns, an den Oststrand, dort wird bereits alles aufgebaut.«

»Na, dann wollen wir mal dorthin gehen. Und vielleicht kannst du mir noch mehr von Sankt Hans erzählen.«

»Da gibt es eigentlich nicht viel zu erzählen«, antwortete sie. Sie liefen den Strand entlang und wenig später durch Loshavn. Einige Wolken verdeckten nun die Sonne, und aufkommender Wind wirbelte den Staub der Straße in die Höhe. Prüfend ließ Lisbet den Blick über den Horizont schweifen. Erich erriet ihre Gedanken.

»Das Wetter wird uns doch nicht das Fest verderben?«

»Nein, nein. Es wird halten.« Lisbets Stimme klang zuversichtlich. »So trocken und warm wie in diesem Jahr ist es selten in dieser Gegend. Manche Bauern sprechen schon davon, dass eine Dürre droht. Obwohl Ackerbau hier sowieso kaum möglich ist.«

»Wie bei uns zu Hause. Die Böden der Eifel geben nicht viel her.«

»Ich glaube, irgendwann muss ich dort mal hin«, antwortete Lisbet scherzhaft. »In deiner Eifel könnte es mir gefallen.«

»Das denke ich auch«, antwortete er, während sie den Festplatz erreichten, auf dem bereits der Tanzboden aufgebaut war und ein hoher Berg Holz und Reisig in den Himmel ragte.

Gemeinsam halfen sie bei den restlichen Vorbereitungen.

Sie stapelten Holz und verteilten Stühle und Baumstämme um das Feuer. Oskar Wilhelmsen, ein Loshavner Fischer, baute den Grill auf, während seine drei Jungs, von denen der älteste zwölf Jahre alt war, fröhlich um ihn herumsprangen.

Irgendwann trug Erich den ersten von ihnen huckepack, und schnell hingen fast alle Kinder an ihm. Lachend ließ er sich von ihnen über den Strand jagen und sammelte Muscheln, sogar zum Sandburgenbauen ließ er sich breittreten. Lächelnd beobachtete ihn Lisbet, die sich in den warmen Sand ans Ufer gesetzt hatte, um einen Moment auszuruhen. Die kleine Maja Fjeld, kaum älter als fünf Jahre, saß Muscheln sortierend neben ihr. Nur die ganzen Muscheln, die besonders hübsch glänzten, wollte sie behalten, um daraus eine Kette zu basteln. Lisbet begann ihr zu helfen. Sie bohrten Löcher in die oberen Enden der Muscheln und fädelten sie auf eine Schnur, die die Kleine mitgebracht hatte. Zwischendrin blickte sie sich suchend nach Erich um, der die kindliche Rasselbande inzwischen wieder losgeworden war und Oda und Günter dabei half, einen Klapptisch neben dem Grill aufzustellen. Darauf stapelten sie Kisten mit Rosinenbrötchen, die die Frauen des Dorfes in den letzten Tagen gebacken hatten. Versonnen beobachtete Lisbet ihre Umgebung und lauschte dem Kreischen der Lachmöwen. Die Sonne stand jetzt tiefer am Horizont, viel weiter würde sie heute nicht mehr sinken. Golden leuchtete das Meer, und keine Wolke war zu sehen.

»Der perfekte Tag für Sankt Hans.« Oda ließ sich neben ihr in den Sand fallen. »Ja, das stimmt«, pflichtete ihr Lisbet bei. »Selten hatten wir es so schön zu dem Fest.«

»Vielleicht ist das ja ein Omen und bedeutet, dass bald alles gut werden wird.« Odas Blick wanderte zu den anderen hinüber. Die Männer hatten jetzt Bierflaschen in den Händen und prosteten sich zu. »Günter hat ein paar Kisten Bier mitgebracht. Ist das nicht nett?«

Lisbet zuckte mit den Schultern. Noch immer haderte sie mit sich. Wollte sie das alles zulassen und den Feind als Freund sehen, mit allen Konsequenzen? Oder sollte sie sich besser zurückziehen, auf ihre sichere Insel, wo keine Deutschen waren? Dort gab es nur Einsamkeit und Stille, vielleicht auch ein wenig Frieden, wenn man davon in diesen Zeiten überhaupt sprechen konnte. Oda erriet ihre Gedanken.

»Diesen Gesichtsausdruck kenne ich. Du grübelst zu viel, meine Liebe. Mir machst du nichts vor: Du hast Erich gern. Ich sehe es an deiner Nasenspitze.«

»Ja, ich hab ihn gern«, gab Lisbet zu, wissend, dass Lügen nichts bringen würde. »Aber er ist ein deutscher Soldat, und ich bin Norwegerin. Kann es etwas Gutes bringen, sich mit ihm einzulassen?«

»Frag dein Herz.« Mit so einer Antwort hatte Lisbet nicht gerechnet, verwundert schaute sie die Freundin an. Oda lächelte versonnen. »Also meins hat mir die Antwort längst gegeben.« Sie blickte in Günters Richtung.

»Und du denkst, dass es richtig ist, diese Entscheidung dem Herzen zu überlassen?«, hakte Lisbet nach.

»Denkst du, dass die Vernunft besser darin ist?«

»Sie würde es vielleicht nicht so kompliziert machen.«

»Aber dann wäre das Leben doch langweilig.«

Lisbet lächelte. Was hatte sie erwartet? Oda stand auf und hielt ihr auffordernd die Hand hin, die Lisbet seufzend ergriff.

»Na also«, sagte Oda aufmunternd. »So schlimm wird es schon nicht werden. Heute ist Sankt Hans, lass uns fröhlich sein.«

Wie aufs Kommando trat jetzt der alte Severin, seines Zeichens Ortsvorsteher, nach vorn. Lisbet hatte gar nicht bemerkt, wie sich die Stühle und Hocker gefüllt hatten. Sie trat näher an den Haufen aus Holz und Reisig heran und lauschte gemeinsam mit den anderen Dorfbewohnern der üblichen Ansprache Severins. Als er geendet hatte, traten zwei junge Männer mit Fackeln in den Händen neben den Scheiterhaufen. Sie hielten noch einen Moment inne, dann entzündeten sie das Feuer. Lodernd fraßen sich die Flammen in die Höhe und griffen nach der Strohhexe, die eben erst von Tharald, einem der vielen Fischer, auf der Spitze angebracht worden war. Funken stoben in den noch immer von Sonnenlicht erfüllten Himmel. Jubel brach aus, einige begannen zu singen.

»Was singen sie?«, fragte plötzlich eine Stimme neben ihr.

Lisbet wandte den Kopf. Erich stand direkt an ihrer Seite.

»Alte Volkslieder, die von den Trollen erzählen, dem Meer und dem Mittsommer. Sie sollen die bösen Geister vertreiben, genauso wie das Feuer.«

Eine Weile lauschten beide den Gesängen. Als das Feuer heruntergebrannt war, wurden Fackeln verteilt.

Lisbet gab sich einen Ruck. Vielleicht hatte Oda recht. Es war Sankt Hans, ein fröhlicher Tag. Heute sollte es keine Zweifel, kein Hadern mit der Vernunft geben. Sie griff nach

Erichs Hand und zog ihn mit sich. »Komm. Wir holen uns Fackeln und gehen beim Umzug mit. Das ist schön.«

Sie ergatterten die letzten beiden Fackeln, die am Feuer entzündet wurden. Dann machte sich eine große Gruppe auf nach Loshavn. Über den Weststrand ging es den Hügel hinauf, vorbei an Lisbets und Odas Lieblingsplatz und über die Hauptstraße zurück zum Oststrand. Es wurde noch immer gesungen, gelacht und herumgealbert. Hie und da hatte ein Bursche den Arm um sein Mädchen gelegt. Oda und Günter waren in der Menge verschwunden. Als sie den Aussichtsplatz erreichten, blieb Lisbet plötzlich stehen. Verwundert schaute Erich sie an und fragte: »Was ist los?«

»Diesen Platz, den wollte ich dir zeigen.« Lisbet deutete auf den großen Felsen. »Er ist etwas Besonderes.«

Die anderen folgten weiter der Straße. Als Letztes liefen die alte Gunvor und ihr Sohn Harald an ihnen vorüber, der nicht ganz richtig im Kopf, aber herzensgut war. Fröhlich winkte er Lisbet zu, und sie grüßte lächelnd zurück.

»Bei seiner Geburt gab es Probleme, darum ist er dumm geworden«, erklärte sie Erich sein seltsames Verhalten und setzte sich auf den Felsen. Er gesellte sich zu ihr. Eine Weile sagte keiner von ihnen etwas. Nur entfernt waren noch die Stimmen der anderen zu hören. Rauchgeruch zog vom Oststrand zu ihnen herüber.

»Es ist wunderschön«, sagte Erich irgendwann.

»Ich weiß«, flüsterte Lisbet. »So friedlich und still. Hier ticken die Uhren anders, ist die Welt ein wenig friedlicher. Haben wir jedenfalls gedacht.« Sie seufzte.

»Bis wir kamen«, antwortete er.

Lisbet erwiderte nichts. Was sollte sie auch sagen? Du bist einer der Geister, die das Feuer fernhalten sollte? Du bist über den Hügel gekommen, einfach so in mein Leben eingedrungen und hast es auf den Kopf gestellt?

Plötzlich spürte sie seine Finger, wie sie zärtlich die ihren berührten. Sie ließ es zu, zog ihre Hand nicht weg. Das Kribbeln in ihrem Bauch schwoll an. Er rückte noch näher an sie heran. Er roch nach Holzrauch, nach Rasierwasser und Tabak.

»Ich wollte deine Welt nicht durcheinanderbringen«, sagte er leise.

Sie wandte den Kopf, schaute ihm tief in die Augen und antwortete: »Das weiß ich doch.«

Zu mehr kam sie nicht, denn er legte seinen Arm um sie, zog sie sanft an sich, und seine Lippen suchten die ihren.

SECHS

Wiesbaden, Deutschland, Oktober 2005

Marie saß im Stadtbus und blickte aus dem Fenster. Grauer Hochnebel lag wie eine Glocke über der Stadt und malte die Häuser und Straßen in tristen Farben. Nach dem Fund des Zettels hatte sie lange in eine Decke gewickelt auf dem Bett gesessen und ihn einfach nur angestarrt. Jans Nähe war noch immer allgegenwärtig gewesen. Wie oft hatte sie das schon in Berlin getan, hatte müde vom Alltag die Nähe eines anderen gesucht. Meist nur für eine Nacht, manchmal für wenige Wochen. Es hatte stets gutgetan, sich ohne nachzudenken dem Zauber eines Augenblicks hinzugeben. Nur diesmal war es schiefgegangen. Trotz allen Grübelns fand sie einfach keine Erklärung dafür, warum Jan das Tagebuch genommen hatte. Was sollte sie jetzt tun? Den Gedanken, ihn anzurufen, hatte sie schnell verworfen. Er hatte das Tagebuch bewusst genommen, sie würde ihn nur vorwarnen. Niemand rief einen Dieb an, um sein Hab und Gut zurückzubekommen. Das Überraschungsmoment zählte, hoffte sie jedenfalls. An der nächsten Station stieg sie aus dem Bus aus. In diesem Teil Dotzheims zeigte Wiesbaden sein anderes Gesicht. Hier gab es keine schicken Altstadthäuser oder -villen, keine Antiquitätenhändler und Läden mit Designerkleidung in den Schaufenstern. Hochhäuser und Wohnblocks wechselten einander ab, und würfelartige Klinikgebäude aus Beton prägten das Bild. Sie blieb an einer roten Ampel stehen und steckte die Hände in die Jackentaschen. Knatternd fuhr ein Motorrad an ihr vorüber, das Martinshorn eines Krankenwagens heulte auf. Eine junge Frau mit Handy am Ohr rempelte sie an. Die Ampel schaltete auf Grün, und Marie überquerte die Straße. Sie lief in eine Seitenstraße und an einem Schulgelände vorbei. Es war gerade Pause, und die Kinder spielten auf dem Hof. Ihr Lachen und die vielen Stimmen nahmen Marie etwas von ihrer Nervosität. Auf dem Boden lagen trockenes Laub und Kastanien, die die Kinder hinter dem Zaun aufsammelten. Auch Marie bückte sich und hob eine von ihnen auf. Sie war glatt, die glänzende Oberfläche fühlte sich weich an. Sie lächelte und hob eine weitere auf. Als Kind hatte sie ganze Eimer davon gesammelt, hatte Männchen und kleine Igel daraus gebastelt. Damals war sie bei Familie Kohlmann untergebracht gewesen. Sie hatten zwei eigene Kinder gehabt, beide älter als sie. Der Junge namens Paul war eine Nervensäge gewesen. Aber Tina, seine große Schwester, hatte sie gerngehabt. Sie hatte Marie die Haare geflochten, sie vom Kindergarten abgeholt und mit ihr die Kastanienmännchen gebastelt. Zu zweit hatten sie am Küchentisch gesessen, von Zahnstochern, Kastanien, Eicheln, Bucheckern und anderem Grünzeug umgeben, und einen ganzen Zoo voller Phantasietiere gebaut. Besonders gut konnte sich Marie an eine Kastanieneule erinnern. Zwei Kastanien, Eichelhauben waren die Augen, Nasenzwicker die Flügel. Marie lächelte bei der Erinnerung daran. Nicht nur für die Kastanientiere hatten sie die Frucht des Ahornbaums verwendet, ständig hatten sie die Dinger auf der Nase getragen und ihre wahre Freude damit gehabt. Bis zu dem Tag, der alles veränderte. Es war ein sonniger, aber eiskalter Wintertag gewesen, als Johann Kohlmann beerdigt worden war. Kurz darauf war sie vom Jugendamt abgeholt worden. Eine Weile hatte Tina ihr noch geschrieben, doch irgendwann waren keine Briefe mehr gekommen. Was aus ihr geworden war, wusste Marie nicht. Danach war sie ins Heim gekommen, später zu einer weiteren Pflegefamilie, die schrecklich und nur auf das Geld vom Amt aus gewesen war. Mit der Zeit war sie abgestumpft und schwierig geworden, wie es Herr Paul ausdrückte, bei dem sie immer wieder hatte antreten müssen, weil es Beschwerden über sie gab. Am Ende war sie im betreuten Wohnen für Jugendliche gestrandet. Auch dort hatte sie sich nie wirklich wohl gefühlt, obwohl die Betreuer, meist junge Leute, sich alle Mühe mit ihr gegeben und dafür gesorgt hatten, dass sie das Abitur schaffte, wofür sie ihnen heute dankbar war. Trotzdem war sie damals vor dem Laden, wie sie das Wohnhaus in Berlin-Kreuzberg bezeichnete, in eine Studenten-WG geflohen, die ihr für kurze Zeit das Gefühl von Freiheit vermittelte. Ein Gefühl, das nach dem Scheitern ihrer kurzen Beziehung mit Jochen, einem Medizinstudenten, schnell verflogen war.

Seufzend steckte sie die Kastanie in ihre Jackentasche und ging weiter. Eigentlich war sie nicht sentimental, aber vielleicht brachte sie ihr Glück, das könnte sie jetzt gebrauchen. Am Ende der Straße erreichte sie ihr Ziel, eines der Hochhäuser in der Siedlung Schelmengraben. Marie blickte die Fassade hinauf. Es wirkte so trostlos, hatte nichts Freundliches an sich. Ein Bunker zum Leben, ausgefüllt mit winzigen Wohnungen. In Berlin gab es viele solcher Häuser. Sie selbst hatte in einem von ihnen gelebt, es aber nicht lange ausgehalten. Im zehnten Stock in einem winzigen Zimmer, das sie sich mit drei anderen teilen musste. Ihr hatte die Luft zum Atmen gefehlt. Sie atmete tief durch und trat näher an das Klingelschild heran, auf dem so viele Namen standen. Es dauerte eine Weile, bis sie den Nachnamen von Andreas Wilhelm gefunden hatte, der als Koch im Haus Sonnenschein arbeitete. Bei ihm campierte Jan auf einer Matratze im Wohnzimmer. Marie drückte auf die Klingel. Ihr Herz begann schneller zu schlagen. Die ganze Zeit über hatte sie ihre Nervosität im Griff gehabt, doch jetzt zitterten ihre Hände. Es kam ihr wie eine Ewigkeit vor, bis sich eine Stimme meldete. Es war Andreas. Er hatte heute Spätschicht und war noch zu Hause. Nachdem Marie ihr Anliegen vorgetragen hatte, summte der Türöffner. Sie betrat den Hausflur, und eine seltsam vertraute Geruchsmischung schlug ihr entgegen. Ein Hauch Reinigungsmittel, abgestandenes Fett und Schweißgeruch lagen in der Luft. Sie ging zum Fahrstuhl und drückte auf den Knopf. Es ging in den achten Stock. Der enge Hausflur war mit grauem Teppichboden ausgelegt, der von Flecken übersät war. Andreas' Wohnung lag am Ende des Ganges, die Tür war nur angelehnt. Marie öffnete sie vorsichtig.

»Andreas, bist du da?«

»Komm ruhig rein«, antwortete er und tauchte in dem winzigen Flur auf. Er trug eine schwarze Jogginghose und ein weißes T-Shirt, hatte eine Zahnbürste im Mund.

Marie betrat die Wohnung und schloss die Tür hinter sich.

»Entschuldige bitte«, sagte er, verschwand im Bad und spülte sich rasch den Mund aus.

Marie ging ins Wohnzimmer. Einen rechteckigen, mit einer schwarzen Ledercouch und einer passenden Wohnwand modern eingerichteten Raum. Ein Pirellikalender stellte den einzigen Wandschmuck dar. Andreas folgte ihr.

»Hübsch hast du es hier«, kommentierte Marie die Einrichtung.

»Ich weiß, bisschen kahl«, erwiderte er und kratzte sich am Kopf. »Aber ich mag es so.« Er wies auf die Couch. »Setz dich doch. Kann ich dir was anbieten?«

Marie nahm Platz. Sie kannte Andreas nur flüchtig vom Sehen, und ihr erster Eindruck von ihm war kein besonders guter gewesen. Eher ruppig und unhöflich war er ihr vorgekommen, und seine Freundlichkeit überraschte sie.

»Vielleicht einen Schluck Wasser«, nahm sie sein Angebot an. Erst jetzt fiel ihr die zusammengeklappte Matratze in der Ecke auf. Sie deutete darauf. »Gehört die Jan?«

Andreas holte zwei Gläser aus dem Schrank und antwortete:

»Ja, hier schläft er. Aber nicht mehr lange. Sonja und ich planen zusammenzuziehen. In zwei Monaten soll der Umzug sein.«

»Ich verstehe«, antwortete Marie.

Andreas stellte die Gläser auf den Tisch, verschwand kurz in der Küche und tauchte mit einer Flasche Wasser wieder auf. Er schenkte ein und setzte sich neben Marie.

»Die Sache mit eurer WG wäre die beste Lösung gewesen. Aber so …«

»Er hat es also erzählt«, sagte Marie.

Andreas hob abwehrend die Hände.

»Nicht viel. Ich kann es verstehen, hätte nur Ärger gegeben. Du bist nicht die Erste, der er den Kopf verdreht hat.«

Marie nippte an ihrem Wasser. Sie spürte, wie ihr die Hitze in die Wangen stieg.

»Weißt du, wo er steckt?«, fragte sie.

»Bei der Arbeit.«

»Nein, dort ist er nicht. Ich habe angerufen. Er hat sich heute krankgemeldet.«

»Sonderbar.« Andreas lehnte sich zurück. »Als ich heute Morgen vom Joggen heimgekommen bin, ist er gerade gegangen. Krank sah er nicht aus.«

»Vielleicht irrst du dich ja. Ich meine, er studiert doch in Mainz?«

»Schon, aber zur Uni fährt er eigentlich später. Und diese Woche hat er Frühschicht, weil Karl ausgefallen ist. Armer Kerl, Bänderriss im Knie. Fußballer eben. Wird noch länger ausfallen. Jan hat noch geflucht und etwas von Prüfungen gefaselt.«

Marie schaute auf die Klappmatratze. Erst jetzt fiel ihr die danebenstehende Sporttasche auf.

»Sind das seine Sachen?«

»Ja, mehr hatte er nicht bei sich. Sonderbar, oder? Ich meine, ein ganzes Leben aus einer Sporttasche?«

»Viel mehr hatte ich bei meiner Ankunft in Wiesbaden auch nicht«, erwiderte Marie und fügte hinzu: »Gott sei Dank gibt es schwedische Möbelhäuser und Flohmärkte.«

Andreas grinste.

»Ich sag ja immer, dass ihr Mädels das Leben besser im Griff habt. Während wir noch ewig auf einer Klappmatratze pennen, richtet ihr eine ganze Wohnung ein und braucht dafür noch weniger Kohle.«

Marie grinste verschmitzt, wurde aber schnell wieder ernst. Sie war nicht zum Smalltalken gekommen.

»Hatte Jan vielleicht etwas bei sich? Ein Buch, abgegriffener brauner Einband, handgeschriebener Inhalt?«

Andreas schaute sie verwundert an.

»Hatte er tatsächlich. Ich hab mich noch gewundert, was er mit dem alten Ding will. Als ich ihn danach fragte, schien er mir auszuweichen. Er hat was von Uni erzählt, Bibliothek und so. Aber ganz ehrlich: So sah das Buch nicht aus.«

Marie nickte betreten.

»Er hat es von mir.«

»Und du willst es jetzt wiederhaben«, erriet Andreas den Grund ihres Besuches.

»Sagen wir mal, er hat es nicht ganz legal an sich genommen.« Marie seufzte.

Andreas zog eine Augenbraue in die Höhe.

»Er hat es dir geklaut?«

Marie nickte.

»Aber warum? Ist es wertvoll?«

»Für mich schon.«

In Maries Augen traten Tränen, ja, es war wertvoll für sie, irgendwie ein Teil von ihr, warum auch immer. Er hatte kein Recht gehabt, es ihr wegzunehmen.

»Für ihn anscheinend auch«, sagte Andreas.

Marie sah ihn verwundert an.

»Er hat heute Morgen darin herumgeblättert und gelesen. Irgendetwas an dem Buch hat ihn aufgebracht.«

»Denkst du, das Buch könnte der Grund für sein Verschwinden sein?«, hakte Marie nach.

»Könnte sein«, vermutete Andreas. »Aber vielleicht ist er in der Uni und hat einfach blaugemacht. Es könnte doch sein, dass er es dir längst zurückgeben wollte oder es vorhat.«

»Erst stiehlt er es mir, und dann gibt er es mir wieder? Was sollte das für eine Logik sein?«

»Was weiß ich?« Andreas zuckte mit den Schultern. »Ich bin Koch, kein Detektiv.«

Marie nickte seufzend. In diesem Moment klingelte es. Sie zuckte erschrocken zusammen. Andreas sprang auf.

»Das ist Sonja.«

»Mein Zeichen zu gehen.« Marie stand auf, ihr Blick fiel auf die Sporttasche.

»Und du denkst nicht, dass er das Buch hiergelassen hat?«

Er schüttelte den Kopf.

»Da sind nur seine Klamotten drin. Ich habe gesehen, wie er es in seine Ledertasche gesteckt hat. Ohne die verlässt er das Haus nie.« Marie nickte enttäuscht. Es klopfte an die Tür. Andreas räumte hektisch die Gläser vom Tisch.

»Du solltest jetzt wirklich gehen.«

Marie grinste. Sonja schien ihn gut im Griff zu haben. Hastig stellte er die Gläser in die Küche, während Marie die Tür öffnete und Sonja die Hand entgegenstreckte.

»Hallo. Du musst Sonja sein. Ich bin Marie, eine Freundin von Jan.«

Perplex ergriff die junge Frau Maries Hand, während Andreas neben sie trat.

»Marie wollte gerade gehen. Sie hatte nur etwas vorbeigebracht, was Jan bei ihr vergessen hat.« Er schaute Marie an, die verbindlich lächelte.

»Männer. Immer vergesslich.«

»Wem sagst du das«, sagte Sonja und musterte ihren Freund.

So ganz schien sie ihnen die Geschichte nicht abzukaufen. Marie trat in den Flur, doch sie drehte sich noch einmal um.

»Sag mal, Andreas, weißt du, ob Jan sein Handy dabeihat?«

Andreas legte den Arm um Sonja.

»Das ist kaputt. War sowieso nur so ein Prepaid-Ding. Es ist ihm vor einer Weile ins Abspülwasser gefallen und machte keinen Mucks mehr. Er wollte sich ein neues kaufen, doch ob er das schon hat …?« Er zuckte mit den Schultern.

Marie nickte. Es hätte ja auch mal einfach sein können. Sie verabschiedete sich, und Andreas schloss die Tür. Eine Weile blieb sie in dem düsteren Flur stehen und schaute auf den mit Flecken übersäten Teppichboden, dann ging sie zum Aufzug. Was sollte sie jetzt tun? Nach Mainz fahren und an der Uni nach ihm suchen? Später wiederkommen? Sie entschied sich dagegen. Irgendwann musste er wieder auftauchen, immerhin hatte er seinen Job im Altenheim. Sie trat in den Aufzug, griff in ihre Jackentasche, aus der sie den Zettel mit der Aktennotiz hervorholte.

Sämtliche Unterlagen, den Fall Lieselotte Bauer betreffend, wurden nach Wiesbaden ins Haus Sonnenschein weitergeleitet.

Was für Unterlagen zu ihrer Mutter konnten es bloß sein, die damals ins Haus Sonnenschein gebracht worden waren? Und wieso war ihre Mutter ein »Fall«? Laut sagte sie zu sich selbst: »Wenn schon nicht das Tagebuch, dann finde ich vielleicht Antworten auf diesen Zettel.«

*

Als Marie im Haus Sonnenschein ankam, sah alles wie immer aus. Das alte weißgetünchte Haupthaus, der angebaute Wintergarten, die bunten Bäume im Garten und das Laub auf den Wiesen. Doch plötzlich wirkte alles fremd auf sie. Während sie den Weg entlangging, wurde sie immer langsamer. Irgendwann blieb sie stehen und setzte sich auf eine Parkbank. Ganz langsam begann sich der Hochnebel zu lichten, und die Sonne erkämpfte sich mehr Raum, trotzdem war es kalt. Ein kühler Ostwind brachte den ersten Hauch des Winters, und es war kein Tag, um stundenlang auf einer Bank zu sitzen. Doch was zählte das. Zählte überhaupt noch irgendetwas? Sie fühlte sich wie gelähmt. Fürchtete sich vor Antworten, vor der Unsicherheit, vor sich selbst. Hier sollte endlich alles gut sein, war ihr neues, ihr besseres Leben. Es sollte nicht in die Erinnerungen abrutschen, die sie weit nach hinten geschoben hatte. Oder war sie der Erinnerung einfach nur gefolgt? Sie dachte an die Fotografie in der Tasche ihrer Mutter, die plötzlich in einem neuen Zusammenhang zu stehen schien. Ihr Blick wanderte zu den Fenstern der oberen Stockwerke hinauf. Dort oben saß Betty, vielleicht ihr Strickzeug in der Hand. Ihre Vergangenheit hing in Form eines Bildes an der Wand, mitten im Raum, ob sie wollte oder nicht. Ging das überhaupt – weglaufen? Irgendwo ein neues Leben beginnen und vergessen, alles was gewesen war, hinter sich lassen?

Marie holte wieder den Zettel aus ihrer Jackentasche und starrte auf die mit Schreibmaschine geschriebenen Buchstaben, die irgendwann auf und ab zu tanzen schienen. Wiesbaden, die Zahlen, die Worte, alles wirbelte vor ihren Augen durcheinander. Eine Träne fiel auf das Papier. Lieselotte Bauer, wie lange hatte sie den Namen nicht mehr gelesen? Lieselotte, ein altmodischer, wunderschöner Name. Sie faltete das Papier zusammen. Erneut blickte sie zu Bettys Fenster. Vielleicht beobachtete sie sie. Oft schaute die alte Dame aus dem Fenster, manchmal stundenlang, obwohl kaum etwas passierte. Doch Betty sah das anders. Es gab Vögel, die durch die Äste der Bäume hüpften, Regentropfen, die in Pfützen fielen. Erste Sonnenstrahlen brachten den Tau auf den Wiesen zum Funkeln. Der alte Hausmeister, der große Laubhaufen am Wegesrand zusammenfegte oder Blumen pflanzte. Menschen liefen über die Wege, Kinder, Mütter, Väter, Pfleger und Angestellte. Post- und Paketboten brachten ihre Sendungen, Lkws lieferten Lebensmittel. Manchmal kam der Krankenwagen, hin und wieder auch das schwarze Auto, wie sie den Leichenwagen nannte. Dann wurde Betty ganz still. Einmal hatte sie gesagt, dass hier Endstation wäre. Alle werden sie abgeholt, von den Männern im schwarzen Auto, fortgetragen in einem silbernen Kasten. Marie hatte etwas erwidern, es als Unsinn abtun wollen. Aber ihr waren keine Widerworte eingefallen. Heute wirkte der Weg verlassen. Oder kam es Marie nur so vor. Sie atmete tief durch. Ein kalter Windstoß rüttelte an ihrer Jacke und ließ sie erzittern. Erneut faltete sie den Zettel auseinander. Heute Morgen hatte sie im Internet nach Antworten gesucht, weshalb ihre Mutter in das Haus Sonnenschein überführt worden war. Auf der Homepage des Altenheims. In der Rubrik *Geschichte* war sie fündig geworden. Das Gebäude wurde im Zweiten Weltkrieg von einem Verein namens Lebensborn als Geburtsklinik und Kinderheim genutzt. Das Heim schien sich alle Mühe zu geben, diesen Teil seiner Geschichte sehr sachlich und kurz darzustellen, als wollte es sich davon distanzieren, was damals geschehen war. Marie suchte auf anderen Seiten weiter. Von einer Zuchtklinik der SS war auf vielen Seiten die Rede. Arische, reine Kinder sollten im Namen des Lebensborn entstehen. Himmler selbst hatte diesen Verein ins Leben gerufen. Überall in Deutschland schien es solche Heime gegeben zu haben, und in Norwegen. Marie war entsetzt. War ihre Mutter ein »Zuchtkind« gewesen? Geboren in einem Lebensbornheim – was für ein sonderbares Wort. Sie hatte den Computer ausgeschaltet, hatte das alles nicht lesen wollen. Ihre Mutter war weder in Norwegen noch in Wiesbaden geboren worden, sondern in Dessau. Bestimmt stimmte das alles gar nicht. Falsche Adresse, eine Verwechslung. Gewiss war das so. Wie viele Männer mit dem Namen Erich Bauer mochte es in Deutschland geben? Sicher eine Menge.

Marie atmete tief durch. Am Ende steigerte sie sich in etwas hinein. Aber weshalb hatte dann ihre Mutter ein Bild des Altenheims besessen, weshalb existierte dieser Zettel mit ihrem Namen?

»Marie, was tust du denn hier? Du hast doch heute frei.«

Marie blickte auf. Gertrud stand vor ihr.

»Siehst ganz blass aus. Stimmt etwas nicht?«

Marie ließ den Zettel in ihrer Jackentasche verschwinden.

»Schlechte Neuigkeiten?«, erkundigte sich Gertrud. »Etwa von der Göbel?«

Marie schüttelte den Kopf.

»Wenn es nur das wäre.«

»Oh.« Gertrud setzte sich neben Marie. Gemeinsam schwiegen sie eine Weile. Marie wusste nicht, ob sie es gut fand, dass Gertrud neben ihr saß. Sie mochte ihre Kollegin, richtig warm war sie jedoch nicht mit ihr geworden. Gertrud hielt andere auf Abstand, sei es aus Schüchternheit, vielleicht auch aus einer Abwehrhaltung heraus. Nur wenn es um ihren Sohn ging, dann bröckelte ihre Zurückhaltung. Einen Sohn, der so eine fürsorgliche Mutter nicht verdient hatte, wie alle im Altersheim glaubten.

»Ich wollte nur in die Küche, zu Jan«, log Marie und bereute es sogleich. Doch eine bessere Ausrede war ihr nicht eingefallen.

Gertrud warf ihr einen kurzen Seitenblick zu und sog scharf die Luft ein.

Marie nickte.

»Du musst nichts sagen«, sagte sie. »Es war ein Fehler.«

»Wenn du es auch so siehst.«

Der Haupteingang öffnete sich. Frau Göbel trat nach draußen und zündete sich hektisch eine Zigarette an. Als sie Marie und Gertrud bemerkte, kam sie auf die beiden zu.

»Das nicht auch noch«, murmelte Marie.

»Gertrud Kugler. Beginnt jetzt nicht Ihr Dienst?«

Gertrud richtete sich auf und strich sich eine Falte an ihrem altmodischen grauen Mantel glatt.

»Um eins, also hab ich noch fünf Minuten.«

Frau Göbel zog eine Augenbraue in die Höhe, dann fiel ihr Blick auf Marie. »Und Sie, haben Sie heute nicht frei?«

»Ich wollte nur kurz zu Jan in die Küche«, rechtfertigte sich Marie hastig.

»Jan, dem neuen Küchenhelfer? Der ist nicht da. Ist heute nicht zu seiner Schicht erschienen, wohl krank. Keiner weiß etwas Genaueres.« Sie musterte Marie eindringlich. »Da steckt doch was dahinter.«

»Was soll dahinterstecken?«, wich Marie ihr aus. »Wenn er krank ist, ist er krank. Er soll der neue Mitbewohner in unserer WG werden, und ich wollte ihn etwas fragen.« Marie senkte den Blick. So ganz war das nicht geschwindelt, nur ein wenig.

»Ach, so ist das.« Christine Göbel zog erneut an ihrer Zigarette. »Hab schon gehört, dass er nur notdürftig bei Andreas auf einer Matratze untergebracht ist.« Sie warf den Glimmstängel auf den Boden und trat ihn aus. »Trotzdem muss er sich abmelden. Wo kommen wir denn hin, wenn alle tun und lassen, was sie wollen.« Erneut fiel ihr Blick auf Gertrud. »Ihre fünf Minuten wären dann rum. Ist besser, wenn Sie sich die letzten Monate Ihrer Dienstzeit keine Unstimmigkeiten erlauben. So kurz vor der Rente möchte sich doch niemand noch Ärger einhandeln.«

Gertrud verzog das Gesicht. Jetzt wäre der Moment gewesen, dieser Ziege Konter zu geben. Solche Frechheiten sollte niemand hinnehmen. Stattdessen stand sie jedoch schweigend auf, wie immer mit gesenktem Kopf, und wollte an Frau Göbel vorbei zum Haus gehen. Marie hielt sie zurück.

»Seien Sie doch so nett, und geben Sie Gertrud noch zwei Minuten, Frau Göbel. Ich würde gern noch etwas mit ihr besprechen.« Maries Stimme klang plötzlich zuckersüß, sogar ein Lächeln lag auf ihren Lippen.

Verwundert schaute Frau Göbel sie an, nickte aber. »Zwei Minuten, nicht länger. Schließlich muss alles seine Ordnung haben.« Sie wandte sich zum Gehen.

Erleichtert ließ Marie die Schultern sinken. Als sich die Tür hinter der bissigen Pflegedienstleiterin geschlossen hatte, zog sie erneut den Zettel aus ihrer Jackentasche und faltete ihn auseinander. Die Göbel hatte sie auf eine Idee gebracht.

»Sag mal, Gertrud«, begann sie zögernd. »Du arbeitest doch schon sehr lange hier, oder?«

Gertrud nickte irritiert. »Ja, bald vierzig Jahre. Warum fragst du?«

»Dann kennst du dich also gut mit dem Heim und seiner Geschichte aus?«

»Kann man so sagen.«

»Und du weißt auch Bescheid über das Kinderheim und die Geburtsklinik, die hier früher waren?«

»Du meinst die Sache mit dem Lebensborn?«

Marie hielt Gertrud den Zettel hin.

»Kannst du damit etwas anfangen?«

Gertrud nahm den Zettel in die Hand, überflog den Text und nickte.

»Eine Aktennotiz aus dem Zweiten Weltkrieg. Betrifft anscheinend eines der Kinder aus Norwegen.«

»Aus Norwegen?«

»Viele von ihnen wurden hierhergebracht, bevor sie adoptiert oder von ihren neuen Eltern abgeholt worden sind. Einige von ihnen sind nach dem Krieg in andere Kinderheime überführt worden. Woher hast du den Zettel?«

Marie konnte es nicht fassen. So viel hatte Gertrud noch nie gesprochen, sie schien wie ausgewechselt.

»Er ist mir zugeschickt worden, aus Norwegen. Also eigentlich nicht mir, sondern meinem Großvater. Aber der lebt nicht mehr.«

»Aus Norwegen?«, hakte Gertrud nach.

»So stand es auf dem Umschlag«, bestätigte Marie. Sie überlegte, das Tagebuch zu erwähnen, tat es jedoch nicht. Es war verschwunden. Was sollte es bringen, Gertrud davon zu erzählen?

»Und jetzt suchst du nach Antworten.« Gertrud gab Marie den Zettel zurück.

»Vielleicht, irgendwie. Obwohl ich denke, dass es ein Irrtum ist, denn meine Mutter ist in Dessau geboren. Wer diese Lieselotte Bauer auch immer gewesen sein mag, meine Mutter war sie jedenfalls nicht.«

»Das denkst du.« Gertruds Stimme klang zweifelnd. »War nur der Zettel in dem Brief?«

»Nein, nicht nur«, erwiderte Marie zögernd. Ihre Hand wanderte zu der alten Fotografie, die neben dem Zettel in der Jackentasche lag. Vorsichtig strich sie mit den Fingern über das glatte Papier. Bisher hatte sie das Bild keinem gezeigt, wissend, dass sie sich selbst belog.

»Eine Fotografie war auch dabei«, sagte sie schließlich. Sie holte das Bild hervor und hielt es Gertrud hin. Die schaute auf das Bild, dann zu Marie.

Marie seufzte. »Ich weiß. Die Frau sieht mir ähnlich.«

»Ähnlich ist gut. Du könntest ihre Doppelgängerin sein.« Sie gab Marie das Bild zurück, stand auf und deutete zum Haupteingang. »Meine Zeit ist um. Ist besser, wenn ich mich auf der Station blicken lasse, sonst macht die Göbel noch einen Aufstand. Komm doch mit hoch. Ich melde mich an, und dann zeige ich dir etwas, was dir vielleicht weiterhelfen wird.«

Marie steckte das Bild in ihre Jackentasche. »Weiterhelfen?«

»Ja, weiterhelfen«, erwiderte Gertrud und setzte sich in Bewegung. Marie folgte ihr, noch immer irritiert, wie sehr sich ihre Kollegin bei ihren Fragen verändert hatte.

Als sie kurz darauf den Aufzug betraten, wählte Marie wie selbstverständlich den dritten Stock. Gertrud drückte auf die Eins, wo der Aufenthaltsraum für die Angestellten lag.

»Du hast wirklich einen Narren an ihr gefressen«, kommentierte Gertrud Maries Wahl trocken. Verwundert schaute Marie Gertrud an, erst dann registrierte sie, dass sie Bettys Stockwerk gewählt hatte. Die Aufzugtür schloss sich.

»So war ich am Anfang auch«, sagte Gertrud, während sich der Aufzug in Bewegung setzte. »Sie hieß Annemarie, war über neunzig Jahre alt und der liebenswerteste Mensch, der mir je begegnet ist.« Die Aufzugtür öffnete sich, und Gertrud trat in die Lichtschranke. »Sie hat zwei Männer im Krieg verloren, drei Kinder sind ihr weggestorben. Sie hätte verbittert sein müssen – ich wäre es gewesen –, doch nicht sie. Sie war fröhlich und hatte stets ein Lächeln auf den Lippen. So oft habe ich bei ihr gesessen und mit ihr gesprochen. Vom Gestern, über das Leben und über dieses alte Haus.« In Gertruds Blick lag eine sonderbare Sehnsucht, und ein Lächeln zeichnete sich auf ihren Lippen ab, das so schnell erstarb, wie es gekommen war. »Sie hat mich stets darin bestätigt, nach meiner Vergangenheit und meinem Vater zu suchen, auch wenn die Wahrheit weh tun wird. Wer ist schon gerne ein Zuchtkind der SS? Vielleicht hat meine Mutter aus Scham all die Jahre geschwiegen, oder ich sehe Gespenster. Ich weiß es nicht.« Sie zuckte mit den Schultern. »Eines Abends ist Annemarie dann einfach tot gewesen. Im Sessel hat sie gesessen, wie immer ein Buch im Schoß. Doch diesmal war sie nicht nur eingeschlafen.« Marie glaubte, Tränen in Gertruds Augen zu erkennen. »Sie hat fest daran geglaubt, hat mir Mut gemacht, weißt du.«

»Woran hat sie geglaubt?«, fragte Marie. Gertrud zuckte zusammen. Sie fing Maries Blick auf, nur um sich sogleich in das verschüchterte Wesen zurückzuverwandeln, als das Marie sie sonst kannte.

»Ich muss jetzt wirklich los«, sagte Gertrud ausweichend und machte einen Schritt rückwärts.

Marie trat in die Aufzugtür.

»Woran hat sie geglaubt?«, wiederholte sie.

Gertrud hob erneut den Blick und sagte leise:

»Dass ich kein Zuchtkind bin.«

Maries Augen weiteten sich. Sie machte einen Schritt rückwärts, und die Aufzugtür schloss sich, Gertruds Gesicht verschwand. Wenige Sekunden später trat Marie in den Flur des dritten Stockes, wo sie nachdenklich stehen blieb.

Helles Sonnenlicht färbte die Wände golden. Ihre Hand wanderte in ihre Jackentasche. Sie berührte den Zettel und die Fotografie. Zuchtkind – was für ein Wort, hart und böse klang es. Sie ließ ihren Blick durch den langen Flur bis zu Bettys Zimmertür schweifen. Eine Wolke zog vor die Sonne, und das goldene Licht verschwand. Der Linoleumboden, über den einige Staubflusen tanzten, die alten Stühle, bezogen mit hässlich grünem Stoff, die Spitzendecke auf dem Tisch, plötzlich wirkten sie trostlos. Sie hatten geredet, hatte Gertrud gesagt. Vom Gestern, über das Leben und dieses alte Haus. Maries Blick fiel auf eines der Bilder an der Wand. Es war von Claude Monet. Ein einfacher Druck in einem billigen Holzrahmen und trotzdem wunderschön. Sie hatte schon immer etwas für Impressionismus übriggehabt. Das Gemälde zeigte Le Havre am Morgen. Schiffe, versunken im Nebel. Das Licht der aufgehenden Sonne, wie es sich im Wasser des Hafenbeckens brach. Trotz seiner Düsternis strahlte das Bild Geborgenheit aus. Es zeichnete auf besondere Art eine sichere, alltägliche Welt, deutete nur an, spielte mit den Farben. Oder gaukelte es einem nur etwas vor?

Karl-Theodor betrat den Flur. Er trug seinen Mantel, einen weinroten Schal um den Hals und einen etwas verbeulten Hut auf dem Kopf. Ohne auf Marie zu achten, trat er vor Bettys Zimmertür, straffte die Schultern und klopfte an. Marie beobachtete ihn wehmütig. Wie er dort stand, voller Hoffnung, gerade aufgerichtet, der vollendete Gentleman. Die Tür öffnete sich. Unsicher betrat Karl-Theodor den Raum, grüßte und fragte zögernd: »Und du denkst nicht, dass es zu kühl ist? Wir könnten auch in den Aufenthaltsraum ...«

»Zu den griesgrämigen Weibern? Niemals«, unterbrach ihn Betty. »Dann lieber kalter Wind. Im Park wird es dir gefallen. Dort spielt das Leben, ohne zu jammern, auch wenn es kühl ist.«

Marie trafen Bettys Worte, obwohl sie sich eigentlich für die beiden freuen müsste. Langsam ging sie zurück zum Aufzug. Im Vorbeigehen nickte sie Frau Kirschner zu, die auf ihrem Bett saß und ihr fröhlich zuwinkte. Die ungewohnte Vertrautheit zwischen Karl-Theodor und Betty hatte sie ohne Vorwarnung getroffen. Der Aufzug kam. Sie trat in die Kabine und wählte den ersten Stock. Kurz bevor sich die Türen schlossen, sah sie noch Bettys Gesicht. Ihre Augen, die sie überrascht anblickten. Sie hatte kein Recht, eifersüchtig zu sein, rügte Marie sich. Sie selbst hatte es so gewollt. Betty sollte sich mit Karl-Theodor anfreunden, endlich über ihren Schatten springen und auf den alten Herrn zugehen. Es war gut, dass die beiden Zeit miteinander verbrachten.

Sie erreichte den ersten Stock und stieg aus. Sie lief den

Flur hinunter und blickte beiläufig aus dem Fenster. Betty und Karl-Theodor gingen den Weg entlang, vorbei an der weißen Bank, auf der sie eben noch gesessen hatte. Er hatte Betty den Arm gereicht. Wie ein altes Ehepaar sahen sie aus. Marie beobachtete die beiden so lange, bis sie aus ihrem Blickfeld verschwanden.

Sie ging weiter und betrat den Aufenthaltsraum, in dem einen die mondänen Spuren einer anderen Zeit erwarteten. Stuck an der Decke, breite Flügeltüren, hinter denen sich eine Küchenzeile verbarg, Butzenscheiben in den Fenstern. Es roch nach Kaffee, einem Hauch Bohnerwachs und Zigarettenrauch, der vom Balkon hereinzog, wo sich zwei Pflegerinnen lachend unterhielten. Schmale weißgestrichene Spinde säumten die rechte Wand wie in einer Turnhalle. Namensschilder wiesen die jeweilige Besitzerin aus. Gertrud hatte sich bereits umgezogen. Sie trug den üblichen weinroten Schlupfkasack, dazu eine weiße Hose. Jetzt, in der kühleren Jahreszeit, war es üblich, ein weißes Langarmshirt unter dem Kasack zu tragen. Marie mochte den weinroten Farbton. Er wirkte persönlicher, freundlicher als steriles Weiß. Sie ging auf Gertrud zu, aber plötzlich zitterten ihre Hände. Am liebsten hätte sie sich einfach umgedreht, wäre fortgelaufen, ohne zurückzublicken. In Berlin hatte das meistens funktioniert, wenigstens für eine bestimmte Zeit. Dann waren die Probleme zurückgekommen. Neu anfangen, die Vergangenheit hinter sich lassen, einfach von vorn beginnen – das klang so einfach. Doch die eigentlichen Probleme waren ihr stets gefolgt. Marie beobachtete Gertrud, wie sie ihr Haar in einem Spiegel richtete, der an der Innenseite ihrer Spindtür hing. Gertrud schien sich ihrer Vergangenheit gestellt zu haben, so sah es jedenfalls aus. Oder dachte sie das nur? Welches Geheimnis versteckte die in die Jahre gekommene Pflegerin hinter ihrer wohlgehüteten Fassade? Gertrud drehte sich um. Sie lächelte Marie an, unsicher, wie so oft.

»Die Frisur steht dir«, sagte Marie. »Du solltest deine Haare öfter hochstecken.«

Gertrud errötete. Komplimente war sie nicht gewohnt. Mit negativen Bemerkungen konnte sie eher umgehen. Zu plump, kompakt gebaut, unscheinbar und schweigsam. Ihr fielen eine Menge Begriffe ein, die sie all die Jahre gehört und irgendwann geglaubt hatte. Selbst ihr eigener Sohn nahm sie nicht mehr wahr, obwohl sie bei jeder Verhandlung im Gerichtssaal saß und versuchte, ihm in die Augen zu sehen. Stets wandte er den Blick ab. Mit sechzehn war er abgehauen, irgendwohin, wo es keine Regeln gab. Anfangs hatte sie ihn gesucht, doch irgendwann hatte sie seine Flucht vor dem Alltag hingenommen, hatte nicht mehr auf ihn eingeredet und seine Veränderung akzeptiert. Sie liebte ihn trotz der Drogen, trotz des Alkohols. Im Moment saß er mal wieder im Jugendknast. Sie hatte ihn dort besuchen wollen, doch am Eingang war sie wieder umgedreht. Was hätte sie ihm sagen, ihn fragen sollen? Vielleicht nach dem Hund, den er in der letzten Zeit bei sich gehabt hatte. Eine Hundedame namens Polly, von der sie nicht wusste, wo sie nun war. Sie hätte sich gekümmert, hätte das Tier zu sich genommen. Doch er wollte ihre Hilfe nicht, verweigerte sich ihr. Und so hatte sie sich wieder einmal hilflos gefühlt, überfordert und allein. Zwar lebte sie ihr Leben, doch das große Geheimnis ihres Schicksals würde sie niemals lüften. Schüchtern lächelte sie Marie an. Sie hatte das Mädchen an sich herangelassen, die Tür ein Stück weit geöffnet. Das Schicksal schien Marie hierhergeführt zu haben, oder der Zufall, wer wusste das schon.

Gertrud schloss ihren Spind. »Wir sollten gehen, bevor es Kaffee gibt. Gerade ist es etwas ruhiger.«

Marie nickte schweigend. Sie verließen den Raum, liefen den langen Gang entlang und öffneten eine Glastür, die in den Angeln quietschte. Es ging treppab, durch eine Gittertür. Eng war dieses Treppenhaus, die hölzernen Stufen ausgetreten. Schon lange wurde es nicht mehr benutzt. Es wirkte wie ein Relikt aus einer längst vergessenen Zeit. »Warum nehmen wir nicht den Fahrstuhl?«, erkundigte sich Marie. Gertrud drückte auf den Lichtschalter.

»Weil er uns nicht an unser Ziel bringen wird. Schon seit einer Weile ist der hintere Teil des Kellers Sperrgebiet. Der Zugang durch die Küche ist abgeschlossen, nur der Küchenchef hat den Schlüssel, und er wird einen Teufel tun und uns aufschließen. Anweisung von oben.«

Sie erreichten das Ende der Treppe. Eine schäbige weißgestrichene Holztür lag im gelblichen Neonlicht vor ihnen. Es roch muffig, war feucht und kalt. Fröstelnd verschränkte Marie die Arme vor der Brust.

»Und jetzt?«

Triumphierend hielt Gertrud einen Schlüssel in die Höhe.

»Keiner weiß, dass ich ihn habe, dass es ihn überhaupt gibt. Ich habe ihn vor einer Ewigkeit nachmachen lassen.«

Sie steckte den Schlüssel ins Schloss und drehte ihn um. Knarrend öffnete sich die Tür. Marie schaute die Treppe nach oben.

»Keine Sorge. Niemand wird hier unten nach uns suchen.« Gertrud drehte an einem Lichtschalter. Ein altmodisches schwarzes Ding, das Klack machte. Eine schief hängende Lampe voller Spinnweben sprang surrend an. Der Flur war breiter, als Marie gedacht hatte. An seinem Ende standen weiße Gitterbettchen ohne Matratzen.

»Willkommen in einer anderen Zeit.« Gertrud machte eine ausladende Handbewegung und bedeutete Marie, ihr zu folgen. »Hierher haben sie die unschöne Vergangenheit dieses alten Hauses verbannt. Darüber reden will keiner mehr.«

Marie verstand Gertruds Andeutung und dachte an die knappe Stellungnahme auf der Homepage. Wenige Worte, hinter denen sich Jahre der Schuld, Menschen und Schicksale verbargen, Menschen wie sie selbst. Gertrud öffnete eine Tür und machte Licht. Wieder ertönte das altmodische Klacken. Neonlicht flackerte auf und beleuchtete Tische, Schränke, Krankenhausbetten, sogar ein gynäkologischer Stuhl stand in einer Ecke. Maries Blick blieb daran hängen. Schwarzes Leder, Beinauflagen, an einer fehlte das Polster. »Warum sind diese Sachen noch hier?«, fragte sie.

»Weiß nicht. Vielleicht sind sie mit den Jahren vergessen worden«, mutmaßte Gertrud. Marie zog eine Augenbraue in die Höhe. Der ganze Raum wirkte wie ein Mahnmal. Ein Ort, den keiner haben, aber auch niemand abschaffen wollte.

»Vielleicht fühlt sich keiner zuständig«, versuchte sie sich die seltsamen Überbleibsel einer unrühmlichen Vergangenheit zu erklären.

»Die Göbel bestimmt nicht«, erwiderte Gertrud augenzwinkernd und ging zu einigen alten Aktenschränken in der Ecke, die Marie erst jetzt auffielen. »Ich glaube, sie weiß nicht einmal, dass es diesen Keller gibt, geschweige denn, was sich darin befindet.« Sie öffnete eine der Schubladen und schob einige Akten hin und her. »Ich weiß gar nicht mehr, wie viele Stunden ich hier unten auf der Suche nach Antworten verbracht habe. Gefunden habe ich sie nicht.«

Marie trat neben sie und legte ihr die Hand auf den Arm. »Zuchtkind. Wie genau ist dieser Begriff zu verstehen?«

Gertrud ließ ihre Hand sinken und antwortete, ohne aufzublicken, mit einer Gegenfrage: »Du weißt nicht viel über den Lebensborn, oder?«

»Nur ganz wenig«, sagte Marie. »Ich hab im Internet recherchiert. Das war ein Verein der SS, oder?«

»Richtig. Die SS hat den Verein ins Leben gerufen«, bestätigte Gertrud. »Er hatte die Aufgabe, rasse- und erbbiologisch wertvolle Kinder für ihre Elite heranzuziehen. Im Volksmund wurden diese Kinder gern als Zuchtkinder bezeichnet und viele der Frauen, die sich darauf einließen, als Huren. Lebensbornheime waren Kinder- und Mütterheime, meistens auch Entbindungskliniken. Es gab einige von ihnen in Deutschland. Hier in Wiesbaden, im Harz, in Friesland oder Ostpommern.«

»Und in Norwegen«, fügte Marie hinzu.

»Und in Norwegen«, bestätigte Gertrud. »Anfangs habe ich es nicht verstanden, doch während meiner Nachforschungen wurde mir schnell klar, was die Nazis dort vorhatten. Für sie galten Norweger als arisch reine Menschen. Die Verbindungen mit norwegischen Frauen während der Besatzungszeit waren ausdrücklich erwünscht, so sollte die Rasse ›aufgenordet‹ werden.« Sie zog eine Akte aus dem Schrank und schlug sie auf. »Diese Akte stammt aus einem Lebensbornheim in Norwegen. Das Kind ist aus Bergen nach Wiesbaden gekommen und adoptiert worden.« Sie legte die Akte auf einen der Tische. »Der Vater ist in der Normandie gefallen, die norwegische Mutter – bei der Geburt erst achtzehn Jahr alt – war vollkommen überfordert und wollte das Kind nicht behalten. Da war sie nicht die Einzige. Viele Kinder sind nach Deutschland überführt und adoptiert worden. Die meisten Norwegerinnen kamen mit der Schande nicht zurecht. Später wurden die Frauen natürlich von ihren Landsleuten angefeindet. Vielen wurden die Haare geschoren, sie wurden interniert, geächtet und als Volksverräterinnen verurteilt.«

Marie drehte die Akte zu sich um und blätterte die Unterlagen durch. Seitenweise Berichte, Aktennotizen, Fotos einer jungen Frau, eines Wehrmachtssoldaten, eines Säuglings. Sogar die Geburtsurkunde war vorhanden, ausgestellt am 12. März 1944 in Bergen, unterzeichnet von einem Arzt namens Herbert Scherzer. Was für ein Schicksal enthielt diese Akte, wie viel Leid und Kummer. Sie klappte sie zu. Ihr Herz begann schneller zu schlagen. Gertrud griff nach ihrer Hand und drückte sie fest.

»Komm. Wollen wir gemeinsam nach deiner Akte suchen?«

Marie nickte, ohne den Kopf zu heben. Das Aktenzeichen verschwamm vor ihren Augen. Wollte sie wirklich ein Teil dieser sonderbaren Welt sein, die versteckt in einem Keller lag, um nicht an die Oberfläche zu kommen? Oder gehörte sie längst dazu, ohne es zu wissen? Die Wahrheit war zu ihr durchgedrungen und würde sich nicht mehr aufhalten lassen. Sie würde erst wieder zur Ruhe kommen, wenn das Geheimnis gelüftet war. Sie holte den Zettel aus ihrer Jackentasche und reichte ihn Gertrud. Behutsam, als wäre er ein rohes Ei, nahm Gertrud ihn entgegen.

»Na, dann wollen wir mal sehen«, sagte sie und faltete ihn auseinander. »Die Nummer ist niedriger als die dieser Akten hier, also war es höchstwahrscheinlich etwas früher.« Sie öffnete zwei Schubladen und schloss sie wieder, ging weiter nach hinten, öffnete weitere Laden, die scheußlich quietschten. Eine von ihnen klemmte. Es gelang Gertrud erst, sie zu öffnen, indem sie dagegentrat. Als wollte der Schrank sein Geheimnis für sich behalten. Mit jeder sich schließenden Schublade steigerte sich Maries Anspannung, oder war es Erleichterung, was sie verspürte? Sie wusste es nicht. Gertrud murmelte leise vor sich hin, fluchte ein paarmal. Es tat gut, die Ungewissheit mit jemandem zu teilen und einen Teil der Verantwortung abzugeben, wenigstens für einen kurzen Augenblick.

Irgendwann schrie Gertrud auf und hielt triumphierend eine Akte in die Höhe.

»Hier ist sie.« Sie legte die Akte auf den Tisch und wollte

sie öffnen. Doch Marie hielt sie zurück und legte ihre Hand auf den vergilbten Einband.

»Nein, nicht«, sagte sie. Gertrud wich zurück. Sie sahen einander an, dann nickte Gertrud.

»Ich wollte es dir nicht wegnehmen.«

Maries Hand lag noch immer auf der Akte. Sie atmete tief durch. Ihr Herz pochte wie verrückt, und sie fühlte ihren Pulsschlag am Hals. Da lag sie, ihre Vergangenheit, verpackt in einem vergilbten Aktenordner. Plötzlich wusste sie es. Der Brief war keine Verwechslung gewesen, sollte keinen anderen Erich Bauer erreichen als ihren Großvater.

»Kann ich allein sein?«, fragte sie leise.

Gertrud nickte.

»Ich wäre sowieso gegangen.« Sie griff erneut nach Maries Hand und drückte sie fest.

»Ich wünschte, ich hätte mein Aktenzeichen gefunden oder irgendetwas, einen Anhaltspunkt. Doch hier war nichts. So viele Unterlagen sind verschwunden. So viele Schicksale von Müttern, Kindern, Vätern. Meine Mutter hat sich selbst belogen, hat mich belogen, all die Jahre, bis zu ihrem Tod. Sie hat ihr Geheimnis mit ins Grab genommen und mich im Ungewissen gelassen. Ich hatte einen Vater, der nicht mein Vater war, dem ich nicht ähnelte, der mir oft wie ein Fremder schien. Was wirklich geschehen ist, liegt irgendwo in diesem Keller verborgen oder ist verbrannt, zerstört, entsorgt – wer weiß das schon.« In ihre Augen traten Tränen. Sie wandte den Blick ab. Marie verstand. Ihre Akte lag auf dem Tisch. Sie würde darin Antworten auf ihre Fragen finden. Antworten, die Gertrud verwehrt blieben. Gertrud wischte sich die Tränen vom Gesicht und zwang sich zu einem Lächeln.

»Ich geh dann mal nach oben. Nicht, dass mich die Göbel noch sucht. Wenn du fertig bist, dann mach einfach das Licht aus und die Tür zu. Ich schließe später ab.«

»Kann ich die Akte mitnehmen?«, fragte Marie.

»Ich weiß nicht«, erwiderte Gertrud zögernd.

»Es weiß doch keiner von ihr. Sicher wird niemandem auffallen, dass ich sie genommen habe.«

»Ich denke, sie sollte hierbleiben. Es ist doch besser, wenn die Dinge zusammenbleiben, an einem Platz, damit es kein Durcheinander gibt.« Gertruds Stimme klang fahrig, als wüsste sie nicht, wie sie ihre Ablehnung begründen sollte. Marie verstand. Das Geheimnis gehörte hierher. In den muffig riechenden Raum mit der dicken Staubschicht auf den Regalen, dem kaputten gynäkologischen Stuhl in der Ecke und dem klackenden schwarzen Lichtschalter. Hier sollte es bleiben, im Verborgenen, und nicht ans Tageslicht kommen.

»Ist schon gut. Ich lege sie wieder zurück, wenn ich alles durchgesehen habe. Bestimmt hast du recht. Muss alles seine Ordnung haben.«

Gertrud nickte, erst zaghaft, dann bestimmter.

»Richtig, es soll seine Ordnung haben. Ich geh dann mal.« Sie verließ den Raum, laut fiel die Tür hinter ihr ins Schloss. Ihre Schritte entfernten sich.

Maries Blick fiel auf die Akte. Langsam sank sie auf einen Stuhl und öffnete den Deckel.

Vorsichtig blätterte sie die Seiten durch. Sah Berichte, ausgefüllte Anträge und immer wieder den Namen Lisbet Tensen. Eine Bescheinigung zur Anerkennung der Vaterschaft von Erich Bauer mit Bitte um Aktenvermerk fand sich genauso in den Unterlagen wie ein sonderbares Schreiben, das in geschwollenen Worten die arische Herkunft des Kindes nachwies. Lisbet, der Name aus dem Tagebuch. Marie atmete tief ein. Sie musste es wiederbekommen, musste Jan finden. Warum nur hatte er es genommen? Was hatte er davon? Sie blätterte weiter und fand die Geburtsurkunde ihrer Mutter. Sie nahm das Stück Papier aus der Akte und starrte auf den Namen, der dort in der ersten Zeile vermerkt war. Lieselotte Bauer, geboren am 28. September 1942 um zwölf Uhr dreiundvierzig. Als Mutter war eine Lisbet Tensen angegeben, von Beruf Schreibkraft. Das Kind erhielt den Nachnamen des Vaters, Erich Bauer, Maschinenschlosser, derzeit Obergefreiter, wohnhaft in Schalkenmehren, Kreis Vulkaneifel. Ausgestellt wurde die Urkunde in einem Ort namens Hurdal Verk. Die Angaben zu ihrem Großvater stimmten. Er stammte aus der Eifel, das wusste Marie. Nach seiner Rückkehr aus der Kriegsgefangenschaft war er nach Berlin gezogen, anscheinend nicht allein, wie sie jetzt wusste. Was war aus Lisbet Tensen geworden? Anscheinend hatte ihr Großvater wieder geheiratet, ihre Großmutter, Gerda Bauer. Marie atmete tief durch. Ihre Großmutter – wie sie geglaubt hatte. Sie brauchte Antworten, und die würde sie in Berlin im Jugendamt finden. Sie ließ die Urkunde sinken. In dem roten Backsteinhaus, das sie – wie sie dachte – für immer hinter sich gelassen hatte. Sie legte die Urkunde zurück in die Akte und schlug sie zu. Gertrud würde es nicht gefallen, trotzdem würde sie die Mappe mitnehmen. Das Geheimnis war keines mehr, es musste ein für alle Mal gelüftet werden, Ordnung hin oder her.

Sie steckte die Akte in ihre Tasche und verließ den Raum, eilte durch den muffigen Kellerflur und das enge Treppenhaus hinauf. Als sie die Eingangshalle erreichte, blieb sie stehen. Helles Sonnenlicht fiel auf den steinernen Boden. Frau Gruber stand mit ihrem Rollator vor dem Aufzug und führte wie immer Selbstgespräche. Die Verkäuferin des Sanitätshauses dekorierte ihr Schaufenster um. Alles war wie immer, trotzdem fühlte es sich anders an. Dieses alte Haus, hatte Gertrud gesagt. Hatte nicht jedes alte Haus seine Geheimnisse? Plötzlich hatte Marie das Gefühl, dieses Haus und seine Vergangenheit zu verraten. Sie hatte Gertruds Ordnung durcheinandergebracht, etwas aus dem Keller ans Tageslicht geholt. Doch gab es in diesem Keller überhaupt eine Ordnung? Verborgen, im Geheimen existierte dort unten eine Vergangenheit, die niemand sehen durfte, keiner sehen wollte, wie es schien. Der Aufzug kam, und Frau Gruber stieg ein. Am Ende hatte auch sie Geheimnisse oder eine Akte in einem Keller, von der niemand wissen durfte. Die Aufzugtüren schlossen sich. Frau Gruber hatte zu singen begonnen. Marie schüttelte den Kopf. Sie sah Gespenster. Es war richtig, die Akte mitzunehmen. Es war ihre Akte, waren ihre Großeltern. Gertrud hatte kein Recht, sie wegzuschließen. Erneut dachte Marie an das Tagebuch. Es war in norwegischer Sprache verfasst, vermutlich von Lisbet. Warum nur hatte Jan es gestohlen? Was wollte er mit den intimen Gedanken einer fremden Frau? Sie musste ihn finden und mit ihm reden. Die Eingangstür öffnete sich. Karl-Theodor und Betty kamen von ihrem Ausflug in den Park zurück. Sie lachten und schwatzten fröhlich. Erneut hatte sich Betty bei ihm eingehängt. Marie bemühte sich um ein Lächeln und ging auf die beiden zu.

»Da ist sie ja«, wurde sie von Betty begrüßt. »Bist heute Morgen gar nicht gekommen, Mädchen. Ich dachte, ohne die tägliche Dosis kalte Luft würdest du es nicht aushalten.«

»Ich hab verschlafen«, flunkerte Marie.

Betty musterte sie, dann zog sie eine Schnute.

»Lüg eine alte Frau nicht an. Verschlafen, so ein Unsinn.«

Marie seufzte innerlich. »Ich hatte etwas Wichtiges zu erledigen, mehr nicht. Immerhin habe ich frei.«

»Hör sie dir an, Karl-Theodor. Frei hat sie«, höhnte die alte Dame. »Was machst du dann hier, Mädchen?«

»Ich hab etwas gesucht, mehr nicht«, erwiderte Marie ausweichend.

»Jetzt lass das Mädchen doch in Ruhe, Betty«, mischte sich Karl-Theodor ein. »Sie wird schon wissen, was sie hier zu tun hat, nicht wahr, Marie?« Er zwinkerte ihr zu. Marie entspannte sich ein wenig. Liebevoll tätschelte der alte Mann Bettys Hand.

»Wollten wir uns nicht beeilen? Gleich wird der Nachmittagskaffee serviert, und heute soll es Bienenstich geben.«

»Bienenstich. Das ist doch dein Lieblingskuchen, Betty«, ermunterte Marie Betty zum Weitergehen. Betty reagierte nicht darauf und fixierte Marie schweigend. Irgendwann sagte sie:

»Muss wichtig sein, was du verloren hast.«

Marie zuckte zusammen. Da war sie wieder, die Betty, die sie irritierte, der sie sich so nahefühlte und die sie brauchte, wie sie gemerkt hatte. Der einfühlsame Mensch mit dem untrüglichen Gespür für ihre Gefühlslage. Am liebsten wäre Marie jetzt mit ihr allein, um einfach mit ihr zu reden. Über das Foto und die Akte, über ihre gottverdammte Angst.

»Betty, wollen wir?«, holte Karl-Theodor Marie in die Wirklichkeit zurück. Betty nickte. Erneut hängte sie sich bei Karl-Theodor ein. Ihre Stimme klang wieder normal.

»Ja, gehen wir. Sonst futtern sie uns noch alles weg.«

Karl-Theodor hob seinen Hut und zwinkerte Marie zum Abschied zu. Betty sagte nichts, kein Wort, keinen Gruß. Die beiden gingen zum Aufzug, der sich sofort öffnete, als hätte er auf sie gewartet. Kurz bevor sich die Türen schlossen, fing Marie Bettys Blick auf. Marie wusste, was er bedeutete. Betty hatte darauf gewartet, dass sie etwas sagen, etwas erklären, am Ende Karl-Theodor wegschicken würde. Doch sie hatte es nicht über sich gebracht. Bettys Blick hatte sie im Innersten berührt. Wie so oft hatte es die alte Dame ganz ohne Worte geschafft, sie zu beeindrucken.

»Sie sind ja immer noch hier.« Die Stimme von Frau Göbel ließ Marie zusammenzucken. Sie drehte sich um.

»Oh, ich war nur, ich wollte …«

»Aber nicht, dass Sie auf die Idee kommen, das als Überstunden abzurechnen«, unterbrach sie Frau Göbel und hob drohend die Hand.

»Ich habe nur meine Jacke geholt. Ich hatte sie oben liegenlassen«, log Marie.

Frau Göbel zog eine Augenbraue in die Höhe und wollte etwas erwidern, doch das Klingeln ihres Handys hielt sie davon ab. Sie ließ Marie ohne ein weiteres Wort stehen und ging dran. Erleichtert suchte Marie das Weite und verließ eiligen Schrittes das Gebäude, rannte beinahe den Weg hinunter. Es war, als würde sie vor dem Haus fliehen. Erst ein ganzes Stück weiter, auf der Höhe des Bäckers, blieb sie stehen. Die Tür stand offen. Kaffeeduft lag in der Luft. Marie schaute zur Kuchentheke. Es gab noch Schokoladenkuchen. Kuchen, der glücklich machen oder wenigstens die Nerven beruhigen würde. Einen kurzen Moment zögerte Marie, dann betrat sie den Laden, bestellte einen großen Cappuccino und ein Stück Kuchen und setzte sich in eine Fensternische. Sie verteilte ordentlich Zucker auf der Schaumkrone ihres Cappuccinos, bevor sie diese genüsslich löffelte. Dann aß sie den ersten Bissen Schokokuchen. Süß, cremig, eine wahre Sünde. Ein Traum, wie Betty sagen würde. Langsam ließ Maries Anspannung nach. Sie nippte an ihrem Kaffee, aß zwei weitere Stückchen vom Kuchen, dann holte sie die Akte hervor und öffnete sie. Lisbet Tensen, las sie erneut den unbekannten Namen, der überall zu stehen schien. Auf einem Zettel war sogar vermerkt, in welchem Zimmer sie gewohnt und mit wem sie es geteilt hatte. Marie stutzte. Oda, noch ein Name aus dem Tagebuch. Sie ließ die Akte sinken. Diese Oda musste wichtig für Lisbet gewesen sein, sonst hätte sie nicht so viel über sie geschrieben. Marie nahm noch einen Happen Schokokuchen, überlegte kurz, dann holte sie ihr Handy hervor und wählte Andreas' Nummer. Eine Festnetznummer, die schon heute Morgen nicht funktioniert hatte. »Der Teilnehmer ist im Moment nicht erreichbar«, säuselte eine Dame vom Band. Marie legte auf. Sein Handy war kaputt. Sollte sie noch einmal nach Dotzheim fahren? Vielleicht war Jan inzwischen aufgetaucht. Er konnte doch nicht einfach verschwunden sein. Irgendwo musste er doch hin. Ihr Blick fiel erneut auf die Geburtsurkunde ihrer Mutter. Ausgestellt im September 1942. Dieses Datum fühlte sich wie Verrat an. Der Geburtstag ihrer Mutter war genauso wie der ihres Vaters ein besonderes Datum für sie gewesen, nach dem Tod der beiden waren diese Tage für sie stets Momente des Gedenkens. Meistens hatte sie eine Kerze für sie entzündet, still an sie gedacht, sich vorgestellt, was sie ihnen geschenkt hätte, wären sie noch am Leben, noch eine Familie. Sicher hätte es Kuchen gegeben, vielleicht ein neues Kleid oder einen eleganten Füllfederhalter, Theaterkarten. So oft hatte Marie sich diese Tage in allen Farben ausgemalt, hatte sie sich fortgeträumt, in ein Haus mit Garten, in dem es nach frisch Gebackenem duftete, gelacht und gefeiert wurde. Und jetzt sollte dieser Tag falsch und alles gelogen gewesen sein?

Sie las erneut die Namen auf der Urkunde. Lisbet Tensen, Erich Bauer, Obergefreiter. Was war damals passiert? Wieso kannte sie die Frau nicht? Vorsichtig strich sie mit den Fingern über die mit Schreibmaschine geschriebenen Buchstaben. Diese Namen bedeuteten mehr als nur Druckerschwärze auf Papier. Wieso war Lisbet aus ihrem Leben verschwunden, einfach ausgelöscht worden? Wieso war ihre

Mutter in Dessau geboren, an einem vollkommen anderen Tag als diese Lieselotte Bauer? Marie wusste, wo sie die Antwort auf diese Frage finden würde. Entschlossen schlug sie die Mappe zu, griff nach ihrem Handy, öffnete das Telefonverzeichnis und scrollte nach unten. Bei *Jugendamt Berlin* hielt sie inne, zögerte kurz, dann drückte sie die Wahltaste. Gleich würde sie die Stimme von Herrn Paul hören. Einem biederen Mann, meist in braunen Cordanzügen, mit lichtem Haar am Hinterkopf und Nickelbrille auf der Nase. Nach ihrem letzten Gespräch hatte sie wütend den Raum verlassen. Sie hatte die Beherrschung verloren, zwischen Aktenschränken, Kaffeemaschine und Yucca-Palme war sie ausgeflippt und hatte ihm für immer die Freundschaft aufgekündigt. Es hatte gutgetan, den Mann anzuschreien, in dem sie den Verantwortlichen für ihr ganzes Elend sah, für die vielen Pflegefamilien, den Ärger, die Schulwechsel. Oder machte sie es sich zu einfach?

Es klingelte, zweimal, dreimal, dann hob er ab.

»Jugendamt Kreuzberg, Paul.«

Dunkel und sonor klang seine Stimme, ohne jede Herzlichkeit. Marie zuckte innerlich zusammen.

»Herr Paul?«, sagte sie zögernd. Ihre Stimme zitterte. Sie richtete sich auf. »Ich bin es. Marie, Marie Wegner.«

Es entstand eine kurze Pause, bevor er antwortete.

»Marie Wegner. Ich dachte, das hätte sich erledigt.«

»Das dachte ich auch«, konterte Marie. »Doch ich habe eine Frage.«

»Eine Frage.«

»Ja, meine Familie betreffend.«

»Die Familie. Welche soll es denn sein?« Er klang belustigt. In Maries Hals bildete sich ein dicker Kloß. Sie schluckte ihn hinunter.

»Meine richtige Familie. In meiner Akte ist doch mein Stammbuch, oder nicht?«

Erneut war es einen Moment still in der Leitung. Dann sagte er: »Sicher. Wie in jeder Akte. Allerdings nur eine Kopie. Das Original wird im zuständigen Standesamt aufbewahrt.«

Marie atmete erleichtert auf.

»Ich bräuchte einige Unterlagen daraus. Könnten Sie sie mir vielleicht per Post schicken oder faxen?«

»Unterlagen aus dem Stammbuch werden nicht verschickt. Da gelten strenge Regeln. Aber du kannst gern vorbeikommen und sie einsehen, hier oder beim Standesamt. Dort natürlich nur nach Vorzeigen deines Ausweises. Allerdings wird das im Moment umgebaut und ist nur eingeschränkt geöffnet.« Seine Stimme hatte einen gehässigen Unterton.

»Aber ich bin in Wiesbaden und muss arbeiten. Es müsste doch eine Möglichkeit geben, die Unterlagen zu bekommen, vielleicht per Einschreiben. Ich würde es natürlich auch bezahlen.«

»Nein, es gibt keine Alternative. Wenn es so wichtig ist, dann komm nach Berlin. Gern gewähre ich dir Akteneinsicht.«

Marie ließ das Handy sinken und nickte stumm. Sie hörte noch seine Stimme, dann legte sie auf. Was hatte sie gedacht? Niemals würde er sich ändern. Ihr Blick fiel auf die

Akte in ihrer Tasche. Sie musste es einfach wissen. Sie trank den Cappuccino in einem Zug leer und stand auf. Hier würde sie keine Antworten finden. Dann würde sie jetzt eben nach Berlin fahren. Sie musste die Geburtsurkunde ihrer Mutter finden, brauchte Gewissheit. Entschlossen verließ sie die Bäckerei.

SIEBEN

Sonnenlicht fiel durch das Abteilfenster des Zuges und ließ Marie blinzeln. Es würde nicht mehr lange dauern, bis sie Berlin erreichten. Berlin, den grauen Riesen, mit dem sie abgeschlossen hatte. Die Pflegefamilien, das Wohnheim, die Studenten-WG, ihr abgebrochenes Studium. Plötzlich begann sie sich zu fragen, ob nicht sie diejenige gewesen war, die quer geschossen und Probleme heraufbeschworen hatte. Oder stand ihr die Unzufriedenheit mit ihrem Leben nicht zu? Immerhin hatte sie ihre Eltern verloren. Stets hatte sie all die anderen um ihr normales Leben beneidet. Manchmal hatte sie bewusst Spielplätze aufgesucht, um auf einer Bank sitzend Mütter mit ihren Kindern zu beobachten. So sehr hatte sie sich in diesen Augenblicken die Geborgenheit gewünscht, die es nur in einem richtigen Zuhause mit richtigen Eltern geben konnte. Sie war die Zurückgebliebene, die Einsame, das schwierige Kind, das sich nicht anpassen wollte und deswegen als aufsässig galt. Sie seufzte. Immerhin begrüßte sie die Stadt mit Sonnenschein. Als wolle sie sie von ihrer Schönheit überzeugen, was beim Erreichen des Bahnhofs nicht recht funktionierte. Verfallene alte Bahnhofsgebäude, Gleise, so weit das Auge reichte, dahinter Häuserreihen und mit Graffiti beschmierte Betonwände.

Der Bahnsteig kam in Sicht. Ein letztes Quietschen der Bremsen, ein kurzes Ruckeln, dann stand der Zug, und die Türen wurden geöffnet. Wie Ameisen strebten die Menschen nach draußen und vereinigten sich auf dem Bahnsteig in einen alles mit sich reißenden Tross. Marie ließ sich von der bunten Menschenmenge mitziehen und blickte auf die Uhr neben der Anzeigetafel. Das Jugendamt hatte heute bis Mittag geöffnet. Sie dachte an die Akte in ihrer Tasche. Bald würde sie herausfinden, was es mit der Geburtsurkunde und vielleicht auch mit Lisbet Tensen auf sich hatte.

An einem Fahrkartenautomaten löste Marie ein Tagesticket und machte sich auf den Weg zur U-Bahn. Sie erreichte den Bahnsteig und reihte sich in die Menschenmenge ein, die auf den passenden Zug wartete. Im fahlen Neonlicht verflog ihre Zuversicht von eben, und ihre Hände begannen zu zittern. So sehr hatte sie gehofft, den roten Backsteinbau niemals wieder betreten zu müssen. Doch es schien, als wäre sie für immer mit diesem Gebäude verbunden. Mit den Beamten, die dort über das Leben anderer entschieden. Die Hilfsbereitschaft und Fürsorge oftmals nur vorspielten und sich hinter Aktenbergen versteckten. Ihre U-Bahn kam. Laut quietschten die Bremsen. Die Türen öffneten sich, Menschen eilten auf den Bahnsteig, andere drängelten sich ins Abteil. Marie lehnte sich gegen eine Trennwand. Oder war sie ungerecht? Vielleicht war es ja nur bei ihr schlecht gelaufen. Am Ende gab es andere Kinder, die sie gerettet, denen sie ein schönes Leben ermöglicht hatten. Instinktiv fuhr sie mit der Hand in ihre Jackentasche, in der noch immer die Kastanie lag. Marie holte sie hervor und strich mit der Fingerspitze über die glatte Oberfläche. Wenn der Tag niemals gekommen wäre, an dem zwei Polizisten vor der Tür standen und ihre Pflegemutter zu kreischen begonnen hatte, dann wäre vielleicht alles gut geworden. Dann wäre sie zwischen Kastanienmännchen, Himbeerbüschen und der Schaukel geblieben, die an der großen Eiche im Garten gehangen hatte.

Ruckelnd kam die U-Bahn zum Stehen. Marie versuchte, das Gleichgewicht zu halten. Eine Mutter mit Kinderwagen stieg ein, und die Kleine darin schien vom U-Bahn-Fahren genauso wenig wie Marie zu halten. Sie schrie wie am Spieß, ihr winziges Gesichtchen war puterrot. Alle Versuche der Mutter, das Kind mit einem Schnuller zu beruhigen, schlugen fehl. Immer wieder spuckte das Baby das rosa Plastikding aus und wedelte entrüstet mit den Armen. Marie mochte Kinder, doch dieses Exemplar schaffte es innerhalb weniger Minuten, dass sie ihre Zuneigung zu den winzigen Wesen noch einmal überdachte. Sie war seit drei Uhr morgens auf den Beinen, ihr Kopf dröhnte, und ihr Magen knurrte. An etwas zu essen oder zu trinken hatte sie bei ihrer überstürzten Abreise nicht gedacht; erst im Zug war ihr das fehlende Wasser aufgefallen, doch dann war es zu spät gewesen.

Die U-Bahn erreichte die Frankfurter Allee. Erleichtert stieg Marie aus. Auf dem Bahnsteig blieb sie stehen. Die Menschen eilten nach oben. Ein Mann rempelte sie an, entschuldigte sich nicht. Die Luft war stickig. Sie ging langsam zur Treppe, stieg die Stufen hinauf und trat auf den im hellen Sonnenlicht liegenden Gehweg. Linkerhand ging es direkt in ein großes Einkaufszentrum. Sie lief an dem modernen Glastempel vorüber und bog wie gewohnt in eine kleine Seitenstraße ab. Dort lag das Café Leander, das untrennbar mit dem Jugendamt verbunden war. Nach jedem Besuch im Amt hatte es sie mit seiner Geborgenheit aufgefangen. Heute hatte sie diesen Besuch schon vor dem Jugendamt nötig, denn ihr Magen knurrte bis zum Hals. Nach einem guten Frühstück wäre es vielleicht einfacher, das rote Backsteinhaus zu betreten. Schon jetzt sah sie sich den langen Flur mit den kugeligen Lampen an der Decke entlanglaufen und die braune Holztür öffnen, die wie immer scheußlich in den Angeln quietschen würde. Vor dem Leander blieb sie stehen und musterte das Café einen Moment. Es hatte sich genauso wenig verändert wie die Straße. Kopfsteinpflaster, blanke Altbaufassaden, die in den blauen Himmel ragten. Kaffeeduft lag schon hier draußen in der Luft, vermischt mit dem Geruch der trockenen Blätter, die auf dem Weg und der Straße lagen. Marie öffnete die Tür und trat ein. Braungestrichene Wände, einfache Tische und Stühle, eine Lichterkette um den Spiegel an der Wand, schummrige Beleuchtung. Hinter dem Tresen stand Dieter, wie immer, als wäre er dort festzementiert. Ohne den stämmigen, glatzköpfigen Kellner wäre das Leander nur halb so schön. Dieter blickte auf. Seine Augen weiteten sich.

»Mensch, Marie. Das gibt es ja nicht.« Er warf sein Geschirrtuch zur Seite, kam mit ausgebreiteten Armen auf sie zu und drückte sie fest an sich. Von so viel Herzlichkeit überrumpelt, wusste Marie nicht, was sie sagen sollte. Tränen stiegen in ihre Augen. Er roch wie immer ein wenig nach Zigaretten, nach Fett und Schweiß.

Er schob sie von sich und wischte ihr liebevoll eine Träne von der Wange.

»Wer wird denn gleich weinen? Ist doch nur der alte Dieter.«

»Nein, nicht nur«, erwiderte Marie. »Meine Güte, was hab ich dich vermisst.«

Er grinste und führte Marie zu ihrem Lieblingsplatz am Fenster, rückte ihr sogar den Stuhl zurecht.

»Was kann ich dir bringen, meine Liebe? Eine heiße Schokolade mit viel Schaum, so wie früher?«

Sie nickte. »Und ein großes Frühstück, irgendwas Leckeres. Du weißt ja, was ich mag. Ich bin seit drei Uhr auf den Beinen und habe noch nichts gegessen.«

»Deswegen bist du so blass um die Nase.« Er musterte sie besorgt.

»Nicht nur deswegen«, antwortete Marie seufzend.

Dieter legte den Kopf schräg.

»Reden?«

Sie nickte.

»Vielleicht ein wenig.«

Er stand auf.

»Gut, aber erst einmal essen.«

Er eilte hinter die Theke und bestellte in der Küche ein Frühstück de luxe. Keine Sekunde später erfüllte das laute Geräusch des Milchaufschäumers den Raum. Kurz darauf stellte er eine große Tasse heiße Schokolade vor Marie und gesellte sich zu ihr.

»Hast Glück, ist heute einer dieser typischen Donnerstage. Nichts los am frühen Morgen.«

»Sag das nicht«, wandte Marie ein. »Gleich wird die Tür aufgehen und eine Gruppe Mütter wird zum Brunchen auftauchen.«

»Ach, bitte nicht heute.« Er seufzte. »Ich mag die Mütter wirklich gern. Aber diese Gespräche ...« Er winkte ab. »Heute wäre etwas anderes nett. Vielleicht ein paar lustige Omis, die nachher noch zum Brandenburger Tor und auf der Spree Boot fahren wollen. So einfache Touristen, ich nehme auch Japaner, nur keine Mütter.«

Marie lachte laut auf. Dieter war einmalig.

»Touristen, in dieser Ecke?«

»Warum nicht? Ist doch nett bei uns. Ich kenne Leute, die kommen sogar aus Wiesbaden, nur um hier zu frühstücken.« Marie wollte nach ihm schlagen, doch er wich ihr aus. Die Küchenglocke erklang. Dieter stand auf, holte Maries Frühstück und setzte sich wieder zu ihr. Marie begann sich ein Marmeladenbrötchen zu schmieren und biss freudig hinein.

»Spaß beiseite«, sagte Dieter. »Wieso bist du hier?«

Marie wischte sich den Mund mit einer Serviette ab. »Kannst du dir das nicht denken?«, fragte sie zurück.

»Du musst zum alten Paul.«

»Volltreffer.« Marie öffnete das Nutella-Döschen. »Ich benötige Unterlagen aus meiner Akte, die er mir angeblich nicht mit der Post schicken kann.«

»Muss ja wichtig sein, wenn das nicht geht. Nicht einmal per Einschreiben?«, kombinierte Dieter richtig.

»Er sagte nein. Es geht um mein Familienstammbuch.«

»Willst du etwa heiraten?« Um Dieters Lippen breitete

sich ein Grinsen aus. »Mein Mädchen wird doch nicht erwachsen werden.«

»Heiraten? Wie kommst du denn darauf?«, fragte Marie irritiert.

»Also nicht heiraten.« Er verzog das Gesicht.

»Nein, aber so was von nicht heiraten«, antwortete sie und trank von ihrer Schokolade.

»Ich benötige die Geburtsurkunde meiner Mutter, wegen so einer Sache …« Sie zögerte. Sollte sie Dieter davon erzählen? Sie sah die Fotografie vor Augen, die Frau mit dem Kind im Arm. Lisbet Tensen, Erich Bauer, Obergefreiter. Es war so persönlich, betraf ihr Innerstes. Auf einmal fühlte es sich wie Verrat an, darüber zu sprechen. Doch Dieter begriff auch ohne Worte.

»Ist schon gut, Mädchen. Musst nicht drüber reden. Ich versteh das schon.« Marie streckte die Hand aus, er drückte sie fest. »Ist wichtig, oder?«

Sie nickte.

»Vielleicht ändert es alles.«

Die Tür öffnete sich, und tatsächlich betraten die angekündigten Mütter den Raum, vier an der Zahl, eine hatte einen Kinderwagen dabei. Dieter erhob sich seufzend, blieb aber noch einen Moment neben Marie stehen, legte ihr die Hand auf die Schulter und sagte: »Iss ordentlich, Mädchen. Mit vollem Magen ist der alte Paul bestimmt leichter zu ertragen.«

Dankbar nickte Marie ihm zu. Dieter ging hinter die Theke und trat keine Minute später mit vier Karten in der Hand an den Tisch der Mütter, die ihn freudig begrüßten. Man kannte einander. Marie hörte zu, wie er mit den Damen scherzte, das schlafende Baby bewunderte, die Bestellung aufnahm.

Erneut öffnete sich die Tür, und zwei junge Männer in Anzügen betraten das Café. Sie wählten den Tisch neben Marie und begannen sich auf Englisch zu unterhalten. Marie wusste, dass sie die Zeit vertrödelte. Bald musste sie aufbrechen, denn das Jugendamt hatte nur bis elf Uhr dreißig geöffnet. Am Nachmittag ging ihr Zug zurück. Morgen musste sie wieder zur Arbeit, in den Alltag im Haus Sonnenschein. Ihr schauderte. Wie sollte sie dort zum täglichen Einerlei übergehen? Vielleicht kannte Gertrud die Antwort. Gertrud. Ihr hatte sie gar nicht gesagt, dass sie nach Berlin gefahren war. Doch war sie ihr Rechenschaft schuldig? Vielleicht. Immerhin hatte sie ihr die Akte zu verdanken. Doch wenn es nach Gertrud ginge, sollte die unrühmliche Vergangenheit für immer in diesem Keller bleiben. Marie ballte die Fäuste. Entschlossenheit breitete sich in ihr aus. In jeder dieser Akten ruhten die Geschichten so vieler Menschen. Wie viele Betroffene gab es dort draußen noch? Menschen wie sie, die belogen und betrogen wurden, die keine Antworten fanden, es vielleicht einfach nicht wussten. Diese Geheimnisse mussten gelüftet werden. Das war sie sich selbst schuldig. Entschlossen stand sie auf, legte einen Geldschein auf den Tisch und verließ ohne ein Wort des Abschieds das Café.

Verwundert blickte Dieter ihr nach, als die Tür laut ins Schloss fiel.

*

Als Marie am Jugendamt ankam, war es kurz nach elf. Sie blieb vor dem Gebäude stehen und betrachtete es nachdenklich. Ein roter Klinkerbau, behäbig, wohl in den zwanziger Jahren erbaut, genau wusste sie es nicht. Eigentlich sollte Martin Paul mit seiner Gehässigkeit, seinen Paragraphen und falschen Entscheidungen für immer aus ihrem Leben verschwunden sein. Erst jetzt begriff sie, dass er und dieses Gebäude ein Teil von ihr waren. War Wiesbaden nur eine Flucht vor der Realität gewesen? War sie einfach nur von der Illusion einer Fotografie fortgelockt worden? Auf der Suche nach dem Unbekannten, angelockt durch ein altes Haus. Sie verspürte die gewohnte Hilflosigkeit in sich. Jedes Mal kam sie, wenn sie vor diesem Gebäude stand. Nein, es war richtig zu gehen, widersprach sie sich selbst in Gedanken. Es war richtig gewesen, die alten Mauern einzureißen und weiterzuziehen. Es irgendwo anders, vielleicht richtig zu machen. Leider wusste sie nicht, was richtig war. Wiesbaden, der Zufluchtsort am anderen Ende Deutschlands hatte alte Wunden aufgerissen, mehr noch, als es Berlin jemals hätte tun können. Sie atmete tief durch und schloss für einen Moment die Augen. Die Stadt war gleichgültig. Es war ihr Leben, ihre Vergangenheit. Diese Stadt und all ihre Kindheitserinnerungen würden daran nichts ändern, und der alte Paul schon gar nicht. Sie straffte die Schultern und ging durch den Haupteingang. Im Inneren empfing sie der gewohnte Anblick. Marie wandte sich zur Treppe. Martin Pauls Büro lag im ersten Stock. Zimmer 308. Ohne zu zögern, ging sie den Flur hinunter, vorbei an den hohen Fenstern, in denen noch alte Butzenscheiben lagen. Teilweise waren die Wände getäfelt, festgeschraubte Stühle aus dunklem Holz warteten auf Besucher. Heute war es ungewöhnlich leer, fast schon still. Nur von fern war Kindergeschrei zu hören. Vermutlich war an der Kindergeldstelle im Westflügel mehr Betrieb, wie es meistens der Fall war. Vor Zimmer 308 blieb Marie tief durchatmend stehen und klopfte an. Es dauerte eine Weile, bis Paul »Herein« rief. Marie betrat knapp grüßend den Raum. Verdutzt schaute der Jugendamtsmitarbeiter sie an.

»Marie, du bist hier?«, stammelte er, ohne zu grüßen. Seine Verblüffung gab Marie Selbstvertrauen. Sie schloss die Tür hinter sich und trat näher an seinen Schreibtisch.

»Wir hatten gestern telefoniert. Erinnern Sie sich nicht?«

»Ja, schon. Natürlich erinnere ich mich.« Er verhaspelte sich beinahe. Die Situation überforderte ihn sichtlich.

»Dann können wir das ja abkürzen.« Maries Stimme klang verbindlich. »Sie wissen, weshalb ich hier bin.«

»Weshalb du hier bist, ja natürlich.«

»Es wäre nett, wenn Sie mich ab heute siezen würden«, sagte sie. »Immerhin bin ich jetzt erwachsen und kein kleines Mädchen mehr.« Mit dem Sie umspringen können, wie Sie wollen, fügte sie in Gedanken hinzu.

»Ja, natürlich. Worum ging es gleich noch?«

»Das Stammbuch meiner Familie«, erinnerte sie ihn.

»Ach ja, richtig.« Er stand auf, wischte sich die Hände an der Hose ab und ging zu einem der Aktenschränke.

Verwundert schaute Marie ihm dabei zu, wie er eine Schublade öffnete. War ihr Auftreten wirklich so einschüchternd, oder hatte er sich verändert? Gestern am Telefon hatte er wie immer geklungen, zynisch und herablassend. Doch heute wirkte er wie ein fahriger älterer Herr. Er zog ihre Akte heraus und blätterte sie durch.

»Da haben wir es ja«, sagte er und reichte Marie die Unterlagen. Sie überflog die Kopien. Es schien nichts zu fehlen, auch die Geburtsurkunde ihrer Mutter war darunter. »Du, äh, Sie können die Unterlagen behalten. Sind ja nur Kopien.« Er ging zurück zu seinem Schreibtisch und setzte sich wieder.

»Fein«, antwortete Marie.

»War es das?«, hakte er nach. Einen Moment lang schauten sie sich in die Augen, dann wandte er den Blick ab. »Wir schließen gleich.« Seine Worte klangen ausweichend.

»Ja, das war es dann«, antwortete sie, und ein sonderbar warmes Gefühl breitete sich in ihr aus. Mit einem knappen Gruß verließ sie den Raum. Seine letzten Worte hörte sie nicht mehr. Auf dem Flur beschleunigte sie ihre Schritte, sprang befreit die Treppenstufen hinunter und riss euphorisch die Tür auf. Fühlte sich so Unendlichkeit an? Sie wusste es nicht. Es fühlte sich jedenfalls verdammt richtig und wichtig an. Sie hatte es geschafft, hatte ihm standgehalten und war die Stärkere gewesen. Nichts und niemand würde sie mehr aufhalten. Mit dem guten Gefühl im Bauch machte sie sich auf den Weg zur U-Bahn und erreichte wenig später den Hauptbahnhof.

Erst im Zugabteil holte sie die Unterlagen hervor. Sie fand ihre eigene Geburtsurkunde, die Heiratsurkunde ihrer Eltern und deren Geburtsurkunden. *Lieselotte Bauer, geboren am 17. Februar 1943 um 13.42 Uhr in Dessau*, stand in der Urkunde ihrer Mutter. Auf den ersten Blick sah alles normal aus. Vater und Mutter waren angegeben. Name der Mutter: *Gerda Bauer*, eine gottverdammte Lüge. Sie sah, dass die Urkunde gar nicht in Dessau ausgestellt worden war, und schaute genauer hin. *Übergangsurkunde* war im Kleingedruckten vermerkt. *Originaldokument nicht auffindbar*. Sie ließ das Blatt sinken. Der Zug setzte sich in Bewegung. Im Licht der Nachmittagssonne flogen Häuser, Bäume und Straßen an ihr vorüber. Sie nahm es kaum wahr. Erneut las sie die unterste Zeile, den Ort und das Datum, das niemals stimmen konnte. Nicht mehr als ein Lügenmärchen stellte diese Urkunde dar. Sie holte die Akte aus Wiesbaden hervor und schlug sie auf. »Lisbet Tensen« formten ihre Lippen den Namen ihrer wirklichen Großmutter. Wieso bist du ausgelöscht worden, wieso durfte ich nichts von dir wissen? Was ist damals wirklich geschehen?

Der Zug hielt an einem Bahnhof. Die Abteiltür öffnete sich, und ein junges Pärchen, gefolgt von einem älteren Herrn, betrat das Abteil. Marie steckte die Unterlagen in ihre Tasche und hielt sie fest umklammert. Der Zug setzte sich erneut in Bewegung. Irgendwann lehnte sie den Kopf gegen den Fensterrahmen. Der lange Tag machte sich bemerkbar, und sie schlief ein. Als sie erwachte, war die Welt vor dem Fenster in graues Dämmerlicht gehüllt und Frankfurts Bankentürme tauchten vor ihren Augen auf. Tausende Lichter leuchteten in den Hochhäusern der Mainmetropole. Ihr Nacken war steif geworden. Sie richtete sich auf und schüttelte sich die Müdigkeit aus den Gliedern. In Frankfurt musste sie in die S-Bahn nach Wiesbaden umsteigen. Nur wenige Minuten später lief sie den Bahnsteig hinunter.

Der Schlaf im Zug hatte nur wenig Erholung gebracht. Ihr Kopf dröhnte, und ihr Nacken schmerzte. Regen trommelte auf das Dach des Bahnhofs. Plötzlich läutete ihr Handy. Sie zuckte zusammen. Es war in ihrer Tasche, irgendwo ganz unten. Sie blieb stehen, wühlte darin herum, schob die Akte und die Kopien aus dem Jugendamt zur Seite, Taschentücher, ihren Lippenstift, einen winzigen Spiegel. Irgendwo musste das dumme Ding doch sein. In der Innentasche fand sie es endlich und hob ab.

»Marie, bist du das?«, hörte sie Gertruds Stimme.

»Gertrud?«, fragte Marie ungläubig.

»Ja, ich bin's«, sagte ihre Kollegin. »Wo bist du?«

»In Frankfurt auf dem Hauptbahnhof. Warum?«

»Betty ist nicht zufällig bei dir, oder? Ich meine, ihr wart doch öfter gemeinsam unterwegs, jedenfalls manchmal.« Ihre Stimme klang hektisch.

Maries Herz begann schneller zu schlagen.

»Nein, wieso fragst du?«

»Dann werden wir jetzt die Polizei verständigen«, hörte sie Gertrud sagen. Maries Hände begannen zu zittern.

»Die Polizei? Aber warum denn?«

»Weil Betty verschwunden ist.«

ACHT

Kristiansand, Norwegen, August 1941

Lisbet stand vor dem Spiegel und musterte sich skeptisch von oben bis unten. Noch nie zuvor hatte sie so ein hübsches Kleid getragen. Es war schmal geschnitten, passte sich wunderbar den Kurven ihres Körpers an, und der glockige Rock umspielte sanft ihre Beine. Eine durchgehende Knopfleiste erleichterte das An- und Ausziehen, und am Hals prangte eine hübsche rote Schleife. Überall auf dem beigefarbenen Stoff waren rote Streublumen verteilt. Oda kam, ein ähnliches Kleid tragend, hinter Lisbet aus der Umkleidekabine. Ihres war hellblau mit weißen Punkten und einem weißen Gürtel. Beide Kleider bedeckten die Knie, alles andere wäre unschicklich gewesen. Die Verkäuferin, eine untersetzte, in die Jahre gekommene Frau mit Nickelbrille, trat hinter Lisbet und strich über den Rock.

»Als hätte das Kleid auf Sie gewartet, Kindchen. Die Farbe passt hervorragend zu Ihrem roten Haar.« Ihr Blick fiel auf Oda. »Ebenfalls bezaubernd. Dieses helle Blau und dann dieser dunkle Teint, besser geht es kaum.«

Oda musterte sich kritisch im Spiegel und drehte sich hin und her.

»Ich weiß nicht. Was meinst du, Lisbet? Ist die Farbe nicht zu alltäglich?«

Lisbet schaute von ihrem Spiegelbild zu Odas. Wieder einmal musste sie sich eingestehen, dass Oda die Hübschere von ihnen war. Selbst im Nachthemd würde sie noch besser aussehen.

»Alltäglich – dieses Blau. Niemals, Kindchen«, kam die Verkäuferin Lisbet zuvor. In ihrer Stimme lag eine Überzeugung, die keine Widerworte duldete. »Und ich habe auch noch genau den passenden Hut dazu. Ist gestern aus Oslo reingekommen. Ein Prachtstück.« Sie lief an den Mädchen vorüber und verschwand hinter einem Vorhang. »Hier irgendwo muss ich ihn hingelegt haben«, hörten die beiden sie murmeln.

Zweifelnd musterte sich Lisbet erneut. Das Kleid war wirklich hübsch, das musste sie zugeben. Es war schon etwas anderes als die ewig gleichen Röcke, Blusen und dicken Pullover, die sie sonst trug. Manchmal hatte sie Mädchen aus Farsund solche Kleider tragen sehen, an warmen Tagen, wenn sie ins Café oder zu einer Tanzveranstaltung gegangen waren. Lisbet hatte sie immer bewundert. Wie Feen waren sie ihr vorgekommen, unpassend gekleidet für die einfache Umgebung und trotzdem wunderschön. Hier in Kristiansand liefen viele junge Frauen mit solchen Kleidern durch die Straßen, wie ihr sofort aufgefallen war. Auch Oda hatte so ein Kleid getragen, als sie sie letzte Woche vom Bus abgeholt hatte. Ein rotes mit weißen Streublümchen darauf. Dazu hatte sie Absatzschuhe an, in denen sie perfekt laufen konnte. Auch eine Fee, hatte Lisbet gedacht und war ihr staunend durch die Stadt bis zu ihrem neuen Zuhause gefolgt. Es lag in einem Stadtteil mit dem Namen Murbyen, was so viel wie Ziegelstadt bedeutete. Wie der Name schon sagte, prägten Steinhäuser das Straßenbild, mal roter Backstein, dann wieder weißgetünchte Hauswände, manche von ihnen hübsch verziert. Ihre Vermieterin, Hedda Sundvoll, eine elegant gekleidete, etwas schwatzhafte Mittfünfzigerin, hatte sie freundlich in Empfang genommen und sofort ohne Punkt und Komma zu plappern begonnen. Von Herrenbesuch bis Warmwasserzeiten, der Sache mit dem vergesslichen Postboten, der neugierigen Nachbarin Frida Lundsvoll, dem kaputten Lichtschalter im Keller und den unterschiedlichen Baustilen der Umgebung war alles dabei gewesen. Begriffe wie Renaissance, Gotik und Romanik schwirrten durch den Raum, während Lisbet ihren Koffer aufs Bett hievte.

»Brennt ja alles nicht mehr so schnell ab«, hatte Hedda Sundvoll gesagt und mit den Schultern gezuckt, was beinahe einer Entschuldigung gleichkam. Lisbet hatte keine Ahnung von Baustilen, aber genickt und dankend die Einladung zum Tee abgelehnt. Oda wartete vor dem Haus auf sie, und sie musste sich noch am selben Tag bei ihrem neuen Arbeitgeber, den Falconbridge-Zinkwerken, vorstellen, wo sie im Büro Schreibarbeiten erledigen sollte.

Lange hatte Lisbet gezweifelt, ob es richtig wäre, es Oda gleichzutun und aus Loshavn fortzugehen. Oda hatte sich unsterblich in Günter verliebt, und als dieser kurz nach dem Sankt-Hans-Fest nach Kristiansand versetzt worden war, um russische Zwangsarbeiter bei was auch immer zu beaufsichtigen, war sie ihm sofort gefolgt. Besonders Elen hatte der abrupte Aufbruch ihrer Tochter schwer zugesetzt. Der Grund dafür war ihr natürlich nicht verborgen geblieben, was sie genauso wie Pedder Gunderson beschämte. Lisbet hatte sich nach Odas Abreise noch öfter auf Joakims Insel zurückgezogen. Und immer wieder war Erich zu ihr gekommen, meist heimlich, wenn im Dorf Ruhe eingekehrt war. Lisbet wusste, dass es nicht richtig war, Zeit mit ihm zu verbringen, mit ihm zu reden, manchmal sogar den Kopf an seine Schulter zu legen. Einmal hatte sie versucht, es ihm zu sagen, doch als er vor ihr gestanden hatte, hatte sie es nicht fertiggebracht. Seine Nähe tat gut. Sie hatten so vieles gemeinsam, verstanden einander ohne Worte oder redeten bis in die frühen Morgenstunden über Gott und die Welt. Nach dem Johannisfeuer waren sie beide verunsichert und hatten nicht recht gewusst, wie sie miteinander umgehen sollten. Für Lisbet sollte er eigentlich der Deutsche sein, der über den Hügel gekommen war, der überall spionierte, wie ihr Vater sagte. In den Abendstunden schlich sich dieser meistens zu Bernhard Henriksen ins Haus Sjobakken hinüber, um mit den anderen Männern Radio zu hören, was noch immer verboten war. Josef Terboven, der deutsche Reichskommissar hatte es sich zum Ziel gemacht, hart gegen den Widerstand der norwegischen Bevölkerung vorzugehen – worum sich die Männer Loshavns einen Dreck scherten. Erich wusste von dem Radio, doch er unternahm nichts. So ein bisschen Radio tut doch niemandem weh, hatte er Lisbet erklärt und mit den Schultern gezuckt. Auch die anderen deutschen Soldaten in Loshavn verhielten sich der Bevölkerung gegenüber anständig. »Wir haben es besser erwischt als manch andere«, hatte Richard Tensen einmal zu seiner Frau gesagt, als Erich außer Hörweite war.

Immer häufiger hatte Erich auf der Insel den Arm um sie gelegt. Oftmals hatte er dabei schüchtern und unbeholfen gewirkt, was Lisbet gefiel. Er war kein Aufschneider wie Günter, der mit seinem einnehmenden Lächeln und seinen hübschen blauen Augen sämtlichen Mädchen in Loshavn den Kopf verdrehte. Erich war zurückhaltender und irgendwie ehrlicher, jedenfalls in Lisbets Augen. Eine niemals sinkende Sonne, hatte er einmal gesagt. Helligkeit, die einen verzaubert. An diesem Abend hatten sie sich erneut geküsst, liebevoll und zärtlich. Als hätten sie Angst davor, der andere könnte zerspringen. Wenige Tage später war auch Erich nach Kristiansand versetzt worden, und Lisbets Welt war zusammengebrochen. Zuerst hatte sie es nicht wahrhaben wollen. Sie war zu Hause, in ihrem Loshavn, dem Dorf der weißen Häuser. Hier war doch alles gut, alles wäre nun wieder wie immer. Doch es fühlte sich nicht so an. Es war beklemmend still geworden. Loshavn war nicht mehr groß genug, der Hügel versprach keinen Schutz mehr. Oda und Erich waren in Kristiansand, das so viel mehr Möglichkeiten bot. Die Zeit zum Gehen war gekommen.

Die Verkäuferin kam aus dem Hinterzimmer und hielt Oda einen entzückenden blauen Hut mit einem weißen Band hin, der tatsächlich wie für das Kleid gemacht schien. Oda nahm ihn halbherzig entgegen und setzte ihn auf.

»Wie hübsch«, flötete die Verkäuferin und rückte den Hut noch etwas zurecht. »Dazu ein Paar schicke Strümpfe und hochhackige weiße Schuhe. Die perfekte Garderobe für ein junges Fräulein, wie Sie eines sind.« Ihre Augen strahlten vor Begeisterung, Lisbet schien sie vollkommen vergessen zu haben. Oda schaute abschätzend in den Spiegel. Der Hut war wirklich wunderschön, sprengte aber ihr mageres Budget. Seufzend nahm sie ihn ab und gab ihn der Verkäuferin zurück.

»Er ist wirklich ganz entzückend. Vielleicht ein andermal.«

Die Frau verstand, ihr Blick wurde mitfühlend. »Verstehe. Sie arbeiten in der Zinkfabrik, nicht wahr?«

Oda sah die Verkäuferin überrascht an. Diese winkte ab.

»Ich sehe Sie immer morgens an der Bushaltestelle stehen. Sie wohnen doch in Posebyen bei der alten Torghatten, oder irre ich mich?« Oda nickte perplex. »Ist eine gute Hauswirtin. Haben schon viele Mädchen aus der Fabrik bei ihr gewohnt. Verdienen nicht viel, sagte sie mal zu mir. Sind aber meist ordentliche Mädchen.«

Oda zwang sich zu einem Lächeln. Erst jetzt schien ihr bewusst zu werden, dass Kristiansand auch nur ein Dorf war, wenn auch ein etwas größeres als Loshavn. Posebyen, dachte Lisbet, der Stadtteil Kristiansands, in dem noch die alten Holzhäuser standen. Sie war erst einmal dort gewesen und hatte sich sofort heimisch gefühlt. Gern wäre auch sie in das gelbgestrichene Holzhaus der alten Eline Torghatten eingezogen, das sogar einen Wintergarten hatte, den alle Hausbewohner nutzen durften. Doch alle Zimmer waren belegt, und Odas Dachkammer war so winzig, dass man sich darin kaum drehen und wenden konnte.

Der Blick der Verkäuferin fiel auf Lisbet. »Arbeiten Sie auch in der Fabrik, meine Gute?«

Lisbet nickte.

»In der Schreibstube, aber erst seit kurzem. Es gefällt mir sehr gut.«

Die Verkäuferin zog eine Augenbraue in die Höhe. Plötzlich lag Anerkennung in ihrem Blick.

»In der Schreibstube. Dann wirst du tippen können, nehme ich an. Nur Mädchen, die ordentlich tippen können, werden genommen, das hat Ingrid erzählt. Ihre Tochter hätte gern dort angefangen, aber ihre Anschläge waren nicht ausreichend. Hätte gutes Geld ins Haus gebracht, jetzt, wo alles immer teurer wird, hat sie gesagt. Wenn das so weitergeht, werden wir bald nicht mehr genug für die Butter aufs Brot haben.« Oda und Lisbet setzten mitleidige Mienen auf. Langsam wurde ihnen das Geschwätz der Verkäuferin zu viel. Doch diese hatte Fahrt aufgenommen. »Sogar zu schneidern habe ich wieder begonnen, weil die Kleider im Einkauf zu teuer werden. Einfache Blusen und Röcke nähe ich jetzt wieder selbst, aus Stoffen, die mir die Frauen bringen. Allerdings wollen sie die Sachen meistens für sich selbst, manchmal sind es nur Änderungen. Reich wird man davon nicht.« Sie seufzte.

Oda nutzte diesen Moment und sagte laut: »Also ich nehme das Kleid. Es ist wirklich sehr hübsch.«

»Ich nehme meins auch«, beeilte sich Lisbet zu sagen.

Irritiert schaute die Verkäuferin die beiden an, dann nickte sie.

»Na, dann ist es ja gut. Sehen ja auch hübsch aus. Mit hochgestecktem Haar und den richtigen Schuhen, wer braucht da noch einen Hut.« Sie ging zu ihrer Kasse, während Oda und Lisbet erleichtert in die Umkleidekabinen flohen und die Glocke über der Tür läutete. Eine ältere Dame betrat den Laden und lenkte die Verkäuferin endgültig ab. Sie kassierte die beiden Kleider ab, und Lisbet und Oda verließen eiligen Schrittes das Geschäft.

*

Eine Stunde später betrat Lisbet mit zwei Papiertüten in der Hand ihr Zimmer. Zu dem neuen Kleid hatte sie noch ein passendes Paar weiße Pumps erstanden, die wegen einer kleinen Beschädigung am Absatz heruntergesetzt gewesen waren. Sie passten hervorragend dazu, und der winzige Kratzer würde niemandem auffallen. Anfangs hatte sie noch etwas wackelig darauf gestanden, aber schon nach ein paar Schritten im Schuhladen war sie sicherer geworden. Jetzt holte sie die Schuhe aus der Tüte und strich selig über das glänzende Leder. Morgen Abend wollte sie gemeinsam mit Oda in eine echte Tanzbar gehen, was ihr Herz vor Aufregung höher schlagen ließ. In einer solchen Lokalität war sie noch nie zuvor gewesen. Günter würde auch kommen, hatte Oda gesagt. Lisbet fand die Idee nicht sonderlich gut, obwohl es in Kristiansand viele Mädchen gab, die öffentlich mit den deutschen Soldaten verkehrten. Einige turtelten sogar ungeniert im Café mit ihnen, was Lisbet niemals tun würde. Sie hatte schnell begriffen, dass hinter dem Rücken der Mädchen getuschelt wurde. Worte wie Hure und Verräterin hatte sie nicht nur einmal aufgeschnappt. Erich und sie trafen sich nur abseits der gutbesuchten Cafés, und zum Tanzen würde sie ihn auf keinen Fall mitnehmen, auch wenn sie es gern getan hätte. Ein kleines, direkt am Fischhafen gelegenes Restaurant war ihr Treffpunkt geworden, ein Tisch am Fenster in der Ecke ihr Lieblingsplatz. Von dort aus hatte man einen schönen Blick über die vielen Boote und das Treiben auf der Mole. Zwischen den derben Fischern und ihren Mädchen fielen die beiden kaum auf, und aus der anderen Ecke Kristiansands verschlug es nie jemanden in den eigenwilligen und doch gemütlichen Laden. Vor einigen Tagen hatten sie gemeinsam die Halbinsel Odderøya erkundet und waren in einer romantischen kleinen Bucht gewesen, die Lisbet schmerzlich an zu Hause erinnert hatte. Versteckt hinter Steinen und Buschwerk, hatten sie mit nackten Füßen im warmen Sand gesessen und aufs Meer hinausgeblickt, was wunderschön gewesen war.

Es klopfte leise an die Tür. Lisbet packte die Schuhe zurück in die Tüte und steckte ihre Einkäufe in den Schrank.

»Kommen Sie ruhig rein«, sagte sie laut.

Hedda Sundvoll betrat den Raum. Eine noch immer hübsche Frau mit kastanienbraunem, leicht gewelltem Haar, stets in adrette Kostüme mit knielangem Bleistiftrock gekleidet, die ihre schmale Figur unterstrichen.

»Diese Nachricht ist für Sie abgegeben worden.« Sie hielt Lisbet einen Umschlag hin und ließ ihren Blick durch den Raum schweifen. Lisbet griff danach. Hedda Sundvoll blieb noch einen Moment stehen. Sie war diskret, nicht aufdringlich, doch eine gewisse Neugier war trotzdem nicht abzustreiten. Immerhin war das ihr Haus, also musste sie doch wissen, was passierte und wer mit ihr unter einem Dach wohnte. Lisbet schaute ihre Vermieterin abwartend an, worauf diese zur Tür ging.

»Morgen kommt jemand zum Fensterputzen. Ist es recht, wenn wir auch Ihr Zimmer betreten?«, fragte sie noch.

Lisbet stimmte zu. Hedda nickte kurz, dann verließ sie mit einem kurzen Gruß den Raum. Lisbet ließ erleichtert die Schultern sinken und öffnete den Umschlag, der eine knappe Nachricht von Erich enthielt.

Heute Abend auf Odderøya?

Lisbet lächelte. Sofort begann es in ihrem Magen zu kribbeln. Sie steckte die Nachricht in ihre Rocktasche, trat vor den Spiegel und musterte ihr Gesicht. Ihre Sommersprossen zerstörten wie immer den Eindruck einer makellos wirkenden Haut. Ständig verteilte sie Puder auf Wangen und Nase, doch die vielen Punkte verschwanden einfach nicht. Auch jetzt puderte sie ihre Nase und färbte ihre Lippen rot. Das Haar steckte sie gekonnt mit einigen Haarnadeln auf, wie es gerade Mode war. Als sie die Hände sinken ließ, war sie einigermaßen zufrieden. Im warmen Licht des späten Nachmittags schimmerte ihre Haut fast ein wenig golden, was trotz der lästigen Sommersprossen hübsch aussah. Einen kurzen Moment überlegte sie, das neue Kleid anzuziehen, verwarf den Gedanken aber wieder. Auf Odderøya würde sie über Stock und Stein krabbeln müssen, um die kleine, von außen nicht einsehbare Bucht zu erreichen. Dafür waren weder das neue Kleid noch die schicken Schuhe geeignet. Sie behielt also ihren einfachen, aus dunkelblauer Baumwolle gefertigten Glockenrock an, legte sich ihre Jacke über die Schultern, verließ mit klopfendem Herzen ihr Zimmer und machte sich auf den Weg zu der Halbinsel, die von der Innenstadt zu Fuß zu erreichen war.

Auch Erich, der vor wenigen Wochen ins sogenannte Arkiv versetzt worden war, hatte es von dort nicht weit. Es war Ende August, und die Sonne stand tiefer als vor wenigen Wochen. Noch roch es nach Sommer, und die Luft war mild, die Tage waren lang. Doch bald schon würden die ersten kühlen Nächte kommen, und das helle Licht des Sommers würde der Dunkelheit Platz machen. Eine Dunkelheit, die Lisbet in Loshavn wenig ausgemacht hatte. Doch wie würde es hier sein? In der Fabrik und in einer Straße voller Steinhäuser, die schon an so manchem Regentag trostlos wirkten. Sie schob die düsteren Gedanken zur Seite. Gleich würde sie Erich sehen. Aufgeregt kletterte sie eine Böschung hinunter und erreichte wenig später den kleinen Strandabschnitt. Er saß bereits am Wasser, hatte die Schuhe ausgezogen und seine Hosen hochgekrempelt. Sie schlich von hinten an ihn heran und legte ihm die Hände vor die Augen.

»Wer bin ich?«, fragte sie lachend.

Er nahm ihre Hände, drehte sich zu ihr um und zog sie lächelnd in seine Arme.

»Das hübscheste Mädchen auf Erden, wer sonst.« Er küsste sie auf den Mund, öffnete wie selbstverständlich ihre Lippen, und sie verschmolzen für einen kurzen Moment miteinander. Lisbet sank nach der innigen Begrüßung neben ihn in den weichen Sand, schlüpfte ebenfalls aus ihren Schuhen und streckte ihre nackten Füße aus. In seiner Nähe zu sein fühlte sich an, als würde aller Ballast von ihr abfallen.

Jetzt zählten nur noch seine Nähe und der Augenblick, alles andere war bedeutungslos geworden.

»Tut das gut, hier zu sein. In der Fabrik war es heute schrecklich stickig, und dann ist Oda auf die Idee gekommen, einkaufen zu gehen. Ich dachte schon, wir würden für die Ewigkeit in dem Laden bei der geschwätzigen Verkäuferin bleiben müssen.« Sie hielt ihre Nase in die Sonne, schloss die Augen und genoss die warmen Strahlen auf der Haut. »Weißt du, woran ich auf dem Weg hierher gedacht habe? An den Winter, stell dir vor. An so einem wunderbaren Tag muss ich an Kälte und Schnee denken. Manchmal würde ich mir wünschen, wir könnten den Sommer für immer festhalten.« Er antwortete nicht, was sonderbar war. Sie musterte ihn von der Seite. Erst jetzt fiel ihr auf, wie blass er war. Besorgt legte sie ihm die Hand auf den Arm. »Du siehst mitgenommen aus. Stimmt etwas nicht?«

Er hatte einen Stein aufgehoben, drehte ihn in den Händen hin und her und warf ihn ins flache Wasser.

»Wenn ich das gewusst hätte, dann hätte ich mich geweigert. Irgendwie wäre es schon gegangen.«

»Was wäre gegangen?«, hakte Lisbet nach. Mit einem Schlag war das gute Gefühl von eben verschwunden. Er fischte einen weiteren Stein aus dem Sand, warf auch ihn ins Wasser und fing ihren Blick auf.

»In Loshavn zu bleiben, nicht in dieses Horrorhaus zu müssen.«

»Das Arkiv«, sagte Lisbet leise.

Auch Hedda bezeichnete es als Horrorhaus. Dorthin wurden die angeblichen Verräter gebracht. Schlimme Dinge passieren hinter diesen Mauern, hatte ihre Vermieterin mit sorgenvoller Miene berichtet. Umgebracht haben sie da schon welche, zu Tode gequält. Der Neffe ihrer Nachbarin hatte eine Weile dort eingesessen, bevor sie ihn nach Oslo geschafft und später freigelassen hatten. Seitdem sprach er kein Wort mehr, obwohl er doch früher so ein aufgeweckter Bursche war. Heddas Stimme hatte einen bedrohlichen Unterton gehabt, am Ende hatte sie nur noch geflüstert. Lisbet hatte geschluckt. Erich war kein Mörder, nicht so einer. Oder doch? Zweifel waren ihr gekommen, die nun erneut in ihr aufstiegen. Er war ihr so vertraut, war der Mann, in den sie sich verliebt hatte. Doch was hatte er heute Morgen getan? Vielleicht hatte auch er einen Menschen geschlagen und verspottet, ihm die letzte Ehre genommen, ihn am Ende getötet. Er war der Feind, ein Obergefreiter, der Befehlen gehorchen musste.

»Ja, das Arkiv«, wiederholte er. »Der Sitz der Gestapo. Eine Außenstelle, wie manch einer das Horrorhaus arglos nennt. Fritz Lipicki hat heute einen der Gefangenen verhört. Einen Spitzel, wie er meinte. Ich musste an der Tür stehen und alles mit ansehen. Zuerst hat er nur mit ihm geredet, doch dann begann er den armen Kerl zu schlagen, erst ins Gesicht. Der Bursche war kaum achtzehn, groß und dünn, noch mit Pickeln. Immer wieder hat er seine Unschuld beteuert. Lipicki hat nicht nachgegeben. Er hat ihm die Nase gebrochen, einfach so. Ich dachte, jetzt müsste er doch aufhören, müsste es genug sein. Doch das war es nicht. Wutentbrannt hat Lipicki dann mit dem Gummiknüppel auf den armen Kerl eingeschlagen und ihn vom Stuhl geprügelt.

Überall war Blut, auf dem Tisch, auf dem Boden, sogar an den Wänden. Der Bursche ist in eine Ecke gekrochen und war am Ende nicht einmal mehr in der Lage, seinen Kopf mit den Armen zu schützen. Erst Oskar Willführ, einer der Unterscharführer, hat Lipicki Einhalt geboten. Es ist genug, hat er gesagt. Die beiden haben dann einfach den Raum verlassen, ohne ein Wort, ohne den jungen Mann anzusehen. Auf dem Flur hörte ich sie lachen. Der arme Kerl ist in der Ecke liegen geblieben, blutüberströmt, halb bewusstlos. Ich habe ihn rausgebracht und zu seiner Zelle geschleift. Dort hab ich ihn aufs Bett gelegt und bin gegangen. Einfach so habe ich ihn da liegen lassen. Ich habe ihm nicht geholfen, ihm kein Blut von den Wangen getupft, habe seine Verletzungen nicht angesehen, ihm nichts zu trinken gegeben. Erleichtert bin ich gewesen, als ich die Tür hinter mir geschlossen hatte. Er war fort und konnte mich nicht mehr ansehen, so wie er es die ganze Zeit über getan hatte. Ich hab's noch bis in den Flur geschafft, dann musste ich kotzen. Was für ein verdammter Feigling war ich! Ich hätte einschreiten und dem armen Kerl helfen sollen. Doch ich habe an der Tür gestanden und einfach zugesehen, nichts gesagt habe ich. All die Wochen habe ich die Schreie ertragen, die durch dieses Haus gellen und mich bis in meine Träume verfolgen.«

Er sah Lisbet mit Tränen in den Augen an. Sie wusste nicht, was sie erwidern sollte. Langsam hob sie die Hand und berührte seine Wange, wischte eine seiner Tränen fort. Er schloss die Augen, legte seine Hand auf die ihre, führte sie zu seinem Mund und begann sie zu küssen. Erst zärtlich, dann immer fordernder. Er zog sie nah an sich heran, küsste sie nun voller Leidenschaft und zog sie unter sich in den weichen Sand. Sie ließ es geschehen, spürte seine Lippen, seine Hände, die plötzlich überall zu sein schienen. Er knöpfte ihre Bluse auf und öffnete den Büstenhalter, streichelte ihre nackten Brüste. Hastig knöpfte er sein Hemd auf und legte sich auf sie. Sie spürte seine Wärme, seine Nähe, seinen Atem an ihrem Hals. Er küsste ihre Brüste, wanderte mit seinen Lippen ihren Bauch hinunter bis in ihren Schoß. Ihr ganzer Körper kribbelte, und sie ließ ihn gewähren. Er schob ihren Rock herunter. Nun war eigentlich der Moment gekommen, ihm Einhalt zu gebieten. Doch sie wollte es genauso wie er. Es sollte so sein, jetzt und hier. Er öffnete seine Hose und legte sich auf sie. Sie spürte sein hartes Glied zwischen ihren Beinen und erzitterte. Er bemerkte ihre Anspannung. Er hielt inne, streichelte zärtlich ihre Wangen und küsste sie liebevoll. Dann sah er sie an, fragend und dabei so zärtlich. Sie nickte. Als er in sie eindrang, durchfuhr sie ein stechender Schmerz. Sie biss die Zähne zusammen und versuchte, sich seinem Rhythmus anzupassen. Er stöhnte, wurde schneller, seine Stöße immer fester. Sie folgte seinen Bewegungen, wurde eins mit ihm. Irgendwann bäumte er sich auf, und etwas Warmes ergoss sich in ihren Unterleib, dann sank er auf sie herab. Langsam ließ sie ihre Beine sinken, vergrub ihre Finger in seinem schweißnassen Haar und schaute in den blauen Himmel. Sie hatten es getan, einfach so. Es war schön gewesen, wenngleich unvernünftig, eigentlich total irrsinnig. Er hob den Kopf und schaute sie an. Sie lächelte. Dieser Blick, seine Augen, seine Nähe. Das konnte nicht falsch sein. Nur wunderschön.

»Ich liebe dich«, sagte er plötzlich und berührte sanft ihre Wange.

»Und ich dich«, antwortete sie leise, fast so, als müsste sie sich ihrer Worte schämen. Und doch war da dieses unbändige Glücksgefühl in ihr, so groß wie die Unendlichkeit, das jeden Zweifel vertrieb. Alles andere war bedeutungslos geworden.

Er legte sich neben sie in den noch immer warmen Sand. Lisbet schaute aufs Meer hinaus. Die Sonne stand tief am Himmel und malte tausend Sterne auf die Wasseroberfläche. Von einem inneren Impuls getrieben, sprang sie plötzlich auf und rannte in die träge Brandung, splitterfasernackt. Laut quietschend ließ sie sich ins kühle Nass fallen. Erich warf seine Hose zur Seite und folgte ihr lachend. Wie kleine Kinder tobten sie miteinander, tauchten sich gegenseitig unter, küssten sich immer wieder. Doch dann hielten sie plötzlich inne. Schweigend sahen sie einander an. Irgendwann hob Erich die Hand und strich wieder zärtlich über Lisbets Wange. »Ich wünschte, wir könnten für immer hier bleiben, alles vergessen und diesen Moment für immer festhalten – bis in die Unendlichkeit.«

Er sprach aus, was Lisbet fühlte. Dann schlang er seine Arme um sie, zog sie eng an sich und küsste sie erneut.

NEUN

Odas Blick wanderte immer wieder zum Eingang. Ein Glas Limonade in der Hand, stand sie neben der Theke und sah wie eine dieser Frauen aus den Modezeitschriften aus, die es im Zeitungsladen an der Strandpromenade zu kaufen gab. Zu dem hellblauen Kleid trug sie beigefarbene Pumps, und ihr in sanfte Wellen gelegtes Haar hatte sie seitlich hochgesteckt. Ihre hohen Wangenknochen hatte sie mit Rouge betont, ihre Wimpern waren getuscht, und roter Lippenstift zierte ihre Lippen. Neben ihr fühlte sich Lisbet immer ein wenig wie Aschenputtel, allerdings ohne die märchenhafte Verwandlung der guten Fee. Trotzdem war sie glücklich. Die letzte Nacht hatte sie vor Aufregung kaum in den Schlaf gefunden. Mit einem seligen Lächeln auf den Lippen hatte sie die Lichter der Autoscheinwerfer beobachtet, die über ihre Zimmerdecke huschten, und den Geräuschen der Nacht gelauscht. Irgendwann war der helle Mondschein verschwunden, der durch eine Ritze der Vorhänge auf den Dielenboden gefallen war, und es hatte zu regnen begonnen. Was bis jetzt nicht aufgehört hatte. Großen Pfützen hatte sie auf dem Weg hierher ausweichen müssen, immer darauf bedacht, die neuen Schuhe nicht zu beschmutzen, die leider das Wasser nicht abhielten, wie sie nach einer Weile feststellte. Jetzt knatschten sie bei jedem Schritt und begannen an der Ferse zu scheuern, was die Aussicht auf einen entspannten Tanzabend deutlich verringerte. In dem Lokal, in dem sie waren, wurden meist heimische Lieder gespielt, auf die es sich gut tanzen ließ. Auf der Tanzfläche tummelten sich bereits viele Pärchen, meist norwegische, aber auch einige deutsche Soldaten führten Mädchen über das Parkett.

»Sind deine Schuhe auch undicht?«, versuchte Lisbet, ein harmloses Gespräch zu beginnen. Irgendetwas musste seit dem gestrigen Nachmittag bei Oda vorgefallen sein, denn sie sah trotz ihrer hübschen Aufmachung traurig aus. Odas Blick wanderte zu Lisbets Füßen.

»Undicht? Das kann nicht sein. Du hast sie doch gerade erst gekauft.«

»Aber es ist Wasser drin, und sie knatschen bei jedem Schritt.«

»Gewiss ist es von oben reingelaufen«, mutmaßte Oda. »Sind eben keine Gummistiefel.« Ihre Stimme klang mürrisch. Erneut blickte sie zur Tür.

»Er wird schon noch kommen.« Lisbet ahnte den Grund für Odas abweisendes Verhalten.

»Ich weiß gar nicht, ob ich das will«, antwortete Oda und nippte an ihrem Glas. Verwundert schaute Lisbet sie an. Doch bevor sie nach dem Grund fragen konnte, trat ein deutscher Soldat an sie heran und forderte sie zum Tanz auf. Lisbet wollte nicht unhöflich sein und willigte ein. Der Mann, ein braunhaariger Bursche mit großen braunen Augen, führte sie formvollendet auf die Tanzfläche, verbeugte sich sogar vor ihr und gab sich danach alle Mühe, sie elegant über das Parkett zu führen, was sich mit ihren scheuernden, knatschenden Schuhen schwierig gestaltete.

»Sie sind eine sehr gute Tänzerin«, begann er ein Gespräch, sogar auf Norwegisch, was Lisbet beeindruckte.

»Sie sprechen unsere Sprache«, antwortete sie ihm auf Deutsch.

Er verzog den Mund zu einem Lächeln.

»Meine Großmutter stammt aus Norwegen, genauer gesagt aus einem Dorf namens Nannestad. Es liegt nördlich von Oslo. Daher habe ich mich schon immer für Ihr Land und Ihre Sprache interessiert.«

Lisbet nickte. »Nannestad, davon habe ich schon einmal gehört. Allerdings war ich noch nie dort. Ich stamme aus der Gegend von Farsund.«

»Sie sprechen hervorragend Deutsch, wenn ich das sagen darf«, machte er ihr ein Kompliment, während das Lied endete und ohne Pause zu einem langsamen Walzer übergegangen wurde.

»Ich mag Sprachen«, sagte Lisbet. »Auch das Englische …« Sie brach ab.

»Beherrschen Sie gut«, beendete er ihren Satz. »Ich ebenso. Allerdings spreche ich es in letzter Zeit wenig.« Er zwinkerte ihr zu. Er flirtet mit dir, kam es Lisbet in den Sinn, während sie aus dem Augenwinkel wahrnahm, dass Günter den Raum betrat. Er ging nicht sofort zu Oda hinüber, sondern begrüßte zuerst eine Gruppe junger Männer, die neben dem Eingang standen. Erst nachdem er sich eine Weile mit ihnen unterhalten hatte, schickte er sich an, Oda zu begrüßen. Ihr schien das gar nicht zu gefallen, denn sie zeigte ihm die kalte Schulter.

Der Walzer zog sich endlos, während Oda nun heftig auf Günter einzureden begann. Ihr Gespräch wurde immer hitziger, was Lisbet beunruhigte. Bisher waren die beiden sehr respektvoll miteinander umgegangen, und Günter war der vollendete Gentleman, der Oda jeden Wunsch von den Augen ablas. Ihr Tanzpartner, den Lisbet jetzt am liebsten stehengelassen hätte, führte sie in der Mitte der Tanzfläche. Seine Hände waren inzwischen verdächtig nahe an ihren Po hinabgewandert, was sie schweigend hinnahm. Gleich musste dieser verdammte Walzer ein Ende haben. So ein Lied konnte doch nicht ewig dauern, irgendwann mussten die Musiker doch eine Pause machen. Die Eingangstür öffnete sich erneut, und eine elegant gekleidete Dame betrat den Raum. Lisbet erstarrte. Hedda Sundvoll, ihre Vermieterin. Sie trug ein enggeschnittenes, aus schimmernder blauer Seide gefertigtes Kostüm und hatte ihr Haar hochgesteckt, ihre Lippen zierte roter Lippenstift. Für ihr Alter sah sie umwerfend aus. Lisbets Herz begann schneller zu schlagen, während sie sich im Kreis drehte. Sie spürte die Hand ihres Tanzpartners schwer auf ihren Hüften liegen, roch seinen nach Tabak riechenden Atem, der ihre Wange streifte. Sie musste hier weg, sofort! Wenn Hedda Sundvoll sie so sehen würde, dann könnte sie sofort ihre Koffer packen. Ihre Vermieterin mochte eine hübsche, tolerante Frau sein, Witwe seit vielen Jahren und den körperlichen Genüssen nicht abgeneigt, wie manch nächtliche Geräusche vermuten ließen. Doch niemals würde sie sich von einem deutschen Soldaten anfassen lassen. Als Flittchen und Huren beschimpfte sie die Mädchen, die mit den Deutschen verkehrten, bezeichnete sie abfällig als Deutschenmädchen. Lisbet hatte dieses Wort neulich bei ihr aufgeschnappt, als sie mit Frida Lundsvoll getratscht hatte. Der Walzer endete, und Lisbet schälte sich aus den Armen des Mannes und verabschiedete sich einsilbig. So schnell es ihre Knatscheschuhe zuließen, eilte sie zu Oda und Günter, die noch immer heftig miteinander diskutierten.

»Ich muss gehen«, unterbrach sie die beiden hektisch. »Ich hätte gar nicht herkommen sollen.«

Irritiert blickte Günter von Oda zu Lisbet.

»Aber was ist denn passiert?«, fragte Oda.

»Die Sundvoll, da hinten.« Lisbet wies mit dem Kopf auf die andere Seite der Tanzfläche. Ihre Vermieterin unterhielt sich lächelnd mit einer Bedienung, dann wanderte ihr Blick in Lisbets Richtung. Lisbet drehte sich hastig um. Ihr schlug das Herz bis zum Hals. Sie musste verschwinden, sofort. Wie hatte sie nur so dumm sein können. Bald würden sie über sie tuscheln. Über die Hure, das Deutschenmädchen, das sich mit einer Liebelei zur Verräterin machte. »Es ist ein Fehler«, wandte sie sich an Oda. »Verstehst du? Alles, es ist falsch!«

Oda schaute sie irritiert an. Lisbet ließ sie stehen und schob sich hastig zum Ausgang, floh regelrecht in den kalten Regen. Das Glücksgefühl, das sie seit ihrem Treffen mit Erich am Strand verspürt hatte, war plötzlich purer Verzweiflung gewichen. Niemals würde sie mit Erich zusammen sein dürfen, wie es sich gehörte. Er war Deutscher, und sie bliebe an seiner Seite immer das Deutschenmädchen. Und es war egal, ob sie einander liebten. Ihre Liebe war verboten, durfte nicht sein, auch wenn sie sich einfach nur richtig anfühlte. Lisbet begann zu weinen. Sie lief durch die Pfützen, zog irgendwann die verdammten Schuhe aus und warf sie ein Stück weiter in eine Mülltonne. Barfuß lief sie weiter. Die aufgezeichneten Linien, die die unerschwinglich teuren Nylonstrümpfe andeuten sollten, wurden vom Regen fortgewaschen. Es war sowieso eine dumme Idee gewesen, Dinge vorzugeben, die nicht existierten.

Sie zitterte vor Kälte und schämte sich, obwohl sie nichts getan hatte und niemand von Erich wusste. Oder vielleicht doch? Eben war sie mit Günter und Oda gesehen worden, hatte mit einem deutschen Soldaten getanzt, sogar ein wenig geflirtet. Galt eine arglose Unterhaltung schon als Flirt? Erneut kamen ihr Heddas Worte in den Sinn. Keinen Anstand hätten diese Frauen im Leib, wären Verräterinnen, gehörten verhaftet. Mit dem Feind ließ man sich nicht ein. War schon schlimm genug, dass die Deutschen in der Stadt waren, dass sie mit ihnen leben mussten und von hinten bis vorn bespitzelt und überwacht wurden. Deutschenmädchen. Es klang schon nach Hure. Einer Hure, die sich schamlos am Strand dem Feind hingibt. Einer Hure, die den Verstand verloren, sich unsterblich verliebt hatte und es nicht ändern konnte. Immer schneller hastete sie durch die Pfützen, bis laute Rufe sie innehalten ließen. Sie drehte sich um. Oda kam auf sie zugerannt und blieb nach Luft ringend vor ihr stehen. Ihre Jacke war offen, und ihr Haar hatte sich gelöst. Regen lief über ihr Gesicht, ihren Hals, ihr Dekolleté. Sie standen sich eine Weile gegenüber. Lisbet sah Oda dabei zu, wie sie wieder zu Atem kam. Sofort wusste sie, warum Oda ihr nachgelaufen war. Sie wussten es beide. Ein Auto fuhr an ihnen vorüber, irgendwo schrie ein Kind, bellte ein Hund. Ein Windstoß fegte den Regen von hinten gegen Lisbets Beine. Sie spürte es kaum. Vor ihr stand wieder die alte Oda, die sich nicht hinter hübschen Kleidern und Lippenstift versteckte. Die Freundin, die sie ohne Worte verstand.

»Fortlaufen wird dir nichts bringen«, sagte Oda irgendwann.

»Begreifst du nicht? Sie werden es niemals akzeptieren. Nicht hier, nicht zu Hause, nirgendwo«, sagte Lisbet.

»Das müssen sie auch nicht«, erwiderte Oda leise. Sie trug ihre Schuhe in den Händen, wie Lisbet jetzt bemerkte. »Er geht fort, weißt du.« Ihre Stimme klang zerbrechlich. Ihre Wimperntusche war verwischt, ihr liefen die Tränen über die Wangen.

»Aber, er ist doch gerade erst hergekommen …«

»Er geht an die Ostfront«, unterbrach Oda sie.

»Nach Russland!« Ungläubig schaute Lisbet Oda an. Ihr fehlten die Worte. Sie hatte von Russland nur eine vage Vorstellung, wusste nur, dass es weit, weit fort war. Dorthin würde Oda ihm nicht folgen können.

»Er hat es doch versprochen …«, hörte Lisbet Oda sagen, zuerst leise, dann wurde ihre Stimme lauter. »Gottverdammter Mistkerl. Er hat es mir versprochen, hat gesagt, dass wir eine gemeinsame Zukunft haben werden. Heiraten wollte er mich.« Sie schlug die Hände vors Gesicht und schluchzte laut auf. Lisbet legte die Arme um die geliebte Freundin und drückte sie fest an sich. Wortlos begann sie ihr über den Rücken zu streichen und dachte gleichzeitig an Erich. Was war, wenn auch er bald dorthin müsste? Tausende Kilometer weit fort. Irgendwohin, wohin sie ihm nicht folgen konnte. Was war, wenn ihr Glück hier schon an seinem Ende wäre, wo es gerade erst begonnen hatte? Erneut kamen ihr Heddas Worte in den Sinn. Vielleicht war es ja besser so, am Ende für sie beide. Oda zitterte vor Kälte, Lisbet hörte ihre Zähne aufeinanderschlagen. Seltsamerweise fror sie selbst nicht mehr, obwohl sie barfuß im kalten Regen stand.

»Komm, lass uns gehen«, sagte sie. »Hier draußen werden wir uns noch den Tod holen.« Behutsam führte sie Oda die Straße hinunter bis zu Heddas Haus. Sie schlüpften in den engen Hausflur. Anscheinend war Hedda Sundvoll noch nicht zurück, denn das vertraute Knarren von Heddas Tür, die sich sonst immer öffnete, wenn Lisbet heimkam, war nicht zu hören. Lisbet schob Oda in ihr Zimmer und begann sie schweigend bis zur Unterwäsche auszuziehen. Oda ließ es wortlos geschehen. Dann entledigte sich Lisbet ihrer Kleider, auch sie zitterte jetzt. Sie krochen ins Bett, kuschelten sich unter die Decke und lauschten dem Regen, wie sie es oft als Kinder getan hatten. Ab und an fuhr ein Auto vor dem Fenster vorüber, irgendwann waren Hedda Sundvolls Schritte auf der Treppe zu hören, eine Tür knarrte, dann war es wieder still. Nur ganz langsam ließ das Zittern nach. Die vertraute Körperwärme der anderen tat gut. Ein Stück Geborgenheit, das hatten sie beide gebraucht.

Nach einer Weile sagte Oda: »Manchmal wünschte ich,

Günter könnte sich in einen Falken, eine Ameise und einen Löwen verwandeln.«

»Du meinst die Fabel, die wir uns früher immer erzählt haben.«

»Ja, wäre es nicht schön, wenn das möglich wäre? Dann könnte er fortfliegen, sich in jeder Ritze verstecken und wäre stark wie ein Löwe. Niemand könnte ihm ein Leid antun.« Oda seufzte. »Und am Ende würde er das Rätsel des Königs lösen, der Krieg wäre vorbei, und er bekäme die schöne Prinzessin zur Frau. Niemals wieder würden die bösen Bergtrolle die Welt erobern oder ein Drache die Menschen mit seinen Flammen bedrohen. Ist es im Märchen nicht immer so? Am Ende gewinnt das Gute über das Böse.«

»Nur kennt die Wirklichkeit nicht nur Schwarz und Weiß«, wandte Lisbet ein. »Die Wirklichkeit hat so viele Grautöne, so viele andere Tiere und Trolle, sonderbare Wesen und dunkle Schatten. Niemals werden wir sie besiegen, das spüre ich.«

»Aber ich liebe ihn. Er ist nicht böse, keiner der fiesen Trolle im dunklen Berg.«

»Aber alle denken, dass er einer ist. Und Erich auch. Sie sind über unseren Hügel gekommen, weißt du noch? Wir dürfen sie nicht lieben.«

»Das erklär mal meinem dummen Herzen«, erwiderte Oda. »Es schlägt so verdammt schnell, wenn er in meiner Nähe ist. All meine Gedanken kreisen nur um ihn. Wie soll ich mir selbst begreiflich machen, was nicht erklärbar ist? Mein Verstand sagt nein, doch mein Herz schreit umso lauter ja.«

Lisbet stimmte seufzend zu. So leicht wie in der Fabel würde es nicht werden. Niemand konnte sich einfach verwandeln, und keiner wusste, wie das Ende aussehen würde.

»Wann wird er denn fortgehen?«, fragte sie leise.

»Ich weiß es nicht«, erwiderte Oda. Sie begann erneut zu weinen. »In ein paar Tagen, vielleicht nächste Woche, er hat nichts gesagt.« Liebevoll legte Lisbet die Arme um Oda. Eng schmiegte sich die Freundin an sie und schluchzte leise vor sich hin. Lisbet spürte ihre heißen Tränen am Hals und strich ihr beruhigend über das Haar. Nein, es war nicht wie im Märchen, nicht wie bei den Trollen, denn sie beide liebten den Feind. Noch eine Weile hörte Lisbet dem Rauschen des Regens zu. Odas Atemzüge wurden immer gleichmäßiger. Und irgendwann schlief auch sie ein.

*

Am nächsten Morgen hatte der Regen aufgehört. Lisbet stand am Fenster und blickte auf die noch feuchte Straße. In den Pfützen spiegelte sich der blaue Himmel. Was würde jetzt werden? Sie wusste, dass sie mit Erich reden musste. Noch konnte sie es aufhalten und die Vernunft die Oberhand gewinnen lassen. Oder hatte diese längst gegen das unbändige Glücksgefühl verloren, nach dem sie wie eine Ertrinkende nach Luft zum Atmen lechzte? Jede Faser ihres Körpers vermisste seine Nähe. Warum nur mussten die Menschen so dumm sein und Krieg führen, alles kaputtmachen. Noch vor wenigen Jahren hätte ihr Vater Erich herzlich begrüßt, hätte vielleicht sogar den Arm um ihn gelegt und ihn zum Fischen mitgenommen. Sie würden sich gut verstehen, das wusste Lisbet. Beides Naturburschen, innig mit ihrer Heimat verbunden. Doch Erich war nicht nur der einfache Mann aus der Eifel, wo es Maarseen und unendliche Wälder gab. Er war ein deutscher Soldat, ein Besatzer und kein Gast. Dennoch hatte Lisbet den Eindruck gehabt, dass ihre Eltern ihn mochten. Vielleicht würden sie ihn, wenn der Krieg vorbei war, akzeptieren. Dann wäre er kein Obergefreiter mehr, niemand, vor dem man sich in Acht nehmen musste. Er wäre einfach nur Erich, der junge Mann aus der Eifel. Ein Maschinenschlosser, der sich im Dorf nützlich machen könnte.

Auf der Straße fuhr ein Junge mit dem Fahrrad vorbei, einen Stapel Zeitungen in einem Korb vor sich. Vor jede Eingangstür warf er eine von ihnen. Er fuhr Schlangenlinien, hob seine Beine in die Luft, ließ einmal sogar den Lenker los. Lisbet musste bei seinem Anblick lächeln. Ein kleines Stück Freiheit holte sich dieser Junge gerade zurück. Manchmal musste man im Leben ein wenig verrückt sein, und wenn es nur bedeutete, vom vorgegebenen Weg abzuweichen.

»Was gibt es denn da draußen so Spannendes?«

Lisbet drehte sich um. Oda saß aufrecht im Bett und schaute sie an.

»Ach, nichts weiter. Der Zeitungsjunge fährt Schlangenlinien.«

»So wie wir damals«, erwiderte Oda und streckte sich gähnend. Lisbet wandte sich vom Fenster ab, öffnete ihren Kleiderschrank und holte eine frische Bluse heraus.

»Nur dass er nicht der Liebe seines Lebens begegnen wird«, setzte Oda hinzu, griff nach ihrem Kleid und befühlte missmutig den Stoff.

»Es ist noch immer feucht.«

»Ich leihe dir einen meiner Röcke. Und eine passende Bluse muss ich auch noch irgendwo haben.«

»Damit ich als ordentliches Mädchen nach Hause gehen kann«, erwiderte Oda trocken. »Soll ja keiner sehen, dass ich mir die Nacht um die Ohren geschlagen habe und am heiligen Sonntag zerknittert wie eine Schlampe nach Hause schleiche.« Ihre Stimme klang zynisch.

»So hab ich es nicht gemeint«, konterte Lisbet. »Das Kleid ist feucht, du würdest dich erkälten.« Sie kramte in ihrem Schrank herum und fischte einen dunkelgrünen Glockenrock heraus.

»Du hörst dich wie meine Mutter an.«

Sie setzte sich neben Oda.

»Wenigstens in diesem Punkt kann ein bisschen Vernunft nicht schaden.« Lisbet hielt Oda den Rock hin.

Oda griff nach dem Kleidungsstück und schnitt eine Grimasse. Dann brach es plötzlich aus ihr heraus: »Was soll nur werden ohne ihn? Wenn er fort ist, dann bin ich nur noch die eine Hälfte des Ganzen. Der Teil, der zurückbleiben musste und daran zerbrechen wird.« In Odas Augen traten Tränen.

»Aber du bist nicht allein«, sagte Lisbet. »Ich bin doch bei dir, so wie ich es immer gewesen bin. Und daran wird sich niemals etwas ändern. Oda und Lisbet, Freundinnen für immer. Sogar Blutsschwestern sind wir, hast du das vergessen?« Sie hielt ihren Daumen in die Höhe. Oda verzog die Lippen zu einem Grinsen und nickte. Trotzdem traten Tränen in ihre Augen. »Denk daran, wie es ist, wenn man hinfällt und sich das Knie aufschlägt«, versuchte Lisbet sie zu trösten. »Am Anfang tut es schrecklich weh. Es brennt ganz scheußlich und blutet. Doch irgendwann lässt der Schmerz langsam nach. Zu Beginn nur ein wenig, dann immer mehr. Die Wunde beginnt zu heilen, Schorf bildet sich und irgendwann neue Haut. Bald schon ist von der Verletzung nichts mehr zu sehen, und du wirst sie vergessen haben.«

»Und du denkst, das funktioniert mit dem Herzen so ähnlich?«

»Könnte doch sein. Es ist hingefallen und muss wieder aufstehen. Vielleicht braucht es ein wenig länger, um sich zu erholen. Aber es wird weiterschlagen und nicht aufgeben. Davon bin ich überzeugt.« Lisbet legte Oda die Hand auf den Arm. »Wir sind nicht die Ersten, die Liebeskummer haben.«

Oda wollte etwas erwidern, doch ein Klopfen an der Tür hielt sie zurück. Lisbet ging zur Tür und öffnete sie. Hedda Sundvoll stand, einen Brief in der Hand, davor und linste neugierig in den Raum. Bei Odas Anblick zog sie eine Augenbraue in die Höhe.

»Meine Freundin Oda. Hedda Sundvoll, meine Vermieterin«, stellte Oda die beiden einander vor. »Wir sind gestern auf dem Heimweg in den Regen gekommen, und Oda wollte nicht mehr bis Posebyen laufen«, erklärte Lisbet die Situation.

»Das kann ich nur allzu gut verstehen«, erwiderte Hedda. »War ja auch ein scheußliches Wetter gestern. Als hätten wir schon Herbst.« Sie musterte Oda genauer. »Kommst aber nicht aus dem Süden, oder?«

»Meine Mutter ist eine Sami und stammt aus der Nähe von Kirkenes.«

»Hab ich es mir doch gedacht. Sind hübsch diese Sami, dieses dunkle Haar und die braunen Augen, jedenfalls bei vielen von ihnen. Bis vor kurzem hat ein blondes Mädchen aus dem Norden bei mir gewohnt, stellt euch vor, eine Sami. Hätte ich nie gedacht, dass es bei denen auch Blondinen gibt. So kann man sich täuschen. Da denkt man immer, man kennt seine Heimat. Obwohl ich natürlich sagen muss, dass ich nicht weiter als bis zum Telemarkenkanal und Oslo gekommen bin. Soll ja so schön im Norden sein, mit den vielen Fjorden.« Sie seufzte. »Ist eben, wie es ist. Jetzt ist es sowieso besser hierzubleiben. Weiß ja niemand, was die Deutschen noch alles ausfressen.«

Lisbet zwang sich zu einem verständnisvollen Lächeln.

»Das ist es bestimmt, Frau Sundvoll. Aber Sie haben doch sicher nicht geklopft, um mit uns über die Sami zu sprechen.«

Hedda Sundvoll schaute Lisbet eine Sekunde irritiert an, dann nickte sie. »Nein, natürlich nicht.« Sie hielt den Umschlag in die Höhe. »Dieser Brief ist gerade von einem jungen Mann für Sie abgegeben worden, Fräulein Tensen.« Lisbet griff danach. Hedda Sundvolls Blick fiel auf Odas zerknittertes hellblaues Kleid. Sie stutzte kurz.

»Das Kleid, es ist mir gestern in der Tanzbar aufgefallen.«

Erneut wanderte ihr Blick zu Oda, ihre Augen verengten sich.

»Das kann schon sein«, sagte Lisbet beschwichtigend. »Wir waren gestern Abend auch dort. Sind aber früh gegangen. Jetzt müssen wir uns wirklich fertigmachen. Oda hat heute Spätschicht in der Fabrik. Sie wissen schon. Dort stehen die Bänder niemals still, nicht einmal am heiligen Sonntag.« Hedda Sundvoll trat zur Tür, noch immer den Blick auf Oda gerichtet.

»Aber natürlich. Das verstehe ich«, stammelte sie, während Lisbet sie auf den Flur hinausschob und ihr überschwänglich einen schönen Sonntag wünschte. Mit Nachdruck schloss sie die Tür und drehte sich zu Oda um, die trocken feststellte: »Sie hat mich mit Günter gesehen.«

»Davon gehe ich aus«, erwiderte Lisbet.

Oda deutete auf den Umschlag in ihrer Hand.

»Der ist von Erich, oder?«

Lisbet nickte. Ihre Miene wurde ernst, und ein dicker Kloß bildete sich in ihrem Hals.

»Ich werde mit ihm reden, noch heute. Und wenn das hinfallen bedeutet, dann ist es eben so. Immer sind wir aufgestanden und weitergelaufen, auch diesmal wird es so sein.«

»Wenn du es sagst«, murmelte Oda und zog die geliehene Bluse über den Kopf. Kurz darauf verließen beide den Raum.

*

Einige Zeit später erreichte Lisbet die kleine Bucht von Oderøya, die heute trostlos aussah. Dicker Nebel hing über der Insel, über dem Meer und ganz Kristiansand. Stück für Stück hatte er sich übers Wasser geschlichen und auf seinem Weg Geräusche, Bäume und Sträucher in Watte gepackt. Sie lief die kleine Böschung hinunter und ging zur Wasserkante, die wie ein Spiegel wirkte. Kein Wind türmte Wellen auf, die ans Ufer hätten schlagen können. Irgendwo war das Lachen einer Möwe zu hören. Es durchbrach diese sonderbare Stille, in der sie sich seltsamerweise geborgen fühlte. Die Welt war vom Nebel verhüllt, wie ein Teppich hatte er sich auf sie gelegt und verdeckte die Wirklichkeit. Fröstelnd schlug Lisbet die Arme um den Körper und starrte in die graue Wand, aus der zwei Lachmöwen schwammen, die näher kamen und sie neugierig beäugten.

»Da bist du ja«, hörte sie irgendwann die vertraute Stimme und drehte sich um. Erich stand direkt hinter ihr. Er war in Zivil gekleidet und trug einen dicken blauen Strickpullover zu braunen Hosen. Er sah wunderbar aus.

»Ich hatte gehofft, dass du kommen würdest, denn ich muss dir etwas zeigen, eine Überraschung. Sie ist nicht weit von hier.« Er hielt ihr die Hand hin. Lisbet zögerte. Sollte sie es ihm gleich sagen und es hier und jetzt beenden? Abwartend schaute er sie an. Sie entschied sich dagegen und ergriff seine Hand, die sich warm und weich anfühlte.

»Du wirst es lieben, das verspreche ich dir.« Er führte sie vom Strand fort, die Böschung hinauf und einen kleinen Feldweg entlang. »Ich habe es erst vor kurzem entdeckt und mich sofort verliebt.« Es ging um eine Kurve, einen kleinen Abhang hinunter und ein Stück die Inselstraße entlang. Im Nebel war nichts zu erkennen. Irgendwo wurde ein Motorrad gestartet. Als sie wenig später in einen Feldweg einbogen, war das Schnauben von Pferden zu hören, deren Umrisse schemenhaft auf der danebenliegenden Weide zu sehen waren. Am Ende des Feldweges durchquerten sie ein kleines Wäldchen, dann tauchten die Umrisse eines Holzhauses vor ihnen auf. Als sie näher herantraten, war zu erkennen, dass es direkt am Ufer des Meeres lag, mit einer am Wasser gelegenen Terrasse. Triumphierend hielt Erich einen Schlüssel in die Höhe.

»Ich hab es gemietet. Eigentlich ist es ein Ferienhaus. Doch über den Winter kommen keine Gäste. Es wird der perfekte Ort für uns sein.«

Lisbet wurde warm ums Herz. Sie ließ sich von seiner Begeisterung anstecken und betrat die kleine, von einem weißen Zaun eingerahmte Terrasse, auf der zusammengeklappte Liegestühle in der Ecke lagen. Im Fenster stand eine Stehlampe, mehr war von außen nicht zu erkennen. Sie drehte sich um und blickte aufs Meer, über dem noch immer undurchdringlicher Nebel hing.

»Bestimmt kann man von hier aus den ganzen Schärengarten überblicken«, sagte sie versonnen. Er legte von hinten die Arme um sie und zog sie eng an sich. »Und noch viel mehr. Ganz weit aufs Meer hinaus kann man sehen, beinahe bis Dänemark, wie es scheint.« Sie lehnte ihren Kopf gegen seine Schulter, genoss seine Wärme und Nähe. Er roch nach Zigarettenrauch und herbem Rasierwasser. Kleine Bartstoppeln kitzelten ihre Wange.

»Wie lange hast du das Haus gemietet?«, fragte sie.

»Erst einmal bis Weihnachten, dann sehen wir weiter. Ich

habe einen Antrag auf Versetzung gestellt, der in diesem Jahr aber nicht mehr bearbeitet wird. In diesem Arkiv kann und werde ich nicht bleiben. Vielleicht habe ich Glück und komme nach Oslo, dort werden immer Männer gebraucht. Und als Maschinenschlosser habe ich gute Chancen, genommen zu werden.«

»Du wirst also in Norwegen bleiben?«

»Natürlich. Jedenfalls habe ich es vor. Ich kenne da nämlich ein Mädchen, weißt du. Sie ist sehr hübsch und freundlich, eine echte Augenweide.«

Lisbet schlug ihm lachend auf die Hand, löste sich aus seiner Umarmung und drehte sich zu ihm um.

»Sei ehrlich – du willst wirklich hierbleiben?«

»Vielleicht nicht in Kristiansand, aber in Norwegen schon. Ich mag dieses Land, es ist wunderschön. Es könnte mir Heimat werden. Wenn es das dürfte.« Seine Stimme wurde leise. Lisbet nickte.

»Ich frage nur, weil ...«

»Weil Günter an die Ostfront abkommandiert worden ist«, beendete er ihren Satz. Lisbet nickte. Erneut schloss er die Arme um Lisbet und schaute ihr in die Augen. »Versprechen kann ich natürlich nichts. Aber ich bin nicht Günter. Er stammt aus Berlin, wo er mit seinem Vater mehrere Lichtspielhäuser leitet, jedenfalls hat er mir das erzählt. Von handwerklichen Dingen versteht er nicht viel, dafür scheint er vor nichts Angst zu haben. Für ihn ist die Ostfront vielleicht der bessere Ort. Erst neulich hat er zu mir gesagt, dass ihn der Wachposten, den er innehat, noch in den Wahnsinn treiben und er vor Langeweile sterben würde.«

»Aber an der Front ist es doch gefährlich«, gab Lisbet zu bedenken. »Oda ist vollkommen aufgelöst. Er hat ihr versprochen – genauso wie du eben mir –, dass er hierbleiben wird. Könnt ihr überhaupt irgendetwas versprechen? Seid ihr nicht auch nur Marionetten, die in diesem verdammten Krieg gehorchen müssen?«

»Das hat er Oda wirklich erzählt?«, fragte Erich.

»Sie hat es gesagt«, bestätigte Lisbet.

»Dann hat er sie belogen. Schon vor einer Weile hat er sich für die Ostfront gemeldet. Ich war dabei, als er seinen Versetzungsantrag abgegeben hat.«

Lisbet sah Erich entgeistert an. Beschwichtigend hob er die Hände.

»Aber ich bin nicht Günter. Ich würde dich nicht belügen. Das musst du mir glauben. Niemals im Leben würde ich mich freiwillig für den Dienst an der Front melden, ob im Westen oder Osten. Ich weiß genau, wie es da zugeht. Mein Vater ist in Verdun gestorben, als einer von Tausenden im Dreck verreckt. Ich war damals noch ein kleiner Junge, aber den Tag, als meine Mutter die Nachricht von seinem Tod erhalten hat, werde ich mein Leben lang nicht vergessen. Sie dachte, ich würde schon schlafen, als sie in der Küche gesessen hat, den Brief in der Hand, in dem ihr in wenigen Zeilen vom Zusammenbruch ihrer kleinen Welt berichtet wurde. Ein einziges Mal in ihrem Leben hat sie geweint, als sie sich damals unbeobachtet fühlte. Danach hat sie keine Träne mehr vergossen, doch ihre Miene war fortan wie versteinert. Jahre später, als sie längst wieder verheiratet war und ich ein neues Geschwisterchen bekommen hatte, habe ich auf dem Dachboden eine kleine Kiste mit Frontbriefen meines Vaters gefunden. Er hat alles aufgeschrieben, hat genau geschildert, was dort passiert ist. Wie sein Freund Toni auf dem Schlachtfeld in seinen Armen verblutete, weil ihm eine Granate das linke Bein abgerissen hatte. Wie sie in den Schützengräben saßen, eingekesselt von den Franzosen, die Gewehre im Anschlag, und sich nicht nur einer vor Angst in die Hosen gemacht hat. Und in einem dieser verdammten Gräben ist er gestorben. Er ist nicht mehr nach Hause gekommen.« Erich verstummte. Lisbet wusste nicht, was sie erwidern sollte. Damals war sie noch gar nicht auf der Welt gewesen.

»Verstehst du jetzt, warum ich in Norwegen bleiben will? Hier gibt es keine Front, kein ständiges Kanonenfeuer, keine Granaten und Bomben. Hier mag Krieg herrschen, und das Land ist besetzt, aber es bleibt größtenteils friedlich. Ich muss in keinem Schützengraben hocken, nicht meinem besten Freund die Hand halten, während er verblutet und nach seiner Mutter ruft.« Er zog Lisbet in seine Arme.

»Hier gibt es dich, und das ist schön. Wir können zusammen sein, es vielleicht irgendwann für immer bleiben. Dann werde ich dir die Eifel zeigen, meine Heimat. Und wenn du willst, können wir auch in Loshavn leben, es ist so wunderschön still und friedlich dort.«

In Lisbets Augen traten Tränen der Rührung. Endgültig waren ihre Zweifel verschwunden. Erichs Lippen senkten sich auf die ihren. Sollten die Leute doch denken, was sie wollten. In diesem Moment war es ihr gleichgültig. Irgendwann würde auch dieser Krieg ein Ende haben, genauso wie der Erste Weltkrieg. Bis dahin mussten sie sich aneinander festhalten und durften sich nicht verlieren. Dann würde alles gut werden.

*

Zwei Tage später saß Lisbet in der Fabrik an der Schreibmaschine. Es war ein ruhiger Tag mit wenig Papierkram. Heute war es gar nicht richtig hell geworden. Dicke Wolken lagen über der Stadt, aus denen unaufhörlich Regen fiel. Die kühle Feuchtigkeit schien durch die Fenster ins Innere zu dringen. Die Luft im Raum schmeckte feucht, und die Scheiben waren von innen beschlagen. Es war noch nicht einmal drei Uhr nachmittags, doch sie hatte bereits die kleine Lampe auf ihrem Schreibtisch angeschaltet. Aber selbst der trübe Tag konnte Lisbets gute Stimmung nicht dämpfen. Gestern Abend war sie noch lange bei Erich in der Hütte geblieben. Gemeinsam hatten sie den Ofen angeheizt, und sie hatte ihm aus einem Buch vorgelesen, das sie in einem Regal gefunden hatten. Irgendwann hatte er damit begonnen, ihren Nacken zu küssen, was sie erschauern ließ. Er hatte ihr behutsam das Buch aus den Händen genommen und es zu Boden gleiten lassen. Sie schloss für einen Moment die Augen und spürte bei der Erinnerung an seine zärtlichen Küsse dem Glücksgefühl in ihrem Magen nach, das ihre Haut noch immer zum Kribbeln brachte. Die kleine Hütte auf Odderøya würde diesen Winter ihr Zufluchtsort sein. Niemand würde dort auf sie zeigen oder sie beschimpfen. Sie brauchte nur Erich, keine Tanzlokale, kein Kino oder Straßencafé. Seine Nähe genügte, um ihr kleines Glück perfekt zu machen. Und vielleicht würde es ja gelingen, und sie könnten ihre Liebe in eine andere Zeit hinüberretten. In eine Zeit, in der es keinen Krieg gab und sie in Frieden lebten. Sie seufzte, trank von ihrem Tee und tippte weiter an dem langweiligen Schreiben, in dem es um die Einschränkung der Verkehrs- und Transportwege im Winter ging. Doch dann ließen laute Stimmen aus dem Nebenzimmer, in dem die Personalbeauftragte untergebracht war, sie aufhorchen.

»Also die Kündigung kann ich ja noch akzeptieren, aber die Fristen müssen eingehalten werden. Wäre ja noch schöner, wenn hier jeder einfach machen könnte, was er wollte.«

»Aber es ist wichtig. Ich muss sofort nach Oslo, aus privaten Gründen. Da muss es doch eine Lösung geben. Mir steht auch noch Urlaub zu.«

Das war Odas Stimme. Lisbet setzte sich kerzengerade auf.

»Aus privaten Gründen, so ein Unsinn.« Es entstand eine kurze Pause, Papierrascheln war zu hören. »Laut Ihrer Akte steht Ihnen nur noch ein Tag Urlaub zu. Mehr ist auch nicht möglich, jetzt, wo so viel zu tun ist. So schnell finde ich keinen Ersatz für Ihre Stelle am Band. Sie werden sich also fügen müssen.«

»Und wenn ich das nicht tue?«, antwortete Oda.

»Was erlauben Sie sich!« Die Stimme der Personalbeauftragten begann sich zu überschlagen.

»Sie werden sehen, was ich mir erlaube«, konterte Oda schnippisch. »Sie wissen gar nicht, was der Grund für meine Kündigung ist. Sie entscheiden einfach so über mich und mein Leben. Das werde ich mir nicht gefallen lassen. Ich werde gehen, und Sie werden mich nicht aufhalten.«

»Dann gehen Sie eben«, schrie die Frau. »Aber Ihren Lohn für diese Woche können Sie vergessen.«

»Behalten Sie Ihr Geld«, gab Oda zurück. Das laute Knallen einer Tür war zu hören, dann war es still.

Lisbet brauchte einen Moment, um das eben Gehörte zu begreifen, dann sprang sie auf und lief in den Flur. Im Treppenhaus hörte sie noch Odas Schritte.

»Oda, warte!«, rief sie und eilte die Stufen hinunter. Doch Oda blieb nicht stehen. Sie ging einfach weiter. Lisbet fluchte innerlich. Was war nur in sie gefahren? Unten holte Lisbet Oda ein, die noch immer nicht stehen blieb. Hektisch lief sie neben ihr her.

»Oda, um Himmels willen. Warum hast du das getan? So rede doch. Mir wirst du es doch sagen können.«

Oda blieb stehen.

»Diese blöde Ziege. Was versteht sie schon von Gefühlen, vom echten Leben hinter Personalbögen und ihrer dämlichen Schreibmaschine.«

Lisbet ahnte, was dahintersteckte.

»Es ist wegen Günter?«

»Er fährt morgen nach Oslo. Dort wird er noch einige Wochen bleiben, bevor es dann endgültig an die Ostfront geht. Er hat mich gefragt, ob ich mit ihm komme. Ich habe zugestimmt.« Oda warf ihr einen kurzen Blick zu.

»Mensch, Oda«, antwortete Lisbet.

»Ich weiß, was du sagen willst. Dass ich dumm und naiv bin und es hier und jetzt beenden sollte. Aber ich bringe es einfach nicht fertig. Ich liebe diesen Mann. Am liebsten würde ich jede Stunde, jede Minute und Sekunde mit ihm verbringen für den Rest meines Lebens. Doch das ist uns nicht vergönnt. Weiß der Himmel, was an dieser gottverdammten Ostfront passieren wird und ob ich ihn je wiedersehen werde. Am Ende ist es ein Abschied für immer.« Sie machte eine kurze Pause. Tränen traten in ihre Augen. »Ich brauche diese Zeit, jeden Augenblick, wie die Luft zum Atmen. Verstehst du das?«

Lisbet nickte. Sanft strich sie der Freundin über den Arm.

»Natürlich verstehe ich das. Wenn nicht ich, wer denn sonst?« Sie zwang sich zu einem Lächeln.

»Wann willst du aufbrechen?«

»Heute Abend schon«, antwortete Oda.

»Und wo wirst du in Oslo wohnen? Bei Günter gewiss nicht, oder?«

»Ich habe meiner Tante Brit geschrieben. Bestimmt kann ich so lange bei ihr unterkommen, bis ich was Eigenes gefunden habe.«

»Du willst also dauerhaft dort bleiben?«, fragte Lisbet.

»Schon. Ich meine, die Anstellung hier bin ich los, und Oslo bietet viele Möglichkeiten. Am Band habe ich sowieso nicht gern gestanden. Brit, meine Tante, hat gute Kontakte, sie arbeitet in einem Hotel, vielleicht kann ich dort als Zimmermädchen anfangen.«

»Und wenn Günter fort ist?«, fragte Lisbet.

»Daran will ich noch gar nicht denken«, gab Oda zurück. »Im Moment zählen nur die nächsten Wochen, dann werde ich weitersehen.«

Lisbet konnte Oda verstehen. An ihrer Stelle würde sie womöglich genauso handeln. Trotzdem überlegte sie kurz, Oda von Günters Lüge zu erzählen. Sie verwarf den Gedanken wieder. Oda hatte gerade ihre Stelle gekündigt. Sie war von ihrem Plan überzeugt. Gewiss würde sie ihr nicht glauben.

»Ich muss jetzt gehen«, sagte Oda.

Lisbet nickte und fragte: »Wann fährt dein Zug?«

»Um sechs Uhr.«

»Dann sehen wir uns ja gar nicht mehr«, stellte Lisbet erschrocken fest.

Oda zuckte mit den Schultern. »Sonst hätte ich morgen früh fahren müssen, und die Fahrt dauert Stunden. Vielleicht kann ich in der Bahn ein wenig schlafen.«

»Aber … dies soll unser Lebewohl sein? Hier … im Flur?«, stammelte Lisbet. Ihr Blick wanderte das Treppenhaus hinauf.

»Diesmal geht es eben nicht anders«, hörte sie Oda sagen. »Aber wir sehen uns bald wieder. Oslo ist doch nicht aus der Welt. Wir können telefonieren und uns schreiben.« Telefonieren und uns schreiben, dachte Lisbet. Es würde wieder wie in Loshavn sein, als sie sich so einsam gefühlt hatte. Sie zögerte einen kurzen Moment, dann traf sie eine Entscheidung. Oda mochte fortgehen, doch so sollte ihr Abschied nicht sein. Eine beste Freundin ließ man nicht zwischen Tür und Angel auf dem Flur ziehen.

»Doch, es muss anders gehen«, sagte sie entschlossen. Sie stieg die ersten Stufen hinauf, wandte sich noch einmal um. »Geh nicht weg. Warte hier. Ich bin gleich zurück.« Ohne

Odas Antwort abzuwarten, eilte sie die Stufen nach oben, durch den langen Flur zu ihrem Schreibtisch und griff nach ihrer Jacke und dem Regenschirm. Etwas von Kopfschmerzen und dem Wetter murmelnd, verabschiedete sie sich von ihrem Vorgesetzten, der ihr pflichtbewusst gute Besserung wünschte. Dann eilte sie zurück zu Oda. »Ich helfe dir packen.«

Arm in Arm verließen sie das Fabrikgelände und stiegen wenig später in den Autobus, der sie von den hässlichen Industriebauten fort- und zu den bunten Holzhäusern Posebyens brachte. Selbst bei Regenwetter strahlten diese Häuser mit ihren bunten Ladengeschäften, den kleinen Cafés und Restaurants Gemütlichkeit aus. In den meisten Fenstern brannte schon Licht, das sich in den Pfützen auf den Gehwegen spiegelte. Der graue Regentag versprach eine baldige Dämmerung. Lisbet umklammerte Odas Arm so fest, als könnte sie gleich hier und jetzt verschwinden. In den letzten Wochen hatte es sich manchmal so angefühlt, als würden sie sich voneinander entfernen. Loshavn mit seinen weißen Häusern, der vertraute Schärengarten und Joakims Haus, alles schien plötzlich weit fort zu sein.

»Weißt du noch, unser Felsen?«, sagte Lisbet plötzlich.

Oda wandte den Kopf zu ihr.

»Wie könnte ich den vergessen?«

»Alles hat sich so sehr verändert. Es fühlt sich an, als wären wir nicht mehr die, die wir waren. Noch vor wenigen Wochen saßen wir auf unserem Lieblingsplatz, und es gab nur unsere kleine Welt hinter dem Hügel. Wir glaubten, wir würden für immer dort sitzen und uns niemals verlieren, was auch kommen würde. Und jetzt sind wir hier, in Kristiansand. Manchmal habe ich das Gefühl, alles droht auseinanderzubrechen und wie eine Seifenblase zu zerplatzen.«

Oda blieb stehen.

»Ach Lisbet. Du hast nicht etwa Angst, mich zu verlieren? Das wird niemals passieren, das weißt du doch. Ich gehe nach Oslo, aber nicht für immer, vielleicht nur für eine Weile. Wir werden uns schreiben. Und vielleicht kannst du mich dort besuchen. Das Leben ändert sich, wir verändern uns. Das werden wir nicht aufhalten können. Aber unsere Freundschaft wird für immer bleiben, das weißt du, oder?«

Lisbet nickte. Tränen standen in ihren Augen.

»Es ist nur …« Sie zog die Nase hoch. »Gerade erst sind wir hierhergekommen. Und wenn du in Oslo bist, wird es hier nicht mehr dasselbe sein. Wir können einander nicht umarmen, einfach so, weil uns danach ist, und ich kann dich nicht ausschimpfen, wenn du Unsinn machst.«

»Was öfter mal vorkommt. Ich weiß«, unterbrach Oda sie schmunzelnd.

»Verstehst du. Ich werde dir diesmal nicht folgen …« Sie brach ab.

»Weil er hier ist«, erriet Oda, was Lisbet sagen wollte.

Lisbet nickte betreten. Jetzt war es raus. Beide begriffen, dass ihre Freundschaft einen Schritt zurücktreten musste, um anderen Dingen Platz zu machen. Konnte das eine Freundschaft überhaupt, zurücktreten?

»Weißt du was«, sagte Lisbet plötzlich. »Das ist alles nicht wichtig. Auch wenn wir uns nicht sehen, so weiß doch jede von uns beiden, dass die andere an sie denkt. Und wenn uns alles zu viel wird, dann gehen wir nach Hause, zurück zu unserem Felsen, denn dort wird alles gut. Das weiß ich genau.«

Oda nickte. Ihre Augen schimmerten feucht.

»Ja, genau so machen wir es.« Sie wischte die aufsteigenden Tränen fort. »Aber jetzt müssen wir packen, sonst fährt der Zug ohne mich ab.«

Lisbet nickte schweigend. Sie liefen den Gehweg hinunter und betraten wenig später das kleine Holzhaus, in dem Oda eine winzige Dachkammer bewohnte. Sie waren schon auf der Treppe, als eine Tür knarrte. Oda blieb stehen.

»Ja, das Fräulein Gunderson. Ist denn heute schon Feierabend in der Fabrik?« Oda atmete tief durch und zwang sich zu einem Lächeln.

»Ja, für heute ist Schluss. Ein Defekt am Fließband. Da kann man nichts machen.«

»Musst mir nichts erklären, Kindchen. Von dem technischen Kram habe ich keine Ahnung. Ein altes Mädchen wie ich versteht davon nichts. Schon der neumodische Fernsprecher, den mein Enkel hat installieren lassen, ist mir zu viel, scheppert Gott sei Dank nur ganz selten, das Teil. Ist aber auch ein grausliges Geräusch.« Sie winkte ab und wollte wieder in ihre Wohnung zurückgehen, doch Oda hielt sie zurück.

»Frau Torghatten. Ich müsste noch etwas mit Ihnen besprechen. Haben Sie später einen Moment für mich?«

Die alte Frau hielt inne und zog eine Augenbraue in die Höhe.

»Aber natürlich. Ich hoffe, es ist nichts Schlimmes.«

»Nein, natürlich nicht.« Odas Worte klangen unverbindlich. Doch Lisbet hörte, dass ihre Stimme zitterte. Die gute Frau Torghatten würde sich eine neue Mieterin suchen müssen, was ihr bestimmt nicht gefallen würde.

»Dann klopfe ich nachher einfach bei Ihnen«, sagte Oda und lief, ohne eine Antwort der alten Dame abzuwarten, an Lisbet vorbei die Treppe nach oben.

Als sich die Zimmertür hinter den beiden schloss, lehnte sich Oda dagegen und atmete tief durch.

»Daran habe ich noch gar nicht gedacht. Frau Torghatten ist wirklich ein herzensguter Mensch. Es wird schwer werden, ihr beizubringen, dass ich so plötzlich ausziehe.«

Lisbet schaute sich in dem winzigen Zimmer um. Das dunkel gebeizte Holzbett mit dem Nachtschränkchen daneben sah gemütlich aus. Ein Schrank stand an der gegenüberliegenden Wand, und unter dem Dachfenster gab es einen kleinen Tisch mit Stuhl. Ein kleiner Ofen in der Ecke neben dem Fenster sorgte für Wärme. Das Zimmer mochte kleiner als das ihre sein, aber es war bei weitem gemütlicher und erinnerte sie an ihre heimische Dachkammer.

»Und wenn du es ihr anders verkaufst?«

»Wie meinst du das?«

»Na, wenn du ihr mich als Nachmieterin vorstellst.«

Oda sah Lisbet überrascht an.

»Meinst du wirklich? Dein Zimmer in Murbyen ist viel größer und heller.«

»Aber das hier ist gemütlicher, und deine Vermieterin macht einen viel herzlicheren Eindruck als Hedda Sundvoll.

Immer öfter habe ich das Gefühl, dass sie mir regelrecht auflauert. Ständig will sie alles wissen und ist kaum loszuwerden. Und dann ist da noch die Sache mit …«

»Erich«, beendete Oda ihren Satz.

»Wenn sie es herausbekommt, schmeißt sie mich sofort raus, da bin ich mir sicher. Erich hat ein Haus auf Odderøya gemietet, dort würden wir von Zeit zu Zeit übernachten wollen, was aber dank ihrer Neugierde kaum gehen wird. Weiß der Himmel, was mir von ihr blüht, wenn ich abends nicht nach Hause komme.«

»Natürlich, das wäre die beste Lösung«, sagte Oda und nickte verständnisvoll. »Aber kannst du denn so einfach bei Hedda Sundvoll kündigen? Sie wird sicher die Miete bis zum Ende des Monats haben wollen.«

»Das lass mal meine Sorge sein«, erwiderte Lisbet. »Ich habe ein bisschen Geld gespart. Es wird bestimmt reichen.«

»Wenigstens wirst du hier erst einmal nichts bezahlen müssen, denn ich habe die Miete im Voraus bezahlt.«

»Das kann ich nicht annehmen«, sagte Lisbet.

»Natürlich kannst du.« Oda öffnete den Kleiderschrank und begann ihn auszuräumen. »Du weißt gar nicht, was für einen Gefallen du mir damit tust. Ich mag Eline Torghatten gern, und es hätte mir leidgetan, sie vor den Kopf zu stoßen. Sie hat es nicht leicht, sieht schlecht, und die Beine wollen nicht mehr richtig, weswegen ich öfter die Einkäufe für sie erledigt habe.«

»Das kann ich auch machen«, bot Lisbet an.

»Da wird sie sich bestimmt freuen. Und ich verspreche dir, dass sie dich nicht bespitzeln wird. Hier kannst du kommen und gehen, wann du willst. Abends schläft sie oft früh oder sitzt vor ihrem Radio im Hinterzimmer. Dass sie mich wie heute im Flur anspricht, kommt selten vor. Eher ist es andersherum. Ich habe es mir in der letzten Zeit zur Gewohnheit gemacht, ab und an nach ihr zu sehen. Ich glaube, sie ist sehr einsam. Ihr Mann hatte vor einigen Jahren einen Unfall, irgendetwas muss in der Fischfabrik passiert sein, genau hat sie es nicht gesagt. Ihre Tochter kommt nur selten, ab und an sieht ihr Enkel nach ihr. Aber die meiste Zeit ist sie auf sich gestellt.«

Oda bückte sich und zog eine große Reisetasche unter dem Bett hervor, in die Blusen, Hemden, Röcke, Strümpfe, Wäsche und Schuhe wanderten. Sorgfältig legte Lisbet das hellblaue Kleid zusammen und legte mit einem Seufzen den passenden weißen Gürtel darauf.

»Wenn du dieses Kleid in Oslo trägst, werden dir sämtliche Männer zu Füßen liegen. Du siehst so wunderhübsch darin aus.« Sie schaute Oda an, die heute einen einfachen braunen Wollrock und eine beigefarbene Bluse trug. Ihr dunkles Haar hatte sie am Hinterkopf hochgesteckt. Eine Strähne hatte sich gelöst. Lisbet schob sie wehmütig lächelnd hinter Odas Ohr. »Du wirst ihnen sowieso den Kopf verdrehen, egal was du trägst.«

Oda lächelte.

»Ich will nur einem den Kopf verdrehen. Die anderen sind mir egal.« Sie legte das Kleid in die Reisetasche, darauf zwei Strickjacken und ihren Mantel. Gerade so ließ sich der Reißverschluss schließen. Dann setzte sie sich neben Lisbet aufs Bett. Der Regen prasselte aufs Dach. Einen Moment lang hüllte die beiden die friedliche Stille des späten Nachmittags ein. Hier oben gab es keine vorbeifahrenden Autos, kein Scheinwerferlicht, das über die Decke wanderte. Hier war es ein wenig wie in Loshavn, nur die Aussicht aufs Meer fehlte natürlich mitten in der Stadt.

»Er wird doch wiederkommen?«, fragte Oda irgendwann.

Lisbet antwortete nicht sofort.

»Wird er doch?«, bekräftigte Oda ihre Frage.

»Sicher doch«, gab Lisbet zurück, die daran dachte, was Erich gesagt hatte. Günter wollte an die Ostfront versetzt werden, um in diesem Krieg ganz vorn mit dabei zu sein. Sollte Oda nicht doch davon erfahren? Lisbet verwarf den Gedanken. In den nächsten Wochen sollte Oda glücklich sein dürfen. Bald schon würde Günter sie verlassen, vielleicht für immer. Es wäre nicht fair, ihr das kleine Glück, an das sie sich mit aller Macht klammerte, zu nehmen.

»Er ist doch mutig und ein kluger Bursche.« Lisbet drückte aufmunternd Odas Hand. »Bestimmt wird er zurückkommen, und dann werdet ihr heiraten und viele Kinder bekommen, euch ein Haus am Meer kaufen und bis an eurer Lebensende glücklich sein.«

Oda schüttelte lachend den Kopf, dann stupste sie Lisbet gegen die Nase.

»Ich glaube nicht, dass Günter in einem Haus am Meer glücklich wird. Eher würde er in Oslo bleiben wollen, er ist mehr der Stadtmensch. Oder er nimmt mich mit nach Berlin – wer weiß das schon.«

»Wo ihr auch immer leben werdet. Er wird gesund wiederkommen. Davon bin ich überzeugt.«

Oda nickte, erst zaghaft, dann bestimmter. »Ja, ganz sicher. Ich weiß es einfach. Es muss so sein.« Sie stand auf, griff nach ihrer Reisetasche und zerrte sie vom Bett. »Aber noch ist er ja nicht fort. Und vielleicht fährt er doch nicht. Ich meine, vielleicht passiert etwas Unvorhergesehenes in Oslo, und er bleibt doch hier. Keiner kann das wissen, oder?«

»Natürlich. Niemand weiß, was kommen wird«, erwiderte Lisbet und knipste die Nachttischlampe aus. Sie half Oda, die schwere Tasche auf den Flur zu tragen, dann ging es die Treppe nach unten. Vor der Tür von Eline Torghatten blieb Oda stehen und klopfte an.

*

Keine zehn Minuten später hatte Lisbet eine neue Bleibe, was sie aufatmen ließ. Jetzt musste sie nur noch Hedda Sundvoll ihren Umzug erklären, und das würde kein leichtes Unterfangen werden.

Es regnete noch immer in Strömen, als sie auf die Straße traten. Zu zweit schleppten die beiden die Tasche zur nahen Bushaltestelle, wo ein Taxi auf Kundschaft wartete. Lisbet und Oda kletterten auf den Rücksitz, froh darüber, dem Dauerregen entfliehen zu können. Die Fahrt zum Bahnhof dauerte nur wenige Minuten. Häuserfronten, Straßen und Wege, Menschen, meist mit Schirmen bewaffnet, zogen an ihnen vorüber. Lisbet hatte erneut nach Odas Hand gegriffen. Als sie den Bahnhof erreichten, stand der Zug schon zur Abfahrt bereit. Sie durchquerten die winzige Wartehalle und traten auf den Bahnsteig. Ein freundlicher Schaffner kam auf die beiden zu, nahm ihnen das Gepäck ab und verstaute es sogleich in einem Abteil.

Oda zwang sich zu einem Lächeln und blieb vor Lisbet stehen. »Jetzt heißt es erst einmal Abschied nehmen.«

»Am liebsten würde ich sagen, bleib«, antwortete Lisbet, der erneut die Tränen in die Augen stiegen. »Aber es nützt ja nichts«, setzte sie hinzu. »Ich meine, ich versteh das schon.«

»Immerhin hast du jetzt ein ordentliches Zimmer, ohne Hedda Sundvoll. Das ist doch schon was.« Odas Worte sollten aufmunternd klingen, was ihr gründlich misslang.

»Ja, das stimmt. Das ist schon was.«

Oda legte die Arme um Lisbet, drückte sie fest an sich und flüsterte ihr ins Ohr: »Und wenn uns die Welt zu viel wird, ob hier oder in Oslo, dann gehen wir nach Hause. Zurück hinter den Hügel, zu unserem Felsen. Fest versprochen.«

Lisbet nickte. Endgültig rannen die Tränen über ihre Wangen. Ein lauter Pfiff ertönte, der sie zusammenzucken ließ. Oda ließ sie los und stieg in den Zug. Nur schemenhaft war ihr Gesicht noch hinter der Glasscheibe zu erkennen. Sie schien die Hand zum Abschied zu heben. Lisbet begann zu winken. Ein weiterer lauter Pfiff erklang, Dampf stieg aus der Lokomotive auf. Schwerfällig setzte sich der Zug in Bewegung und verließ den Bahnhof. Lisbet winkte so lange, bis er endgültig vom dämmrigen Licht des schwindenden Tages verschluckt worden war, dann ließ sie die Hand sinken. Eine Weile blieb sie noch auf dem Bahnsteig stehen und schaute dem Regen dabei zu, wie er in große Pfützen prasselte. Dann machte sie sich auf den Rückweg nach Murbyen, in die Ziegelstadt, die ihr nie Heimat geworden war.

ZEHN

Lisbet zog die bunte Schleife an dem Päckchen fest, betrachtete ihr Werk wohlwollend und genoss das warme Gefühl der Vorfreude, das sich in ihrem Bauch ausbreitete. Es waren nur noch wenige Tage, dann würde sie nach Loshavn aufbrechen, um mit ihren Eltern Weihnachten zu feiern. Drei Wochen Urlaub würde sie haben, was ihr wie eine Ewigkeit vorkam. Drei Wochen lang hätte sie Loshavn wieder, die schmerzlich vermisste Heimat. Leider bedeutete das auch, Erich nicht zu sehen. Er hatte Heimaturlaub bekommen und würde morgen die Reise ins ferne Deutschland antreten, was Lisbet schon jetzt traurig stimmte. Erich war in den letzten Wochen zu ihrem einzigen Halt in Kristiansand geworden. So viele Stunden verbrachten sie gemeinsam auf Odderøya, gingen spazieren oder saßen in dicke Mäntel gehüllt auf der Terrasse der kleinen Holzhütte, einen warmen Tee in der Hand, aufs Meer hinausblickend, das keinen Tag gleich aussah. Oftmals tanzte das Nordlicht über den Himmel, dieses sonderbar grünlich schimmernde Licht, das einen mit seinem Zauber gefangen nahm und an eine magische Landschaft voller Feen, Trolle und Elfen glauben ließ. Erich war fasziniert davon. An anderen Tagen, wenn der Wind die Schneeflocken ums Haus wirbelte, verkrochen sie sich in der Hütte. Dann lagen sie vor dem winzigen Holzofen, erzählten sich Geschichten oder liebten einander bis tief in die Nacht hinein. Wie sehr Lisbet seine Nähe brauchte, seine wärmende Haut, seine Leidenschaft. Wie sie die drei Wochen ohne ihn überstehen sollte, war ihr ein Rätsel.

Gestern hatte sie mit ihrer Mutter telefoniert. Pedder Gunderson hatte neuerdings einen Fernsprecher, was die Kommunikation vereinfachte. Die Stimme ihrer Mutter hatte sonderbar fremd geklungen, beinahe verbindlich. Doch trotzdem glaubte Lisbet herausgehört zu haben, dass sie sich auf ihr Kommen freute. Sie war schon dabei, das Julbord, das traditionelle Weihnachtsbüfett, vorzubereiten. Trotz der Rationierungen hatte es der Vater geschafft, Rippchen zu besorgen und echten Bohnenkaffee. Den Baum würden sie gemeinsam aufstellen, wie es Tradition war. Julbord gäbe es wie immer mit Haferbrei und Rippchen, zum Nachtisch den leckeren Kuchen mit Kardamom, den nur ihre Mutter perfekt backen konnte. Überall in der Stube würden Kerzen brennen, und der Baum würde bunt geschmückt sein. Sie würden um ihn tanzen und so laut wie schief Weihnachtslieder singen. Danach würden die Geschenke überreicht, die sie natürlich nicht in den Geschäften Kristiansands gekauft hatte. Selbstverständlich brachte diese Julenissen, den sich alle wie eine Art Weihnachtsgnom vorstellten, der angeblich im beschaulichen Drobak im Oslofjord leben sollte. Bei Erich würde das Christkind kommen, wovon Lisbet noch nie gehört hatte. Auch bei ihm zu Hause würde es einen Weihnachtsbaum geben, den er stets gemeinsam mit seinem

Onkel im nahen Forst schlug. Seine Familie in Deutschland aß an Heiligabend nur Würstchen mit Kartoffelsalat, danach gingen alle in die Kirche, in die Mitternachtsmesse. Eine wunderbar friedvolle Stimmung herrschte in der Christnacht in dem winzigen Gotteshaus, in das nicht mehr als vierzig Leute passten. Ein richtiges Weihnachtsessen gab es bei ihm erst am ersten Feiertag. Die Mutter hatte ihm bei seinem letzten Anruf berichtet, dass der Onkel ein Reh geschossen habe und damit der Braten gerettet sei. Rehbraten zu Weihnachten, Lisbet hatte lachend den Kopf geschüttelt, und Erich war in ihr Lachen eingestimmt. In vielen Dingen mochten sie sich ähnlich sein, die Weihnachtsbräuche waren verschieden. Eines jedoch war gleich: In beiden Ländern war es ein Familienfest, auf dem ein besonderer Zauber lag. Lisbet griff nach dem letzten, noch nicht verpackten Geschenk. Es war ein Schal, den sie selbst gestrickt hatte. Er war dunkelblau-weiß geringelt und hatte an den Enden dicke Fransen. Bestimmt würde er Erich gefallen. Er besaß nur einen schrecklich dünnen, scheußlichen grünen Schal, der mit Sicherheit nicht richtig wärmte. Als er ihn zum ersten Mal getragen hatte, hätte sie ihn beinahe für ein Tuch gehalten. Er hatte etwas von Kaschmirwolle erzählt. Das schreckliche Ding war ein Geschenk seiner Großtante aus Berlin gewesen, die sich solch teuren Firlefanz leisten konnte. Für Berlin mochte der dünne Stoff vielleicht geeignet sein, in Norwegen brauchte man einen anständigen Schal, einen aus dicker Wolle, extra lang, damit man ihn fünfmal um den Hals wickeln konnte, bis über die Nasenspitze, damit einem der Nordwind nicht das Gesicht zerbiss.

Sie wollte gerade nach dem Geschenkpapier greifen, als es an ihre Tür klopfte und Eline Torghattens Simme ertönte.

»Fräulein Tensen, sind Sie da? Ein Gespräch für Sie am Fernsprecher.«

Lisbet legte das Geschenkpapier zurück aufs Bett und öffnete die Tür.

»Hab ich mir doch gedacht, dass Sie da sind. Es brennt ja Licht«, sagte Frau Torghatten erleichtert. »Ihre Frau Mama ist am Apparat. Sie sagte, es sei wichtig.«

Lisbet schaute die alte Dame ungläubig an. Vor einigen Wochen hatte sie ihrer Mutter die Telefonnummer in einem Brief mitgeteilt, doch angerufen hatte sie bis heute noch nie. Sicher war es ihr zu umständlich, dies von Pedders Laden aus zu machen. Das Gespräch vor einigen Tagen war bisher das einzige geblieben. In einem ihrer Briefe hatte sich Therese sogar dafür entschuldigt, dass sie nicht anrufen würde. *Der neumodische Apparat, Du weißt doch, Kindchen.*

»Sie müssen nicht dreinschauen, als wäre ich der Teufel persönlich«, sagte Eline Torghatten zu Lisbet. Lisbet zuckte erschrocken zusammen.

»Nein, das ist es nicht. Ich meine …«

»Es ist was passiert?«

Lisbet nickte.

Eline Torghatten winkte ab.

»Ist immer was passiert, wenn das schreckliche Ding klingelt. War noch nie eine gute Nachricht, die der neumodische Plunder überbracht hat. Wäre besser gewesen, ich hätte den Apparat gar nicht erst montieren lassen. Das haben wir jetzt davon.« Sie zuckte mit den Schultern, drehte sich um und ging die Treppe hinunter. Lisbet folgte ihr. Ein dicker Kloß breitete sich in ihrem Hals aus. Eline Torghatten schob die Tür zu ihrer Wohnung auf, nahm den Hörer und sagte:

»Ihre Tochter wäre dann jetzt da, Frau Tensen.«

Sie hielt Lisbet den Hörer hin. Zögernd griff diese danach, hielt ihn ans Ohr.

»Mama?«

»Lisbet, bist du das?«, hörte sie die Stimme ihrer Mutter, die zu brechen drohte.

»Ja, natürlich, Mama. Was gibt es?« Ihre Worte klangen so belanglos, doch ihr Herz schlug ihr vor Aufregung bis zum Hals. Kurz war es still in der Leitung. Lisbet glaubte die Mutter schluchzen zu hören, dann endlich sprach sie.

»Dein Vater. Er ... das Schiff ... es ist gekentert, wohl heute Morgen.« Sie verstummte. Erneut schluchzte sie leise. Lisbet erstarrte. Ihre Hände begannen zu zittern. Für einen kurzen Moment schloss sie die Augen.

»Sie sind alle draußen und suchen nach ihnen. Aber ... Lisbet ... du weißt ja, das Wasser – es ist so bitterkalt ...«

»Sie werden sie bestimmt finden«, hörte Lisbet sich antworten. »Vater ist ein erfahrener Seemann. Bestimmt haben sie sich auf eine Insel gerettet. Am Ende sitzen die Männer jetzt irgendwo in einer warmen Stube, und wir wissen es nur noch nicht. Bisher sind sie doch immer davongekommen. Weißt du noch vor zehn Jahren? Da ist es doch auch gut ausgegangen. Der alte Hege hatte sie aus dem Wasser gezogen, und wir dachten schon an das Schlimmste. Gewiss wird es diesmal wieder so sein.« Die Worte sprudelten nur so aus Lisbet heraus, viel zu schnell. Ihre Hände zitterten so stark, dass sie beinahe den Hörer fallen ließ. »Erst nach drei Tagen sind sie damals zurückgekommen. Weißt du noch? Wir sind fast umgekommen vor Sorge.«

»Diesmal ist es anders«, antwortete Therese. »Das spüre ich. Ich meine, eine Ehefrau spürt doch, wenn ihr Mann tot ist. Er kommt nicht mehr zurück, ich weiß es einfach. Einmal zu viel hat er das Schicksal und den verdammten Troll Draug herausgefordert, dieser alte Dickschädel.« Sie schluchzte laut auf. »Das Wetter, es war viel zu schlecht. Er hat nicht auf mich hören wollen ...« Die letzten Worte gingen in einem Weinkrampf unter. Lisbet lauschte ihrer Mutter hilflos, bis es plötzlich in der Leitung knackte und rauschte.

»Mama?«, rief Lisbet. »Hörst du mich?« Sie glaubte, das Schluchzen ihrer Mutter wieder zu hören, oder war es nur das Rauschen der Leitung, das ihr einen Streich spielte? »Ich komme, Mama. Hörst du! Gleich morgen nehme ich den Autobus und fahre nach Hause.«

Da erklang eine Frauenstimme, die etwas von einer Störung meldete und sich entschuldigte. Lisbet legte schweigend den Hörer auf die Gabel.

»Hab ich es nicht gesagt«, hörte sie Eline Torghatten sagen. »Bringt nur Unglück, das dumme Ding.«

Lisbet reagierte nicht auf ihre Worte. Wie betäubt stieg sie die Stufen zu ihrer Dachkammer hinauf und schloss die Tür hinter sich. Ihr Blick fiel aufs Bett, wo das Geschenk für ihren Vater, eine neue Pfeife mit seinem Lieblingstabak, neben dem dicken Wollschal für Erich lag. Tränen traten in ihre Augen. Doch dann ballte sie wütend die Fäuste. Es durfte nicht sein. Bestimmt wäre schon morgen alles wieder gut, das Telefon würde erneut klingeln und zum ersten Mal eine gute Nachricht bringen. Sie griff nach dem Geschenkpapier und wickelte den Schal darin ein, fahrig, mit so zittrigen Händen, dass sie ein Loch ins Papier riss. Wütend knäulte sie es zusammen und warf es auf den Fußboden. Dann sank sie aufs Bett, umklammerte mit beiden Händen das Geschenk für ihren Vater, drückte es fest gegen ihre Brust und lehnte sich gegen die Wand. Nach einer Weile sagte sie die Worte vor sich her, die ihr Vater auf dem Meer stets wiederholt hatte: »Du musst immer den Horizont im Auge behalten, immer geradeaus, dann wird es schon gutgehen, hörst du, Lisbet? Das Steuerrad, lass es nie aus der Hand, das verzeiht es dir nicht. Ja, es schaukelt heute ein wenig. Du wirst dich daran gewöhnen. Und nimm dich vor Draug, dem alten Troll, in Acht. Nicht, dass er dich irgendwann einmal mit einem schrecklichen Unwetter überrascht und dein Boot zerschlägt.« Tränen liefen über Lisbets Wangen und tropften auf das Geschenkpapier. So oft hatte er diese Sätze zu ihr gesagt. »Warum bist du bei solchem Wetter nur aufs Meer hinausgefahren und hast nicht auf deine eigenen Worte gehört? Du hast die Gefahr gekannt. Einmal bist du Draug entkommen, doch einen Troll wie ihn fordert man kein zweites Mal heraus.« Sie schlug mit der Faust auf die Bettdecke, ihre Stimme wurde lauter. »Hörst du mich! Kein zweites Mal hättest du es tun sollen.« Die Stille ließ sie in sich zusammensinken, und ihre Wut wich Traurigkeit. Noch immer hielt sie sein Geschenk in den Händen. Vorsichtig berührten ihre Finger die eben gebundene Schleife. »Du wirst sie öffnen und es auspacken. Das weiß ich bestimmt«, murmelte sie leise. »Du bist ein kluger, erfahrener Seemann.

So jemanden wie dich kann kein Troll der Welt überlisten, den stärksten und besten Fischer Norwegens, nein, der ganzen Welt.« Sie lauschte in den leeren Raum hinein. Nur wenige Geräusche gaben ihr Antwort. In ihrem kleinen Holzofen knackte es, der Wind trieb Schneeflocken gegen ihr Fenster und rüttelte an den Dachschindeln. Abrupt stand sie auf und blickte nach draußen, über weiße Dächer und Giebel hinweg. An einem der gegenüberliegenden Fenster stand ein kleines Mädchen. Lisbet fing ihren Blick auf. Die Kleine hob lächelnd die Hand und winkte ihr zu. Lisbet ließ mit einer Hand das Geschenk los und winkte zurück, zwang sich zu einem Lächeln. Sie kannte das Mädchen nicht, hatte es nie zuvor gesehen. Trotzdem tat das unbefangene Lächeln des Kindes gut. Für einen kurzen Moment verschwand die Kleine vom Fenster, dann tauchte sie wieder auf, einen Teddybär im Arm, mit dem sie erneut winkte. Lisbet hatte verstanden. Sie ging zu ihrem Bett und holte Lotta, ihre alte Stoffpuppe, die sie immer und überall mit hinnahm. Sie winkte mit ihr zurück. Das Mädchen lächelte. So wie nur kleine Kinder lächeln konnten. Irgendwann beendete die Kleine das Spiel und bedeutete Lisbet, dass sie gehen musste. Sie verschwand vom Fenster, und stattdessen tauchte eine Frau auf, die eine brennende Kerze hineinstellte. Eine Weile schaute Lisbet auf die helle Kerze, dann wandte auch sie sich vom Fenster ab. Das Mädchen hatte es tatsächlich geschafft, sie zu beruhigen. Auf dem Boden lag das zerknäulte Geschenkpapier. Sie griff danach, glättete es notdürftig, wickelte Erichs Schal darin ein, steckte das Geschenk in ihre Tasche und schlüpfte in ihren Mantel. Sie selbst besaß ebenfalls einen Schal, den man fünfmal um den Hals wickeln konnte, damit einem der Frost nichts anhaben konnte. Einen, der einem das Gefühl von Sicherheit gab, der nach zu Hause duftete, was heute wichtiger war als je zuvor. Dann setzte sie noch ihre dicke Wollmütze auf und verließ die Dachkammer, eilte die Treppe hinunter. Als sie die Klinke der Haustür herabdrückte, hielt sie einen kurzen Moment inne und schaute zu Eline Torghattens Tür. Doch nichts regte sich dahinter. Noch einmal atmete sie tief durch, dann trat sie ins dichte Schneetreiben und lief die einsame Gasse hinunter.

Kristiansands Straßen waren wie leergefegt. Die meisten Läden waren bereits geschlossen. Bei diesem scheußlichen Wetter verlor selbst der abgehärtetste Norweger die Lust zum Einkaufen. Nur in den Cafés und Restaurants brannte noch Licht, doch auch hier fehlten die Gäste. Vor Lisbet lief eine ältere Dame mit einem kleinen Hund an der Leine. Ihre Fußspuren wehte der böige Wind sofort wieder zu. Ein Fahrradfahrer kämpfte sich an ihr vorüber, die Mütze tief ins Gesicht gezogen, schlingerte er gefährlich hin und her. Auch seine Fahrspur verschwand sogleich wie von Geisterhand. Es war kein Tag für einen Spaziergang, kein Tag, um bis Odderøya zu laufen, doch Lisbet kämpfte sich voran. An der Strandpromenade wurde der Wind noch stärker. Er wehte ihr den Schnee in die Augen, die zu tränen begannen. Die Boote im Hafen schaukelten im aufgewühlten Wasser. Lisbet dachte an ihren Vater. Weshalb war er an so einem stürmischen Tag aufs Meer hinausgefahren? Sie kannte die Antwort. Vom Wetter lasse ich mich nicht aufhalten, und schon gar nicht von irgendeinem dummen

Troll, hatte er immer gesagt. Soll nur kommen, wenn er Spaß daran hat. Anscheinend war er diesmal tatsächlich gekommen, zum ungleichen Kampf zwischen Fabelwesen und Fischer. Sie erreichte die schmale nach Odderøya führende Straße, erkannte sie jedoch kaum. Vor ihr lag eine weiße Fläche, nur die Zäune am Wegesrand zeigten den Verlauf der Straße. Hohe Schneewehen türmte der Wind an der rechten Seite des Weges auf, in Kürze würden sie größer als sie selbst sein. Lisbet beschleunigte ihre Schritte. Es wurde immer dunkler, bald schon würde die Nacht hereinbrechen und diesen düsteren Tag mit seinem Schneesturm endgültig in Finsternis versinken lassen. Dann sollte sie besser nicht mehr hier draußen sein, sonst würde auch sie es am Ende noch mit einem der Trolle aufnehmen müssen. Die mochten es gar nicht, wenn Menschen ihre nächtliche Ruhe störten, dann schlugen sie gern mal mit Bäumen oder Felsen um sich. Hastig bog Lisbet in den Feldweg ein, der zu Erichs Hütte führte. Bis zu den Knien sank sie bei jedem Schritt ein. Tapfer kämpfte sie sich vorwärts und erreichte wenig später das kleine Wäldchen. Durch die Bäume sah sie Licht schimmern, was sie erleichtert aufatmen ließ. Gleich hatte sie es geschafft. Erich stand am Fenster und hielt nach ihr Ausschau. Als sie näher kam, öffnete er sofort die Tür und rief grinsend: »Hey! Eine Schneefrau kommt mich besuchen.«

Lisbet huschte ins Haus, klopfte sich auf einer Fußmatte den Schnee von den Stiefeln und zog sie aus. Erich half ihr aus der Jacke und befreite sie von ihrem dicken Schal. Trotz der Wollmütze war ihr Haar feucht geworden. Er holte ein

Handtuch aus dem Bad und reichte es ihr. »Ich dachte, du würdest nicht kommen.«

»Da muss schon Schlimmeres vom Himmel fallen als die drei Schneeflocken«, antwortete Lisbet, die froh war, endlich im Warmen zu sein.

»Wenn das so weiterschneit, wird morgen bestimmt kein Dampfer nach Oslo fahren – was schlimm wäre, denn dann verpasse ich meinen Flug.«

Lisbet rubbelte sich ihr Haar trocken.

»Die Dampfer fahren eigentlich immer, außer die Bucht ist vereist. Dann müssen die Eisbrecher ihnen den Weg frei brechen, was den ganzen Fahrplan durcheinanderbringt und immer ein paar Fahrten ausfallen lässt.«

»Na, dann wollen wir mal hoffen, dass der Wind bis morgen nachlässt. Sonst werde ich garantiert seekrank«, antwortete er lachend. »Ich war noch nie gut darin, schaukelnde Schiffe zu ertragen.«

»An das Schaukeln gewöhnt man sich«, erwiderte Lisbet und dachte erneut an ihren Vater. Wie oft hatte er diesen Satz zu ihr gesagt, wenn sie spuckend über der Reling gehangen hatte. Irgendwann hatte sie sich tatsächlich daran gewöhnt, und selbst der schlimmste Seegang hatte ihr nichts mehr ausgemacht. Bist eben die Tochter eines Fischers, hatte er gesagt und ihr stolz auf die Schulter geschlagen. So oft hatte er sie mit aufs Meer hinausgenommen. Ein Sohn war ihm verwehrt geblieben, doch niemals hatte er Lisbet das Gefühl gegeben, weniger als ein Junge wert zu sein. Drei Fehlgeburten hatte ihre Mutter nach ihrer Geburt gehabt, dann war sie nicht mehr schwanger geworden, was vermutlich besser war, denn der letzte Abort hätte sie beinahe umgebracht.

»Du siehst traurig aus«, riss Erich Lisbet aus ihren Gedanken.

»Meine Mutter hat angerufen«, begann Lisbet, brach dann jedoch ab. Tränen traten in ihre Augen, und sie schlug die Hände vors Gesicht. »Mein Vater, er ist …«, weiter kam sie nicht. Endgültig brach sie in Schluchzen aus. Erich schlang seine Arme um sie und drückte sie fest an sich. Sie legte ihren Kopf an seine Schulter und weinte, ließ sich einfach fallen. Erich war hier, er würde ihr zuhören und ihr Mut machen. Sie war nicht allein mit ihrem Kummer, der so viel schwerer wog als jede Last zuvor. Erich führte Lisbet behutsam zur Ofenbank, schenkte Tee in einen Becher und reichte ihn ihr. Sie legte die Finger um die warme Tasse, plötzlich hing ein fruchtiger, nach Zimt riechender Duft im Raum. Vorsichtig nippte Lisbet an dem heißen Gebräu.

»Meine Mutter macht den Tee selbst«, erklärte Erich die sonderbare Teemischung. »Sie hat mir welchen geschickt. Gestern ist er angekommen. Er schmeckt so wunderbar nach zu Hause.« Er lächelte versonnen. Lisbet nahm einen weiteren Schluck, dann stellte sie den Becher neben sich.

»Ich werde genau wie du morgen nach Hause aufbrechen. Das Boot meines Vaters ist gekentert, jedenfalls wird es angenommen.«

Erich sah sie bestürzt an. Er griff nach Lisbets Hand und drückte sie fest.

»Mama hat geweint. Sie ist außer sich vor Sorge. Ich muss

so schnell wie möglich zu ihr. Ich hoffe nur, dass das auch mein Vorgesetzter in der Fabrik versteht.«

»Wegen der zwei Tage wird er gewiss nichts sagen. Immerhin geht es um deine Familie«, sagte Erich.

»Morgen Vormittag fährt der Autobus.« Lisbet machte eine kurze Pause. »Aber vielleicht kommt ja vorher schon der Anruf, dass doch alles gut ist. Ich meine, das kann doch sein, oder? Mein Vater ist ein erfahrener Seemann, der beste Fischer, den ich kenne. Er wird sich doch nicht von dem bisschen Sturm ärgern lassen und schon gar nicht von Draug, dem dummen alten Troll.«

»Draug? Von dem Burschen hast du schon einmal gesprochen, oder?«, fragte Erich.

Lisbet nickte. »Er ist ein Troll der ganz üblen Sorte.«

»Sind die nicht alle von der üblen Sorte?«, meinte Erich.

»Dieser hier ist besonders gefährlich. Er kann fürchterliche Stürme erzeugen und zerschlägt Boote und Schiffe. So manche Frau eines Fischers ist seinetwegen Witwe geworden.«

»Ihr mit euren Trollen«, sagte Erich kopfschüttelnd.

»Es gibt sie, das kannst du ruhig glauben«, verteidigte Lisbet die Phantasiegesellen. »Jedes Kind kennt sie – den bösen Nock, der in Tümpeln, Seen und Teichen lauert und Boote in die Tiefe zieht, genauso wie den üblen einäugigen Skogtroll, der diejenigen mit Bäumen erschlägt, die sich bei Dunkelheit in die Wälder wagen. Und dann sind da noch die Nisser. Sollten sie in deinem Haus sein, dann stimmst du sie lieber mit Hafergrütze milde, sonst stellen sie allerhand Schabernack an, verhexen das Vieh oder verderben die Ernte.«

»Und was ist mit weiblichen Trollen?«

»Die gibt es natürlich auch«, sagte Lisbet. »Die Huldras sind goldblond und hübsch anzusehen, doch sie haben einen Kuhhintern und einen Ringelschwanz. Folgt ihnen ein Mann in den Wald, so ist er verloren.«

»Also bleiben wir lieber in unserer schützenden Hütte«, erwiderte Erich lächelnd und legte die Arme um Lisbet. »Nicht, dass uns dieser üble Skogtroll noch mit Bäumen erschlägt oder die Huldras mich von dir fortlocken.« Er begann Lisbets Hals zu küssen. Sie lehnte den Kopf nach hinten und schloss die Augen. Sein vertrautes Lachen und seine Nähe beruhigten sie, und sie genoss das wunderbare Kribbeln im Bauch, das seine Lippen in ihrem Nacken auslösten. Irgendwann wanderten seine Hände unter ihren Pullover, und er begann ihre Brüste zu streicheln. Sie wandte den Kopf, und ihre Lippen suchten die seinen. Er drehte sie zu sich um, und sie küssten sich leidenschaftlich. Gekonnt öffnete er ihren Büstenhalter und zog ihren Pullover über den Kopf. Dann hob er sie hoch und trug sie zum Bett, wo sie sich endgültig ihrer Leidenschaft hingaben. Seine Hände schienen überall zu sein, seine Lippen wanderten ihren Bauch hinunter bis in ihren Schoß. Lisbet stöhnte, als er die Innenseite ihrer Schenkel küsste. Sie wand sich und bäumte sich auf, doch er hielt sie fest und liebkoste sie, bis sie zu zerspringen glaubte und der Höhepunkt sie erzittern ließ. Dann kam er zu ihr. Als er in sie eindrang und sich immer schneller zu bewegen begann, schloss Lisbet die Augen. Sie spürte die Leidenschaft in sich, seinen Atem an ihrer Wange. Immer wieder öffneten seine Lippen fordernd die ihren, suchte seine Zunge die ihre. Seine Bewegungen wurden immer fester, bis er sich lustvoll aufbäumte, um kurz darauf auf sie herabzusinken. Nach einer Weile wurde sein Atem wieder ruhiger. Lisbet begann ihm durchs schweißnasse Haar zu streichen. Irgendwann hob er den Kopf, blickte ihr tief in die Augen und sagte: »Bestimmt hat er den Kampf gegen den Troll gewonnen. Da bin ich mir sicher. Er ist ein erfahrener Seemann. Niemals würde er sich von ihm in die Falle locken lassen.«

Lisbet nickte. »Ja, bestimmt nicht. Am Ende sitzt er schon wieder zu Hause am Küchentisch und wird ordentlich von meiner Mutter ausgeschimpft, was ihm recht geschieht. Weshalb macht er auch solche Dummheiten. Einen Troll fordert man nicht heraus, das weiß doch jeder.«

»Gut, dass du es noch einmal sagst«, antwortete Erich und verzog den Mund zu einem Grinsen. »Dann weiß ich wenigstens, was ich zu tun habe, wenn mir einer von ihnen begegnet.«

»Schnell weglaufen«, wollte Lisbet erwidern, doch ihre Worte gingen in einem erneuten Kuss unter.

*

Am nächsten Morgen hatte es zu schneien aufgehört. Ein heller Lichtstreif am Horizont kündigte den neuen Tag an, der wolkenlos beginnen würde. Noch immer stand der volle Mond am Himmel und tauchte das Meer in sein silbernes Licht. Lisbet stand am Fenster und beobachtete, wie der schmale Lichtstrahl am Horizont immer breiter wurde und die Sterne langsam verblassten. Die Welt um sie herum war in weißem Schnee versunken.

»Möchtest du noch einen Tee trinken, bevor wir aufbrechen?«, fragte Erich. Lisbet drehte sich um, dabei fiel ihr Blick auf ihre geöffnete Tasche. Das Geschenk, sie hatte es Erich noch gar nicht gegeben. Eilig zog sie es heraus, versteckte es hinter ihrem Rücken und näherte sich ihm.

»Gerne doch. Er schmeckt ganz wunderbar.«

»Ich werde es meiner Mutter ausrichten«, antwortete er. Dann deutete er auf ihren Arm. »Du versteckst doch etwas.«

Lisbet holte das Geschenk hervor, das einen etwas mitgenommenen Eindruck machte. Verwundert schaute er es an.

»Ein Geschenk, für mich?«

»Siehst du hier noch jemanden im Raum?«, antwortete sie scherzhaft. Sie hielt es ihm hin. »Du musst es gleich auspacken.«

»Aber es ist doch noch gar nicht Heiligabend«, wandte er ein.

»Ich will aber sehen, ob es dir gefällt.«

Er warf ihr einen kurzen Blick zu. Doch anstatt das Geschenk anzunehmen, wandte er sich ab, öffnete eine Schranktür und drehte sich, eine winzige rote Schachtel mit einer goldenen Schleife darauf in der Hand, zu ihr um.

»Das trifft sich gut.« Er zwinkerte ihr zu. »Ich würde nämlich auch gern wissen, ob dir mein Geschenk gefällt.«

Lisbet lächelte. Sie tauschten die Päckchen aus. Er entfernte das zerknitterte Papier und bekam große Augen. Lisbet öffnete vorsichtig den Deckel und linste in die Schachtel. Sie sah ein winzig kleines goldenes Amulett, das an einer Kette hing. Vorsichtig holte sie es heraus, während sich Erich seinen Schal um den Hals wickelte, tatsächlich fünfmal, wie sie freudig feststellte.

»Damit dich der Frost nicht ins Gesicht beißt«, sagte sie mit einem Seitenblick auf das grüne Etwas, das an einem Haken neben der Tür hing und das er einen Schal nannte.

Er folgte ihrem Blick.

»Du hast das grüne Ding noch nie gemocht.«

»Für Berlin mag er wohl ausreichen, aber für Norwegen …«

»… braucht man einen ordentlichen Schal«, beendete er ihren Satz.

»Genau«, sagte sie mit Nachdruck. »Einen mit Liebe gestrickten Schal, wenn du es genau wissen willst.«

Bewundernd schaute er das wollene Ungetüm an.

»Selbst gestrickt?«

»Gewiss doch. Dann wärmt er am besten.«

Lächelnd trat er näher und hauchte Lisbet einen Kuss auf die Nasenspitze.

»Damit mich der Frost nicht in die Backen beißt.«

»Oder noch schlimmer, deine Nase auffrisst.« Sie grinste. Er nahm ihr das kleine Schächtelchen aus der Hand, holte die Halskette heraus und legte ihr den Anhänger in die Hand.

»Du kannst ihn öffnen. Siehst du: genau hier.« Er schob einen winzigen Riegel an der Seite nach oben. Das kleine Medaillon sprang auf, und ein Bild von ihm tauchte auf. Es war winzig, doch er war gut zu erkennen.

»Damit ich immer bei dir bin«, flüsterte er. Vorsichtig berührte sie das Bild mit der Fingerspitze, Tränen traten in ihre Augen.

»Das ist … ich meine … so etwas Schönes hat mir noch nie jemand geschenkt«, stammelte sie. Er legte die Kette um ihren Hals. Sofort umschlangen ihre Finger den Anhänger.

»Damit hast du mich immer in deiner Nähe, auch wenn ich mal weit fort sein sollte.«

»Aber … du wirst nicht oft fort sein, oder? Ich meine, du kommst doch wieder und bleibst nicht in Deutschland. Ich könnte es nicht ertragen, dich zu verlieren.«

»Natürlich komme ich wieder, du Dummerchen.« Er stupste ihr auf die Nasenspitze. »Niemals wieder will ich ohne dich sein, Lisbet Tensen. Wenn es nach mir ginge, würde ich dich auf der Stelle einpacken, nach Deutschland mitnehmen und heiraten. Aber das ist nicht möglich, das wissen wir beide.«

»Ich weiß«, antwortete Lisbet und legte seufzend die Arme um seinen Hals. »Aber immerhin hast du jetzt einen ordentlichen Schal. Gewiss ist es bei dir zu Hause auch kalt. Nicht, dass du mir krank zurückkommst.«

Er lächelte. »Mit diesem Schal bin ich auf jeden Fall gegen jeden Wintersturm gewappnet.«

Er küsste sie, lange und leidenschaftlich, bis Lisbet sich zurückzog.

»Ich muss jetzt gehen. Sonst verpasse ich den Autobus, und in der Fabrik muss ich mich auch noch abmelden.«

Er nickte und griff nach ihrer Tasche. »Ich begleite dich.«

*

Wenig später stapften die beiden durch den Schnee. An der Strandpromenade waren zwei Burschen im morgendlichen Dämmerlicht, das über der Stadt lag, damit beschäftigt, die Wege frei zu räumen. Bis zum Sonnenaufgang würde es noch eine Weile dauern. Vor Lisbets Haus blieben sie stehen. Zum Abschied reichte Erich ihr die Hand und zwinkerte ihr aufmunternd zu. Zärtlichkeiten auf offener Straße wollten beide nicht austauschen.

»Es wird alles gut werden, das spüre ich«, sagte er.

»Bis in drei Wochen«, flüsterte sie. Er ließ ihre Hand los und trat nickend einen Schritt zurück.

»Bis in drei Wochen. Fest versprochen! Und nimm dich vor den Trollen in Acht, hörst du.« Er deutete mit dem Finger auf sie.

»Mach ich«, erwiderte sie, Tränen in den Augen. Er entfernte sich rückwärts von ihr. Erst an der nächsten Hausecke drehte er sich um und verschwand. Wehmütig blickte ihm Lisbet eine Weile nach, dann schloss sie die Tür auf und zuckte erschrocken zusammen, als das laute Schrillen des Telefons ertönte.

ELF

Nur noch vereinzelt fielen einige Schneeflocken vom Himmel, als Lisbet am nächsten Morgen aus dem Autobus kletterte. Gerade ging die Sonne auf und tauchte den von einer dicken Schneeschicht bedeckten Strand und das Meer in rotgoldenes Licht. Lisbet atmete die klare Winterluft ein. Im Bus war es heiß und stickig gewesen, und sie hatte nur wenig geschlafen. Die Fahrt nach Farsund war umständlich, zweimal hatte sie umsteigen müssen, und jedes Mal war dies mit längeren Aufenthalten in zugigen Wartehallen verbunden gewesen. Sie war unsagbar müde und erschöpft, und ihre Augen brannten. Immer wieder hatte sie zu weinen begonnen, während die Nacht vor ihrem Fenster vorübergezogen war. Es war Pedder Gunderson gewesen, der ihr die schreckliche Nachricht überbracht hatte, ihre Mutter war nicht in der Lage dazu gewesen. Lisbet hatte nur genickt und ohne Antwort aufgelegt. Eline Torghatten, die neben ihr stehen geblieben war, hatte nichts gesagt, sich schweigend in ihre Wohnstube zurückgezogen. Wie betäubt war Lisbet in ihre Kammer gegangen, hatte ihre Sachen gepackt. Sie hatten ihn gefunden. An den Strand einer Insel war er gespült worden, wie Treibholz, das niemand gebrauchen konnte. In Lisbets Augen traten Tränen. Sie liefen ihre Wangen hinunter, tropften auf ihre Kleider, ihre Schuhe, auf das in braunes Leder gebundene Tagebuch, das neben ihrer Tasche auf dem Bett lag. Sie griff danach und schlug es auf. Ihr letzter Eintrag war vorgestern gewesen. Sie überflog ihre unbefangenen und fröhlichen Worte. Ihre Welt war heil gewesen. Mit einem Mal war sie nun zu einem riesengroßen Scherbenhaufen zerfallen. Oda kam ihr in den Sinn, und ihr Blick fiel auf ihren letzten Brief, der auf ihrem Nachttisch lag und letzte Woche eingetroffen war. Günter war wie geplant an die Ostfront abgereist, was sie nur schwer verkraftet hatte. Doch inzwischen ging es ihr wieder ganz gut. Sie hatte eine Anstellung in einem kleinen Café namens Kaffistova gefunden. Die Kollegen waren sehr nett, besonders der alte Koch namens Solfrid war sehr lustig. Manchmal durfte sie sich zu ihm in die Küche setzen, und er erzählte Geschichten aus seinem Heimatdorf, das in der Nähe von Kirkenes in der Einöde lag. Auch fütterte er sie fürsorglich mit belegten Broten und Frikadellen, die einmalig schmeckten. *Wenn das so weitergeht*, hatte sie geschrieben, *werde ich noch dick und kugelrund werden.* Telefonisch war Oda nicht erreichbar. Im Café waren private Telefonate nicht erlaubt, und ihre Tante sträubte sich gegen die neumodische Technik. Lisbet wünschte sich so sehr, dass Oda über die Feiertage zu ihren Eltern fahren würde, obwohl sie ahnte, dass es Wunschdenken bleiben würde, denn Oda und ihr Vater waren noch immer zerstritten. Durch Odas Gegenwart wäre der Tod ihres Vaters vielleicht leichter zu verkraften. Aber konnte dieser Verlust überhaupt jemals erträglich werden?

»Siehst du, Hallvard. Ich habe doch gesagt, dass sie mit

diesem Autobus kommt«, drang plötzlich eine vertraute Stimme an Lisbets Ohr. Sie drehte sich um. Da stand sie, die alte Marit, eingehüllt in den vertrauten Pelzmantel, ihre dunkelblaue Strickmütze auf dem Kopf. Lisbet lief freudig zu ihr hinüber. Was war es schön, die alte Frau mit ihrem Schlitten zu sehen. Sie fiel ihr um den Hals und atmete den Geruch von Mottenkugeln ein, den der struppige Mantel verströmte.

»Ach, Marit, was tut es gut, dass du da bist.«

»Na, das bin ich doch immer um diese Zeit. Der gute alte Skyss hat seine Schuldigkeit noch nicht getan.«

Sie deutete auf ihren Schlitten. Im Sommer war es ein großer Wagen mit zwei Pferden, der von Farsund nach Loshavn fuhr, doch jetzt im Winter war das Durchkommen mit dem kleineren Schlitten einfacher. Auch reichte seine Größe aus, denn in der dunklen Jahreszeit verschlug es nur wenige Reisende in diese Gegend.

Die alte Marit musterte Lisbet von oben bis unten.

»Siehst mitgenommen aus. Ganz rote Augen.« Liebevoll berührte sie mit den Fingern Lisbets Wange, dann nahm sie ihr die Tasche ab und verstaute sie im Schlitten.

»Was für eine Tragödie. Das ganze Dorf ist betroffen. Und das so kurz vor Weihnachten.« Lisbet kletterte in den Schlitten und kuschelte sich unter die bereitliegende warme Felldecke. Marit stieg auf den Bock, legte sich ebenfalls eine Decke über die Beine, und der Schlitten setzte sich in Bewegung. Der gute alte Skyss, wie die kleinen Wagen, Schlitten oder Boote genannt wurden, würde bald ganz aus Norwegen verschwinden. Immer mehr Autobusse und Fährboote verbanden Ortschaften und Inseln miteinander. Hier in der Gegend war Marit die Letzte, die den kleinen Transportbetrieb führte. Ihre Kinder lebten längst nicht mehr in der Gegend. Tora, ihre Tochter, hatte es nach Narvik verschlagen, und ihr Sohn Olav arbeitete in einem Osloer Krankenhaus als Arzt, worauf sie schrecklich stolz war. Was hatte sie dafür kämpfen müssen, dass der Junge auf die Universität gehen durfte. Wäre es nach ihrem Mann Ole gegangen, dann wäre er Fischer geworden wie die meisten Burschen Loshavns. Bist du Fischer, dann bist du was, galt noch immer in dem kleinen Fischerdorf, wie in ganz Norwegen. Dass sein einziger Sohn Arzt werden wollte, hatte Ole als Hirngespinst abgetan. Doch Marit hatte sich durchgesetzt, und nun zahlte es sich aus. Heute unterstützte der Junge seine Eltern finanziell, denn das Skyssgeschäft warf längst nicht mehr genug ab, um die beiden zu ernähren. Und fischen ging der alte Ole mit seinem Rheuma schon lange nicht mehr.

Der Schlitten glitt durch den Schnee, sanft läuteten die kleinen Glöckchen, die an Hallvards Geschirr angebracht waren. Es könnte alles so schön sein, dachte Lisbet, während der Schärengarten an ihr vorüberzog, beschienen vom hellen Licht der Morgensonne. Schneekristalle tanzten funkelnd durch die Luft und landeten auf ihren Wangen. Sie lehnte sich zurück und schloss für einen Moment die Augen. Hier war sie zu Hause, spürte sie die vertraute Geborgenheit, die ihr in Kristiansand fehlte. Was waren die vielen Möglichkeiten der großen Stadt schon gegen die Gefühle der Verbundenheit und Vertrautheit? In dieser Gegend kannte sie jeden Flecken Erde, jeden Felsen, all die Geschichten der Häuser und Menschen. Sie wusste, vor wem es sich in Acht zu nehmen galt, wer gern zuhörte, wer tratschte oder wem sie vertrauen konnte. Sie wusste, wie es sich anfühlte, wie die Luft eines klaren Wintertages schmeckte – eisig, ein wenig nach Salz. Genauso würde es auch heute wieder sein. Bald schon würden sie den vertrauten Hügel erreichen, hinter dem die Uhren anders tickten und die Welt sich ein wenig langsamer drehte. Vielleicht war es das, was sie während ihres hektischen Alltags in Kristiansand vermisst hatte, die ruhige Beständigkeit ihrer Heimat, die träge wirken mochte und es doch nicht war.

Vielleicht war das ja in Erichs Heimat ähnlich. Er hatte ihr erzählt, dass sein Heimatdorf nicht viel größer als Loshavn war. Ein paar Bauernhöfe, eingebettet in Wiesen und Felder, umgeben von undurchdringlichen Wäldern und Maarseen. Es war genauso eine Welt für sich. Manch einer mochte es für abgeschieden halten, doch für ihn war es perfekt. In seinem Zuhause war es laut seiner Erzählung ruhig, friedlich, und oftmals war den ganzen Tag nur das Zwitschern der Vögel zu hören. Wunderschön musste sich das anhören. Lisbet kannte nur die Rufe der Möwen, vor allem die der Lachmöwen, die gewöhnungsbedürftig klangen. Vielleicht würde sie Erich irgendwann einmal in die Eifel begleiten und hören, was es mit dem Zwitschern der Vögel auf sich hatte, die, besonders im Frühjahr, schon in der Morgendämmerung sangen.

Sie wandte den Kopf und schaute über die schneebedeckte Weite. Bäume, Buschwerk und Grün, alle trugen sie weiße Hauben, verschwanden mitunter ganz unter dem frostigen

Kleid des Winters. Es würde noch lange dauern, bis die ersten warmen Sonnenstrahlen des Frühlings die Blumen aufwecken würden.

»Es ist gut, dass du jetzt hier bist. Ich mache mir Sorgen um deine Mutter«, holte Marit sie in die Realität zurück. Die vertraute Landschaft und der Anblick des Schärengartens hatten Lisbet für einen Moment vergessen lassen, dass sie ein anderes Zuhause als das gewohnte erwartete.

»Sie war so schrecklich blass heute Morgen. Ich habe noch schnell bei ihr vorbeigesehen, bevor ich losgefahren bin. Am Tisch hat sie gesessen, eine Tasse Tee in der Hand. Sie hat nicht gesprochen, nicht einmal geblinzelt. Auf den Tisch hat sie gestarrt und dabei wie eine Statue ausgesehen. Ehrlich gesagt, hat sie mir Angst gemacht. So kenne ich sie gar nicht. Sie war immer ein so lebensfroher Mensch, nichts hat sie aus der Bahn gehauen, selbst der Verlust ihrer Babys konnte sie nicht brechen.«

»Sie waren eine Einheit«, antwortete Lisbet leise. »Der eine konnte ohne den anderen nicht sein. Bald dreißig Jahre waren sie verheiratet.«

Sie erreichten den Hügel. Schon von weitem konnte Lisbet den vertrauten Felsen sehen. Am liebsten hätte sie Marit gebeten anzuhalten, doch sie behielt ihren Wunsch für sich. Was sollte sie der alten Frau sagen? Dass die Welt dort draußen auseinanderbrechen könnte und dieser Ort einen besonderen Zauber in sich trug, den nur sie und Oda verstanden? Oda, dachte sie. »Ist Oda gekommen? Hast du auch sie abgeholt?«

Die alte Frau schaute Lisbet irritiert an.

»Nein, sie ist nicht gekommen. Gehört haben wir auch nichts, schon seit Monaten nicht mehr. Pedder und Elen machen sich große Sorgen. So etwas sehe ich auf den ersten Blick, auch wenn sie nicht darüber reden wollen. Wir dachten, du könntest uns von ihr erzählen. Sie ist doch in Kristiansand, oder? Ihr seht euch doch bestimmt, seid doch Freundinnen.«

Lisbet wusste nicht, was sie erwidern sollte. Oda hatte ihren Eltern also gar nicht mitgeteilt, dass sie nach Oslo gegangen war. Ob sie überhaupt bei ihrer Tante lebte? Wenn nicht Oda, so müsste doch zumindest sie Odas Eltern etwas erzählt haben. Ein sonderbares Gefühl beschlich Lisbet. Am Ende hatte Oda auch sie belogen. Pedder und Elen waren außer sich gewesen, als sie von Odas Verhältnis mit Günter erfahren hatten. Einsperren hatte Pedder Oda wollen, so lange, bis sie Vernunft angenommen hätte. Doch Elen hatte das verhindert. Sie war diejenige gewesen, die ihre Tochter hatte ziehen lassen, denn sie wusste, dass nichts und niemand sie von ihrer Liebe hätte abbringen können. »Sie ist erwachsen«, hatte sie zu Lisbets Mutter Therese gesagt, als sie bei ihnen zu Besuch war. »Ich werde sie nicht aufhalten können, auch wenn ich es mir noch so sehr wünsche. Ich sehe es in ihren Augen. Sie liebt diesen Deutschen, was soll ich dazu sagen.« Lisbet war auf der Treppe stehen geblieben und hatte mit klopfendem Herzen die Antwort ihrer Mutter abgewartet. Doch mehr als ein »Da kann man nichts machen« war nicht gekommen. Kein Wort über Lisbet und Erich oder Joakims Haus. Trotzdem war sie sich wie eine Betrügerin vorgekommen.

Marit blickte sie abwartend an.

»Du weißt, wo sie ist.«

»In Oslo«, antwortete Lisbet wahrheitsgemäß. Eine Lüge hätte Marit sofort erkannt.

Marit zog die Augenbrauen in die Höhe.

»In Oslo?«

»Günter ist dorthin gegangen. Sie ist ihm gefolgt, um die letzten Wochen mit ihm zu verbringen. Er ist an die Ostfront abkommandiert worden.«

»Also ist er fort.«

»Ja, das ist er. Irgendwo in Russland, nehme ich an.« Lisbet zuckte mit den Schultern.

»Und was ist mit Oda?«

»Sie lebt wohl bei ihrer Tante und arbeitet in einem Café. Es geht ihr gut, sie schreibt mir regelmäßig.«

Der Schlitten blieb stehen. Sie hatten das Haus am Odde Berg erreicht. Ruhig und friedlich lag es im Licht der Morgensonne vor ihnen. Zur Haustür führten Fußspuren, aber geräumt hatte niemand. Früher hatte das der Vater erledigt oder sie selbst, wenn er mit dem Schiff draußen war, was jedoch im Winter selten vorkam. Lisbets Blick wanderte die Veranda hinauf zu der alten Bank, die an der Hauswand lehnte. Niemals wieder würde er dort sitzen und mit seiner Zigarette zwischen den Lippen aufs Meer hinausblicken.

»Glaubst du, sie sitzt noch immer am Küchentisch?«, fragte Lisbet. Genau als Marit antworten wollte, öffnete sich die Haustür und Therese trat nach draußen, ihr wollenes Schultertuch eng um den Körper gewickelt.

Marit winkte ihr lächelnd zu und rief:

»Sieh mal, wen ich dir mitgebracht habe. Ich hab doch versprochen, dass ich dein Mädchen sicher nach Hause begleite.«

Sie kletterte vom Kutschbock herunter. Lisbet schälte sich aus der warmen Felldecke. Als sie die Kutsche verließ, legte Marit die Hand auf ihren Arm.

»Du musst es Elen sagen. Sie kommt um vor Sorge.«

»Ich rede mit ihr. Versprochen.«

Marit wollte sich abwenden. Doch Lisbet hielt sie zurück.

»Glaubst du, sie werden ihr verzeihen?«

Marit brauchte einen Moment für die Antwort, dann nickte sie.

»Sie sind ihre Eltern, und die verzeihen doch immer. Wenn Oda nur nach Hause kommt, wird alles wieder gut werden. Das spüre ich.«

»Und werden sie ihr auch verzeihen, wenn er zurückkommt? Ich meine, würden sie ihre Liebe akzeptieren, obwohl er ein Deutscher ist? Vielleicht hat dieser schreckliche Krieg ja irgendwann ein Ende, und wir sind keine Feinde mehr.«

Marit schaute Lisbet nachdenklich an. Sie ahnte, worauf Lisbet hinauswollte.

»Kinder, Kinder. Was macht ihr nur. Gibt es denn keine hübschen Norweger, die eure Herzen erobern könnten? Weshalb muss es denn ausgerechnet der Feind sein?«

Lisbet kam sich ertappt vor. Ihre Wangen färbten sich rot. Beruhigend tätschelte Marit ihre Schulter.

»Ich werde es für mich behalten. Aber nur, wenn du mir versprichst, mit Elen zu reden.«

Lisbet nickte erleichtert.

»Das mache ich. Sobald ich kann, gehe ich zu ihr hinüber.«

Sie verabschiedete sich mit einer Umarmung, stapfte mit ihrer Tasche durch den Schnee zur Veranda, ging vorsichtig die rutschigen Stufen hinauf und nahm ihre Mutter in die Arme, die ohne ein Wort bitterlich zu weinen begann.

*

Am späten Nachmittag des nächsten Tages saß Lisbet bei Elen in der Küche. Schon vor einer Weile hatte es heftig zu schneien begonnen. Das Meer und der Schärengarten wirkten grau und trostlos, und der Horizont war verhangen. Elen hatte Kerzen in die Fenster gestellt, die gemütliches Licht verbreiteten. Lisbet saß mit einer Tasse Tee am Tisch und schaute Pedder dabei zu, wie er den kleinen Weihnachtsbaum schmückte, der auf einem Hocker in der Ecke stand.

»Tanzen werden wir dieses Jahr sowieso nicht«, verteidigte Elen den Standort des Bäumchens. »Gibt ja auch keinen Grund, fröhlich zu sein. Ich käme mir schäbig vor, wenn ich so kurz nach der Beerdigung eines guten Freundes um den Baum springen würde. Und Oda fehlt auch.«

»Vielleicht kommt sie ja doch noch«, mutmaßte Lisbet.

»Nein, sie wird nicht kommen, das spüre ich. Wenn, dann müssten wir sie holen. So wie wir sie behandelt haben.«

»Soll nur fortbleiben«, mischte sich Pedder ein. »Schimpf und Schande hat sie über uns gebracht. Die ganze Gegend tuschelt hinter unserem Rücken. Unsere Tochter wäre eine

Schlampe, eines dieser Deutschenmädchen. Der alte Egil aus Farsund hat sie sogar Verräterin genannt. Das war das letzte Mal, dass ich ihm sein Gemüse abgekauft habe, lieber fahre ich selbst zur Großmarkthalle hinüber, auch wenn mich das Zeit kostet, die ich nicht habe.«

»Ich glaube, Oda hat gar nicht verstanden, welche Folgen ihr Verhältnis mit dem Deutschen hat«, verteidigte sie ihre Mutter.

»Muss sie das denn verstehen?«, fragte Lisbet. »Ich weiß, dass sie Zweifel geplagt haben, auch in Kristiansand. Doch sie kam nicht von ihm los. Am Ende ist sie ihm für ein paar kurze Wochen bis nach Oslo gefolgt. Jetzt ist er an der Ostfront, und keiner weiß, ob er jemals wiederkommt.«

»Meinetwegen kann er gern dortbleiben. Am besten, er kassiert eine russische Kugel, dann hat sich das Thema erledigt«, erwiderte Pedder und verteilte Lametta auf dem Baum. »Und Oda will ich hier nie wieder sehen. Ich habe keine Tochter mehr.«

Elen warf ihrem Mann einen strafenden Blick zu.

»Sei nicht so hart. Oda hat einen Fehler gemacht, aber deswegen verstoßen wir sie nicht. Sie ist ein junger Mensch. Es wäre verwunderlich, wenn sie keinen Unsinn anstellen würde.«

Einen Fehler, dachte Lisbet. Also war in Elens Augen auch ihre Liebe zu Erich Unsinn. Eine unbedachte Liebelei, die wieder verging, die niemals hätte sein dürfen. Unbewusst griff sie mit den Händen an ihr Amulett und hielt es fest. Bald schon würde sie ihn wiedersehen, in ihrer Hütte auf Odderøya. Gemeinsam würden sie darauf warten, dass sich etwas änderte, damit sie irgendwann, in ferner Zukunft, ein normales Leben führen konnten. Doch wäre das überhaupt irgendwann möglich? Deutschland würde für alle Zeiten das Land sein, das diesen Krieg verursacht und so viel Leid über die Menschen gebracht hatte. Noch vor wenigen Jahren waren die Deutschen gerngesehene Gäste im Land, Handelspartner und Freund. Jetzt, nach all den Grausamkeiten, die tagtäglich geschahen, gab es nur noch unbändigen Hass, der sich immer tiefer in die Herzen der Menschen grub.

Elen stand auf, schenkte sich Tee nach und sagte:

»Dass mich meine eigene Schwester so hintergehen würde, hätte ich nie von ihr gedacht. Wir mögen kein gutes Verhältnis haben, aber die eine wünscht der anderen doch nichts Schlechtes. Sie hätte mir doch schreiben können, dass Oda bei ihr und alles gut ist.«

»Vielleicht wollte Oda das nicht«, gab Lisbet zu bedenken. »Ihr Aufbruch in Kristiansand war so abrupt. Von einem auf den anderen Tag hat sie ihre Anstellung und ihr Zimmer gekündigt. Am Ende schämt sie sich inzwischen für ihr Verhalten.«

»Das will ich doch hoffen«, warf Pedder ein und musterte prüfend das Ergebnis seiner Bemühungen. »Was meint ihr?«

»Er ist hübsch geworden«, lobte Lisbet den Baum. Plötzlich klang ihre Stimme traurig.

»Da reden wir die ganze Zeit von Oda, und dabei geht es euch beiden so schlecht«, sagte Elen, die verstanden hatte, was in Lisbet vorging und ihr die Hand auf den Arm legte.

»Ist schon in Ordnung«, wiegelte Lisbet ab. »Es tut gut, überhaupt mit jemandem zu reden. Mama schweigt oder weint. Kein Wort hat sie seit meiner Heimkehr gesprochen, auch nach der Beerdigung nicht. Gestern Abend haben wir uns eine Weile am Küchentisch gegenübergesessen. Irgendwann ist sie aufgestanden und hat sich im Schlafzimmer eingeschlossen. Sie kommt mir wie eine Fremde vor. Einen Baum werden wir dieses Jahr auf jeden Fall nicht haben, geschweige denn ein Julbord. Aber das ist nicht schlimm. Der Haferbrei ist schon fertig, auch Rippchen liegen eingelegt in der Speisekammer. Satt werden wir auf jeden Fall.«

»Wenn sie überhaupt etwas isst.« Elen stützte seufzend die Hand aufs Kinn. »Es ist eine Tragödie. Es wird lange dauern, bis sie sich davon erholt hat.«

Lisbet dachte an die gestrige Beerdigung zurück. Im eisigen Wind hatte sie neben ihrer Mutter gestanden, die wie versteinert gewirkt hatte. Immer wieder waren Wolken vor die Sonne gezogen und hatten Schatten auf die Erde geworfen. So viele Menschen waren gekommen, um von Richard Tensen Abschied zu nehmen. Ganz Loshavn und halb Farsund verstopfte den kleinen Friedhof mit den tief im Schnee versunkenen Grabkreuzen und -steinen. Lisbet hatte leise geweint, sich ihrer Tränen nicht geschämt, während der Pfarrer an den stolzen Fischer und liebevollen Familienvater erinnerte. Ob er wohl genauso fürsorglich gewesen wäre, wenn er von ihrem Verhältnis zu Erich gewusst hätte? Oder hatte er es schon geahnt? Während ihrer letzten Wochen in Loshavn hatte er sie immer mal wieder nachdenklich gemustert. Einmal war er sogar zu ihr in Joakims Haus gekommen. Das war kurz vor ihrer Abreise nach Kristiansand gewesen. Sie hatten gemeinsam auf der Veranda gesessen und schweigend aufs Meer hinausgeblickt, wie sie es so oft getan hatten. Auf seine Art hatte er sich von ihr verabschiedet. Am liebsten hätte sie es ihm in diesem Moment erzählt. Hätte ihm gebeichtet, dass sie einen Deutschen liebte und es nicht ändern konnte. Dass sie Angst hatte und verunsichert war. Doch sie hatte es nicht getan. Die Angst, ihn verlieren zu können, war zu groß gewesen.

Am nächsten Morgen hatte er sie mit dem Boot abgeholt und höchstpersönlich nach Farsund gebracht. Schweigend hatten sie nebeneinandergesessen. Irgendwann war eines der deutschen Schiffe, die die Küste sicherten, am Horizont aufgetaucht. Kopfschüttelnd hatte er gesagt: »Ist so ein Unsinn, dieser gottverdammte Krieg. Wir sind doch alle Menschen, verdammt noch eins.« Er hatte Lisbet angesehen. »Wie dieser Erich. Ein netter Bursche eigentlich, hat sich mal länger mit mir unterhalten und von seiner Heimat erzählt, davon wie sehr er seine Familie vermisst. Nicht jeder von denen ist ein Feind, auch wenn sie so aussehen.«

Erst an ihres Vaters Grab war Lisbet bewusst geworden, was er mit diesen Worten wohl hatte sagen wollen. Wie hatte sie auch nur eine Minute annehmen können, dass er es nicht gewusst haben könnte? Vor ihrem Vater hatte sie noch nie etwas verbergen können. Er schien die Welt mit anderen Augen zu sehen als Pedder Gunderson oder all die anderen, die vorschnell urteilten. Richard Tensen war ein einfacher Fischer gewesen, doch trotzdem ein kluger Mann mit Weitblick.

Irgendwann hatte ihre Hand die ihrer Mutter gesucht. Kalt und klamm hatten sich ihre Finger angefühlt, die nicht in Handschuhen steckten. Das ganze Dorf hatte sie nach der Zeremonie nach Hause begleitet und dabei beobachtet, wie sie die wenigen Stufen zu ihrer Veranda hinaufstiegen und im Haus verschwanden. Einen Leichenschmaus hatten sie nicht geplant.

»Und wenn ihr den Abend bei uns verbringt?«, schlug Elen vor.

»Das wird Mutter nicht wollen«, lehnte Lisbet ab und stand auf. »Es ist besser, wenn ich jetzt gehe. Vielleicht ist Mutter inzwischen aufgewacht.«

Elen nickte mit trauriger Miene. Sie wusste, auch wenn Lisbets Mutter nicht sprach und sich zurückgezogen hatte, so brauchte sie doch die Nähe ihrer Tochter. Dessen war sich auch Lisbet bewusst, die sich für den Tee bedankte, von Elen und Pedder verabschiedete und die Dorfstraße hinuntereilte. Der Schneefall hatte inzwischen nachgelassen, und die Sonne tauchte zwischen den Wolken auf. Auf der Veranda hielt Lisbet einen Moment inne und beobachtete, wie die Flocken durch die Luft tanzten und von den letzten Strahlen der Sonne in funkelnde Sterne verwandelt wurden. Erneut fiel ihr Blick auf die alte Holzbank. Vielleicht würde er gerade jetzt darauf sitzen, wie so oft um diese Zeit, den Blick aufs Meer gerichtet, das er in und auswendig gekannt hatte. Sie schluckte den Kloß hinunter, der sich in ihrem Hals bilden wollte, schlüpfte ins Haus und betrat die leere Wohnstube.

Auf dem Ofen in der Ecke stand der Topf mit dem Haferbrei. Morgen war Heiligabend, dachte sie bei seinem Anblick traurig. Papa hatte sich jedes Jahr wie ein kleiner Junge auf das Fest gefreut und war jedes Mal enttäuscht gewesen, wenn nicht er derjenige war, der die Mandel im Haferbrei gefunden hatte. Lisbets Blick wanderte in die leere Wohnstube. Dort am Fenster hatte immer ihr Weihnachtsbaum gestanden, den sie in den Wäldern oberhalb des Dorfes geholt hatten. Der Platz wirkte trostlos und leer, irgendwie unvollkommen.

»Ich weiß. Du würdest nicht wollen, dass wir kein Weihnachten feiern«, sagte sie laut zu sich. »Doch für den Baum ist es schon reichlich spät. Gleich wird es dunkel, und bis in den Wald werde ich es nicht mehr schaffen.« Sie schwieg einen Moment, als würde er Antwort geben, dann nickte sie seufzend. »Du hast ja recht. Eine Stunde Tageslicht hab ich noch. Das reicht, um den Hügel hinaufzukommen. Aber ein großer Baum wird es nicht werden. Sind ja nur Mama und ich.« Sie stockte. »Nur Mama und ich«, wiederholte sie mit Tränen in den Augen. »Was soll denn jetzt ohne dich werden? Mama, wie soll sie allein zurechtkommen?« Lisbet kannte die Antwort auf ihre Fragen. Sie sollte zurückkommen und ihre Mutter unterstützen. Irgendeine Anstellung würde sich in Farsund schon finden, vielleicht sogar in dem kleinen Buchladen, den sie so liebte. Sie ließ ihren Blick durch den Raum schweifen. Alles wirkte so vertraut. Die Möbel, das Ticken der Küchenuhr, der alte Holzofen in der Ecke, die vielen Schöpfkellen und Löffel, die darüber hingen. Die handgenähten Vorhänge vor den winzigen Fenstern, die silbernen Kerzenständer und die alte Stehlampe, die sich die Fensterbank teilten. Und trotzdem fühlte es sich plötzlich anders an. Es war noch ihr Zuhause und doch nicht mehr dasselbe. Sie verstand, dass sie nicht mehr zurückkommen könnte, auch nicht für eine Weile. Sie war die Treppe ihres Lebens ein Stück weiter hinaufgeklettert und hatte die Geborgenheit ihrer Kindheit hinter sich gelassen. Ab jetzt gab es kein Zurück mehr. Erneut wanderte ihr Blick zu der leeren Stelle in der Wohnstube, und sie fragte in die Stille: »Du denkst also wirklich, ich sollte einen Baum holen?«

Sie lauschte in den Raum, doch nur das Ticken der Küchenuhr antwortete ihr. Trotzdem stand sie auf. »Vielleicht hilft es Mama. Ein kleiner Baum wird reichen, um ihr eine Freude zu machen.«

Entschlossen schlüpfte sie in ihre Stiefel, zog ihren alten Wollmantel, Handschuhe und Mütze an und verließ das Haus.

Draußen empfing sie eisige Kälte, und ein böiger Wind trieb vereinzelte Schneeflocken vor sich her. Sie stapfte durch den Schnee zum Schuppen, holte einen kleinen Karren und eine Axt heraus und machte sich auf den Weg die menschenleere Dorfstraße hinunter. An Odas Haus blieb sie einen Moment stehen und blickte sehnsüchtig zu den brennenden Kerzen im Fenster. Das Haus war so vertraut, und doch kam es ihr verändert vor. Es waren nur wenige Monate gewesen, die die Welt auf den Kopf gestellt hatten, und niemand würde daran etwas ändern oder die Zeit zurückdrehen können. Sie ging weiter. Die Straße war vor kurzem geräumt worden, dennoch hatte sich schon wieder eine dünne Schneeschicht gebildet. An der einen oder anderen Stelle war es eisig, und sie musste achtgeben, wo sie hintrat. Als sie wenig später den Hügel mit dem vertrauten Lieblingsplatz erreichte, blieb sie stehen, wischte den Schnee vom Felsen, setzte sich für einen kurzen Moment und blickte über den im dämmrigen Licht versunkenen Schärengarten. Er sah so friedlich aus – als gäbe es keinen Krieg, keine Unfälle, kein Unglück auf der Welt. Die weißen Häuser Loshavns mit ihren beleuchteten Fenstern und die auf dem Wasser schaukelnden Boote gehörten zu der vermeintlich sicheren Welt hinter dem Hügel.

»Und wenn uns die Welt zu viel wird, ob hier oder in Oslo, dann gehen wir nach Hause. Zurück hinter den Hügel, zu unserem Felsen. Fest versprochen«, wiederholte Lisbet leise Odas Worte, schlang die Arme um den Körper und erhob sich wieder. Heute war ihr die Welt zu viel geworden, und sie war ein Stück weit auseinandergebrochen, selbst hinter dem Hügel.

»Du fehlst mir so«, sagte Lisbet. »Ich vermisse dich.« Sie blickte aufs Meer hinaus. Entfernt war der Ruf einer Lachmöwe zu hören. »Ach, Oda.« Lisbet schüttelte den Kopf. »Gerade heute hätte ich dich gebraucht. Gewiss wärst du jetzt an meiner Seite, würdest mit mir den Baum holen und ihn dann schmücken. Mit einem Mal fühlt sich das alles so anders an, als wäre ich nur Gast in meiner Heimat und gehörte nicht mehr dazu. Du würdest verstehen, was ich meine.«

»Ich verstehe es auch«, sagte eine Stimme hinter ihr. Verwundert drehte sich Lisbet um. Elen stand vor ihr.

»Ich wollte eigentlich nur ein bisschen frische Luft schnappen«, erklärte sie ihre Anwesenheit. »War alles ein bisschen viel heute, findest du nicht auch?«

Lisbet nickte. »Ein bisschen sehr viel sogar.«

Elens Blick fiel auf den kleinen Karren.

»Ich dachte, Mama würde sich vielleicht über einen Baum freuen«, sagte Lisbet. »Papa hätte es so gewollt. Da bin ich mir sicher.«

»Ja, das hätte er«, erwiderte Elen lächelnd. »Im ganzen Dorf gibt es niemanden, der so verrückt nach Weihnachten ist wie er. Wenn es dir recht ist, dann begleite ich dich. Ich kenne eine Stelle, nicht weit von hier, da wachsen ganz entzückende kleine Bäumchen.«

»Gern«, sagte Lisbet erleichtert, griff nach dem Karren und wollte losgehen, doch Elen hielt sie am Arm zurück.

»Was hast du damit gemeint, als du sagtest: ›Wenn uns die Welt zu viel wird, ob hier oder in Oslo‹?«

Lisbet blickte Elen erstaunt an.

»Ich stand schon eine ganze Weile hinter dir«, entschuldigte sich Elen verlegen lächelnd.

Lisbet suchte nach Worten für eine Erklärung, doch Elen kam ihr zuvor.

»Du bist auch eines von diesen Mädchen, nicht wahr? Oda hat nie etwas gesagt, aber ich habe es mir gedacht. Ich meine, weshalb hättest du sonst nach Kristiansand gehen sollen? Es ist der junge Mann, der bei euch im Haus gewohnt hat, Erich ist sein Name, nicht wahr? Er sah nett aus.«

Lisbet nickte erleichtert. Es war, als hätte Elen eine große Last von ihren Schultern genommen.

»Ich wollte es nicht. Oda und ich, wir wollten es beide nicht. Selbst in Kristiansand wollten wir es beenden. Doch es hat nicht funktioniert.«

»Die Liebe sucht sich selten den einfachen Weg«, erwiderte Elen seufzend. Die beiden setzten sich in Bewegung. »Auch bei Pedder und mir war es kompliziert. Meine Eltern hätten es lieber gesehen, wenn ich einen Sami geheiratet hätte. Doch mir hat keiner gefallen. Pedder war so anders, genauso wie unser gemeinsames Leben in Oslo. Wir haben ohne die Zustimmung meiner Eltern geheiratet. Bis zu ihrem Tod haben sie kein Wort mehr mit mir gesprochen, obwohl ich es versucht habe, das kannst du mir glauben. Sogar meine eigene Schwester hat mich damals aus ihrem Haus geworfen. Ich hätte die Familienehre mit Füßen getreten. Und auch sie spricht seitdem kein Wort mehr mit mir, was ich schrecklich traurig finde. Allerdings waren wir schon immer wie Feuer und Wasser. Es war nie leicht zwischen uns. Sollte Oda tatsächlich bei Brit wohnen, dann war es ein großer Schritt für sie, ihre Nichte aufzunehmen, das weiß ich. Trotzdem bereue ich nichts. Pedder ist der Mann, der zu mir gehört. Ich brauche ihn wie die Luft zum Atmen. Manchmal muss es weh tun, auch wenn es nicht einfach ist.«

Sie zuckte mit den Schultern und deutete auf eine kleine Ansammlung weißer Hügel nahe dem Wegesrand.

»Ich befürchte, wir werden die Bäumchen ausgraben müssen, um den Schönsten zu finden.«

»Papa hätte jetzt gesagt: Was willst du mit den mickrigen Bäumchen? Da hinten stehen die richtigen Tannen. Mit so etwas Winzigem fangen wir gar nicht erst an.«

»Und Oda hätte sie bezaubernd gefunden. Wenn es nach ihr gegangen wäre, hätte der Baum nie größer als einen Meter sein müssen.«

Die beiden stapften zu den ersten Bäumen und befreiten sie vom Schnee. Ein besonders buschiger Bursche gefiel Lisbet am besten.

»Der hier ist wenigstens schön dicht, auch wenn er nicht groß ist.« Sie hieb mit der Axt auf den schlanken Stamm ein, und innerhalb kürzester Zeit plumpste das Bäumchen in den Schnee. Gemeinsam schafften sie ihn zum Karren und machten sich schweigend auf den Heimweg. Vor Elens Haus blieben sie stehen.

»Also dann«, sagte Lisbet unsicher.

Elen erriet ihre Gedanken.

»Ich werde es niemandem sagen. Versprochen.« Lisbet ließ erleichtert die Schultern sinken. »Weiß es deine Mutter?«

»Wenn, dann schweigt sie darüber. Ich glaube, Papa hat es gewusst, doch gesagt hat er nie etwas.«

»Hätte mich auch gewundert, wenn du es vor ihm hättest verheimlichen können. Er war ein guter Menschenkenner.«

Elens letzter Satz traf Lisbet mitten ins Herz. Er war. Niemals wieder würde jemand in der Gegenwartsform von ihm sprechen. Lisbet spürte den aufwallenden Schmerz in sich. Tränen stiegen in ihre Augen. Liebevoll streichelte Elen ihr über die Schulter.

»Entschuldige. Ich wollte nicht …«

»Ist schon gut«, wiegelte Lisbet ab. »Es ist gleich wieder vorbei.« Sie wischte sich die Tränen von den Wangen. »Mama darf nicht sehen, wie ich weine. Ich muss jetzt stark sein, für sie und für Papa, der uns bestimmt von da oben zusieht und aufpasst, dass ich auch alles richtig mache.« Sie schniefte.

Elen machte einen Schritt auf Lisbet zu und legte ihr zärtlich die Hand auf die Wange. Ihr Wollhandschuh fühlte sich feucht und kalt an, doch Lisbet ließ sie gewähren.

»Nein, du musst nicht stark sein. Heute nicht. Dein Vater ist gestorben. Du hast ein Recht darauf, traurig zu sein.«

Lisbet schüttelte den Kopf.

»Er hätte nicht gewollt, dass wir traurig sind. Das weiß ich bestimmt. Und deswegen gehe ich jetzt auch nach Hause, werde diesen Baum schmücken und Kuchen backen. Denn ein Weihnachten ohne den Geruch von Kardamom im Haus ist kein richtiges Weihnachten.«

Ihre Stimme klang entschlossen. Elen nickte.

»Stimmt. Weihnachten ohne Kuchen darf nicht sein. Und weil du gerade davon sprichst. Ich sollte mich auch langsam in die Küche begeben. Am besten schmeckt er doch, wenn er eine Nacht gestanden hat.«

Die beiden verabschiedeten sich mit einer Umarmung voneinander, und Lisbet lief weiter die Dorfstraße hinunter. Erneut hatte der Schneefall zugenommen, und endgültig war die Dunkelheit hereingebrochen. Eine einsame Laterne auf der Landstraße spendete ein wenig Licht. Als sie das Haus am Odde Berg erreichte, lagen die Fenster im Dunkeln. Eilig verstaute sie den Karren im Schuppen, schaffte das kleine Bäumchen ins Haus und machte sich wenig später daran, ihn zu schmücken und Kuchen zu backen. Ihre Mutter blieb die ganze Zeit über in ihrem Zimmer, worüber sie froh war. Sie sollte schlafen, grübeln, traurig sein dürfen. Das war ihr gutes Recht. Nach getaner Arbeit fiel Lisbet erschöpft ins Bett und schlief auf der Stelle ein.

Sie erwachte erst wieder, als am nächsten Morgen das dämmrige Licht eines kurzen Wintertages in ihr Zimmer kroch. Heiligabend. Lisbet drehte sich auf die Seite, schob die Hand unters Kinn und beobachtete eine Weile die vom Himmel fallenden Schneeflocken vor ihrem Fenster. Stundenlang konnte sie das tun. Einfach nur still dasitzen und dabei zusehen, wie der Wind sein Spiel mit ihnen trieb und sie durch die Luft wirbelte. Wenn ihr Vater jetzt da wäre, wäre sie von dem schabenden Geräusch der Schneeschaufel geweckt worden. Stets war er darum bemüht gewesen, die Wege ums Haus vom Schnee zu befreien, denn niemand sollte sich auf seinem Grundstück verletzen. Als er ein kleiner Junge gewesen war, war der alte Egil kurz vorm Erreichen der Veranda auf einer Eisplatte ausgerutscht und hatte sich die Hüfte gebrochen. Sein Vater hatte sich deshalb ewig Vorwürfe gemacht und Egil sogar Geld für die Behandlung beim Arzt gegeben, damit er rasch wieder auf die Beine käme. Egil war seitdem immer etwas krumm gelaufen, aufs Meer konnte er gar nicht mehr hinausfahren, was aber nicht so schlimm war, denn eigentlich war er schon zu alt zum Fischen, und seine Söhne waren heilfroh gewesen, dass sich der alte Sturschädel endgültig zur Ruhe setzte.

»Lisbet. Bist du wach?« Therese klopfte an die Tür und betrat, ohne eine Antwort abzuwarten, den Raum. »Hast du den Baum in der Stube aufgestellt?«

»Wer denn sonst?«, fragte Lisbet und zog den Kopf ein. Würde ihre Mutter womöglich doch lospoltern und darauf beharren, dass es dieses Jahr kein Weihnachten geben würde, nicht ohne den Vater?

Doch stattdessen setzte sie sich neben Lisbet auf die Bettkante und strich ihr liebevoll übers Haar, wie sie es früher immer getan hatte, als Lisbet noch ein kleines Mädchen war.

»Er ist wunderschön. Papa hätte er bestimmt gefallen.«

»Nein.« Lisbet schüttelte lächelnd den Kopf. »Er fände ihn zu klein.«

»Ja, mit Sicherheit«, stimmte ihre Mutter zu, einen wehmütigen Unterton in der Stimme. »Für ihn konnte der Baum nie groß und breit genug sein. Einmal hat er einen so riesigen Baum angeschleppt, dass wir das Sofa nach draußen schaffen mussten, sonst hätte er gar nicht ins Zimmer gepasst.«

»O ja, das weiß ich noch. Es hat halb im Flur gestanden, und wir mussten immer darüberklettern, wenn wir die Treppe hinaufwollten. Und als wir uns beschwerten, hat Papa es überhaupt nicht verstanden. Wir hätten doch junge Beine, wo denn das Problem wäre.«

»Und wehe, wenn er nicht die Mandel im Haferbrei gefunden hat.«

»Ja, er hat so fest daran geglaubt, dass es Glück bringt«, sagte Lisbet seufzend.

In die Augen ihrer Mutter traten Tränen.

»Ich weiß gar nicht, wie es ohne ihn weitergehen soll. Ich meine, mit dem Haus und dem Boot, allem hier.« Sie sank in sich zusammen. Liebevoll legte Lisbet den Arm um ihre Mutter und blinzelte ihre eigenen Tränen weg.

»Wir machen es ganz langsam, Schritt für Schritt. Er hätte nicht gewollt, dass wir traurig sind, das weiß ich genau.«

»Es ist mir egal, ob er es nicht gewollt hätte, dieser verdammte Sturkopf«, gab ihre Mutter zurück, blickte zur Decke und rief plötzlich laut: »Hörst du! Du gottverdammter Sturschädel. Es ist mir egal, ob es dir nicht gefällt. Du hast uns alleingelassen und bist ohne Abschiedsgruß gegangen. Bis später, hast du gesagt. Nicht einmal einen Kuss hast du mir gegeben, wie du es sonst immer getan hast. Oft war er nur flüchtig auf die Wange gewesen, doch er gehörte doch für uns beide dazu …« Ihre Stimme brach.

Lisbet wusste nicht, was sie erwidern sollte. Erneut wanderte ihr Blick nach draußen. Es war so unendlich still im Haus, als hätte der Schnee vorm Fenster sämtliche Geräusche der Welt betäubt. Irgendwann erhob sich Therese und wischte sich die Tränen von den Wangen.

»Ist besser, wenn ich hinuntergehe. Später kommen Gäste zum Julbord, und ich muss noch einiges vorbereiten. Hilfst du mir?«

»Gäste?«, wiederholte Lisbet verdutzt.

»Charlotte und Henrik waren gestern da, als du bei Elen warst. Seitdem Tora aus dem Haus ist, feiern sie Weihnachten auch immer allein. Ich hab sie spontan eingeladen, und sie haben zugesagt. Vielleicht ist es dann ja einfacher zu ertragen, dachte ich.« Sie zuckte mit den Schultern.

»Das ist es bestimmt«, antwortete Lisbet, schob die Decke zur Seite und schwang die Beine aus dem Bett. »Ich hoffe nur, sie bringen etwas zu essen mit, denn alles werden wir nicht mehr vorbereitet bekommen.«

»Darüber mach dir mal keine Sorgen«, erwiderte Therese, wieder ein Lächeln auf den Lippen. »Wenn Charlotte etwas kann, dann ist es kochen.«

»Dann ist es ja gut, dass ich den Baum geholt und geschmückt habe.« Lisbets Stimme klang erleichtert.

»Ja, er wird ihnen bestimmt gefallen«, stimmte ihre Mutter zu. »Besonders, weil die beiden schon länger keinen mehr aufstellen. Henrik meinte, es lohne sich nicht für sie beide. Dann haben sie wenigstens dieses Weihnachten wieder einen, auch wenn er nicht sonderlich groß ist.«

»Aber dafür kugelrund«, gab Lisbet zurück.

»Das ist er wirklich«, antwortete Therese lachend, während Lisbet nach ihrem Wollrock griff und hineinschlüpfte.

*

Es wurde ein schöner Weihnachtsabend. Henrik erzählte Anekdoten aus seiner Zeit auf den Lofoten, wo er in einer Fabrik für Stockfisch gearbeitet hatte. Die Lofoten lagen am anderen Ende Norwegens und waren berühmt für ihren Stockfisch, den Lisbet auf den Tod nicht leiden konnte. Er roch sonderbar und schmeckte widerlich, wie sie fand. Zweimal hatte sie versucht, sich mit der teuren Spezialität anzufreunden, und den Fisch jedes Mal wieder ausgespuckt. Es würde ihr immer ein Rätsel bleiben, wie man auf die Idee kommen konnte, frischen Fisch wochenlang zum Trocken aufzuhängen, bis er gammelig zu stinken begann. Ihr Vater hatte ihn gern gegessen, was dem Himmel sei Dank äußerst selten vorgekommen war, denn dann hatte die ganze Küche danach gestunken.

Auch das neue Jahr war stimmungsvoll angebrochen. Wie gewohnt hatten sich die Menschen am Weststrand des Ortes versammelt. Es gab ein großes Lagerfeuer und um Mitternacht ein Feuerwerk. Die Nacht war bitterkalt und sternenklar gewesen, und das Nordlicht hatte den ganzen Himmel mit seinem grünlichen Glanz erfüllt.

Zwischen Weihnachten und Neujahr hatte sich Therese wieder etwas gefangen gehabt, doch jetzt hatte sich eine gewisse Anspannung ins Haus geschlichen. Mehrfach hatten Mutter und Tochter kleine Meinungsverschiedenheiten gehabt, einmal hatte sich Lisbet sogar in ihrem Zimmer eingeschlossen, nachdem ihre Mutter während eines Wutanfalls ein Bild von der Wand genommen und zu Boden geworfen hatte. Auch ging es ihr in den letzten Tagen nicht sonderlich gut. Morgens war ihr stets übel, und ihre Blutungen waren überfällig. Zuerst hatte sie dem Ganzen keine Bedeutung beigemessen, denn es konnte schon einmal vorkommen, dass sie unpünktlich kamen, besonders wenn sie Stress hatte. Doch langsam wurde sie nervös.

Es war der Tag ihrer Abreise, als die Situation endgültig eskalierte. Das schrille Läuten des Weckers hatte Lisbet aus ihren Träumen gerissen und in die kalte Realität des eisigen Wintertages zurückgeholt. Wenigstens war die Übelkeit ausgeblieben, was hoffentlich den restlichen Tag so bleiben würde. Ihre Sachen hatte sie bereits am Vorabend gepackt, nur ihre Toilettentasche fehlte noch. Im Bad traf sie zum ersten Mal auf ihre Mutter, die kaum einen Gruß über die Lippen brachte. Lisbet zog den Kopf ein, ahnend, was kommen würde. Die ganze Zeit wartete sie schon darauf, dass die Mutter die eine Bitte äußern würde, den einen Wunsch, den Lisbet ihr nicht erfüllen würde. Als sie die Küche betrat und sich an den Frühstückstisch setzte, nippte Therese gerade an ihrem Tee. Kaffee gab es seit der Rationierung der Lebensmittel kaum noch, und den sogenannten Muckefuck konnte Therese nicht ausstehen. Dann lieber gar keinen Kaffee trinken, hatte sie zu Lisbet gesagt, die sofort zugestimmt hatte. Auch sie konnte den sonderbar schmeckenden Kaffeeersatz nicht ausstehen.

Es gab Haferbrei und Rührei zum Frühstück. Noch immer war es draußen stockdunkel. Erst nach neun Uhr würde es langsam hell werden. Therese schaufelte Lisbet eine viel zu große Portion Rührei auf den Teller und stellte es ihr vor die Nase.

»Du kannst gern davon abhaben, das werde ich allein nicht schaffen«, sagte sie, den Teller in die Mitte des Tisches schiebend, während sich ihre Mutter Tee nachschenkte.

»Iss ruhig. Hast ja eine weite Reise vor dir.«

Ihre Stimme klang sonderbar kühl. Lisbet begann ihren viel zu süßen Haferbrei zu essen. Ihre Mutter hatte es mit dem Honig mal wieder zu gut gemeint.

Schweigend saßen sie sich gegenüber. Die Hälfte des Rühreis schaffte Lisbet, dann wollte einfach nichts mehr in sie hineinpassen. Sie hob die Hände. »Ich muss passen. Es schmeckt wirklich sehr lecker. Aber mehr schaffe ich beim besten Willen nicht.«

»Ist nicht so schlimm«, antwortete ihre Mutter, zog den Teller zu sich herüber und begann zu essen. »Ich habe wirklich zu viel gemacht.«

Lisbet nickte, dann stand sie auf und streckte sich gähnend. »Langsam wird es Zeit. Sonst fährt Marit noch ohne mich.«

»Und wenn du einfach hierbleibst?«

Da war sie. Die Frage, auf die Lisbet die ganze Zeit gewartet hatte.

»Ich meine, das Haus ist doch groß genug. Du könntest vielleicht in Farsund eine Anstellung bekommen. Das wäre doch möglich.«

Lisbet sank auf die Bank zurück und atmete tief durch.

»Es geht nicht, und das wissen wir beide. Ich habe in Kristiansand eine gute Anstellung in einem Schreibbüro. Das kann und will ich nicht aufgeben.«

»Wieso nicht? Hier müsstest du keine Miete bezahlen und wärst nicht allein.«

»Du möchtest, dass du nicht allein bist«, sagte Lisbet. »Ich habe meine Entscheidung vom letzten Sommer nicht bereut. Loshavn wird immer meine Heimat bleiben, aber mein Leben findet jetzt woanders statt.«

»Aber du bist doch erst wenige Monate in Kristiansand. Viele sind fortgegangen und wiedergekommen. Was stimmt denn plötzlich mit Loshavn nicht? So viel besser kann Kristiansand doch nicht sein.« Thereses Stimme wurde schärfer.

»Es geht eben nicht«, konterte Lisbet, stand auf und verließ die Küche. Ihre Mutter folgte ihr.

»Es ist ein anderer Grund, oder? Es ist nicht nur die Anstellung in der Fabrik. So etwas kann nicht wichtiger als die eigene Mutter sein, gewiss nicht.«

Lisbet ging in ihr Zimmer, griff nach ihrer Reisetasche und wollte den Raum wieder verlassen, doch Therese versperrte ihr den Weg.

»Es steckt ein Mann dahinter.« Sie fuhr sich durchs Haar und schüttelte den Kopf. »Ich hätte es gleich wissen müssen. Meine Güte, wie blind ich war. Dein Vater hat etwas angedeutet, doch ich wollte ihm nicht glauben. Es ist dieser Deutsche, dieser Erich, nicht wahr?«

Lisbet stand wie versteinert da.

»Raus mit der Sprache. Er ist es doch – derjenige, der dich geschwängert hat!«

Lisbet zuckte zusammen.

»Woher weißt du …«

»Ich bin deine Mutter. Zuerst konnte ich es nicht glauben. Aber dann …«

»Ja, er ist es«, platzte Lisbet heraus und verschränkte die Arme vorm Körper. »Und ja, ich erwarte ein Kind von ihm.« Der letzte Satz ließ ihre Mutter kreidebleich werden.

»Wie konntest du nur? Diese Schande. Alle werden mit Fingern auf uns zeigen, genauso wie sie es mit Elen und Pedder tun. Oda wird sich im Dorf nie wieder blicken lassen können.« Sie machte einen Schritt auf Lisbet zu und wollte nach ihrer Hand greifen, doch Lisbet zog sie weg. »Wir werden sie einfach belügen. Werden sagen, dass es von einem Fischer aus Kristiansand ist, der dich sitzengelassen hat. Oder noch besser: Wir werden es wegmachen lassen.«

»Gar nichts werden wir.« Wut stieg in Lisbet auf. Was bildete sich ihre Mutter ein, über ihren Kopf hinweg entscheiden zu wollen. Es war ihr Kind und das von Erich. Sie beide mussten überlegen, wie es weiterginge, sonst niemand.

»Ich gehe jetzt und rede mit Erich in Kristiansand. Er hat ein Recht darauf zu erfahren, dass er Vater wird.«

Entschlossen machte Lisbet einen Schritt auf Therese zu. Doch diese versperrte ihr noch immer den Weg.

»Gar nichts wirst du.« Thereses Stimme bekam einen hysterischen Unterton. »Du bleibst hier. Hast du nicht schon genug angerichtet? Dein Vater ist tot, und du hast nichts Besseres zu tun, als dich wie eine Hure diesem Deutschen an den Hals zu werfen.«

Lisbet zuckte zurück, doch nur für einen kurzen Augenblick.

»Papa hätte es verstanden. Er hätte meine Meinung akzeptiert und Erich auch, denn er hat ihn trotz allem gemocht. Das weiß ich genau. Ihn hat es nie interessiert, was die Leute sagen. Reden ja sowieso jeden Tag anders, hat er so oft gesagt.«

»Niemals hat er diesen Burschen gemocht. Er hätte ihn erschlagen, wenn er mitbekommen hätte, dass er dich angefasst hat.«

»Du bist genauso engstirnig wie Pedder, der seine einzige Tochter verstößt, nur weil die Leute hinter seinem Rücken tuscheln. Wenn euch allen die Leute so wichtig sind, dann kann ich ja gehen. Dann bist du sicher vor der Schande, vor der du dich so fürchtest.«

Therese wollte etwas erwidern, doch lautes Klopfen an der Tür unterbrach die beiden.

»Lisbet, Therese. Ich bin es, Marit. Es wird Zeit.«

Lisbet warf ihrer Mutter einen auffordernden Blick zu.

»Wenn du mir nicht aus dem Weg gehst, kann ich für nichts mehr garantieren.«

Therese schaute ihre Tochter wütend an.

»Wenn du jetzt gehst, dann brauchst du nicht wiederzukommen. Dann habe ich keine Tochter mehr.«

Lisbet zuckte kurz zurück. Doch dann streckte sie entschlossen das Kinn voran.

»Dann ist es so.«

Ihre Mutter sah sie erschrocken an. Lisbet nutzte den Moment, schob sich an ihr vorbei, stolperte die Treppe hinunter, fischte im Vorbeigehen ihren Mantel von einem Haken an der Wand, riss die Tür auf und begrüßte Marit.

»Guten Morgen, Marit. Können wir?« Eilig schloss sie die Tür hinter sich und stiefelte an der verdutzt dreinblickenden alten Frau vorbei zum Schlitten.

»Ja, natürlich«, murmelte diese und folgte Lisbet.

*

Als sie wenig später an dem vertrauten Felsen vorüberfuhren, war Lisbet froh darüber, dass Loshavn noch im Dunkeln lag, denn den Anblick des Schärengartens hätte sie jetzt nicht ertragen.

Marit hatte den ganzen Weg über geschwiegen, wofür Lisbet dankbar war. Die alte Frau hatte ein gutes Gespür dafür, wann es recht war, ein Schwätzchen zu halten, und wann es galt zu schweigen. Trotzdem hatte Marit Lisbet zum Abschied liebevoll gedrückt.

Den Autobus hatten sie pünktlich erreicht. Wieder waren es nur wenige Fahrgäste, die einstiegen. Lisbet lehnte den Kopf gegen das Fenster und beobachtete, wie der neue Tag heraufzog. Dichter Nebel versperrte die Sicht auf die Häuser und den Schärengarten, wofür sie noch immer dankbar war. Nach einer Weile schlief sie ein und erwachte erst wieder, als sie zum ersten Mal umsteigen musste.

Die restliche Fahrt blieb sie wach. Nur zum Ende hin, nach dem zweiten Umsteigen, nickte sie erneut ein. Als sie wieder die Augen öffnete, hielt der Bus schon in einem Vorort von Kristiansand. Keiner ihrer Mitreisenden, es waren nur zwei an der Zahl, stieg hier aus. Zwei ältere Damen stiegen zu und suchten sich plappernd einen Platz im vorderen Teil des Busses. Angst vor dem Alleinsein, dachte Lisbet, während die ersten Häuser Kristiansands in Sicht kamen. Genau diese Angst hatte in den letzten Tagen zwischen ihr und ihrer Mutter gestanden. Es war nicht das Gerede der Leute, das ihre Mutter fürchtete. Die Stille war es, die sie nicht ertragen konnte. Schon früher war sie oft rastlos durchs Haus und auf die Veranda hinausgelaufen, besonders in den Abendstunden, stets den Blick auf den Horizont gerichtet. Die Gegenwart ihres Mannes war alles für sie gewesen. Daran, dass diese nun für immer fehlen würde, könnte auch Lisbets Anwesenheit nichts ändern. Sie fuhren an der hell erleuchteten Zinkfabrik vorüber. Auch dort musste sie ihre Schwangerschaft kundtun. Allerdings erst in einigen Wochen, wofür sie dankbar war. Wie ihr Vorgesetzter reagieren würde, wusste sie nicht. In der Fabrikhalle wurden schwangere Frauen meist nach Hause geschickt, doch sie saß im Schreibbüro, vielleicht wurde es hier anders gehandhabt. Was Erich wohl sagen würde? Am Ende würde er sie vielleicht nach Deutschland mitnehmen. In das Land des Feindes, der vor wenigen Jahren noch ein Freund gewesen war. Wie würde sich das Leben in einer Welt ohne Schärengarten anfühlen?

Der Bus hielt am Busbahnhof. Sämtliche Fahrgäste stiegen aus. Eine ältere Dame kam auf sie zu, die Lisbet vom Sehen kannte und freundlich grüßte. Die Frau arbeitete hinter der Theke einer Bäckerei, die in Lisbets Straße lag. Oftmals konnte sie nicht widerstehen und holte sich eine der leckeren Zimtschnecken, die beinahe so gut wie die ihrer Mutter schmeckten.

»Guten Abend, meine Liebe. Ist der Weihnachtsurlaub vorbei?«, begann die Dame ein Gespräch. Sie liefen in dieselbe Richtung.

»Ja, leider«, antwortete Lisbet. Mit jedem Schritt, den sie sich Posebyen näherten, begann ihr Herz höher zu schlagen. Bald würde sie Erich wiedersehen. Vielleicht war er ja schon hier und hatte bereits eine Nachricht für sie hinterlassen.

»Wenn es nach mir ginge, könnte es jetzt wieder wärmer werden«, sagte die alte Dame. »Meine alten Knochen vertragen die Kälte mit jedem Jahr schlechter.«

»Das wird wohl noch ein Weilchen dauern«, antwortete Lisbet.

»Werd ich mich wohl hinter meinem alten Holzofen verkriechen und viele Zimtschnecken backen müssen.« Die alte Dame zwinkerte Lisbet lächelnd zu. »Dann habe ich es wenigstens schön warm.«

Sie erreichten Lisbets Haus.

»Sie schmecken aber auch zu gut«, machte Lisbet der Bäckerin ein Kompliment und blieb stehen. »Fast so gut wie die meiner Mutter.«

»Die der Mutter müssen immer am besten schmecken«, gab die alte Dame zurück, verabschiedete sich und setzte ihren Weg fort. Lisbet suchte in ihrer Tasche nach dem Haustürschlüssel, schlüpfte in den engen Hausflur und stieg die Treppe zu ihrer Dachkammer hinauf, froh, dass die Tür von Frau Torghatten geschlossen blieb.

Als sie die Tür zu ihrer kleinen Kammer öffnete, war diese bereits geheizt und die kleine Nachttischlampe brannte. Auf Eline Torghatten war Verlass. Auf dem Tisch lag ein Briefumschlag. Freudig griff Lisbet danach, riss ihn auf und überflog die von Hand geschriebenen Zeilen ihres Liebsten, die sie erstarren ließen. Langsam glitt sie auf einen Stuhl und ließ den Brief sinken, in dem stand, dass er nicht nach Norwegen zurückkehren würde.

Erich war an die Ostfront versetzt worden.

ZWÖLF

Wiesbaden, Deutschland, November 2005

Marie starrte die altmodische Lampe auf dem Nachttisch an. Sie war ein Relikt aus einer anderen Zeit, mit einem beigefarbenen Schirm, von dem viele Fäden baumelten. Daneben war eine Illustrierte aufgeschlagen, wie sie in den Aufenthaltsräumen herumlagen. Betty löste gern die Kreuzworträtsel darin. Wie lange sie schon hier saß, konnte Marie nicht sagen. Gleich nach ihrer Ankunft in Wiesbaden war sie hergekommen. Eine vollkommen aufgelöste Gertrud hatte sie in Empfang genommen. Sie war nervös und hatte hektisch mit den Händen gefuchtelt. Niemand schien zu wissen, was wirklich passiert war. Sie ist einfach verschwunden, hatte Gertrud erklärt. Nicht einmal Karl-Theodor hatte etwas gesehen. Der alte Herr war heute Nachmittag müde gewesen und hatte sich ein wenig hingelegt. Als er Betty zum Abendessen abholen wollte, war ihre Zimmertür abgeschlossen gewesen. Viel hatte er sich nicht dabei gedacht, denn Betty war oft für sich allein unterwegs. Doch diesmal hatte sie sich nicht abgemeldet, wie es ihre Gewohnheit war. Gertrud hatte heute Spätdienst. Ihr war als Erstes aufgefallen, dass etwas nicht in Ordnung war. Nach dem Anruf bei Marie hatte sie Frau Göbel informiert, die sofort das Notprogramm für solche Fälle in die Wege leitete.

Jetzt war es weit nach Mitternacht, und Ruhe war eingekehrt. Die Polizei und die Medien waren informiert. Noch heute Nacht würde im Radio eine Suchmeldung verlesen werden, wie es in solchen Fällen üblich war. Mehr konnten sie im Moment nicht tun. Marie war trotzdem geblieben, obwohl sich der lange Tag wie Blei auf ihre Lider legte. Noch immer hatte sie die Hoffnung nicht aufgegeben, dass sich alles in Wohlgefallen auflösen könnte. Am Ende hatte Betty irgendwo bei einem Glas Wein die Zeit vergessen, oder etwas anderes hatte sie aufgehalten. Marie wusste, dass sie sich selbst belog. Betty mochte eigenwillig sein, unzuverlässig war sie jedoch nicht. Ihr Blick fiel auf Bettys Nachttisch, und sie öffnete die oberste Schublade. Ganz oben lag ein in schwarzes Leder gebundenes Buch. Sie nahm es heraus und schlug es auf. Eine Fotografie rutschte heraus und fiel zu Boden. Marie hob sie auf und besah sie näher. Es war ein Schwarzweißfoto, das eine junge Frau in ihrem Alter zeigte. Maries Augen weiteten sich. Ungläubig starrte sie das Bild an. Das konnte nicht sein. Sie griff nach ihrer Tasche und holte die Akte heraus, in die sie die Fotografie aus dem Umschlag gesteckt hatte. Sie hielt die Bilder nebeneinander. Es war dieselbe Frau, eindeutig. Sie drehte die Fotografie um und las das Datum: *Berlin, 1948* stand darauf in einer Handschrift, die ihr bekannt vorkam. Das Tagebuch mochte verschwunden sein, doch diese geschwungenen Buchstaben würde sie überall wiedererkennen. Sie öffnete das schwarze Buch und blickte auf dieselbe Schrift. Diesmal waren die Einträge nicht in norwegischer Sprache verfasst, sondern auf Deutsch.

»Betty«, sagte Marie laut und flüsterte dann: »Lisbet.«

Sie hatte an ihrer Gewohnheit, Tagebuch zu schreiben, all die Jahre festgehalten.

Marie konnte es nicht fassen. Betty war Lisbet, ihre Großmutter. Sie musste träumen, es konnte nicht real sein. Sie begann das Tagebuch durchzublättern und blieb an einem Eintrag hängen, den Betty vor einer Woche verfasst hatte.

Liebes Tagebuch,
heute liegt grauer Nebel über der Stadt, der sich gewiss den ganzen Tag nicht lichten wird. Gerade an solchen Tagen vermisse ich den Blick aufs Meer und die unendliche Weite des Schärengartens, und natürlich auch Joakims Haus, wie könnte es anders sein.
In diesem alten Gebäude sind alle Tage gleich, sie plätschern dahin, und ich langweile mich zu Tode. Außer, wenn Marie bei mir ist. Sie ist etwas Besonderes. Ich glaube, sie hat mich gern, obwohl ich kein Mensch zum Gernhaben mehr bin. Vielleicht war ich es früher einmal, in einem anderen Leben, aber das ist verloren, wie es scheint. Doch das Leben ist, wie es ist – hinterhältig, überraschend, vielleicht auch traurig, wer weiß das schon.
Gestern hat er in der Tür gestanden und mich mit ihren Augen angeblickt. Er hat nichts sagen, nichts erklären müssen. Schweigend haben wir uns eine Weile angesehen. Er hat den Mund geöffnet und wieder geschlossen, dann ist er gegangen, ohne etwas gesagt zu haben. Ich weiß, dass er wiederkommen wird, denn er ist auf der Suche nach Antworten. Vielleicht ist jetzt wirklich die Zeit gekommen, um das

Schweigen zu brechen. Doch die ersehnte Vergebung wird er mir nicht geben können. Oder vielleicht doch? Am Ende wird es der Herr allein sein, der über mich richtet.

»Doch, du bist ein Mensch zum Gernhaben«, flüsterte Marie und strich mit den Fingerspitzen über die Zeilen. Sie konnte es noch immer nicht glauben. Lisbet Tensen war Betty. Sie hatte eine Großmutter, einen Menschen, der zu ihr gehörte. So richtig, nicht nur halb oder irgendwie, weil es in einer Akte stand. Vielleicht hatte auch ihre Mutter bereits Nachforschungen angestellt, was die Fotografie des Altenheimes in ihrer Tasche erklären würde. Sie musste es gewusst oder wenigstens geahnt haben, dass ihre Vergangenheit etwas mit dem Haus Sonnenschein zu tun hatte.

Marie blätterte weiter. Bei einem der ersten Einträge blieb sie hängen.

Liebes Tagebuch,
gestern Nacht hat es ein fürchterliches Gewitter gegeben. Blitz und Donner wechselten einander ab, und ein schrecklicher Sturm fegte ums Haus. Erst irgendwann in den frühen Morgenstunden ist er abgeklungen. Trotzdem konnte ich nicht einschlafen. Ich habe eine Weile dem Regen gelauscht, wie ich es so oft in Hurdal getan habe, als ich mein kleines Mädchen noch bei mir hatte. Sie hat in meinem Arm geschlafen, so still und friedlich. Ein kleines Paket Mensch, das nur mir allein gehörte, mir vertraute. Wir hatten doch nur einander in dieser schrecklichen Zeit.
Irgendwann hat mich die Ruhelosigkeit aus dem Bett ge-

trieben, und ich bin den Flur hinuntergelaufen. Es war so wunderbar still, beinahe dunkel, nur die Notbeleuchtung warf ihr fahles Licht auf den Linoleumboden. Ich habe ganz langsam einen Fuß vor den anderen gesetzt und dabei die Augen geschlossen, damit ich sie besser sehen kann. Das kleine Mädchen mit den tapsigen Füßchen, das noch Probleme mit dem Gleichgewicht hat. Gewiss ist auch sie hier entlanggelaufen. Ich muss nur ihren Spuren folgen, immer den Gang rauf und runter. Dann kann ich ihre Gegenwart spüren und vielleicht ihre Stimme hören, wie sie fröhlich jauchzt, so wie nur kleine Kinder es tun. Ich stelle mir vor, wie sie mit den Händen auf den Boden klatscht, als wollte sie mit den durch die Fenster hereinfallenden Sonnenflecken spielen. Doch als ich die Augen wieder öffnete, empfing mich die plötzliche Stille dieses alten Hauses und die Trostlosigkeit vertrieb den hübschen Traum. Ganz langsam, Schritt für Schritt bin ich zurück zu meinem Zimmer gegangen, in der Hoffnung, sie könnte ebenso zurückkommen, könnte die Hand nach mir ausstrecken, damit wir ein Stück gemeinsam gehen und die Einsamkeit endlich ein Ende hat.

»Du hast gewusst, dass sie hier gewesen ist.« Marie schüttelte den Kopf. In ihre Augen traten Tränen. »Ich kann sie dir nicht wiedergeben, auch wenn ich es wollte. Sie ist uns beiden genommen worden, weißt du.« Eine Träne tropfte auf das Papier. Sie wischte sie schnell ab. Nichts sollte das Buch beschmutzen, das ihr plötzlich wie ein kleiner Schatz vorkam.

»Marie. Ich dachte, du bist nach Hause gegangen.« Erschrocken wandte sich Marie um. Gertrud stand in der Tür. »Und ich dachte schon … ich meine, ich habe Licht gesehen.«

»Nein, ich bin es nur.« Hastig wischte sich Marie die Tränen von den Wangen.

»Du weinst ja.«

Gertrud trat näher heran.

»Sicher werden wir Betty bald finden. Vielleicht hat sie sich irgendwo verlaufen oder die Zeit vergessen.«

»Das dachte ich auch schon«, erwiderte Marie.

Gertruds Blick fiel auf die aufgeschlagene Akte und die Fotos, die auf dem Bett lagen.

»Du weinst nicht deswegen, oder?«

Marie schüttelte den Kopf.

»Willst du darüber reden?«

Marie überlegte kurz. Gertrud sah sie abwartend an. Sie hatte nichts zu der Akte gesagt und kein Wort darüber verloren, dass sie ihre Ordnung zerstört hatte.

»Ich war heute in Berlin.«

Gertrud setzte sich neben Marie auf die Bettkante.

»Wegen der Akte?«

»Ich wollte Gewissheit haben. Ich meine, ich habe doch ein Recht darauf.«

»Natürlich hast du das.«

»All die Jahre haben sie mich in dem Glauben gelassen, allein auf dieser Welt zu sein und alles verloren zu haben. Belogen haben sie mich – und meine Mutter. Inzwischen bin ich mir sicher, dass auch sie Nachforschungen angestellt hatte. Deshalb hatte sie das Bild dieses Hauses in ihrer Tasche liegen. Sie hat nach ihrer Vergangenheit gesucht und wollte genauso wie ich Antworten finden.«

»Die sie nicht mehr bekommen hat«, sagte Gertrud seufzend.

»Ich bin so blind gewesen. Von Anfang an habe ich mich zu Betty hingezogen gefühlt, obwohl sie so eigenwillig und seltsam wirkt.«

»Du meinst ...«

»Sie ist meine Großmutter.«

Mit offenem Mund schaute Gertrud sie an.

»Aber, das kann doch ... ich meine – was für ein Zufall!«

»Nein, kein Zufall – Schicksal vielleicht. Wer weiß das schon, würde sie sagen. Weder Betty noch ich sind zufällig hier. Ich bin aufgrund des Fotos in der Tasche meiner Mutter hierhergekommen. Unbewusst auf der Suche nach meiner Familie. Und auch Betty ist den Spuren ihrer Vergangenheit bis hierher gefolgt.« Marie deutete auf Bettys Tagebuch. »Deshalb lebt sie hier. Sie will ihrem Kind nahe sein, der Tochter, die sie verloren hat. Ich verstehe noch nicht, wie die beiden getrennt wurden und was der Grund dafür war. Aber ich werde es herausfinden.«

»Ist es nicht sonderbar?« Gertrud besah sich die beiden Fotografien. »Wie sehr sich Lebenslinien manchmal gleichen. Manchmal laufen sie gerade nebeneinander her, dann biegen sie in eine andere Richtung ab, nur um sich irgendwann wiederzufinden, sich sogar zu kreuzen. Die Akten in diesem Keller sind voll von solchen Schicksalen. Vielleicht haben sich manche der Menschen wiedergefunden, andere sind noch auf der Suche oder wissen nicht einmal, wer sie wirklich sind.« Sie blickte Marie in die Augen. »Es tut gut zu hören, dass jemand Antworten gefunden hat. Auch wenn nicht ich diejenige bin. Schon so lange suche ich nach meiner eigenen Lebenslinie, nach dem Gegenstück, das zu mir passt, nach dem Verlorenen, was es auch immer sein wird. Es stimmt etwas nicht, eine Lüge steht im Raum, doch finde ich die Wahrheit nicht. Vielleicht ist das der Grund dafür, dass ich all die Jahre geblieben bin, gekettet an dieses alte Gebäude.«

»Und noch jemand scheint magisch davon angezogen worden zu sein.« Marie hob die Illustrierte in die Höhe. »Schau mal. Betty hat uns eine Nachricht hinterlassen.«

»*Gehe mit Jan. Du hattest recht, Marie. Die alten Schatten sind zurückgekehrt. Es muss endgültig ein Ende haben*«, las Gertrud laut die rasch hingekritzelte Notiz.

»Jan«, sagte Marie. »Er muss etwas mit ihrer Vergangenheit zu tun haben. Irgendetwas muss damals passiert sein. Sie hat ihn in ihrem Tagebuch erwähnt. Jetzt bin ich mir sicher, dass sie ihn meinte. Obwohl sie von ›ihren‹ Augen gesprochen hat, die sie ansehen.« Marie blätterte die Seiten durch, fand die Stelle und zeigte sie Gertrud.

»Unser Jan aus der Küche?«, hakte Gertrud ungläubig nach.

»Ja, unser Jan aus der Küche.« Marie sprang auf und begann im Raum auf und ab zu laufen. »Es muss einen Grund dafür geben, warum er gerade jetzt hier auftaucht, weshalb er zu Betty gekommen ist und mein Tagebuch genommen hat.«

»Dein Tagebuch?«

»Ja, das Tagebuch, das mir zusammen mit dem Zettel zugeschickt worden ist. Es war in norwegischer Sprache verfasst, weshalb ich es nicht lesen konnte.« Marie machte eine kurze Pause und atmete tief durch. »Jan war den einen Abend bei mir. Wir waren betrunken, er sieht gut aus …« Sie zuckte mit den Schultern.

Gertrud zog eine Augenbraue in die Höhe. »Aber doch nicht mit einem Kollegen?«

»Der in wenigen Monaten nicht mehr mein Kollege sein wird.«

»Auch wieder wahr.«

»Jedenfalls ist er am nächsten Morgen mitsamt meinem Tagebuch verschwunden. Ich habe es nicht verstanden. Ich meine, was will jemand mit dem Tagebuch eines wildfremden Menschen?«

»Außer, er kennt ihn.«

»Genau. Er kannte Betty schon, bevor er angefangen hat, hier zu arbeiten, und da er aus Norwegen kommt, konnte er den Inhalt verstehen.«

»Meine Güte. Was für eine verworrene Geschichte.« Gertrud schüttelte den Kopf. »Aber weshalb sollte er mit Betty irgendwohin fahren?«

»Es muss etwas in ihrer Vergangenheit sein, etwas, das auch ihn betrifft.«

»Denkst du, sie schwebt in Gefahr?«

Marie zuckte zusammen. Die ganze Zeit über hatte sie diesen Gedanken nicht zulassen wollen. Betty war nichts zugestoßen, sie war nicht in Schwierigkeiten, gleich würde sie wieder in der Tür stehen, und alles würde wieder gut sein.

Gertrud trat neben Marie und legte ihr liebevoll die Hand auf den Arm.

»Wir müssen der Polizei Bescheid sagen. Sie können eine Großfahndung nach ihm einleiten.«

»Wegen einer verschwundenen alten Dame?«

»Wir können sagen, dass er sie entführt hat.«

»Damit kommen wir nicht durch.« Marie deutete auf die Zeitung. »Diese Notiz sagt doch aus, dass sie freiwillig mit ihm gegangen ist.«

»Was sollen wir dann machen? Abwarten und das Beste hoffen?« Gertruds Stimme klang ungeduldig.

»Vielleicht finden wir noch etwas in der Akte. Irgendeinen Anhaltspunkt.«

Marie blätterte die Seiten durch und überflog die Dokumente, die sie inzwischen in- und auswendig zu kennen glaubte. Seufzend wollte sie die Akte wieder zuklappen, als ihr plötzlich eine Notiz auf dem hinteren Aktendeckel auffiel.

Weitere Informationen zum Fall Lisbet Tensen und Oda Gunderson siehe Aktennummer 437.

»Oda Gunderson«, sagte Marie. »Der Name Oda stand auch in dem Tagebuch.«

Gertrud überflog die wenigen Zeilen.

»Jan heißt doch Gunderson mit Nachnamen, oder liege ich falsch?«

»Stimmt.« Marie schlug sich vor die Stirn. »Sie muss seine Großmutter gewesen sein.«

Gertrud klappte die Akte zu und stand kopfschüttelnd auf. »Da geht sie mit ihm ins Bett und kann sich nicht einmal seinen Nachnamen merken. Komm. Wenn wir Glück haben, ist die Akte im Keller. Ich kann mich erinnern, dass viele Unterlagen aus dieser Reihe dabei sind. Vielleicht bringt uns das ein Stück weiter.«

Gertrud trat zur Tür, Marie folgte ihr, ein wenig irritiert darüber, wie sehr sich ihre Kollegin innerhalb der kurzen Zeit verändert hatte. Als sie am Aufzug ankamen, konnte es Gertrud gar nicht schnell genug gehen. Immer wieder drückte sie auf den Knopf.

»Er wird schon kommen«, sagte Marie.

»Dieses dumme alte Ding«, moserte Gertrud. »Überall muss alles modern und auf dem neuesten Stand sein, nur hier scheint die Zeit stehenzubleiben.«

»Ich hab übrigens seinen Nachnamen nicht vergessen«, verteidigte sich Marie. »Ich meine, ich habe …«

»Mir musst du nichts erklären.« Gertrud tätschelte ihr den Arm. »Wäre ich an deiner Stelle, ich würde nicht einmal mehr sprechen können, so aufregend ist das alles.« Der Aufzug kam, und sie betraten die enge Kabine. Marie wählte das Erdgeschoss. »Du hast gerade deine Großmutter gefunden, von der du bis vor wenigen Stunden nicht einmal geahnt hast. Was bedeutet da schon der Name eines hübschen jungen Mannes.«

Der Aufzug kam behäbig zum Stehen, und die Türen öffneten sich. Gertrud eilte hinaus, Marie folgte ihr zu dem alten Treppenhaus hinter der Gittertür. Sie stiegen die Stufen hinunter, gingen den muffigen Flur entlang und in den düsteren Kellerraum. Das Klacken des Lichtschalters ließ Marie zusammenzucken. Geschäftig lief Gertrud zu den Aktenschränken und öffnete eine Schublade nach der anderen. »437, 437«, hörte Marie sie murmeln. Ihre Hände begannen vor Aufregung zu zittern. Triumphierend zog Gertrud wenige Sekunden später eine Akte aus dem Schrank.

»Wir haben Glück. Anscheinend sind alle Akten, die Lisbet Tensen betreffen, überführt worden, also auch diese hier.« Sie legte die Akte auf den Tisch und wollte sie aufschlagen. Doch Marie zog sie zu sich. Einen Moment lang schauten sie einander in die Augen, dann nickte Gertrud.

»Entschuldige. Es ist deine Akte, natürlich. Mit mir gehen die Pferde wohl gerade etwas durch.« Sie zuckte mit den Schultern und lächelte verschmitzt.

»Hast ein bisschen was von Miss Marple«, kommentierte Marie trocken und schlug die Akte auf.

»Das verbitte ich mir«, wehrte sich Gertrud. »Ich meine, sie war doch viel älter, eine richtige alte Schachtel.«

Marie warf Gertrud einen kurzen Blick zu.

»Okay. Ich bin auch eine alte Schachtel«, gestand Gertrud ein.

»Na ja. Vielleicht nicht ganz«, beschwichtigte Marie schmunzelnd. »Ich mag deine neue Lebhaftigkeit. Sie steht dir gut.« Sie schlug die Akte auf und blätterte die Unterlagen durch.

»Hier steht, dass Lieselotte am fünfzehnten Februar neunzehnhundertdreiundvierzig nach Deutschland überführt worden ist. Das Kindeswohl schien in Gefahr zu sein.«

Ungläubig schaute Gertrud Marie an.

»Das kann ich mir nicht vorstellen. Betty hätte ihre Tochter niemals schlecht behandelt.«

»Hier ist auch ein Vermerk zu Oda Gunderson. Sie muss verschwunden sein: *Fortgang der Mutter. Aufenthaltsort unbekannt. Das Kind, ein Mädchen namens Siri, ist bis auf weiteres in das Kinderheim Godthaab verlegt worden.*«

»Das muss Jans Mutter gewesen sein«, mutmaßte Gertrud. »Arme Geschöpfe, diese Kinder. Nach Kriegsende sind sie jahrelang verspottet worden, als Schande waren sie verschrien, Deutschenkinder wurden sie genannt. Ich weiß noch, wie sich vor einigen Jahren sogar der norwegische Ministerpräsident für die Diskriminierungen von damals entschuldigt hat. Doch ob das wirklich geholfen hat, wage ich zu bezweifeln. Manche dieser Kinder sollen sich sogar umgebracht haben, so sehr haben sie darunter gelitten.«

»Du hast dich wirklich mit dem Thema auseinandergesetzt«, bemerkte Marie anerkennend.

»Ich hatte auch lange genug Zeit«, erwiderte Gertrud. »Vielleicht ist es mir zur Sucht geworden, das Einzige, was mich im Leben noch antreibt. Manchmal habe ich sogar überlegt, all diese Akten aus diesem Keller zu holen, um mich auf die Suche nach den Menschen und ihren Geschichten zu machen. Um zu begreifen, was damals geschehen ist. Dann habe ich den Gedanken wieder verworfen. Am Ende gibt es dort draußen wahrscheinlich Menschen, die gar nichts über ihre Vergangenheit wissen wollen. Vielleicht sind sie mit ihrem Leben glücklich, und ich würde alles durcheinanderbringen. Manchmal ist es doch besser, im Ungewissen zu bleiben. Vor allem, wenn die Wirklichkeit nur weh täte und alte Wunden aufrisse.«

»Oder eine Vergangenheit heraufbeschwörte, von der niemand etwas wusste«, fügte Marie hinzu und blickte auf die Akte. »Was wohl aus der kleinen Siri geworden ist?«

»Diese Frage wird uns hier niemand beantworten können«, sagte Gertrud.

»Hier nicht, aber in Norwegen. Und ich werde das Gefühl nicht los, dass auch Jan und Betty dorthin auf dem Weg sind.«

»Auf der Suche nach Antworten. In Norwegen«, wiederholte Gertrud.

»Ja, in Norwegen. Vermutlich in diesem Kinderheim. Wie hieß es noch gleich: Godthaab.«

»Und du denkst, das gibt es heute noch?«

»Wahrscheinlich nicht. Aber vielleicht gibt es dort noch Menschen, die sich an etwas erinnern. Du bist doch so gut darin, Nachforschungen anzustellen, Miss Marple. Jetzt hast du die Gelegenheit dazu.«

»Und was sagen wir der Göbel? Ich meine, wir können doch nicht einfach so nach Norwegen verschwinden.«

»Ich kann«, erwiderte Marie schulterzuckend. »Wäre nicht der erste Job, den ich vorzeitig hinwerfe.«

»So etwas habe ich noch nie im Leben getan.« Gertruds Stimme klang unsicher.

»Das musst du auch nicht«, lenkte Marie ein. »Wir denken uns etwas aus. Eine schwer erkrankte Schwester in der Schweiz oder so etwas in der Art.«

»Auch noch lügen?«

»Dann fahre ich eben allein nach Norwegen.« Marie verschränkte die Arme vor der Brust.

»Meinetwegen.« Gertrud atmete tief durch. »Mir fällt schon etwas ein.«

»Gut. Dann haben wir nur noch ein Problem.«

»Das da wäre?«, fragte Gertrud.

»Am besten wäre es, mit der Fähre zu fahren, damit wir vor Ort ein Auto haben. Allerdings habe ich keins.«

»Aber ich. In meiner Garage steht ein alter Audi, noch von meinem Gatten, Gott hab ihn selig.«

»Wie lange steht der denn schon in der Garage?«, hakte Marie vorsichtig nach, denn Gertrud kam immer mit dem Bus zur Arbeit.

»So acht Jahre.«

»Und du denkst, der fährt noch?«

»Hast du eine bessere Alternative?«

Marie schüttelte den Kopf.

»Er springt bestimmt an. Alte Autos haben noch Seele. Die wissen, wann sie funktionieren müssen. Du wirst sehen.«

»Na, dein Wort in Gottes Ohr«, sagte Marie.

»Als wenn der uns weiterhelfen würde. Zur Not hole ich meinen Nachbarn Charlie. Er betreibt in seinem Hinterhof eine kleine Autowerkstatt, schwarz versteht sich.«

»Versteht sich«, erwiderte Marie lächelnd. Doch dann wurde sie wieder ernst. »Denkst du, was ich denke?«

Gertrud nickte.

»Wenn wir Betty irgendwo finden, dann gewiss nicht in Deutschland.«

*

Am nächsten Morgen standen Marie und Gertrud im Hinterhof von Gertruds Haus und beobachteten Charlie dabei, wie er die Motorhaube des moosgrünen alten Audi öffnete. Angesprungen war das in die Jahre gekommene Auto natürlich nicht.

Charlie war ein lustiger, aus Namibia stammender Schwarzer, der sich sein Gehalt in der Autowerkstatt mit Schwarzarbeiten aller Art aufbesserte. Nach einer ersten Sichtung des Motors fiel sein Urteil niederschmetternd aus.

»Also heute wird das nichts mehr. Die Batterie ist tot, wie ich vermutet habe. Auch die Bremsen sind runter, und der Keilriemen macht keinen guten Eindruck. Könnte schon gehen, ihn wieder hinzubekommen, allerdings wird das mindestens drei Tage dauern, eher vier, denn in der Werkstatt gibt es gerade viel zu tun. Ich kann nur abends daran arbeiten.«

»Vier Tage«, wiederholte Marie entsetzt. »So viel Zeit haben wir nicht. Wir müssen noch heute aufbrechen.«

»Wenn es gut läuft, vielleicht drei.« Charlie wischte sich die ölverschmierten Hände an einem Lappen ab. »Früher auf gar keinen Fall. Wo soll die Reise denn hingehen?«

»Nach Norwegen«, beantwortete Gertrud seine Frage.

»Ach, mal eben nach Norwegen. Mit einem zwanzig Jahre alten Auto, das keinen Mucks mehr von sich gibt und zweihunderttausend Kilometer auf dem Tacho hat. Also Mädels, das könnte schwierig werden.«

»Alte Autos haben also Seele.« Marie warf Gertrud einen vorwurfsvollen Blick zu. »Und was machen wir jetzt?«

Charlie schloss die Motorhaube und klopfte dem Wagen liebevoll auf die Haube.

»Ich mag alte Autos ja. Drei bis vier Wochen, und er wäre ein Schmuckstück. Ihr würdet ihn nicht wiedererkennen.«

»Drei bis vier Wochen.« Marie schnappte nach Luft.

»Fliegen nach Norwegen nicht auch Flugzeuge?«, erkundigte sich Charlie. »Ihr wisst schon, die Dinger mit den Flügeln, stehen nicht weit von hier an einem Platz, der sich Flughafen nennt.«

»Wir haben eben gedacht, es wäre besser, ein Auto zu haben«, gab Marie zurück und zog eine Grimasse.

»Gibt es dort zu mieten, in Norwegen. Hab ich mir sagen lassen.« Charlie zeigte seine gutgepflegten Zähne.

»Etwas anderes wird uns nicht übrigbleiben«, stimmte Gertrud ihm seufzend zu. »Eigentlich sollten wir schon längst auf der Autobahn sein. Ich habe noch etwas Geld gespart. Das wird schon reichen.« Sie schaute zu Marie, die schulterzuckend nickte.

»Dann bin ich eben pleite, wenn die Tickets bezahlt sind. Auch schon egal. Wir müssen nach Norwegen, und das so schnell wie möglich.«

»Was steht ihr dann hier noch herum?« Charlie wedelte mit den Armen. »Ihr fliegt nach Norwegen, Mädels, und ich bringe das Schmuckstück von Auto wieder auf Vordermann.« Er klopfte auf die Motorhaube des Audi.

»Lass gut sein, Charlie«, winkte Gertrud ab. »Wir schieben ihn einfach in die Garage zurück, und ich rufe nach meiner Rückkehr den Schrotthändler an. Steht schon viel zu lange hier herum, das alte Ding.«

»Schrotthändler?«, wiederholte Charlie entrüstet. »So ein schönes altes Auto? Nein, nein. Ich werde es in ein Schmuckstück verwandeln und verkaufen. Kenne da einige Liebhaber, die gutes Geld dafür bezahlen. Ist ja schon fast ein Oldtimer.« Seine Augen strahlten.

»Mach, was du willst. Aber bezahlen kann ich die Reparatur nicht. Norwegen, du weißt schon. Nicht gerade das günstigste Reiseziel.«

»Kein Problem. Wir teilen den Gewinn. Sagen wir halbe-halbe?«

»Sechzig, vierzig«, begann Gertrud zu feilschen.

Charlie zog eine Grimasse, doch dann hielt er Gertrud die Hand hin.

»Abgemacht.« Sie schlug ein.

»Dann wäre das Problem ja gelöst«, sagte Marie und schaute auf ihre Armbanduhr. »Jetzt sollten wir wirklich zusehen, dass wir zum Flughafen kommen. Weiß der Himmel, ob wir heute überhaupt noch einen Platz in einer Maschine bekommen.« Sie nickte Charlie zu. »Trotzdem danke für deine Hilfe.«

»Keine Ursache. Ich hätte gern mehr getan. Ist nicht immer einfach mit alten Autos, können störrisch sein.«

»Aber sie haben Seele.« Marie zwinkerte Gertrud zu und griff nach ihrer Reisetasche neben sich auf dem Boden. Gertrud holte ihr Gepäck aus dem Hausflur, verabschiedete sich mit einer Umarmung von Charlie, und die beiden Frauen liefen die Straße hinunter.

*

Zwei Stunden später standen sie an einem Lufthansa-Schalter und beobachteten die Blondine hinter dem Tresen dabei, wie sie auf ihrer Tastatur herumhämmerte. Marie spürte ihr Herz bis zum Hals schlagen. Sie hatte das Gefühl, heute unbedingt nach Norwegen zu müssen, sonst würde etwas Schreckliches passieren. Oder bildete sie sich das nur ein? Betty war Lisbet, Lisbet Tensen – ihre Großmutter. Sie musste sie beschützen, bei ihr sein, wollte mit ihr reden, nächtelang erzählen, ihre Hand in der ihren spüren.

»Es tut mir leid, meine Damen. Die nächsten freien Plätze habe ich erst wieder in der Acht-Uhr-Maschine morgen Früh. Aber es könnte sein, dass bei den anderen Flügen noch jemand abspringt, dann könnten Sie kurzfristig umbuchen. Um drei Uhr nachmittags und abends um acht und zehn Uhr fliegen noch Maschinen nach Oslo. Vielleicht haben Sie ja Glück.« Sie lächelte Marie verbindlich an. Wie sehr sie diesen Gesichtsausdruck solcher perfekt zurechtgemachten Frauen doch hasste. Mit ihrem Zahnpastagrinsen zerschlug sie einfach so sämtliche Hoffnungen auf eine schnelle Weiterreise.

»Ich könnte Sie auf die Warteliste setzen und ausrufen lassen, sobald sich etwas ergibt.« Ihr Blick wanderte zu Gertrud, die seufzend nickte.

»Eine andere Möglichkeit bleibt uns ja nicht.«

»Ich hätte Sie sonst an SAS verwiesen, aber dort streiken seit heute Morgen die Flugbegleiter, weshalb es bei uns auch so voll ist. An einem normalen Tag um diese Jahreszeit wäre eine kurzfristige Buchung kein Problem gewesen.«

»Wenn, dann geht es gründlich schief.« Marie schlug mit der flachen Hand auf den Verkaufstresen.

»Also setze ich Sie jetzt auf die Warteliste?« Die Stimme der Frau wurde ungeduldig.

»Ja, machen Sie das«, stimmte Marie zu. »Wir warten hier irgendwo.«

»Gut. Dann buche ich Sie für die Maschine morgen Früh ein, und sollte sich vorab etwas ergeben, werden Sie ausgerufen.«

Sie erkundigte sich nach den Namen und Daten der beiden, und wenig später hielten Marie und Gertrud ihre Flugtickets in den Händen.

»Ich wünsche Ihnen einen guten Flug«, verabschiedete sich die junge Frau mit ihrem distanzierten Lächeln. »Und falls Sie etwas Zerstreuung suchen sollten: In der Abflughalle findet eine Demo gegen Fluglärm statt. Ich habe gehört, dass dort heute ein Frankfurter Autor aus seinem Krimi zum Thema vorlesen soll.«

Marie wandte sich wortlos ab, während sich Gertrud höflich bedankte.

»Streik, Fluglärmdemo, Krimilesung. Einmal in meinem Leben will ich nach Oslo fliegen, und dann herrscht hier das blanke Chaos«, schimpfte Marie.

»Trotzdem könnten wir zu der Demo gehen.«

Marie schaute Gertrud ungläubig an.

»Was?«

»Ich lese gern Krimis«, verteidigte sich Gertrud schulterzuckend. »Vielleicht ist der Autor ja gut. Oder hast du was Besseres vor?«

»Meinetwegen«, gab Marie nach. Nur ganz langsam wich ihre Anspannung. »Aber vorher organisieren wir uns einen Kaffee.«

»Und einen Donut«, fügte Gertrud hinzu. »Ich habe das Gefühl, seit Stunden nichts gegessen zu haben.«

Ungläubig schaute Marie Gertrud an.

»Du hast in der S-Bahn zwei Brezeln und ein Rosinenbrötchen verdrückt.«

»Na und? Du wolltest ja nichts abhaben. Sonst wird das Zeug am Ende noch schlecht.«

»Du weißt schon, dass in Norwegen das Essen teuer ist«, entgegnete Marie trocken.

Verunsichert schaute Gertrud sie an.

»Aber noch bezahlbar, oder?«

»Sicher. Aber zwei Brezeln, ein Rosinenbrötchen und ein Donut mit Kaffee zum Frühstück könnten das Essensbudget eines ganzen Tag kosten.«

»Wirklich? So schlimm ist es?« Gertrud erblasste. Essen schien für sie eine elementar wichtige Beschäftigung darzustellen.

Beinahe tat es Marie leid, dass sie Gertrud von den norwegischen Preisen erzählt hatte.

»So schlimm wird es schon nicht werden«, ruderte sie zurück. »Sicher gibt es dort auch ganz normale Supermärkte mit moderaten Preisen. Wir müssen ja nicht ins Gourmetrestaurant gehen.«

Sie kauften an einem Kaffeestand zwei Cappuccino und tauchten in den Strom von Menschen ein, die in Richtung Abflughalle liefen. Manche von ihnen hatten Plakate und

Schilder dabei, einige pfiffen auf unangenehm laut klingenden Trillerpfeifen.

»Immerhin schlafen wir hier nicht ein«, kommentierte Gertrud die Lautstärke, als sie die gut gefüllte Abflughalle erreichten. Auf einer Treppe hatte sich bereits der Autor postiert. Ein dunkelhaariger Bursche, der sich mit einem Mikrofon Gehör verschaffte. Es dauerte eine Weile, bis es einigermaßen still wurde, dann stellte er sich und seinen Krimi vor und begann zu lesen. Marie hörte ihm nicht wirklich zu. Sie trank von ihrem Kaffee, beobachtete eine Weile belustigt Gertrud, die an seinen Lippen zu hängen schien, und bedeutete ihr einige Minuten später, dass sie in einem etwas abseits gelegenen Schnellimbiss auf sie warten würde.

In dem Imbiss zog sie sich mit einem belegten Brötchen in eine der hinteren Ecken zurück. Die vielen Menschen, das Stimmengewirr, die stickige Luft, es wurde ihr alles zu viel, und ihr Kopf dröhnte. Sie öffnete ihre Tasche, fischte Bettys Tagebuch heraus und begann von neuem, darin zu blättern. Die ganze letzte Nacht hatte sie darin gelesen. Oftmals waren es nur Banalitäten aus dem Alltag des Altersheims, die Betty beschrieb. Doch mit ihrer spitzen Zunge hatte sie Marie oft zum Lachen gebracht. Sie beobachtete manchmal so skurrile Dinge, manchmal waren ihre Eindrücke fröhlich, dann wieder bedrückt. Zwischendrin tauchten immer wieder auch Erinnerungen an Norwegen auf. So schrieb Betty von den Trollen, häufig fiel der Name Draug. Er schien ihr den Vater genommen zu haben, jedenfalls schilderte sie es auf diese Weise. Vielleicht war es tatsächlich besser zu glauben, es wäre ein böser Troll gewesen, der an diesem Tag einen Sturm über das Meer geschickt hatte. Vielleicht machte der Glaube an das Übersinnliche solche Unglücke für die Menschen erträglicher. Welcher Troll wohl den Unfall ihrer Eltern auf dem Gewissen haben mochte? Ihr Leben vor dem Unfall hatte sie vergessen. Sie kannte nicht die Stimme ihrer Mutter, wusste nicht, wie es sich anfühlte, in ihren Armen oder in denen ihres Vaters zu liegen. Wie sehr hatte sie sich in all den Jahren gewünscht, sie einfach nur bei sich zu haben, in einem behüteten, nur ihr gehörenden Zuhause zu leben und nicht in einer künstlich erschaffenen Welt des Jugendamtes. Vielleicht war es das gewesen, was sie ruhelos und aufsässig gemacht hatte? Ihr hatte der feste Platz zum Ankommen gefehlt, die Geborgenheit einer Familie, zu der sie wirklich gehörte.

»Hier steckst du also.« Erschrocken blickte Marie auf. Gertrud stand vor ihr und hielt triumphierend ein Buch in die Höhe.

»Ich habe eines erobert, was gar nicht so leicht war. Die Leute haben ihm die Bücher wie verrückt aus den Händen gerissen.« Sie setzte sich neben Marie.

»Jetzt habe ich etwas, das mir die Zeit vertreibt.« Ihr Blick fiel auf Bettys Tagebuch. »Du hast es mitgenommen«, stellte sie fest. »Denkst du, sie hätte gewollt, dass wir darin lesen?«

»Ich konnte sie nicht fragen«, erwiderte Marie. »Wenn ich sie wiedersehe, werde ich es ihr wiedergeben und mich für meine Neugierde entschuldigen. Betty hat Ehrlichkeit verdient. Wenn sie mag, kann sie mir dann den Kopf abreißen«, fügte sie grinsend hinzu.

»Ja, sie kann manchmal sehr energisch werden.«

»Hübsch ausgedrückt«, antwortete Marie lachend.

»Warum sie wohl ihren Namen geändert hat?«, mutmaßte Gertrud. »Lisbet klingt doch hübsch, auch auf Deutsch.«

»Ich weiß es nicht«, sagte Marie schulterzuckend. »Aber ich habe eine Vermutung.«

»Die da wäre?«

Eine Durchsage, in der ihre Namen fielen, unterbrach die beiden.

»Das sind wir, sie haben uns aufgerufen!«, rief Marie freudig. Eilig verließen sie den Schnellimbiss und rannten den Gang hinunter. Am Lufthansa-Schalter empfing sie die junge Dame mit dem Zahnpastalächeln mit der freudigen Botschaft, dass in der nächsten Maschine fünf Plätze frei geworden wären. Ein Unternehmen hatte kurzfristig storniert. Am liebsten wäre ihr Marie um den Hals gefallen. Eilig druckte die Angestellte die neuen Tickets aus und wies den beiden den Weg zum Gate. In weniger als zwanzig Minuten sollte die Maschine bereits abheben.

Kurz darauf waren die beiden im Flieger. Marie hatte den Fensterplatz erobert und blickte auf das von Pfützen übersäte Rollfeld hinaus. Gertrud verstaute umständlich ihr Handgepäck, dann setzte sie sich mit einem lauten Seufzer neben Marie.

»Das ist ja gerade noch mal gutgegangen. Ich habe uns schon im Wartebereich übernachten sehen.«

»Ich auch«, erwiderte Marie lächelnd. »Aber es hat ja doch noch geklappt.« Sie öffnete ihre Handtasche, zog das Handy heraus und schaltete es aus. Gertruds Blick fiel erneut auf Bettys Tagebuch.

»Da fällt mir ein: Du hast meine letzte Frage noch nicht beantwortet.«

»Welche meinst du?«, erkundigte sich Marie.

»Warum Betty wohl ihren Namen geändert hat.«

Marie überlegte kurz, wie sie ihre Vermutung in Worte fassen sollte, dann antwortete sie.

»Lisbet Tensen hat in Norwegen gelebt. Betty lebt in Deutschland. Vielleicht wollte sie ihr altes Leben mit dem neuen Namen hinter sich lassen.«

»Ein Leben voller Erinnerungen lässt sich doch nicht einfach mit dem Namen ablegen«, widersprach Gertrud entrüstet.

»Vielleicht dieses Leben schon.« Maries Stimme wurde leiser.

»Nein, auch dieses Leben nicht«, bekräftigte Gertrud ihre Meinung und deutete auf Bettys Tagebuch.

DREIZEHN

Betty schaute aus dem Seitenfenster. Wälder und Wiesen flogen an ihr vorüber, die im grauen Nebel eines tristen Herbstmorgens versanken. Als sie kurz darauf an einer Kreuzung hielten, schimmerte etwas Sonnenlicht durch die undurchsichtige Wolkenwand und ließ den Tau, der auf einem Spinnennetz in einem Baum hing, funkeln und wie ein filigranes Meisterwerk wirken. Betty beobachtete das Naturschauspiel wehmütig. Die wenigen Sonnenstrahlen schienen so flüchtig zu sein wie das Leben. Schnell wurden sie von der grauen Hand des Nebels verschluckt, und das Spinnennetz verlor mit einem Schlag seinen Zauber. Jan fuhr weiter. Es ging eine einsame Landstraße entlang, die ins Nirgendwo zu führen schien. Die ganze Nacht waren sie schon herumgefahren. Über Autobahnen und Landstraßen, durch Städte und Dörfer. Ihre Fahrt hatte etwas Zielloses an sich. Irgendwann war Betty eingeschlafen. Ab und an war sie während der Fahrt erwacht und hatte die vorbeihuschenden Lichter angesehen, einen Fluss bemerkt, den sie überquerten. War es der Rhein oder der Main, vielleicht sogar die Elbe gewesen? Sie hatte jeden Orientierungssinn verloren, fragte aber nicht, wo sie waren. Beide schwiegen, was sich wie eine unausgesprochene Vereinbarung anfühlte. Die Vergangenheit schien wie eine undurchdringliche Mauer zwischen ihnen zu stehen. Auf dieser Reise wurden all die schmerzlichen und kummervollen Erinnerungen hervorgeholt, die weit nach hinten geschoben worden waren. Betty musterte Jan von der Seite. Er war das Ebenbild seiner Großmutter. Dieselben dunklen Haare und großen braunen Augen. Selbst ihre Grübchen am Mund hatte er geerbt, die sanft geschwungene Nase, ihre feingliedrigen, schönen Hände. Sie dachte an das kleine Mädchen zurück, das Oda ständig mit sich herumgetragen und wie ihren Augapfel gehütet hatte. Auch Siri hatte schwarzes, wuscheliges Haar gehabt, zu Anfang noch blaue Augen, die jedoch mit der Zeit braun geworden waren.

»Sie hat deine Mutter so sehr geliebt«, sagte Betty irgendwann auf Norwegisch, was sich ungewohnt und doch vertraut anfühlte. So lange hatte sie diese Sprache nicht mehr gesprochen. Doch wie selbstverständlich kam sie ihr nun über die Lippen, war sie doch ein Teil von ihr, genau wie das Land, aus dem sie geflohen war, um es fortan jeden Tag zu vermissen.

Jan starrte ohne jede Regung geradeaus.

Betty fuhr fort.

»Du siehst ihr unfassbar ähnlich. In deinen Augen liegt die Seele der Samen. Elen, deine Urgroßmutter, stammte aus Nordnorwegen. Ich habe Oda und Elen stets um ihren dunklen Teint beneidet, um das schwarze, dichte Haar und die warmen braunen Augen. Sie waren etwas Besonderes in Loshavn.«

Noch immer reagierte Jan nicht. Betty bemerkte seine Anspannung. Fest umklammerten seine Hände das Lenkrad, weiß traten die Knöchel hervor. An der nächsten Kreuzung bogen sie rechts ab. Ein Schild wies zur Autobahn A3. Weit konnten sie nicht gekommen sein, überlegte Betty. Waren sie die ganze Nacht sinnlos im Kreis gefahren?

»Wo wollen wir eigentlich hin?«, erkundigte sie sich, als sie wenig später an der Autobahnauffahrt Siegburg vorbeifuhren und in eine kleinere Landstraße abbogen.

Jan reagierte wieder nicht. Stur schaute er geradeaus, viel zu schnell fuhr er die schmale Straße entlang. Betty hielt sich am Türgriff fest. Bisher war sie vollkommen ruhig gewesen. Jan war in ihren Augen kein Fremder, niemand, der ihr etwas antun wollte. Jedenfalls hatte sie das bis jetzt geglaubt. Doch plötzlich war sie sich nicht mehr sicher.

»Denkst du wirklich, hier im Wald Antworten zu finden?«

Plötzlich standen zwei Rehe auf der Straße. Bettys Augen weiteten sich. »Vorsicht!«

Jan trat auf die Bremse, die Reifen quietschten. Die Tiere verschwanden im Dickicht. Der Wagen schien seitlich wegbrechen zu wollen, schlingerte unkontrolliert hin und her, dann kam er quer auf der Landstraße zum Stehen. Betty war nach vorn geschnellt, tief hatte sich der Sicherheitsgurt in ihre Schulter gegraben. Noch immer hielt sie den Türgriff umklammert. Nur ganz langsam wurde ihr Puls ruhiger.

Jan starrte in den Wald und rührte sich nicht, fest umklammerten seine Hände das Lenkrad. Betty wollte etwas sagen, doch sie brachte es nicht fertig. Noch immer zitterten ihre Hände. Schweigend saßen sie eine Weile nebeneinander. Irgendwann startete Jan den Wagen wieder, und sie fuhren weiter. Ziellos, wie ihr schien. Es ging durch kleine verschlafene Dörfer, an Pferdeweiden vorüber, durch nebelverhangene Hügellandschaften, die trostlos und gleichzeitig wunderschön aussahen. Betty ließ ihn gewähren. Der Schreck saß ihr tief in den Gliedern. Vielleicht war es wirklich besser, zu schweigen und ihn nicht weiter aufzubringen. Irgendwann mussten sie anhalten, spätestens wenn das Benzin leer war, was nicht mehr lange dauern konnte. Doch wie würde es dann weitergehen? Was brachte eine Fahrt durch die Einöde, wenn keiner redete? Oder war es genau das, was sie brauchten, um sich aneinander zu gewöhnen? Ob sie so die sonderbaren Gefühle der Hilflosigkeit und Wut, die ihn ebenso wie sie zu quälen schienen, besser kontrollieren könnten? Was sollte sie ihm sagen, wie sollte sie einem jungen Mann wie ihm die damalige Zeit erklären? Konnte man das überhaupt? Jan wusste nicht, was Krieg bedeutete, wie es sich anfühlte, jemandem ausgeliefert zu sein, überwacht zu werden und alles zu verlieren. Oder hatte er vielleicht doch eine Ahnung davon? Was hatte ihn dazu gebracht, nach ihr zu suchen? In seiner Vergangenheit gab es ein dunkles Geheimnis, das es zu lüften galt, was er gewiss ahnte. Vielleicht wollte er auch einfach nur reden. Seine Mutter war ein Deutschenkind, ein verlorenes Kind gewesen – wie so viele damals. Einige hatten mehr Glück als andere gehabt. Sie waren nach Deutschland gebracht und adoptiert worden, oft von liebevollen Eltern, die selbst keine Kinder bekommen konnten. Doch die Übriggebliebenen wurden vergessen. Die »Nicht-Arischen«, die Zurückgelassenen, diejenigen, die niemand haben wollte. Sie wurden in

Heime gesteckt, misshandelt und ausgegrenzt. Sie waren die ungeliebten Überbleibsel eines zusammengebrochenen Systems, die nirgendwo hineinpassten und von niemandem gewollt wurden. Gewiss hatte Siri darunter gelitten, wie so viele von ihnen. Wie baute man sich ein normales Leben in einer Umgebung auf, die einem nur Hass und Abneigung entgegenbrachte? Ging das überhaupt, oder war dieses Unterfangen nicht von vornherein zum Scheitern verurteilt?

Doch war es ihr selbst nicht ebenso ergangen? Das Kriegsende brachte für sie nicht die ersehnte Erlösung. Ihre Welt war zerbrochen, und der Scherbenhaufen war bis heute geblieben. Sie hatte versucht, ihn zusammenzukehren, hatte die Bruchstücke weit nach hinten geschoben, doch ganz würden sie nie verschwinden. Niemals würde sie vergessen, wie die Menschen auf der Straße über sie hergefallen waren, wie sie ihr die Haare abschnitten und mit fauligem Gemüse nach ihr warfen. Aufgespürt hatte man sie und als Verräterin verhaftet. Eine, die es mit einem Deutschen hatte, eine Hure, ein Deutschenmädchen. Zwei Jahre war sie interniert gewesen, mit so vielen anderen. Frauen, die Ähnliches wie sie erlebt hatten. Viele waren, genauso wie sie selbst, verliebt gewesen und hatten von einer gemeinsamen Zukunft geträumt. So viele Geschichten waren durch die vielen Zimmer und über die Flure gegeistert. Hoffnung war das tragende Element dieser Zeit gewesen, die Sehnsucht nach Freiheit und – der Wiederkehr des Liebsten. Auch sie selbst hatte jeden Tag hoffnungsvoll auf die Verteilung der Post gewartet, doch Erich schrieb nicht mehr. Mit jedem

Tag, der verging, jeder ins Land ziehenden Woche war sie stiller geworden. Die Jahreszeiten wechselten. Es wurde Sommer, dann Herbst und Winter. Durch ihr Fenster hatte sie manchmal das Nordlicht sehen können, wie es seinen grünen Schimmer über den Himmel schickte. Erich hatte den Anblick geliebt. So unendlich hatte sie seine Nähe vermisst und ihr kleines Mädchen, das ihr entrissen worden war.

*

Abrupt bog Jan irgendwann in einen Feldweg ab und blieb an dessen Ende, am Rand eines abgeernteten Feldes, stehen. Zum ersten Mal seit einer Ewigkeit ließ er das Lenkrad los und lehnte sich zurück. Das plötzliche Abbiegen hatte Betty erschreckt, doch jetzt spürte sie echte Angst in sich aufsteigen, und ein dicker Kloß breitete sich in ihrem Hals aus. Sollte es zum Äußersten kommen, würde sie in dieser gottverlassenen Gegend niemand schreien hören. Irgendwann wandte Jan den Kopf und schaute sie eine Weile durchdringend an. Dann öffnete er die Autotür, stieg aus und lief einen Feldweg hinunter. Betty beobachtete verwundert, wie er im Nebel verschwand. Was sollte das? Musste er vielleicht austreten? Aber deshalb hätten sie doch nicht so weit von der Straße abweichen müssen. Sie entschied sich, ebenfalls auszusteigen und ihm zu folgen. Es war genug. Endlich sollte er mit diesem Unsinn aufhören und sagen, was er von ihr wollte. Sie folgte ihm den Trampelpfad entlang. Tau hing an den Grashalmen, und die Feuchtigkeit der Luft legte sich auf ihre Wangen, kroch mit jedem Schritt durch ihre viel zu dünne Jacke, die sie eng um ihren Körper wickelte.

»Jan, so warte doch!«, rief sie ihm hinterher. Nur noch seine Umrisse waren ein Stück vor ihr zu erkennen. »Was soll das? Was willst du hier? Antworten wirst du hier keine finden.« Er blieb stehen. Sie holte ihn ein. Ihr Atem ging schneller, schwarze Flecken tanzten vor ihren Augen. Die Anstrengung tat ihr nicht gut. Erschöpft sank sie auf eine am Wegesrand stehende Holzbank.

»Ich hätte das nicht tun sollen«, sagte er plötzlich. Zum ersten Mal seit ihrem Aufbruch sprach er mit ihr. »Wir können es nicht rückgängig machen. Niemand kann das. Dieses gottverdammte Leben ist nun einmal da, ob ich will oder nicht.«

»Ist es denn so schrecklich, dein Leben?«, fragte Betty vorsichtig. Er schaute sie verwundert an.

»Du müsstest es doch am besten wissen, oder?«

»Ich kenne dich nicht«, antwortete sie. »Ich habe deine Großmutter gekannt, in einem anderen Leben, das uns genommen wurde.« Jan sank neben Betty auf die Bank. Gern hätte sie nach seiner Hand gegriffen, doch sie tat es nicht. »Sie war mir die liebste Freundin, die ich je haben sollte. Wir waren eine Einheit. Oda und Lisbet, Lisbet und Oda. Unzertrennlich, miteinander verbunden, Schwestern im Geiste, für immer und ewig, wie es schien.«

»Bis zum fünften Dezember neunzehnhundertzweiundvierzig«, sagte er.

Betty riss erschrocken die Augen auf.

»Dein Tagebuch. Es liegt im Auto auf der Rückbank.« Seine Stimme klang merkwürdig kühl.

Betty sprang auf.

»Welches meinst du?«, fragte sie, obwohl sie wusste, dass es nur das eine gab, in dem dieses Datum, der schlimmste Tag ihres Lebens, vermerkt war.

»Du weißt genau, welches ich meine«, erwiderte Jan mit einem seltsam teilnahmslosen Unterton in der Stimme. »Aber das ist jetzt nicht mehr wichtig. Was zählt, ist nicht die Vergangenheit, sondern die Zukunft. Das ist mir in den letzten Stunden klargeworden. Hätte es etwas an meinem Leben geändert, wenn dieser Tag anders verlaufen wäre? Wahrscheinlich nicht. So viele Jahre habe ich damit zugebracht, die Wahrheit herauszufinden. Ich wollte wissen, was meine Mutter kaputtgemacht hat, weshalb sie von dieser gottverdammten Brücke gesprungen ist.«

Betty zuckte erschrocken zusammen.

»Sie ist – was?«

»Ich kann es ihr nicht einmal verübeln. Es ging uns so verdammt dreckig. Es hätte noch so viel Zeit vergehen können, sie deuteten trotzdem mit Fingern auf uns. Wir wollten fortziehen, doch niemand wollte uns haben. Ein Deutschenkind war sie, Tochter einer Verräterin. In der Fischfabrik in Kristiansand hatte der Schichtleiter irgendwann Erbarmen mit ihr und hat ihr Arbeit gegeben, aber nur, weil sie mit ihm geschlafen hat, dem alten Drecksack.«

Betty schluckte. Was hatte sie erwartet? Ein kleines Wunder etwa? Es war nicht eingetreten, wieso auch. Und Vergebung war das Letzte, was sie zu erwarten hatte. Sie hatte damals gehofft, wenigstens Siri würde einen guten Weg durchs Leben finden. Es hätte einen Teil der Schuld von ihren Schultern genommen. Doch ging das überhaupt? Wog die Last des 5. Dezember 1942 nicht zu schwer?

»Weshalb bist du hier?«, fragte Betty.

Er riss einen Ast von einem Busch ab und zupfte die letzten Blätter daran ab.

»Ich habe gedacht, du könntest mir erklären, wer ich bin, wer meine Mutter war, wie meine Großmutter gewesen ist. Meine Vergangenheit klebt wie ein böser Schatten an mir. Ich wollte ihn endlich abschütteln, verstehst du. Wollte Antworten, vielleicht eine Erklärung.«

»Du hast nicht gefunden, wonach du gesucht hast?«, fiel ihm Betty ins Wort.

»Nein, nein. Du verstehst das falsch.« Hektisch sprang er auf und begann vor der Bank auf und ab zu laufen. »Ich habe mehr erfahren, als ich jemals gedacht hätte. Ich meine, dein Tagebuch, es ist so voller Leben, Leid und Freude. Es hat mich überrumpelt, mich fassungslos gemacht.«

»Woher hast du es? Ich hatte es in Hurdal Verk liegenlassen. Erst im Bus ist es mir aufgefallen, doch da war es zu spät. Ich dachte, es wäre für immer verloren.«

»Ist das nicht bedeutungslos? Ich habe es. Reicht das nicht?«, wich er ihr aus.

»Aber es muss dir doch jemand gegeben haben. Irgendwer muss es all die Jahre aufbewahrt haben, vielleicht in der Hoffnung, ich würde irgendwann zurückkommen.«

»Niemand hat es aufbewahrt.« Er setzte sich wieder. »Es war purer Zufall. Ich habe es bei einem Mädchen gefunden.

Einfach so hat es auf ihrem Schreibtisch gelegen. Ich habe darin geblättert, bis ich begriff. Keine Ahnung, warum es bei ihr lag.« Er zuckte mit den Schultern.

»Wie ist ihr Name?«, hakte Betty nach.

Er zögerte kurz, dann antwortete er. »Marie. Sie arbeitet auch im Heim, macht ein freiwilliges soziales Jahr. So ein rothaariges Ding.«

Betty richtete sich auf. »Marie«, formten ihre Lippen den Namen, ohne ihn laut auszusprechen. »Also war es keine Einbildung«, sagte sie laut. »Die ganze Zeit über habe ich es gespürt. Sie stand vor mir, und ich habe es gesehen. Doch ich wollte es nicht wahrhaben, habe es fortgeschoben und an mir selbst gezweifelt.«

»Was meinst du damit?«, fragte er, obwohl er die Antwort schon kannte.

»Mein Ebenbild stand vor mir. Als wäre ich aus einem Fotorahmen gesprungen, um als junges Mädchen neu aufzublühen. Dieselben roten Haare, die Sommersprossen, die schmale Statur. Blind haben wir einander verstanden, und doch habe ich ihr nicht vertraut, war ich unsicher.« Sie schaute Jan an. »Doch wie erklärt man jemandem das Unmögliche? Wie grausam die Wirklichkeit ist? Ihr Leben ist auch so schon verworren und traurig genug. Vielleicht bin ich deshalb stumm geblieben. Marie und vielleicht auch ich, wir sollten nicht noch mehr leiden müssen. Es ist alles geschehen, vorbei. Sie soll im Jetzt leben dürfen, ohne die alten Geschichten.«

»Darf ich das auch? Im Jetzt leben?«, fragte Jan.

»Wenn du es zulässt«, erwiderte Betty.

»Lässt du es denn zu?« Er sah sie fragend an. Betty hätte diese Frage zu gern bejaht. Doch sie wusste, dass es eine Lüge gewesen wäre. Nicht einen Augenblick ihres Lebens hatte sie im Jetzt gelebt. Die Vergangenheit verfolgte sie, klebte an ihr und würde sie niemals loslassen. Sie atmete tief durch, bevor sie antwortete.

»Was soll ich sagen? Ich bin eine alte Frau, die sich an ein schreckliches Haus bindet, weil sie einer Erinnerung nachspürt und an einem Ort leben will, an dem sie Spuren ihres Kindes wahrzunehmen glaubt. Die Sehnsucht einer Mutter lässt sich niemals betäuben. Sie steckt in einem, bleibt mit all den Bildern und Gefühlen, die nie verblassen, genauso wenig wie ich jemals den Klang ihrer Stimme vergessen werde, ihr fröhliches Jauchzen.«

»Es geht um viel mehr als um diesen einen Tag, oder?« Verständnis lag in seiner Stimme. Betty nickte.

»Wie ein Sturm ist das alles über uns hereingebrochen, und wir konnten ihn nicht aufhalten. Selbst unser Versprechen konnten wir nicht halten. Und ich hätte es so verdammt gern eingelöst.« In Bettys Augen traten Tränen. »Und wenn uns die Welt zu viel wird, ob hier oder in Oslo, dann gehen wir nach Hause. Zurück hinter den Hügel, zu unserem Felsen. Fest versprochen.« Betty griff nach Jans Hand. Er ließ es zu. »Sie hat das gesagt, und ich habe zugestimmt. Wir hätten es einfach tun und heimgehen sollen. Hinter dem Hügel ist doch alles immer gut geworden. Gewiss wäre es diesmal nicht anders gewesen.«

»Aber sie ist nicht nach Hause gegangen. Niemals wieder.« Jans Stimme wurde plötzlich laut, und er sprang auf.

»Sie konnte nicht mehr – deinetwegen. Weil du ihr das angetan hast, worüber du nicht sprechen willst.«

Betty zuckte zusammen.

»Nein. Das stimmt nicht.« Sie schüttelte den Kopf. »Niemals. Niemand hat gewollt, was passiert ist.«

»Wie fühlt sich Schuld an, wenn sie nach all den Jahren wieder wach wird?«, fragte er und sah sie herausfordernd an.

»So war es nicht. Du verstehst das falsch. So war es nicht, wirklich.« Sie sprach so leise, dass sie kaum noch zu verstehen war. Ihre Hände begannen zu zittern, und plötzlich hatte sie das Gefühl, keine Luft mehr zu bekommen. »Ich kann es dir erklären, alles richtigstellen.« Sie japste nach Luft. Der Wald, die Bäume, die Wiese, alles begann sich vor ihren Augen zu drehen. »Schuld«, murmelte sie irgendwann nur noch. »Gottverdammte Schuld.«

Jan lief zurück zum Auto und kam mit einer Flasche Wasser wieder, die er ihr an die Lippen hielt. Sie trank langsam, fühlte, wie das Wasser ihr Kinn hinunterlief. Das kühle Nass tat gut. Sie beruhigte sich wieder. Jan ließ die Flasche sinken.

»Es ist besser, wir fahren zurück. Im Heim wird man sich bestimmt schon Sorgen machen. Es ist genug. Niemand kann die Vergangenheit ändern. Sie ist vorbei. Auch ich muss lernen, im Jetzt zu leben.«

»Nein«, fiel ihm Betty ins Wort. »Es ist nicht genug.« Ihre Stimme klang entschlossen. »Du hast nach Antworten gesucht, und du sollst sie bekommen. Aber nicht hier. Es wird Zeit, dieses Kapitel ein für alle Mal zu beenden und Oda nach Hause zu bringen.« Langsam stand sie auf. »Und du wirst mir dabei helfen. Zu Hause, in Norwegen.«

»In Norwegen, jetzt?«

»Ja, wo denn sonst? In dieser Einöde gewiss nicht.« Sie hatte ihren trockenen Humor wiedergefunden.

»Aber, ich meine …«

»Das Auto fährt doch bis nach Norwegen, oder?« Betty deutete zum Weg.

»Natürlich, ich meine … selbstverständlich«, erwiderte er.

»Na, dann ist es ja gut«, antwortete Betty, stand auf und ging den Weg hinunter. Verblüfft folgte er ihr.

»Aber wir haben gar kein Gepäck dabei. Keine Zahnbürste, nichts.«

Sie warf ihm einen kurzen Seitenblick zu.

»Das wird sich gewiss finden.«

Sie erreichten das Auto. Er half ihr beim Einsteigen, sprang hinter das Lenkrad und drehte den Zündschlüssel um. Als sie wenig später die Landstraße erreichten und der Beschilderung zur Autobahn folgten, lehnte sich Betty in ihrem Sitz zurück, schloss die Augen und schlief ein. Er musterte sie schweigend von der Seite. So oft hatte er sich Gedanken darüber gemacht, was Lisbet Tensen für ein Mensch war. Gefunden hatte er eine alte Dame namens Betty, die so gar nicht seiner Vorstellung entsprach. Trotzdem hatte sie es in nur wenigen Stunden geschafft, die Vergangenheit in ein anderes Licht zu tauchen.

*

Die Fahrt verlief ruhig. Betty hatte die meiste Zeit geschlafen, nur hin und wieder war sie kurz aufgewacht und hatte aus dem Fenster geblickt. Die Aufregung der letzten Stunden forderte ihren Tribut. Als sie jetzt erneut die Augen öffnete, standen sie im Hamburger Elbtunnel im Stau. Im Radio liefen die Fünf-Uhr-Nachrichten. Sie hatte nicht die ganze Zeit geschlafen, nur manchmal gedöst und der Musik gelauscht. Irgendwo hinter Hannover hatte es zu regnen begonnen. Betty blickte aus dem Seitenfenster. Überall um sie herum standen Autos, gefüllt mit Menschen, die meisten mit grimmigen Mienen. Gefangen in einer Blechlawine, trotzten sie den täglichen Herausforderungen ihres Alltags. Jeder von ihnen hatte seine Geschichte. Die Mutter mit den beiden Kindern auf dem Rücksitz, das eine der beiden, ein Kleinkind, weinte. Der Mann im Anzug, der sich eine Zigarette anzündete und das Fenster herunterkurbelte. Die beiden Maler, die sich lachend belegte Brötchen schmecken ließen und die Verzögerung nicht so ernst zu nehmen schienen. Nur im Schritttempo ging es voran. Ein Mädchen in einem dunkelblauen VW winkte ihr fröhlich zu, und Betty winkte zurück. Plötzlich hatte sie das Gefühl, endlich frei zu sein. Sie war einfach gegangen, ohne Zögern hatte sie die Gunst der Stunde genutzt, hatte sich seit langem wieder von ihren Gefühlen leiten lassen, was unendlich guttat. All die Jahre hatte sie sich verkrochen, war sie ihrem Selbstmitleid und diesem alten Haus erlegen, das ihr die Vergangenheit nicht wiederbringen würde.

»Du bist wach«, riss Jan sie aus ihren Gedanken. »Dieser gottverdammte Elbtunnel, ständig staut es sich hier.«

»Ich mag es irgendwie«, erwiderte Betty und streckte die Beine aus.

Jan warf ihr einen irritierten Blick zu.

»So viel Leben auf einem Haufen. Das ist schön.«

»Leben«, wiederholte Jan. »In Autos, eingezwängt in einem Tunnel.«

»Schönheit liegt im Auge des Betrachters«, erwiderte Betty und winkte erneut dem kleinen Mädchen zu.

Es ging wieder ein Stück voran, diesmal sogar etwas zügiger. Im Radio kamen die Verkehrsmeldungen. Von einem Verkehrsunfall im Elbtunnel war die Rede. Die Unfallstelle sei geräumt.

»Da haben wir ja die Ursache.« Jans Stimme klang erleichtert. Er wechselte die Spur. »Gleich sind wir durch, dann liegt Hamburg bald hinter uns.«

Betty nickte schweigend.

»Allerdings werden wir es heute nicht mehr bis zum Fähranleger schaffen. Ich wollte von Hirtshals nach Kristiansand übersetzen. Das ist der günstigste Weg.«

»Hirtshals.« Betty zog eine Augenbraue in die Höhe. »Da müssten wir ja noch durch ganz Dänemark fahren. Was ist mit Kiel? Gibt es nicht eine Nachtfähre nach Oslo? Wenn wir uns beeilen, schaffen wir sie noch.«

Jan verdrehte die Augen.

»Die Nachtfähre ist viel teurer, und von Hirtshals sind es nur drei Stunden bis Kristiansand.«

»Von Oslo ist es aber näher nach Hurdal, und dort wollen wir hin«, argumentierte Betty hartnäckig. »Von Kristiansand brauchen wir mit dem Auto mehr als fünf Stunden.«

»Also gut«, ergab sich Jan in sein Schicksal. »Für jemanden, der seit mehr als vierzig Jahren seine Heimat nicht mehr betreten hat, kennst du dich aber ziemlich gut aus.«

»Vor vierzig Jahren hätte die Fahrt von Kristiansand nach Oslo acht Stunden gedauert.« Über Bettys Lippen huschte ein spitzbübisches Grinsen. Jan trat auf die Bremse. »Gottverdammter Lastwagen, was für ein Idiot«, fluchte er.

»Siehst du«, kommentierte Betty seinen Wutausbruch. »Auf der Fähre passiert dir so etwas nicht.«

»Dafür bezahle ich auch ordentlich«, moserte Jan.

»Du bezahlst gar nichts«, wiedersprach ihm Betty. »Selbstverständlich übernehme ich sämtliche Unkosten unserer Reise. Ich mag alt und nicht mehr so gut zu Fuß sein und in einem Altersheim leben, aber mittellos bin ich nicht.«

Jan schüttelte den Kopf.

»Was habe ich mir da nur angetan.«

»Das beginne ich mich auch zu fragen«, konterte Betty. Beide lachten auf, dann verfielen sie wieder ins Schweigen, was diesmal jedoch eine freundlichere Stille war. Ein wenig fühlte es sich so an, als würde Oda neben ihr sitzen, kam Betty in den Sinn. Auch mit ihr zusammen hatte es gutgetan, die Dinge eine Weile ruhen zu lassen. Betty betrachtete Jan von der Seite. Selbst sein impulsives Wesen schien er von ihr geerbt zu haben. Plötzlich sah sie die kleine Siri mit ihrem dunklen Haar vor sich. Sie war ein ebensolches Abziehbild ihrer Mutter Oda gewesen. Gute Gene, hätte ihre Mutter Therese die frappierende Ähnlichkeit kommentiert, dachte Betty traurig. Genau dasselbe hätte sie auch bei Maries Anblick gesagt. In Bettys Hals bildete sich ein dicker

Kloß. Sie schluckte. Ein Streit, ein Augenblick, der alles verändert hatte.

»Ist die Vergangenheit den ganzen Aufwand wert?«, riss Jan sie aus ihren Gedanken.

»Natürlich ist sie das.« Bettys Stimme klang wehmütig. »Die Vergangenheit ist ein Teil unseres Lebens, genau wie die Zukunft. Und das Leben ist es doch immer wert, oder?«

»Wenn die Zukunft dadurch besser wird«, erwiderte Jan.

Betty ergriff seine auf dem Schaltknüppel liegende Hand und drückte sie fest.

»Das wird sie. Ganz bestimmt.«

Jan deutete ein Nicken an. Betty beugte sich nach hinten und fischte das Tagebuch vom Rücksitz, legte es sich in den Schoß und strich zärtlich über den schäbig gewordenen Einband.

»Marie. Ich kann es noch immer nicht glauben. Wie soll ich ihr das alles erklären? Es macht mich glücklich, sie erkannt zu haben, und doch bin ich traurig, denn damit bin ich mir nun sicher, dass meine Lieselotte tot ist, gestorben bei einem Autounfall. So lange Zeit habe ich nach ihr gesucht, doch gefunden habe ich sie nicht. Sie war in den Akten des Lebensborn und irgendwo in Deutschland verschwunden – bis heute.« Betty seufzte. »Es fühlt sich sonderbar an. Der letzte Funke Hoffnung auf ein Wiedersehen ist zerstört, und doch bin ich glücklich, denn ich habe meine Enkeltochter gefunden. Sie ist etwas Besonderes, weißt du?« Sie schaute zu Jan, der nicht reagierte.

Was hätte er ihr sagen sollen? Für eine Nacht war sie gut genug, mehr hatte er nicht im Sinn gehabt? Das Tagebuch, es war nur Zufall gewesen, eine Laune des Schicksals, oder vielleicht auch nicht? Maries Auftauchen in Wiesbaden konnte kein Zufall gewesen sein. Davon war er inzwischen fest überzeugt. Über den Inhalt des Buches verloren sie noch immer kein Wort. Es war wie eine stumme Übereinkunft zwischen ihnen, nicht darüber zu sprechen. Er wechselte das Thema.

»Wieso eigentlich Betty und nicht mehr Lisbet?«

Betty zuckte zusammen. Was hatte sie gedacht? Dass niemand je diese Frage stellen würde? Der Name Lisbet war nach hinten getreten und hatte mit Betty einem anderen Leben Platz gemacht. Jedenfalls hatte sie das gedacht.

»Lisbet ist in Norwegen geblieben«, antwortete sie knapp.

»Du willst nicht darüber reden.«

»Vielleicht.« Bettys Stimme klang unsicher. Sie wandte den Blick ab und sah aus dem Fenster. Sie hatten die Autobahn bereits verlassen und fuhren durch das nächtliche Kiel. Auch hier regnete es. Trostlos wirkten Straßen und Plätze. In den Pfützen spiegelte sich das Licht der Ampeln, hell erleuchtete Fenster zogen an ihnen vorüber. Jan bog Richtung Fährhafen ab und murmelte:

»Hoffentlich ist die Fähre nicht ausgebucht.«

»Wieso sollte sie«, sagte Betty. »Wer will schon Anfang November nach Norwegen?«

Sie erreichten den Fähranleger, und Jan steuerte den dazugehörigen Parkplatz an.

»Wird auch Zeit«, kommentierte Betty ihre Ankunft. »Alte Frauen haben ein Sextanerbläschen. Denkst du, wir finden hier etwas zu essen?«

Jan stellte den Motor ab, öffnete die Autotür und deutete auf eine nahe stehende Fischbude.

»Bestimmt.« Er stieg aus und half Betty aus dem Wagen. Gemeinsam steuerten sie das Ticketcenter an und erstanden tatsächlich noch eine Fahrkarte für die Autofähre, die in weniger als einer Stunde nach Oslo ablegen würde. Kurz darauf standen sie an der Fischbude, und Betty biss genüsslich in ein Nordseekrabbenbrötchen. Versonnen hielt sie die Nase in den Wind.

»Riechst du das Salz in der Luft?«

Jan stellte sein Pils auf den Imbisstisch und nickte.

»Es riecht nach zu Hause. Ganz anders als in Wiesbaden.« Betty drehte sich um und blickte auf die Ostsee, die im Dunkeln lag. Ihre Stimme klang wehmütig: »Ich habe nicht mehr daran geglaubt, in diesem Leben noch einmal das Meer zu sehen und den Ruf einer Lachmöwe zu hören.« Sie blickte lächelnd zur Mole, wo einige der Tiere auf einem Geländer saßen.

»Du wirst es gleich überqueren«, erwiderte Jan und trank sein Bier in einem Zug leer.

»Wir müssen los. Sonst fährt die Fähre ohne uns, Frau Lisbet Tensen.« Er zwinkerte ihr zu.

»Ach du meine Güte«, erwiderte sie lächelnd. »So hat mich seit einem halben Jahrhundert keiner mehr genannt.«

»Na, dann wird es aber Zeit. Denn in wenigen Stunden wirst du in Norwegen und wieder Lisbet sein.« Er öffnete die Autotür. Betty setzte sich auf den Beifahrersitz. Seine Worte sollten scherzhaft sein, doch plötzlich hatte sie ein mulmiges Gefühl im Bauch. Wollte sie wirklich zurück nach

Norwegen? Zurück in das Leben der Lisbet Tensen, das sie vor so vielen Jahren hinter sich gelassen hatte? Jan schwang sich hinter das Lenkrad, startete den Motor und lenkte das Auto zur Auffahrrampe der Fähre.

Entschlossen streckte Betty das Kinn voran, während sie in den Bauch des dicken Schiffes fuhren. Es war Zeit, heimzugehen und sich der Vergangenheit zu stellen.

Herzlich willkommen, Lisbet Tensen, sagte sie zu sich selbst und atmete tief durch.

VIERZEHN

Oslo, Norwegen, Juni 1942

Lisbet saß wie meistens zu dieser Zeit auf einer der vielen Bänke am Osloer Hafen und beobachtete die Dampfschiffe beim An- und Ablegen. Heute vermutlich das letzte Mal, denn in wenigen Stunden würde sie die Stadt verlassen. Sie legte die Hand auf ihren Bauch, der sich bereits deutlich wölbte. Der Osloer Hafen übte eine sonderbare, nicht erklärbare Anziehungskraft auf sie aus. Vielleicht war es einfach das alltägliche Leben und ihre Sehnsucht danach, die sie immer wieder hierherführte oder durch die Straßen Oslos mit seinen vielen Geschäften und Cafés trieb. Ruhelos war sie geworden, heimatlos und einsam. Sie wohnte nicht weit von hier in einem Mädchenheim, in dem ihr Eline Torghatten einen Platz besorgt hatte. Die alte Frau hatte sofort bemerkt, dass etwas ganz und gar nicht stimmte. Lisbet hatte zuerst nicht mit ihr reden wollen, doch ihre Vermieterin war hartnäckig geblieben und hatte es geschafft, ihre Ängste zu zerstreuen. Natürlich hatte sie bemerkt, dass Lisbet eine Liaison mit einem der deutschen Soldaten hatte, genauso wie Oda, ihre Vormieterin. Doch Eline Torghatten sah diese Dinge anders als die Mehrheit der Bevölkerung. Die Liebe lässt sich nicht aufhalten, hatte sie zu ihr gesagt und sie liebevoll in den Arm genommen. Lisbet hatte ihr daraufhin Erichs Brief gezeigt und von dem Streit mit ihrer Mutter erzählt. Auch den Verdacht, schwanger zu sein, hatte sie geäußert. Eline Torghatten hatte mit ernster Miene genickt. Dann hatte sie begonnen, von ihrer Schwester Anne Lise zu erzählen, die in Oslo in einem Heim der Deutschen arbeitete. Dort kümmern sich die Deutschen um die Frauen, die wegen ihres Verhältnisses zu einem Soldaten in Not geraten sind. Sie habe ihr bei einem ihrer seltenen Besuche erzählt, wie es den jungen Mädchen ging, die verlassen und vollkommen auf sich allein gestellt bei ihr ankamen. Froh waren sie, dass ihnen jemand half, denn oftmals wussten sie nicht mehr, wohin. Auch wenn das Stadtheim der Deutschen einem Pakt mit dem Teufel gleichkam. Ihre Anstellung hatten sie meist verloren, viele auch ihre Unterkunft, spätestens, wenn es sich nicht mehr verbergen ließ. Nach Hause gingen die wenigsten von ihnen. Die Schande war einfach zu groß. Sie waren verliebt, unglücklich, heimatlos und wurden Mutter. Ihr Blick war wehmütig geworden. Lisbet hatte sogar geglaubt, Tränen in Elines Augen zu erkennen. Ihre Vermieterin schien genau zu wissen, wie man sich in einer solchen Lage fühlte. Doch Lisbet hatte nicht nachgehakt, obwohl sie das Gefühl gehabt hatte, dass Eline Torghatten nur darauf wartete.

Wenige Wochen später war Lisbet in Oslo angekommen und von Anne Lise Torghatten in Empfang genommen worden. Viele Formulare waren ausgefüllt und eine Akte mit ihrem Namen angelegt worden. Ihr wurde zugesichert, dass man Erich an der Front ausfindig machen würde, damit er ihr Unterhalt zahlte. Das war gängige Praxis. Lisbet hatte die Aufnahmeprozedur über sich ergehen lassen, erleichtert, dass man ihr half. Dann untersuchte man sie, und die genaue Woche ihrer Schwangerschaft und der voraussichtliche Entbindungstermin wurden festgestellt. Sie bezog eine winzige Dachkammer, die der einzig freie Raum zum Zeitpunkt ihrer Ankunft war und eher einer Besenkammer glich. Aber wenigstens hatte sie diese für sich allein. Es gab ein Bett und ein kleines Fenster, unter dem ein Sekretär und ein Stuhl standen. Ein eingebauter Wandschrank bot genügend Platz für ihre paar Habseligkeiten. Ein Stockwerk tiefer war das Badezimmer, das sie sich mit vier weiteren Frauen teilen musste. Das Stadtheim war eine Art Übergangsheim. Hier saßen die Frauen ihre Zeit ab, bevor es zur Entbindung nach Hurdal Verk oder in eines der anderen Heime ging. Dort konnten sie auch nach der Geburt noch einige Monate bleiben und ihr Leben neu ordnen, wie es hieß. Lisbet wusste noch immer nicht, wie sie das anstellen sollte. Erich war irgendwo an der Ostfront, und nach Hause konnte sie nicht gehen. Wie sollte sie mit einem Kind ihr Leben ordnen, als eine Frau, die in aller Augen eine Hure war? Natürlich hatte Lisbet sofort an Oda gedacht, als Eline Torghatten von Oslo gesprochen hatte. So lange hatte sie nichts mehr von der geliebten Freundin gehört. Es würde wunderbar sein, sie zu überraschen und mit ihr zu reden. Voller Vorfreude war sie sofort nach ihrer Ankunft in das Café gegangen, in dem Oda angeblich arbeitete. Doch dort bekam sie nur die patzige Auskunft, dass die Schlampe entlassen worden sei. Wie vor den Kopf geschlagen, hatte sich Lisbet sogleich auf den Weg zu Odas Tante gemacht, die in einem hübschen

Stadthaus in der Professor Dahls Gate lebte. Brit war schon immer eine schwierige Person und in Loshavn unbeliebt gewesen, mit Elen war sie schon ihr halbes Leben lang zerstritten. Vielleicht war es jetzt eine Art Genugtuung für sie gewesen, Oda aufzunehmen. Als sie Lisbet die Tür geöffnet hatte, hatte sie eine Augenbraue in die Höhe gezogen und eine Grimasse geschnitten, war dann aber zur Seite getreten, um Lisbet einzulassen. Oda sei schon vor Weihnachten fortgegangen, hatte sie Lisbet dann bei einem Glas Wasser erklärt. Warum, wisse sie nicht. Von dem deutschen Soldaten habe sie gewusst. Natürlich auch von dem Gerede in Loshavn, sie habe ihre Quellen. Lisbets Hände hatten gezittert, als sie ihr Wasserglas auf den Tisch stellte. In dem Café sei sie schon im Herbst rausgeflogen, nachdem die von der Sache mit dem Deutschen Wind bekommen hatten, Günter habe er wohl geheißen. Mit einer Hure wollten sie nichts zu tun haben. Oda habe danach in ganz Oslo keine Anstellung gefunden. Solche Dinge sprechen sich sogar in einer Großstadt herum. Irgendwann war sie dann fort, einfach so. Brit sei von einem Konzertabend mit Freunden nach Hause gekommen, da war Odas Zimmer leer. Die Unhöflichkeit müsse sie wohl von ihrer Mutter haben, so was gehöre sich doch nicht. Wo sie jetzt war, könne sie nicht sagen. Am Ende war sie schwanger und in diesem Mädchenheim der Deutschen, mutmaßte sie. Soll von der SS gegründet worden sein, um die schwangeren Mädchen zu unterstützen. Doch ein Deutscher tut niemals etwas aus Nächstenliebe. Da steckt gewiss etwas ganz anderes dahinter. Brit hatte mit den Schultern gezuckt, um sich dann nach Loshavn und dem Grund für Lisbets Reise nach Oslo zu erkundigen. Lisbet hatte etwas von Oda besuchen gestammelt, einer guten Anstellung, die sie in Aussicht habe, dann war sie aufgestanden. Plötzlich hatte sie das Gefühl gehabt, in der vollgestellten Wohnstube mit den dicken Vorhängen an den Fenstern ersticken zu müssen. Sie war regelrecht aus der Wohnung geflohen und durchs Treppenhaus gestolpert. Erst auf dem Gehweg konnte sie wieder freier atmen. Schneeflocken wirbelten vom Himmel und hüllten Häuser, Straßen und einen vorbeifahrenden Autobus ein. Oda – sie hatte sie verloren.

Ab diesem Tag war sie wie betäubt gewesen. Die Erkenntnis, vollkommen allein auf der Welt zu sein, hatte sie wie ein Schlag getroffen. Niemand würde ihr beistehen und sie halten, wenn endgültig alles zusammenbrechen würde. Oder war es das bereits? Selbst die Welt hinter dem Hügel, ihr geliebter Schärengarten und die weißen Häuser würden sie nicht auffangen. Anfangs hatte sie sich in ihrer winzigen Dachkammer verkrochen. Eine bleierne Müdigkeit hatte sich auf sie gelegt, und sie hatte viele Stunden des Tages einfach verschlafen, während sich um sie herum die Welt veränderte. Der Winter verzog sich langsam aus der Stadt, und im Haus kamen und gingen neue Mädchen. Fremde Gesichter, flüchtige Bekannte und Gespräche, sie ließ es über sich ergehen. An einem sonnigen Frühlingstag war sie dann doch einmal nach draußen gegangen und ziellos durch die Stadt geirrt. Vorbei am Parlamentsgebäude, der Kathedrale und dem königlichen Schloss mit seinem wunderschönen Park, in dem die ersten Krokusse blühten. Sogar das Friedensnobelpreiszentrum und die Museumsinsel hatte sie besucht. Plötzlich hatte sie das Gefühl, sie müsste ihrer kleinen Dachkammer entfliehen, die so lange ihr Rückzugsort gewesen war. Es zog sie nun zwischen die Menschen, hinein in ihren Alltag, der ihr das Gefühl von Normalität vermittelte.

»Da bist du ja doch wieder, Mädchen. Dachte, du wärst schon fort«, drang plötzlich eine vertraute Stimme an Lisbets Ohr. Sie gehörte einem alten Fischer, der genauso wie sie jeden Tag hierherkam, obwohl er kein Schiff mehr hatte. Das Gehen fiel ihm schwer. Eine schwarze Klappe verdeckte sein rechtes Auge. Er setzte sich neben Lisbet auf die Bank und streckte seine Beine aus. Ihre erste Begegnung lag noch nicht lange zurück, trotzdem hatte sich zwischen ihnen eine angenehme Vertrautheit entwickelt. Olav hatte das Schicksal übel mitgespielt. Zuerst hatte er sein rechtes Auge bei einem Unfall auf See verloren, einige Monate später war ihm sein ganzes Schiff abgesoffen, weil er es einfach nicht hatte wahrhaben wollen, dass er noch nicht in der Lage gewesen war, allein auf den Fjord hinauszufahren. So ein Sturschädel ist nicht immer gut, hatte er gesagt und scheel gegrinst. Lisbet hörte ihm gern zu, auch wenn seine Lieblingsgeschichten meistens etwas mit dem Tag der Eroberung durch die Deutschen zu tun hatten. Wenn sie es genau nahm, redete er nur von dem denkwürdigen 9. April, der ihr Leben für immer verändert hatte. Er sei dabei gewesen, als damals in der Nähe der Festung Oscarsborg der schwere deutsche Zerstörer mit Namen Blücher versenkt worden war. Er erzählte von den dramatischen Sekunden, als der erste Feuerstrahl den Zerstörer traf und ein gewaltiges Krachen den Fjord erfüllte. Glühende Flammen leuchteten auf, Granaten explodierten. Das gewaltige, schwergetroffene Schiff fiel zur Seite und versank schnell in den Fluten. Doch das ausgelaufene Öl hatte noch stundenlang auf dem Wasser gebrannt, was unheimlich ausgesehen hatte. Als ob sämtliche Trolle der Gegend ein Freudenfest gefeiert hätten. Lisbet hatte geduldig zugehört, ohne ihn zu unterbrechen. Mutig waren die Männer damals gewesen, die mit Schiffen in den Krieg zogen, die manchmal sogar Trollnamen trugen. Natürlich war auch Draug darunter, der in der Nähe von Bergen seinen Dienst verrichtete. Ein Troll, umfunktioniert zu einem Kriegsschiff, wie verrückt war diese Welt.

Lisbet begrüßte ihn lächelnd und versuchte auch heute wieder, den Schweißgeruch zu ignorieren, den er verströmte.

»Guten Tag, Olav. Du hast schon recht. Heute Mittag geht mein Bus.«

»In die Berge also.«

Lisbet nickte.

»Ist bestimmt noch kalt da oben.«

»Ich habe warme Sachen eingepackt.«

»Keine zehn Pferde würden mich dorthin bringen. Zu wenig Wasser, zu viel Land. Das ist nichts für einen alten Seebären wie mich.«

»Wem sagst du das. Den Blick aufs Meer werde auch ich vermissen. Aber es ist ja nicht für immer.«

»Bist eben ein Fischermädchen. Ist schön dort unten im Süden. Kristiansand nicht sehr, aber ein Stück weiter gibt es ein paar hübsche Strände. Und der Schärengarten ist unübertroffen. Dorthin könnte es mich auch verschlagen, irgendwann vielleicht.« Seine Stimme klang wehmütig.

Lisbet wusste, dass er weder Kristiansand noch die hübschen Strände oder den Schärengarten sehen würde. Er lebte in einem Wohnheim für ältere Menschen, in dem nur für das Nötigste gesorgt wurde. Sein Leben auf dem Meer war gelebt, wurde zur Erinnerung und zu Geschichten, die er immer wieder neu erzählte.

Beide blickten zum Anleger, wo gerade eines der Dampfschiffe losmachte. Es fuhr zu den kleinen Inseln des Oslofjords. Lisbet war bereits dort gewesen, auf Lindøya, Hovedøya und Nakholmen. Vor wenigen Tagen, als es einmal ungewöhnlich warm war, hatte sie sich dazu durchgerungen, die winzigen Inseln zu erkunden. Auf Nakholmen war sie am längsten geblieben. Auf einer Aussichtsbank sitzend, hatte sie die Schiffe auf dem in der Sonne funkelnden Fjord beobachtet. Einer der großen deutschen Zerstörer war an ihr vorübergefahren und am Horizont immer kleiner geworden. Wahrscheinlich fuhr er an Dänemark vorbei bis nach Deutschland, wo die Wurzel allen Übels saß.

»Wieso gehst du dann dorthin?«, fragte er.

»Verwandte besuchen«, log Lisbet. »Wird nicht für lange sein, und vielleicht geht es dann zurück nach Loshavn. Ist eben Heimat.«

»Loshavn, ist das nicht das kleine Piratendorf? Sollen im Napoleonkrieg recht tapfer gewesen sein, die Männer dort. Das waren noch Zeiten.« Olav schüttelte den Kopf. »Jetzt steht dort unten diese Festungsanlage der Deutschen zum Schutz vor den Engländern. Eine Schande ist das.«

Lisbet sagte nichts. Wieder einmal war Olav beim Thema Krieg angekommen, und sofort begann er mit einem erneuten Bericht über eine Seeschlacht bei Narvik. Doch sie hörte seine Worte kaum. Ja, die Festungsanlage war dort gebaut worden, weswegen sie und Erich sich begegnet waren. Vielleicht waren viele Menschen in Deutschland wie er. Sie beugten sich ihrem Schicksal und zogen in den Krieg, obwohl sie es hassten. Wie viel Teuflisches steckte wirklich in diesem Volk? Tränen traten in ihre Augen. Sie wischte sie hastig ab. Olav sollte nicht sehen, dass sie traurig war. Er sollte sich gleich von dem fröhlichen Fischermädchen verabschieden dürfen, das sie in seinen Augen war. Gemeinsam waren sie für kurze Zeit so etwas wie Gefährten gewesen, und es hatte gutgetan. Das sollte nicht durch ihre Traurigkeit zerstört werden.

Der Zeiger der nahe stehenden Standuhr sprang auf halb zwölf. Lisbet stand auf. Zum ersten Mal unterbrach sie Olavs Redefluss.

»Ich muss jetzt gehen«, sagte sie und hielt ihm die Hand hin. Olav nickte, griff jedoch nicht nach Lisbets Hand, sondern stand umständlich auf, um vor ihr zu salutieren. Peinlich berührt blickte Lisbet um sich.

»Es war mir eine Ehre, mein Fräulein. Vielleicht treffen wir uns irgendwann wieder, hier am Hafen oder draußen auf dem Meer, wer weiß das schon.« Der kurze Funke Stolz in seinen Augen erlosch, und er sackte in sich zusammen.

Lisbet griff nach seiner Hand und drückte sie fest.

»Lieber draußen auf dem Meer, denn dort gehörst du hin. Aber nimm dich vor Draug in Acht, dem alten Gauner.«

»Das mach ich. Der kann mir nichts mehr. Soll lieber die Deutschen jagen. Damit hat er genug zu tun.« Er legte den Kopf zur Seite, und seine Stimme veränderte sich. »Und pass auf dich und das kleine Menschenkind unter deinem Herzen auf. Nicht, dass euch beiden etwas zustößt.«

Lisbet schaute ihn verwundert an.

»Ich mag ein alter, einäugiger Fischer sein, aber ich bin nicht dumm.« Er zwinkerte ihr zu.

Lisbet lächelte. Dann verabschiedete sie sich endgültig von ihm und eilte zur Straßenbahn, die bereits in Sichtweite war.

Kurz darauf nahm sie am Fenster des behäbigen Wagens Platz und blickte noch einmal zum Hafen. Doch Olav saß nicht mehr auf der Bank.

*

Als sie wenig später am Stadtheim ankam, stand bereits der Autobus im Innenhof, der sie und drei weitere Frauen nach Hurdal Verk bringen sollte. Eilig lief sie ins Haus, um ihr Gepäck aus ihrer Dachkammer zu holen. Auf dem Rückweg lief sie im Treppenhaus Anne Lise Torghatten in die Arme.

»Hoppla. Nicht so schnell, Mädchen. Sonst stolperst du noch. Der Bus wartet auf dich, hat noch nie ein Mädchen vergessen.« Sie musterte Lisbet genauer.

»Bist du nicht die kleine Lisbet Tensen aus Loshavn?«

»Ja, die bin ich«, bestätigte Lisbet, die sich daran gewöhnt hatte, dass sich Anne Lise Torghatten alle drei Tage nach ihrem Namen erkundigte. Sie war die jüngere der beiden

Schwestern, jedoch vergesslicher als sie selbst und etwas schlampig, wie sich Eline Torghatten einmal ausgedrückt hatte. Ohne die Unterstützung der tüchtigen Hilda, einer Krankenschwester aus Berlin mit Haaren auf den Zähnen, würde der Laden niemals funktionieren, hatte sie gesagt. Diese Vorwarnung hatte sich Lisbet zu Herzen genommen, und sie war Hilda, soweit es möglich gewesen war, aus dem Weg gegangen. Was nicht immer leicht gewesen war, denn Hilda war nicht die Unterstützerin, wie Eline Torghatten sich ausgedrückt hatte, sondern sie leitete das Stadtheim. Anne Lise erfüllte indes die Aufgabe der Hausmutter und war eine Art Mädchen für alles. Zusätzlich zu den beiden gab es noch eine Haushälterin, ebenfalls eine Deutsche, aus Sachsen stammend, zwei norwegische Aushilfen und einen Gärtner. Die Wäsche wurde zu einer unweit liegenden Wäscherei gebracht, und einmal die Woche kam der Arzt zur Sprechstunde.

»Also habe ich den Brief doch auf den falschen Stapel gelegt.« Anne Lise Torghatten schüttelte den Kopf. »Ich dachte, eigentlich …« Sie winkte ab und lächelte verbindlich. »Ist ja noch mal gutgegangen. Ich geh ihn rasch holen. Ist heute Morgen angekommen.«

»Ein Brief?«, hakte Lisbet nach. Ihr Herz begann höher zu schlagen.

»Ja, von der Front, keiner von den offiziellen, die sehen anders aus. Warte hier. Ich hole ihn schnell, dann kannst du ihn gleich im Autobus lesen.« Sie lief die Treppe hinauf. Lisbet folgte ihr. Ein Brief von der Front. Das konnte nur eines bedeuten. Keine Minute später stand sie in Anne Lises kleinem Büro und beobachtete Anne Lise dabei, wie diese Unterlagen von rechts nach links schob.

»Hier irgendwo muss ich ihn hingelegt haben.«

Ungeduldig tippte Lisbet mit dem Fuß auf. Das Hupen des Autobusses wurde dringlicher.

»Gleich. Gleich hab ich ihn.« Anne Lises Handbewegungen wurden immer hektischer. Ein Stapel Akten fiel zu Boden, sämtliche Papiere rutschten heraus.

»Das auch noch.« Sie bückte sich, um die Akten aufzuheben. Erneut hupte der Autobus. Lisbet schaute verzweifelt von der korpulenten Frau zur Tür. Da fiel ihr plötzlich auf der danebenstehenden Kommode ein Stapel Briefe auf. Hastig griff sie danach, und tatsächlich: Ihr Brief war darunter. Erichs Handschrift auf dem Umschlag ließ ihr Herz höher schlagen.

»Ich hab ihn. Sie hatten die Briefe hier hingelegt.« Sie hielt den Brief in die Höhe. Verdutzt schaute Anne Lise sie an. Hinter Lisbet tauchte Hilda in der Tür auf.

»Da sind Sie ja. Was trödeln Sie hier herum.« Missbilligend musterte sie die auf dem Boden sitzende Anne Lise.

»Es ist nichts«, verteidigte sich diese. »Es gab Post, für das Mädchen.« Sie nickte zu Lisbet hinüber, die den Brief in die Höhe haltend in den Flur trat.

»Es hat sich alles gefunden. Ich geh dann mal. Vielen Dank, Fräulein Torghatten. Auf Wiedersehen.« Sie verschwand im Treppenhaus. Gleich würde Schwester Hilda lospoltern und auf die arme Anne Lise losgehen, wie sie es ständig tat. Doch das sollte nicht Lisbets Sorge sein. Sie erreichte den Ausgang und eilte über den Hof zum Autobus.

»Geht es noch langsamer«, meckerte der Busfahrer, während er die Tür hinter ihr schloss.

Lisbet setzte sich ans Fenster und blickte tief durchatmend auf den Brief in ihrer Hand. Sie konnte es noch immer nicht fassen. Erich hatte ihr endlich geschrieben. Während der Bus vom Parkplatz des Wohnheimes rollte, strich sie zärtlich über die mit schwarzer Tinte geschriebenen Buchstaben und schnupperte an dem Papier. Die Häuser und Straßen Oslos flogen vor dem Fenster vorbei. Ganz langsam riss sie den Umschlag auf, holte den Brief heraus und begann zu lesen.

Meine Liebste,
das Schicksal hat es nicht anders gewollt und hat uns getrennt, was mich mit großem Schmerz erfüllt. Tausende Kilometer von Dir entfernt, fällt es mir schwer, die Dinge zu akzeptieren und meinen täglichen Dienst zu verrichten. Auch war ich in Sorge um Dich, weil ich keine Antworten auf meine Briefe erhielt. Gestern erst habe ich erfahren, dass Du in Oslo bist und unser Kind unter dem Herzen trägst. Ich würde so gern mehr tun, als Dich finanziell zu versorgen. Ich wünschte, ich könnte Dich von Freude erfüllt in die Arme schließen, wie es Verliebte nun einmal tun, die ein gemeinsames Kind erwarten. Doch ich kann es nicht. Ich muss Dich allein lassen, kann Dich nicht zu meiner Frau machen, wie ich es mir jede Sekunde des Tages wünsche. Ich liebe Dich, Lisbet, mehr als mein Leben. Irgendwann werden wir wieder zusammen und eine richtige Familie sein, ob in Norwegen oder in Deutschland, das

ist nicht wichtig. Und vergiss niemals: In Gedanken bin ich stets bei Dir, meine Liebste, mein Sonnenschein und Augenstern.
Dein Dich für immer liebender
Erich

Lisbet ließ den Brief sinken. Er hatte sie also nicht vergessen, hatte ihr geschrieben und auf Antwort gewartet. Was Eline Torghatten mit seinen Briefen gemacht hatte, konnte sie nur erahnen. Wahrscheinlich lagen sie in der Schublade der schäbigen Kommode in ihrem Flur, wo sie die Post für ihre Mieterinnen aufbewahrte. Nachsenden kostete Geld, das sie nicht hatte, zudem war sie kaum weniger vergesslich als ihre Schwester. Lisbet drehte den Umschlag um und las die sonderbare Adresse. Die Nummer des Regiments war darauf vermerkt, kein Ort, nicht einmal eine Straße. Irgendwo im Nirgendwo, an der Ostfront, von der sie nur eine vage Vorstellung hatte, saß ihr Geliebter und dachte voller Sehnsucht an sie. Neulich hatte sie in einer Tageszeitung Bilder von englischen Männern an der Front gesehen. Sie hausten in einfachen Baracken und Zelten, waren oftmals Wind und Wetter schutzlos ausgeliefert. Hatte sie es da nicht besser getroffen? Sie mochte mit der Schande leben müssen, das Kind eines Deutschen unter dem Herzen zu tragen, aber um sie wurde sich gekümmert, und sie musste nicht jeden Tag aufs Neue um ihr Leben fürchten. Sie blickte aus dem Fenster. Oslo lag längst hinter ihnen. Die Landschaft hatte sich verändert. Wiesen und Wälder flogen an ihr vorüber, hie und da lagen verstreut Häuser im hellen Sonnenlicht. Es sah so friedlich aus, als gäbe es keinen Krieg, keine Ostfront, keinen Kummer, für niemanden.

»Hast Post bekommen?«, drang plötzlich die Stimme eines der anderen Mädchen an Lisbets Ohr. Es war Brit Arnstad, deren Tonfall wie immer gehässig war. Sie war kurz vor Lisbet ins Stadtheim gekommen und stammte aus einem kleinen Ort am Telemarkenkanal. Sie war recht hübsch, blonde Locken, ein zierliches Stupsnäschen, von schmaler Statur. Eine Augenweide, würden die Männer in Loshavn sagen. Lisbet hatte sie vom ersten Augenblick an nicht leiden können. In Brits Augen lag etwas Verschlagenes, und sie tratschte gern. Es ging das Gerücht um, dass es mehrere Deutsche gegeben habe, doch sie selbst sprach immer nur von ihrem Liebsten, der ebenfalls an die Ostfront versetzt worden war.

»Geht dich das etwas an«, gab Lisbet patzig zurück und steckte Erichs Brief in ihre Rocktasche.

»Ich hab doch nur gefragt. Empfindlich wie immer.«

»Wenn sie nicht drüber reden will«, mischte sich die pausbäckige Frieda ein, die bereits so kugelrund war, dass man fürchtete, sie könne platzen.

»Dich hat keiner gefragt, Pummelchen.« Brit warf Frieda einen finsteren Blick zu, dann setzte sie sich neben Lisbet, und ihre Stimme wurde schmeichelnd.

»Nun sag schon. Dein Liebster hat geschrieben, nicht wahr?«

Lisbet verschränkte die Arme vor der Brust.

»Ich denke, ich habe mich deutlich ausgedrückt. Es geht dich nichts an, Brit.« Demonstrativ blickte sie aus dem Fenster.

»Scheinen ja schreckliche Nachrichten gewesen zu sein, wenn du nicht darüber reden willst. Am Ende hat er dir geschrieben, dass er Frau und Kind in Deutschland hat und sich nicht um dich kümmern kann. Soll es alles geben.« Brit zuckte mit den Schultern. Da war er wieder, der gehässige Unterton in ihrer Stimme, den Lisbet so verabscheute.

»Nur weil Lisbet nicht darüber reden möchte, heißt das noch lange nicht, dass etwas Schlechtes in dem Brief steht«, mischte sich Frieda erneut in das Gespräch ein. »Muss ja nicht jeder von uns wie dir ergehen, Brit.« Sie warf Lisbet einen kurzen Blick zu.

»Muss immer mitreden, unser Pausbäckchen. Derweil hat sie keine Ahnung von nichts und verbreitet neuerdings sogar Lügen.«

»Das sind keine Lügen«, verteidigte sich Frieda. »Du belügst dich doch selbst. Ich habe Schwester Hilda und Anne Lise über dich reden hören. Dein Liebster scheint kein Interesse an dir und dem Kind zu haben. Er behauptet sogar, du hättest es mit mehreren Männern gehabt.«

Im Bus wurde es mucksmäuschenstill. Lisbet zog den Kopf ein. Brit schnappte nach Luft. Zum ersten Mal schaffte sie es nicht, sofort zu kontern. Doch es dauerte nicht allzu lange, bis sie sich wieder gefangen hatte.

»Wenn du glaubst, was diese dämliche Deutsche erzählt, dann bist du selber schuld, du dumme Gans.«

»Und weshalb schreibt er dir dann nicht, dein Liebster, den du so sehr vermisst? Auf Händen will er dich angeblich tragen. Soll er nicht ein großes Haus mit Garten in Hamburg besitzen, direkt an einem Fluss, wie hieß er noch gleich? Ach richtig, die Alster. Wahrscheinlich sitzt dort seine Ehefrau, oder am Ende ist alles gelogen. Schöne Worte tischt einem so mancher auf, damit man die Beine breitmacht.«

»Da hör sich einer unser Pausbäckchen an. Hört sich wie eine Heilige an. Derweil sitzt sie mit dickem Bauch in einem Bus ins Nirgendwo, weil sie selbst nicht besser ist als wir alle hier. Aber große Rede schwingen und über andere herziehen.«

»Und wenn sie recht hat?«, mischte sich die Vierte im Bunde ein. Marthe war die Jüngste von ihnen. Ein verhuscht wirkendes Mädchen mit kurzgeschnittenem braunen Haar und großen braunen Rehaugen. Sie hatte das Zimmer mit Brit geteilt, war aber trotzdem lieber für sich geblieben. Sie schrieb wie Lisbet Tagebuch und Briefe an ihren Liebsten, der ihr regelmäßig antwortete. Das hatte sie Lisbet gegenüber erwähnt, mit der sie noch am meisten redete.

»Du auch noch!«, erwiderte Brit entrüstet. »Ihr wisst nichts. Gerüchte und das Gerede einer Deutschen. Das ist euch mehr wert als das Wort von einer der Euren. Wir sitzen alle im selben Boot, versteht ihr das nicht? Sie wollen uns mürbemachen.« Ihre Stimme wurde mit jedem Wort lauter. »Mein Liebster wird kommen und mich holen. Das hat er versprochen. Er wird mich heiraten und mit nach Hamburg nehmen.«

»Dort willst du also wirklich leben? Im Land des Feindes?«, unterbrach Frieda sie.

»Und wo willst du leben? Denkst du, dein Liebster wird in Norwegen jemals akzeptiert werden? Du wirst ihn nicht nach Hause mitnehmen und deinem Vater vorstellen können, damit er euch seinen gottverdammten Segen gibt. Er wird ihn aus dem Haus jagen, weil er ein Deutscher ist, und das wird er in den Augen aller für immer bleiben. Selbst wir sind in ihren Augen böse – Huren und Verräterinnen. Sie tuscheln hinter unserem Rücken und zeigen mit Fingern auf uns. Habt ihr dummen Weiber denn nichts davon gehört, was die Leute über uns sagen? Die Bewohnerinnen des Stadtheims, die Schlampen der Deutschen, die in ihrer Zuchtanstalt für Nazis leben. Wir gebären ihre Kinder, Kinder des Feindes …«

»Hör auf damit«, schnitt ihr Lisbet das Wort ab. »Wir haben genug gehört. Jede von uns weiß, in welcher Lage wir uns befinden. Die Menschen dort draußen reden doch immer. Sollen sie denken, was sie wollen. Wir wissen es alle besser. Gestern war der Feind noch Freund, wer weiß schon, wie es morgen sein wird.« Frieda und Marthe nickten zustimmend. »Und der Brief ist tatsächlich von meinem Liebsten, wofür ich Gott danke, denn er ist am Leben.«

»Das ist eine gute Nachricht, Lisbet«, antwortete Marthe. »Ich freue mich für dich. Ich weiß, du hast lange auf diese Nachricht warten müssen.«

Lisbet nickte.

»Er hat mir schon vorher geschrieben, doch seine Briefe sind nicht an mich weitergeleitet worden. Eline Torghatten und ihre Schublade. Sie und Anne Lise sind wirklich Schwestern, beide gleich schusselig und vergesslich.«

»Das kannst du laut sagen. Anne Lise mag ein herzensguter Mensch sein, aber sie ist und bleibt ein kleines Trampelchen«, erwiderte Marthe und beruhigte mit dem drolligen Vergleich die angespannte Stimmung im Bus.

»Ich werde sie trotzdem vermissen«, seufzte Frieda. »Sie hat das Herz auf dem rechten Fleck und uns oft vor Schwester Hilda verteidigt. Ich kann nur hoffen, dass es in Hurdal Verk so jemanden wie sie gibt, egal wie tölpelhaft sie sein mag.«

Lisbet nickte, und sogar Brit stimmte zu. Betretenes Schweigen stellte sich ein. Von Hurdal Verk hatten sie einige Gerüchte aufgeschnappt. Dort sollte ein hartes Regiment herrschen. Ein deutscher Arzt schien die Klinik zu leiten, ein echter Nazi, Mitglied der SS, wie sich Anne Lise einmal ausgedrückt hatte. Abgelegen sollte das Klinikgelände liegen, fernab von den Bewohnern Hurdals, was die Gerüchte über eine Zuchtanstalt und den Lebensbornverein noch anheizte. Lisbet hatte Genaueres in Erfahrung bringen wollen und bei Anne Lise nachgefragt, doch sie war ihr ausgewichen. Auf ihrem Schreibtisch hatten Papiere gelegen, eines davon war zufällig auf den Boden gefallen. Lisbet hatte kurz den Text überflogen, als sie es aufhob. Es war eine Bestätigung über die Abstammung eines Kindes gewesen. Etwas von deutschem oder artverwandtem Blut hatte dort gestanden. Schwester Hilda hatte hinter ihr den Raum betreten, was sie dazu gezwungen hatte, das Schreiben hastig auf den Tisch zu legen. Doch die Wortfetzen hatten sie nicht mehr losgelassen. Was war mit artverwandtem Blut gemeint? Vielleicht stimmte es tatsächlich, und sie waren in einer Zuchtanstalt gelandet. Konnte man den Deutschen nicht alles zutrauen? Warum sonst sollten sie solche Dokumente ausstellen? Oder halfen sie einfach jungen Norwegerinnen in der Not, und es waren alles Hirngespinste? Lange dachte sie über den Begriff artverwandtes Blut nach. Was wohl damit gemeint war? Etwa ihr Blut? Gewiss nicht das der Juden, denn die mochten die Deutschen genauso wenig wie die Sami. Das hatte sie schnell begriffen. In den Augen der Nazis waren die Bewohner Nordnorwegens nicht viel besser als Sinti und Roma, die direkt nach den Juden kamen. Und die wurden, wie man wusste, überall ausgeschlossen und drangsaliert. Angeblich wären viele von ihnen sogar fortgebracht worden, jedenfalls war in Kristiansand das Gerücht umgegangen, ob es stimmte, konnte sie nicht sagen. Plötzlich schimpfte der Busfahrer und hupte laut. Lisbet zuckte erschrocken zusammen. Ein Traktor bog im Schneckentempo vor ihnen in einen Feldweg ab. Sie durchquerten den Ort Nannestad. Die Straße war schmaler geworden, sie fuhren nun durch dichtes Waldgebiet. Hohe Fichten und Birkenwälder prägten das Bild.

Brit hatte sich wieder auf ihren Platz zurückgesetzt. Ihr war die Lust zu reden vergangen, wie allen anderen. Es ging in eine ungewisse Zukunft, und die Stimmung war bedrückt. Die Straße führte durch hügeliges Gelände. Hie und da tauchten weiße Holzhäuser auf, die Lisbet an ihre Heimat erinnerten. Rechter Hand lag ein großer See, der unendlich weit zu reichen schien. Seine Wasseroberfläche funkelte im warmen Licht der Abendsonne, einige Boote waren darauf unterwegs, und auf einem Steg saßen zwei Kinder beim Angeln. Immer abgeschiedener schien die Welt zu werden, und dicht bewaldete Hügel versperrten mehr und mehr den Blick auf den Horizont, warfen Schatten in die Täler. Lisbet konnte sie schon jetzt nicht leiden. Ihr ganzes Leben lang war sie es gewohnt gewesen, in die Ferne blicken zu können. Selbst in Oslo und Kristiansand hatte sie das gekonnt. Wie sollte sie es in dieser Welt ohne den Blick auf den Horizont aushalten? Sie erreichten den Ort Hurdal. Er war nicht sonderlich groß. Es gab ein Ladengeschäft am Straßenrand, daneben ein kleines Café, das gerade geschlossen wurde. Die Glocke der kleinen Ortskirche verkündete die sechste Stunde. Der Bus fuhr am Gemeindehaus und der Schule vorüber. Die Häuser der Bewohner lagen verstreut zwischen den Hügeln. Ein Stück weiter erreichten sie ihr Ziel. Der Autobus fuhr eine breite Auffahrt hinauf, und endlich kam Hurdal Verk in Sicht. Das Haupthaus machte eher den Eindruck eines mondänen Herrenhauses, mit seinen weißen Säulen und der ausladenden Treppe. Doch die vielen Kinderwagen auf dem Innenhof deuteten schon darauf hin, worum es sich bei dem Gebäude handelte. Einige Mütter genossen die Abendsonne auf vereinzelt stehenden Bänken. Als sich die Türen des Autobusses öffneten, drang ihr Lachen zu ihnen herüber. Die Mädchen wurden von einer hageren grauhaarigen Frau in Schwesternuniform in Empfang genommen.

»Pünktlich wie immer, mein lieber Henrik.« Sie blickte auf ihre Armbanduhr.

Verlegen lächelnd kratzte sich der Busfahrer am Kopf und antwortete: »Ist wenig Verkehr gewesen.«

»Nein, nein. Nicht so bescheiden, mein Lieber. Die anderen Fahrer lassen meist länger auf sich warten.«

Es schien, als würden die beiden miteinander flirten. Brit stieß Lisbet in die Seite und warf ihr einen vielsagenden Blick zu. Die grauhaarige Frau wandte sich den Neuankömmlingen zu. Ihre Stimme bekam einen verbindlichen Unterton.

»Guten Abend, die Damen. Ich hoffe, Sie hatten eine gute Reise. Mein Name ist Helene Geiger. Ich bin Hebamme und hier als Oberschwester tätig. Ich werde mich ab heute um Sie kümmern.«

Sie musterte die Mädchen nacheinander. Lisbet senkte den Blick, als sie an der Reihe war. Die grauen Augen dieser Frau wirkten eiskalt. Sie schauderte.

»Die Zimmer im Haupthaus sind bis auf ein Bett alle belegt. Die meisten von Ihnen werden also im Nebengebäude untergebracht.« Sie deutete auf einen flachen Anbau, der sich linker Hand des Haupthauses befand. »Wer ist Lisbet Tensen?« Sie schaute fragend in die Runde. Zögernd hob Lisbet die Hand. Ihr schlug das Herz vor Angst bis zum Hals. »Sie folgen mir. Der Rest geht mit Schwester Elisabeth.« Eine weitere Krankenschwester, etwas kleiner als die Oberschwester, trat nach draußen. »Schwester Elisabeth wird Ihnen alles zeigen.«

Diese lächelte verbindlich.

»Dann folgen Sie mir bitte, meine Damen.«

Die drei anderen Mädchen griffen nach ihren Koffern, während Lisbet unsicher auf ihrem Platz stehen blieb. Helene Geiger winkte sie näher heran, und plötzlich lag ein Lächeln auf ihren Lippen. »Sie werden bereits erwartet.«

Erstaunt schaute Lisbet die Oberschwester an. Da öffnete sich erneut die Eingangstür – und Oda trat hinaus. Strahlend kam sie auf Lisbet zugelaufen und schloss sie in die Arme.

»Lisbet, da bist du ja endlich.«

Lisbet ließ ihren Koffer fallen und erwiderte vollkommen perplex Odas Umarmung. Sie glaubte fast, ihr sei ein Geist erschienen. Nach all den Wochen der Einsamkeit und Ungewissheit schien sich alles in Wohlgefallen aufzulösen. Erich hatte geschrieben, und Oda war hier. Die geliebte, für immer verloren geglaubte Freundin, die sich so unendlich gut und vertraut anfühlte. Von ihren Gefühlen überwältigt, stiegen Lisbet die Tränen in die Augen. Oda ließ sie los.

»Erst gestern habe ich durch Zufall erfahren, dass du zu den neuen Mädchen gehörst. Ich konnte es gar nicht glauben und habe gleich bei Fräulein Geiger vorgesprochen, damit du in mein Zimmer kommst. Was für ein Glück, dass meine bisherige Zimmergenossin, Ingrid, vorgestern das Heim verlassen hat.«

»Sie können das alles gleich beim Abendbrot besprechen«, unterbrach Helene Geiger die beiden. Der kühle Ton war in ihre Stimme zurückgekehrt. Sie wandte sich an Lisbet.

»Fräulein Gunderson wird Ihnen gewiss alles zeigen.«

Oda nickte eifrig.

»Aber natürlich.«

Frau Geiger verabschiedete sich und verschwand im Haus. Oda griff nach Lisbets Koffer, und die beiden folgten ihr. Sie durchquerten eine Art Aufenthaltsraum, in dem es einen weißgetünchten offenen Kamin gab. Gitterbettchen standen neben gemütlichen Lehnstühlen und einem mit grünem Stoff bezogenen Sofa, auf dem ein junges Mädchen mit ihrem schlafenden Kind im Arm saß. Oda grüßte sie im Vorbeigehen und stieg die Stufen in den ersten Stock hinauf. Ölgemälde hingen an grüngestrichenen Wänden. Es ging weiter nach oben. Lisbet japste nach Luft. Ihr immer dicker werdender Bauch machte das Treppensteigen beschwerlich. Als sie den zweiten Stock erreichten, fiel ihr plötzlich auf, dass Oda gar nicht schwanger aussah. Ihre Taille war schmal wie immer. Oda öffnete eine Tür am Ende des Flures. Lisbet folgte ihr in die kleine Dachkammer. Zwei Betten standen direkt unter den Dachschrägen. Einbauschränke füllten die gegenüberliegende Wand aus, und auf einem kleinen Waschbecken neben der Tür stand Odas Zahnputzbecher. »Unser eigenes Reich«, sagte Oda und legte Lisbets Koffer auf eines der Betten.

Lisbet nickte. Plötzlich fühlte sie sich unsicher. Oda stand vor ihr, die geliebte Freundin, die sie in- und auswendig kannte, und doch kam sie ihr merkwürdig fremd vor. Langsam zog sie ihren Mantel aus und hängte ihn an einen Haken neben der Tür.

»Wie weit bist du denn?«, fragte Oda und deutete auf Lisbets Bauch.

»Siebter Monat«, antwortete Lisbet.

»Schon? Hätte ich schätzen müssen, höchstens sechster hätte ich gesagt.«

»Die ersten Wochen habe ich nicht viel bei mir behalten«, versuchte Lisbet ihren kleinen Schwangerschaftsbauch zu erklären.

»Ging mir auch so. Dann wird es bestimmt ein Mädchen.«

»Du hast schon, ich meine …«

Oda lachte laut auf.

»Weshalb sollte ich denn sonst hier sein? Siri ist unten im Kinderzimmer. Sie schläft meistens um diese Zeit.«

»Siri also.« In Lisbets Hals breitete sich ein dicker Kloß aus. Oda nickte, und das Lächeln auf ihren Lippen erstarb. Lisbet schlüpfte aus ihren Schuhen und setzte sich aufs Bett.

»Wieso hast du nichts gesagt? Ich meine, ich wäre doch für dich da gewesen, immer.« Sie suchte Odas Blick.

»Ich weiß nicht.« Oda begann an den Fransen einer Wolldecke herumzuzupfen, die auf ihrem Bett lag. »Vielleicht, weil ich mich geschämt habe. Keiner wollte mich haben, alle haben mich beschimpft. In dem Café bin ich schon im Herbst rausgeflogen. Eine neue Bedienung hatte mich erkannt und als Deutschenhure beschimpft. Wenn meine Tante nicht gewesen wäre, ich hätte überhaupt nicht mehr gewusst, wohin. Ich habe sogar überlegt, nach Hause zu gehen. Sogar angerufen habe ich. Meine Mutter war am Telefon. Ihre Stimme, sie hat so vertraut geklungen. Ich habe kein Wort herausgebracht. Immer wieder hat sie gefragt, wer in der Leitung ist, irgendwann hat sie sogar meinen Namen genannt. Sie hat gesagt, dass alles gut werden würde. Sie hat gewusst, dass ich es war. Ich habe zu weinen begonnen. Sie hat mich getröstet, hat mich angefleht, nach Hause zu kommen. Alles würde wie früher sein, hat sie gesagt. Ich habe nur geweint, konnte nichts sagen. Gar nichts wäre wieder gut geworden, denn ich trug ja Günters Kind in mir. Die Schande, jeder würde sie sehen. Ich habe eingehängt und eine Weile auf das verdammte Telefon gestarrt. Erst das Räuspern einer jungen Frau hinter mir hat mich in die Realität zurückgeholt. Der öffentliche Fernsprecher in der Poststation ist kein guter Platz für Gefühlsausbrüche.« Oda lächelte kurz. »Meiner Tante habe ich die Schwangerschaft verschwiegen. Über eine ehemalige Kollegin habe ich von dem Stadtheim erfahren. Ich bin so schnell es ging dorthin umgezogen. Einfach so bin ich gegangen, ohne ein Wort des Abschieds, was am Ende besser war. Meine Tante soll ohne die Schande leben. Die Nachbarn hätten sich doch das Maul zerrissen, wenn sie von der Sache Wind bekommen hätten.« Sie schaute Lisbet in die Augen. »Ich wollte dir schreiben, das musst du mir glauben. So oft habe ich einen Brief an dich begonnen, doch dann fehlten mir die Worte. Schon seit März bin ich hier. Siri ist jetzt sechs Wochen alt. Einige Monate werde ich noch bleiben können. Was dann kommt: Ich weiß es nicht.« Sie zuckte mit den Schultern.

»Und was ist mit Günter?«, fragte Lisbet.

»Er war noch drei Wochen in Oslo, dann ist er abgereist. Seitdem habe ich nichts mehr von ihm gehört. Seit meiner Ankunft im Stadtheim versuchen sie, ihn aufzuspüren, wegen des Unterhalts. Doch bisher habe ich noch keine Nachricht erhalten.« Sie zuckte mit den Schultern, dann deutete sie auf Lisbets Bauch.

»Von Erich, nehme ich an.«

Lisbet nickte.

»Er ist nicht mehr in Kristiansand, oder?«

»Ostfront«, antwortete Lisbet knapp. »Nach seinem Weihnachtsurlaub ist er nicht mehr zurückgekommen. Ich war noch in Loshavn, als ich die Schwangerschaft bemerkt habe.«

»Wissen es deine Eltern?«

»Du weißt es gar nicht?«

»Was weiß ich nicht?«, fragte Oda.

»Mein Vater ist mit dem Boot verunglückt. Kurz vor Weihnachten sind sie in einen Sturm geraten.«

»Nein.« Oda schlug die Hand vor den Mund.

»Zwei Tage vor Heiligabend war die Beerdigung. Mama hat es nicht verkraftet. Und ich bin trotzdem gegangen.« Endgültig liefen die Tränen über Lisbets Wangen. Oda stand auf, setzte sich neben Lisbet und griff nach ihrer Hand, während Lisbet zum ersten Mal darüber sprach, was in Loshavn passiert war.

»Ich hab sie allein gelassen. Sie hat mich angeschrien und ist so verdammt wütend geworden. Ich kann nie wieder zurück. Es ist vorbei.« Lisbet sah Oda an.

Die drückte ihre Hand ganz fest.

»Nein, das ist es nicht. Denn wir haben einander gefunden. Oda und Lisbet, wir gehören zusammen, seit wir denken können. Der Sturm ist aufgezogen, doch wir werden ihm trotzen und uns in den Wind stellen, bis es vorbei ist.«

»Und du denkst, dass es das irgendwann sein wird?«, fragte Lisbet und zog die Nase hoch. »Dass es irgendwann vorbei ist?«

»Mit Sicherheit. Und schon jetzt wird es leichter werden, denn wir sind zu zweit.«

»Und ich dachte schon, ich würde dich niemals wiedersehen«, sagte Lisbet und wischte sich die Tränen von den Wangen. »Ich habe dich überall in Oslo gesucht. Sogar zu deiner Tante bin ich gegangen. Wie konntest du nur glauben, dass du dich vor mir schämen müsstest? Sind wir uns doch näher, als Schwestern es jemals sein könnten.«

»Ich weiß es nicht.« Oda ließ Lisbets Hand los. »Da war doch Erich. Ich meine, du hattest doch jetzt dein Leben in Kristiansand und warst glücklich. Ich wollte dir nicht zur Last fallen ...«

Lisbet wollte etwas erwidern, doch ein lauter Gong ließ sie erschrocken zusammenzucken.

»Es gibt Abendbrot«, kommentierte Oda das dröhnende Geräusch und stand auf. Die Unterbrechung schien ihr gerade recht zu kommen. »Lass uns später weiterreden. Wenn es sein muss, die ganze Nacht. Aber vorher muss ich etwas essen und dir meine kleine Siri zeigen.«

Oda ging zur Tür, doch Lisbet hielt sie am Arm zurück. »Oda, warte.« Oda wandte sich um. »Denk niemals wieder, dass du mir zur Last fallen könntest, du Dummerchen.« Lisbet zwang sich zu einem Lächeln.

»Versprochen«, erwiderte Oda und drückte Lisbets Hand, dann verließen sie endgültig den Raum.

Im Speisezimmer, das sie kurz darauf betraten, empfing sie der Geruch von Gemüsesuppe. Und dort trafen sie auf Lisbets Mitbewohnerinnen aus dem Stadtheim. Frieda winkte ihr fröhlich zu und deutete auf einen freien Stuhl neben sich. Auch Brit saß an ihrem Tisch. Oda musterte die Mädchen neugierig und bemerkte trocken: »Die Blonde ist eine Zicke.«

Lisbet prustete los. Jetzt wusste sie wieder, was sie vermisst hatte.

»Nicht so laut.« Sie stieß Oda in die Seite. »Sie kann dich hören.«

»Egal. Ich habe keine großen Neuigkeiten verkündet.«

Brits Augen verengten sich zu gefährlichen Schlitzen, doch sie blieb an ihrem Platz. Lisbet lächelte verbindlich. Marthe blieb, einen Teller Suppe in der Hand, neben Lisbet stehen.

»Willst du dich nicht zu uns setzen?«, fragte sie schüchtern.

»Heute nicht. Ich habe eine alte Freundin getroffen«, lehnte Lisbet die Einladung ab und deutete auf Oda. Marthe warf Oda einen kurzen Blick zu.

»Schade. Vielleicht ja morgen. Würde mich freuen, weißt du.« Sie ging weiter.

»Was war das denn?«, fragte Oda, während sie nach einem Suppenteller griff.

»Marthe eben.«

»Die hübsche Zicke hat sie im Griff, oder?«

»Ich weiß auch nicht genau«, erwiderte Lisbet leise. »Vielleicht.« Sie füllte Suppe auf ihren Teller und folgte Oda zu einem abseitsstehenden Tisch am Fenster.

»Hast dich lieber rausgehalten. Wie sonst auch immer«, bemerkte Oda und begann ihre Suppe zu essen.

»Wieso fragst du, wenn du es sowieso schon weißt?« Lisbet fischte ein Stück Brot aus einem Brotkorb auf dem Tisch.

»Hätte ja sein können, dass sich etwas verändert hat«, erwiderte Oda grinsend.

»In den wenigen Monaten?«

»Wieso nicht? Unser ganzes Leben hat sich in dieser kurzen Zeit verändert. Warum nicht auch das?«

»Hast du Kontakt mit den anderen Mädchen?«

Oda verdrehte die Augen.

»Aber ich soll mich ändern.« Lisbet grinste.

»Ingrid war nett. Sie hat einen Jungen geboren. Ein kräftiger Bursche mit einem ordentlichen Organ. Ihre Eltern haben ihr den Fehltritt verziehen. Sogar abgeholt haben sie sie – allerdings nur unter der Bedingung, dass sie einen Jungen aus dem Dorf heiratet. Einen liebevollen, aber einfältigen Burschen aus guten Verhältnissen, den sie ganz nett findet. Ingrid hat sofort eingewilligt.«

»Und sie denkt tatsächlich, das könnte eine Lösung sein? So ein Dorf vergisst und verzeiht nie etwas.«

»Immerhin ist sie zu Hause«, erwiderte Oda schulterzuckend.

»Aber es ist ein hoher Preis, den sie für die Heimat zahlt.« Lisbet tunkte ihr Brot in die Suppe.

»Den ich nicht bezahlen werde«, erwiderte Oda. »Bestimmt wird sich Günter bald melden, da bin ich mir sicher.«

»Und was dann?«

»Er wird Unterhalt zahlen. Fast alle Väter machen das. Der Lebensbornverein kümmert sich darum, dass sie an der Front informiert werden. Wenn sie ihn erst gefunden haben, dann wird alles gut werden, das weiß ich bestimmt.«

Lisbet nickte.

»Das haben sie doch mit Erich auch gemacht, oder? Ich meine, sie suchen doch bestimmt längst nach ihm.«

»Natürlich. Sie haben ihn auch gefunden. Er hat mir geschrieben, sogar schon vor einer Weile. Leider hat die alte

Torghatten seine Briefe nicht weitergeleitet. Doch gerade heute ist ein Brief von ihm im Stadtheim eingetroffen.« Lisbet holte den Umschlag aus ihrer Rocktasche und zeigte ihn Oda.

»Er weiß von dem Kind und wird Unterhalt bezahlen. Er liebt mich und will, dass wir heiraten.«

»Sie haben ihn also schneller gefunden als Günter«, war alles, was Oda dazu sagte. Ihr Blick wurde traurig. Lisbet wunderte sich, aber was hatte sie gedacht? Dass Oda sich für sie freuen würde? Sie schob den Gedanken beiseite. An Odas Stelle würde sie gewiss nicht anders denken.

»Die lange Wartezeit hat bestimmt nichts zu bedeuten. Am Ende ist Günter nur schwer aufzutreiben. Ganz bestimmt wirst du bald eine Antwort und einen Brief von ihm erhalten. Er liebt dich, das hat er doch gesagt.«

»Natürlich. Ich meine, sicher doch.« Odas Stimme klang für einen Moment unsicher, dann fing sie sich wieder. »Bestimmt hast du recht, und ich werde bald Nachricht von ihm haben. Und vielleicht werden wir zwei eines schönen Tages sogar in Deutschland leben, am Ende sogar in derselben Stadt. Das wäre doch was.« Oda träumte schon wieder.

»Ja, schon.« Lisbets Antwort klang zögerlich. Darüber, wie es irgendwann weitergehen würde, wollte sie lieber nicht nachdenken. Heute war einer der guten Tage. Erich hatte geschrieben, und sie hatte Oda wiedergefunden. Das war Glück genug, jedenfalls für den Moment.

»Aber jetzt zeige ich dir erst einmal meine Siri«, änderte Oda abrupt das Thema und stand auf. »Sie fehlt mir schon, dabei habe ich den ganzen Nachmittag mit ihr verbracht.«

Lisbet erhob sich ebenfalls, obwohl sie ihre Suppe noch gar nicht aufgegessen hatte. Als sie an dem Tisch ihrer ehemaligen Mitbewohnerinnen vorbeigingen, bemerkte Lisbet Brits eisigen Blick, der nicht ihr, sondern Oda galt. Gewiss würden die nächsten Wochen nicht einfach werden.

Oda führte Lisbet zu dem ebenfalls im Erdgeschoss liegenden Kinderzimmer. Es war ein großer Raum, in dem sich weiße Gitterbettchen dicht aneinanderreihten. Die Vorhänge waren halb zugezogen. Durch sie hindurch fielen die letzten Sonnenstrahlen des Tages auf Boden und Wände, was für eine anheimelnde Atmosphäre sorgte. Eine Säuglingsschwester hob gerade eines der Kinder aus seinem Bettchen, es weinte herzzerreißend. Liebevoll nahm sie es in den Arm und kam auf Oda und Lisbet zu. Erst jetzt bemerkte Lisbet, wie jung die Schwester war, die sie auf Norwegisch ansprach.

»Guten Tag, Oda. Siri ist gerade aufgewacht.« Sie deutete auf ein Gitterbettchen am Fenster. »Sie wird sich bestimmt freuen, dich zu sehen.« Ihr Blick fiel auf Lisbet.

»Deine Freundin, nehme ich an.«

Oda stellte die beiden einander vor. Die Säuglingsschwester hieß Ida und hatte erst vor wenigen Wochen ihre Ausbildung in einem Osloer Krankenhaus abgeschlossen. Ihr Vater war Hausmeister und Gärtner in einer Person, während ihre Mutter als gute Seele des Hauses galt. Die Familie bewohnte schon seit dem neunzehnten Jahrhundert das steinerne Haus neben der Auffahrt. Früher war Hurdal Verk eine Glasmanufaktur gewesen, später ein Hotel, heute das Mütter- und Säuglingsheim der Deutschen.

»Der Zweck des Gebäudes mag sich wandeln«, sagte Ida schulterzuckend. »Doch meine Familie war immer hier, und daran werden auch die Deutschen nichts ändern.« Sie lächelte und steckte dem Säugling zur Beruhigung den Daumen in den Mund. Sofort begann der Kleine daran zu saugen.

»Sie sind so niedlich, die lieben Kleinen. Schon immer wollte ich mit Kindern arbeiten.«

»Solange sie so still sind«, erwiderte Oda und deutete auf den schmatzenden Säugling. »Lange wird er sich mit dem Daumen nicht mehr zufriedengeben.«

»Da magst du recht haben«, erwiderte Ida lächelnd. »Ich werde mal sein Fläschchen holen. Seine Mutter schläft. Sie ist von der Geburt noch sehr geschwächt. Es war nicht leicht für sie. Drei Tage hat es gedauert, bis das Würmchen endlich das Licht der Welt erblickt hat.« Lisbets Augen weiteten sich. Ida biss sich auf die Lippen. »Was nicht immer so lange dauert. Oftmals geht es ganz schnell und unkompliziert, eigentlich bei den meisten.«

»Bei mir hat es nur acht Stunden gedauert«, bestätigte Oda. »Am Ende ist sie einfach herausgerutscht und hat mich mit großen Augen angesehen, mein kleines Wunder.«

Der Kleine auf Idas Arm begann endgültig zu quengeln.

»Bis später«, verabschiedete sie sich und nickte Oda noch einmal zu. »Wenn du magst, kannst du Siri noch ein wenig haben, aber nicht über die Nacht. Du kennst die Regeln.« Ida verließ den Raum. Oda zog eine Grimasse.

»Als ob es wichtig wäre, wo die Kleinen schlafen.« Sie bedeutete Lisbet, ihr zu folgen. Vor Siris Gitterbett blieb

Lisbet unsicher stehen. Ein kleines Mädchen, eingewickelt in eine wollene Decke, streckte ihnen die kleinen Ärmchen entgegen. Schon jetzt glich sie ihrer Mutter. Derselbe dunkle Teint und das rabenschwarze Haar, für einen Säugling außergewöhnlich dicht. Nur die Augen waren noch blau, wie bei den meisten Säuglingen dieses Alters. Liebevoll hob Oda die Kleine hoch.

»Da ist ja jemand aufgewacht. Du hast schon auf die Mami gewartet, nicht wahr?« Sie legte die Kleine an ihre Schulter und wandte sich an Lisbet. »Ist sie nicht bezaubernd?«

Lisbet nickte. »Sie sieht dir so unglaublich ähnlich. Wie eine Oda-Miniaturausgabe.«

Oda lachte laut auf.

»Das sagen alle hier. Eigentlich schade, denn das Äußere ihres Vaters ist auch nicht zu verachten.«

»Nein, nicht schade, sondern großes Glück«, sagte Lisbet augenzwinkernd.

»Du immer mit deinen Komplimenten«, wiegelte Oda ab. »Komm, wir gehen noch ein wenig in den Park. Es ist ein so schöner, milder Abend.« Sie ging zum Ausgang, Lisbet folgte ihr. Ein wenig fühlte es sich wie früher an. Oda bestimmte, und Lisbet schloss sich ihr ohne Widerworte an. Doch diesmal war es anders, denn Oda trug ein winziges Mädchen, das sein Köpfchen auf ihrer Schulter abgelegt hatte und fröhlich an der Decke auf Odas Schulter herumnuckelte. Die Veränderung stand plötzlich zwischen ihnen. Es war, als wäre mit dem Kind die Leichtigkeit ihrer Jugend auf einen Schlag verschwunden. Lisbet legte die Hand auf ihren Bauch und spürte die Bewegungen ihres ungeborenen Kindes. Bald schon würde auch sie ein Bündel Mensch in den Armen halten. Wie würde sie es empfinden, als kleines Wunder oder als Belastung? Die letzten Wochen hatte sie oft darüber nachgedacht, wie es nach der Geburt ihres Kindes weitergehen würde. Erichs Brief hatte ihr Erleichterung gebracht, doch die Zweifel gewannen schon wieder die Oberhand. Sie lebte in einem Heim der Deutschen, der SS, in einer Zuchtanstalt, wie hinter vorgehaltener Hand gemunkelt wurde, und Erich war noch immer an der Ostfront, es herrschte noch immer Krieg. Am Ende würde vielleicht kein Brief mehr kommen, weil er wie sein Vater an der Front gestorben wäre. Doch zu ihr würden keine Eltern kommen, um sie in eine sichere Zukunft zu begleiten, selbst wenn sich diese wie Verrat anfühlte. Sie traten auf den Hof, und Oda legte Siri in einen der vielen weißen Kinderwagen, die vor dem Eingangsportal bereitstanden. Liebevoll deckte sie ihre Tochter mit einer Decke zu. Doch der Kleinen schien es nicht zu gefallen, abgelegt zu werden, denn sie verzog das Gesicht und begann zu jammern.

Oda streichelte zärtlich über die Wange ihres Kindes, dann lenkte sie den Wagen auf den Kiesweg, der hinter dem Haus vorbei in eine weitläufige Parkanlage führte. Die Bäume waren in frisches Grün gehüllt, Gänse- und Schlüsselblumen überzogen die weitläufigen Wiesen. Auf der linken Seite lag ein kleiner See, auf dem sich Enten, Schwäne und Blesshühner tummelten. Keine Lachmöwen, dachte Lisbet bei ihrem Anblick wehmütig.

Schweigend liefen sie nebeneinander her. Irgendwann versank die Sonne hinter dem Hügel, und sofort wurde es spürbar kühler.

Lisbet schlug fröstelnd die Arme um den Körper.

»Kühl ist es hier. So ganz anders als zu Hause. Mir sind das flache Land und unser kleiner Hügel lieber.«

»Mir auch«, stimmte Oda zu. »Mir fehlt der Blick auf den Horizont und das Meer. Zu Hause würden wir jetzt auf unserem Stein sitzen und die Sonne im Gesicht über den Schärengarten blicken.«

»Über den Schärengarten«, wiederholte Lisbet sehnsüchtig. »Manchmal vermisse ich ihn so sehr, dass es weh tut. Dann schließe ich die Augen und stelle mir vor, dass ich auf dem kleinen Steg vor Joakims Haus sitze und auf Loshavn blicke, wie es in der rotgoldenen Abendsonne vor mir liegt. Es ist so vertraut, unsere Heimat, und doch wird es niemals wieder dasselbe sein.« Sie seufzte hörbar.

Die beiden setzten sich auf eine Bank am Ufer des Sees. Die kleine Siri war eingeschlafen. Zärtlich betrachtete Oda ihr schlafendes Kind.

»Mama würde sie vergöttern, das weiß ich genau. Den ganzen Tag würde sie sie herumtragen und verwöhnen. Sie hat sich immer Enkelkinder gewünscht. Jetzt hat sie endlich eines bekommen, und sie weiß nicht einmal davon.« Oda machte eine kurze Pause. Lisbet glaubte, Tränen in ihren Augen zu erkennen. Oda sprach weiter: »Vor zwei Wochen war ein Fotograf hier, und sie haben Bilder von uns gemacht. Eigentlich für die Väter an der Front, um ihnen damit eine Freude zu machen. Doch ich dachte die ganze Zeit, dass ich eins nach Hause schicken müsste, damit Mama die

Kleine sehen kann und endlich von ihr erfährt. Vielleicht wären sie dann auch gekommen, um uns zurückzuholen.« Oda schaute Lisbet an. »Wir sind doch noch die, die wir waren, sind ihre Töchter, gehören zur Familie. Gilt es da nicht zu verzeihen? So oft sind wir vor ihren Augen gefallen, und sie haben uns wieder aufgehoben. Wieso verstoßen sie uns jetzt, da wir sie am meisten brauchen?«

»Elen hat dich nicht verstoßen«, antwortete Lisbet. »Sie vermisst dich. Ich glaube, sie würde dir alles vergeben, wenn du nur zurückkämst.«

»Du hast mit ihr gesprochen?«

Lisbet nickte. »Sie hat mit mir einen Weihnachtsbaum geschlagen. Eigentlich hat das immer mein Vater gemacht ...« Lisbets Stimme brach. Sie schluckte, dann sprach sie weiter: »Mama hat Weihnachten so sehr geliebt, und jetzt wird sie es für immer mit dem Tod ihres geliebten Ehemanns verbinden. Es war schwierig. Mama ist nicht dazu geschaffen, allein zu leben. Doch ich kann ihr meinen Vater nicht ersetzen. Das wird sie lernen müssen.«

»Warst du damals schon ...« Oda deutete auf Lisbets Bauch.

»Ich habe es vermutet. Die Blutungen waren ausgeblieben, und mir war ständig übel. Mama hat es erraten, und dann ist sie unglaublich wütend geworden. Ich bin regelrecht vor ihr geflohen.« Lisbet sah Oda in die Augen. »Sie wird mir niemals verzeihen, dass ich gegangen bin. Sie wollte sich an mir festhalten, vielleicht nur für eine Weile, bis der schlimmste Sturm vorbei sein würde. Doch ich habe sie enttäuscht und bin fortgelaufen, zurück nach Kristiansand, zu Erich, der dann doch nicht wiederkam. Niemals kann ich ihr wieder unter die Augen treten. Ich schäme mich zu sehr. Verstehst du?«

Oda nickte und erwiderte seufzend: »Und wir dachten, die Welt hinter dem Hügel wäre der sicherste Platz auf Erden.«

»Für mich ist er das geblieben«, antwortete Lisbet. »Heimat ist nicht nur ein Wort, sondern ein Gefühl, und Familie bedeutet so viel mehr. Vielleicht wird es ja irgendwann wieder gut sein. Die Zeit heilt viele Wunden.« Sie griff nach Odas Hand und drückte sie fest. »Elen wartet auf deine Rückkehr, Oda. Schick ihr die Fotografie. Ich weiß, sie wird sich darüber freuen.«

»Und Papa?«

Lisbet senkte den Blick.

»Er war schon immer stur.«

Oda schüttelte den Kopf.

»Weil nicht sein kann, was nicht sein darf. Niemals wird er mir verzeihen. Und gerade das wünsche ich mir doch so sehr.« Sie schluchzte auf und schlug die Hände vors Gesicht. Lisbet legte die Arme um sie, zog sie an sich und streichelte beruhigend über ihr dunkles Haar. Lange blieben sie einfach so sitzen, Arm in Arm, still, im Moment versunken. Irgendwann begann die kleine Siri im Kinderwagen zu greinen. Oda schien es nicht wahrzunehmen. Lisbet wusste, dass sie heute die Stärkere von ihnen beiden war, wenigstens für diesen Augenblick.

*

Später am Abend lauschte Lisbet Odas regelmäßigen Atemzügen. Die vielen neuen Eindrücke ließen sie nicht in den Schlaf finden, genauso wenig wie der kleine Mensch in ihrem Inneren, der gerade jetzt fröhlich zu strampeln begonnen hatte. Irgendwann gab es Lisbet auf, sich hin und her zu wälzen, und setzte sich auf. Ungestörter Schlaf schien werdenden Müttern nicht vergönnt zu sein. Sie schwang die Beine aus dem Bett, schlüpfte in ihre Schlappen und griff nach ihrem Morgenmantel. Ihr Blick fiel auf ihren vom hellen Mondlicht beschienenen Nachttisch. Tagebuch, Stift und Briefpapier lagen darauf. Gleich morgen wollte sie Erich antworten, damit er nicht länger in Sorge um sie war. Oder sollte sie das nicht besser jetzt tun? Gerade in den Abendstunden hatte das Schreiben einen ganz besonderen Zauber. Zu dieser Stunde schrieb sie am liebsten Tagebuch und überdachte, was sie erlebt und empfunden hatte. Diesmal würde es eben ein Brief werden. Entschlossen nahm Lisbet Stift und Briefpapier an sich, verließ den Raum und schlich zum Treppenhaus. Als sie im Erdgeschoss ankam, begann ein Kind zu weinen. Sie blieb stehen. Eine Tür knarrte, beruhigende Worte waren zu hören. Lisbet erkannte Idas Stimme. In diesem Haus voller Menschen würde es wohl niemals wirklich still sein. Sie erreichte den gemütlichen Aufenthaltsraum. Die Vorhänge waren nicht zugezogen, und helles Mondlicht fiel auf den alten Dielenboden. Lisbet blickte hinaus. Der Vollmond stand am Himmel und tauchte Auffahrt und Nebengebäude in silbernes Licht. »Kein Wunder, dass ich nicht schlafen kann«, murmelte sie, setzte sich in einen breiten Lehnstuhl neben den offenen Kamin und knipste die danebenstehende Stehlampe an. Ihr warmes Licht verbannte das fahle Mondlicht aus dem Raum, weckte allerdings auch Idas Aufmerksamkeit, die sofort die Tür aufschob.

»Ich bin es nur, Lisbet Tensen. Ich kann nicht schlafen«, suchte Lisbet die junge Säuglingsschwester zu beruhigen.

Ida trat erleichtert näher.

»Meine Güte, was hab ich mich erschrocken.« Sie griff sich an die Brust.

»Das war nicht meine Absicht«, entschuldigte sich Lisbet. »Ich wollte nur einen Brief schreiben.«

Idas Blick fiel auf das Briefpapier.

»Mitten in der Nacht?«

»Warum nicht?«, erwiderte Lisbet schulterzuckend. »Jetzt bin ich wenigstens ungestört. Das dachte ich wenigstens.« Sie zwinkerte Ida zu.

»Stimmt auch wieder«, erwiderte Ida. »Die tägliche Unruhe stört an manchen Tagen sogar mich. Auch als das Haus noch ein Hotel war, herrschte niemals Ruhe. Neue Gäste trafen ein, andere reisten ab. Und immer wieder wurde bis tief in die Nacht gefeiert, Hochzeiten, Geburtstage oder einfach so.« Sie zuckte mit den Schultern. »Als ich klein war, bin ich deswegen oft bis ganz ans Ende des Parks gelaufen. Hinter einem kleinen Wäldchen versteckt, liegt dort eine kleine Hütte, direkt an einem See. Sie scheint niemandem zu gehören und war immer mein Rückzugsort, wenn mir das Hotel mit seinen vielen Gästen mal wieder zu viel geworden ist. Ab und an hab ich dort ganz die Zeit vergessen und bin eingeschlafen. Wenn mich dann die ersten Strahlen der Morgensonne geweckt hatten, lief ich schnell zurück, damit sich Mama keine Sorgen machte. Nicht einmal hat sie mich erwischt.«

Lisbet lächelte.

»In Loshavn, meinem Heimatdorf, gab es viele stille Orte. Doch am schönsten war es in Joakims Haus, das auf einer kleinen Insel gelegen ist, und bei dem Felsen auf dem Hügel. Von dort aus kann man den ganzen Schärengarten überblicken.«

»Loshavn«, wiederholte Ida. »Das liegt unten im Süden, oder?«

Lisbet nickte.

»Dann gehörst du hier zu den Exoten«, stellte Ida fest. »Die meisten Mädchen stammen aus dem Norden, viele aus der Gegend um Bergen, was es ihnen nicht immer einfach macht. Aus dem Süden ist besser. Die Mädchen von dort haben sie lieber.«

»Warum?«, fragte Lisbet.

Ida biss sich auf die Lippen. »Ist nicht wichtig«, wich sie plötzlich aus. Ihr freundliches Lächeln verschwand. »Ich rede zu viel.« Sie trat zur Tür. »Ich muss zurück und nach den Kindern sehen.«

Lisbet wollte etwas erwidern, doch sie kam nicht mehr dazu. Ida verließ beinahe fluchtartig den Raum. Verwundert schaute Lisbet ihr nach. Was war falsch daran, aus dem Norden zu stammen, und weshalb war der Süden gut?

War es nicht egal, aus welcher Region die Mädchen kamen? Alle waren in Not geraten und saßen im selben Boot. Was machte den Unterschied?

Am liebsten wäre sie Ida gefolgt, um mehr über ihre seltsamen Andeutungen zu erfahren, doch sie tat es nicht. Ida hatte gewiss einen guten Grund für den abrupten Abbruch ihres Gespräches gehabt. Sie würde mit Oda darüber sprechen. Vielleicht wüsste die Freundin mehr, immerhin war sie bereits seit einigen Wochen in Hurdal Verk.

Lisbet öffnete die Mappe mit dem Briefpapier und griff nach dem Stift. Nachdenklich blickte sie eine Weile auf das leere Blatt, dann begann sie zu schreiben.

Mein liebster Erich,
ich sitze hier im Schein einer einzelnen Lampe und versuche zu beschreiben, was mir Dein Brief bedeutet, der mich heute erreicht hat. Doch ich kann meine Gefühle kaum in Worte fassen. Die letzten Wochen glichen einer Achterbahnfahrt. Alles ist durcheinander, nichts mehr richtig. Mama hat nicht verstanden, was zwischen Dir und mir ist, wie sollte sie auch. Wir haben gestritten, dann bin ich gegangen. Es fühlt sich an, als hätte ich meinen Platz in der Welt verloren. Jetzt bin ich in Hurdal Verk gestrandet, in einem Haus voller Frauen und Kinder, die mein Schicksal teilen. Schon in Oslo hatte ich eine Bleibe in einem der Lebensbornheime gefunden, wie die Deutschen diese Einrichtungen nennen. Ich bin also versorgt, darum musst Du Dir keine Sorgen machen. Auch sind Oda und ich wieder vereint. Sie ist Mutter eines wunderschönen kleinen Mädchens geworden. Günter wird ganz entzückt sein, wenn er seine Tochter sieht. Doch trotzdem fühle ich mich innerlich zerrissen, so verdammt heimatlos und einsam ohne Dich. So oft habe ich mich gefragt, wo Du bist, wie es Dir geht, ob Du überhaupt noch lebst.

Manchmal habe ich mir vorgestellt, Du würdest wie ich in den Nachthimmel blicken, so wie wir es manchmal gemeinsam in Kristiansand getan haben. Die Sternbilder hast Du mir gezeigt, weißt Du noch? Den großen Wagen, den kleinen Bär und Pegasus. Und wenn das Nordlicht kam, dann sind wir ganz still geworden. Du hast es so sehr geliebt. Jedes Mal, wenn ich es seitdem habe leuchten sehen, habe ich am Fenster gestanden und es allein angesehen. Doch ohne Dich war es plötzlich nur noch halb so schön. Am liebsten hätte ich es zu Dir gesandt, hätte den ganzen Himmel über Dir in grünes Licht getaucht, nur damit Du weißt, dass es mir gutgeht. Sehnsüchtig werde ich jetzt Deiner Antwort harren, die hoffentlich nicht zu lange auf sich warten lassen wird. Wo Du mich findest, weißt Du jetzt. Und vielleicht hat doch bald alles ein Ende, und Du kommst zu mir, zu uns zurück, denn dann werde ich womöglich schon unser Kind in den Armen halten. Daran will ich ganz fest glauben, jeden Tag aufs Neue.
Deine Dich auf ewig liebende
Lisbet

Sie ließ den Stift sinken und las noch einmal die eben geschriebenen Zeilen. *Ob du überhaupt noch lebst*, hatte sie geschrieben. Die Worte waren einfach so aus ihr herausgeflossen, wie sie es auch beim Tagebuchschreiben taten. Wenn sie schrieb, dachte sie nicht nach. Es war, als würden sich ihre Gedanken verselbständigen, um sich auf ihre Art Gehör zu verleihen. Doch würde sie Erich mit ihren Zeilen nicht erschrecken, ihm vielleicht sogar Angst machen? Oder jammerte sie zu sehr? Immerhin war sie in Sicherheit, während er an der Front um sein Leben fürchten musste. Sie überlegte, den Brief zu zerreißen und einen neuen zu verfassen, doch sie verwarf den Gedanken wieder. Ihre Worte waren ehrlich, sie beschönigten nichts. Erich würde es bemerken, wenn sie ihm etwas vorgaukelte. Sie legte die Hand auf den Bauch, spürte die Bewegungen ihres Kindes und schloss die Augen. Bald schon würde sie seine kleine Hand halten, es in die Arme nehmen dürfen. Wie das Kleine wohl aussehen würde, ob es Junge oder Mädchen war? Nach den Tritten zu urteilen eher ein Junge, der vielleicht seinem Vater gleichen würde.

»Wir müssen erst einmal allein zurechtkommen«, sagte sie leise zu dem kleinen Wesen in ihrem Inneren. »Papa ist verhindert, weißt du. Aber er wird bald hier sein, das weiß ich genau. Dann wird er uns in die Arme schließen, und wir werden eine Familie sein.«

Stimmen auf dem Flur ließen sie zusammenzucken.

»Es wird alles wieder gut, Marthe, beruhige dich«, hörte sie Idas Stimme. Marthe antwortete mit einem lauten Stöhnen. »Ich verständige sofort die Oberschwester und den Arzt. Komm, setz dich doch bis dahin hier herein.« Die Tür zum Aufenthaltsraum wurde geöffnet. Lisbet sprang auf. Ida schaute sie erschrocken an. »Lisbet, dich habe ich vollkommen vergessen.« Sie führte Marthe behutsam zu einem breiten Sofa in der Ecke.

»Was ist geschehen?«, erkundigte sich Lisbet besorgt.

»Ich befürchte, die Wehen haben eingesetzt«, beantwortete Ida ihre Frage.

»Es ist viel zu früh«, jammerte Marthe und stöhnte erneut auf. »Es muss drinbleiben.«

»Wir werden es aufhalten. Ganz sicher.« Idas Stimme klang wenig beruhigend. Die junge Krankenschwester schaute zu Lisbet. »Bleibst du bei ihr, bis ich mit den anderen zurückkomme?«

Lisbet nickte. »Ja, sicher.« Ida hörte ihre Antwort nicht mehr. Sie hatte bereits den Raum verlassen. Lisbet zog einen Stuhl neben das Sofa, setzte sich, griff nach Marthes Hand und begann sie beruhigend zu streicheln. »Gleich kommt der Arzt, und dann wird alles gut werden. Er weiß bestimmt, wie es aufzuhalten ist.«

»Es sind noch zehn Wochen. Es wird sterben. Das darf es nicht. Es ist doch alles, was mir noch von ihm geblieben ist.« Tränen rannen über Marthes Wangen. Die nächste Wehe setzte ein, und sie krümmte sich zusammen, drückte fest Lisbets Hand. Vollkommen überfordert beobachtete Lisbet, wie Marthe mit den Schmerzen kämpfte, eine Ewigkeit lang, wie es Lisbet schien, dann beruhigte sie sich wieder.

»Es ist vorbei. Vielleicht ist das gut«, versuchte Lisbet, die keine Ahnung von Geburten hatte, Marthe aufzuheitern.

»Es wird wiederkommen. Gleich, ich spüre es schon.« Sie umklammerte fest Lisbets Hand. »Es darf noch nicht kommen. Nicht mein Kind. Alles ist verloren, es muss bei mir bleiben, wenigstens das Kind.«

»Was redest du nur für einen Unsinn.« Lisbet gab sich Mühe, ihrer Stimme einen aufmunternden Klang zu verleihen. »Nichts ist verloren. Das Kind ist noch in dir, und bald wird sein Vater zurückkehren. Erst neulich hat er doch geschrieben, und seine Worte waren so zärtlich und von Liebe erfüllt. Er wird unendlich stolz auf seine kleine Familie sein. Das weiß ich bestimmt.«

Eine erneute Wehe setzte ein, und wieder krümmte sich Marthe.

»Gar nichts wird er. Verstehst du nicht!« Sie stöhnte laut auf und rang nach Luft. Die Wehe ebbte ab. Erschöpft legte Marthe den Kopf auf die Sofalehne. »Er ist tot, an der Front gefallen. Schwester Geiger hat es mir vorhin gesagt.«

Lisbet ließ Marthes Hand los.

»Aber, das kann doch nicht sein ...«, stammelte sie.

Genau in diesem Moment öffnete sich die Tür, und die Oberschwester stürmte gemeinsam mit Ida und dem Arzt in den Raum. Die nächste Wehe setzte ein, und plötzlich begann Marthe laut zu schreien.

»Zwischen meinen Beinen, es ist alles nass!«

Die Oberschwester schob Lisbet zur Seite. Perplex blieb sie an der Tür stehen.

Helene Geiger schob Marthes Rock nach oben und spreizte ihre Beine. Marthe begann laut zu schreien, Ida hielt sie fest.

»Ich kann das Köpfchen bereits sehen«, stellte der Arzt fest.

»Nein! Das darf nicht sein. Ihr müsst es aufhalten. So tut doch was. Es ist doch viel zu früh.« Sie bäumte sich auf.

»Es kommt«, sagte der Arzt. »Pressen, Mädchen. Es geht nicht anders.«

Ida schob Marthes Oberkörper mit aller Macht nach

vorne. Einmal, zweimal, dann war es vorbei. Marthe sank nach hinten. Der Arzt hielt ein kleines Bündel in den Armen.

»Atmet es? Lebt es? So sagt doch. Es atmet doch. Es muss atmen, das muss es einfach.« Marthes Stimme, anfangs hoffnungsvoll, überschlug sich. »Sagt doch endlich etwas.« Helene Geiger sah Marthe an und schüttelte den Kopf. Marthes Blick erstarrte. Für einen Moment herrschte völlige Stille im Raum. In Lisbets Ohren begann es zu rauschen. Behutsam nahm die Oberschwester dem Arzt das leblose Bündel Mensch aus den Armen und wickelte es in eine Decke. Ida half Marthe, sich aufzurichten, stopfte ihr ein Kissen in den Rücken. Lisbet drückte die Türklinke nach unten.

»Es ist ein Junge«, hörte sie die Oberschwester sagen und beobachtete, wie sie Marthe ihr totes Kind in die Arme legte. Behutsam schob Marthe die Decke beiseite. Lisbet öffnete endlich die Tür und floh aus dem Raum. In ihren Ohren rauschte es noch immer. Sie eilte den Flur hinunter und durchs Treppenhaus. Er ist tot, an der Front gefallen, hallten Marthes Worte in ihren Ohren nach. Es muss atmen, das muss es einfach. Tiefe Verzweiflung hatte in ihrer Stimme gelegen. Als Lisbet den zweiten Stock erreichte, blieb sie nach Luft ringend stehen. Das Kind in ihrem Bauch schien ihre Erregung zu bemerken, denn es begann heftig gegen ihre Rippen zu treten. Was war, wenn auch sie bald eine solche Nachricht erhalten würde? Sie hatte den Gedanken daran verdrängt, wollte ihn nicht zulassen. Erich ging es gut, er würde zurückkommen, das hatte er geschrieben. Sie würden eine Familie werden und in Frieden leben. Das war ihr großer Traum. Lisbet unterdrückte die aufsteigenden Tränen, legte die Hand auf ihren Bauch und murmelte: »Er wird zurückkommen, unseretwegen, das weiß ich genau. Dein Vater kann auf sich aufpassen, weißt du. Er ist keiner von den Mutigen, muss er auch nicht sein. Lieber ist er ein Schwächling, ein Drückeberger und Feigling, mir egal. Hauptsache, er kommt in einem Stück zu uns zurück.« Sie spürte die Bewegung in ihrem Bauch und beruhigte sich wieder. Es war alles gut. Nichts Schlimmes würde passieren. Es betraf nicht sie, nicht ihr Kind, nicht Erich. Ihr Blick wanderte zum Fenster. Noch immer verzauberte der Vollmond die Landschaft und verwandelte sie in eine silberne, friedliche Welt. Als wäre nie etwas geschehen. Im unteren Flur wurde eine Tür geöffnet. Stimmen drangen nach oben. Wie ertappt zuckte Lisbet zusammen, obwohl sie nichts getan hatte. Sie trat vom Treppengeländer zurück, huschte den Flur hinunter, schlüpfte in ihr Zimmer und schlich auf Zehenspitzen zu ihrem Bett. Doch Oda war längst wach. Sie knipste die Nachttischlampe an.

»Die Schreie. Was ist passiert?«

Lisbet setzte sich auf die Bettkante.

»Marthe hat ihr Kind verloren.«

»O nein.« Oda setzte sich auf.

»Das ist noch nicht alles«, fuhr Lisbet fort. »Gerade heute hat sie erfahren, dass ihr Liebster an der Front gefallen ist.«

Oda erbleichte. Lisbet fing ihren Blick auf. Eine Weile sahen sie einander nur an. Plötzlich war die Gefahr greifbar geworden. Sie stand im Raum, verbreitete eine lähmende Angst, die sie beide zum Schweigen brachte. Irgendwann löschte Oda wortlos das Licht. Lisbet kuschelte sich unter ihre Decke und legte die Hand auf ihren Bauch. Noch immer war das kleine Wesen in ihr unruhig. Irgendwann begann sie ein Schlaflied zu summen, erst ganz leise, dann etwas lauter. Oda kannte den Text und stimmte mit ein. Sie sangen es immer wieder, wiederholten die vertrauten Strophen, die an die Kindheit und an Momente der Geborgenheit und des Glücks erinnerten, und versuchten damit, die Angst zu vertreiben.

FÜNFZEHN

Hurdal Verk, Norwegen, September 1942

Lisbet stand erleichtert auf und verschwand hinter dem Vorhang der provisorischen Umkleidekabine, die in dem Untersuchungszimmer eingerichtet war.

»Es kann nur noch wenige Tage dauern«, hörte sie die sonor klingende Stimme des Arztes, während sie in den einzigen Rock schlüpfte, den sie noch tragen konnte. Er hatte einen Gummizugbund und schien unendlich dehnbar zu sein, was inzwischen vonnöten war, denn sie glaubte zu platzen. Besonders in den letzten beiden Wochen hatte der Umfang ihres Bauches in erschreckendem Maße zugenommen, und mit ihren geschwollenen Beinen fühlte sie sich wie ein unbeweglicher Wal.

»Es gibt da nur ein Problem.« Lisbet trat aus der Kabine. »Setzen Sie sich doch, Fräulein Tensen.« Er deutete auf einen Stuhl vor seinem am Fenster liegenden Schreibtisch. Lisbet setzte sich auf die vorderste Kante und faltete die Hände im Schoß. Doktor Weidner, ein dunkelhaariger Arzt aus der Nähe von Stuttgart, blickte sie ernst an. »Das Kind liegt noch immer nicht richtig.« Er blätterte in Lisbets Akte und legte die Stirn in Falten. »Es bleiben uns nicht mehr viele Optionen. Einen Kaiserschnitt würde ich gern umgehen.« Plötzlich klang seine sonst abweisend klingende Stimme besorgt. Doktor Weidner war ein ausgesprochen korrekter Mensch, Deutscher durch und durch, wie Ida sich ausdrückte. Er machte Dienst nach Vorschrift und zeigte nur selten Emotionen. Selbst die Geburt eines neuen Erdenmenschen konnte ihn nicht erfreuen. Sofort, wenn das Kind auf der Welt war, wandte er sich ab, wusch sich die Hände und verließ den Raum. Für die restliche Arbeit waren Schwester Helene und ihre Krankenschwestern zuständig. Helene Geiger hatte Lisbet zu Anfang nur schwer einschätzen können. Oftmals wirkte sie kühl und unnahbar, doch wenn Not am Mann war, verwandelte sie sich plötzlich in einen einfühlsamen Menschen, der genau wusste, was zu tun war. Sie stand den Mädchen während der Geburten bei, betreute sie im Wochenbett, kümmerte sich um jedes noch so kleine Wehwehchen. Besonders um Marthe hatte sie sich nach der Totgeburt des kleinen Jungen bemüht. Sie hatte veranlasst, dass das Mädchen noch eine Weile im Heim bleiben durfte, und ihr dann eine Anstellung in einem Schreibbüro in Oslo organisiert. Vor einem Monat war Marthe abgereist, dünn und blass, mit tief in den Höhlen liegenden Augen. Doch ein winziges Lächeln hatte auf ihren Lippen gelegen, das Mut gemacht hatte. Fest hatte sie Lisbet versprochen zu schreiben.

»Wir könnten versuchen, das Kind im Mutterleib zu drehen, was Risiken mit sich bringt und natürlich fehlschlagen kann. Allerdings ist auch eine Steißgeburt schwierig, besonders bei einer Erstgebärenden wie Ihnen.«

Er war wieder in seinen sonoren Tonfall zurückgefallen, lehnte sich in seinem Stuhl zurück und musterte Lisbet abschätzend. Sie wusste nicht, was sie erwidern sollte. Ein dicker Kloß schnürte ihr plötzlich die Kehle zu. Doch dann mischte sich auf einmal Schwester Helene in das Gespräch ein, die von den beiden unbemerkt den Raum betreten hatte.

»Letzte Woche hatten wir eine Steißgeburt ohne Probleme, Herr Doktor.« Sie trat neben Lisbet und legte ihr die Hand auf die Schulter. »Wir sind inzwischen ein gutes Team, gewiss werden wir es auch in diesem Fall schaffen.« Ihre Stimme klang aufmunternd. »Von der Dreherei im Mutterleib halte ich nichts. Hat meistens einen guten Grund, warum die Kinder es nicht selbst machen. Bei so vielen Steißgeburten hatten die kleinen Würmchen die Nabelschnur um den Hals. Erstickt wären sie, wenn wir sie gedreht hätten.«

Doktor Weidner atmete tief durch.

»Ich kenne Hebammen, die genau das Gegenteil sagen, liebe Schwester Helene. Trotzdem bin ich Ihrer Meinung. Ich wollte Fräulein Tensen nur über sämtliche Möglichkeiten informieren. Sie hatten mich unterbrochen, bevor ich eine Empfehlung aussprechen konnte.« Er warf seiner Schwester einen strafenden Blick zu.

»Was bedeutet Steißgeburt genau?«, fragte Lisbet nach.

»Na, dass es mit den Beinen zuerst kommen wird und mit dem Köpfchen am Schluss. Normal ist es umgekehrt, aber wir können es uns leider nicht immer aussuchen.« Schwester Helenes Tonfall war milde. »Aber wir werden das Kind schon schaukeln, nicht wahr, Doktor Weidner?« Sie blickte den Arzt an.

»Aber natürlich. Wäre nicht das erste Kindchen, das uns zuerst seine Kehrseite zeigt.« Er lächelte kurz, dann verwandelte sich sein Gesicht wieder in die strenge Maske des arrogant wirkenden Arztes. »Sobald es losgeht, schicken Sie nach mir, Schwester Helene. Gemeinsam werden wir das hinbekommen. Bis dahin schonen Sie sich, Fräulein Tensen. Sie sind hier in guten Händen.« Er nickte ihr kurz zu, was Lisbet signalisierte, dass sie entlassen war. Sie verließ das Sprechzimmer und schloss die Tür hinter sich. Als sie wenig später den Aufenthaltsraum betrat, saß dort Brit mit einem Brief in der Hand. Sie sah mitgenommen aus und schien geweint zu haben, ihre Augen waren geschwollen. Lisbet blieb stehen und erkundigte sich vorsichtig:

»Ist alles in Ordnung, Brit?«

Brit schaute erschrocken hoch.

»Ja, alles wie immer.« Ihre Stimme klang fahrig. »Was soll schon sein. Mein Liebster hat geschrieben.«

»Mit Schreibmaschine.« Lisbet deutete auf den Brief. Sofort faltete Brit das Schreiben zusammen und ließ es in ihrer Tasche verschwinden. Lisbet setzte sich neben sie. »Es sind schlechte Neuigkeiten, oder?«

Brit atmete tief durch. »Carl wird keinen Unterhalt bezahlen. Er behauptet, ich hätte mit mehreren Männern ... du weißt schon. Sogar zwei Zeugen hat er, die seine Aussage bestätigen. Was soll ich denn jetzt machen?«

»Ich nehme an, du hast nicht ...« Lisbet wagte nicht weiterzusprechen. Die Vermutung, dass es Brit mit ihrer Tugend nicht so genau genommen hatte, stammte nicht von ihr.

»Natürlich nicht«, antwortete Brit entrüstet.

Lisbet hob beschwichtigend die Hände.

»Schon gut. So meinte ich das doch gar nicht.«

»Natürlich hast du es so gemeint. Ich weiß doch, was hinter meinem Rücken getuschelt wird. Ich bin nicht dumm oder taub. Aber dem werde ich es zeigen.« Sie hob drohend die Hand. »Euch allen werde ich es zeigen. So einfach wird er nicht davonkommen. Das Kind ist von ihm, das weiß ich.« Lisbet horchte auf. Brit biss sich auf die Lippen. Einen kurzen Moment sahen sie einander an, dann erhob sich Brit schwerfällig. Auch bei ihr stand die Geburt kurz bevor.

»Schwester Helene hat gesagt, dass man da etwas machen kann. Ist nicht der Erste, der sich der Verantwortung entziehen will. Es wird eine Anhörung geben. Das hat sie mir versprochen.«

»Eine Anhörung?«, fragte Lisbet verdutzt.

»Natürlich. Das kommt häufiger vor. In der Regel gewinnen die Frauen, hat Schwester Helene gesagt. So einfach kommen die jungen Burschen nicht davon, hat sie mir erklärt. Erst ihren Spaß haben und sich dann davonstehlen. Das lassen sie ihnen nicht durchgehen. Hätte mich auch gewundert, so gründlich wie die Deutschen sind. Bis alles entschieden ist, kann ich hierbleiben. Inzwischen überlege ich sogar, das Kind zur Adoption freizugeben. In Deutschland warten viele Familien auf einen Säugling. Schwester Helene hat mich sogar dazu ermutigt. Sie hat gesagt, bei einer Mutter mit meinen guten Referenzen wäre das gar kein Problem.«

»Du willst es hergeben?«

»Wieso nicht?« Brit zuckte mit den Schultern. »Heiraten wird er mich nicht mehr, dieser Schuft. In Deutschland würde es liebevolle, wahrscheinlich wohlhabende Eltern und ein besseres Leben haben. Für mich ist es nur noch eine Belastung.«

»Eine Belastung. Dein eigen Fleisch und Blut«, wiederholte Lisbet entsetzt.

»Warte nur ab«, erwiderte Brit. »Wir leben in unsicheren Zeiten. Wer weiß, wie du dich entscheidest, wenn dein Erich nicht mehr schreibt oder Schlimmeres passiert. Wir sind jung, unser Leben hat gerade erst begonnen. Ich lass mir doch von einem Deutschenbalg nicht alles kaputtmachen.«

»Von einem Deutschenbalg«, wiederholte Lisbet fassungslos.

Brit kam jetzt richtig in Fahrt.

»Ich werde zurück nach Hause gehen. In unserem Dorf gibt es eine große Fischfabrik. Der Sohn des Inhabers, Jorgen, ist in mich verliebt. Ich fand ihn immer hässlich, aber unter diesen Umständen ist er meine Eintrittskarte in ein sorgloses Leben. Wenn ich ihn erst geheiratet habe, werden mir auch meine Eltern verzeihen. Da bin ich mir sicher.« So viel Kaltschnäuzigkeit war zu viel für Lisbet. Sie stand auf.

»Wenn du denkst, dass der richtige Weg für dich ein Leben an der Seite eines Mannes ist, den du nicht liebst und nur verabscheust, dann bitte schön. Immerhin wird es dann ein Leben ohne Sorgen sein. Das ist schon was. Was zählen schon Gefühle, werden sowieso vollkommen überbewertet.« Ihre Stimme klang zynisch.

Sie wartete Brits Antwort nicht ab, eilte aus dem Raum und trat auf die Veranda. Kühle, von dem Duft trockenen Laubs erfüllte Herbstluft schlug ihr entgegen. Die Blätter der Bäume hatten sich bereits bunt verfärbt, was an einem sonnigen Tag wie dem heutigen hübsch aussah. Es war später Nachmittag, und die Auffahrt lag im Schatten. Bald schon würde es um diese Zeit längst dunkel sein. Wie würde sich das Leben in diesem Haus an einem trostlosen Wintertag anfühlen? Schon im Sommer waren graue Regentage kaum auszuhalten und die sich dahinschleppende Zeit hier nur schwer zu ertragen gewesen. Manchmal fühlte sich der übliche Trott beinahe wie ein normaler Alltag an, doch er war es nicht. Fernab der Welt harrten sie und die anderen Frauen in der Obhut des Lebensbornvereins, einer Zuchtanstalt der Deutschen, aus, warteten auf ihre Kinder und eine ungewisse Zukunft. In der letzten Zeit hatte sie sich immer öfter in der Dachkammer verkrochen, um stundenlang die winzige Fotografie von Erich in ihrem Amulett zu betrachten, wieder und wieder seine Briefe zu lesen. Die Sehnsucht nach ihm schien sie innerlich aufzufressen und ließ sie träge werden. Es gab nur eine Zeit des Tages, zu der sie munter wurde. Wenn der Postbote mit seinem alten Lastwagen die Auffahrt hochfuhr, lief sie so schnell sie konnte in die Eingangshalle hinunter. Doch seit Wochen hoffte sie vergeblich auf einen neuen Brief von Erich. Sie redete sich ein, dass er keine Zeit hatte, dass der Brief eine weite Reise zurücklegen musste, vielleicht sogar verlorengegangen war. Am Ende wartete er darauf, dass sie auf einen Brief antwortete, der sie niemals erreicht hatte. Die Zweifel nagten an ihr, und sie wusste, dass es Oda genauso erging, doch sie sprachen nur wenig darüber. Seitdem Marthe ihr Kind verloren hatte, war auch das letzte Stück Leichtigkeit, das sie sich noch bewahrt hatten, verflogen. Die Allgegenwärtigkeit des Krieges lastete schwer auf ihnen und hatte ihnen die Sorglosigkeit ihres alten Lebens geraubt.

Lisbet schlug den Weg in den Park ein, wo sie Oda vermutete. Schon vor einer Weile hatten sie das kleine Häuschen entdeckt, von dem Ida erzählt hatte. Eine rotgestrichene Hütte, direkt an einem See gelegen, sogar mit einem Steg, auf dem man sitzen konnte. Im Sommer waren sie oft hier gewesen. An warmen Tagen waren sie sogar schwimmen gegangen. An diesem versteckten Platz konnten sie sich in ihre Heimat zurückträumen. Hier war es so friedlich, nur Vogelgezwitscher hing in der Luft. Der See war nicht sonderlich groß, nicht mit dem Schärengarten und der Weite des Meeres vergleichbar, aber er hatte klares Wasser, auf dem die Sonne funkelte und in das man die nackten Füße halten konnte, auf dem Enten und Schwäne schwammen. Lisbet hatte die Vögel inzwischen richtig liebgewonnen. Sie waren nicht so frech und laut wie die Lachmöwen, und das gefiel ihr.

Der angelegte Parkweg ging irgendwann in einen kleinen Trampelpfad über, der durch ein kleines, für die Gegend typisches Birkenwäldchen führte. Dahinter lag der in der Abendsonne funkelnde See. Schon von weitem konnte Lisbet Oda auf dem Steg sitzen sehen.

Sie lief am Haus vorbei, betrat den Steg und begrüßte Oda: »Dachte ich mir doch, dass du hier bist.« Schwerfällig ließ sie sich neben ihr nieder. Oda erwiderte nichts. Ihr Blick war nach vorn gerichtet und wirkte wie versteinert. In ihren Händen hielt sie einen zusammengefalteten Brief, der Schlimmes ahnen ließ. Ein dicker Kloß breitete sich in Lisbets Hals aus, sie wollte Oda aber nicht drängen. Wenn sie etwas zu erzählen hatte, dann würde sie es tun. Schweigend saßen sie eine Weile nebeneinander. Irgendwann faltete Oda den Brief auseinander. Lisbets Blick fiel auf den mit Schreibmaschine geschriebenen Text.

»Und ich habe gedacht, er würde mich lieben. Ich meine, das hat er doch gesagt. Wieder und wieder.« Oda schüttelte den Kopf.

Lisbet nahm Odas Hand in die ihre.

»Er hat eine Frau in Deutschland und Kinder, sogar drei an der Zahl.« Lisbet ahnte, was kommen würde. »Er leugnet die Vaterschaft, ein Kamerad von ihm hat angegeben, ebenfalls etwas mit mir gehabt zu haben. Ich kenne nicht einmal seinen Namen.«

Zum ersten Mal hob sie den Blick und schaute Lisbet an. In ihren Augen standen Tränen.

»Er hat mich benutzt. Wie eine Sache, ein Ding. Jetzt will er mich loswerden und verbreitet Lügen über mich. Was soll ich denn jetzt machen? Wo soll ich in Gottes Namen hin? Es wird keinen Unterhalt geben, und bald müssen Siri und ich aus Hurdal Verk fortgehen. Die Leute, sie zeigen doch mit Fingern auf uns. Niemand wird mir Arbeit geben. Wie soll ich Siri versorgen, allein und mittellos, wie ich bin?«

Endgültig liefen ihr die Tränen über die Wangen. Wut und Verzweiflung brachen sich Bahn, und sie schleuderte das Schreiben ins Wasser, stand auf, lief zur Hütte und wieder zurück. »Gottverdammter Mistkerl. Wie konnte ich nur so blind sein. Ich hätte es wissen müssen. All die Geschichten von Berlin und dem Reichtum. Alles ist gelogen.«

»Du hättest es nicht wissen können«, fiel ihr Lisbet ins Wort. »Er hat dich auf Händen getragen, das habe ich doch gesehen. Ich hätte ihm genauso geglaubt.«

»Und du glaubst Erich«, konterte Oda. »Was ist, wenn auch er dich belügt und zu Hause Frau und Kind hat, alles nur Theater ist?«

»Niemals würde Erich das tun. Und er wird mir Unterhalt bezahlen, das hat er mir geschrieben«, verteidigte Lisbet Erich.

»Na und«, sagte Oda. »Der Vater von Inger bezahlt auch Unterhalt. Trotzdem hat er ihr vor einer Weile geschrieben, dass er sie doch nicht heiraten könne, wegen Problemen in der Heimat. Dreimal darfst du raten, wie diese Probleme aussehen. Frau und Kind hat er. Schwester Helene hat es herausbekommen. Inger ist todunglücklich. Aber sie hat Glück. Ihre Großmutter in Narvik hat ihr verziehen und will sie und das Kind zu sich nehmen. Nächste Woche reist sie ab.«

»Inger also auch«, erwiderte Lisbet und ließ die Schultern sinken. Immer mehr Frauen erhielten schlechte Nachrichten. Oftmals die schreckliche Gewissheit, dass der Geliebte gefallen war.

»Und wenn du doch deine Mutter anrufst?«, erkundigte sich Lisbet vorsichtig.

»Das habe ich schon getan.« Odas Stimme klang missmutig. »Papa war am Telefon. Als er meine Stimme gehört hat, hat er sofort aufgelegt. Er habe keine Tochter mehr, hat er noch gesagt.«

Lisbet nickte mit betretener Miene.

»Elen hätte drangehen müssen.«

»Was auch nichts gebracht hätte. Sie hat sich noch nie gegen ihn durchsetzen können.«

Lisbet dachte an Brits Worte. Sie hatten herzlos geklungen, doch steckte dahinter nicht auch eine vernünftige Überlegung? Sie konnte dem Kind keine Perspektive bieten, weshalb es also nicht zur Adoption freigeben? Einige Mädchen taten das und verließen Hurdal Verk mit zurückgewonnener Freiheit. Oder war der Preis dafür zu hoch?

»Brit will wegen des Unterhalts vor Gericht ziehen.« Lisbet deutete auf den im Wasser schwimmenden Brief. »Schwester Helene hat ihr gesagt, dass sie ganz gute Karten hätte, den Prozess zu gewinnen. Viele Männer wollen sich aus der Verantwortung stehlen.«

»Davon hat Schwester Helene mir nichts gesagt. Sie meinte, wenn ich wollte, könnte ich Siri in ihrer Obhut lassen, und sie würde in ein Kinderheim kommen, Godthaab oder so ähnlich war der Name. Die Kleine würde dort gut versorgt werden.«

»In ein Kinderheim?«, wiederholte Lisbet entsetzt. »Brit hat sie angeboten, das Kind zur Adoption freizugeben. In Deutschland gebe es viele Menschen, die gern ein Kind aus Norwegen adoptieren würden. Von einem Kinderheim hat sie nicht gesprochen.«

»Brit ist ja auch keine Sami«, sagte Oda. »Ist dir das nicht aufgefallen? Sie sortieren uns aus und behandeln uns schlechter, wir haben weniger Rechte. Kein Stück besser als die Juden sind wir in ihren Augen, das sage ich dir. Keine reine Rasse oder so ein Mist. Ida hat mir davon erzählt. Es gibt Formulare, die dazu ausgefüllt werden. Ist die Mutter eine Sami, bedeutet das: keine arische Rasse. Ich habe nicht alles verstanden, aber die Deutschen halten normale Norweger, also solche wie dich, für eine arische Rasse. Sami hingegen verabscheuen sie.«

»Das kann ich mir nicht vorstellen«, widersprach Lisbet. »Dass sie die Juden nicht mögen, haben wir ja bereits in Kristiansand mitbekommen, warum auch immer. Diese sonderbare Einstellung wird mir für immer ein Rätsel bleiben. Sie sind doch Menschen wie du und ich. Aber jetzt auch noch die Sami? Was soll denn an dieser Herkunft nicht gut genug sein?«

»Keine Ahnung.« Oda zuckte mit den Schultern. »Aber gewiss ist das der Grund dafür, warum Brits Kind liebevolle Eltern in Deutschland bekommen und Siri in ein Kinderheim abgeschoben würde, was ich niemals im Leben zulassen werde. Eher werde ich verhungern oder für uns beide auf der Straße betteln. Siri braucht ihre Mutter, wenigstens ich muss doch bei ihr bleiben, wenn sie der Rest der Welt schon nicht haben will. Sie braucht doch eine Familie.« Ihre Stimme war wieder lauter geworden. Verzweiflung sprach aus jedem Wort, aber auch der unbedingte Wille, es irgendwie zu schaffen. So war Oda schon immer gewesen. Niemals hatte sie klein beigegeben, stets um eine Lösung bemüht, hatte sie sich jedem Problem entgegengestellt, auch wenn die Situation noch so ausweglos schien. Auch diesmal würde es ihr gelingen, das wusste Lisbet. Manchmal hätte sie gern ein wenig von Odas Stärke und ihrem unbedingten Willen gehabt.

»Vielleicht könnten wir uns ja erst einmal zusammentun«, dachte Lisbet laut nach.

Verwundert blickte Oda sie an.

»Wann Erich zurückkommt, weiß ich nicht. Schon so lange ist kein Brief von ihm angekommen, am Ende ist auch er …« Ihre Stimme brach.

Odas Blick wurde milde. Sie trat neben Lisbet und strich ihr tröstend über die Schulter.

»Daran darfst du nicht einmal denken. Er ist Tausende Kilometer entfernt, irgendwo an der Front, gewiss ist es dort nicht immer einfach, Briefe zu schreiben. Ich bin mir ganz sicher, dass du bald Nachricht von ihm erhältst. Ich habe es vorhin nicht so gemeint. Ich habe ihn erlebt. Er war schon immer anders als Günter. Stiller, zurückhaltender, vielleicht nicht ganz so gut aussehend«, sie zwinkerte Lisbet zu, »aber mit dem Herz auf dem rechten Fleck. Sein letzter Brief war so voller Liebe und Zuneigung. Bestimmt wirst du mit ihm glücklich sein, daran glaube ich ganz fest.«

Jetzt traten in Lisbets Augen Tränen. Sie wischte sie hastig ab und griff nach dem Amulett an ihrem Hals.

»Ich bete jede Nacht dafür. Und dafür, dass unser Kind gesund zur Welt kommt. Ich hab so schreckliche Angst vor der Geburt, weißt du.«

»Das wird schon«, versuchte Oda, Lisbet zu beruhigen. »Es tut weh, keine Frage. Aber vielleicht dauert es nur wenige Stunden. Im Frühjahr, da warst du noch nicht hier, hat eines der Mädchen ihr Kind in einer halben Stunde zur Welt gebracht. Schwupp, schon war der Kleine da. Ein echter Prachtkerl mit rabenschwarzem Haar.«

»So einfach wird es nicht werden«, erwiderte Lisbet seufzend. »Ich war vorhin bei Doktor Weidner. Das Kind liegt nicht richtig, was die Geburt kompliziert machen kann. Es müsste längst mit dem Köpfchen nach unten liegen, aber der ist immer noch oben. Es kann wohl Probleme geben, wenn die Beine zuerst kommen.«

»Und wenn sie es im Mutterleib drehen? Ida hat mir erzählt, dass sie das schon gemacht haben.«

»Doktor Weidner und Schwester Helene halten nichts davon. Sie meinen, es gibt immer einen Grund dafür, warum sich die Kinder nicht drehen. Oftmals haben sie die Nabelschnur um den Hals. Es ist schon vorgekommen, dass Kinder bei einer Drehung stranguliert worden sind.«

»Autsch«, kommentierte Oda.

»Sie wollen es so versuchen, aber es wird nicht leicht, was mir solche Angst macht. Was ist, wenn es nicht gutgeht? Es gibt Frauen, die bei der Geburt sterben.«

»Mal den Teufel nicht an die Wand«, sagte Oda zu Lisbet und griff nach ihrer Hand. »Wir sind hier in einer Geburtsklinik. Sollte es wirklich brenzlig werden, dann können sie das Kind immer noch per Kaiserschnitt holen. Dann legen sie dich einfach schlafen, und wenn du aufwachst, ist das Kleine da, und alles ist in Ordnung.«

»Und warum machen sie das nicht gleich?«, fragte Lisbet. »Mir wäre das lieber.«

»Mir wäre das an deiner Stelle nicht lieber, denn sie schneiden dir den Bauch auf, und es gibt eine Narbe, die am Anfang scheußlich weh tut. Tone-Lill hat einen Kaiserschnitt bekommen, und sie durfte zwei Wochen nicht aufstehen. Sie hat immer noch Schmerzen und Probleme, ihr Kind hochzunehmen. Es mag sein, dass dir dieser Eingriff bei Komplikationen das Leben retten wird, aber schön ist er nicht.« Sie drückte Lisbets Hand und nickte ihr aufmunternd zu. »Doktor Weidner mag ein unterkühlter Deutscher sein, aber er ist ein guter Arzt. Bestimmt wird er dein Kind unbeschadet auf die Welt holen. Da bin ich mir sicher.«

Lisbet nickte. »Das will ich hoffen, obwohl ich mich jetzt schon davor grusle, mit ihm und Schwester Helene länger als zwanzig Minuten in einem Raum sein zu müssen. Die Schwester ginge vielleicht noch, aber er ist mir manchmal regelrecht unheimlich. Sein Gesicht wirkt so unnahbar wie eine Maske. Noch nie habe ich ihn lachen sehen, selten hat er ein freundliches Wort für uns übrig. Es scheint, als wären wir ihm eine Last.«

»Vielleicht sind wird das ja«, erwiderte Oda schulterzuckend. »Am Ende ist er nach Norwegen strafversetzt worden. Das wäre doch möglich. Die große Karriere ist ihm verwehrt geblieben, und jetzt muss er norwegische Bälger in einer Zuchtanstalt auf die Welt holen. Da wäre ich auch angesäuert.«

Lisbet stieß Oda lachend in die Seite.

»Wie du es nur immer wieder schaffst, mich aufzuheitern.«

»Dafür sind Freunde doch da, oder?«

»Ja, dafür sind Freunde da. Und zum Zuhören.«

»Und fürs Leben«, fügte Oda leise hinzu. »Und wenn du magst, gehe ich mit in das Geburtszimmer, natürlich nur, wenn es erlaubt wird und ich dir eine Stütze wäre.«

»Das würdest du wirklich tun?«

»Wieso nicht? Ich werde auf dich aufpassen, bis der kleine Wurm auf der Welt ist. Das verspreche ich dir.«

»Und wenn sie dich nicht reinlassen?«

»Dann trete ich eben die Tür ein«, erwiderte Oda grinsend. »Wäre ja nicht die erste Tür, die ich kleinkriege.« Sie zwinkerte Lisbet zu, die sich sofort an den Tag erinnerte, als Oda wegen flegelhaften Verhaltens einer Mitschülerin gegenüber – sie hatte Anne wegen einer Lappalie eine Ohrfeige verpasst – in der Arrestkammer landete. Vor lauter Wut hatte es Oda tatsächlich geschafft, die Tür der Kammer einzutreten.

»Also ich denke ja immer noch, dass damals in dieser Tür der Holzwurm steckte. Niemals hättest du sie sonst eintreten können.«

»Weißt du noch, wie der alte Lehrer Arntzen geschrien hat? Mit dem Rohrstock ist er mir bis nach Hause nachgelaufen. Mama hat gerade auf der Veranda gesessen. Ihren Blick werde ich nie vergessen.«

»Die Tracht Prügel deines Vaters aber auch nicht«, erwiderte Lisbet grinsend. »Ein Mädchen, das in der Schule randaliert, kommt auch nicht alle Tage vor.«

»Er hat mich ungerecht behandelt, genauso wie Anne, das kleine Biest.«

»Und deswegen hast du die Tür eingetreten.«

»Die hätte sowieso erneuert werden müssen.«

»Ach, Oda. Wie gern ich dich doch hab.« Lisbet schüttelte den Kopf, dann erhob sie sich schwerfällig. »Komm. Lass uns zurückgehen. Die Sonne ist weg, und mir ist kalt.«

Sie liefen über den Steg an der kleinen Hütte vorbei. Die Fensterläden waren verriegelt, doch sie wussten, dass darin ein altes Sofa neben einem winzigen Holzofen stand. Sogar eine Anrichte voller Porzellan gab es.

»Das nächste Mal gehen wir besser ins Haus und machen den Ofen an«, sagte Oda und schlang die Arme um den Körper. »Der Sommer ist wohl endgültig vorbei.«

»Ja, das ist er.« Lisbets Stimme klang wehmütig. Sie durchquerten den Wald aus Birken und Fichten und liefen durch den im Dämmerlicht versunkenen Park. Kurz bevor sie das Haupthaus erreichten, blieb Lisbet plötzlich stehen und griff nach Odas Hand.

»Es tut so gut, dich in meiner Nähe zu wissen. In Oslo bin ich vor Sorge um dich fast umgekommen. Ich hätte es nicht ertragen, dich niemals wiederzusehen. Ich meine, wir sind doch eine Einheit. Oda und Lisbet, verbunden für immer. Nichts und niemand kann uns trennen.«

Oda nickte und umarmte Lisbet, drückte sie ganz fest an sich.

»Was bin ich froh, dass ich dich hab. Jetzt lassen wir uns niemals wieder los. Was auch passieren wird. Und wenn ich die verdammte Tür des Geburtszimmers eintreten muss und noch ganz viele andere Türen … Ach, was auch immer. Niemals wieder werde ich dich alleinlassen. Das verspreche ich dir.«

Lisbet erwiderte Odas Umarmung und atmete tief ihren vertrauten Geruch ein. Wie immer duftete Oda nach dem Veilchenwasser, das ihre Mutter im Laden verkaufte. Sie löste sich aus der Umarmung und antwortete augenzwinkernd:

»Ich denke nicht, dass du die Tür eintreten musst. Wir werden Schwester Helene einfach fragen. Bestimmt wird sie nichts dagegen haben.«

»Das denke ich auch. Immerhin werde ich eine Hilfe sein, wenn auch nur mental … Oder nicht?« Odas Stimme wurde unsicher.

»Du musst das nicht tun, wenn es dir zu viel ist«, sagte Lisbet. »Ich kriege das auch so auf die Reihe. Die anderen Mädchen haben auch niemanden zum Händchenhalten dabei.«

»Wir sind aber nicht die anderen Mädchen«, gab Oda zurück.

»Da hast du auch wieder recht«, sagte Lisbet und rieb sich die kalten Hände. Sie nickte zum Haus hinüber. »Komm, lass uns endlich reingehen. Mir ist kalt.«

Sie liefen die Auffahrt hinauf und betraten wenig später die Eingangshalle, in der Brit und Frieda auf einem Sofa saßen und sich unterhielten. Als die beiden Lisbet und Oda bemerkten, verstummten sie. Brit musterte Oda abschätzend, als sie an ihnen vorübergingen.

»Was schaust du denn so blöd?«, konnte Oda mal wieder nicht an sich halten. Schon mehrfach war sie mit Brit aneinandergeraten. Sie konnte sie einfach nicht leiden.

»Hübsch anzusehen sind sie ja, die Sami«, erwiderte Brit breit grinsend. »Sind aber wohl nicht besser als die Juden. Falsches Blut, minderwertige Rasse. Da haben die Deutschen einmal etwas richtig gemacht.«

Oda riss erschrocken die Augen auf. Aber es war nicht sie, sondern Lisbet, die ausholte und Brit eine schallende Ohrfeige verpasste. Sich die Wange haltend, sah sie Lisbet verdutzt an.

»Noch ein Wort, und ich werde dich grün und blau schlagen. Was fällt dir ein, als norwegisches Mädchen so zu reden. Sieh zu, dass du fortkommst, wohin auch immer. Jeder hier weiß doch, was für eine Schlampe du bist.«

Frieda rückte ein Stück von Brit ab. Oda und Lisbet gingen weiter. Brit blickte ihnen mit finsterer Miene nach, zu keiner Antwort fähig. Sie wusste noch nicht wie – aber für diese Demütigung würde sie sich rächen.

*

Später am Abend lag Lisbet in ihrem Bett und lauschte Odas gleichmäßigen Atemzügen. Schon seit einer Weile hatte sie das Gefühl, dass etwas nicht stimmte. Immer wieder wurde ihr Bauch fest, dann entspannte er sich wieder. Anfangs hatte es nicht weh getan, doch inzwischen zog es unangenehm in ihrem Rücken, und es wurde mit jeder Verhärtung des Bauches schlimmer. In den letzten Tagen hatte es sich öfter so angefühlt, als ginge die Geburt los, doch es hatte stets nach einer Weile wieder aufgehört, was diesmal nicht passieren wollte. Anstatt nachzulassen, schienen die Schmerzen schlimmer und die Abstände kürzer zu werden. Plötzlich fühlte sie etwas Feuchtes zwischen ihren Beinen, als hätte sie ins Bett gemacht. Erschrocken schoss sie in die Höhe. »Nass, es ist alles nass!«

Oda war sofort hellwach. Sie knipste die Nachttischlampe an und sprang aus dem Bett. Lisbet hatte die Bettdecke weggezogen. Das Laken zwischen ihren Beinen war feucht.

»Die Fruchtblase ist geplatzt«, bemerkte Oda fachgerecht. »Es geht los.«

»Wirklich? Ich dachte ... ich meinte, es könnte wieder aufhören. Wie letztens, da ist es auch wieder vorübergegangen.«

»Jetzt wird es das nicht mehr tun«, sagte Oda. »Du hast schon Wehen?«

»Schon seit einer Weile«, gab Lisbet kleinlaut zu. »Es zieht scheußlich in den Rücken.«

»So hat es bei mir auch angefangen.« Oda griff nach ihrem Morgenmantel, schlüpfte in ihre Schlappen neben dem Bett und trat zur Tür.

»Ich gehe Schwester Helene holen. Gewiss wird sie gleich Doktor Weidner Bescheid sagen. Es wird Zeit, dass du ins Geburtszimmer kommst.«

Sie verließ den Raum und schloss die Tür hinter sich. Lisbet sank zurück in die Kissen. Eine Hand legte sie auf ihren Bauch, der sich erneut verhärtete. Diesmal verspürte sie den Schmerz nicht mehr nur im Rücken, auch in ihrem Unterleib begann es zu ziehen. Sie atmete tief ein und aus und presste die Augen zusammen, irgendwann ebbte der Schmerz wieder ab. Wie oft er wohl wiederkommen würde? Er war jetzt schon heftig, aber auszuhalten. Gewiss würde es noch schlimmer werden, was ihr Angst machte. An manchen Tagen hörte man die Schreie der gebärenden Mädchen durch das ganze Haus. Die Zimmertür wurde geöffnet, und Oda betrat, gefolgt von Schwester Helene, den Raum.

»Es geht also los, meine Liebe. Oda sagte, die Fruchtblase sei geplatzt.«

»Wenn das der Grund für das Wasser ist«, erwiderte Lisbet und deutete auf die feuchte Stelle zwischen ihren Beinen.

»Das ist der Grund. Dein Kindchen will auf die Welt kommen, und wir werden alles dafür tun, dass das reibungslos funktioniert.« Sie nickte Lisbet aufmunternd zu. »Wäre nicht das erste Baby, das mit dem Popöchen zuerst rauskommt. Wir schaffen das schon.«

Sie half Lisbet beim Aufstehen und Anziehen des Morgenmantels. Oda zog ihr fürsorglich dicke Wollsocken an und half ihr in die Schlappen. Es ging auf den Flur hinaus, wo Lisbet nach wenigen Schritten stöhnend stehen blieb. Oda stützte sie, bis die Wehe abebbte, dann ging es die Treppe nach unten in den ersten Stock und zum Geburtszimmer, wo sie bereits Doktor Weidner erwartete. Oda führte Lisbet auf Anweisung des Arztes zum Entbindungsstuhl, wo Lisbet Platz nahm. Doktor Weidner blickte Oda abwartend an. Als sie sich nicht hinausbewegte, sprach er sie an: »Es ist gut. Sie können gehen.«

»Das Mädchen wird hierbleiben«, erklärte Schwester Helene, die den Wunsch der Mädchen gern erfüllte. »Es ist eine komplizierte Geburt und wird nicht einfach werden für uns alle. Lisbet kann Beistand gut gebrauchen.«

Doktor Weidner warf der Schwester einen missbilligenden Blick zu.

»Was reden Sie denn da? Es ist nicht kompliziert, eben anders. Machen Sie der Patientin nicht solche Angst.« Er blickte erneut zu Oda, die entschlossen ihr Kinn voranreckte, und ergab sich in sein Schicksal. »Meinetwegen. Sie kann bleiben.« Er bat Lisbet, sich zu entspannen. Sie musste die Beine in die dafür vorgesehenen Auflagen legen. Oda griff nach ihrer Hand. Doktor Weidner fuhr mit seinen Fingern in sie hinein, was sie kurz zusammenzucken ließ. »Höchstens ein Zentimeter«, kommentierte er den Befund. »Wird wohl eine lange Nacht.« Er klopfte kurz auf Lisbets Bein und erhob sich. »Da kann etwas Unterhaltung nicht schaden.« Er wandte sich an Schwester Helene. »Rufen Sie mich in einer Stunde wieder. Vielleicht tut sich bis dahin etwas.« Er ging zum Waschbecken, wusch sich die Hände und verließ den Raum.

»Du kannst die Beine runternehmen«, sagte Oda zu Lisbet und half ihr, von dem Stuhl hinunterzuklettern.

»Sie braucht ein frisches Hemd«, stellte Schwester Helene fest. »Ich besorge gleich eins – und Kekse, die meisten Mädchen wollen Kekse und einen warmen Tee. Doktor Weidner hat recht. Es könnte noch ein Weilchen dauern.« Sie verließ den Raum. Oda half Lisbet ins Bett und deckte sie liebevoll zu. Lisbet fror, ihre Zähne schlugen aufeinander, und trotz der Wollsocken fühlten sich ihre Füße eiskalt an.

»Es ist so kalt«, sagte sie zitternd und wickelte sich in die Decke.

Oda berührte den neben dem Fenster stehenden Kohleofen. »Kein Wunder, er ist kalt.« Sie machte sich daran, Kohlen nachzulegen und das Feuer neu anzufachen. Die Sanktionierungen trafen auch Hurdal Verk, weswegen bis Ende September nur wenige Räume des Hauses geheizt werden durften. »Wir wollen doch nicht, dass du bei der Entbindung erfrierst. Obwohl ich denke, dass dir bald zu warm sein wird. Kinder kriegen ist anstrengender als Schnee schippen, das kann ich dir sagen.«

Eine neue Wehe erfasste Lisbets Körper. Sie stöhnte auf und krümmte sich zusammen. Der Schmerz erfüllte inzwischen ihren ganzen Unterleib und kroch ihre Wirbelsäule hinauf.

Oda griff nach ihrer Hand. »Tief ein- und ausatmen. Das hilft. Ida hat das gesagt. Immer schön atmen. Das ist wichtig.«

Doch Lisbet tat genau das Gegenteil. Sie hielt die Luft an, bis sie nicht mehr konnte und der Schmerz endlich abebbte. Oda schaute sie missbilligend an.

»Wenn du das bei jeder Wehe machst, wirst du irgendwann ohnmächtig.«

»Ist mir egal«, erwiderte Lisbet keuchend. »Wehe ist für diese Schmerzen vollkommen untertrieben. Hölle müsste es heißen. Scheußliche, immer wiederkehrende Schmerzhölle.«

»Und die Abstände werden immer kürzer, du wirst dich freuen«, bestätigte Oda grinsend.

Lisbet drehte sich auf den Rücken.

»Ob das wirklich so eine gute Idee war, dich dabeizuhaben?«, sagte sie scherzhaft.

»Ich kann auch gehen. Ich habe nachts Besseres zu tun, als in einem Entbindungszimmer zu sitzen. Schlafen zum Beispiel.«

Lisbet stöhnte erneut auf.

»Keine fünf Minuten mehr«, stellte Oda trocken fest, als die Wehe abebbte. »Oder bei Siri sitzen und sie im Schlaf beobachten. Bald wirst auch du solch unsinnige Dinge tun, die nur Müttern einfallen. Es kann sich nur noch um Stunden handeln.«

Lisbet entspannte sich wieder. Erste Schweißperlen standen auf ihrer Stirn. Oda griff nach ihrer Hand und drückte sie fest.

»Das wird schon. Schon vier Minuten. Das ist gut. Vielleicht geht es ja doch schneller, und bevor der Morgen graut, ist es geschafft und du hältst dein Kind in den Armen. Es ist ein wunderbarer Moment, seinem kleinen Wunder zum ersten Mal in die Augen zu blicken. Das ist es wert, weißt du.«

»So sehe ich das auch«, sagte Schwester Helene, die unbemerkt von den beiden den Raum betreten hatte. In den Händen hatte sie ein Tablett mit Tee und Keksen, unter dem Arm ein frisches Hemd. Sie stellte das Tablett auf den Nachttisch und machte sich daran, Lisbet umzuziehen. Danach setzte sie sich auf die Bettkante und tätschelte liebevoll ihre Hand. »Du musst keine Angst haben. Doktor Weidner ist ein erfahrener Frauenarzt. In Stuttgart hat er bereits Hunderte Kinder auf die Welt geholt, ob mit Kopf oder Popo zuerst, alle waren sie gesund.«

Oda fiel auf, wie herzlich ihre Stimme klang, selbst ihre sonst strengen Züge waren plötzlich milde. Auch bei Siris Geburt hatte diese sonderbare Verwandlung stattgefunden. Wenn es um organisatorische Dinge ging, dann führte Schwester Helene ein strenges Regiment und schien oftmals unerbittlich zu sein. Doch in diesem Raum war sie ein warmer und fürsorglicher Mensch, den man gern um sich hatte.

Lisbet wurde erneut unruhig und krümmte sich. Wieder hielt sie den Atem an.

»Atmen, Mädchen«, sagte die Schwester. »Dann wird es erträglicher. Atme die Schmerzen einfach weg. Siehst du: einfach so.« Sie spitzte die Lippen und atmete tief ein und aus. Lisbet begann es ihr nachzumachen. Sie atmete mit ihr, bis die Wehe abebbte.

»Das hast du gut gemacht«, lobte die Schwester Lisbet und tätschelte ihren Arm. »Und beim nächsten Mal gleich wieder. Wir schaffen das gemeinsam.« Lisbet nickte wortlos. Die letzte Wehe hatte sie stark mitgenommen.

»Möchtest du etwas trinken?«, erkundigte sich Oda fürsorglich.

Lisbet lehnte ab. Der Schmerz hatte ihr den Magen zugeschnürt, es war ihr leicht übel. Oda nutzte die Gunst der Stunde, griff nach einem der leckeren Kekse, die es sonst nur sonntags zum Tee gab, und biss herzhaft hinein, was ihr einen missbilligenden Blick der Schwester einbrachte.

»Was?«, fragte sie schulterzuckend. »Sie isst sie doch eh nicht. Habe ich damals auch nicht. Es wird mir für immer ein Rätsel bleiben, wie man bei einer Geburt Kekse essen kann.«

Lisbet hörte Odas Stimme wie durch eine Wand. Erschöpft schloss sie für einen Moment die Augen und döste so lange weg, bis die nächste Wehe kam. Schwester Helene knipste irgendwann die kleine Lampe auf dem Nachttisch an und löschte das große Licht.

»Es wird sowieso noch ein Weilchen dauern«, begründete sie die schummrige Beleuchtung. »So ist es besser für Lisbet.«

Eine Weile danach betrat erneut Doktor Weidner den Raum. Diesmal musste sich Lisbet nicht auf den Gebärstuhl legen. Er prüfte den Fortgang der Geburt im Bett, was es leichter machte, doch das Ergebnis der Untersuchung gab keinen Anlass zur Freude. Der Muttermund hatte sich nicht weiter geöffnet. Es hieß also durchhalten. Der Arzt wusch sich die Hände, nickte Schwester Helene kurz zu und verließ den Raum. Seufzend sank sie auf einen Stuhl neben dem Bett, während Lisbet erneut zu stöhnen begann.

*

Die nächsten Stunden schleppten sich dahin. Sie waren von Schweigen, tröstenden Worten, Momenten der Ruhe und immer schlimmer werdenden Schmerzen erfüllt. Lisbet wusste bald nicht mehr, wie sie es noch ertragen sollte. Sie wollte nur noch, dass es endlich endete. Inzwischen hatte sie sich erbrochen, ihr Magen rebellierte. Immer wieder musste Oda nach dem Eimer greifen, obwohl nur noch gelbe Galle hochkam. Ihr Hals brannte, ihre Augen tränten. Dreimal war Doktor Weidner gekommen, um die Eröffnung des Muttermundes zu kontrollieren. Erst bei seiner letzten Kontrolle hatte sich merklich etwas getan. »Vier Zentimeter«, sagte er. Erleichtert hatte Oda die Schultern sinken lassen und Lisbet aufmunternd über den Kopf gestrichen. »Siehst du. Jetzt hast du es bald geschafft.«

Doch bis es wirklich losging, sollte es bis zum späten Vormittag dauern. Lisbet wusste nicht, wie sie es auf den Gebärstuhl geschafft hatte. Sie glaubte, die Schmerzen würden sie zerreißen. Sie konnte nicht mehr atmen, nur noch schreien, während Oda ihre Beine auf die Auflagen legte und Doktor Weidner mit seinen Fingern in ihren Körper eindrang. »Vollkommen eröffnet«, hörte sie ihn sagen. »Na, dann wollen wir mal. Bei der nächsten Wehe müssen Sie ganz fest pressen, Fräulein Tensen. Haben Sie verstanden?«

Lisbet nickte. Der Schweiß stand ihr auf der Stirn. Die nächste Wehe traf sie, und Oda half ihr dagegenzuhalten, indem sie ihren Oberkörper von hinten stützte. Mit aller Macht drückte Lisbet.

»Du machst das prima, Mädchen. Weiterpressen, fester. Ein Füßchen. Es ist bereits da.« Schwester Helenes Stimme klang aufmunternd. Lisbet ließ den Kopf zurückfallen. Die Wehe war vorbei.

»Ich denke, jetzt geht es ganz schnell«, hörte sie Doktor Weidner sagen. Sie schloss die Augen und atmete tief durch. Die nächste Wehe schlich sich an, und erneut presste sie mit aller Kraft. Es fühlte sich an, als würde sie innerlich zerbersten. Sie hörte die Stimme des Arztes, Odas aufmunternde Worte, spürte ihre Hände an ihren Schultern. Der Raum begann sich zu drehen, der Druck nach unten schien unerträglich zu werden. Die Wehe ebbte ab, und sie sank nach hinten. Schweiß lief ihr in die Augen. Oda wischte ihr die Stirn. »Sie machen das sehr gut«, lobte sie Doktor Weidner. »Noch eine Wehe, dann ist es überstanden.« Lisbet schloss die Augen. Sie spürte den kommenden Schmerz. Ihr Oberkörper bäumte sich auf. Sie schrie, unendlich laut, wie sie noch nie im Leben geschrien hatte.

»Es ist geschafft. Der Popo, er ist draußen.« Die Stimme

des Arztes klang erleichtert. »Gleich ist es vorbei. Nur noch einmal pressen, dann ist es da.«

»Es ist ein Mädchen«, verriet Schwester Helene das Geschlecht. Lisbet registrierte ihre Worte kaum. Die nächste Wehe kam, und sie beugte sich erneut nach vorn, begann wieder laut zu schreien. Der Schmerz, er war so unerträglich. Er musste aufhören, es sollte endlich vorbei sein.

»Es ist da. Es ist geschafft«, hörte sie Schwester Helenes Stimme. Lisbet ließ den Kopf nach hinten fallen. Endlich war es vorbei. Oda drückte fest ihre Hand. Der Arzt schnitt die Nabelschnur durch und reichte das zappelnde Neugeborene Schwester Helene, die es liebevoll in eine Decke wickelte.

»Was für ein bezauberndes kleines Mädchen«, sagte sie lächelnd und legte die Kleine auf Lisbets Bauch, während Doktor Weidner die Nachgeburt in Empfang nahm und die letzten Untersuchungen vornahm. Lisbet schaute auf das kleine Gesichtchen, berührte sanft das rötliche Haar. »Sie ist hübsch«, sagte sie.

»Hübsch«, erwiderte Oda entrüstet. »Sie ist hinreißend! Sieh nur, die kleinen Händchen, das Stupsnäschen und das rote Haar. Ganz die Mama, würde ich sagen.«

In Lisbets Augen traten Tränen. Plötzlich war ihr alles zu viel. Das Kind in ihren Armen, es hatte nur sie. Wie sollte sie für das Mädchen sorgen? Sie war ganz allein, niemand wollte sie haben. Erich, er war so verdammt weit weg. Er sollte seine Tochter in die Arme nehmen und bewundern dürfen. Würde er das jemals tun können? Am Ende war er längst tot, und morgen würde einer dieser schrecklichen

Briefe eintreffen. Was würde dann werden? Wo sollten sie hin, mutterseelenallein, wie sie auf der Welt waren?

»Nehmt sie fort«, sagte sie plötzlich, erst leise, dann lauter. »Nehmt sie fort. Ich will das nicht, kann das nicht.«

Oda zuckte zurück. Doch Schwester Helene verstand. Lisbet war nicht die erste Frau, die nach der Geburt eines Kindes so reagierte. Die nervliche Anspannung und die Schmerzen forderten ihren Tribut. Sie nahm Lisbet das Kind aus den Armen, um das Neugeborene in Idas Obhut zu geben. Doch bevor sie den Raum verließ, legte sie Oda die Hand auf die Schulter und nickte ihr kurz zu. Oda verstand. Die Tür hinter Schwester Helene schloss sich, und Oda half Lisbet zurück ins Bett, deckte sie liebevoll zu. Doktor Weidner verließ ohne ein Wort des Abschieds den Raum. Lisbet bemerkte es nicht. Eine Weile starrte sie auf die geschlossene Tür, dann rannen die Tränen über ihre Wangen, und sie schluchzte laut auf. Da fackelte Oda nicht lange. Sie legte sich neben Lisbet ins Bett und drückte die Freundin liebevoll an sich. Irgendwann begann sie ihr vertrautes Kinderlied zu singen. Ganz langsam ließen Lisbets Schluchzen und das Zittern ihres Körpers nach, und nach einer Weile schlief sie ein. Oda sang noch eine Zeitlang weiter, bis auch ihr die Augen zufielen.

*

Erst in der darauffolgenden Nacht erwachte Lisbet. Sie war allein. Wann Oda gegangen war, wusste sie nicht. Es schien zu regnen, denn Wasser tropfte von der Dachrinne. Lisbet lauschte dem gleichbleibenden Geräusch eine Weile. Die friedliche Stille tat ihr gut. Sie drehte sich auf den Rücken und legte die Hände auf den Bauch. Er fühlte sich seltsam weich an, nicht mehr so prall gefüllt wie noch vor wenigen Stunden. Es war ungewohnt, keine Bewegung zu spüren. Ein Mädchen also, dachte sie plötzlich. Nur noch vage waren die Erinnerungen an den Moment, als sie der Kleinen ins Gesicht geblickt hatte. Ihre Augen waren geöffnet gewesen, ihre kleinen Lippen gerötet. Sie hatte nicht geweint, kein Geräusch von sich gegeben. Ihre winzigen Händchen, sie hatte sie nicht berührt. Feige war sie gewesen, von Schmerz und Angst gelähmt. So begrüßte keine Mutter ihr Kind. Sie hätte die Kleine in den Arm nehmen und wärmen sollen. Stattdessen hatte sie hysterisch zu schreien begonnen und ihr Mädchen weggegeben. Sie setzte sich auf und knipste die Nachttischlampe an. Der Raum begann sich zu drehen. Sie schloss die Augen und wartete, bis es vorbei war. Auf dem Nachttisch stand ein Becher mit kaltem Tee. Gierig griff sie danach und leerte ihn in einem Zug, was ihre Sinne belebte. Vorsichtig stand sie auf, griff nach ihrem über dem Stuhl liegenden Morgenmantel, schlüpfte in ihre Schlappen und öffnete die Tür. Sie lief den Flur hinunter und wählte den Weg über die kleine Treppe hinter der Tapetentür, die direkt im unteren Flur neben dem Kinderzimmer endete. Vorsichtig schob sie die angelehnte Tür auf und lugte in den Raum. Plötzlich schlug ihr das Herz bis zum Hals. Gleich würde sie ihr kleines Mädchen kennenlernen, und diesmal würde sie nicht kneifen.

Ida, die gerade eines der Kinder in sein Bettchen legte, drehte sich erschrocken um. »Ach, du bist es.«

Sie atmete erleichtert auf, während sich vor Lisbets Augen erneut der Raum zu drehen begann. Taumelnd hielt sie sich am Türrahmen fest. Ida eilte zu ihr und stützte sie.

»Warum in Gottes Namen bist du schon aufgestanden? Es ist viel zu früh. Die Geburt muss schwer gewesen sein.«

»Ich will zu meinem Mädchen«, erwiderte Lisbet. »Wo ist sie?« Ida führte Lisbet behutsam zu einem gemütlichen Lehnstuhl. Erleichtert ließ sich Lisbet hineinfallen und von Ida mit einer Decke zudecken.

»Ich bringe dir dein Kind.«

Ida ging zu einem direkt neben der Tür stehenden Bettchen, hob das kleine Mädchen heraus und legte es Lisbet in die Arme. »Schau mal, wer da ist. Deine Mutter ist gekommen, kleines namenloses Wunder.«

Lisbet blickte auf die Kleine in ihren Armen, die sich durch nichts in ihrem Schlaf stören ließ.

»Sie ist so wunderschön, deine Kleine. Ganz die Mama.«

Lisbet nickte. Wieder standen Tränen in ihren Augen, aber diesmal weinte sie vor Glück. Sie berührte eines der kleinen Händchen, strich sanft über die Wange des Kindes und atmete den Geruch ein, den es verströmte.

»Hallo, mein Kleines. Ich bin es, deine Mama. Ich hoffe, du kannst mir verzeihen. Es war mir alles zu viel, weißt du.« Als hätte die Kleine sie verstanden, umschloss plötzlich ihr winziges Händchen ihren Zeigefinger.

»Ich denke, sie hat es verstanden«, kommentierte Ida die Reaktion des Kindes. »Ach, übrigens – ich habe etwas für dich. Vorhin hast du so schön geschlafen, dass ich dich nicht wecken wollte. Moment. Ich geh es schnell holen.« Sie stand auf und verließ den Raum. Lisbet schaute ihr verwundert hinterher.

»Klingt wichtig«, sagte sie zu der Kleinen. »Aber es hörte sich nicht schlecht an. Was meinst du?«

Ida kam zurück, einen Brief in der Hand. Lisbets Herz begann höher zu schlagen. Ida reichte ihr den Brief. Er war nicht mit Schreibmaschine geschrieben. Erichs Handschrift prangte auf dem Umschlag. Erleichtert atmete Lisbet auf.

»Endlich. Er hat geschrieben. Und ich dachte schon …« Ihre Stimme stockte.

»Viele der Mädchen warten auf Post«, kommentierte Ida ihre unausgesprochene Vermutung. »Gerade mit den Briefen von der Ostfront gibt es im Moment Probleme. Aber die lange Wartezeit hat in den meisten Fällen nichts zu bedeuten.« Lisbets Erleichterung brach sich Bahn, während sie nickte. Tränen tropften auf den Umschlag. Hastig wischte sie sie fort. »Soll ich den Brief für dich öffnen?«, bot Ida an.

Lisbet nickte. »Das wäre nett. Dann muss ich die Kleine nicht weglegen.«

Sie reichte Ida den Brief. Die Kinderschwester öffnete den Umschlag mit einem Brieföffner, dann gab sie ihn Lisbet zurück, die die Papierbogen auseinanderfaltete und lächelte.

»Er ist diesmal richtig lang geworden. Na, dann wollen wir mal lesen, was uns dein Vater geschrieben hat, mein Kleines.«

Ida entfernte sich diskret. Eines der anderen Kinder weinte. Sie holte es aus dem Bettchen und verschwand mit ihm in der angrenzenden Teeküche.

Lisbet las laut vor.

»Meine Liebste,
ich hoffe, Du musstest nicht zu lange auf diesen Brief warten. In der letzten Zeit scheint es mit der Feldpost schwierig zu sein. Hoffentlich warst Du nicht zu sehr in Sorge um mich. Im Moment geht es mir ganz gut. Ich bin auf meinen Wunsch hin zu einer anderen Einheit abseits der Front versetzt worden und jetzt für die Nachschubversorgung zuständig, was bedeutet, dass ich den ganzen Tag mit einem Lastwagen über Straßen voller Schlaglöcher fahre, die abseits der Front liegen. Wirklich sicher ist es hier nirgendwo, aber ich bin dem Herrn dankbar dafür, dass ich nicht direkt ins Kampfgeschehen eingreifen muss. Jeden Tag hören wir von gefallenen Kameraden, kommen Verletzte ins Lazarett oder werden in die Heimat überführt, um dort ihre Blessuren auszukurieren. Viele von ihnen haben ein Bein oder einen Arm verloren. Ihr Leben wird niemals wieder dasselbe sein. Aber ich will Dir mit diesen Geschichten keine Angst machen. Immer noch hoffe ich, dass der Krieg bald ein Ende haben wird. Besonders vor dem russischen Winter mit seiner erbarmungslosen Kälte fürchte ich mich, wie viele meiner Kameraden. Es mangelt am Nötigsten, und der Nachschub stockt. Wir können nur hoffen, dass die Situation in den nächsten Wochen besser wird. Ich bete jeden Tag dafür, dass es Dir und unserem Kind gutgeht. So oft stelle ich mir unser Wiedersehen vor, wie ich Euch beide in die Arme schließen kann. Niemals wieder werden wir getrennt voneinander sein, das verspreche ich Dir. Besonders in den letzten Tagen habe ich mich gefragt, ob unser Kleines schon das Licht der Welt erblickt hat. Ich habe nachzurech-

nen versucht, doch es fällt mir schwer, den genauen Termin zu bestimmen. Du wirst mir doch sofort von der Geburt berichten, hoffe ich. Dann habe ich einen Grund zur Freude und kann mit den Kameraden feiern. Mit zweien habe ich mich angefreundet, und wir werden mit einem guten Glas Wein auf die Geburt des neuen Erdenbürgers anstoßen. Schon vor einer Weile habe ich die Flasche beiseitegeschafft. Ich frage mich auch, welchen Namen Du dem Kind geben möchtest. Ich möchte Dir nichts vorschreiben – wie könnte ich, wenn ich noch nicht einmal bei Dir sein und Dir nur in finanzieller Hinsicht beistehen kann? Aber ich fände es wunderbar, wenn ein Mädchen den Namen meiner Großmutter Lieselotte bekommen würde. Er mag sich in Deinen Ohren sonderbar anhören, weil es ein traditioneller deutscher Name ist, doch ich mochte meine Großmutter sehr gern, und vielleicht mag er Dir passend erscheinen. Und wie Du Dir vielleicht denken kannst, fände ich es schön, wenn ein Junge nach meinem Vater benannt werden würde. Sein Name war Johannes. Aber noch einmal: Ich möchte Dir nichts vorschreiben. Wenn Du selbst einen anderen Namen bevorzugst, wähle nach Deinem Geschmack. Ich werde unser Kind lieben, wie es auch immer heißen mag. Nun hoffe ich auf baldige Antwort von Dir, vielleicht sogar mit einer Fotografie von Euch beiden. Andere Kameraden haben Kinderbilder erhalten, die sie wie Schätze hüten. Wie gern hätte ich auch ein Bild von Euch. Es würde meine trostlosen Tage ein wenig heller machen, meine Liebste, mein Augenstern.
Für immer der Deine
Erich«

Lisbet ließ den Brief sinken und blickte ihrem kleinen Mädchen ins Gesicht. »Was für ein hübscher Name: Lieselotte. Er passt zu dir. Also noch einmal: Herzlich willkommen auf der Welt, kleine Lieselotte. Und morgen werden wir gleich nach dem Fotografen fragen, damit wir deinem Vater eine Freude machen können.« Sie stupste der Kleinen sacht die Nase. Sie war so zart, so wunderschön und besonders. »Ich wünschte, du könntest sie schon jetzt sehen und in die Arme nehmen«, flüsterte Lisbet mit Tränen in den Augen. »Aber gewiss wird dieser Tag kommen, und dann werden wir endlich glücklich sein und uns niemals wieder verlieren.«

SECHZEHN

Hurdal Verk, Norwegen, November 1942

Oda stand vor dem Spiegel, steckte sich ihr Haar hoch und betrachtete das Ergebnis fröhlich summend von allen Seiten.

»Und du hältst das wirklich für eine gute Idee?«, erkundigte sich Lisbet noch einmal skeptisch. Es war Samstagabend, und im Dorf gab es eine Tanzveranstaltung, zu der einige Mädchen gehen wollten, obwohl die Dorfbewohner gegenüber den Bewohnerinnen des Lebensbornheimes äußerst misstrauisch waren. Sie selbst verspürte nicht die geringste Lust, dorthin zu gehen. Lieber würde sie später zu Lieselotte eilen und ihr den neuesten Brief ihres Vaters vorlesen, der heute Mittag eingetroffen war.

Seit Lieselottes Geburt war die Zeit wie im Flug vergangen. In der Zwischenzeit waren zwei weitere Briefe von Erich eingetroffen, und Lisbet hatte es tatsächlich geschafft, ihm eine Fotografie von sich und der Kleinen zukommen zu lassen, worüber sich Erich riesig freute. Immer wieder las sie seine Briefe, schnupperte an dem Papier, strich sanft über die mit blauer Tinte geschriebenen Zeilen. Sie beantwortete all seine Fragen. Lieselotte war ein braves Kind. Sie schrie nur selten, trank gut ihre Milch und meldete sich auch nachts nur noch selten, was besonders für Ida ein Segen war, denn viele der Kleinen hielten sie und ihre deutschen Kolleginnen Susanne und Hilde ordentlich auf Trab. Alle Kinder bekamen Flaschennahrung. Sie sollten sich nicht an die Muttermilch gewöhnen, denn für viele war eine Adoption oder eine Überführung in ein Kinderheim vorgesehen. Von einer glücklichen Familie träumten nur noch die wenigsten Mädchen. Alle zwei Wochen kam inzwischen der Autobus aus Godthaab, um Kinder abzuholen. Jedes Mal brach es Lisbet beinahe das Herz, wenn sie ihn kommen sah. Nie im Leben würde sie ihre kleine Lieselotte weggeben. Irgendwie würde es schon gehen, selbst wenn das Schlimmste eintreten sollte, woran sie nicht einmal zu denken wagte. Sie war eine der wenigen Frauen, die sich auch nachts um ihr Kind kümmerten. Lisbet liebte die ruhigen Stunden im Kinderzimmer und in der Teeküche, schwatzte gern mit Ida und bereitete ihrem kleinen Sonnenschein das Fläschchen zu. Lieselotte gedieh gut und hatte ordentlich zugenommen. Ihre Wangen waren rosig geworden, und ab und an glaubte Lisbet, ein Lächeln auf ihren Lippen zu erkennen. Sie setzte sich mit der Kleinen immer in den großen, am Fenster stehenden Lehnstuhl des Kinderzimmers und blickte in die Nacht hinaus. Inzwischen hatte der Winter mit Schnee, Kälte und dem vertrauten Nordlicht Einzug gehalten. Seit ein paar Tagen schneite es ohne Unterlass. Unzählige Flocken verwandelten die Auffahrt, den Park und die Hügellandschaft in eine weiße Wattewelt, die die nächsten Monate nicht weichen würde. Lisbet hatte sich vor dem Winter mit seiner Dunkelheit gefürchtet, doch jetzt empfand sie ihn nicht mehr als bedrohlich. Seit der Geburt ihres kleinen Mädchens und der Ankunft von Erichs Briefen schien alles besser zu sein. Es gab eine Zukunft, irgendwann, daran glaubte sie voller Zuversicht. Erich bezahlte sogar mehr Unterhalt, als er müsste, damit Lisbet auch nach ihrer Zeit in Hurdal gut versorgt sein würde und nicht arbeiten gehen musste. Und auch der Lebensbornverein hatte ihr Unterstützung zugesichert. Das Einzige, was im Moment ihre Stimmung trübte, waren die spürbarer werdenden Rationierungen. Die Köchin lamentierte oft über fehlende Lebensmittel, und immer öfter bestanden ihre Mahlzeiten aus absonderlich schmeckenden Eintöpfen. Auch die Kohle war rationiert worden, was zur Folge hatte, dass die Schlafräume der Frauen nicht mehr geheizt wurden. Oftmals war die Kälte in der Dachkammer kaum auszuhalten. Immerhin waren Wärmflaschen verteilt worden, die sie abends in der Küche mit heißem Wasser füllten. Lisbet kannte solche Zustände bereits aus Oslo, wo die Menschen oft stundenlang für Brot oder Milch hatten anstehen müssen. Hier im Heim hatte es bis vor wenigen Wochen kaum Mangel gegeben. Doch der Winter war unerbittlich und würde es für alle nicht leichter machen. Wahrscheinlich mussten sie sich daran gewöhnen, die nächsten Wochen von Kartoffeln und Brotsuppe zu leben. Darüber, dass es keinen Kaffee mehr gab, regte sich schon lange niemand mehr auf.

»Und du denkst wirklich, dass es gut ist, zu dem Tanz zu gehen?«, fragte Lisbet Oda noch einmal.

»Jetzt sei kein Spielverderber«, gab Oda zurück und knuffte Lisbet in die Seite. »Mutter sein bedeutet doch nicht gleich, dass wir keinen Spaß mehr haben dürfen. Und wer weiß: Vielleicht findet sich ja ein netter männlicher Bewohner Hurdals, der auf der Suche nach einer Frau ist.«

»Und du denkst, er erwählt ausgerechnet eine von uns zu seiner zukünftigen Gattin?«, bezweifelte Lisbet Odas Optimismus.

»Wissen kann man es nie.« Oda zuckte mit den Schultern.

»Obwohl, bei so einer Hübschen, wie du es bist«, lenkte Lisbet ein. »Am Ende verlieben sich alle jungen Burschen in dich, und du hast die freie Wahl. Würde mich nicht wundern.« Sie zwinkerte Oda zu.

»Was du immer redest.« Oda winkte ab. »Du bist genauso hübsch, eben auf andere Art. Deine Haut schimmert oft wie Porzellan, meine ist stets gebräunt wie bei einer Bäuerin.«

»Ich finde Bäuerinnenhaut hübscher«, gab Lisbet zurück. »Die wird wenigstens nicht rot, wenn sie zu lange in der Sonne sitzt.«

Oda setzte sich neben Lisbet aufs Bett. Sie trug ein hübsches Kostüm aus dunkelblauer Wolle, das sie elegant aussehen ließ, auch wenn sie dicke Wollstrümpfe trug.

»Und du willst wirklich nicht mitkommen? Ein wenig Abwechslung würde dir bestimmt guttun.«

»Nein, lieber nicht«, wiegelte Lisbet ab. »Ich gehe wie jeden Abend zu meiner Lieselotte. Ein Brief von Erich ist heute angekommen. Ich wollte ihr daraus vorlesen.«

»Wenn du meinst«, sagte Oda in kühlem Tonfall und stand auf. Lisbet biss sich auf die Lippen. Gerade in der letzten Zeit war Oda beim Thema Erich empfindlich geworden. Die Situation nagte an ihr. Während Lisbet eine Liebesbekundung nach der nächsten erhielt, hatte Schwester Helene Oda gesagt, dass sie Hurdal Verk im neuen Jahr verlassen müsste. Den Unterhalt würde niemand einklagen. Immer mehr wurde Lisbet bewusst, in welcher Zweiklassengesellschaft sie in Hurdal Verk lebten. Auch andere Sami-Frauen wurden benachteiligt. Oftmals wurde hinter vorgehaltener Hand darüber getuschelt, und immer wieder fiel der Begriff Zuchtanstalt. Arisches Blut wollten die Deutschen haben, was jedoch nicht in den Adern der Sami floss. Brit, das perfekte blonde Mädchen vom Telemarkenkanal, hatte selbstverständlich recht bekommen, was Lisbet angenommen hatte. Zwischen ihr und Oda herrschte noch immer eine angespannte Stimmung, und es hatte immer wieder Streit gegeben, meist wegen Kleinigkeiten. Brit hatte sich inzwischen dazu entschieden, ihr Kind zur Adoption freizugeben, und würde Hurdal höchstwahrscheinlich vor Weihnachten verlassen, was die Lage für alle Beteiligten erträglicher machen würde.

»Ich wollte nicht …«, wollte sich Lisbet rechtfertigen.

»Ist schon gut«, schnitt ihr Oda das Wort ab. »Es ist eben, wie es ist. Du hast den guten Kerl abbekommen, ich den schlechten. So spielt das Leben. Am besten wäre es gewesen, ich hätte mich niemals mit ihm eingelassen – wir hätten uns niemals mit ihnen eingelassen. Sie sind der Feind. Jetzt bekommen wir zu spüren, was mit Frauen unserer Art passiert. Wir werden ausgegrenzt und als Huren und Verräterinnen beschimpft. Die Deutschen kümmern sich um uns, aber nicht aus Nächstenliebe oder weil sie so freundlich zu uns sein möchten, das habe ich begriffen. Die Guten ins Töpfchen, die Schlechten ins Kröpfchen. Du gehörst eben zu den Guten. Zur richtigen Rasse, der sie den Hintern pudern.« Ihre Stimme klang zynisch.

»Du bist ungerecht, Oda«, verteidigte sich Lisbet. »Die Vergangenheit können wir nicht ändern. Ich kann nichts dafür, dass Günter nicht zu dir und dem Kind steht, und Erich auch nicht. Genauso wenig trage ich Schuld an der Einstellung der Deutschen oder der unserer Familien. Wie du bin ich eine Ausgestoßene in diesem Land, und wie du fühle auch ich mich in diesem Haus eingesperrt – mit der Aussicht auf eine ungewisse Zukunft, die mir Angst macht. Wir sitzen in einem Boot, begreif das doch.«

»Du musst mir nichts erklären«, erwiderte Oda. Sie stand jetzt mitten im Raum. »Du darfst noch von einer Familie und einer Zukunft träumen. Ich weiß nicht einmal, wo ich in Zukunft wohnen soll, und das als Mutter mit einem kleinen Kind. Arbeit wird mir niemand geben, und sie werden mich verachten. Wir werden am Hungertuch nagen.«

»Und wenn du Siri vielleicht doch ...«, wollte Lisbet vorschlagen.

Oda ließ sie nicht ausreden. »Nur über meine Leiche. Niemals soll sie in dieses verdammte Kinderlager kommen. Sie soll eine Familie haben, braucht doch Eltern, wenigstens ihre Mutter, wenn schon der Vater abgehauen ist.«

Lisbet nickte mit betretener Miene.

Oda griff nach ihrem Mantel und trat zur Tür.

»Und vielleicht findet sich ja doch ein Ersatz, wer weiß. Ich werde es auf jeden Fall versuchen. Aus der Not heraus sind schon so manche Liebesgeschichten entstanden. Vielleicht funktioniert das auch bei mir.« Ihre Stimme klang trotzig. Sie verließ den Raum ohne Abschiedsgruß.

Lisbet sank in sich zusammen. Es war nicht das erste Mal,

dass es zu Spannungen zwischen ihnen kam, und wieder war Oda einfach gegangen. Nichts auf der Welt würde Lisbet ihr mehr wünschen als einen Neuanfang und vielleicht sogar eine neue Liebe. Oda hätte es verdient. Sie öffnete seufzend die Nachttischschublade, holte Erichs Brief heraus, legte sich ein wollenes Tuch über die Schultern und verließ ebenfalls den Raum.

*

Erst in den frühen Morgenstunden kehrte Oda von dem Fest zurück. Sie gab sich keine besonders große Mühe, leise zu sein. Kichernd ließ sie sich auf ihr Bett fallen und ihre Schuhe lautstark zu Boden poltern. Lisbet machte Licht und blinzelte Oda verschlafen an.

»Scheint ja ein tolles Fest gewesen zu sein.«

»Das war es«, antwortete Oda mit strahlenden Augen. »Die Leute aus dem Dorf haben sich richtig über unser Kommen gefreut. So viel getanzt habe ich schon lange nicht mehr. Und es gab Glühwein zu trinken, der mir ordentlich in den Kopf gestiegen ist.« Oda ließ sich selig lächelnd zur Seite fallen. »Du hättest Brits Blick sehen sollen, als ich nach einer Weile das Fest im Arm eines hübschen blonden Mannes namens Jorgen verlassen habe. Also wenn Blicke töten könnten, ich sage dir …« Sie lachte laut auf.

»Du bist mit einem jungen Mann weggegangen, allein?«, fragte Lisbet nach.

»Ja.« Erneut kicherte Oda. »Er hat mir seinen Hof gezeigt. Er ist Bauer, hat eine Ziegenherde, ganz viele Gänse und ein großes Haus. Nur eine hübsche Bäuerin fehlt ihm noch zu seinem Glück.«

»Du bist betrunken«, stellte Lisbet fest.

»Nein. Ich bin glücklich«, säuselte Oda. »Er kann besser küssen als Günter. Auch wenn er ein bisschen nach Ziege riecht, er ist nett – und vielleicht mein Ausweg.« Ihre Stimme wurde leiser, und ihre Augen fielen zu.

Lisbet setzte sich auf. Oda lag vollkommen angezogen im Bett. Seufzend krabbelte Lisbet aus ihrer warmen Betthöhle und versuchte, Oda mit dem dicken Federbett zuzudecken, was ihr nur teilweise gelang, weil die Freundin darauf lag. Sie breitete noch eine Wolldecke über Oda aus und kuschelte sich wieder unter ihre warme Decke. Als sie das Licht löschte, dachte sie bei sich, dass das ja heiter werden könne.

*

Am nächsten Tag saßen Oda und Lisbet mit ihren beiden Mädchen in der kleinen Hütte am See. Wegen der Kälte waren eigentlich nur kurze Spaziergänge mit den Kindern erlaubt, doch Ida hatte ein Auge zugedrückt. Vielleicht würde sie später, wenn sie Pause hatte, noch zu ihnen stoßen. Zwischen den drei Mädchen hatte sich eine richtige Freundschaft entwickelt, mehr als mit den anderen Bewohnern des Heims. Wie bereits in Oslo hielt sich Lisbet auch hier bei den anderen Mädchen zurück. Oda tat es ihr gleich. Jedes Mädchen hatte seine eigene Geschichte, es gab viel Klatsch und Tratsch, an dem sie sich nur selten beteiligten. Liv Marit war letzte Woche zusammengebrochen, nachdem sie vom Tod ihres Geliebten erfahren hatte. Gertrud, eines der deutschen Küchenmädchen, war vom Busfahrer geschwängert worden und würde ihn noch in diesem Monat heiraten, und Schwester Helene plagte eine schwere Grippe, die sie schon länger ans Bett fesselte. Doktor Weidner hatte deswegen eine Ersatzkraft angefordert, die vor einigen Tagen eingetroffen war. Ein scheußlicher alter Drachen namens Gerlinde, der ihnen Gänsehaut verursachte. Lisbet mochte Schwester Helene zwar nicht sonderlich, doch sie hatten sich miteinander arrangiert. Bei Oberschwester Gerlinde, wie die klapprige Vogelscheuche mit dem grauen Dutt am Hinterkopf genannt werden wollte, wäre das gewiss anders. Auch Ida hatte Oda ihr Leid geklagt. Ständig musste sie diesen schrecklichen Heil-Hitler-Gruß sagen. Wie konnte diese Person das von ihr verlangen, hatte sie sich ereifert. Lisbet mochte diesen sonderbaren Gruß auch nicht und zuckte jedes Mal zusammen, wenn sie ihn hörte. Während ihrer Zeit in der Fabrik in Kristiansand hatte sie ebenfalls damit grüßen müssen. Jedes Mal hatte sie die Worte nur genuschelt, knapp und schnell, damit sie ihr nicht weh taten. Diesem Menschen wünschte sie ganz gewiss kein Heil.

»Morgen Abend treffe ich mich mit Jorgen«, riss Oda Lisbet aus ihren Gedanken. »Vorhin hat mir der Busfahrer eine Nachricht von ihm übergeben.«

»Und wo willst du dich mit ihm treffen?«, fragte Lisbet. »Weißt du nicht, dass wir nach gestern nicht mehr ins Dorf gehen dürfen? Nachdem Irene gestern Abend direkt vor das Haupttor gespuckt und Rita die norwegische Nationalhymne geträllert hat, haben wir Hausarrest. Nur in den Park und nicht weiter, hat unser neuer Oberschwesterdrachen angeordnet.«

»Dann kommt Jorgen eben zu mir.« Oda schob entschlossen das Kinn voran.

»Wie soll das gehen?«, fragte Lisbet.

»Wir treffen uns hier. In der Hütte. Sie gehört ja praktisch noch zum Park, und keiner kennt sie. Der perfekte Ort.«

»Aber das hier ist unsere Hütte«, sagte Lisbet. »Du kannst doch nicht einfach …«

»Wieso nicht?«, fiel ihr Oda ins Wort. »Gönnst du mir etwa nicht, dass ich glücklich bin und einen Mann aus Fleisch und Blut habe, während dir deiner nur Briefe schreibt?«

Lisbet sog scharf die Luft ein. Neid und Eifersucht hatten in letzter Zeit eine Kluft zwischen ihnen gegraben, die immer schwerer überwindbar wurde. Vielleicht würde Oda ja wirklich mit diesem Jorgen glücklich, allerdings bezweifelte Lisbet das. Ihr ging die Sache etwas zu schnell. Sie schluckte ihre Einwände hinunter und lenkte ein, sie wollte mit Oda nicht streiten. »Meinetwegen. Aber sag mir Bescheid, wann du hier bist. Nicht, dass ich euch noch in einer peinlichen Situation überrasche.«

Oda entspannte sich wieder.

»Entschuldige. Ich habe das mit Erich nicht so gemeint.«

Lisbet wusste, dass Oda log. Sie hatte es so gemeint. Immer häufiger wusste sie ihre eigene Verzweiflung nicht anders in den Griff zu bekommen, als Giftpfeile auf Lisbets Glück abzuschießen. Damit schürte sie bei Lisbet Zweifel und Ängste, die sie nicht in den Schlaf finden ließen.

Die Tür öffnete sich, und Ida betrat den Raum. Mit einem

Seufzer sank sie auf einen Stuhl neben dem winzigen Holzofen und rieb sich die kalten Hände.

»Diese Frau hätte Feldwebel werden sollen. Sie hat eindeutig das falsche Geschlecht. Der Herrgott im Himmel möge dafür sorgen, dass es Schwester Helene bald wieder bessergeht und dieser Drachen wieder verschwindet. Ständig schnüffelt sie im Kinderzimmer herum und gängelt mich. Und die beiden deutschen Schwestern spricht sie natürlich viel freundlicher an. Manchmal habe ich das Gefühl, sie betrachtet mich als giftiges Insekt.«

»Mit uns Mädchen spricht sie auch so abfällig«, bestätigte Oda. »Aber ich werde sie bald nicht mehr ertragen müssen. Wie mir mitgeteilt wurde, steht mir ohnehin mein baldiger Rausschmiss bevor.«

»Rausschmiss?«, fragte Ida.

»Wusstest du es noch nicht?«, fragte Oda verwundert. »Spätestens im Januar sollen Siri und ich das Heim verlassen. Wir sind hier nicht mehr erwünscht, weil wir nicht arisch genug sind.«

»Das haben sie dir wirklich gesagt?«, fragte Ida fassungslos.

»Nein, natürlich nicht. Frau Merzner, die Schreibkraft, hat mich ins Büro zitiert und mir ein offizielles Schreiben überreicht, in dem man es zwischen den Zeilen lesen konnte. Auch ist mir darin noch einmal angeboten worden, dass sich der Lebensbornverein gern um die weitere Erziehung meiner Tochter Siri kümmern könne und jederzeit eine Überführung in das Kinderheim Godthaab möglich sei. Eine weitere Zahlung von Unterhalt wird mir natürlich nicht gewährt.«

»Kein Wort von Adoption«, murmelte Lisbet.

»Natürlich nicht«, ereiferte sich Oda. »Siri und ich, wir sind ihnen nicht gut genug. Deswegen wird auch nicht der Unterhalt eingeklagt, der mir zusteht. Mit einer Sami kann man es ja machen. Wir sind wertlos.«

»Ich weiß«, bestätigte Ida Odas Worte. »Ich selbst habe solche Fragebögen ausfüllen müssen, in denen genau vermerkt werden muss, welcher Abstammung die Mutter ist. Es ist eine Schande. Ich werde nie begreifen, wie man auf einen solchen Unsinn kommen kann. Warum soll denn eine Sami schlechter sein als ein anderes norwegisches Mädchen?«

»Ich begreife so vieles nicht«, sagte Lisbet. »Auch die Sache mit den Juden. Sie sind doch nicht anders als wir. Wieso wird ein Mensch wegen seines Glaubens verurteilt und denunziert oder noch Schlimmeres? Es gibt schreckliche Gerüchte.«

»Ich weiß, was du meinst«, sagte Ida. »Sie bringen sie in Lager und töten sie dort. Bei uns im Dorf wohnte eine jüdische Familie, die fliehen musste. Ist schon über ein Jahr her. Ich war traurig, dass sie gegangen sind, mit der ältesten Tochter, Anne, war ich eng befreundet. Sie leben jetzt in London und sind dort in Sicherheit. Ab und zu schreibt sie mir. Sie haben Verwandte in Deutschland, Onkel und Tante. Der Onkel ist abgeholt und in eines dieser Lager gebracht worden, Buchenwald oder so ähnlich heißt es. Die Tante versteckt sich auf dem Dachboden bei Freunden. Wie schrecklich muss es sein, Monate, vielleicht sogar Jahre, auf einem beengten Dachboden verbringen zu müssen, stets mit der Angst, entdeckt und getötet zu werden?«

Lisbet und Oda nickten mit betretenen Mienen. Diesen Worten gab es nichts hinzuzufügen. Eine Weile sagte niemand etwas. Das Feuer im Ofen knackte, Siri erwachte und begann vor sich hin zu brabbeln und zu zappeln. Oda drückte ihr ein kleines Stofftier in die Hand, das die Kleine sofort in den Mund steckte.

»Sie wird mit jedem Tag niedlicher«, sagte Ida lächelnd.

»Wenn Günter sie kennen würde, wäre er gewiss nicht so abweisend«, sagte Oda wehmütig. In ihren Worten lag so viel Kummer. Oda war noch lange nicht über Günter hinweg, dachte Lisbet. Wie sollte sie auch? Er war die erste große Liebe ihres Lebens. Sie hatte alles für ihn aufgegeben. An eine gemeinsame Zukunft hatte sie geglaubt, aber er hatte sie auf grausame Art fallen- und ihrem Schicksal überlassen. Doch Gefühle ließen sich mit Vernunft nicht abstellen. Lisbet wusste, wenn er morgen in der Tür stehen würde, Oda würde ihm um den Hals fallen und ihm alles vergeben. Doch dieser Tag würde wohl leider nicht kommen.

»Er hat so eine wunderbare Tochter gar nicht verdient«, sprach Ida aus, was Lisbet dachte. »Genauso wenig wie er deine Liebe verdient hat, Oda. Du bist so ein hübsches Mädchen und viel zu schade für einen deutschen Hallodri. Ich glaube fest daran, dass ihr beide, Siri und du, nicht lange allein sein werdet.«

»Meine Rede«, bestätigte Lisbet. »Sie ist die Hübscheste von uns allen.«

Oda errötete und schlug Lisbet auf die Schulter. »Jetzt hört aber auf. Wir sind alle hübsch, jede auf ihre Art. Und wer weiß: Vielleicht ist Jorgen der Richtige für mich, und ich werde in Hurdal sesshaft. Ist nicht das Schlechteste, in den Bergen zu leben.« Sie zwinkert Lisbet zu.

»Jorgen?«, hakte Ida nach. »Habe ich etwas verpasst?

»Gestern Abend, das Fest im Dorf«, erinnerte Lisbet.

»Hör mir bloß damit auf.« Ida winkte ab. »Oberschwester Gerlinde war geradezu außer sich, was ich verstehen kann. Eines der Küchenmädchen durfte heute Morgen die Sauerei vor dem Haupteingang wegputzen. Das wird wohl das letzte Mal gewesen sein, dass ein Mädchen aus dem Heim zu einem Fest im Dorf gehen durfte. Die Oberschwester war fuchsteufelswild, wir können alle froh sein, dass sie nur vorübergehend da ist, sonst würden einige von euch für die komplette Dauer ihres Aufenthalts keinen Fuß mehr vor die Tür setzen.«

»Ich muss nicht ins Dorf gehen, um ihn zu sehen. Ich werde Jorgen einfach hierherbestellen.«

Idas Augen weiteten sich.

»In unsere Hütte?«

»Was ist so schlimm daran?« Oda verschränkte die Arme vor der Brust. »Hier sieht uns niemand, wir können für uns sein, und niemand kann mir vorwerfen, ich hätte mich nicht an die Regeln gehalten. Und ganz nebenbei: Ich mag gestern Abend betrunken gewesen sein, wovon ich auch einen ordentlichen Kater habe«, sie griff sich an den Kopf, »aber ich habe weder laut gesungen noch vor den Haupteingang gespuckt.«

»Nein, das hast du nicht«, stimmte Lisbet grinsend zu. »Du bist mit einem seligen Grinsen auf dem Gesicht komplett angezogen in dein Bett gefallen und sofort eingeschlafen. Wenn ich dich nicht zugedeckt hätte, hättest du heute eine Lungenentzündung.«

»Ich vertrage einfach keinen Glühwein.« Oda seufzte. »Ehrlich, ich habe nur zwei Becher getrunken. Das Zeug ist mir sofort zu Kopf gestiegen.«

»Das liegt nicht am Glühwein«, widersprach ihr Ida. Einar tut Schnaps hinein. Er hat eine Schwarzbrennerei im Schuppen.«

»Deswegen hat das Zeug so sonderbar geschmeckt.«

»Macht er immer.« Ida zuckte mit den Schultern. »Deswegen halte ich mich bei solchen Festen lieber am Fruchtpunsch für die Kinder fest, dann bewahre ich wenigstens einen klaren Kopf.« Sie zwinkerte Oda lächelnd zu.

»Jetzt wissen wir also auch, weshalb es Irene so schlechtging«, sagte Lisbet trocken. Die kleine Lieselotte, die bis jetzt friedlich auf Lisbets Schoß geschlafen hatte, wurde auch wach und begann zu quengeln, weil sie Hunger hatte.

»Aufbruch, würde ich sagen.« Ida deutete auf die Kleine. »Bevor sie noch richtig laut wird. In der letzten Zeit hat die junge Dame ein ausgesprochen kräftiges Organ entwickelt.«

»Sie hat eben den Sturkopf ihrer Mutter geerbt«, bemerkte Oda. »Wenn Lisbet etwas wollte, dann hat sie auch immer so lange gequengelt, bis sie es bekommen hat.«

»Also ob du jemals zu kurz gekommen wärst«, konterte Lisbet, legte Lieselotte auf das Sofa und schlüpfte in ihren Mantel.

»Und wie gesagt: Meinetwegen kannst du dich gern mit deinem Jorgen hier treffen. Aber er soll den schnapshaltigen

Glühwein im Dorf lassen, nicht dass du auch noch …« Sie machte eine eindeutige Geste vom Mund weg.

»Für das, was ich mit ihm vorhabe, brauchen wir keinen Glühwein«, erwiderte Oda grinsend.

Idas Wangen färbten sich rot. Abwehrend hob sie die Hände.

»Mehr will ich gar nicht hören. Meinetwegen trefft euch hier. Aber gebt acht, dass euch niemand sieht, sonst kommen wir noch in Teufels Küche, gerade jetzt, wo dieser alte Drachen das Zepter übernommen hat.«

»Wir werden uns bemühen«, erwiderte Oda, zog Siri eine warme Jacke an und folgte Lisbet auf die Veranda. Dort packte sie Siri in einen der bereitstehenden Kinderwagen. Ida löschte das Licht, folgte den beiden hinaus und sagte seufzend:

»Wir können nur hoffen, dass Schwester Helene bald wieder gesund wird. Bei Gott, ich mag sie auch nicht sonderlich, aber besser als dieser Oberschwester-Gerlinde-Drachen ist sie allemal.«

Die drei machten sich auf den Rückweg. Der Park war tief verschneit, der See schon zugefroren. Unter Lisbets Schuhen knirschte der Schnee. Oda lief schweigend neben ihr her. Sie wünschte ihrer Freundin so sehr, dass sie mit dem jungen Mann aus dem Dorf glücklich werden könnte. Oda und auch die kleine Siri hatten eine Familie verdient. Wieso nur mussten Pedder und auch ihre Mutter so verdammt stur sein? Es könnte doch alles so einfach sein. Ein bisschen mehr Verständnis dafür, wie die Mädchen in diese Situation geraten waren, und alles wäre wieder gut. Oda und Siri hätten ein Zuhause, und sie selbst könnte ohne Angst im Haus am Odde Berg auf Erichs Rückkehr und das Ende dieses gottverdammten Krieges warten. Erneut drohte in ihr der Gedanke die Oberhand zu gewinnen, dass Erich nicht zurückkommen könnte, dass der Krieg auch ihre Hoffnungen und Träume zerstören würde. Sie schob ihn beiseite, wollte ihn nicht zulassen. Hoffnung und Glaube an das Gute waren doch das Wichtigste in diesen Zeiten. Erich würde heil zurückkehren – es musste einfach so sein. Sie erreichten das Haupthaus. Vor dem Eingang stand der Autobus aus Godthaab. Sie blieben stehen und beobachteten, wie ein Kind nach dem anderen in den Bus gebracht wurde. Irgendwann murmelte Oda: »Nur über meine Leiche. Siri und ich, wir schaffen es irgendwie. Niemals werde ich mein eigen Fleisch und Blut im Stich lassen. Sie hat eine Mutter und eine Familie verdient.«

Lisbet bemerkte, wie Oda die Fäuste ballte. Beruhigend legte sie die Hand auf den Arm der Freundin. »Gemeinsam werden wir einen Weg finden. Ganz bestimmt.«

*

In der darauffolgenden Nacht konnte Lisbet nicht schlafen, denn Oda kehrte nicht aus der Hütte zurück, worüber sie sich mit jeder Stunde, die verging, mehr Sorgen machte.

Als sie nach ihrem Spaziergang auf ihr Zimmer gekommen waren, hatte eine Nachricht auf dem Boden gelegen. Irgendjemand musste sie unter der Tür durchgeschoben haben. Sie war von Jorgen gewesen und hatte Oda in Hochstimmung versetzt. Zum ersten Mal seit Wochen hatten ihre Augen wieder gestrahlt. Sogar übermütig umarmt hatte sie Lisbet, bevor sie sich auf ihr Bett fallen ließ, um Jorgens Nachricht zu lesen. Er kannte die Hütte am See und wollte sie noch am selben Abend dort treffen. Lisbet freute sich für sie, blieb jedoch skeptisch. Ihre Zweifel behielt sie für sich. Sie wollte nicht, dass Odas Augen diesen wunderbaren Glanz verloren, den sie in den letzten Wochen so sehr vermisst hatte. Oda sollte glücklich sein dürfen. Und am Ende wären ihre Zweifel womöglich unbegründet, und Jorgen war ein guter Mann, der tatsächlich die Frau fürs Leben suchte.

Lisbet knipste die Nachttischlampe an und blickte auf Odas leeres Bett. Es war vier Uhr morgens. Hoffentlich war ihr Fernbleiben ein gutes Zeichen. Erst jetzt, wo Oda nicht da war, wurde ihr bewusst, wie sehr sie ihre Freundin und das Geräusch ihres gleichmäßigen Atmens vermisste. Wie schnell man sich doch an die Nähe eines anderen Menschen gewöhnen konnte, dachte Lisbet und drehte sich zur Seite. Bald würde Oda das Heim verlassen, und ein neues Mädchen würde in ihr Zimmer einziehen. Schon jetzt fürchtete sich Lisbet vor diesem Moment. Am Ende würden sie sich dann endgültig aus den Augen verlieren, und dieser Gedanke machte Lisbet Angst. Oda war ein Teil ihres Lebens und ihr Halt, wenn es schwierig wurde. Die Monate ohne sie waren schlimm gewesen, als hätte sie einen wichtigen Teil ihrer selbst verloren. Seitdem Oda ihr eröffnet hatte, dass sie Hurdal Verk bald verlassen würde, überlegte Lisbet oft, wie es mit ihr und Lieselotte weitergehen sollte. Sie selbst mochte im Augenblick abgesichert sein, denn Erich bezahlte mehr als genug Unterhalt, doch das konnte sich schnell ändern. Das Leben schien ihr manchmal so wankelmütig wie eine Feder im Wind. Mal wirbelte sie hoch in den Himmel, schien fröhlich und beinahe übermütig zu tanzen. Dann sank sie zu Boden und blieb dort liegen. Doch mit dem nächsten Windstoß wurde sie erneut mitgerissen, und das Spiel begann von neuem. Wenn eine Feder so stark sein konnte, dann schaffte sie es allemal, dachte sie. Und auch Oda würde es schaffen. Allerdings nicht allein. Sie brauchte Hilfe, wie Lisbet bald bewusst geworden war. Mit dem Unterhalt von Erich konnten sie beide mit ihren Töchtern eine kleine Wohnung anmieten. Gewiss würde sie zusätzlich Unterstützung vom Lebensborn bekommen. Fürs Erste reichte das Geld, sogar für zwei. Oda könnte so lange bei ihr bleiben, bis sie Fuß gefasst hatte oder Erich zurückkam. Vielleicht konnten sie ja auch nach Kristiansand zurückgehen und bei Eline Torghatten unterschlüpfen. Bei der alten Dame gab es im Untergeschoss eine größere Wohnung, die nur selten gemietet wurde, da sie ziemlich heruntergekommen war. Bestimmt ließe sich daraus etwas machen, und sie könnte vielleicht wegen einer Anstellung in der Fabrik vorsprechen, oder Oda könnte als Bedienung arbeiten. Irgendwie würde es schon gehen. Zu zweit war vieles leichter. Lisbet wusste, dass sie mit Oda darüber reden musste, denn sie selbst würde nie um Hilfe bitten, dafür war sie zu stolz. Das hatte sie von ihrer Mutter, auch Elen achtete stets darauf, was sie von sich preisgab und was nicht. Bis zu dem Abend, als sie gemeinsam den Weihnachtsbaum ausgesucht hatten. Damals hatte Elens Fassade zu bröckeln begonnen, aus Sorge um ihr einziges Kind.

Lisbet starrte eine Weile auf das leere Bett, dann löschte sie das Licht. Einen kurzen Moment hatte sie überlegt, zu Lieselotte zu gehen. Aber die Kleine schlief um diese Zeit, und sie würde sie nur wecken. Auch geisterte gewiss Oberschwester Gerlinde durch die unteren Flure, und auf eine Begegnung mit dem alten Drachen konnte sie getrost verzichten.

Sie schloss die Augen und versuchte einzuschlafen. Doch es gelang ihr nicht. Unruhig wälzte sie sich hin und her, zählte irgendwann sogar Schäfchen. Doch es half alles nichts, sie blieb wach. Irgendwann gab sie es endgültig auf und knipste erneut die Nachttischlampe an. Auf dem Nachttisch lag ihr Tagebuch. Sie griff danach und schlug es auf. In der letzten Zeit war sie nachlässig gewesen und hatte nicht mehr das tägliche Geschehen niedergeschrieben. Doch war es wirklich so wichtig, diese Zeit genau zu dokumentieren? Sie blätterte zum Anfang des Buches. Damals war Sommer, und sie war in Kristiansand, gemeinsam mit Erich. Lächelnd überflog sie ihre Worte, aus denen so viel Liebe sprach. Sie waren so glücklich gewesen. Dieser Sommer, ja selbst der Herbst noch, hatte sich wie ein ganzes Leben angefühlt. Bei einem Datum hielt sie inne und las die Zeilen, mit denen sie ihr erstes Mal schilderte. Damals, am Strand, hatten sie gedacht, sie könnten die Unendlichkeit festhalten. Doch unerbittlich war die Zeit weiter vorangeschritten, und das Unfassbare hatte sich in ihr Leben geschlichen. Sie vermisste Erich so sehr, dass es weh tat. Manchmal glaubte sie, sie wüsste nicht mehr, wie sich seine Stimme anhörte, wie es sich angefühlt hatte, seine Haut auf der ihren zu spüren. Dann schloss sie die Augen, hielt sein Medaillon in den Händen und lauschte in sich hinein. Sie rief sich seine liebevollen Worte in Erinnerung und spürte dem Gefühl des vollkommenen Glücks nach, von dem sie hoffte, dass es irgendwann wiederkehren würde.

Tränen traten in ihre Augen. Sie wischte sie ab und blätterte weiter, bis sie beim letzten Eintrag angekommen war, den sie vor drei Tagen verfasst hatte. Lieselotte hatte an diesem Tag sehr viel geweint. Stundenlang hatte sie das Mädchen durchs Haus getragen und beruhigende Lieder gesungen. Koliken nannte Ida das scheußliche Grummeln in Lieselottes kleinem Bauch. Diese Bauchkrämpfe traten bei Babys vor allem in den ersten drei Monaten auf, dann sollte es besser werden. Lisbet hoffte darauf, dass Ida recht hatte, denn Lieselottes Köpfchen war vom Weinen rot angelaufen. Sie hatte zum Gotterbarmen geschrien und war irgendwann vor Erschöpfung auf ihrem Arm eingeschlafen. Eine ganze Weile hatte Lisbet mit ihr noch in dem Lehnstuhl am Fenster gesessen und ihr Mädchen einfach nur betrachtet. Sie war zuckersüß und so besonders, auch wenn sie ihrem Vater kein bisschen glich. Eindeutig hatten sich Lisbets Gene durchgesetzt. Rotes Haar spross auf Lieselottes Köpfchen, und ihre Haut war weiß wie die einer Porzellanpuppe, was sie zerbrechlich wirken ließ. Lisbet fischte einen Stift vom Nachttisch. Doch genau in dem Moment, als sie das Datum auf die nächste Seite schreiben wollte, öffnete sich die Tür. Oda betrat den Raum und sah Lisbet verdutzt an.

»Du bist wach?«

»Ich konnte nicht einschlafen«, erwiderte Lisbet und klappte ihr Tagebuch zu.

Oda ließ sich auf ihr Bett fallen und zog ihre Stiefel aus. Ihre Lippen umspielte ein verheißungsvolles Lächeln.

»Und? Wie war es?«, erkundigte sich Lisbet unnötigerweise. Odas seliger Gesichtsausdruck war eigentlich Antwort genug.

»Er ist«, Oda suchte nach Worten, »einfach nur wunderbar.« Sie schlüpfte aus ihrem Mantel, legte sich vollkommen angezogen unter ihre Decke und verschränkte die Hände hinter dem Kopf. »Er riecht so gut, und küssen kann er. Göttlich!«

»Du hast doch nicht etwa ...« Lisbet wagte nicht weiterzusprechen.

Oda warf ihr einen Blick zu, der alles sagte.

»Nein, nicht doch«, entfuhr es Lisbet. »Wieso so früh? Am Ende lässt er dich jetzt fallen, weil er bekommen hat, was er wollte. Ich meine, die Sache mit Günter ... Du musst doch daraus gelernt haben.«

»Das mit Günter war doch etwas ganz anderes«, sagte Oda schnippisch. »Er hat mir die große Liebe vorgegaukelt, hat mich wochenlang getäuscht. Jorgen ist anders, einfühlsamer und stiller, kein Aufschneider. Er hat so wunderbare Dinge erzählt. Ich glaube, er ist ein richtiger Romantiker.« Oda geriet ins Schwärmen. Lisbet schluckte die zweifelnde Bemerkung, die ihr auf der Zunge lag, hinunter.

»Er hat mir gesagt, dass er es sich gut vorstellen könnte, mich und Siri zu sich auf den Hof zu holen. Seine Eltern sind bei einem Bootsunfall vor einigen Jahren ums Leben gekommen, seitdem bewirtschaftet er ihn allein. Er könnte eine gute Ehefrau gebrauchen.«

»Für mich hört sich das eher so an, als bräuchte er eine Arbeitskraft«, gab Lisbet zu bedenken.

»Du musst aber auch alles miesmachen«, entfuhr es Oda. Sie setzte sich auf. »Jorgen ist ein guter Kerl, der es überhaupt nicht nötig hat, ein Mädchen auszunutzen. Er findet es auch schrecklich, wie die Deutschen mit uns umgegangen sind. Ich habe ihm von Günter erzählt. Am liebsten würde er ihn für sein Benehmen verprügeln. Es ist alles noch ganz frisch, das weiß ich auch. Aber vielleicht habe ich einmal Glück im Leben, und das könnte ich gut gebrauchen. Immerhin müssen Siri und ich das Heim bald verlassen, und ich weiß noch immer nicht, wohin.«

»Sich an den erstbesten Mann zu hängen ist trotzdem keine Lösung«, gab Lisbet zurück. Odas Miene verfinsterte sich. Sofort bereute Lisbet ihre Worte. Sie zog den Kopf ein.

»Du hast leicht reden. Von dem Unterhalt, den dir Erich bezahlt, kannst du dir eine Wohnung leisten. Er schreibt dir Briefe, in denen er dir immer wieder sagt, wie sehr er dich liebt. Gewiss wird er zurückkehren, dich heiraten und nach Deutschland mitnehmen, wo ihr bis an euer Lebensende glücklich sein werdet. Zu mir wird niemand zurückkehren, mir schreibt niemand Briefe. Siri ist ihrem Vater egal. Er hat sich kein Bild von ihr gewünscht, leugnet, dass sie seine Tochter ist. Jetzt, wo endlich alles gut werden könnte, redest du mir mein kleines Glück schlecht und willst mir den Funken Hoffnung auf ein besseres Leben nehmen. Ich will doch nur ein wenig Sicherheit. Verstehst du das nicht?«

»Das verstehe ich nur zu gut«, sagte Lisbet. »Sicherheit – wünschen sich das nicht alle in diesen verworrenen Zeiten? Niemand weiß, was morgen sein wird, und jeder Tag ist eine neue Herausforderung. Auch bei mir kann sich das Blatt jederzeit wenden. Was ist, wenn Erich an der Front fällt? Dann bekomme auch ich keinen Unterhalt mehr und kann sehen, wo ich bleibe.«

»Ach, du bist doch arisch einwandfrei. Gewiss wird dich der Lebensborn auffangen. Mit Janne haben sie das auch getan. Sie bekommt noch ein ganzes Jahr Unterhalt für ihr Kind, sogar eine Erstausstattung haben sie ihr bezahlt. Aber ich bin eine minderwertige Sami, und Siri genauso. Loswerden wollen sie uns, sonst nichts. Wir sind eine Last, die sie nicht lange zu tragen bereit sind.« Oda schlug die Hände vors Gesicht und ließ zum ersten Mal seit Wochen ihren Tränen freien Lauf.

Lisbet stand auf, legte sich neben Oda und nahm sie in den Arm.

»Ich wollte dir nicht weh tun. Das musst du mir glauben. Und vielleicht ist Jorgen ja wirklich anders, und du wirst glücklich mit ihm. Was du von ihm erzählst, klingt doch ganz gut. Und wenn nicht, dann finden wir beide eine Lösung. Ich lass dich nicht allein. Erichs Unterhalt und das Geld vom Lebensborn reichen für uns beide.«

Oda hob den Kopf und blickte Lisbet in die Augen. Sie hatte sich die Augen geschminkt. Schwarze Wimperntusche klebte an ihren Wangen. »Meinst du das ernst?«, fragte sie.

»Natürlich meine ich das. Sollten wirklich alle Stricke reißen, dann ziehen wir zusammen. Zu zweit ist es immer leichter. Irgendwie wird es schon gehen.«

Oda wischte sich die Tränen von den Wangen und sah Lisbet gerührt an.

»Manchmal frage ich mich, wieso ich dich verdient habe, Lisbet Tensen. Du bist so gut, viel zu perfekt für diese Welt. Danke für dein Angebot. Ich werde darauf zurückkommen, wenn es sein muss.«

»Ach, Oda«, seufzte Lisbet und umarmte die geliebte Freundin. »Das Wichtigste ist doch, dass wir einander nicht verlieren. Das könnte ich nicht ertragen.« Die letzten Worte murmelte Lisbet nur noch. Plötzlich legte sich bleierne Müdigkeit auf ihre Lider, und sie schlief genauso wie Oda nach einer Weile ein.

Sie erwachten erst, als jemand leise an die Zimmertür klopfte und sie öffnete. Ida betrat den Raum. Bei ihrem Anblick schoss Lisbet alarmiert in die Höhe. Ida war noch nie in ihren Schlafraum gekommen, also musste etwas nicht in Ordnung sein.

»Ida. Was ist passiert?«, fragte Lisbet sofort.

Oda setzte sich ebenfalls auf. »Ist etwa…«

»Nein, eigentlich ist alles gut«, beschwichtigte Ida sofort. »Ich wollte dir nur sagen, dass Lieselotte leichtes Fieber hat und ihre Nase läuft. Ich dachte, du möchtest es vielleicht wissen.«

Lisbet stand auf.

»Nur leichtes Fieber, oder mehr?«, erkundigte sie sich und griff nach ihrem Wollkleid und den Strümpfen.

»In der Nacht war es höher, beinahe vierzig«, gab Ida zähneknirschend zu. »Aber Oberschwester Gerlinde meinte, ich sollte dich nicht aufscheuchen. Haben eben mal Fieber, die Kleinen, hat sie gesagt. Ich dachte, ich sage es dir trotzdem.«

»Diese verfluchte Oberschwester«, ereiferte sich Oda. »Eine dumme Ziege ist sie. Wen, wenn nicht die Mutter, sollte man informieren? Lieselotte ist Lisbets Kind und nicht das ihre.«

»Sie hat sich hingelegt. Da habe ich die Gunst der Stunde genutzt«, sagte Ida. »Es ist sicher nur eine Erkältung, so etwas geht schnell bei den Kleinen, besonders um diese Jahreszeit. Wahrscheinlich hatte sie sogar recht, und du hättest dich heute Nacht für nichts und wieder nichts verrückt gemacht.«

»Nein, sie hat nicht recht. Ich bin die Mutter. Ein krankes Kind gehört zu keiner Kinderschwester, es braucht die Liebe und Geborgenheit seiner Mutter. Das könnt ihr doch gar nicht leisten.«

»Jetzt wirst du ungerecht«, verteidigte sich Ida. »Ich habe sie oft auf den Arm genommen, ein Schlaflied habe ich ihr vorgesungen und ihr immer wieder zu trinken gegeben. Kinder mit Fieber müssen viel trinken. Ich hätte mich auch weiter um sie gekümmert, bis du später gekommen wärst, aber der Sohn von Ingrid Alstad ist heute Nacht zur Welt gekommen, und der Kleine ist recht schwach und braucht ständige Überwachung. Dazu ist Schwester Hilde ausgefallen. Sie hat ebenfalls eine schlimme Erkältung und muss fürs Erste das Bett hüten. Ich wollte Lieselotte nicht quengelnd in ihrem Bett liegen lassen, deswegen bin ich gekommen.«

»Also hat Hilde Lieselotte angesteckt. Schon vorgestern habe ich mich über ihr ständiges Niesen geärgert. Sie hat zwar einen Mundschutz getragen, aber so etwas hält eine anständige Erkältung doch nicht auf.«

»Ich weiß«, erwiderte Ida seufzend. »Schwester Helene hätte sie schon vor drei Tagen ins Bett geschickt und ihre Nachtschichten höchstpersönlich übernommen, aber unser Feldwebel scheint sich für richtige Arbeit zu fein zu sein. Das Einzige, was die Gewitterziege hinkriegt, ist meckern und Arbeit verteilen. Darin ist sie gut.«

Lisbet schlüpfte in einen dicken Strickpullover. Auch Oda war jetzt aus dem Bett gekrabbelt und griff nach ihrem langen dunkelblauen Wollrock.

»Ich komme mit runter und hole dir Frühstück, Lisbet.« Irritiert schaute Ida Oda ins Gesicht. Beschämt wischte die ihre verlaufene Wimperntusche ab.

»Ist etwas länger geworden letzte Nacht«, erklärte Lisbet Odas Unpässlichkeit.

»Mit Jorgen, nehme ich an?«

Ida schaute Oda abwartend an.

»Ja, mit Jorgen«, erwiderte diese, und ihre Wangen färbten sich rot.

»Na, dann ist ja alles gut. Mehr muss ich nicht wissen.«

Sie hob abwehrend die Hände.

»Sind wir fertig?«

Lisbet öffnete die Tür. Oda schlüpfte in ihre Strickjacke, band ihr Haar im Nacken zusammen und warf noch einen prüfenden Blick in den Spiegel.

»Ja, ist alles gut. Ich sehe zwar wie ein Nachtgespenst aus, aber wen interessiert das schon.« Sie folgte Ida und Lisbet aus dem Raum.

»Mit Oberschwester Gerlinde wirst du niemals mithalten können, und wenn du zehn Nächte durchmachst. Sie ist und bleibt ein Schreckgespenst«, bemerkte Lisbet, während sie in den ersten Stock hinunterstiegen, und öffnete die in der Wand verborgene Tapetentür, durch die man direkt in den unteren Flur gelangte, was ihnen den Umweg durch den Aufenthaltsraum ersparte.

Keine Minute später hielt Lisbet Lieselotte im Arm. Sie war warm, aber nicht glühend heiß. Ihr kleines Näschen lief. Wie immer setzte sich Lisbet mit der Kleinen in den Lehnstuhl am Fenster. Es war dunkel draußen. Um diese Jahreszeit dauerte es oftmals bis neun Uhr morgens, bis es richtig hell wurde, an wolkenverhangenen Tagen wie dem heutigen noch länger. Es schneite wieder. Irgendwann in den frühen Morgenstunden musste es angefangen haben, mutmaßte Lisbet. Der Hausmeister und sein Gehilfe, ein hagerer Bursche aus dem Dorf, kaum älter als vierzehn Jahre, räumten die beleuchtete Auffahrt frei. Wenn es so weiterschneien würde, dann müssten sie diese Arbeit im Laufe des Tages mehrfach wiederholen. Ida war in der Teeküche verschwunden, wo sie sich mit einer anderen Kinderschwester unterhielt. Die beiden kicherten. Lisbet lächelte. Sie war so ein liebes Mädchen und eine wunderbare und fürsorgliche Kinderschwester. Sie hatte sich inzwischen so sehr an Idas Gegenwart und ihre Gespräche gewöhnt, sie würde sie vermissen.

»So spielt das Leben nun einmal«, sagte sie leise zu Lieselotte. »Wir begegnen Menschen und verlieren sie wieder. Unsere Lebenswege führen in unterschiedliche Richtungen, was schon in Ordnung ist und doch manchmal schmerzt. Nur Oda, sie soll niemals aus unserem Leben verschwinden. In ein paar Jahren wirst du gemeinsam mit Siri über den Strand tollen, das wünsche ich mir.«

»Und so wie es aussieht, werden sie uns dabei ziemlich ähnlich sehen«, sagte Oda, die unbemerkt herangetreten war.

»Ja, das glaube ich auch.«

Oda stellte zwei Tassen Tee und einen Teller mit Marmeladenbroten auf den Tisch neben den Lehnstuhl, holte die laut krähende Siri aus ihrem Bettchen und gesellte sich zu Lisbet.

»Wie geht es Lieselotte?«, fragte sie.

»Ihre Nase läuft, und sie ist etwas warm, aber nicht glühend heiß.«

»Sie wird das bestimmt gut wegstecken«, erwiderte Oda. »Bei unserer Ida ist sie in den besten Händen. Ich glaube, ich werde sie vermissen. Sie ist uns eine richtige Freundin geworden.«

»Daran habe ich auch gerade gedacht«, seufzte Lisbet. »Aber es ist eben, wie es ist. Für immer können wir nicht in Hurdal bleiben.«

»Ich vielleicht schon«, erinnerte Oda sie an ihre neuen Hoffnungen.

»Ja, du vielleicht schon«, sagte Lisbet halbherzig und biss in ihr Marmeladenbrot. »Erdbeermarmelade. Du weißt eben, was ich gernhabe.«

»Pflaumenmus war leider alle.« Oda grinste.

»Manchmal habe ich das Gefühl, du kennst mich besser als ich mich selbst.«

»Du bist ein sehr geradliniger Mensch mit festen Gewohnheiten«, sagte Oda schulterzuckend. »Das ist es, was ich an dir so schätze. Du bist nicht sprunghaft oder wankelmütig und stehst zu jeder deiner Entscheidungen.«

»Du verpackst in schöne Worte, dass ich eine dauerskeptische Langweilerin bin«, konterte Lisbet lachend.

»Du weißt, dass ich es nicht so meine.«

»Ich hüpfe vielleicht nicht ganz so unbedacht wie du durch die Welt«, gab Lisbet zurück.

»Du hältst nichts von der Idee mit Jorgen, oder?«

»Du musst wissen, was du willst. Am Ende ist es doch immer so: Die Entscheidung liegt bei einem selbst, niemand kann sie uns abnehmen. Wenn du Jorgen gernhast, ihn vielleicht sogar lieben lernst, dann wäre eine gemeinsame Zukunft eine gute Sache. Doch wenn du nur bei ihm bleibst, um ein Dach über dem Kopf zu haben und ernährt zu werden, dann würde ich an deiner Stelle genau abwägen, ob dieser Weg der richtige ist.«

»Da ist sie wieder. Die gute alte Lisbet.« Oda schlug ihr lachend auf die Schulter. »Skeptisch wie immer. Jorgen ist wirklich ein netter Kerl, und ja, ich kann mir mehr mit ihm vorstellen. Es mag tatsächlich so aussehen, als wäre es die Not, die mich in seine Arme treibt. Aber so ist es nicht. Nachher wollen wir uns wieder in der Hütte treffen.« Ihre Augen leuchteten vor Freude.

»Unsere Hütte als Liebesnest.« Lisbet schüttelte den

Kopf. »Das erinnert mich an meine Zeit mit Erich in Joakims Haus.«

Die Tür des Kinderzimmers öffnete sich, und Oberschwester Gerlinde betrat den Raum. Missbilligend musterte sie die beiden frühstückenden Mädchen.

»Seit wann ist ein Kinderzimmer ein Speiseraum?«, fragte sie verärgert. Ida, die mit einem Fläschchen in der Hand aus der Teeküche kam, nahm die beiden in Schutz.

»Lisbet wollte bei ihrem kranken Kind sein, weshalb ich es ausnahmsweise genehmigt habe.«

»Sie haben hier gar nichts zu genehmigen«, antwortete die Oberschwester. »Das reinste Tollhaus ist das hier. Aber jetzt werden hier andere Seiten aufgezogen. Das sage ich euch.« Sie trat neben Lisbet und Oda. »Schluss mit diesem Picknick. Sie räumen sofort das Geschirr fort. Und Sie, mein Fräulein«, wandte sie sich an Lisbet, »geben mir das Kind. Kranke Kinder gehören ins Bett. Hat Ihnen das noch niemand gesagt? Vollkommen verweichlicht werden die Kleinen, wenn sie ständig verhätschelt werden.« Sie wollte nach Lieselotte greifen, doch Lisbet wich zurück.

»Das ist meine Tochter, und ich entscheide, wie sie zu behandeln ist. Sie ist krank und braucht ihre Mutter, nichts anderes.«

Die Oberschwester schnappte nach Luft. Widerworte war sie nicht gewohnt. Ida kam Lisbet zu Hilfe.

»Bei uns im Dorf ist es auch üblich, dass kranke Kinder bei ihrer Mutter sind. Gerade Geborgenheit und Körperwärme sind dann wichtig.«

Für diese Bemerkung erntete Ida einen giftigen Blick.

»Sie arbeiten jetzt wie lange in unserer Einrichtung?«, erkundigte sich die Oberschwester bissig. »Seit bald einem Jahr«, beantwortete Ida die Frage und fügte hinzu: »Schwester Helene war immer sehr zufrieden mit mir.«

»Dann werden Sie sich jetzt daran gewöhnen müssen, dass hier ein anderer Wind weht. Schwester Helene wird noch heute ins Krankenhaus verlegt. Der Arzt hat bei ihr eine Lungenentzündung diagnostiziert. Ob sie überhaupt zurückkommt, ist fraglich.«

Ida wurde blass. »Du meine Güte. Das ist ja schrecklich.«

»Jetzt tun Sie doch nicht so scheinheilig«, fuhr ihr die Oberschwester über den Mund. »Als ob Ihnen der Gesundheitszustand einer Deutschen etwas bedeuten würde.«

Das wollte Ida nicht auf sich sitzen lassen.

»Wir mögen Krieg haben, und ja, kein Norweger ist begeistert, dass unser Land von den Deutschen besetzt worden ist. Was Sie sicher verstehen werden, jedenfalls nehme ich das an, denn Sie haben Nationalstolz, wenn der Eindruck nicht täuscht. Nichtsdestotrotz sind wir Norweger keine Unmenschen. Schwester Helene war immer für die Mädchen da und hat nicht nur ein Mal Außergewöhnliches geleistet, wofür ich ihr Respekt zolle. Ich denke also doch, dass es mir zusteht, bestürzt darüber zu sein, dass es ihr gesundheitlich schlechtgeht. Und wenn es Ihnen nichts ausmacht, werde ich jetzt nach oben gehen, um mich persönlich nach ihrem Befinden zu erkundigen. Vielleicht kann ich ihr vor ihrer Abreise noch einen Dienst erweisen oder ihr auf andere Art behilflich sein.«

Sie drückte der erstaunt dreinblickenden Oberschwester

die Milchflasche in die Hand und verließ ohne ein weiteres Wort den Raum. Mit offenem Mund schaute ihr die Oberschwester hinterher. Als sich die Tür hinter Ida geschlossen hatte, herrschte einen Moment betretenes Schweigen. Oda und Lisbet wagten kaum zu atmen. Irgendwann fand die Oberschwester ihre Sprache wieder und wandte sich an die beiden: »Dann bleiben Sie eben in Gottes Namen hier sitzen. Aber bitte kein Essen mehr, dafür gibt es in diesem Haus einen Speiseraum.« Ihre Stimme hatte etwas von ihrer Schärfe verloren. Plötzlich wirkte sie nicht mehr wie der gestrenge Feldwebel. Dann verließ sie den Raum, und Oda sprach aus, was Lisbet dachte.

»Was auch immer sie so hart gemacht hat. Es muss schrecklich gewesen sein.«

Lisbet nickte, erwiderte aber: »Sei mir nicht böse, ihr Schicksal möchte ich gar nicht kennen. Ida hat recht. Gegen sie ist Schwester Helene der reinste Engel. Wir können Gott danken, dass unsere Kinder schon auf der Welt sind. Stell dir vor, sie wäre bei Siris Geburt dabei gewesen.«

»Oder bei deiner«, warf Oda ein. »Hochkant rausgeworfen hätte sie mich. Das kannst du glauben.« Beide lachten so laut, dass Lieselotte zusammenzuckte und zu weinen begann. Tröstend legte Lisbet die Kleine über ihre Schulter, stand auf und fing an, im Raum auf und ab zu laufen.

»Jetzt haben wir dich geweckt, meine Kleine. Es tut mir leid. Sch, Sch, Sch. Gleich ist es wieder gut. Schlaf, mein Liebchen, schlaf wieder ein. Ich bleib bei dir. Alles wird gut.«

»Ich bring mal das Geschirr in die Küche«, sagte Oda, setzte Siri in ihr Bettchen und stellte die Teller zusammen.

Gerade als sie den Raum mit dem Geschirr in den Händen verlassen wollte, kam Ida mit einem Brief in der Hand, ein Lächeln auf den Lippen, herein.

»Sieh mal, wer geschrieben hat, Lisbet.«

Odas Miene verfinsterte sich. Ida ging an ihr vorbei und hielt Lisbet den Brief hin. Sofort begann Lisbets Herz höher zu schlagen, und sie griff freudig danach.

»In der letzten Zeit scheint er häufiger zu schreiben«, bemerkte Ida.

»Er ist nicht direkt an der Front, sondern kümmert sich um Nachschub. Es scheint dann auch die Feldpost besser zu funktionieren«, erwiderte Lisbet. Oda war an der Tür stehen geblieben. Ihre Miene wirkte wie versteinert. Lisbet warf ihr einen kurzen Blick zu. Sie mochte durch Jorgen ein wenig Hoffnung geschöpft haben, doch dass Erichs Briefe sie bis ins Mark trafen, konnte sie nicht verleugnen.

»Dann ist doch alles gut«, sagte Oda. »Ich meine, er wird wohl heil zurückkommen, dein Liebster. Den Helden hat er vermutlich nicht gespielt, aber was soll's. Auch ein Feigling kann liebenswert sein.«

Ihre gehässigen Worte sollten Lisbet treffen, doch sie verfehlten ihre Wirkung.

»Lieber einen lebendigen Feigling als einen toten Helden«, sagte sie nur.

Oda warf ihr einen finsteren Blick zu, dann verließ sie den Raum. Laut schlug sie die Tür hinter sich zu. Lisbet zuckte erschrocken zusammen.

»Es nagt noch immer an ihr«, deutete Ida Odas Verhalten richtig.

»Ich weiß. Besonders wenn Erichs Briefe eintreffen, ist es hart für sie. Sie hat Günter unendlich geliebt, hat alles für ihn aufgegeben. Es ist ihr gutes Recht, wütend zu sein, und wenn sie es nur auf mich ist. Irgendwann wird es sich schon geben. Da bin ich mir sicher. Und vielleicht wird es mit diesem Jorgen etwas. Vielversprechend hört es sich ja an.«

»Ja, vielleicht«, erwiderte Ida und wandte sich ab. Ihre Stimme hatte einen sonderbaren Unterton.

»Du kennst ihn, nicht wahr? Ich hätte es wissen müssen. Meinst du, dass er sie nur ausnutzt?«

»Ich kenne ihn nur flüchtig«, wich Ida ihr aus. »Als Kinder haben wir miteinander gespielt. Später war ich in Oslo auf der Schwesternschule. Im Dorf hatte er früher den Ruf, ein Weiberheld und Aufschneider zu sein. Aber das ist lange her, war vor dem Tod seiner Eltern. Vielleicht hat er sich geändert.« Sie zuckte mit den Schultern.

»Ich hasse es, wenn ich recht habe«, ärgerte sich Lisbet über die Bestätigung ihrer Vermutung. Ida hob abwehrend die Hände.

»Wie gesagt: Es ist lange her. Der Tod seiner Eltern hat ihm schwer zugesetzt. Für das ganze Dorf war es nicht leicht. Seitdem soll er viel ruhiger geworden sein.«

»Das sagst du jetzt nicht nur, um mich zu beruhigen?«, fragte Lisbet.

»Nein, natürlich nicht. Vor meiner Zeit in Oslo hätte ich Oda vor ihm gewarnt, aber heute …« Sie zuckte erneut mit den Schultern. »Die Hand würde ich noch immer nicht für ihn ins Feuer legen, aber ich denke schon, dass er ein anderer geworden ist. Oda und er würden ein hübsches Paar abgeben. Ich wünsche ihr, dass sie glücklich wird.«

»Das wünsche ich ihr auch«, erwiderte Lisbet und strich der kleinen Lieselotte zärtlich über den Rücken. Die Kleine hatte wieder in den Schlaf gefunden.

»Also lassen wir den Dingen ihren Lauf«, sagte Lisbet.

»Ich denke, das sollten wir«, bestätigte Ida. »Immerhin sind sie erwachsen.«

»Oda und erwachsen? Niemals«, sagte Lisbet, und beide lachten.

SIEBZEHN

Die darauffolgende Nacht verbrachte Lisbet im Kinderzimmer. Oda hatte ihr den Vormittag über Gesellschaft geleistet, war dann aber gegangen. Kurz darauf hatte Lisbet sie dabei beobachtet, wie sie mit einem blonden Burschen an der Hand im Park verschwunden war. Später beim Abendbrot hatte Oda neben ihr gesessen und verträumt gelächelt. Viel erzählt hatte sie nicht, was Lisbet recht gewesen war. Sie konnte sich denken, was die beiden in der Hütte gemacht hatten. Nach dem Essen hatte sich Oda rasch verabschiedet und war zu Bett gegangen. Die durchzechte Nacht des Vortages machte sich bemerkbar. Lisbet war zurück ins Kinderzimmer gegangen, denn Lieselottes Fieber war erneut gestiegen und sie wollte ihre Kleine nicht allein lassen, was Oberschwester Gerlinde zähneknirschend hingenommen hatte. Schon seit Stunden lag Lieselotte in ihrem Arm. Anfangs hatte sie gequengelt, für eine Weile sogar lauthals geschrien, jetzt war sie eingeschlafen. Der Raum war abgedunkelt. Nur eine winzige Lampe auf dem Wandbrett sorgte für schummriges Licht. Der beißende Geruch von Essig hing im Raum. Essigwickel waren ein bekanntes Hausmittel gegen Fieber. Von dem fiebersenkenden Medikament Aspirin hielt Ida nur wenig. Sie verabreichte es nur in äußersten Notfällen. Liebevoll wischte Lisbet die Schweißperlen von Lieselottes Stirn und hielt ihr ein Teefläschchen an die Lippen. Die Kleine trank nur wenige Schlucke. Trinken war wichtig, denn der Körper verlor viel Flüssigkeit. Essigwickel hatte auch ihre Mutter gemacht, wenn sie selbst krank gewesen war. Auch hatte sie ihr zum Trost den süßen Haferbrei gekocht, den sie so sehr liebte. Meist hatte ihr die Mutter das Krankenlager auf dem Sofa neben dem Ofen in der Stube eingerichtet, damit sie sich in ihrer Dachkammer nicht einsam fühlte und es warm und gemütlich hatte. Wenn Therese Zeit hatte, hatte sie ihr Geschichten vorgelesen, und in den Abendstunden hatte manchmal ihr Vater bei ihr gesessen, seine Pfeife im Mund, oft schweigend. Wie sehr sie die beiden und die Geborgenheit des alten Hauses am Odde Berg doch vermisste. Wie sicher hatte sie sich damals gefühlt, umsorgt und geborgen. Hinter dem Hügel hatte ihre Welt nur aus weißen Häusern und dem Schärengarten bestanden. Lisbet berührte zärtlich die Wange ihres Kindes und flüsterte: »Irgendwann zeige ich dir Loshavn, und eines schönen Tages kehren wir vielleicht heim, ins Haus am Odde Berg. Denn wir gehören dorthin, weißt du. Wir sind mit ihm seit Generationen verwachsen, genauso wie mit dem Schärengarten. Dann fahren wir mit dem Boot zu Joakims Haus, zusammen mit deinem Vater. Das verspreche ich dir.«

Ihr Blick wanderte nach draußen. Die Einfahrt lag im Dunkeln. Nur die Lampe am Hauseingang sorgte für etwas Licht. Die Nacht war sternenklar und bitterkalt, und das grünliche Nordlicht tanzte über den Himmel.

»Es ist wunderschön«, sagte Lisbet leise. »Du wirst es lieben. Sein Anblick ist so vertraut, und doch verzaubert es mich immer wieder aufs Neue. Manchmal denke ich, dass Gott es geschaffen hat, damit die monatelange Dunkelheit erträglicher wird und uns nicht den Verstand raubt.« Sie lächelte.

»Aber wer weiß, was die Zukunft bringt. Am Ende gehen wir mit Erich nach Deutschland, und dort gibt es kein Nordlicht. Wie dunkel muss eine kalte Winternacht ohne das grüne Licht und seinen Zauber sein?«

Plötzlich nahm sie zwei Gestalten am Eingang war. Im Licht der Lampe erkannte Lisbet Brit, die sich ungeniert von einem jungen Burschen küssen ließ. Sie schüttelte den Kopf. Dass Brit es mit ihrer Tugend nicht so genau nahm, war bekannt, doch jemanden direkt vor dem Haupteingang zu küssen, war ein starkes Stück. Lisbet beobachtete die beiden, bis sie ins Haus schlüpften. Tatsächlich schien Brit die Dreistigkeit zu besitzen, ihn mit auf ihr Zimmer zu nehmen, das sie nach der gestrigen Abreise ihrer Zimmerkameradin Kari allein bewohnte. Lisbet wurde neugierig. Sie stand auf, legte Lieselotte vorsichtig in ihr Bettchen, trat auf den Flur und versteckte sich rasch hinter der Tapetentür, als die beiden an ihr vorüberliefen.

»Jetzt hab dich doch nicht so, Jorgen. Niemand wird uns sehen, und in meinem Zimmer sind wir ganz für uns.«

Lisbet erstarrte. Jorgen. Das war doch nicht wirklich …

Vorsichtig öffnete sie die Tür einen Spalt und blickte den beiden nach. Hand in Hand verschwanden sie im Aufenthaltsraum. Sie folgte ihnen vorsichtig und lugte durch einen

Spalt in der Tür. Sie hatte Jorgen nur einen kurzen Moment von weitem gesehen, glaubte aber, ihn zu erkennen.

»Mir ist das nicht geheuer«, hörte sie ihn antworten. »Lass uns doch lieber woanders hingehen. Ich kenne eine kleine Hütte am Ende des Parks, gleich hinter einem kleinen Wäldchen. Dort wird uns niemand überraschen.«

Lisbet biss sich auf die Lippen und ballte wütend die Fäuste. Wie konnte er es wagen, ihre Hütte vorzuschlagen!

»So weit möchte ich heute nicht mehr laufen«, hörte sie Brit antworten. »Es ist so schrecklich kalt draußen. Komm. Wir kuscheln uns unter meine Decke und halten uns warm. Das willst du doch, oder?«

Brit legte die Arme um Jorgens Hals und küsste ihn. Er drückte sie gegen die Wand und umarmte sie leidenschaftlich. »Also gut. Aber du sorgst dafür, dass ich morgen unentdeckt verschwinden kann.«

»Das lass meine Sorge sein. Wir kriegen dich schon irgendwie hier raus.«

Die beiden küssten sich erneut und liefen danach die Treppe nach oben. Lisbet blieb in der Tür stehen. Wie sollte sie das Oda beibringen? Sie würde am Boden zerstört sein. Sie wandte sich ab und ging zurück ins Kinderzimmer. Ida wechselte gerade Lieselottes Wadenwickel. Sie schaute hoch, als Lisbet neben sie trat.

»Da bist du ja. Ich dachte schon, du wärst zu Bett gegangen.«

»Nein. Ich war nur auf Toilette«, murmelte Lisbet. »Ich bleibe und kann das für dich übernehmen. Ich weiß, wie man Essigwickel anlegt.«

»Muss nicht sein. Ich bin fast fertig«, erwiderte Ida. Eine Minute später wickelte sie die Kleine wieder in ihre Wolldecke und reichte sie Lisbet. Eines der anderen Kinder begann zu schreien.

»Der kleine Karl ist eine echte Nervensäge. Jetzt ist er schon drei Monate alt und schreit immer noch zweimal die Nacht nach seinem Fläschchen«, wusste Ida das Greinen des Kindes zu deuten.

»Er will eben mal groß und stark werden«, erwiderte Lisbet und ging zu ihrem Lehnstuhl. Doch sie setzte sich nicht, sondern blieb am Fenster stehen. Nachdenklich blickte sie auf das grüne Nordlicht. »Warum kann es nicht einfach mal funktionieren? Ist ein bisschen Glück im Leben wirklich zu viel verlangt?«

Hinter ihr verstummte das Geschrei des Jungen, und lautes Schmatzen war zu hören. Lisbet wusste, dass der kleine Bursche auf der Adoptionsliste stand. Seine Mutter Dina würde im neuen Jahr Hurdal Verk verlassen und eine Anstellung im Kinderheim Godthaab antreten. Seufzend sank sie in den Lehnstuhl und fragte sich, wie sie Oda die schlechten Neuigkeiten beibringen könnte.

*

Am nächsten Morgen erwachte Lisbet im Lehnstuhl. Ida stand neben ihr, die kleine Lieselotte auf dem Arm, und lächelte.

»Es geht ihr besser. Das Fieber ist gesunken.«

Lisbet streckte sich gähnend. »Oh, wie schön. Entschuldige. Ich wollte nicht einschlafen und dir die ganze Arbeit überlassen.«

»Oh, es gab keine Arbeit mehr«, beruhigte Ida Lisbet. »Irgendwann habe ich die Kleine aus deinen Armen genommen und in ihr Bettchen gelegt. Bis gerade eben hat sie geschlafen. Aber ich glaube, jetzt hat sie Hunger. Was ein gutes Zeichen ist.« Lieselotte verzog wie auf Kommando das Gesicht und fing an zu schreien.

»Dann gehe ich das Fläschchen kochen«, antwortete Lisbet und stand auf. Sie wollte in die Teeküche gehen, doch Ida hielt sie zurück.

»Nein, du kochst jetzt kein Fläschchen, sondern legst dich hin. Die ganze Nacht bist du hier gewesen. Du brauchst eine Pause.«

»Und was ist mit dir«, wollte Lisbet ihre Müdigkeit nicht eingestehen. »Du warst auch die ganze Nacht hier.«

»Ich gebe jetzt dieser bezaubernden kleinen Maus noch ihr Fläschchen, und dann werde ich mich aufs Ohr legen. In ein paar Minuten kommt meine Ablösung.«

»Ach ja, richtig. Die Tagschwester«, sagte Lisbet. Vormittags legte sich Ida meistens aufs Ohr und trat in der Regel erst am späten Nachmittag ihren Dienst wieder an. Einmal in der Woche hatte sie einen freien Tag, den sie allerdings nur selten in Anspruch nahm. »Aber ich kann ihr doch auch …«, wollte sie noch widersprechen.

»Wenn du jetzt nicht gehst, war es das letzte Mal, dass ich dich gegenüber der Oberschwester verteidigt habe. Sieh zu, dass du dich hinlegst und ausruhst. Du bist ganz blass um die Nase. Nicht, dass du uns auch noch krank wirst.«

Lisbet gab auf. Ida hatte recht. Sie war tatsächlich müde, und ihr Kopf dröhnte. Am Ende hatte sie sich bei Lieselotte angesteckt. »Gut, ich gehe nach oben. Aber du rufst mich, wenn es wieder schlimmer werden sollte.«

»Versprochen«, sagte Ida. Ihre Stimme wurde ungeduldig. »Und jetzt verschwinde, damit die Kleine endlich ihr Fläschchen bekommen kann, bevor sie endgültig zu schreien beginnt und mir die anderen Kinder noch aufweckt.«

Seufzend gab Lisbet ihrer kleinen Tochter einen Kuss auf die Wange, dann verließ sie den Raum. Sie umging den um diese Zeit bereits gutgefüllten Aufenthaltsraum, indem sie die Treppe hinter der Tapetentür wählte, um in den ersten Stock zu gelangen. Als sie endlich in ihrer winzigen Dachkammer ankam, war ihr schwindlig und sie hatte zu zittern begonnen. Fröstelnd legte sie sich angezogen unter ihre Bettdecke und schlief auf der Stelle ein. Oda war diejenige, die sie einige Zeit darauf wachrüttelte.

»Lisbet? Ist alles in Ordnung?«, drang die Stimme der Freundin zu ihr durch. Ihr Kopf hatte inzwischen unerträglich zu schmerzen begonnen.

»Nein. Gar nichts ist gut«, murmelte Lisbet. »Mein Kopf, ich glaube, er zerspringt. Und mir ist kalt.«

»Meine Güte. Jetzt hast du dir wohl auch diese schreckliche Erkältung eingefangen. Ich gehe und sage Ida Bescheid, oder willst du, dass ich Oberschwester Gerlinde hole?«, erkundigte sie sich scherzhaft.

»Untersteh dich, diese Hexe hier hochzubringen«, erwiderte Lisbet mit geschlossenen Augen. »Bevor der alte Drachen mich anfasst, sterbe ich lieber.«

»Na, na. Wir wollen es nicht übertreiben.« Oda tätschelte liebevoll Lisbets Schulter. »Ich gehe und hole Ida.« Oda wollte den Raum verlassen, doch Lisbet hielt sie zurück.

»Und sie soll nur nicht auf die Idee kommen und Essigwickel machen. Von dem Zeug habe ich endgültig die Nase voll. Aspirin soll sie bringen, am besten viel davon.«

»Ich werde es ausrichten«, erwiderte Oda demütig und verließ endgültig den Raum. Lisbet drehte sich stöhnend auf die andere Seite. In ihrem Kopf hämmerte es fürchterlich. Sie fühlte sich alles andere als fähig, Oda von Jorgen und Brit zu erzählen. Vielleicht später, wenn sie geschlafen hatte und das Aspirin wirkte. Sie wusste, dass sie bald mit Oda reden musste. Weiß der Himmel, was dieser Jorgen noch anstellen würde. Am Ende würde sich Oda von ihm schwängern lassen und erneut ein Kind von einem Hallodri in die Welt setzen, was auf keinen Fall passieren durfte.

Nach einer Weile tauchte Ida mit einem gutgefüllten Tablett auf. Sie stellte eine Kanne Tee, einen Becher und einen Teller mit Keksen auf Lisbets Nachttisch und legte die Hand auf ihre Stirn.

»Fieber, eindeutig. Du gehörst ins Bett, Lisbet Tensen, und das nicht nur für einen Tag. Wärst nicht die erste Mutter, die sich bei ihrem Kind ansteckt.« Sie half Lisbet beim Aufsetzen und reichte ihr eine Tablette und ein Glas Wasser. Dankbar schluckte Lisbet das Aspirin und trank das Wasser in großen Schlucken. Ihr Hals fühlte sich so unendlich trocken an.

»Es sind nur Kopfschmerzen, sonst nichts. Bestimmt geht es schnell wieder vorüber.«

»Nur Kopfschmerzen.« Ida schüttelte den Kopf. »Du hast Fieber, Lisbet. Wenn ich messe, sind es bestimmt über neununddreißig Grad. In den nächsten Tagen will ich dich nicht im Kinderzimmer oder sonst wo in diesem Haus sehen. Ich werde auch Oberschwester Gerlinde und Doktor Weidner Bescheid geben müssen. Nachdem Schwester Helene so schwer erkrankt ist, geht die Angst um, dass eine Grippewelle ausbrechen könnte. Gewiss wird der Arzt später noch einmal nach dir sehen.« Ida wollte aufstehen, doch Lisbet hielt sie zurück.

»Wo ist Oda? Wieso ist sie nicht mit dir zurückgekommen?«

»Sie wollte zur Hütte am See. Ich kann mir schon denken, warum.«

»Ich mir auch«, erwiderte Lisbet leise.

»Ich verspreche dir, ich halte die Augen offen«, versuchte Ida, Lisbet zu beruhigen. »Wenn ich sie sehe, dann schicke ich sie gleich zu dir. Versprochen. Jetzt schlaf ein wenig. Bestimmt sieht die Welt in ein paar Stunden ganz anders aus. Das Aspirin wird bald wirken, dann lassen die Kopfschmerzen nach.«

Lisbet ließ ihren Kopf zurück aufs Kissen sinken. Wenn Ida wüsste, dachte sie, und schlief erschöpft ein.

*

Erst spät in der Nacht wachte sie wieder auf und stellte erleichtert fest, dass die Kopfschmerzen verschwunden waren. Sie lauschte in die Dunkelheit, doch Odas Atemzüge waren nicht zu hören. Anscheinend verbrachte sie die Nacht in der Hütte. Lisbet knipste die Nachttischlampe an, drehte sich auf die Seite und blickte auf Odas leeres Bett. Wie sollte sie ihr nur klarmachen, dass Jorgen sie betrog? Wieso musste Oda immer diejenige sein, die Pech hatte? So sehr hatte sie gehofft, dass sie diesmal Glück haben würde und ihre eigenen Zweifel unberechtigt wären. Ihr Blick fiel auf den unberührten Keksteller und die Teekanne. Sicher war der Tee jetzt kalt, und sie sehnte sich nach etwas Warmem. Langsam setzte sie sich auf die Bettkante. Der Raum drehte sich nicht, was sie für ein gutes Zeichen hielt. Sie war noch immer komplett angezogen. Also stand sie vorsichtig auf und verließ das Zimmer. Auf Zehenspitzen schlich sie den dunklen Flur hinunter. Im ersten Stock wählte sie erneut die steile Treppe hinter der Tapetentür, um ins Erdgeschoss zu gelangen, denn dieser Weg war um einiges kürzer. Sie öffnete die Tür und wollte Licht machen, doch es brannte bereits. Auf der Treppe stand Oda und schaute sie verwundert an.

»Oda. Da bist du ja«, sagte Lisbet erschrocken. »Bist du doch nicht ... Ich meine, warst du nicht in der Hütte?«, stammelte sie.

Oda kam die Stufen hinauf und blieb direkt vor Lisbet stehen. Hinter Lisbet fiel die Tür ins Schloss.

»Natürlich war ich dort. Nur leider konnte Jorgen heute nicht so lange bleiben. Er hat morgen früh einen wichtigen Termin«, sagte Oda.

Lisbet nickte. Sie musste es Oda sagen, am besten jetzt gleich, dann war es raus.

»Also wegen Jorgen«, begann sie vorsichtig. »Er war gestern Abend auch hier.«

»Ach wirklich?«, fragte Oda verwundert. »Das kann nicht sein. Du musst ihn verwechselt haben. Er war bei einer Ausstellung für Landmaschinen und hat bei seinem Schwager in Nannestad übernachtet.«

»Ich habe ihn aber gesehen – gemeinsam mit Brit.« Jetzt war es raus.

Ungläubig schaute Oda Lisbet an.

»Aber ... Du kennst ihn doch gar nicht.«

»Ich habe euch letztens beobachtet, als ihr zum Park gegangen seid. Ich wünschte, ich müsste dir das jetzt nicht sagen, aber ich kann nicht anders. Du musst wissen, dass du belogen wirst, auch wenn es weh tut. Sie haben vor dem Haupteingang gestanden. Brit hat ihn geküsst, dann sind sie auf ihr Zimmer gegangen. Sie hat ihn mit seinem Namen angesprochen, es kann nur er gewesen sein. Es tut mir so unendlich leid, Oda.«

Entgeistert schaute Oda Lisbet an.

»Nein, das tut es dir nicht«, erwiderte sie und machte einen Schritt rückwärts. »Du freust dich doch, recht gehabt zu haben. Die dumme Oda ist mal wieder auf einen Schwerenöter hereingefallen, auf einen, der es mit jeder treibt. Und ich wollte doch nur eine Zukunft – und Sicherheit für mein Kind.« Tränen traten in ihre Augen. Sie ballte die Fäuste.

»Das ist nicht wahr, Oda. So sehr habe ich mir gewünscht, dass es diesmal der Richtige ist. Ich wünsche dir alles Glück der Welt. Wir sind doch Freundinnen. Lisbet und Oda –

das weißt du doch.« Lisbet wollte nach Odas Hand greifen. Doch diese wehrte sie ab.

»Gar nichts sind wir, schon lange nicht mehr. Was bedeutet unsere Freundschaft denn noch? Bald schon wird dein Erich zurückkehren, und dann wirst du fortgehen und mich zurücklassen.« Sie machte einen weiteren Schritt rückwärts, stolperte über eine Treppenstufe und knickte mit dem Fuß um. Sie schrie auf, ruderte mit den Armen und fiel rückwärts. Lisbet wollte nach ihr greifen, doch es war zu spät. Oda fiel die steile Wendeltreppe hinunter, schlug hart mit dem Kopf auf den hölzernen Treppenstufen auf und blieb vor der unteren Tür reglos liegen. Genau in diesem Moment wurde diese geöffnet, und Ida riss erschrocken die Augen auf.

ACHTZEHN

Gardermoen, Norwegen, November 2005

Marie und Gertrud standen am Gepäckband des Osloer Flughafens und warteten ungeduldig auf ihre Koffer. Der Flughafen mit seinen vielen Menschen hatte sie eingeschüchtert, obwohl er viel kleiner als der Frankfurter war und mit seinen aus Holz gefertigten Ankunfts- und Abflughallen beinahe anheimelnd wirkte. Es war schon dunkel, und das dichte Schneetreiben vor den Fenstern zeigte, dass sie sich im Norden Europas befanden und der November bereits den Winter im Gepäck hatte. »Heute werden wir wohl nicht mehr weiterkommen«, sagte Marie, als sie ihr Gepäck beisammenhatten und Richtung Ankunftshalle liefen.

»Aber wo sollen wir schlafen?«

Maries Blick blieb am Schalter der Touristeninformation hängen.

»Dort können sie uns bestimmt weiterhelfen.« Sie bedeutete Gertrud, ihr zu folgen.

»Aber du musst reden. Ich kann kein Englisch und Norwegisch noch weniger«, gestand Gertrud etwas kleinlaut, während sie sich in die Warteschlange einreihten. Eine Gruppe Mädchen mit großen Rucksäcken stand vor ihnen und lamentierte mit dem Mann hinter dem Schalter auf Norwegisch, glaubte Marie jedenfalls.

»Scheinen ja recht aufgeregt zu sein, die Mädchen«, sagte Gertrud. Marie nickte. Das Gespräch zog sich in die Länge. Irgendwann wurden die beiden ungeduldig. Das Schneetreiben draußen wurde immer stärker. Auf der Anzeigetafel wurden die ersten Flüge annulliert.

»Ich glaube, es geht um das Wetter«, mutmaßte Marie. »Das da draußen entwickelt sich zu einem regelrechten Schneesturm. Hoffentlich hält er nicht lange an, sonst bekommen auch wir Schwierigkeiten.«

Eines der Mädchen, Marie schätzte sie auf achtzehn oder neunzehn, drehte sich zu den beiden um.

»Sie sind aus Deutschland?«, fragte sie auf Deutsch.

»Eben aus Frankfurt gelandet«, bestätigte Marie.

»Da wollten wir eigentlich hin. Ein Schüleraustausch mit einer Schule in der Nähe von Gießen. Aber wie es aussieht, wird das heute nichts mehr. Wir fragen gerade nach einer Notunterkunft für die Nacht, aber es kann uns keiner weiterhelfen.« Sie zuckte mit den Schultern.

»Sie sprechen sehr gut Deutsch«, bemerkte Marie anerkennend. »Ich dachte, in Norwegen wird als erste Fremdsprache Englisch gesprochen.«

»Das wird es auch, obwohl Deutsch bis zum Zweiten Weltkrieg die erste Fremdsprache war. Meine Großmutter spricht es noch fließend. Nach dem Krieg war Deutsch natürlich verpönt, aber jetzt kehrt es wieder in die Schulen zurück, allerdings nur noch als dritte oder vierte Fremdsprache. Ich spreche es von allen hier am besten, meiner Oma sei Dank.« Das lautstarke Gespräch am Schalter wurde ruhiger, und die Mienen der Verhandlungsführerinnen entspannten sich, bis die Gruppe endlich vom Schalter zurücktrat. Das Mädchen verabschiedete sich von Marie und Gertrud, die sich jetzt ihrerseits nach einer Unterbringung für die Nacht erkundigten.

»Direkt am Flughafen sind alle Zimmer belegt«, erwiderte der freundliche Norweger mit Halbglatze hinter dem Schalter auf Englisch. »Aber in Nannestad, keine zehn Minuten mit dem Auto von hier, hätte ich noch eine Frühstückspension. Sollten Sie kein Auto haben, gäbe es auch einen Shuttleservice, der bei jedem Wetter fährt.« Er deutete hinaus. »Wenn Sie möchten, frage ich dort nach, ob es noch ein freies Zimmer gibt.« Fragend schaute er Marie an, die nickte, dann griff er zum Hörer. Marie erklärte Gertrud den Grund für das kurze Telefonat. Der Mann sprach mit jemandem in der Leitung und hielt lächelnd den Daumen in die Höhe. »Es ist noch ein Zimmer frei. Darf ich reservieren?«

Marie nickte eifrig.

»Es hat geklappt«, sagte sie zu Gertrud.

»Gott sei Dank«, gab diese erleichtert zurück.

»Benötigen Sie den Shuttleservice?«, erkundigte sich der Mann.

»Um den Mietwagen können wir uns morgen auch noch kümmern«, sagte Marie zu Gertrud. »Wir kennen uns hier nicht aus, und dann dieses Wetter … Bestimmt ist es heute Abend besser so.«

»Das denke ich auch«, stimmte Gertrud zu, und Marie bestätigte den Shuttleservice. Der Mann hinter dem Tresen gab die Antwort weiter und legte zufrieden auf.

»In etwa zwanzig Minuten trifft der Shuttleservice der

Pension Gardermoen ein. Sie können sich den jungen Damen von eben anschließen«, er deutete nach rechts, wo sich die Schülerinnen postiert hatten. »Sie haben dort ebenfalls reserviert.«

Marie bedankte sich, und die beiden gingen Richtung Ausgang. Erst jetzt bemerkte Marie, dass die Schlange hinter ihnen extrem angewachsen war.

»Wir sind anscheinend nicht die Einzigen, die eine Unterbringung für die Nacht suchen«, bemerkte Gertrud im Vorbeigehen. Maries Blick wanderte zur Anzeigetafel.

»Kein Wunder. Ein Flug nach dem anderen wird annulliert.«

»Und das im November.« Gertrud schüttelte den Kopf. »Ich möchte nicht wissen, was hier im Januar los ist.«

Die beiden setzten sich auf eine Bank neben dem Ausgang.

»Ich glaube nicht, dass es hier jeden Tag Schneestürme gibt. Und gewiss können die Norweger mit Wintereinbrüchen dieser Art besser umgehen als wir Deutschen.«

»Da magst du recht haben«, sagte Gertrud, und in diesem Moment hielt ein gelber Kleinbus mit der Aufschrift *Pension Gardermoen* vor dem Ausgang.

»Ich denke, der kommt unseretwegen.« Gertrud deutete auf den Wagen und griff nach ihrem Koffer. Auch die Gruppe norwegischer Mädchen sammelte ihr Gepäck ein und steuerte auf den Bus zu. Wenig später hatte der Fahrer sämtliche Koffer, Rucksäcke und Taschen verstaut, und der Bus verließ, bis auf den letzten Platz besetzt, das Flughafengelände. Bald darauf erreichte er die Frühstückspension, die auf den ersten Blick einen guten Eindruck machte. Das gelbgestrichene Holzhaus war zweistöckig und hatte auf der Vorderseite einen angebauten Turm. Gleich neben dem Eingang lag die Rezeption, wo sie von einer blonden Frau freundlich in Empfang genommen wurden. Die Gruppe Mädchen ließ Marie und Gertrud den Vortritt, wofür sich die beiden bedankten. Im Bus hatte sich herumgesprochen, dass Gertrud und Marie aus Deutschland stammten, was die Mädchen zu zahlreichen Fragen veranlasst hatte. Schnell war man übereingekommen, sich später noch zusammenzusetzen.

Kurz darauf stellten Marie und Gertrud ihre Koffer in ihrem Zimmer ab, und Gertrud ließ sich aufs Bett plumpsen und schaltete den Fernseher ein. Eine hübsche blonde Nachrichtensprecherin tauchte auf, die in einer unglaublichen Geschwindigkeit Englisch sprach.

»BBC werde ich nie verstehen«, sagte Marie und setzte sich auf ihre Seite des Bettes. Plötzlich war ein lautes Grummeln zu hören, das eindeutig aus Gertruds Bauch kam. Marie blickte sie verwundert an.

»Was ist? Das mickrige Wabbelbrötchen aus dem Flieger hat nun wirklich nicht satt gemacht«, verteidigte sich Gertrud.

»Schon gut«, beschwichtigte Marie. »Ich habe auch Hunger, nur knurrt mein Magen nicht so laut. Unten lag eine Karte aus. Ich denke nicht, dass es Schnitzel mit Pommes geben wird, und es wird nicht preisgünstig sein, aber wir werden etwas finden, was uns satt macht.«

»Na dann mal los.« Gertrud stand auf. »Vielleicht haben sie auch ein Gläschen Rotwein. Der macht mich immer so schön müde. Die ganze Aufregung lässt mich sonst nicht schlafen.«

»Alkohol ist hier besonders teuer«, gab Marie zu bedenken, während sie ihren Koffer öffnete und eine warme Strickjacke herausfischte. Sonderlich gut geheizt war das Zimmer nicht.

»Egal. So schlimm wird es nicht werden, und ein Glas reicht mir.« Gertrud griff nach dem Zimmerschlüssel, und die beiden verließen den Raum.

Im Wintergarten trafen sie wieder auf die Gruppe Schülerinnen, die sie zu sich winkten und alles über ihre Heimat wissen wollten. Sie beantworteten sämtliche Fragen zu deutschen Weihnachtsbräuchen und -märkten, die bald ihre Pforten öffnen würden. Darauf freuten sich die Mädchen besonders. Auch waren Ausflüge nach Frankfurt, Berlin und München geplant. Die Gruppe sollte bis ins neue Jahr in Deutschland bleiben. Sie waren in einem Studentenwohnheim in der Nähe der Universität Gießen untergebracht, wo sie auch die Sprachkurse besuchen würden. Das Mädchen, das Marie zuerst angesprochen hatte, sie hieß Rita, redete am meisten, was natürlich an ihren Sprachkenntnissen lag. Sie alle hatten gerade die Schule abgeschlossen, und Deutschland würde nicht ihr letzter Auslandsaufenthalt bleiben.

Die Inhaber der Pension bewirteten die Gruppe rührend. Toast Hawaii und Salate wurden aufgetischt, es gab Chips und andere Knabbereien, und Gertrud trank selig ihr Glas Rotwein, der gar nicht so teuer war wie befürchtet. Nach einer Weile zogen sich viele der Mädchen zurück. Am Ende blieben nur noch Marie und Rita übrig. Bei Gertrud hatte der Rotwein seine Wirkung nicht verfehlt. Sie war unter den Ersten gewesen, die sich verabschiedeten. Marie hatte sich lieber einen warmen Tee bestellt und nippte bereits an ihrem dritten Becher. Rita futterte die letzten Schokonüsse auf. Langsam wurde auch Marie müde und überlegte, sich zurückzuziehen. Der morgige Tag würde anstrengend werden. Doch dann stellte Rita die Frage, auf die Marie die ganze Zeit irgendwie gewartet hatte.

»Wieso seid ihr eigentlich in Norwegen? Gewiss nicht, um Wintersport zu betreiben. Jedenfalls sieht deine Begleitung nicht danach aus.«

»Gut geraten«, erwiderte Marie und fügte scherzhaft hinzu: »Unterschätz Gertrud nicht. In ihr steckt mehr, als auf den ersten Blick zu erkennen ist.« Rita legte den Kopf schräg. »Okay«, gab sich Marie geschlagen. »Ich denke, Wintersport ist nicht ihr Ding, aber auch nicht meines. Mir kann es gar nicht heiß genug sein, obwohl ich nicht der Typ für Sommerbräune bin.«

»Also kein Winterurlaub in den Bergen«, stellte Rita fest. »Weshalb seid ihr dann hier? Es ist eiskalt, es wird früh dunkel, und gibt viel Schnee. Keine guten Voraussetzungen für einen Sommertyp, auch wenn er nicht braun wird.«

Marie wog innerlich ab, ob sie Rita den Grund ihrer Reise verraten sollte, der immerhin sehr persönlich war. Sie entschied sich für die halbe Wahrheit.

»Wir wollen zu meiner Großmutter. Sie lebt nicht weit von hier auf dem Land. Sie ist Norwegerin. Meine Mutter ist hier geboren. In einem Ort namens Hurdal Verk. Er liegt nicht weit von hier.«

»Hurdal Verk«, wiederholte Rita. »Kenne ich nicht. Was nicht viel zu sagen hat, denn ich komme nicht aus der Gegend. Wir kommen aus der Nähe von Bergen und wollten in Oslo nur umsteigen. Wo genau liegt denn dieses Hurdal Verk?«

»Richtung Norden, glaub ich.« Maries Stimme wurde leise. Rita leerte ihr Glas und streckte sich gähnend.

»Ich denke, es wird Zeit fürs Bett. Morgen wird ein anstrengender Tag. So wie es aussieht, verzieht sich bis dahin auch der Schneesturm. Dann kann auch unser Flieger endlich starten.« Sie deutete auf einen an der Wand hängenden Fernseher. In den Spätnachrichten lief gerade der Wetterbericht.

»Das hört sich doch gut an.« Auch Marie musste jetzt gähnen. »Dann können wir morgen ohne Probleme nach Oslo aufbrechen.«

Die beiden gingen zum Treppenhaus, wo sie sich voneinander verabschiedeten, denn Rita und die anderen Mädchen waren im Erdgeschoss, Marie und Gertrud im ersten Stock untergebracht.

Als Marie ihre Zimmertür öffnete, begrüßte sie lautes Schnarchen. Seufzend machte sie sich bettfertig, kuschelte sich unter ihre Decke und schlief wenig später erschöpft ein.

*

Am nächsten Morgen machten sich die beiden nach einem ausgedehnten Frühstück auf den Weg zum Flughafen, um dort die Autovermietung aufzusuchen. Der Himmel war wolkenlos, und die Welt versank im Schnee. Kleine, meist weiße Holzhäuser duckten sich in die weiße Masse. Sie wirkten so heimelig und gemütlich, in jedes einzelne hätte Marie sofort einziehen mögen. Auf dem Hinweg zur Pension war alles dunkel gewesen, nur erhellte Fenster, Straßenlaternen und vereinzelte Leuchtreklamen hatte sie gesehen. Jetzt zeigte sich Norwegen von seiner gefälligen Seite. Andere Flughafenhotels, viele von ihnen hässliche Betonklötze, die nicht so recht in das Landschaftsbild passen wollten, flogen vor dem Fenster vorüber. Gertrud saß schweigend neben ihr. Sie waren heute Morgen die einzigen Fahrgäste. Die Mädchengruppe war bereits in den frühen Morgenstunden aufgebrochen, wie Marie auf Nachfrage an der Rezeption erfahren hatte. Beim Frühstück hatten sie darüber diskutiert, wie es jetzt weitergehen sollte. Nach einer Weile waren sie übereingekommen, nach Godthaab zu fahren, das in der Nähe von Oslo lag. Heute war in dem Gebäude ein Rehabilitationszentrum untergebracht. Im Jahr 1942 war es ein Kinderheim des Lebensbornvereins, und laut den Unterlagen war Siri dorthin gebracht worden. Vielleicht würden sie dort einen Anhaltspunkt dafür finden, wo sich Jans Mutter heute aufhielt. Marie war inzwischen fest davon überzeugt, dass Jan mit Betty zu seiner Mutter wollte. Es musste etwas mit Oda und Lisbets Tagebuch zu tun haben.

Am Flughafen angekommen, steuerten die beiden die erstbeste Autovermietung an, wo sie sich für einen kleinen VW Polo entschieden, den sie auf dem Parkdeck abholen konnten. Auch ein Navigationsgerät war im Preis enthalten, in das Marie die Adresse von Godthaab eingab.

»Neumodischer Schnickschnack«, schimpfte Gertrud, als der schwarze Kasten an der Windschutzscheibe an der ersten Kreuzung lautstark verkündete, dass sie rechts abbiegen mussten.

»Von mir aus hätten wir darauf verzichten können. Meinetwegen hätte es auch eine einfache Straßenkarte getan.«

»Die du dann während der Fahrt lesen müsstest«, erwiderte Marie trocken und folgte der nächsten Anweisung des Geräts, indem sie geradeaus durch einen Kreisel fuhr.

»Ich, im Auto lesen?« Gertruds Stimme klang entrüstet. »Da wird mir übel.«

»Und wer hätte dann die Karte lesen sollen?«, erkundigte sich Marie und fuhr auf die perfekt geräumte Autobahn Richtung Oslo.

Gertrud zog eine Grimasse, antwortete jedoch nicht. Schweigend fuhren sie eine Weile dahin, bis Gertrud irgendwann bemerkte: »Hübsch ist es hier. Diese Holzhäuschen sind aber auch bezaubernd.«

»Das finde ich auch«, sagte Marie, deren Stimmung mit jedem Kilometer, den sie sich Oslo näherten, stieg. Bestimmt würden sie in Godthaab Antworten bekommen. Doch Gertrud war weniger optimistisch.

»Und du denkst, dass in diesem Rehabilitationszentrum noch jemand von damals zu finden sein wird?«, sagte sie. »Ich meine, es ist über sechzig Jahre her.«

»Natürlich wird dort niemand mehr von damals arbeiten, der müsste dann ja über achtzig sein. Die damaligen Angestellten werden heute in Bettys Alter sein oder noch älter. Das Glas Rotwein gestern ist dir nicht sonderlich gut bekommen, oder?«

»So war das doch gar nicht gemeint«, verteidigte sich Gertrud.

Marie warf ihr einen Seitenblick zu, während sie einen Lastwagen überholte.

»Vielleicht sind dort noch Unterlagen aus dieser Zeit, oder sie können uns anderweitig Auskunft geben.« Ihre Stimme klang zuversichtlich.

»Und wenn sie uns gar nicht helfen wollen?«, zweifelte Gertrud noch immer. »Besonders rühmlich ist die Vergangenheit des Hauses ja nicht. Am Ende wollen sie dieses dunkle Kapitel unter den Teppich kehren und schmeißen uns raus.«

»Dann schmeißen sie uns eben raus.« Marie riss langsam der Geduldsfaden. »Was ist denn heute los mit dir, Gertrud?«

»Ich versuche nur, realistisch zu bleiben. Immerhin wird dieses Thema auch im Haus Sonnenschein totgeschwiegen. Die letzten Akten lagern irgendwo in einem verlassenen Keller, vergessen von der Welt, und wenn man die Heimleitung darauf anspricht, werden die Mienen säuerlich. Ich glaube, wenn sie den wahren Grund für meine Anwesenheit kennen würden, hätten sie mich schon vor Jahren entlassen. Der Lebensborn hat ein sehr anrüchiges Image, niemand will damit etwas zu tun haben, obwohl die meisten nicht einmal genau wissen, was der Verein damals getan hat. Man wusste es damals nicht und heute noch weniger.«

»Wieso machst du das überhaupt?«, fragte Marie. »Dein ganzes Leben arbeitest du in diesem alten Haus, das selbst mir inzwischen Angst macht. Aber es ist ein Teil meiner Vergangenheit, und eigentlich müsste ich diesem alten Gemäuer dankbar dafür sein, dass es mich zu meiner Großmutter geführt hat.«

»Und genau aus demselben Grund bin ich seit so vielen Jahren dort. Dieses Haus ist das einzige Bindeglied zu meiner Vergangenheit. Ich weiß, dass in diesem gottverdammten Keller irgendwo meine Akte liegt, dass mich meine Mutter all die Jahre belogen hat.« In Gertruds Augen traten Tränen. »Irgendwo muss doch stehen, wer mein Vater gewesen und was damals passiert ist. Ich spüre, dass ich ein Lebensbornkind bin, eines dieser vom Schicksal gebeutelten Kinder, die doch nichts dafür können. Aber ich tappe im Licht der Neonlampen zwischen verstaubten Aktenschränken und Geburtsurkunden im Dunkeln, und das seit Jahren. Auch in anderen ehemaligen Heimen habe ich es natürlich versucht. Viele der Häuser stehen noch. Doch ich bin überall abgewiesen worden. Die meisten wollen nicht darüber reden und schweigen die Vergangenheit tot. Das ist der Grund, warum ich jetzt zweifle. Weshalb sollte es in Godthaab anders sein? Dieses Haus hat einen Ruf zu verlieren. Mit so einem Thema wie dem Lebensborn wollen die bestimmt nichts mehr zu tun haben, wie so viele.«

»Und deshalb sollen wir es nicht versuchen?« Marie wechselte auf Anweisung des Navigationsgerätes die Spur. »Wir sollen ebenfalls schweigen? Wo sonst sollen wir nach Betty suchen? Jans Mutter ist dort gewesen, alle Spuren führen dorthin. Vielleicht helfen sie uns ja doch oder geben uns einen Anhaltspunkt, irgendetwas, das uns weiterhelfen wird. Niemand kann seine Vergangenheit einfach auslöschen. Auch wir nicht. Wie oft wünsche ich mir, dass Dinge nicht passiert wären. Gefühlte hunderttausendmal habe ich mir gewünscht, meine Eltern wären damals nicht auf der Autobahn gestorben. Doch ihr Tod ist ein Teil von mir und gehört zu meiner Vergangenheit, genauso wie das Heim, all diese Pflegeeltern und dieses gottverdammte Jugendamt mit seinen unendlich langen Gängen, die ich so oft entlanglaufen musste, nur um wieder enttäuscht zu werden. Also sollen diese Leute verdammt noch mal mit mir reden. Das sind sie uns schuldig.« Marie schlug aufs Lenkrad. Sie hatte sich in Rage geredet.

»Ist ja gut.« Gertrud hob beschwichtigend die Hände. Mit einer solchen Reaktion hatte sie nicht gerechnet. Erst jetzt wurde ihr bewusst, wie wenig sie über Maries Vergangenheit wusste.

»Vielleicht reden sie ja auch mit uns. Bisher waren alle Leute freundlich und offen. Norweger sind ja keine Deutschen.«

Marie warf ihr einen kurzen Seitenblick zu.

»Und du denkst, das macht es besser?«

»Wer weiß. Wir werden es bald merken.«

Marie entspannte sich langsam.

»Vielleicht ist es hier anders, und sie schweigen es doch nicht alle tot«, sagte Gertrud und zuckte mit den Schultern.

»Das will ich hoffen«, antwortete Marie und deutete auf das Navigationsgerät, das ihre Ankunft in zwölf Kilometern anzeigte.

»Eigentlich gar keine so schlechte Sache, dieser schwarze Kasten«, kommentierte Gertrud die nächste Anweisung des Gerätes und lehnte sich entspannt im Sitz zurück. »Karten lesen war nie mein Ding, und das nicht nur, weil mir dabei übel wurde.«

Sie durchquerten einen langen Tunnel und fuhren wenig später um einen weiteren Kreisel. Am Ende eines Waldgebietes ging es links ab, und die Anlage des Rehabilitationszentrums tauchte vor ihnen auf. Als Marie den Motor ausmachte, schauten sie beide auf das mehrstöckige, von Nebengebäuden umrandete Gebäude. »Das ist es also«, sagte Marie und schaute zu Gertrud. »Sieht schick aus.«

»Modern eben. Wie solche Reha-Kliniken nun einmal sind.«

»Ob da überhaupt noch jemand ist, der etwas von damals zu erzählen weiß?«, zweifelte nun plötzlich auch Marie.

»Wir werden es herausfinden.« Gertrud öffnete entschlossen die Autotür und kletterte aus dem Auto, streckte sich und drehte sich zu Marie um, die noch immer hinter dem Lenkrad saß.

»Wer von uns beiden ist diejenige, die eben noch gesagt hat, dass die Vergangenheit ein Teil von uns ist? Irgendeiner wird schon mit uns reden. Und wenn sie uns nichts zu sagen haben, dann ist es eben so.«

Marie atmete tief durch, stieg ebenfalls aus und trat neben Gertrud.

»Du hast ja recht. Es ist nur …« Sie brach ab.

»Nichts ist nur.« Gertrud legte ihr den Arm über die Schulter. »Dein Puzzlespiel ist beinahe vollständig. Es fehlen nur noch wenige Teile. Bald werden wir Betty und Jan finden, daran glaube ich. Du hast schon so viele Antworten gefunden, jetzt wird nicht aufgegeben oder gezweifelt.« Sie zog Marie mit sich zum Haupteingang. Die gläserne Schiebetür öffnete sich, und warme, nach Kaffee duftende Luft schlug ihnen entgegen. Die Ursache dafür war ein kleines Café, das rechts der Rezeption lag. Gertrud blieb davor stehen. In der Auslage warteten Kuchen, Croissants und belegte Brötchen auf einen Käufer.

»Wir haben doch erst gefrühstückt«, kommentierte Marie Gertruds gierigen Blick.

»Erst? Das ist schon zwei Stunden her. Und es ist allerbeste Kaffeezeit.« Sie deutete auf eine Uhr an der Wand, die anzeigte, dass es kurz nach zehn war.

»Wir sind aber nicht zum Kaffeetrinken hier«, sagte Marie ungeduldig. Gertruds Hungerattacken waren wirklich ungewöhnlich. »Jetzt lass uns doch erst einmal erledigen, weshalb wir gekommen sind. Auf dem Rückweg kannst du dir immer noch etwas zu essen kaufen. Ich denke nicht, dass die Croissants bis dahin weggelaufen sind.«

Gertrud warf ihr einen finsteren Blick zu, gab jedoch nach. »Meinetwegen. Dann eben später.« Sie folgte Marie, die an die Rezeption trat. Eine junge Blondine begrüßte sie freundlich auf Norwegisch, schwenkte aber sofort ins Englische um, als sie bemerkte, dass sie es mit Ausländern zu tun hatte. Es folgten einige Telefonate und wenig später die Anweisung, den Fahrstuhl in den zweiten Stock zu nehmen. Dort wäre es dann die zweite Tür auf der rechten Seite. Eine Frau Grevskott würde sie empfangen. Marie und Gertrud gingen zum Fahrstuhl, der sich sofort öffnete, als Marie auf den Knopf drückte. Er war geräumig und modern ausgestattet, sogar einen großen Spiegel gab es.

»Nicht zu vergleichen mit dem klapprigen Ding bei uns zu Hause«, sagte Gertrud beeindruckt. »Sollten sie bei uns auch mal einbauen. Dieser hier ist bestimmt nicht ständig kaputt. Ich kann dir gar nicht sagen, wie sehr ich dieses *Außer-Betrieb*-Schild hasse.«

Sie erreichten den zweiten Stock und traten aus dem Fahrstuhl. Die Wände waren in einem warmen Pfirsichton gestrichen, und statt Neonleuchten an der Decke sorgten Stehlampen für ein angenehmes Licht und eine gediegene Atmosphäre. Die Tür zu dem zweiten Zimmer rechts stand offen. Schüchtern betraten die beiden den Raum, der nicht sonderlich groß war. Eine ältere Dame saß hinter einem Schreibtisch am Fenster, lächelte und sprach sie auf Deutsch an.

»Guten Morgen. Treten Sie doch näher. Möchten Sie sich setzen?« Sie deutete auf zwei Stühle vor dem Tisch. »Frau Grevskott führt noch ein wichtiges Telefonat. Es wird nicht mehr lange dauern. Kann ich Ihnen so lange etwas anbieten?« Ihre blauen Augen strahlten regelrecht, ihre Stimme klang überschwänglich.

»Ein Kaffee wäre wunderbar«, nahm Gertrud die Einladung an.

»Ein Wasser vielleicht.« Marie schüchterte die übertriebene Freundlichkeit der Frau ein wenig ein.

»Sie kommen also aus Deutschland. Wie schön.« Die Frau verschwand in einem Nebenraum.

»Wieso sprechen Sie unsere Sprache so gut?«, erkundigte sich Gertrud, nachdem die Sekretärin mit einem Kaffeebecher und einem Glas Wasser zurückkam.

»Bei uns zu Hause wurde viel Deutsch gesprochen. Meine Mutter war Deutschlehrerin. In den ersten Schuljahren habe ich es auch noch im Unterricht gehabt. Aber nach dem Krieg ist Deutsch in den Lehrplänen durch Englisch ersetzt worden. Viele ältere Norweger sprechen sehr gut Deutsch. Nur die Jungen, die natürlich nicht mehr.« Sie setzte sich wieder hinter ihren Schreibtisch. »Woher genau kommen Sie?«

Gertrud wollte etwas erwidern, doch in diesem Moment öffnete sich die Tür zum Nebenraum und eine dunkelhaarige Frau mittleren Alters betrat den Raum und sagte etwas auf Norwegisch. Sie verstummte, als sie Marie und Gertrud bemerkte. Die Sekretärin, deren Name Frau Helgesen war, antwortete ihr kurz. Die dunkelhaarige Frau verzog das Gesicht und wandte sich dann mit einem aufgesetzten Lächeln auf ihren rotgeschminkten Lippen an Marie und Gertrud. Auf Englisch stellte sie sich als Frau Grevskott vor und erkundigte sich nach ihrem Anliegen.

Marie erklärte vorsichtig den Grund ihres Kommens. Mehrfach verhaspelte sie sich, ihre Hände zitterten. Frau Grevskott, deren Miene sich mit jedem Wort mehr verfinsterte, verunsicherte sie.

Die Antwort fiel genauso aus, wie Gertrud vermutet hatte. Das Thema Lebensborn würde in diesem Haus keine Rolle mehr spielen. Nur der historischen Vollständigkeit halber gebe es im Internet überhaupt noch Hinweise zur Geschichte des Gebäudes. Godthaab stehe heute jedoch für guten

Service im Bereich Gesundheit und Rehabilitation. Niemand im Haus könne ihnen Auskunft geben. Marie nahm die Erklärung mit hängenden Schultern zur Kenntnis. Gertrud, die kein Wort verstanden hatte, ahnte den Grund dafür und setzte eine betretene Miene auf. In diesem Augenblick hasste sie es, recht behalten zu haben. Marie schien den Tränen nahe zu sein. Frau Grevskott verabschiedete sich mit knappen Worten und rauschte in ihr Büro zurück. Gleich darauf hörte man sie hinter der Tür sprechen, anscheinend führte sie ein Telefonat.

Einen Moment lang herrschte betretenes Schweigen, dann beugte sich Frau Helgesen nach vorn und sagte mit einem bedeutungsvollen Lächeln auf den Lippen: »Hier im Haus mag es niemanden mehr geben, der Ihnen weiterhelfen kann. Aber ich gebe Ihnen die Adresse der ehemaligen Heimleiterin. Frau Obeed lebt auf der Halbinsel Bygdøy. Sie freut sich immer über Besuch und ist für ihre dreiundneunzig noch recht rüstig. Ich kann Sie gern bei ihr ankündigen, wenn Sie möchten. Irgendwo hier habe ich noch ihre Telefonnummer.« Sie öffnete eine Schublade und wühlte darin herum.

Schlagartig veränderte sich die Stimmung im Raum. Sofort stimmten die beiden zu. Sie hatten zwar keine Ahnung, was die Sekretärin mit Bygdøy meinte, doch das würden sie bestimmt gleich erklärt bekommen. Keine Minute später wählte Frau Helgesen eine Telefonnummer. Noch während des kurzen Gesprächs bedeutete sie Marie und Gertrud mit gehobenem Daumen, dass der Besuch klappen würde. Als sie auflegte, lächelte sie.

»Frau Obeed freut sich auf Ihren Besuch. Endlich könne sie mal wieder Deutsch sprechen, hat sie gesagt. Vergisst man ja alles mit der Zeit. Sie hat sogar Zimtschnecken gebacken, das alte Mädchen. Muss sich mal einer vorstellen: Ist über neunzig Jahre alt und stellt sich noch immer in die Küche zum Backen.« Frau Helgesen schüttelte den Kopf. »Ihre schmecken aber auch am besten. Bygdøy ist auch unsere Museumsinsel. Hier liegen viele Museen Oslos. Besonders das Kon-Tiki-Museum kann ich Ihnen empfehlen. Die Geschichte von Thor Heyerdahl und seinem Schilfboot ist sehr beeindruckend.« Sie zwinkerte Marie und Gertrud zu. Marie knuffte Gertrud sacht in die Seite. Das Problem ihres knurrenden Magens wäre bald aus der Welt geschaffen. Sie erkundigte sich nach der genauen Adresse von Frau Obeed, die Frau Helgesen auf einem Zettel notierte. Danach verließen die beiden das Büro.

Erleichtert durchquerten sie die Eingangshalle. Gertrud würdigte das Café keines Blickes mehr. Die Aussicht auf selbstgebackene Zimtschnecken stellte dessen Angebot in den Schatten.

Im Auto gab Marie die Adresse der alten Dame ins Navigationsgerät ein, dann steuerte sie den Wagen vom Parkplatz.

»Gerade noch mal gutgegangen«, seufzte Gertrud. »Diese Frau Grevskott ist ja zum Eierabschrecken.«

»Ja, eine unangenehme Person«, stimmte Marie zu. »Genau die Sorte Frau mochte ich nie.«

»Sie würde sich bestimmt hervorragend mit unserem Fräulein Göbel verstehen«, lästerte Gertrud.

Marie lachte laut auf.

»Ja, bestimmt. Allerdings glaube ich nicht, dass der Rest der Angestellten noch viel zu lachen hätte, wenn solche Zicken im Rudel auftreten.«

Sie passierten erneut den Kreisel, fuhren aber nicht in den Tunnel zurück.

»Eine Museumsinsel also«, sagte Gertrud und schaute auf die weißen Holzhäuser des Wohngebietes, in das sie jetzt einbogen.

»Sieht gemütlich aus.« Marie folgte der Anweisung des Navigationsgerätes und bog in eine schmale Seitenstraße ab.

»Aber Museen sieht man keine.« Gertrud reckte den Hals. »Nur weiße Holzhäuser, Gärten und Schnee.«

»Vielleicht sind sie auf der anderen Seite«, sagte Marie, während das Navi ihre Ankunft verkündete. Vor einem etwas kleineren weißen Häuschen blieben sie stehen. »Das hier muss es sein.«

»Sieht hübsch aus, so anheimelnd.«

»So sehen diese Häuser alle aus. Wenn es nach mir ginge: Ich würde sofort einziehen und für immer hierbleiben.«

»Dann tu es doch«, erwiderte Gertrud schulterzuckend.

Marie sah sie ungläubig an.

»Du bist jung und hast keine Verpflichtungen. Wieso nicht nach Norwegen in ein weißes Holzhaus ziehen?«

»Langsam wirst du mir unheimlich, Gertrud Kugler. Wo ist die schüchterne Pflegerin hin, die ich vor wenigen Monaten im Haus Sonnenschein kennengelernt habe?«

Gertrud wurde verlegen. »Was redest du denn? Ich bin immer noch die alte.« Gertrud fing Maries Blick auf. »Gut, vielleicht nicht ganz. Du tust mir gut. Bist ein ganz besonderer Mensch, Marie Wegner. Hat dir das noch niemand gesagt?« Gertrud griff nach Maries Hand und drückte sie fest.

»Nein, so direkt noch nicht«, erwiderte Marie. Gertruds Worte rührten sie.

»Dann ist es Zeit, dass es endlich jemand tut. Und jetzt lass uns endlich aussteigen.« Sie nickte zum Haus hinüber. Marie folgte ihrem Blick.

»Und wenn wir auch hier keine Antworten finden?«

»Das werden wir.« Gertruds Stimme klang zuversichtlich. »Das habe ich im Gespür.«

Sie öffnete die Autotür. Marie stieg ebenfalls aus. Als sie das Gartentor erreichten, war die Haustür bereits geöffnet. Eine alte Dame stand in der Tür, winkte ihnen zu und rief auf Deutsch: »Treten Sie ruhig näher. Ich habe Sie schon erwartet.«

Wenig später saßen Marie und Gertrud in einer gemütlichen Wohnstube auf einem mit geblümtem Stoff bezogenen Sofa und bekamen warmen Tee in riesengroße Teebecher eingeschenkt. Auf dem Tisch lagen die bereits angekündigten Zimtschnecken hoch aufgetürmt auf einer Tortenplatte. Eine ganze Fußballmannschaft wäre davon satt geworden. Dem Sofa gegenüber lag ein offener Kamin, in dem ein Feuer für Wärme sorgte.

»Hübsch haben Sie es hier«, sagte Marie. »Einen Kamin hätte ich auch gern. So ein echtes Feuer verbreitet doch eine ganz andere Wärme als eine Zentralheizung.«

Lilian Obeed setzte sich in einen breiten Ohrensessel, der neben dem Sofa stand, und antwortete:

»Leider macht er auch Arbeit. Aber mein Enkelsohn kümmert sich inzwischen um den Ofen. Er wohnt unter dem Dach. Morgens, bevor er aus dem Haus geht, entfernt er die Asche und macht Feuer. So muss ich den Tag über nur Holz nachlegen, was es leichtermacht. Das Bücken fällt mir langsam doch etwas schwer, müssen Sie wissen. Die alten Knie wollen nicht mehr so.« Sie deutete auf ihre Beine. Marie wollte ihr diese Schwächebekundung nicht recht glauben. Für ihr Alter schien Lilian Obeed ausgesprochen beweglich zu sein. Sie war sehr schlank, und ihr kurzgeschnittenes weißes Haar sah gepflegt aus. Sie trug einen wollenen, bis zu den Waden reichenden Rock und eine grüne, tailliert geschnittene Strickjacke dazu. Auch benötigte sie keine Gehhilfe, soweit Marie erkennen konnte. »Aber greifen Sie doch zu.« Die alte Dame deutete auf die Zimtschnecken. »Ist nicht mehr weit her mit dem Schlaf, und da habe ich heute Morgen doch tatsächlich schon gebacken.«

Das ließ sich Gertrud nicht zweimal sagen. Sie beförderte eine der Zimtschnecken auf ihren Teller und biss herzhaft hinein. Sofort legte sich ein seliges Lächeln auf ihr Gesicht.

»Gut, nicht?«, bemerkte die alte Dame lächelnd. »Das Rezept ist noch von meiner Mutter. Eine Meisterin ihres Fachs.«

Auch Marie kostete eine der Zimtschnecken, obwohl ihr Magen wie zugeschnürt war. Sie schmeckten unglaublich süß, aber lecker. Sie spülte den süßen Geschmack mit dem herben Kräutertee hinunter und kam zu dem eigentlichen Grund ihres Besuchs.

»Ich nehme an, Frau Helgesen hat Sie informiert, warum wir mit Ihnen sprechen möchten?«

Lilian Obeed wischte sich den Mund mit einer Serviette ab und nickte.

»Natürlich hat sie das. Sie sind nicht die Ersten, die mit Fragen kommen. Ist schon interessant, wie viele Menschen das Thema heute noch umtreibt, wobei es schon so viele Jahre her ist. Meistens kann ich nicht viel sagen. Viele der Kinder waren nur für kurze Zeit bei uns im Heim, und ich hatte die Heimleitung nicht lange inne. Zuerst war ich nur einfache Schwester, dann Oberschwester, und als dann die Heimleiterin erkrankt ist, habe ich ihren Posten übernommen und behalten. Es war eine schwierige Zeit damals.« Sie schüttelte den Kopf.

»Können Sie sich vielleicht an ein Mädchen namens Siri Gunderson erinnern?«, fragte Marie hoffnungsvoll. Die alte Dame nippte an ihrem Teebecher und dachte laut nach. »Siri Gunderson. Der Name sagt mir was. Das war ziemlich am Anfang, zu meiner Schwesternzeit. Irgendetwas muss vorgefallen sein, drüben in Hurdal Verk. Hatte mit dem Mädchen zu tun, deswegen weiß ich es noch. Sie wurde nicht mit den üblichen Transporten gebracht, sondern kam allein und mitten in der Nacht an. Deswegen kann ich mich noch daran erinnern. Unsere damalige Heimleiterin war eine Deutsche, Frau Meier hieß sie, und sie war außer sich deswegen. Das arme Kindchen selbst war völlig verschreckt und hat lange gebraucht, um sich bei uns einzugewöhnen. Nach Kriegsende ist das Mädchen dann in ein norwegisches Kinderheim verlegt worden, glaube ich zumindest. So viele sind fortgeschafft worden, irgendwohin. Die meisten Akten und Unterlagen sind vernichtet oder unauffindbar. Meistens ist Godthaab der letzte Hinweis, den man irgendwo findet, dann führt der Weg in eine Sackgasse.« Sie zuckte mit den Schultern.

»Und Sie können uns nicht sagen, wie das Kinderheim hieß, in das sie verlegt worden ist?«, fragte Gertrud nach und biss in ihre dritte Zimtschnecke.

»Leider nicht. Ich wünschte, ich könnte Ihnen mehr Auskunft geben. So viele erhoffen sich eine andere Antwort, irgendeinen Anhaltspunkt. Neulich war ein Mann hier, der seinen Vater suchte. Auch ihm konnte ich nicht weiterhelfen. Er ist in Hurdal Verk zur Welt gekommen und hatte die Hoffnung, dass ich wüsste, wo vielleicht noch Akten aus jener Zeit lagern. Er hat sogar angenommen, ich könnte einige der Unterlagen aufgehoben haben. Herr im Himmel, beileibe nicht! Ehrlich gesagt war ich froh, dass ich das Kinderheim verlassen konnte und wenig später eine gute Anstellung in einem Kindergarten fand, und das auch nur, weil meine Schwägerin ein gutes Wort für mich einlegte. War nicht leicht für uns damals. Schließlich hatten wir für die Deutschen gearbeitet. Aber es tut gut, nach so langer Zeit mal wieder Deutsch zu sprechen.« Sie zwinkerte Marie aufmunternd zu.

Marie lächelte zurück, obwohl es ihr schwerfiel. Was hatte sie geglaubt? Lilian Obeed war eine sehr alte Dame, es glich einem Wunder, dass sie sich überhaupt an Siri erinnern konnte.

»Sie sagten, Siri sei allein mitten in der Nacht angekommen, was sonderbar war«, hakte Gertrud noch einmal nach. »Wissen Sie noch, was der Grund dafür war?«

»Leider nein. Nur, dass Frau Meier ziemlich aufgebracht war. Von einem Skandal hat sie gesprochen, mehr habe ich nicht mitbekommen.« Sie zuckte mit den Schultern.

»Und Siri kam aus Hurdal Verk?«, vergewisserte sich Gertrud.

»Da bin ich mir ganz sicher. Viele Kinder kamen von dort. Die meisten waren allerdings nur übergangsweise bei uns. Sie wurden nach Deutschland gebracht, wo sie adoptiert wurden, jedenfalls die Kinder, die als ›arisch‹ einwandfrei galten. Doch in Siris Adern floss samisches Blut. Solche Kinder wollten die Deutschen nicht haben.«

Gertrud nickte ernst. »Davon habe ich gelesen. Eine Schande ist das. Als ob sie weniger wert gewesen wären.«

»So war das eben damals.« Lilian Obeed zuckte mit den Schultern. »Auch die samischen Mütter wurden diskriminiert und hatten weniger Rechte als die anderen Frauen. Als Lappen wurden sie abfällig bezeichnet.« Sie winkte ab. »Gibt viele Geschichten. Aber es ist so lange her.«

Gertrud griff erneut nach einer Zimtschnecke. Marie überlegte, ob es die fünfte oder sechste war, die auf ihren Teller wanderte. Sie selbst hatte gerade mal ein Teil hinuntergebracht und das Gefühl, ihr Mund würde vom vielen Zuckerguss zusammenkleben.

»Sind schon etwas Besonderes, die Zimtschnecken meiner Mutter, nicht wahr?«, kommentierte Lilian Obeed Gertruds guten Appetit. »Wenn Sie möchten, packe ich Ihnen noch welche ein.«

Marie wollte dankend ablehnen, doch nach einem kurzen Blick auf Gertruds strahlende Miene schwieg sie.

»Aber gern«, sagte diese eifrig. »Das sind die besten Zimtschnecken, die ich je gegessen habe.«

Lilian Obeed erhob sich lächelnd und kehrte wenig später mit einer rosafarbenen Keksschachtel in den Raum zurück. Sie legte den Rest der Zimtschnecken, mindestens zehn Stück, in den Karton und verschloss ihn sorgfältig.

»Mein Enkel arbeitet in einer Keksfabrik, stellen Sie sich das einmal vor. Er bringt mir öfter diese zauberhaften Kartons mit. Sie sind hübsch anzusehen und auch noch praktisch, was will man mehr.« Lächelnd reichte sie Gertrud die süße Wegzehrung und wandte sich an Marie. »Ich hätte Ihnen gern mehr Auskunft gegeben. So viele Menschen haben sich verloren, suchen nach Antworten und Angehörigen. Ich war jung damals, und mir fehlte der Weitblick. Wenn ich gewusst hätte, welche Tragweite die Vernichtung der Akten haben würde, ich hätte zumindest versucht, einige von ihnen zu retten. Familienbande lassen sich nicht durch das Verbrennen von Unterlagen zerstören oder vertuschen. Aber das habe ich leider erst Jahre später begriffen.«

»Sie müssen sich nicht rechtfertigen«, suchte Marie die alte Dame zu beruhigen, die betroffen wirkte. »Vieles im Leben verstehen wir erst im Nachhinein. Sie haben damals geglaubt, das Richtige zu tun. So spielt nun mal das Leben.«

»Eine kluge Aussage für ein Mädchen Ihres Alters«, erwiderte die alte Frau und legte Marie die Hand auf die Schulter. »Ich hoffe, Sie finden Ihre Antworten, auch wenn ich sie Ihnen nicht geben kann.«

»Wir haben trotzdem zu danken. Für Ihre lieben Worte und die Gastfreundschaft.«

»Und für die Zimtschnecken«, fügte Gertrud hinzu. Alle drei erhoben sich und traten in den engen Flur des Hauses. Marie knöpfte ihren Mantel zu und wickelte ihren Schal um den Hals. Eisige Luft schlug ihnen entgegen, als sie die Tür öffneten.

»Es war nett, Sie beide kennenzulernen«, verabschiedete sich Lilian Obeed. »Und vielleicht erzählen Sie mir irgendwann, ob Sie Antworten gefunden haben. Ich würde mich freuen.« Sie hielt Marie die Hand hin, die diese ergriff und fest drückte.

»Das machen wir. Ganz bestimmt«, versprach sie und zwang sich zu einem Lächeln, obwohl ihr ganz und gar nicht danach war. Auch Gertrud verabschiedete sich von der alten Dame und bedankte sich noch einmal für die Zimtschnecken. Lilian Obeed schaute ihnen nach, bis sie das Gartentor hinter sich schlossen, dann hörte Marie, wie die Haustür ins Schloss fiel. Sie setzten sich ins Auto, und sofort war der Innenraum des Wagens vom Duft der Zimtschnecken erfüllt.

»Wie viele hast du eigentlich gegessen?«, fragte Marie.

»Vielleicht acht«, gestand Gertrud. »Sind ja kleine Zimtschnecken.«

Marie schüttelte lächelnd den Kopf.

»Klein nennst du das also. Ich finde sie vor allem süß.«

»Was gibt es daran auszusetzen?«, verteidigte Gertrud das Gebäck. »Süß ist gut für die Seele und macht glücklich.«

»Wirklich glücklich würde mich machen, wenn ich eine

Ahnung hätte, was wir jetzt tun sollen«, erwiderte Marie seufzend. »Wir haben nichts in der Hand. Langsam glaube ich, dass es eine Schnapsidee war, nach Norwegen zu fliegen.«

»Und wenn wir in dieses Hurdal Verk fahren?«

»Was soll dort schon sein?«, fragte Marie niedergeschlagen.

»Dort muss doch etwas vorgefallen sein. Ohne Grund ist das kleine Mädchen ganz sicher nicht bei Nacht und Nebel nach Godthaab gebracht worden.«

»Und du denkst, in Hurdal Verk werden sie uns dazu Antworten geben? Bestimmt gibt es auch dort eine Gewitterziege, die uns fortscheuchen wird. Kam von dir nicht der Satz, dass niemand mit uns reden und alles totgeschwiegen wird? Anfangs wollte ich dir nicht glauben, aber ...«

»Jetzt redest du Unsinn«, schnitt Gertrud Marie das Wort ab. »Wir haben eine Menge Auskünfte bekommen. Ich habe den Eindruck, dass die Menschen in Norwegen viel offener mit dem Thema umgehen als die Deutschen. Mein Bauchgefühl sagt mir, dass wir auf der richtigen Spur sind. Und wenn uns in diesem Hurdal Verk wirklich niemand weiterhilft, haben wir es wenigstens versucht.«

»Dein Bauchgefühl«, sagte Marie. »Funktioniert das überhaupt noch nach so vielen Zimtschnecken? Bei mir wäre es nach der Zuckerration ganz verklebt.« Sie lächelte. Gertrud hatte es tatsächlich geschafft, ihre Zweifel mit ihrer Energie ein wenig zu zerstreuen.

»Sie waren eben lecker«, verteidigte sich Gertrud und verschränkte die Arme vor dem Körper.

»Und deswegen musst du so viele davon essen«, erwiderte Marie grinsend. Sie schaltete das Navigationsgerät ein und tippte Hurdal Verk ein.

»Ich bleibe trotzdem dabei«, sagte Gertrud mit Bestimmtheit. »In diesem Hurdal ist etwas passiert, was wichtig für uns ist. Davon bin ich felsenfest überzeugt.«

»Wir fahren ja schon«, beschwichtigte Marie sie und startete den Wagen. »Dem Himmel sei Dank, dass es nicht weit von Oslo entfernt liegt.«

»Ein bisschen Glück gehört auch dazu«, antwortete Gertrud.

»Dann wollen wir mal hoffen, dass es uns noch länger treu bleibt«, sagte Marie und steuerte den Wagen durch die tiefverschneiten Nebenstraßen der Museumsinsel. Wenig später erreichten sie die Autobahn und ließen Oslo hinter sich. Es ging zurück in die Berge nach Hurdal Verk, zum Geburtsort ihrer Mutter, dachte Marie bei sich. Dort würde sie ihr wieder ein Stück näher sein. Egal, ob sie dort Antworten auf ihre Fragen finden würden, sie war hier auf der Suche nach ihren Wurzeln. Plötzlich umspielte ein Lächeln ihre Lippen. Was Hurdal Verk auch immer bringen würde, sie war bei ihrer Suche ein Stück vorangekommen, und das fühlte sich gut an.

Ihr Weg führte sie erneut am Flughafen vorbei und durch Nannestad. Noch immer schien die Sonne von einem beinahe wolkenlosen Himmel. Gertrud fischte eine weitere Zimtschnecke aus der Schachtel und schaute aus dem Fenster. Ein langgezogener See lag rechts der Straße, an dessen Ufer Eis zu erkennen war. Bäume, Sträucher und die vereinzelten Häuser versanken im Schnee, den die tiefstehende Sonne wie tausend Sterne funkeln ließ. Die Tage waren kurz in Norwegen. Bald würde es dämmern.

»Meine Güte, was für eine gottverlassene Gegend«, sagte Gertrud und nahm einen Schluck aus der Wasserflasche, die sie eben in einem kleinen Supermarkt zu einem horrenden Preis erstanden hatten. Lebensmittel aller Art schienen in diesem Land zu Apothekenpreisen verkauft zu werden. Ohne die Wegzehrung von Lilian Obeed hätte Gertruds Appetit ihre Reise zu einem teuren Unterfangen gemacht, immerhin war ihr Budget begrenzt. Der Mietwagen, die Übernachtung in der Pension und die hohen Benzinpreise schlugen ordentlich zu Buche. Marie verspürte jetzt ebenfalls Hunger und linste in die halboffene Zimtschneckenschachtel, die zu Gertruds Füßen stand.

»Es sind nur noch zwei Stück übrig«, sagte sie entrüstet. »Ist dir eigentlich mal in den Sinn gekommen, dass ich auch Hunger haben könnte?«

»Du hast nichts gesagt und bisher nur wie ein Spatz gegessen«, verteidigte Gertrud sich. »Ich dachte, sie würden dir nicht schmecken.«

»Du hättest nachfragen können«, gab Marie zurück.

Beschämt senkte Gertrud den Blick.

»Entschuldige. Die Dinger sind aber auch zu lecker. Ich bin ein Trottel. Ich hätte mich bei der alten Dame nach dem Rezept erkundigen sollen.« Sie fischte eine der süßen Köstlichkeiten aus der Schachtel und reichte sie Marie, die mit Heißhunger hineinbiss. Sofort war ihr Mund von süßem Zimtgeschmack erfüllt.

»Sehr viel Zucker«, sagte sie mit vollem Mund. »Aber wirklich lecker.«

»Biegen Sie rechts ab. Dann: Sie haben Ihr Ziel erreicht«, holte die Stimme des Navigationsgeräts Marie aus der Zimtschneckenglückseligkeit zurück.

»Wir sind da!«, rief sie erfreut, bog rechts ab und kam vor einem großen schmiedeeisernen Tor zum Stehen, das offen stand.

Ratlos blickten sich die beiden an.

»Denkst du, wir können da einfach so reinfahren?«, fragte Gertrud unsicher. »Sieht nach Privatgelände aus.«

Hinter ihnen hupte es. Marie zuckte erschrocken zusammen und schaute in den Rückspiegel. Der Fahrer eines braunen Lieferwagens wedelte ungeduldig mit den Armen. Hastig lenkte sie den Wagen zur Seite. Der Lieferwagen rauschte an ihnen vorüber.

»Wenn der das kann, können wir das auch«, sagte Gertrud.

»Also gut.« Marie atmete tief durch. Plötzlich schlug ihr das Herz bis zum Hals. Eben noch hatte es sich gut angefühlt hierherzukommen. Doch jetzt war sie unsicher. Sie lenkte das Fahrzeug langsam durch das Tor. Es ging durch eine kleine Parkanlage, dann tauchte das Gebäude auf. Es wirkte mondän mit seinen weißen Säulen und der ausladenden Treppe, die zum Eingang hochführte. Ein moderner Anbau lag rechter Hand des Haupthauses, das dem Baustil nach aus dem neunzehnten Jahrhundert zu stammen schien. Marie stellte das Auto vor einer Reihe neuerer, aus rotem Backstein gefertigter Flachbauten ab und atmete tief durch.

»Das ist es also: Hurdal Verk. Der Geburtsort meiner Mutter.«

»Ein hübscher Ort, um auf die Welt zu kommen«, stellte Gertrud fest. »Jedenfalls landschaftlich. Ich habe irgendwo gelesen, dass die Deutschen in Norwegen stets die besten Häuser für ihre Heime ausgesucht haben, damit ihr Engagement für die Frauen von der norwegischen Bevölkerung ernst genommen wurde.«

»Viel gebracht hat es nicht«, kommentierte Marie trocken.

»Na ja. Immerhin waren die Frauen hier gut versorgt und mussten nicht in einer zugigen Baracke leben. Dafür wie es nach dem Krieg weiterging, war der Lebensborn nicht mehr verantwortlich«, sagte Gertrud.

»Wofür dieser Verein genau verantwortlich war, will ich gar nicht so genau wissen«, erwiderte Marie und schloss den Reißverschluss ihrer Jacke. »Aber es ist aufregend für mich, an diesem Ort zu sein. Hier ist sie zur Welt gekommen und hat die ersten Wochen ihres Lebens verbracht …« Sie verstummte. Tränen traten in ihre Augen. Liebevoll legte Gertrud die Hand auf ihren Arm. Wer, wenn nicht sie, sollte begreifen, was Marie meinte, wie sie sich jetzt fühlte. Selbst wenn die Erinnerung an die Vergangenheit schmerzhaft sein mochte, wünschte auch sie sich so sehr, ihre vielen Fragen würden beantwortet. Dass sie jemals ihren Vater in die Arme schließen würde, daran glaubte Gertrud nicht mehr. Doch sie hoffte noch immer, irgendwann seinen Namen zu erfahren und vielleicht sein Grab besuchen zu können, um ihm sagen zu können, dass sie sooft an ihn gedacht und ihn vermisst hatte.

»Lass uns reingehen«, sagte Marie und wischte sich die Tränen aus den Augen. »Vielleicht weiß hier jemand, was damals passiert ist.«

»Oder sie haben noch Akten aus jener Zeit, in denen wir einen weiteren Anhaltspunkt finden«, sagte Gertrud und versuchte, ihrer Stimme einen hoffnungsvollen Klang zu geben. »Siri Gunderson kann doch nicht vom Erdboden verschluckt sein.« Sie stiegen aus. Entschlossen folgten die beiden einem Hinweisschild zum Eingang, das sie nicht die Freitreppe hinauf, sondern zu dem modernen Nebengebäude führte. Abgestandene, warme Luft empfing sie in einer Art Eingangshalle. Eine Schülergruppe, keiner der Jugendlichen älter als sechzehn, schätzte Marie, lungerte auf einer Sitzgruppe herum und beäugte sie neugierig. Doch bevor Marie die Gruppe ansprechen konnte, näherte sich eine Frau mittleren Alters und begrüßte sie freundlich auf Norwegisch, schwenkte aber schnell ins Englische um, als ihr klarwurde, dass sie keine Norweger vor sich hatte. Sie stellte sich als Hausdame und Mädchen für alles der Schule vor. Ihr Name war Bente Gudding. Als Marie den Grund ihres Kommens erklärte, schaute die Hausdame plötzlich verwundert. Eine alte Dame, die sich auf einen Gehstock stützte, hatte hinter ihr die Eingangshalle betreten, und die Hausdame wandte sich um und sagte etwas auf Norwegisch zu ihr. Der Blick der alten Dame blieb an Marie hängen, und sie wurde mit einem Schlag kalkweiß im Gesicht. Ihre Hände zitterten. »Das kann nicht sein«, sagte sie nun auf Deutsch. »Gespenster. Ich sehe Gespenster.«

Bente Gudding eilte zu ihr. Sie scheuchte die jungen Leute

fort, setzte die alte Dame in einen breiten Lehnstuhl und wedelte ihr Luft zu. Aufgeregt redete sie auf Norwegisch auf sie ein. Doch die alte Dame ließ sich nicht beruhigen.

»Lisbet. Du siehst aus wie Lisbet.« Sie deutete auf Marie, die es nicht fassen konnte. Sie setzte sich neben die alte Dame, griff nach ihrer zitternden Hand und fragte:

»Sie meinen Lisbet Tensen, nicht wahr?«

Die alte Frau nickte.

»Sie ist meine Großmutter.« Die Worte kamen einfach so über Maries Lippen, als hätte sie sie schon hundertmal ausgesprochen. Ihre Großmutter, wie wunderbar sich das anhörte. Die Gesichtszüge der alten Dame entspannten sich. Sie hob die Hand und berührte Maries Wange, strich sanft über ihr rotes Haar.

»Diese Ähnlichkeit. Verblüffend. Du hast mir einen ganz schönen Schrecken eingejagt, Mädchen.«

Sie lächelte.

»Was für eine Aufregung«, sagte die andere Frau auf Englisch. »Das ist heute anscheinend der Tag der deutschen Besucher, obwohl die beiden von gerade eben sogar Norwegisch sprechen.«

»Es war noch jemand da?« Abrupt stand Marie auf. Ihr Herz schlug ihr vor Aufregung bis zum Hals.

»›War‹ ist gut. Sie sind noch da. Ich hab sie in den Park gehen sehen. Ein junger dunkelhaariger Bursche und eine alte Dame, etwa im Alter meiner Mutter.« Sie deutete auf die alte Frau im Lehnstuhl.

Gertrud schaute zu Marie.

»Betty!«, sagten sie gleichzeitig.

»Und ich vermute, ich weiß, was die beiden im Park wollen«, sagte die alte Dame und stand auf. Entschlossenheit lag in ihrem Blick.

»Ich werde euch hinführen. Es ist Zeit. Ich wusste, dass die Vergangenheit irgendwann zurückkommen würde. Folgt mir.« Die Frau wollte sich zum Ausgang wenden, wurde jedoch von ihrer Tochter zurückgehalten.

»Mutter, warte! Ich hole deinen Mantel. Sonst holst du dir draußen noch den Tod.« Sie verschwand in dem engen Flur und kam keine Minute später mit einem Anorak bekleidet und einem braunen Wollmantel in den Händen wieder zurück. Sie half ihrer Mutter beim Anziehen und öffnete die Tür. »Jetzt will ich selbst wissen, was es neuerdings mit unserem Park auf sich hat.«

Sie verließen das Haus und liefen um das Gebäude herum. Dahinter öffnete sich eine weitläufige Parkanlage. Sie gingen einen Weg entlang, den jemand vom Schnee befreit hatte, was Gertrud lobend zur Kenntnis nahm.

»Die Schüler sollen den Park auch im Winter nutzen können«, erwiderte die Hausdame lächelnd. »Auch wenn sie es nur selten tun. Lieber gehen sie zur nahe gelegenen Skipiste. Sie ist nicht lang, aber um sich ein paar Stunden die Zeit zu vertreiben, reicht es. Wenn es noch kälter wird, werden sie auf dem See Eishockey spielen.« Sie deutete nach rechts, wo das Wasser bis auf eine kleine Fläche in der Mitte zugefroren war, auf der sich einige Enten tummelten. Die alte Dame, die sich als Ida vorgestellt hatte, führte die kleine Gruppe bis ans hintere Ende des Parks. Vor einem kleinen Wäldchen blieben sie stehen. Fußspuren im tiefen Schnee zeigten, dass hier kürzlich jemand entlanggelaufen war. Ida atmete tief durch.

»Meine Güte. So lange bin ich nicht mehr hier gewesen. Wenn ich ehrlich sein soll: Ich habe mich nicht getraut hinzugehen, geschämt habe ich mich regelrecht.«

»Weshalb haben Sie sich geschämt?«, fragte Marie und trat neben sie.

Die alte Dame sah sie an.

»Das Tagebuch. Es ist angekommen, nicht wahr?«

»Sie haben es also verschickt«, sagte Marie.

Ida nickte. »Meine Mutter verschickt immer wieder Dinge aus jener Zeit. Briefe, Tagebücher, Schmuck oder Fotos. Sie forscht nach Angehörigen, sucht Adressen«, kam Bente Gudding ihrer Mutter mit einer Antwort zuvor.

»Mein Großvater ist schon viele Jahre tot«, sagte Marie. »Über Umwege ist das Tagebuch bei mir gelandet. Doch natürlich konnte ich es nicht lesen. Es war Zufall, dass Jan es bei mir gefunden hat. Er ist wohl Odas Enkel.«

Ida nickte. »Er wird es verstanden haben. Deshalb sind sie hier.« Sie atmete tief durch. »Es wird Zeit, dass endlich Frieden einkehrt. Oda hat es verdient, genauso wie Siri und der junge Mann.«

Ohne eine Antwort der anderen abzuwarten, stapfte sie drauflos. Marie folgte ihr. Auch Bente Gudding wollte sich anschließen, doch Gertrud hielt sie zurück.

»Ich denke, wir bleiben besser hier.« Irritiert schaute die Hausdame Gertrud an. »Es ist ihre Sache. Wir gehören nicht dazu.«

Bente Gudding verstand, was Gertrud meinte, zögerte jedoch noch. »Meinen Sie nicht vielleicht doch …« Gertrud warf ihr einen kurzen Blick zu. »Sie haben recht. Es ist nicht unsere Angelegenheit.« Sie reichte Gertrud lächelnd die Hand. »Bente ist mein Name.« Gertrud ergriff sie dankbar und nannte ihren Vornamen. »Möchten Sie einen Tee? Gleich ist Pause. Es gibt sogar *Kake*. Wie sagt man auf Deutsch?«

»Kuchen?«

»Richtig. Kuchen und Tee.«

Die beiden machten sich auf den Rückweg.

»Sicher werden sie uns nachher berichten«, sagte Gertrud und blickte noch einmal zurück. Die Neugierde brannte ihr unter den Nägeln. Doch sie hatte eingesehen, dass hier für sie Schluss war. Es war nicht ihre Vergangenheit, nicht ihre Großmutter. Ab jetzt musste Marie ihren Weg allein gehen. Bente Gudding sah sich ebenfalls noch einmal um und seufzte hörbar.

»Sie sind nicht die ersten Deutschen, die kommen. War keine gute Zeit damals, nicht für Hurdal, für niemanden. So viele Jahre liegt es zurück. Doch es ist noch nicht vorbei, verstehen Sie, was ich meine?«

Gertrud verstand, was Bente sagen wollte. Wie ein Schatten lag die unrühmliche Vergangenheit über Hurdal Verk, und es würde noch lange dauern, bis er endgültig weiterziehen würde.

NEUNZEHN

Marie folgte Ida mit klopfendem Herzen durch das tiefverschneite Wäldchen.

»Die beiden haben diesen Platz gerngehabt«, erklärte die alte Frau. »Er erinnerte sie ein wenig an ihr Zuhause, den Schärengarten. Inzwischen bin ich dort gewesen. Ich wollte verstehen, was sie hier vermissten, und als ich dort war, habe ich sofort begriffen, was den beiden fehlte. Das Meer, die vielen Inseln – es ist eine ganz eigene, besondere Welt.« Immer wieder blieb Ida nach Luft ringend stehen. »Die alten Beine. Sie wollen einfach nicht mehr, die dummen Dinger.«

»Es klappt doch ganz gut«, beschwichtigte Marie. Trotzdem blickte sie ungeduldig nach vorn.

»Ganz gut. Ich bin lahm wie eine Schnecke. Und dabei war ich früher immer so flink.« Ida seufzte. Ein Stück weiter lichtete sich der Wald, und die Rückseite einer kleinen Hütte tauchte vor ihnen auf. Plötzlich hörten sie jemanden reden. Marie erkannte Bettys Stimme. Sie wollte drauflosstürzen, um sie in die Arme zu schließen, doch Ida hielt sie zurück und legte den Zeigefinger auf die Lippen. Ganz leise schlichen sie näher heran. Jan und Betty saßen, in warme Decken eingehüllt, auf der Veranda der kleinen Hütte.

Bettys Stimme klang wehmütig, beinahe so zerbrechlich wie damals, als sie davon gesprochen hatte, wie sehr sie den Schnee vermisste. Erst jetzt fiel Marie auf, was sie gemeint hatte. Eine besondere Art von Kälte erfüllte hier die Luft, die frisch und rein war, nicht nach Abgasen, Streusalz und Straßendreck roch. Marie lehnte sich gegen die Hüttenwand und lauschte Bettys Worten.

»Deine Großmutter war mehr als eine Freundin für mich. Sie war meine Vertraute, die Schwester, die ich nie hatte. Wir waren eine Einheit, die nichts trennen konnte, so haben wir jedenfalls gedacht, bis die Deutschen kamen und unsere Welt auf den Kopf gestellt wurde.«

»Welche Welt?«, hörte Marie Jan fragen.

»Die Welt hinter dem Hügel. Alle dachten, Loshavn würde verschont bleiben. Was sollten die Deutschen in einem kleinen Dorf mit wenigen weißen Häusern auch wollen? Dass sie in der Nähe des Dorfes eine Festungsanlage errichteten, wäre uns niemals in den Sinn gekommen. Ab diesem Tag hat sich unser Leben verändert, Oda und ich begegneten zum ersten Mal Erich und Günter. Und wir verliebten uns. Meine Güte, es ist so lange Zeit her, dass ich seinen Namen ausgesprochen habe.« Es entstand eine kurze Pause, dann sprach Betty weiter. »Wir folgten den beiden nach Kristiansand. Auch dort war es nicht immer leicht, denn den sogenannten Deutschenmädchen waren nur wenige wohlgesonnen. Erich und ich, wir trafen uns heimlich, an stillen Orten, doch Oda war das Gerede der Leute egal. Jedenfalls schien es nach außen hin so zu sein. Sie war schon immer die Lebendigere und Arglosere von uns beiden gewesen und steckte mich so oft mit ihrer Fröhlichkeit an. Ich werde nie vergessen, wie bezaubernd sie in ihrem Tanzkleid ausgesehen hat.« Erneut verstummte sie, dann hörte Marie sie sagen: »Du siehst ihr so unglaublich ähnlich. Dunkles Haar und dunkler Teint, braune Augen, dasselbe Lächeln. Sogar dein Verhalten gleicht dem ihren, impulsiv und geradeheraus ist sie auch immer gewesen. Sie wäre unsagbar stolz auf dich.«

»Und was geschah dann?«, drängte Jan sie weiterzuerzählen.

»Günter wurde an die Ostfront versetzt, und Odas und meine Wege trennten sich für eine Weile. Sie ist ihm nach Oslo gefolgt. Er war die Liebe ihres Lebens. Sie hat alles für ihn aufgegeben.« Betty seufzte. »In dieser Zeit hatten wir wenig Kontakt. Auch Erich war an die Ostfront versetzt worden, und ich bemerkte meine Schwangerschaft.« Wieder entstand eine kurze Pause. »Schwanger von einem Deutschen zu sein kam einer Katastrophe gleich. Auch meine Familie hat mit mir gebrochen. Ohne den Lebensbornverein hätte ich nicht gewusst, was ich hätte tun sollen. Erst hier in Hurdal traf ich dann wieder auf Oda, die bereits deine Mutter geboren hatte. Wir waren wieder vereint, Oda und Lisbet, die Einheit von einst, wie wir dachten. Doch das Leben hatte uns verändert, und es sollte nie wieder wie früher werden. Günter wollte die Vaterschaft nicht anerkennen und brach Oda damit das Herz. Ihre Eltern hatten sie verstoßen, und sie erhielt keinen Unterhalt, auch nicht vom Lebensborn, weil sie eine Sami war. Sie wollten sie mitsamt Siri auf die Straße setzen. Sie wusste nicht, wohin, und war völlig verzweifelt. Und sie war eifersüchtig auf mich, denn

Erich schrieb mir viele Briefe, bezahlte Unterhalt und versprach mir die Ehe. Eine Ehe, die es niemals geben sollte«, fügte sie leise hinzu und verstummte erneut.

Jan wurde ungeduldig. »Das ganze Gerede. Ich will jetzt endlich wissen, weshalb du dir in dem Tagebuch die Schuld an ihrem Tod gibst.«

»Aber das habe ich doch gar nicht«, verteidigte sich Betty. »Du musst mir zuhören, damit du es verstehst.«

»Zuhören, immer nur zuhören!« Jan wurde ungehalten. »Du trägst die Schuld an ihrem Tod – und damit auch an meinem ganzen verpfuschten Leben. Ich will jetzt endlich wissen, was damals passiert ist. Weshalb sind wir hier? Wieso hast du mich in diese gottverlassene Einöde geschleppt?«

»Weil sie hier ist«, fiel ihm Betty ins Wort. »Sie liegt am Seeufer begraben, dort vorn, neben dem Felsen am Steg.«

Ida, die neben Marie an der Hauswand lehnte, richtete sich kerzengerade auf. »Es ist genug«, sagte sie laut, verließ ihr Versteck und ging auf die beiden zu. »Sie hat Oda nicht getötet. Niemand hat das. Es war ein Unfall.«

Marie folgte Ida auf dem Fuß. Vollkommen perplex blickten Jan und Betty von einer zur anderen.

»Sie ist eine gottverdammte Treppe heruntergefallen und hat sich das Genick gebrochen.« Ida wandte sich an Jan. »Wie kommst du auf den dummen Gedanken, Lisbet könnte sie getötet haben?«

»Ida«, stammelte Betty.

»Genau die«, bestätigte Ida.

Jan bemerkte Maries Blick. Peinlich berührt wandte er die Augen ab. »Aber es steht doch in dem Tagebuch.« Er holte es hervor und deutete auf eine der Seiten. »Hier, ich habe es schwarz auf weiß.«

»Es ist aber nicht so gemeint«, versuchte Betty, ihre Zeilen zu erklären. »Ich gab mir die Schuld daran und hatte unsagbare Angst. Ich hatte Oda verloren, obwohl ich sie nur warnen wollte, denn sie war drauf und dran, erneut in ihr Unglück zu laufen. Doch sie hat mir nicht geglaubt. Hat gedacht, ich würde ihr das Glück nicht gönnen, an das sie sich mit aller Macht klammerte. Dabei wurde sie belogen und betrogen. Sie war wütend und hat mich beschimpft. Wir standen auf der Treppe. Dann ist sie gestolpert und rückwärtsgefallen. Ich wollte sie noch festhalten, doch es gelang mir nicht. Sie hat sich das Genick gebrochen.« Betty schloss die Augen. Tränen liefen über ihre Wangen.

»Wir haben sie hier hinten beerdigt, gleich dort vorn am Seeufer, damit sie einen guten Blick über das Wasser hat und sich heimisch fühlt«, sprach Ida für sie weiter. »Wir dachten, wenn wir die Sache vertuschen und ihr Verschwinden erst nach einer Weile auffällt, könnten wir die Chancen für Siri, deine Mutter, verbessern. Wir wollten ihre Unterlagen fälschen. Ein arisch einwandfreies Kind wäre adoptiert worden. Oda hatte sich so sehr eine Familie für Siri gewünscht.«

Betty hörte ihre Worte und fühlte sich plötzlich in der Zeit zurückversetzt.

*

Lisbet ließ ihr Tagebuch sinken, als Ida den Dachboden betrat, wohin sie sich seit Odas Tod jeden Abend zurückzog, denn besonders in den Abendstunden schien es ihr unerträglich, sich in ihrer winzigen Kammer aufzuhalten und auf Odas unberührtes Bett zu starren. Es schien so, als wäre die geliebte Freundin nicht fort. Gleich würde sie mit geröteten Wangen und all ihrer Lebensfreude den Raum betreten und alles durcheinanderwirbeln, wie sie es so oft getan hatte. Doch Oda würde nicht wiederkommen. Lisbets Blick fiel auf den letzten Satz in ihrem Tagebuch. *Und plötzlich war sie still.* Sie berührte die wenigen und dennoch alles verändernden Worte mit den Fingerspitzen und unterdrückte die aufsteigenden Tränen. Den Tag über hielt sie sich im Kinderzimmer auf. Abwechselnd kümmerte sie sich um Lieselotte und Siri, die Oda so unsagbar ähnelte, dass es weh tat. Niemals würde sie ihre Mutter kennenlernen, weil es diesen furchtbaren Streit gegeben hatte, weil sie in diesem Haus gefangen waren, das ihnen ihre Freundschaft und Oda das Leben geraubt hatte. Oda und Lisbet, eine Einheit, so dachten sie noch vor wenigen Monaten. Doch sie waren ins Wanken geraten, und nichts und niemand hatte die Veränderung aufhalten können. Wären sie doch nur nach Hause gegangen, zurück hinter ihren Hügel, dann wäre gewiss alles gut geworden. Endgültig liefen Lisbet die Tränen über die Wangen. Eine von ihnen tropfte auf das weiße Papier. Sie wischte sie hastig ab. Ida trat neben Lisbet. Eine Weile schwiegen beide. Irgendwann klappte Lisbet das Tagebuch zu und fragte: »Es ist also so weit?«

Ida nickte.

»Gerade ist es günstig, denn Liv bekommt ihre Zwillinge und die Schreibkraft ist übers Wochenende weggefahren.«

»Und du denkst wirklich, es könnte klappen?«, fragte Lisbet zum wiederholten Mal.

»Ganz bestimmt. In Godthaab wird niemand die Unterlagen auf ihre Richtigkeit überprüfen. Siri wird als arisch einwandfreies Kind auf die Adoptionsliste kommen und in Deutschland in einer Familie aufwachsen. Bestimmt wird sie Eltern bekommen, die sie lieben werden.«

Lisbet nickte und schob ihren Stift in die Rocktasche.

»Es ist nur …« Sie wischte sich die Tränen von den Wangen.

»Ich weiß.« Ida legte Lisbet die Hand auf den Arm. »Niemand wird sie so sehr lieben, wie Oda es getan hat. Sie wäre ihr eine gute Mutter gewesen, ganz gleich, unter welchen Umständen sie gelebt hätten.«

Lisbet nickte.

»Sie hätte ihr die Sterne vom Himmel geholt, wenn Siri es gewollt hätte«, erwiderte sie.

»Das vielleicht nicht gerade«, sagte Ida. »Aber gewiss wäre sie keine normale Mutter geworden, so verrückt wie sie war.«

»Eher eine mit hübschen Kleidern und Flausen im Kopf«, antwortete Lisbet und lächelte wehmütig. »Ich vermisse sie unendlich. Ich kann mir gar nicht vorstellen, dass sie niemals wieder bei mir sein wird. Ein Leben ohne Oda, das geht doch gar nicht, hat es nie gegeben.«

Ida wusste nicht, was sie erwidern sollte, all ihre Worte würden unpassend klingen. Lisbet ging zur Tür und öffnete sie.

»Lass uns gehen. Es ist für Siri und für Oda. Wenigstens

das kann ich noch für meine geliebte Freundin tun. Das bin ich ihr und ihrem kleinen Mädchen schuldig.«

Sie liefen die Treppe in den ersten Stock hinunter. Auf Zehenspitzen ging es den Flur entlang und am Geburtszimmer vorüber. Hinter der Tür hörten sie Livs jämmerliches Stöhnen. Am Ende des Ganges erreichten sie das Büro. Ida zauberte einen Schlüssel aus ihrer Rocktasche, und sie verschwanden in dem Raum, schlossen die Tür hinter sich und knipsten die Schreibtischlampe an.

*

»Leider sind wir damals erwischt worden«, holte Ida ihre alte Freundin Betty aus ihrer Erinnerung zurück und griff nach ihrer Hand. »Die Oberschwester, ein wahrer Drachen aus Deutschland, hat uns im Büro entdeckt. Noch in derselben Nacht ist Siri nach Godthaab gebracht worden.«

Betty nickte und suchte Maries Blick. »Sie haben mich eingesperrt und mir Lieselotte weggenommen«, sagte sie, und erneut kehrten die schmerzhaften Erinnerungen zurück.

*

Es war früher Morgen, als sich die Tür zu der winzigen Kammer öffnete, in der Lisbet eingeschlossen worden war. Sie war müde, ihre Augen brannten vom vielen Weinen, und ihr Kopf dröhnte. An Schlaf war nicht zu denken. Es war Ida, die eintrat und die Tür hinter sich schloss. Sie sank neben Lisbet auf die einfache Pritsche und blickte aus dem winzigen Fenster. Erneut hatte es zu schneien begonnen.

»Was ist?«, fragte Lisbet. »Wann darf ich endlich hier raus und zu Lieselotte? Seit Tagen sitze ich wie eine Verräterin hier drin, und niemand spricht mit mir. Und weshalb bist du nicht eingeschlossen worden?«

»Anfangs haben sie mich auch weggeschlossen«, antwortete Ida. »Doch vor zwei Tagen haben sie mich rausgeholt und mir meine Kündigung überreicht. Die Sache würde noch ein Nachspiel haben, hat Schwester Gerlinde gesagt. Es war mein Vater, der meine Freilassung durchgesetzt hat. Er hat versprochen, dass ich mich dem Haus nicht mehr nähere und zu meiner Tante nach Oslo fahre. Heute Mittag reise ich ab.« Sie machte eine kurze Pause. »Aber ich konnte nicht, ich meine, du solltest es wissen, es ist ungerecht …« Ihre Stimme klang unsicher.

Lisbet wurde hellhörig.

»Was sollte ich wissen?«

»Lieselotte wird heute Vormittag gemeinsam mit anderen Kindern nach Godthaab gebracht.«

Lisbet erstarrte.

»Aber, das können sie nicht machen. Sie dürfen sie mir nicht wegnehmen. Ich bin ihre Mutter.« Sie sprang auf, rannte zur Tür und wollte sie aufreißen. Doch Ida hatte von innen abgeschlossen. Lisbet rüttelte verzweifelt an der Türklinke.

Ida trat neben sie.

»Sie haben es dir tatsächlich nicht gesagt. Diese verdammten Schweine.« Sie ballte wütend die Fäuste.

Lisbet schüttelte den Kopf, Tränen traten in ihre Augen, und ihre Hände begannen zu zittern.

»Das dürfen sie nicht. Sie ist meine Tochter, Erichs Tochter. Wir wollen heiraten, eine Familie sein. Das geht nicht. Das können sie doch nicht tun. Sie ist meine Tochter, meine Lieselotte. Wir wollen doch heiraten.« Ihre Stimme brach, und sie sank in Idas Arme, schluchzte laut auf.

Beruhigend strich Ida über Lisbets Rücken.

»Was sie nicht dürfen, ist diesen Menschen gleichgültig. Aber wir werden es ihnen zeigen. Wir geben nicht auf. Lieselotte gehört zu dir und sonst zu niemandem.« In ihrer Stimme lag Entschlossenheit. »Wir gehen sie jetzt holen, und ihr beide werdet noch heute von hier verschwinden. Ich habe alles in Windeseile vorbereitet. Vor dem Tor wartet Ole, ein alter Freund von mir, mit seinem Wagen auf dich. Er wird euch von hier wegschaffen.«

»Und wohin sollen wir gehen?«, fragte Lisbet, vollkommen perplex.

»Zuerst nach Gardermoen. Dort könnt ihr euch auf dem Bauernhof meiner Tante für ein paar Tage verstecken. Danach sehen wir weiter. Die Sache hat nur einen Haken.«

»Der wäre?«, fragte Lisbet.

»Ich werde nicht mit dir kommen können. Es ist besser, wenn ich wie geplant heute Mittag mit dem Bus abreise und so tue, als hätte ich von nichts gewusst. In einer Stunde wird mich mein Vater wie immer in meinem Zimmer finden, wo er mich gestern Abend eingeschlossen hat. In Gardermoen stoße ich dann spätestens übermorgen wieder zu dir. Ich habe Lieselotte bereits aus dem Kinderzimmer geholt und in ein Zimmer neben der Küche gebracht. Sie schläft selig. Inga, die Küchenmagd, passt auf sie auf. Sie wird nichts sagen. Ich bringe dich noch zu Inga, dann verschwinde ich.«

Lisbet konnte es nicht fassen.

»Warum tust du das?«, fragte sie.

»Weil wir Freundinnen sind«, erwiderte Ida. »Und Freunde halten zusammen. Wir konnten Oda nicht helfen, können Siri keine Familie schenken. Aber für dich und Lieselotte soll es eine gemeinsame Zukunft geben. Sie dürfen sie dir nicht wegnehmen.« In Idas Augen lag Entschlossenheit. Gerührt umarmte Lisbet Ida.

»Ich weiß gar nicht, was ich sagen soll. Danke. Du bist eine wahre Freundin. Hab vielen Dank dafür.«

»Bedanke dich erst, wenn die Sache gelaufen ist«, antwortete Ida und löste sich aus der Umarmung. Lisbet nickte. Ida öffnete die Tür, und sie schlichen in den dunklen Flur. Es ging den schmalen Gang entlang, am Kinderzimmer und dem Aufenthaltsraum vorüber in Richtung der Wirtschaftsräume. In der Küche brannte bereits Licht. Stimmen waren zu hören. Unsicher blieben Lisbet und Ida stehen. Da wurden sie plötzlich von hinten angesprochen, und die Lampen sprangen an. »Dachte ich mir doch, dass Sie dahinterstecken, Schwester Ida.«

Die beiden drehten sich um. Schwester Gerlinde stand vor ihnen. Lisbets Augen weiteten sich.

»Und Sie glauben wirklich, dass Sie mich hintergehen können?« Die Stimme der Schwester klang zynisch. Lisbet brauchte nicht lange, um ihre Fassung wiederzuerlangen.

»Wer hintergeht hier wen«, erwiderte sie und machte einen Schritt auf die Oberschwester zu. »Sie wollen mir mein Kind wegnehmen.«

»Eine Verräterin hat nicht mehr verdient«, konterte die Oberschwester. »Wenn es nach mir gegangen wäre, hätte ich Sie sofort ins Arkiv nach Kristiansand überstellen lassen, wo Verräterinnen wie Sie hingehören. Am Ende haben Sie und Ihre Freundin«, sie deutete auf Ida, »noch mehr kriminelle Aktionen geplant. Dort hätten sie Euch zwei Gören gezeigt, wo es langgeht.«

Lisbet wollte etwas erwidern, doch sie wurde von dem Weinen eines Kindes unterbrochen. Sie horchte auf.

»Lieselotte.« Sie wandte sich um und rannte in die Küche, wo Inga im Beisein einer weiteren Schwester das Mädchen hektisch im Arm wiegte. Bei Lisbets Anblick wurde sie leichenblass und stammelte:

»Lisbet. Ich wollte nicht, ehrlich, ich meine …«

Lisbet riss der Küchenhilfe ihr Mädchen aus dem Arm und floh mit ihr aus dem Raum und den Flur hinunter Richtung Ausgang. Sie hörte Idas Stimme, die lauten Rufe der Oberschwester. Es ging durch den Aufenthaltsraum und die Eingangshalle. Sie riss die Tür auf und rannte auf den Vorplatz. Eiskalter Wind trieb ihr Schneeflocken ins Gesicht. Lieselotte war dazu übergegangen, lauthals zu brüllen. Noch bevor Lisbet das metallene Eingangstor erreichte, wurde sie von zwei Schwestern, einem Wachmann und dem Hausmeister eingeholt. Sie blieb stehen und presste ihr Mädchen fest an sich. Tränen liefen über ihre Wangen. Vor dem geschlossenen Tor wartete kein Wagen auf sie. Im Lichtkegel einer Straßenlaterne stand sie im Schneetreiben und spürte das warme Bündel Mensch auf ihrem Arm, umklammerte es ganz fest. Sie machte einen Schritt rückwärts und sah, wie sich die Oberschwester näherte. Lisbet schüttelte den Kopf, und ihre Lippen formten die Worte »bitte nicht«. Erst tonlos, dann lauter, am Ende rief sie sie laut, wütend und trotzig.

Doch es half alles nichts. Sie hatte verloren.

*

In Bettys Augen traten Tränen. Mit leiser Stimme sagte sie: »All mein Flehen, mein Betteln, es hat nichts geholfen. Lieselotte ist nach Godthaab und später nach Deutschland gebracht worden, und ich sollte sie niemals wiedersehen. Nach dem Krieg bin ich wie so viele Deutschenmädchen interniert worden, die Haare wurden mir geschoren. Nach zwei Jahren bin ich freigekommen und habe mich sofort auf die Suche nach meiner Tochter gemacht. Doch gefunden habe ich weder sie noch Erich. Seine Spur endete irgendwo in Russland. Erst Jahre später habe ich herausgefunden, dass Lieselotte eine Weile in Wiesbaden war, bevor sie adoptiert wurde. Doch wohin sie gekommen ist, was danach passierte, war nicht mehr nachvollziehbar. So viele Unterlagen sind von den Deutschen vernichtet worden. Auch wurde die wahre Identität der norwegischen Kinder bei einer Adoption in Deutschland oftmals vom Lebensbornverein vertuscht. Ein neuer Name, ein neues Leben, in einer perfekten, arisch einwandfreien deutschen Familie sollte es sein.« Bettys Stimme klang zynisch. »Viele Kinder sind nach

Kriegsende von der norwegischen Regierung nach Norwegen zurückgeholt worden. Die meisten von ihnen lebten in Heimen, viele wurden später wieder adoptiert. Manche sind in Deutschland geblieben. Doch zu Lieselotte gab es keine Adoptionsunterlagen, weder in Norwegen noch in Deutschland. Ihre Spur endete im Haus Sonnenschein in Wiesbaden. Ich habe sie nie wiedergesehen.«

»Und heute ist sie tot«, flüsterte Marie, ebenfalls mit Tränen in den Augen.

Jan wusste nicht, was er erwidern sollte. Alles, was er sich zusammengereimt hatte, fiel wie ein Kartenhaus in sich zusammen. Stets hatte er einen Schuldigen gesucht, jemanden, der für sein verkorkstes Leben und den frühen Tod seiner Mutter verantwortlich war. Doch plötzlich verstand er, dass er unter diesen Menschen keinen Verantwortlichen finden würde. Sie alle waren Betroffene, Zurückgebliebene einer schwierigen Zeit. Er fuhr sich durchs Haar. »Siri ... meine Mutter ... Sie ist von einer Brücke gesprungen, weil sie die ständigen Anfeindungen nicht mehr ausgehalten hat. Ihr ganzes Leben lang war sie das Deutschenkind, nichts und niemand gab ihr eine Chance. Sogar in die Psychiatrie ist sie als Jugendliche eingewiesen worden. Und mit mir haben sie es nicht viel besser gemacht.« Seine Stimme wurde immer leiser. Er verstummte und schlug das Tagebuch zu. Betty streckte die Hand danach aus.

»Gibst du es mir? Ich möchte etwas daraus vorlesen. Aber nicht hier, sondern dort vorn.« Sie deutete ans Seeufer. »Damit auch Oda es hören kann.«

Sie stand auf, verließ die Veranda und trat ans Ufer des

Sees. Die anderen folgten ihr. Eine Weile blätterte sie in dem abgegriffenen Buch, dann begann sie zu lesen:

»Heute sind wir zum ersten Mal schwimmen gewesen, nur Oda und ich, wie in jedem Jahr, wenn die ersten warmen Tage ins Land ziehen. Das Wasser war eisig kalt, und wir sind nur ein kleines Stück geschwommen. Danach haben wir uns in den warmen Sand sinken lassen und versonnen aufs Meer hinausgeblickt. So wunderschön ist unser Schärengarten, wenn die warme Abendsonne des Sommers ihn in goldenes Licht taucht. Oda ließ sich lachend nach hinten fallen und meinte, sie könnte hier für die Ewigkeit liegen bleiben, die nackten Füße im weichen Sand. Nur wir beide, sagte sie. Und die Sonne, der Wind und das Meer. Mehr brauche es doch nicht für das vollkommene Glück. Ich antwortete, dass wir das einfach tun sollten, immer hier bleiben. Sie lachte und fragte, was wir machen würden, wenn es zu regnen, gar zu schneien beginnen würde? Ich sagte, dass wir die Zeit anhalten und diesen Augenblick niemals loslassen würden.«

Betty schlug das Buch zu und griff nach Jans Hand.

»Es tut mir so leid. Das musst du mir glauben. Die Zeit ist nicht stehengeblieben, wie wir es damals erhofften. Sie hat unser Glück mit sich genommen und niemals wieder zurückgebracht.«

Jan nickte.

»Es klingt schön, was du von ihr erzählst. Ich hätte sie gern kennengelernt.«

»Sie dich auch. Das weiß ich. Sie war so voller Leben. Es war noch nicht Zeit …« Bettys Stimme brach. Endgültig lagen sich die beiden in den Armen. Fest drückte die alte Frau den jungen Mann an sich, der laut schluchzte. Hier und jetzt hatte die Suche nach Antworten ein Ende. Die erhoffte Erlösung, vielleicht auch einen Schuldigen, hatte er nicht gefunden. Doch vielleicht würde es jetzt leichter werden, und die Ruhelosigkeit würde verschwinden, die bis zu diesem Augenblick sein Leben bestimmt hatte. Er löste sich aus der Umarmung, nickte Marie zu und ging ohne ein weiteres Wort. Marie blickte ihm nach, bis er nicht mehr zu sehen war.

Ida schaute von Marie zu Betty und sagte: »Wir treffen uns später. Es gibt viel zu erzählen, glaube ich.« Sie wartete Bettys Antwort nicht ab, sondern folgte Jan. Marie und Betty standen sich eine Weile stumm gegenüber.

Es war Betty, die das seltsame Schweigen brach.

»Du bist wie ich: drahtig und dünn. Du kannst so viel Kuchen essen wie du willst, du wirst niemals dick werden.«

Marie lächelte.

»Schokoladenkuchen, der glücklich macht. Lisbet Tensen also.« Sie machte einen Schritt auf Betty zu, und nun lagen auch sie sich in den Armen. Marie weinte. Sie konnte es noch immer nicht fassen. Sie hatte eine Großmutter, jemanden, zu dem sie gehörte, und zwar richtig und für immer und nicht nur für eine Weile.

»Ich hab es so gehofft«, hörte sie Betty sagen, »und dennoch nicht zu glauben gewagt. Dabei hatte ich mein Spiegelbild von damals vor Augen. Doch wie soll man an das

Unmögliche glauben, sich daran erfreuen, obwohl man es fürchtet? Ich meine …«

»Ich weiß«, ließ Marie sie nicht ausreden. »Dein Mädchen ist tot.«

»Mein Mädchen«, wiederholte Betty. »Sie ist es nie wirklich gewesen, nur für eine kleine Weile durfte ich sie bei mir haben und vom Glück träumen.« Ihr Blick wanderte zu der Stelle, an der Oda beerdigt war. »Doch der Herrgott hat die Gebete einer alten Frau erhört und mir dich geschickt.« Sie wischte sich eine Träne aus den Augen. »Und du bist doch auch irgendwie mein Mädchen, oder?«

»Das bin ich«, erwiderte Marie lächelnd und griff nach Bettys Hand, die sich eiskalt anfühlte.

»Dann ist es gut«, antwortete Betty. »Dann können wir jetzt zu den anderen gehen. Ist saukalt hier draußen.« Sie zwinkerte Marie zu. Die beiden traten vom Ufer zurück. Auf dem Wasser funkelten die letzten Sonnenstrahlen. Betty blieb noch einen Moment stehen, beobachtete stumm eine vorbeischwimmende Ente und dachte: Keine Lachmöwe.

EPILOG

Marie schob das alte Fahrrad den Hügel hinauf, das sie heute Morgen aus dem Schuppen geholt und wieder instand gesetzt hatte. Es war noch etwas klapprig, und das Licht ging nicht, aber immerhin fuhr es und hatte sie tatsächlich bis nach Farsund gebracht, wo sie den Nachmittag verbracht hatten. Der am Lenker hängende Einkaufskorb war gut gefüllt. Betty hatte sich wie ein junges Mädchen auf den Gepäckträger gesetzt und beim Bergabfahren laut zu quietschen angefangen. Sie hatten viel gelacht, waren Slalom gefahren, einmal wären sie beinahe gestürzt. In Farsund hatten sie sich in einem der vielen Cafés am Hafen Kaffee und Kuchen gegönnt. Blaubeerkuchen, der himmlisch schmeckte, was Marie bei dem horrenden Preis voraussetzte. Ihr fiel es noch immer schwer, sich mit den Lebensmittelpreisen in Norwegen anzufreunden. Inzwischen hatte Marie ein wenig Norwegisch gelernt und nutzte jede Gelegenheit, um mit den Leuten ins Gespräch zu kommen. Zu ihrem Bedauern hatte ihr jedoch auch diesmal die Bedienung auf Englisch geantwortet. Anfangs war sie davon gekränkt gewesen, doch inzwischen wusste sie, dass die Leute es nicht böse meinten. Sie wollten nur nett sein und es ihr erleichtern. Betty hatte die Reaktion des Mädchens mit einem Lächeln quittiert und ein Gespräch mit ihr begonnen. Sie genoss es sichtlich, sich in ihrer Muttersprache zu unterhalten; aus der oft schweigsamen Frau war eine regelrechte Plaudertasche geworden. Marie verstand von der Unterhaltung nur wenig, doch sicher ging es um das Wetter, die Läden und Fischer. Die üblichen Themen, über die jeder in der Gegend redete. Sie hatte die Fischer beim Ausladen ihres Tagesfangs beobachtet. Gleich am Landungssteg wurde er verkauft, und es wurde gefeilscht, was das Zeug hielt. Eine korpulente Dame war anscheinend besonders gut darin, die besten Stücke zu ergattern, denn als Marie und Betty wenig später vor den Booten haltmachten, gab es nur noch wenige Reste, ein paar Heringe und Flundern, die gerade so für ein Abendessen reichen würden. Die restlichen Zutaten hatten sie im neugebauten Supermarkt erstanden, den Betty abfällig als »Betonbunker« bezeichnete.

Für April war es ein ungewöhnlich warmer Tag. Die Sonne stand hoch am Himmel und taute die letzten Reste des Schnees weg. Am Wegesrand reckten sich die ersten blauen Blümchen den warmen Strahlen entgegen. Als sie den Hügelkamm erreichten, blieb Betty stehen, wie immer an dieser Stelle. Sie ging zu einem Felsen, nahm Platz und schaute das steinerne Kreuz, das dort aufgestellt worden war, stumm an. Marie stellte das Fahrrad ab und gesellte sich zu ihr. Gemeinsam saßen sie eine Weile nebeneinander und blickten über den Schärengarten. Die Nachmittagssonne schien tausend Diamanten aufs Wasser zu zaubern, und nur die lauten Rufe der Lachmöwen durchbrachen die friedliche Stille. Maries Blick fiel ebenfalls auf das steinerne Kreuz. Es hatte erst vor wenigen Tagen das einfache hölzerne ersetzt, das nach Odas Beerdigung diesen ungewöhnlichen Platz als letzte Ruhestätte eines Menschen ausgewiesen hatte.

Jan war derjenige gewesen, der Odas Umbettung veranlasst hatte. Er wollte nicht, dass sie wie eine Verbrecherin verscharrt hinter jenem Haus lag, das ihr so viel Unglück gebracht hatte. Für ihn war es das Haus der verlorenen Kinder, was Marie verstehen konnte. Wer wusste schon, wie viele von ihnen jemals glücklich geworden waren oder wie viele wie Siri Erlösung im Tod gesucht hatten? Marie fragte sich, wie verloren sich ein Mensch fühlen musste, wenn er seinen kostbarsten Besitz, sein Leben, einfach so fortwarf. Auch sie selbst war oft unglücklich gewesen und hatte sich ungeliebt gefühlt, doch Selbstmordgedanken hatte sie niemals gehabt. Vielleicht war es besser, dass viele der Betroffenen nicht wussten, woher sie stammten, wo ihre Wurzeln lagen. Adoptiert und mit gefälschten Unterlagen lebten die meisten von ihnen irgendwo ihr Leben, und Unwissenheit schützte manchmal vor Kummer. Betty hatte den ungewöhnlichen Platz für Odas Grab vorgeschlagen, der Oda bestimmt gefallen hätte. Es hatte eine Weile gedauert, bis die außergewöhnliche Grabstätte genehmigt wurde. Am Ende war es wohl Bettys Hartnäckigkeit gewesen, die sich ausgezahlt hatte. Jeden Tag hatte sie in der Verwaltung angerufen, anfangs aus Wiesbaden, später aus einem Heim in Farsund, wohin sie vor einiger Zeit umgesiedelt war. Irgendwann hatte sich der Beamte erweichen lassen, so dass Oda vor wenigen Wochen umgebettet worden war. Sogar in der Zeitung wurde darüber berichtet. Betty war die große Aufmerksamkeit nicht geheuer gewesen. *Deutschenmädchen kehrt heim*, hatte als Überschrift über dem Artikel gestanden, worauf Betty die Zeitung wütend in den Müll geschleudert hatte. Dieses gottverdammte Schimpfwort, sie könne es nicht mehr hören, hatte sie geschimpft. Inzwischen war es wieder still um Odas Grabstätte geworden. Jan, der jetzt in Hamburg lebte, war nach der Beerdigung wieder abgereist. Sein neues Leben lag in Deutschland, was Marie verstehen konnte.

Sie blickte über die weißen Häuser Loshavns. Nur wenige waren noch bewohnt. Die meisten der Holzhäuser dienten als Ferienhäuser und standen um diese Jahreszeit leer. Erst im Sommer würde wieder Leben im Ort einkehren. Doch wie früher würde es niemals wieder werden, hatte Betty wehmütig gesagt, als sie vor ein paar Tagen angekommen waren, um einige Tage im Haus am Odde Berg, das immer noch in Familienbesitz war, dem Alltag zu entfliehen.

»Hörst du das?«, fragte Betty.

Marie horchte auf. Doch sie vernahm keinen Laut.

»Was meinst du?«

»Die Stille, nur durchbrochen von den Rufen der Lachmöwen.« Betty lächelte. »Keine Autos, keine Paketboten, niemand, der den Fernseher bis zum Anschlag aufdreht, kein Getratsche auf dem Flur. Absolute Ruhe, Friedlichkeit und der Geschmack von Salz in der Luft. Wie sehr ich das vermisst habe.«

»Obwohl ich mich an das Geschrei der Möwen noch gewöhnen muss.« Marie zwinkerte Betty zu.

»Für mich klingt es wie lange vermisste Musik«, sagte

Betty und blickte auf Odas Grab. »Für Oda wäre es genauso. Wenn sie jetzt hier wäre, würden wir später zu Joakims Haus rudern, uns auf den Steg setzen und der Sonne beim Untergehen zusehen.« Ihre Stimme klang wehmütig.

»Wenn du möchtest, können wir das auch gern machen«, versuchte Marie, Betty aufzuheitern. »Ich mag Joakims Haus.«

Betty reagierte nicht auf Maries Vorschlag. Langsam stand sie auf, ging vor Odas Grab in die Hocke und strich über die festgetretene Erde, auf der weder Gras noch Blumen wuchsen.

»Weißt du noch, was du damals gesagt hast? Und wenn uns die Welt zu viel wird, ob hier oder in Oslo, dann gehen wir nach Hause. Zurück hinter den Hügel, zu unserem Felsen. Fest versprochen.« Sie machte eine kurze Pause und schloss für einen Moment die Augen. »Die Welt ist uns zu viel geworden. Leider hat es ein Weilchen gedauert. Du hast es sicher mitbekommen. Aber jetzt sind wir wieder hier, bei unserem Felsen. Wir sind hinter dem Hügel, und alles ist gut. Für immer, weißt du.« Sanft berührte sie das Steinkreuz und strich mit den Fingern über Odas Namen.

In Maries Augen traten Tränen, und sie dachte: Lisbet und Oda, eine Einheit. Sie mochten einander in einer schlimmen Zeit verloren haben, doch ihre Trennung war nicht für immer gewesen. In Bettys Herz und in ihren Gedanken würde Oda weiterleben. Betty erhob sich und schaute Marie an. In ihrem Blick lag Entschlossenheit.

»Und jetzt gehen wir heim. Und diesmal bleiben wir für immer.«

»Und was ist mit dem Heim in Farsund?«

»Pah«, winkte Betty ab.

Marie nickte lächelnd, sie ergriff Bettys Hand und drückte sie fest.

»Dann lass uns hier oben keine Wurzeln schlagen. Gehen wir endlich nach Hause. Zurück ins Haus am Odde Berg.«

NACHWORT DER AUTORIN

In Norwegen wurden während der Besatzungszeit circa 12 000 sogenannte Deutschenkinder (norwegisch: Tyskerbarna) geboren. Die Frauen, die sich mit dem Feind einließen, wurden als Verräterinnen beschimpft, oftmals verloren sie jede soziale Unterstützung und waren vollkommen auf sich gestellt. Hilfe fanden die jungen Frauen beim in Norwegen sehr aktiven deutschen Lebensbornverein, einer SS-Organisation, die es sich zum Ziel gemacht hatte, das Wachstum jenes Teils der Bevölkerung zu steigern, den man für »rassisch« und erbbiologisch besonders wertvoll hielt. Besonderes Interesse hatte der Verein an der »nordischen Rasse«, zu der auch die Norwegerinnen gezählt wurden. Mit ihrer Hilfe sollte das deutsche Volk, das seit dem Ersten Weltkrieg unter einer sehr niedrigen Geburtenrate litt, »aufgenordet« werden.

Motiviert durch die Rasse- und Bevölkerungspolitik der NS-Ideologen, unterstützte der Lebensbornverein tausende Mütter und deren Kinder, bezahlte die Unkosten für ihren Unterhalt und brachte sie in Heimen unter. Der Hintergrund dieser Unterstützung mag aus heutiger Sicht ethisch und ideologisch höchst zweifelhaft sein, dennoch bot der Lebensbornverein für viele der Frauen, die von Deutschen ein Kind erwarteten, einen Ausweg aus existentieller Not.

Allerdings galt das Hilfsangebot längst nicht für alle Frauen: In Deutschland wie auch Norwegen wurde »selektiert« bei der Auswahl der Frauen, die überhaupt in die Heime aufgenommen wurden. Zum Beispiel wurden Kinder mit samischem Einschlag als »rassisch nicht wertvoll« eingestuft, genauso wie ihre Mütter, und dementsprechend anders behandelt.

Nach dem Krieg wurden die sogenannten Deutschenmädchen (Tyskerjente) von ihren Landsleuten auf jede erdenkliche Weise geächtet und bestraft. Darunter litten besonders die Mütter, aber auch die Kinder waren Aggressionen ausgesetzt und wurden für ihre Herkunft diskriminiert, zum Teil ihr Leben lang. Unmittelbar nach der deutschen Kapitulation gab es von der norwegischen Bevölkerung massive Übergriffe auf die Frauen. Sie wurden durch die Straßen gejagt, ihnen wurden die Haare geschoren, oftmals wurden sie geschlagen, auch Vergewaltigungen kamen vor. In ganz Norwegen entstanden Internierungslager, wo die vermeintlichen Verräterinnen wegen ihrer Beziehungen zu den deutschen Besatzern eingesperrt wurden. Allein in Oslo wurden im Mai 1945 circa tausend Frauen verhaftet. Erst 1946 wurden die Frauen wieder freigelassen. Viele von ihnen wurden jedoch in der Folge des Landes verwiesen und verloren die norwegische Staatsbürgerschaft.

Erst im Jahr 1986 wurde in Norwegen ein Gesetz erlassen, das es adoptierten Kindern ermöglichte, nach ihren Eltern zu forschen und deren Identität zu erfahren. Vielen dieser

Menschen war bis dahin ihre wahre Herkunft verschwiegen worden; die Deutschen hatten die Herkunft und Identität der Kinder, die sie in Deutschland zur Adoption freigegeben hatten, oftmals bewusst vertuscht. Nach so vielen Jahrzehnten machten sich diese heimatlosen Kinder, die längst Erwachsene waren, nun auf die Suche nach ihren Wurzeln. Diese Suche blieb oft erfolglos und gestaltete sich schwierig, denn viele der Akten waren bei Kriegsende von den Deutschen vernichtet worden.

Im Jahr 1998 entschuldigte sich der damalige Staatsminister Kjell Magne Bondevik für die jahrzehntelange Praxis der Diskriminierung der Deutschenmädchen und ihrer Kinder. Am 1. Januar 2000 bekräftigte er diese Entschuldigung noch einmal in seiner Ansprache zum Jahreswechsel und bat im Namen des norwegischen Staates bei den Betroffenen um Verzeihung.

Klagen der Kriegskinder gegen die norwegische Regierung waren aufgrund der abgelaufenen Verjährungsfrist abgewiesen worden, so dass im Jahr 2007 159 Deutschenkinder Klage beim Europäischen Gerichtshof für Menschenrechte gegen Norwegen einreichten. Doch auch hier galten die Ansprüche der Kläger als verjährt.

Eines der berühmtesten Tyskerbarna ist die schwedische Sängerin Anni-Frid von ABBA. Sie lernte ihren Vater erst im Jahr 1977 kennen, nachdem die Jugendzeitung *Bravo* über sie und ihren deutschen Vater berichtet hatte. Bis dahin hatte sie geglaubt, er wäre in den letzten Kriegsjahren gefallen.

Mich selbst hat das Schicksal der Deutschenmädchen und ihrer Kinder tief berührt und bewegt. Noch heute sind einige dieser Menschen auf der Suche nach ihrer Herkunft, und viele von ihnen hatten nicht mehr die Gelegenheit, ihre wahren Eltern kennenzulernen. Ich bin den Spuren der Frauen und des Lebensborns bis nach Norwegen gefolgt. Das ehemalige Lebensbornheim in Hurdal Verk ist heute eine Internatsschule, doch der Geist der Vergangenheit ist in dem alten Haus noch spürbar. Mein Mann und ich wurden dort sehr freundlich aufgenommen. Das damalige Entbindungszimmer wird heute für Besprechungen genutzt. Die Treppe hinter der Tapetentür, über die man vom ersten Stock ins Erdgeschoss gelangen kann, existiert tatsächlich. Die Hausdame berichtete uns von ihren Begegnungen mit den Menschen auf der Suche nach ihren familiären Wurzeln und ihrer Herkunft, wie etwa von dem Besuch eines Mannes, der in Hurdal Verk geboren wurde und später zurückkehrte, um seinen Geburtsort kennenzulernen. Jahrelang suchte er seinen Vater, fand ihn jedoch zu Lebzeiten nicht mehr.

In Loshavn und Farsund waren zur Zeit des Zweiten Weltkrieges wie in vielen norwegischen Küstendörfern Wehrmachtssoldaten bei Privatfamilien untergebracht. Eine Verteidigungsfestung der Deutschen lag damals in der Nähe von Loshavn. Die Ruinen kann man bis heute besichtigen. Auch steht in Loshavn noch immer das Haus am Odde Berg, in dem zur damaligen Zeit wirklich ein Richard mit seiner Frau Therese lebte. Die restliche Familiengeschichte ist frei erfunden, genauso wie die Geschichte von Oda und Lisbet.

In Wiesbaden hat es zur damaligen Zeit tatsächlich ein Lebensbornheim gegeben. Es trug den Namen *Haus Taunus*. Auf dem Gelände steht heute ein Altenheim.

Bei der Recherche zu diesem Roman hat mir das Buch »Schicksal Lebensborn. Die Kinder der Schande und ihre Mütter« von Kåre Olsen (München, Knaur, 2004) viele Informationen geliefert. Darin sind zahllose bewegende Schicksale enthalten, auch private Briefe und Bittgesuche norwegischer Frauen um eine Heirat. Viele dieser jungen Mütter wollten die Männer, in die sie sich verliebt hatten, die jedoch die Uniform des Gegners trugen, heiraten, nur wenigen gelang es. Die Zwiespältigkeit der Situation dieser Frauen, die einerseits verliebt und in Erwartung eines Kindes waren, andererseits aber wussten, welchen Preis sie für diese Gefühle zahlen würden, kommt in den Quellen immer wieder zum Ausdruck. Es wird etwa von der zwanzigjährigen Liv berichtet, die im Oktober 1940 eine Beziehung mit einem Soldaten namens Gustav einging und ein Kind von ihm erwartete. Nicht nur ihre eigene Mutter war empört darüber, dass ihre Tochter von einem Deutschen schwanger war, auch sie selbst war verzweifelt, sich in den falschen Mann verliebt zu haben, und schrieb in einem ihrer Briefe: *»Ich kann nicht zu Hause bleiben und Schande über alle bringen.«*

Ich vertiefte mich immer mehr in die Geschichte dieser Frauen, und Oda und Lisbet entstanden in meinen Gedanken und wurden für mich lebendig. Auch sie verliebten sich, wie sich junge Menschen eben verlieben, nur dass die Männer, für die sie Gefühle hatten, in einer Uniform steckten, und leider in der falschen. Und genauso wie Liv fürchteten auch sie sich vor der Schande, die ihre Liebe zu dem Falschen über ihre Familien und ihr Heimatdorf bringen würde.

DANKSAGUNG

Von Beginn an war die Geschichte von Lisbet und Oda, Marie und Betty etwas ganz Besonderes für mich und hat mich nicht mehr losgelassen. Mein Dank geht an erster Stelle an meinen Mann Matthias, der mit mir bis nach Norwegen gereist ist, um den Spuren der Vergangenheit zu folgen. Es waren wunderbare Tage in diesem großartigen Land, und wir werden sicher wiederkommen. Dann möchte ich mich bei meiner Agentin Franka Zastrow von der Agentur Schlück bedanken, die sofort von der Geschichte begeistert war. Mein Dank geht aber auch an meine Schwester Astrid und meine Eltern Hans und Gisela Schäfer. Ohne ihre großartige Unterstützung wäre die Reise nach Norwegen in dieser Form nicht machbar gewesen.

LESEPROBE

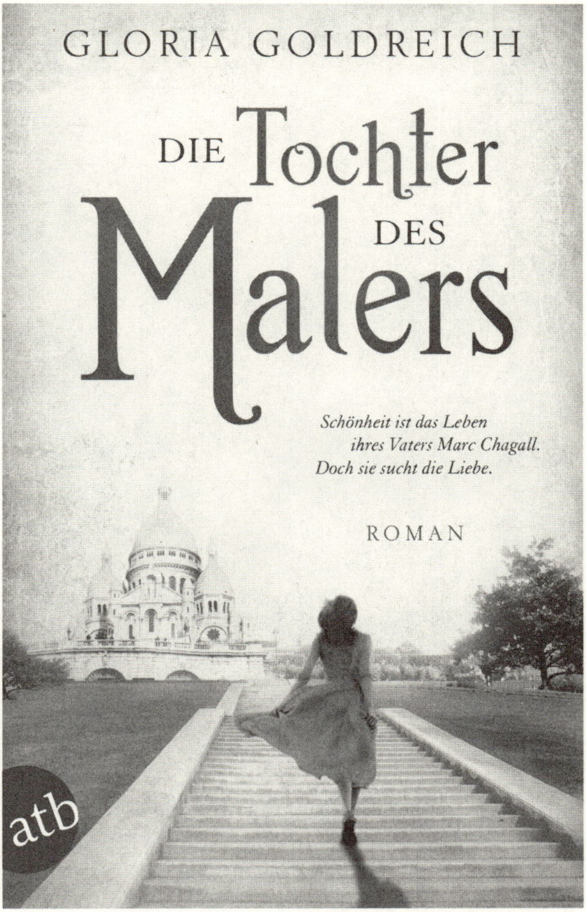
GLORIA GOLDREICH
DIE Tochter DES Malers
Schönheit ist das Leben ihres Vaters Marc Chagall. Doch sie sucht die Liebe.
ROMAN
atb

1. Kapitel

Ein Grauen erfasst sie, das sie nicht benennen kann, doch sie befindet sich in Gefahr, dessen ist sie gewiss. Ihr Atem kommt stoßweise, schwer. Sie läuft, sie rennt. Die Metallplättchen an den Absätzen ihrer Lacklederschuhe klackern auf dem Kopfsteinpflaster, und ihr Herz schlägt wild, als hätte es Mühe, mit ihrem verzweifelten Tempo mitzuhalten. Ihre Eltern packen sie an den Händen – Mutters scharfe Nägel bohren sich in ihre rechte Handfläche, und ihr Vater hält die Linke in schmerzhaft festem Griff.

»Schneller, Idotschka. Schneller«, drängen sie. Die Furcht in ihren Stimmen lässt sie zittern.

Ihre Verfolger holen auf, Stiefel trommeln in dröhnendem Hass, Pferdehufe hämmern unheilvoll.

Sie kann nicht schneller. Sie spürt, wie die Kraft sie verlässt, sie strauchelt. Tränen laufen ihr über die Wangen. Wie böse ihre Eltern würden, fiele sie hin, ihre Mamotschka, ihr Papotschka.

Und dann plötzlich ist der Wettlauf vorbei, und sie werden in den Himmel gehoben. Sie steigen auf, alle drei, halten sich fest an den Händen, die Herzen leicht, fliegen sie himmelwärts. Die Arme ihrer Eltern werden zu Flügeln, und sie suchen sich ihren Weg durch den Himmel, der nicht länger in eine samtige Dunkelheit gehüllt ist, sondern nun auf wundersame Weise mit Blumen in allen Farben des Regenbogens übersät. Ein Windhauch fährt ihr durch die rotgoldenen Locken, und sie lacht, als die dichten Ranken sie am Kinn kitzeln. Ihr Rock bläht sich zu einem großen weißen Bausch auf, der sie sicher trägt.

Sie wirft einen Blick auf ihre Mutter, die mühelos durch die Luft schwingt, gleich einer Amsel, ihr Haar eine Haube aus poliertem Ebenholz, das Samtkleid, das ihren schlanken Körper umschließt, in der Farbe der Nacht. Sie wendet den Kopf nach links und sieht, dass ihrem Vater das Barett heruntergefallen ist und das dichte Haar nun sein elfenhaftes Gesicht umrahmt; feine Strähnen verschleiern einen Moment lang seine strahlendblauen Augen. Er lächelt; die Hand seiner Tochter liegt leicht und vertrauensvoll in der seinen. In diesem blumenbestreuten Himmel fühlt er sich heimisch. Er wird diese Himmelslandschaft malen, das weiß sie, wenn sie wieder in Sicherheit sind.

Sie gleiten, alle drei, werden wie Zephire auf sachten Brisen getragen, sanft gebettet auf Wolken, hoch oben über den brennenden Dörfern und den dunklen Reihen der Soldaten, die durch das Land marschieren, das sie einst das ihre nannten. Mütterchen Russland hat sie verstoßen. Sie sind verwaiste Flüchtlinge, abgewiesen und entwurzelt, doch flügelschlagend bahnen sie sich ihren Weg zu einem sicheren Hafen. Sie sprechen nicht, denn ihre Sprache haben sie verloren. Stille legt sich über sie, wie eine tröstende Decke, bestickt mit Hoffnung und Versprechen. Wortlos, ohne einen Laut.

Noch im Halbschlaf, geborgen in ihrem Bett, lächelte Ida das verschlafene Lächeln eines Träumers, dem es widerstrebt aufzuwachen. Sie streckte sich träge, schlug die Augen auf und blinzelte in das goldene Licht des frühen Morgens, das durch das große Fenster ihres Schlafzimmers strömte. Voll süßer Schwermut sang draußen ein Vogel, und sie trat ans Fenster. Eine einsame Grasmücke wippte auf einem dünnen Ast des Zitronenbaumes und erhob sich dann in den wolkenlosen Sommerhimmel.

»*Au revoir*«, rief sie ihm leise hinterher und schaute hinunter in den Garten, in dem ihre Eltern einander in den Korbstühlen gegenübersaßen und sich leise unterhielten, während sie ihren Morgenkaffee tranken. Ihre Stimmen drangen durch das offene Fenster, zur Musik ihrer Löffel, die gegen die Porzellantassen klirrten.

Sie beobachtete sie einen Moment, drehte sich dann um, zog sich das weiße Nachthemd aus und stand nackt vor ihrem großen

Spiegel. Sie betrachtete die Kurven ihres Körpers, die zierliche Kontur ihres Gesichts. Dann hob sie ihr üppiges, schimmerndes Haar und ließ es wieder über die Schultern fallen.

Ihr Spiegelbild beruhigte sie. Sie ließ ihre Hände über die weiche Fülle ihrer Brüste gleiten und spürte die Macht ihrer aufkeimenden Fraulichkeit. Sie war nicht länger das kleine Mädchen aus ihren Alpträumen und verbannte die Bilder der Nacht aus ihren Gedanken. Die schmerzliche Vergangenheit lag hinter ihnen. Für einen himmlischen Hafen hatte sie keinen Bedarf. Sie zwang sich, die Traurigkeit zu verdrängen, die ihren Träumen so häufig nachklang.

Sie wandte den Kopf, betrachtete sich im Profil, lächelte ihr Spiegelbild probehalber an, verzog dann die Stirn.

Bin ich hübsch?, fragte sie sich. Schön sogar? Wird Michel finden, dass ich mich verändert habe?

An der Tür ihres Schlafzimmers klopfte es ungeduldig; ihr Name wurde gerufen. »Mademoiselle Ida! Mademoiselle Ida!«

Die schroffe Stimme Katjas, ihrer polnischen Hausangestellten, gereizt und anklagend, durchdrang ihre Träumerei.

»Es ist spät. Deine Eltern warten auf dich.«

»Sag ihnen, ich bin in ein paar Minuten unten.«

Katja grummelte etwas, dann entfernten sich ihre schweren Schritte beinahe vorwurfsvoll.

Ida zuckte die Achseln. Sie wusste, dass Katja sie nicht mochte, dass es ihr nicht gefiel, Dienstmädchen in einem jüdischen Haushalt zu sein. Aber das war bedeutungslos. Katja, wie ihre Mutter häufig betonte, konnte von Glück reden, für die Chagalls zu arbeiten. Sie waren freundliche Arbeitgeber, Katja bekam ihren Lohn pünktlich, sie aß das gleiche Essen wie die Familie, und auch für die Fahrt zur Kirche an Sonn- und Feiertagen war gesorgt.

Ida schüttelte den Gedanken an Katja ab, spritzte sich kaltes Wasser ins Gesicht und zog sich schnell an, entschied sich dabei für ein hellblaues, mit Perlen geknöpftes Kleid aus einem hauchdünnen Stoff, das sich leicht abstreifen ließ. Ihr Vater hatte gesagt, er wünsche, dass sie noch für ihn Modell stünde, bevor sie ins Ferienlager in den Bergen aufbrach. Er wollte die Serie von Aktstudien vervollständigen, die er Monate zuvor begonnen hatte und bei der er nach Lust und Laune wechselweise mit Aquarellfarben, Gouache, Kohle und Öl arbeitete.

Über die Jahre hatte ihr Vater mit dem Pinsel ein illustriertes Journal ihres Lebens erschaffen, eine Chronik ihrer ausgelassenen Kindheit, ihres launenhaften Jugendalters und ihrer sich nun zur vollen Blüte entfaltenden Weiblichkeit. Der Titel eines jeden Werkes stand in seiner ausladenden Handschrift auf dessen Rückseite, womit er Besitzanspruch und Provenienz zugleich dokumentierte. Da war *Ida auf der Schaukel*, ein Porträt in Bewegung, in flüchtigen Strichen gemalt, während sie sich himmelwärts katapultierte, dabei heftig mit ihren molligen Beinchen pendelte und der Wind ihre Wangen polierte. Mehr Zeit hatte er sich gelassen, *Ida am Fenster* zu malen, ein Bild, auf dem sie verträumt durch das changierende Fensterglas blickte, während die Sonne über ihrem Haus in Montchauvet unterging und das Wasser des Flusses aufflammen ließ.

»Woran denkst du, Idotschka?«, hatte ihr Vater an jenem Tag gefragt, während sein Pinsel über die Leinwand flog und er die Augen konzentriert zusammenkniff.

Sie hatte überlegt, ihm von der verzweifelten Flucht aus ihrem Traum zu erzählen, damit er sie malen könnte und sie greifbar würde, doch sie war stumm geblieben. Diese nächtliche Phantasie, die sie immer wieder heimsuchte, gehörte ihr allein und sollte von Pinsel und Palette nicht vereinnahmt werden. Es bereitete ihr geradezu Freude, sie für sich zu behalten. Sie hatte ohnehin nur sehr wenige Geheimnisse vor ihren Eltern. Auf jeden Aspekt ihres Lebens erhoben sie Anspruch. Manchmal dachte Ida, sie würden jeden ihrer Atemzüge überwachen und jede ihrer Stimmungen aufnehmen, betrübt von ihrer Traurigkeit, glücklich über ihre Freude.

Bisweilen glaubte sie, an ihrer Wachsamkeit zu ersticken, sie ärgerte sich über die Obsession ihrer Eltern, stets die Kontrolle über ihr Sein behalten zu wollen, und dann schämte sie sich sofort wegen ihrer Illoyalität. Sie war glücklich, ihre Tochter zu sein, Begünstigte all ihres Ruhms und Vermögens und Empfängerin ihrer bedingungslosen Liebe. Und Ida liebte sie dafür aus tiefstem Herzen.

Ihr war bewusst, dass die ständige Sorge ihrer Eltern um sie von der Unsicherheit und dem Leid herrührte, das sie erduldet hatten. Natürlich hatten sie Angst. Und Ida akzeptierte ihre Angst, ertrug sie. Sie ließ sie in dem Glauben, die Wächter ihres Schicksals zu sein. Ihre Träume jedoch, ihre wunderschönen und furchterregenden nächtlichen Odysseen, sollten allein ihre bleiben, ebenso wie das Geheimnis, das sie ein ganzes Jahr über in ihrem Herzen verschlossen hatte. Es elektrisierte sie, dass es ihr gelungen war, ihren Eltern nichts von Michel zu erzählen. Er gehörte nur ihr allein.

Michel. Wie sehr sie allein den Klang seines Namens liebte. Während die Monate ihrer Trennung langsam verstrichen, dachte sie immer wieder an sein feingeschnittenes Gesicht, an seine sanfte Stimme. Ihre Vorfreude auf ihre nächste Begegnung hatte im Verlauf dieser letzten schwülen Sommertage zugenommen, in denen sie ihrem Vater Modell stand. Stunde um Stunde, ohne sich zu rühren, wenn er seine Staffelei verließ, um die dunklen Höfe ihrer Brustwarzen näher zu studieren, die ineinander verwobenen rostbraunen Locken zwischen ihren Beinen.

Die Intensität seines festen Blickes verunsicherte sie nie. Er war Marc Chagall, und er betrachtete sie weder als Mann noch als Vater, sondern als Künstler.

Es war Michel, der sie mit den Augen eines Liebhabers anschaute, Michel, den sie nach einem langen Jahr der Trennung in wenigen Tagen endlich wiedersehen würde.

Bei dem Gedanken lächelte sie, flocht ein blaues Band in ihr Haar und eilte barfuß durch das sonnengetränkte Haus, um mit ihren Eltern im von Mauern umgebenen Garten zu frühstücken.

Die Verandatüren öffneten sich, und beide drehten sich zu ihr um. Ihre Mienen leuchteten vor Freude.

»Da ist ja unsere Ida.«

Ihr Vater erhob sich und küsste sie auf beide Wangen. Sie kniete vor ihrer Mutter, spürte Bellas sanfte Hände behutsam auf ihrem Kopf. Dies war ihre übliche morgendliche Begrüßung, ein Zusammenkommen nach nur einer einzigen Nacht, als wären sie für lange Zeit getrennt gewesen. Es war, als wäre für sie jeder Moment ihres Beisammenseins ein Geschenk, ihre Anwesenheit im Leben der anderen und vielleicht sogar ihr Leben selbst ein Wunder. Ida fragte sich, ob ihre Eltern wohl je träumten, in die Freiheit zu fliegen. Vielleicht waren ihre Träume durchzogen von den dunklen Erinnerungen an das verlorene Land ihrer Geburt, das Dorf ihrer Jugend. Ob wohl die Gesichter ihrer Familie und ihrer Freunde, die schon lange aus ihrem Leben verschwunden waren, irgendwo über ihnen in der Dunkelheit der Nacht trieben, genau wie die himmlischen Blumen in Idas Traum?

Aber natürlich würden sie solche Gedanken nicht mit ihr teilen. Ida war ihre umsorgte Tochter, die beschützt werden musste vor der Härte des Lebens. Sie hatten sie nicht einmal in die Schule geschickt, weil sie solche Angst um sie hatten. Andere Kinder waren grausam. Überfüllte Klassenzimmer waren Brutstätten von Krankheiten. Die breiten Alleen und schmalen Straßen ihrer Umgebung waren bevölkert von wildfremden Menschen und rasenden Fahrzeugen. Sie konnten es nicht riskieren, ihre Ida solchen Gefahren auszusetzen. Sie war die Erbin ihrer Vergangenheit, ihre Hoffnung für die Zukunft, der Quell ihrer frohen Gegenwart, Zögling ihrer Mutter, Modell ihres Vaters und eine ganz und gar zauberhafte Tochter. Und sie wiederum gab sich die größte Mühe, sie zufriedenzustellen, sie zu erheitern und sie vor ihren Freunden mit Stolz zu erfüllen.

»Was für ein aufgewecktes Kind.«

»Was für ein begabtes Mädchen.«

»So charmant.«

Die Eltern hatten immerzu gestrahlt und das Lob für sich selbst vereinnahmt, als wäre es ihr Verdienst. Ihr überschäumendes Temperament entzückte sie; ihr Lachen tirilierte durchs ganze Haus. Ihre wunderbare Ida, so glücklich, so wunderschön, und, ja, vielleicht sogar talentiert. Die Zeichnungen ihrer Jugendzeit waren gewitzt, und ihre Malerei war vielversprechend.

Sie erlaubten ihr, Unterricht an einer kleinen Malschule in ihrem Viertel zu nehmen, obschon Bella ihre Rückkehr immer am Fenster stehend erwartete.

Die angespannten Falten auf dem Gesicht ihrer Mutter entgingen Ida nicht, wenn sie ihnen von dem abstrusen Landstreicher erzählte, den sie gesehen hatte, der einen roten und einen blauen Schuh trug, von dem lächerlichen Jungen in ihrem Kurs, dem ständig die Baskenmütze über die Augen rutschte, oder von dem Lehrer, der »Sur le Pont d'Avignon« singend durchs Atelier patrouillierte.

Sie spielte ihre Rolle noch, während sie sich langsam und entschlossen einen Weg aus dem Kokon der elterlichen Besorgnis suchte und Anspruch anmeldete, ihr Leben so zu leben, wie sie selbst es wollte. Sie hatte für die Erlaubnis gekämpft, an einem Ferienlager für die jugendlichen Nachkommen jüdischer Emigranten aus Russland teilzunehmen, das in den französischen Alpen stattfand. Es wäre ihr Geschenk zu Idas siebzehntem Geburtstag.

»Es wird mich so glücklich machen, Mamotschka, Papotschka. Wollt ihr mich denn nicht glücklich sehen?«

Sie war mit ausgestreckten Armen um sie herumgetänzelt, und sie hatten gelächelt, bezaubert von ihrem Charme. Natürlich wollten sie das. Wem waren sie verpflichtet, wenn nicht dem Glück ihrer Tochter? Sie zogen Erkundigungen ein. Das Lager würde gut betreut, und die jungen Teilnehmer würden in die russische Sprache und Kultur eintauchen und die Liebe zu Mütterchen Russland erfahren. Dadurch würde Ida ihnen noch näherkommen, sie würde ein neues Verständnis ihrer Vergangenheit gewinnen, am allerwichtigsten jedoch: Sie würde glücklich sein. Also willigten ihre Eltern ein, zahlten die Gebühr und kauften Idas Bahnfahrkarte.

Bei dieser ersten Reise ganz allein hatte sie aufgeregt aus den Fenstern ihres Erste-Klasse-Waggons geschaut, während der Zug durch die Berge raste. Schüchtern hatte sie ihre ersten zaghaften Freundschaften mit anderen jungen russischen Juden geschlossen. Und schon bald hatte sie dem großen, schlanken Michel Rapaport, der alle Sprachen ihres Herzens beherrschte, tief in die Augen gesehen. Auf den Flügeln ihrer neuen Freiheit schwang sie sich in die Höhe, wanderte barfuß mit Michel durch das wogende Alpengras und saß neben ihm am lodernden Lagerfeuer, während sie russische Volkslieder oder Chansons sangen.

Er war ein zurückhaltender Jurastudent, ein liebender Sohn, der seinen Eltern in ihrem kleinen Pariser Geschäft half und fest entschlossen war, ihnen das Leben leichter zu machen, indem er ein erfolgreicher *avocat* wurde. Wie Ida fesselten ihn familiäre Bindungen, und beide waren sich bewusst, dass es ihnen während der nächsten Monate nicht möglich wäre, sich zu treffen. Aber sie ließen sich nicht entmutigen. Sie würden sich im nächsten Jahr wiedersehen. In der Zwischenzeit schickte er ihr Gedichtbände, sie sandte ihm ihre Zeichnungen. Ihre vertrauliche, doch harmlose Korrespondenz, Päckchen der Hoffnung und Liebe, eingewickelt in braunes Papier, kam per Post und ließ sich mühelos erklären.

»Ein Geschenk von einer Freundin«, sagte Ida zu ihrer Mutter.

Monate waren verstrichen, und jetzt zählte Ida die Tage. Schon sehr bald würde sie die Stunden zählen, und dann würde sie in den Zug steigen und Richtung Südosten in das Bergdorf reisen, wo Michel sie erwartete, mit vor Liebe leuchtendem Gesicht.

Es lag ein intensiver Duft nach Rosmarin in der Luft, als sie an diesem sonnenhellen Morgen mit ihren Eltern im Garten saß, die Zweige der Obstbäume voller goldener Birnen und karminroter Kirschen. Sie lächelte ihre Eltern an, hatte sogar ein Lächeln für die mürrische Katja, die ihr Kaffee einschenkte. Ihr Vater nahm sich eine Scheibe Brot, kaute geräuschvoll und schlenderte dann in den Garten hinaus, wo er sich im Schatten eines alten Olivenbaums ausstreckte.

»Hast du gut geschlafen?«, fragte ihre Mutter, während sie Idas Croissant mit Himbeermarmelade bestrich, die sie selbst machte, nach einem Rezept des Kochs, der über die Küche ihrer Eltern im fernen Witebsk geherrscht hatte, dem Dorf, das die Heimat gewesen war, sowohl für Marc als auch für Bella.

»Sehr gut, Mamotschka. Und du?«

»Wir waren früh auf. Dein Vater wollte das erste Licht des Tages nutzen. Er arbeitet immer noch an den Hochzeitsstudien.«

»Sind sie bald fertig?«, erkundigte sich Ida. »So schön du auch bist, du siehst müde aus, Mamotschka.«

Bella trug ein mehrlagiges Kleid mit weiten Ärmeln aus reinweißem Organdy; weiße Lilien kränzten ihr dunkles Haar, und hellblauer Kajal unterstrich ihre Augen. Ida kannte dieses Kleid. Bella trug es häufig, wenn sie Modell saß, mal als Braut unter einem Hochzeitsbaldachin, dann als Leiche in einem mit Satin ausgeschlagenen Sarg. Marc wurde es nie müde, sie zu malen. Bella und Ida waren beide, behauptete er, ideale Modelle, die für seinen Pinsel bestimmt waren. Sie lachten darüber, dennoch erfüllte sie seine Behauptung mit Stolz. Sie waren willige Komplizen seiner Kunst, wenngleich diese bisweilen rücksichtslos und eine tyrannische Herrscherin über die Familie war.

Ida erinnerte sich, wie sie sich bei ihrem Vater beklagt hatte, dass er niemals sie bat, als Braut Modell zu sitzen, und auch nicht im gefältelten Leinen eines Totenhemds, den häufigen Rollen ihrer Mutter. Bella hatte sie warnend angesehen, und in Marcs blauen Augen funkelte der Zorn.

»Dummes Mädchen«, hatte er gesagt. »Idotschka, ich werde dich so nicht malen, weil ich dich nicht verlieren will. Nicht an den Tod – nicht an die Ehe. Noch nicht. Vielleicht niemals.«

»Aber warum malst du Mamotschka so?«, hatte sie nachgefragt.

»Ach, deine Mamotschka, meine Bella. Ich werde sie niemals verlieren. Sie ist für immer mein, im Leben und im Tod.«

Daraufhin war Bella blass geworden, als mache ihr die Unbedingtheit seiner Worte Angst.

Seitdem registrierte Ida immer wieder eine vertraute Blässe unter den sorgfältig mit Rouge geschminkten Wangen ihrer Mutter. Sie war, das wusste sie, ein Zeichen ihrer Erschöpfung, ein Vorbote der fürchterlichen Kopfschmerzen, von denen die Mutter viel zu oft heimgesucht wurde.

»Ich dachte, heute Morgen wollte Papa eigentlich mich malen«, sagte sie. »Dann hättest du dich ausruhen können.«

»Er wird dich jetzt malen«, versicherte Bella ihr. »Er ist heute voller Ideen.«

Sie lächelte mit verhaltenem Stolz über die morgendliche Tatkraft des Künstlers mit den elfenhaften Zügen, in den sie sich als junges Mädchen, kaum älter als Ida heute, verliebt hatte.

Ida schenkte sich eine weitere Tasse Kaffee ein, als Marc aufsprang, mit großen Schritten den Garten durchquerte, zwei Sonnenblumenblüten von ihren langen Stängeln abschnitt und eine Leinwand auf seine Staffelei stellte. Seine plötzliche Energie überraschte sie nicht. Schon die kürzesten Nickerchen konnten ihren Vater erfrischen, der stets von der Kraft seiner phantastischen Visionen angetrieben wurde. Er hatte keine Zeit zu verlieren, Realität und Illusion kollidierten, und die Brillanz seiner Vorstellungskraft trieb ihn zur Tat.

»Bist du so weit, Ida?«, fragte er.

»Natürlich.«

Schnell schritt sie in den Garten, blieb unter dem Zitronenbaum stehen, streifte ihr Kleid ab und warf es ins Gras. Er hielt ihr die Sonnenblumen hin.

»Streck dich unter dem Baum aus. Ganz einfach. Die Blüten legst du dir zwischen die Brüste. *Comme ça*. Ein Bein über das andere. Ja, genau so.«

Seine Hände waren flink, als sie Idas Gliedmaßen arrangierten, das Band aus ihren Haaren zogen und ihr langes, kupferfarbenes Haar über ihre Schultern fließen ließen. Sie schwieg, als er die Ölfarbe aus den Tuben auf seine Palette drückte, Blau- und Grüntöne vermischte, Zinnoberrot und grelles Gelb, und dann seinen feinhaarigen Zobelpinsel hob und zu malen begann.

Bella legte Idas Kleid sorgfältig über einen Stuhl, als Katja ihr zuwinkte. Sie ging ins Haus, drehte sich jedoch noch einmal zu ihrem Mann und ihrer Tochter um, als wolle sie sich diesen sonnenbeschienenen Moment ihres Miteinanders ins Gedächtnis einprägen.

Ida lag ruhig da, während ihr Vater arbeitete, seine feinen Gesichtszüge, die mitunter an einen Vogel denken ließen, völlig entspannt, ein Lächeln um die Lippen. Jetzt konnte sie mit ihm sprechen, ihm Fragen stellen, ein Lachen oder Geschichten aus seiner Jugend entlocken.

»Woran wirst du während meiner Abwesenheit arbeiten?«, fragte sie.

»Ich denke, ich werde wieder Szenen aus meinem Dorf malen. Meinem Witebsk. Kannst du dich noch daran erinnern, Ida?«

Sie lachte. »Papotschka, ich bitte dich. Ich war erst vier, als wir Witebsk verlassen haben. Wie könnte ich mich da an etwas erinnern?«

In ihrer Erinnerung ähnelte Witebsk der märchenhaften Landschaft seiner Gemälde, wo er und ihre Mutter, der arme Junge und das reiche Mädchen, sich getroffen hatten, miteinander über die Brücke spaziert waren, welche die Dwína überspannte, und sich beim Anblick ihrer Spiegelbilder im Wasser ineinander verliebt hatten. Witebsk war ein mystisches Dorf, in dem jeder, ja sogar die Tiere, ein Jiddisch sprach, das von Witz und Anmut durchzogen war.

An Russland indes, das Land, aus dem sie flohen, als sie gerade sechs war, erinnerte sie sich als Ort geradezu furchterregender

Dimensionen, düster und kalt. Das war die düstere Traumlandschaft ihrer unruhigen Nächte, in der ihre Eltern ihre Hände ergriffen.

Sie würde ihrem Vater nicht von ihren vagen Erinnerungen an ihre grauenvolle Reise von Witebsk nach Moskau erzählen, wo sie auf dem harten, kalten Fußboden des Moskauer Jüdischen Theaters schliefen. Dort hatte er das Bühnenbild für eine Inszenierung der Erzählungen von Scholem Alejchem erschaffen, für die ihre Mutter die Kostüme nähte und er die schweren Stoffe bemalte, als wären sie Leinwände. Genauso wenig würde sie die Bilder, die von ihrem Aufenthalt in der jüdischen Waisenkindersiedlung in Malachowka durch ihr Gedächtnis geisterten, mit ihm teilen, wo Marc Kunst lehrte, Bella ohne Unterlass weinte und sie selbst fürchtete, dass sie eines Tages womöglich das Schicksal der blassen, elternlosen Kinder ereilen könnte, mit denen sie aus Zweigen und Steinen Spielzeug bastelte. Wie sehr sie dort gefroren hatte und wie hungrig sie gewesen war. Der Gedanke daran ließ Ida frösteln.

All diese beängstigenden Erinnerungen hatte sie weggeschlossen. Doch wenn sie schlief, befreiten sie sich und wurden zu diesem stets wiederkehrenden Traum der Flucht, einer Reise in die goldene Wärme, die nun über ihren nackten Körper strich, während der Pinsel ihres Vaters so mühelos über die Leinwand segelte.

»Schon bald wird sich niemand mehr an Witebsk erinnern«, sagte er leise. »Genau deshalb muss ich es malen. Mein Dorf. Mein Zuhause.«

Ida schloss die Augen und dachte an die Bilder, die ihr Vater von seiner verschwundenen Welt gemalt hatte. Sie lauschte, während er voller Wehmut vom Weiler seiner Kindheit erzählte, von seiner Familie, seinem Bruder David, getötet auf der Krim, von seinen wunderschönen Schwestern, deren Schicksal unbekannt war, von dem geschützten Friedhof, wo seine Eltern begraben lagen. »Witebsk.« Er intonierte den Namen des Dorfes, flüsterte ihn wie ein Gebet.